文學研究叢書・臺灣文學叢刊

旅人心境：
臺灣日治時期漢文旅遊書寫

林淑慧　著

謹以此書獻給親愛的家人、同事、師生及友朋，

感謝所給予源源的愛與包容。

目　次

圖表目錄

第一章
緒論

旅遊具空間移動的特性，旅遊書寫呈現作者與時空情境的關聯。旅遊書寫的研究涉及空間移動、風土再現、記憶及認同、帝國與殖民心理機制、飄泊與離散等面向，這些概念呈現此學術領域範疇的延展性。臺灣旅遊散文蔚為長流，不論是臺灣在地文人的旅外作品，或世界各地來臺人士的旅遊散文，多蘊含作者的跨界文化比較觀。至於臺灣在地不同時期的旅遊散文，則呈現文人自我觀看的方式。一般對於旅遊散文的認知，多以為是浮光掠影的模式化書寫；然而，從臺灣日治時期報紙、雜誌刊登此類文本，呈現多采多姿的旅遊經驗，或文本與文化複雜的互動關係，作品的詮釋因而深具開拓性。藉由旅遊體驗異地文化，並書寫遠離家園的感知，如此的作品不僅在歸返後留下旅行的雪泥鴻爪，亦提供讀者進一步理解作者的世界觀。因旅遊散文具敘事性與論述性，透過文本的詮釋，有助與社會文化變遷相對話，並理解旅人複雜糾葛的內心世界。此種文類牽涉移動所引發的文化差異觀察及論述，且藉由刊物的登載而傳播至知識階層，故頗具研究價值。本章就研究範疇及文獻回顧、研究方法與核心概念、旅人視角與場景意象、現代性與文化迻譯等面向分別加以探討。

一　研究範疇及文獻回顧

臺灣漢文旅遊書寫投射特殊時空下不同旅人的心境，這些作品的形成與旅人的學養經歷及社會環境密切相關。顏娟英（2001）的研究指出：風景是從閱讀來的，每個人觀看的眼睛是由過去的經驗與個性操縱，過去的經驗包括家庭背景、學習與生長的社會環境全體的累積。臺灣風景的認知有如社會文化的累積過程，經過許多人共同參與、互相影響而來。[1]臺灣漢文旅遊書寫則是透過漢文刊物的生產機制、眾人共同參與及相互影響，而積累成饒富文化厚度的文本。這些文本皆是因空間移動而產生，在選擇、重組或化約的過程中，文本內容與表現形式皆透露作者的論述位置及視域。因關注空間移動及旅遊書寫等議題，曾於《禮俗．記憶與啟蒙：臺灣文獻的文化論述與數位典藏》探討十九到二十世紀臺灣在地文人，如蔡廷蘭、李春生、洪棄生、林獻堂等人旅遊散文的異地記憶與敘事意義。近幾年陸續發表的論文，亦多圍繞於臺灣日治時期旅遊散文的主題研究，分析以報刊雜誌所載旅遊散文的視域與地景意象、旅外論述與文化迻譯等議題為主。研究素材包括登載於刊物的旅遊散文、個人旅遊文集或回憶錄的旅日敘事，以理解知識分子的跨界意識。日治時期眾多的旅遊活動影響旅人的文化觀，以臺灣作為地理實體及想像的框架下，對於以殖民母國日本為中心的教化提出反思。透過對這些旅行文學的重新爬梳，將能理解殖民地在旅遊上不只是出發或回歸的場景而已，以文化主體而言，更蘊含歷史脈絡的文化意涵。目前研究日治時期旅遊散文的成果較為有限，若從當時的刊物中蒐尋各類文本，有助於發掘此議題研究的多元意義。

臺灣日治時期旅遊散文多登載於報紙、雜誌，如《臺灣日日新報》、《漢文臺灣日日新報》、《臺灣民報》、《臺灣新民報》、《臺灣教育會雜誌》、《臺灣文藝叢誌》、《詩報》、《三六九小報》、《風月

1　顏娟英：《風景心境——臺灣近代美術文獻導讀（上冊）》（臺北市：雄獅圖書公司，2001年3月），頁20-22。

報》與《南方》等刊物。此外，個人文集如顏國年《最近歐美旅行記》、林獻堂《環球遊記》、雞籠生《海外見聞錄》等，或是回憶錄所載留日學生於日治時期的旅遊記憶，亦呈現知識分子的比較國際觀及文化批判。除了文本閱讀，另參照日治時期的史料以助於理解當時背景，如透過1898（明治三十一）年《臺灣總督府職員錄》資料庫查詢任官歷程，得見日治初期刊登於《臺灣日日新報》旅遊散文作者的身分、學養及經歷等背景資料。這些作者多為地方士紳、頭人或曾任職於總督府所管轄的機構，此士紳階層的旅遊常兼有考察現代化制度及觀摩實業的目的。此外，亦從1907（明治四十）年《南部臺灣紳士錄》、1912（大正元）年《臺灣實業家名鑑》以及1916（大正五）年《臺灣列紳傳》、1937（昭和十二）年《臺灣紳士名鑑》，得知多位作者曾獲取功名或具有實業家身分。沿革誌類的文獻包括1931（昭和六）年《櫟社沿革志略》、1933（昭和八）年《臺灣總督府警察沿革誌》、1939（昭和十四）年《臺灣教育沿革誌》，收錄諸多社團組織或行政制度沿革的資料。另如《臺灣時報》、《臺灣總督府報》及《臺灣省總督府事務成績提要》等文獻，或是1941（昭和十六）年杜聰明編《臺灣歐美同學會名簿》，則提供臺灣日治時期留學歐美學生人數及相關資料。有關作者的著述方面，雞籠生除了1935（昭和十）年將報刊發表的《海外見聞錄》彙集出版之外，同年出版的《雞籠生漫畫集》、1942（昭和十七）年《大上海》及戰後1959年《百貨店》、1974年《傻瓜集》等著作，皆有助於理解作者的生平經歷及創作特色。廣泛蒐集各類型文本，有助於議題探索的廣度；藉由外緣背景的史料，則能拓展跨領域的研究視野。除紙本的史料之外，有些文獻檔案已建置成資料庫，提供研究旅遊書寫者蒐羅及應用之需。目前許多資料庫具有全文（Full text）檢索、詮釋資料（Metadata）檢索等功能，使人文研究者在蒐覽引用、解讀史料的過程中，獲得即時、便利而極具效率的協助；且許多資料庫可下載翻拍或掃描後的文獻影像檔，提供研究者珍貴的史料。臺灣文學及長期積累的文獻，若能加以數位典藏並建置資料庫，則能增進資訊蒐集的效率；應用資料庫搜尋相關史料，將增加對旅遊文學主題研究的認知。

臺灣日治時期旅遊書寫相關的研究多為跨領域的成果，有些議題涉及統治策略與權力。例如，當時許多文人藉由到日本旅遊的機會參觀博覽會，呂紹理（2005）的研究即指出，從行動者的角度檢視臺灣日治時期的博覽會，如何透過策展者、被展者與觀眾間複雜的互動關係，分析其中權力運作的軌跡，進而理解博覽會所隱含的文化意涵。此外，關於日治時期報刊研究的探討，如李承機（2003）、蘇碩斌（2006）分析臺灣日治時期報刊與官方及資本主義的關聯，並探討對於讀者空間想像形成的影響。目前所見以雜誌為素材的研究成果，如又吉盛清（1997）等人論及《臺灣教育會雜誌》發行的緣由及沿革，並分析雜誌的內容與功能。施懿琳（2001）、柯喬文（2008）等則從社群組織的人際網絡與刊物的關聯，或是文學主題的詮釋等面向，探討《臺灣文藝叢誌》及《詩報》刊物的特殊質性及作品內容的深究。陳室如（2009）分析《漢文臺灣日日新報》所刊登的旅行詩文，透過現代化建設的歌頌，肯定殖民政府的政績，或映證殖民母國的強盛。另有不少旅人以懷古為書寫策略，於旅行風景中寄寓不能言說的心聲。這些論文因關注焦點的不同而具特色，各呈現其學術貢獻度；然若將焦點集中以日治時期刊物所登載的旅遊散文為研究素材，將發現尚存諸多延伸的主題值得探索。

因臺灣日治初期許多士紳曾受總督府招待而集體至日本旅遊，回顧有關傳統士紳的前行研究，有助於理解臺灣總督府的攏絡政策與旅遊書寫的關聯。如楊永彬（1996）提到地方士紳多由總督府授予紳章，官方並舉行揚文會、饗老典、詩會等活動，藉以樹立總督府的文化權威；同時，更以保甲區長制將其納入基層行政體制，進一步控制和動員地方社會。因至殖民母國旅遊為攏絡士紳的方式之一，臺灣總督府招待地方街庄長赴日參觀，並鼓勵其觀摩產業的面向，亦不容忽視，故本書另就旅遊書寫與日治初期殖民攏絡加以探討。至於探討《臺灣民報》所載旅遊散文作者的議題，若檢視關於黃朝琴的前行研究，多見分析其政治社會的經歷，或參與新舊文學論戰的文學觀等面向為主。然因刊物具傳播的功能，其文學生產的模式與媒體的關係密切，目前較少見詮釋所收錄旅遊作品的研究。

臺灣日治時期留學生的活動兼具現代性與殖民性，留日敘事因而饒富文化意義。此類研究因涉及如何再現記憶，故可參照記憶研究的成果，如王明珂（1996）以自傳、傳記及口述歷史等史料，探究記憶與人之間的影響、互滲的論述過程，分析個人記憶與社會記憶間的關係。對於處在殖民地之下的文人而言，赴中國旅遊是一種特殊空間場域的移動經驗，此類的遊記常以時代危機、時空轉移的個人情感結構，於私人的論述中流露作者對旅行與回憶複雜互動的思索過程。廖炳惠（2001）曾以吳濁流的遊記為例，分析臺灣另類現代性的議題。黃金麟等（2010）則提到因臺灣在帝國夾縫中求生存的處境，現代性必然扣連到具體的歷史脈絡與客觀條件來討論。現代人不斷地追問主體的意識與行動，這樣界定出來的現代性是一種反思性。臺灣日治時期旅遊散文所蘊含的現代性主題，常呈現作者的反思性，其內容多與歷史脈絡對話。至於范銘如（2008）長期耕耘探討文學與空間的關聯性，所分析的文本以小說為主；顏娟英（2000）則蒐羅日本來臺藝術家的論述，並從中分析其風景心境，此類的研究皆提供詮釋文學景觀的參考。

刊物學的研究成果，提供思考於公共媒體發表作品及編輯等相關議題。臺灣日治初期大多數報紙為日人所辦，有些人透過具有世界性的報章雜誌而取得現代知識。同時，透過報紙也將殖民地與世界各地疆界模糊化；發生在一個殖民地的事件，當中的主角在世界各地將得到不同的評價。臺灣日治時期報紙、圖書等出版品，流露跨國性及世界主義等現象，縱使對臺人來說不可能是完全自由表達言論的媒體，但對現代性仍有相當的貢獻。[2]回顧臺灣日治時期最大報《臺灣日日新報》的發行沿革，1896（明治二十九）年日人田川於臺北發刊《臺灣新報》，1898（明治三十一）年與《臺灣日報》合併，改稱為《臺灣日日新報》。1905（明治三十八）年至1911（明治四十四）年將漢文版擴充成《漢文臺灣日日新報》，直至1944（昭和十九）年總督府將全臺六家日刊報紙，統合為「臺灣新報」，由總督府獨攬整個新聞事業。[3]另一代表性報紙《臺灣民報》的前身，可推溯至1920（大正九）年由臺灣留日學生組成「臺灣青年雜誌社」所發行的《臺灣青年》。這份於東京印刷的刊物，採日文及漢文並行，發行範圍除了臺灣之外，也在日本及中國沿海流通。1922（大正十一）年《臺灣青年》改名為《臺灣》，1923（大正十二）年4月創刊《臺灣民報》半月刊。兩年多之後，其發行量成長與臺灣四日刊報紙並駕齊驅，1927（昭和二）年7月《臺灣民報》獲准於臺灣印刷。此系列報刊具有開啟民

---

2 Ping-hui Liao, " Print Culture and the Emergent Public Sphere in Colonial Taiwan, 1895-1945" . In David Der-wei Wang and Ping-hui Liao Eds, *Taiwan Under Japanese Rule, 1895-1945*: History, Culture, Memory（New York: Columbia University Press, 2006）, pp.160-184.

3 李承機：〈植民地新聞としての《臺湾日日新報》論——「御用性」と「資本主義性」のはざま〉，《植民地文化研究：資料分析》第二號（東京都：不二出版株式會社，2003年），頁169-181；蘇碩斌：〈日治時期臺灣文學的讀者想像——印刷資本主義作為空間想像機制的理論初探〉，收於國立成功大學臺灣文學系編，《跨領域的臺灣文學研究學術研討會論文集》（臺南市：國家臺灣文學館，2006年3月），頁99-101。此兩篇論文分析臺灣日治時期報刊與官方及資本主義的關聯，並探討對於讀者空間想像形成的影響。

智、呼籲臺民奮起、介紹新知及傳播東西文明等功能。[4]1930（昭和五）年3月29日《臺灣民報》第306期起，改名為《臺灣新民報》。《臺灣日日新報》系列發行與總督府關係密切，《臺灣民報》系列報紙則由臺灣知識分子所創，兩報創刊宗旨明顯有別。

臺灣教育會為使同化教育能順利推行，1900（明治三十三）年發行機關誌《臺灣教育會雜誌》。[5]1912（大正元）年1月第117號起改稱《臺灣教育》，直到1943年（昭和十八）年停刊，總共發行498 號。[6]《臺灣教育會雜誌》漢文報為殖民者利用漢文的一環，顯現語言與教育對同化政策深具重要性，此誌兼具兩者，故於傳播上亦有特殊的意義。這個刊物從1903（明治三十六）年1月第10號增設「漢文報」附於雜誌後。[7]其目的是為攏絡臺人參與日語教育工作，同時也為增加閱讀群眾以達到教化臺灣人民的目標，並使「國語」同化教育能順利推行。另一類社群刊物如《臺灣文藝叢誌》，其源起為1918（大正七）年9月20日櫟社與清水鰲西詩社的聯合會中，蔡惠如深慨漢文將絕於本島，提議設法維持漢文的延續，臺灣文社由此醞釀而生。[8]十二名以櫟社成員為主要班底的臺灣文社創立者，共同於1918年10月擬定〈臺灣文社設立之旨趣〉，並登於1919年1月1日《臺灣文藝叢誌》創刊號。[9]臺灣文社的成立與《臺灣文藝叢誌》創刊，由重氣節及文化抵

4　黃秀政：《《臺灣民報》與近代臺灣民族運動（1920-1932）》（臺北市：現代潮出版社，1987年），頁91-107。

5　蔡茂豐：《中國人に對する日本語教育の史的研究：臺湾を中心に》（臺北市：撰者印行，1977年），頁338。

6　〈編集後記〉，《臺灣教育》第497號，1943年12月，頁69。

7　〈會報〉，《臺灣教育會雜誌》第10號，1903年1月，頁62-63。

8　傅錫祺：《櫟社沿革志略・大正七年（戊午）》【臺灣文獻叢刊170種】（臺北市：臺灣銀行經濟研究室，1963年），頁12。

9　蔡惠如等：〈臺灣文社設立之旨趣〉，《臺灣文藝叢誌》創刊號（第一年第一號），1919年10月。

抗的部分櫟社成員所發行，不僅透露現代思潮對傳統文人的影響，亦提供古典文學作者發表的園地。

另一類以休閒性質為主的刊物，如創刊於南部的《三六九小報》，此報為1930（昭和五）年9月9日由一群臺南文人所發行，創報成員之一王開運曾在創刊號中說明報刊的性質為：「特以『小』標榜，而致力托意乎詼諧語中，諷刺于荒唐言外。」組織成員包括具科舉功名的傳統文人，如趙雲石、羅秀惠等成員；以及受漢文化陶養與公學校教育的新世代，如南社少壯派成員趙雅福、洪鐵濤等人。[10]因眾人的熱心投入，此每逢三、六、九日發刊的小報，得以維持五年之久。[11]另一發行於北部的傳統刊物《詩報》，為1930（昭和五）年10月30日由周石輝等人創刊，是目前所見日治時代刊行最久的傳統文學刊物。報社早期設址在桃園，後搬遷至基隆，以基隆在地詩人參與編輯為主。《詩報》發行時間長達十四年，共刊行309期，為日治時期極具規模的傳統文學刊物，也是少數戰爭期獲准繼續發行的漢文刊物之一。[12]至於北部發行的《風月》雜誌，1935（昭和十）年由臺北大稻埕一群文人創刊，1937（昭和十二）年更名為《風月報》。1941（昭和十六）年為配合日本南進政策作宣傳，又改題為《南方》，復改為《南方詩集》月刊。綜觀此系列雜誌發行期數、期號相連貫，發行時間長達八年多。此系列雜誌初以通俗文學為主的編輯方針，後期漸轉

---

10 《三六九小報》，第5號，1930年9月23日。

11 江昆峰：《《三六九小報》之研究》（臺北市：銘傳大學應用中文學系碩士論文，2003年），頁158-159。

12 《詩報》的研究，可參考柯喬文：〈基隆漢詩的在地言說：《詩報》及其相關書寫〉，《中正大學中文學術年刊》第二期（2008年12月），頁161-200、陳青松：〈詩報——漢文弛廢振詩學〉（1999年），《基隆市志．文化事業篇》（2001年）、《基隆市志．藝文篇》（2003年），陳青松：《基隆第一．人物篇》（基隆市：基隆市立文化中心（今文化局），2004年6月），頁20-22。

向為「皇民化運動」宣傳的方向。[13]這些刊物因以漢文書寫，其功能或為抗拒日人同化政策，或因同文關係而為日本殖民者所收編。有些刊物因出版禁制雖避談政治，但仍可能隱含親官方的敘事位置；但因刊物所載文本多元，需分別檢視，方能理解作者的心境。

日人在臺灣建立出版事業基礎的歷史脈絡，原先是透過報章雜誌出版進行政治鬥爭，卻無心插柳而間接促成臺灣公共輿論空間的形成。[14]就發行量而言，《臺灣日日新報》主要以日文刊印，於1905年7月分出《漢文臺灣日日新報》初期每日發行量逾四千份，1910年每日發行量逾六千份。臺灣在1910年代的讀報人口，粗估只有「諸區長、保正、紳商、官吏」約八千人，1920年代為臺灣人報紙購讀層大幅增加的開端。[15]另檢視《臺灣民報》於日治中期以活字印刷形式印行，至1929（昭和四）年所發行量約為三十七萬份。此臺灣人所創辦的報紙，使作者以不特定的全新讀者為訴求對象。[16]這些報紙發行的時間、數量，提供理解當時閱讀市場的資料，並使登載於此類公共媒體的旅遊散文具有傳播性。

旅遊書寫的研究雖日漸熱絡，但仍有多處相關的學術議題尚待開拓。究竟臺灣日治時期的旅遊散文蘊含哪些研究主題？旅遊散文作者

---

13 林淑慧：〈日治末期《風月報》、《南方》所載女性議題小說的文化意涵〉，《臺灣文獻》第55卷第1期（2004年3月），頁205-237。

14 Liao, Ping-hui, "Print Culture and the Emergent Public Sphere in Colonial Taiwan, 1895-1945" In David De-wei Wang and Ping-hui Liao Eds, *Taiwan Under Japanese Rule, 1895-1945.*（New York: Columbia University Press, 2006）, pp. 78-94.

15 李承機：〈從清治到日治時期的「紙虎」變遷史〉，柳書琴、邱貴芬主編，《後殖民的東亞在地化思考：臺灣文學場域》（臺南市：國家臺灣文學館，2005年），頁15-44。《臺灣近代メディア史研究序說——殖民地とメディア》（東京都：東京大學大學院總合文化研究科博士論文，2004年），頁257-258。

16 蘇碩斌：〈活字印刷與臺灣意識：日治時期臺灣民族主義想像的社會機制〉，《新聞學研究》第109期（2011年10月），頁17。

的身分及位置為何？旅遊散文的內容與表現形式又傳達作者何種視界？他們如何透過旅遊散文形塑臺灣及外在世界的地景意象？又藉由書寫海外意象透露怎樣的世界觀？當作者至各地旅遊，有哪些目的性的考察及現代性的體驗？他們觀察到哪些文化差異並加以迻譯？甚至發表其文化批判？此類旅遊散文因涉及文學與文化相關的議題，值得細加探究。旅遊散文大多比行旅詩的篇幅長，又因不受格律的拘束，敘事性較為鮮明，且易於論述。臺灣日治時期旅遊散文因階段性、地域性、作者身分及位置等差異而各具特色。本書蒐羅日治時期旅遊散文為研究素材，先探討旅遊散文的研究方法，再分別舉例應用於詮釋相關的研究主題。

二　研究方法與核心概念

本書於旅行以及跨國研究上，強調文化體驗和感官的衝擊、空間意象、文化承襲或認同等議題，焦點置於作者、媒介以及報刊雜誌上。例如從《臺灣日日新報》、《臺灣民報》、《三六九小報》及雜誌等刊物主要的大眾媒體上的漢文，探討臺灣、日本與中國文化的差異以及現代化的衝擊。關於「論述」（discourse）的定義，傅柯（Michel Foucault, 1926-1984）認為論述是一種陳述的系統，藉由這種方式，社會的現實可為世人所瞭解、應用且運作，進一步形成主體與客體間的權力關係。透過論述來認知世界並生產意義，進而形成一種隱藏在人際間的權力網絡。論述是各種勢力穿行其間，相互交鋒或較量下所形成的語言表達。因為權力的作用，使得知識的形成必須遵循一系列的規則、標準與程序，也必然涉及各種分類、信念及慣用的方法。[17]「再現」比較強調個人和社群，「論述」則不只是個人的面向。例如將旅行文學刊登在報章雜誌上，讀者群常受到歷史和殖民勢力的影響。面對臺灣的抗日意識高漲，日本於是試圖積極攏絡臺灣人，漢文即成為媒介之一，其中《臺灣日日新報》、《臺灣教育會雜誌》早期特別增刊漢文版或漢文報。從旅遊文學而觀，臺灣人被邀請至日本參訪而內心受到衝擊，回歸後是否表現出對日本人的效忠？在這樣的意識裡有些挪用與誤解，於此層面又該如何運用再生產的這個作用，此即是所謂的「論述」。也就是傅柯所說的，作者是歷史條件使其發揮作用，作者是時代的一個產品。

1920年代臺灣讀報人口、閱讀的情感、記憶和認知系統，已經產生很大的變化，形成臺灣和日本陌生與親切的情感結構。因此，在歷史化的公共文化中，面對日本或外在世界，臺人如何挪用領受的結構？又怎樣重新創造文化？如Anderson所言，在報章雜誌上吸收別人的內容，再用放大鏡觀看，期望做得比別人更完善，以更多方式發揮自己的民族主義。旅遊文學也運用這種方式，希望在臺灣製造出一種比臺灣、日本還要理想的社會。菲律賓、印度以及孫中山先生也是運用這樣的方式，將旅遊經驗變成國家新興的計畫，並以到國外吸收的經驗應用於自己的土地上生根。這樣一種認同位置和場景的互動，變成保存在地文化的計畫，背後是政治和歷史互相交織而成的。日本運用各種方式鼓勵日人來臺旅遊，藉以同化臺灣人。這種經驗在領受、抗拒的情感結構下，被拋棄、被邊緣化以及被同化的經驗裡，是如何形成自我的認同和主體性？受到歷史論述的影響下，這些旅行者回到臺灣是否可以轉化自己的思考，成為實業界和商業界的政策？如何使農業、教育和本土產業的發展上，對臺灣有新的貢獻？這個預期

---

[17] Foucault, Michel（1980）. *Power/Knowledge*, (New York: Pantheon,1980), pp.109-133.

層面是「論述」須注意到的面向。[18]

就文體而言，散文（prose）有別於韻文（verse），許多散文以推理或論述的形式，拓展到外在世界的「實踐」或「行動」，以及社會活動或個人的思想。[19]旅遊散文有時以日記體的形式，有些則公開傳播而具聽述的對象。旅人一方面是行動主體，另一方面又不時跳脫出來觀察自己，旅行敘事因而發人省思。就敘事理論而言，敘事者和他所述說故事的關係，可以劃分為同敘事者與異敘事者。同敘事者敘述自己目睹、參與或經歷的故事，敘事者本身就在他所敘述的故事之內。旅遊散文多以同敘事者的方式，隨心所欲闡述其所思所感，由人物談論自身或其他人物的身體、行為與情感表現，自然較具說服力。此類文體與敘事學的要素有所關聯，如敘事學不只關切形式，也處理意義、修辭、歷史生產情境等問題；不只研究文本結構組織，也顧及整體與局部的關係和細節的安排。[20]旅遊散文歸屬於散文的次文類（sub-genre），是以記遊寫景為主要內容的散文類型。通常為作者遊歷異地的主觀記敘，有明顯的敘事秩序；且作者脫離日常生活固有的生存空間，為特殊體驗的記錄。其要件為所記內容必是作者親身經歷，並以記遊為最主要目的；同時需呈現作者心靈活動，若僅是客觀解說，只能視為旅遊指南。[21]以敘事學來探索文本，是將其視為理解和接近世界的手段。因旅遊散文從開頭的旅遊動機，到中間發展的過

---

[18] 感謝加州大學聖地牙哥分校（UC San Diego）川流講座教授臺灣研究中心主持人廖炳惠老師，於第八屆臺灣文化國際學術研討會擔任本論文的講評人，不吝給予諸多珍貴的意見，激發詮釋的靈感，提供本書補充論點及修改的參考。

[19] 諾思洛普．弗萊著，陳慧等譯：《批評的解剖》（天津市：百花文藝出版社，2006年），頁387- 486。

[20] 翁振盛：《敘事學》（臺北市：文化建設委員會，2010年），頁30-31、92-93。至於異敘事者敘述他人的故事，自己不在他所敘述的故事之內。

[21] 鄭明娳：《現代散文類型論》（臺北市：大安出版社，1978年），頁220-230。

程，涵括旅遊路線的選擇、旅途中與人物的互動或景點的擇選等。至於結尾則為回歸後的感受與論述，流露作者從離到返的思路歷程，故以敘事學作為旅遊散文的研究方法之一。

許多敘事的展開與人物生命歷程重疊，旅遊最終目的在於認識與回到自我，因而使個人的生命經驗更多采；旅遊體驗也是主觀的感受，透露旅遊過程的觀察、交流與哲學思索。因旅遊散文具敘事結構的特性，故歸納旅遊敘事架構如圖 1-1：

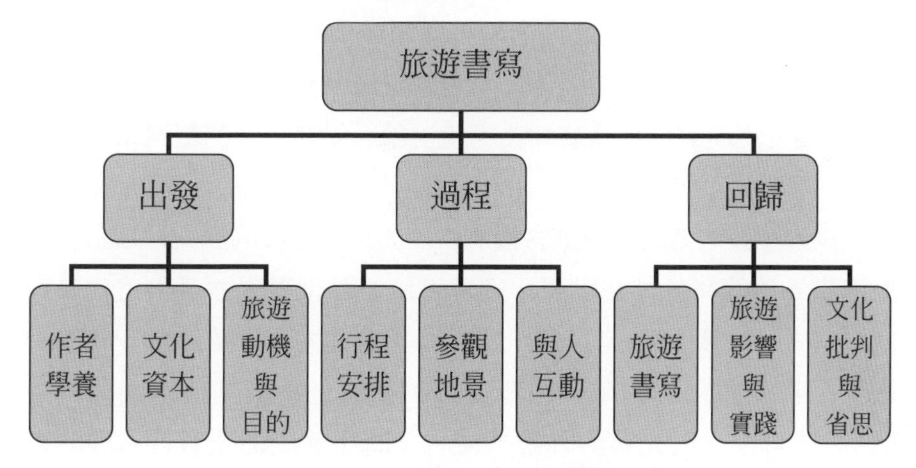

圖 1-1　旅遊敘事架構圖

圖 1-1 中呈現從旅遊出發前作者的敘事位置與目的，到旅遊過程與人、事、物的互動，及回歸後的論述及影響。如基隆出生的陳炳煌以「雞籠生」為別號，曾因父親經商而移居中國、東南亞等地，於 1930（昭和五）年取得碩士學位後，取道歐洲漫遊。其遊歷路線依次為：美國紐約→英國倫敦→法國巴黎→德國柏林→法國馬賽→新加坡→西貢→上海。原發表於《臺灣新民報》的見聞，後來應許多朋友及讀者的要求方集印成書。情節的賦予將旅遊事件轉變成連續故事中的一幕，也因而將敘事的各部分聯繫起來，成為一個具有內在意義的整

體。[22]此《海外見聞錄》受到林獻堂的肯定，讚賞雞籠生見聞廣博且善於「留心毫末，詳人之所忽」[23]，此部旅遊散文各篇內容多元，隱含作者獨樹一幟的寫作風格。

旅遊使人產生轉變，到遠方才能更瞭解自己的狀態，也是一個經常被提及的悖論關係（Paradox）。度假時能享受自由，透過遠離工作來再造自我，同時可以在旅遊時光中發揮創意。[24]許多作者除了考察及觀摩學習之外，旅遊的重要層面即是一種脫離時間束縛的永恆體驗。如林獻堂暫時脫離島內紛爭而遠赴海外旅遊後，不僅於旅遊散文中將殖民地比喻為「牢籠」，也親身感受到外在世界的相對「自由」，因而更理解自我及臺灣的處境，隱含知識分子對臺灣未來發展方向的思考。

旅人在與他者的種種感官接觸中，表現出自我的展演。John Urry提出當身體徜徉於外在世界，則是直接體驗世界，並且表達代表社交、差異、意識型態與具意義的感覺。我們並非純然在「看」東西，尤其是身為觀光客的時候，所見之物其實是象徵其他東西的「符號」。一旦披上觀光客的外衣「凝視」時，看到的是五花八門的符號，其實許多符號都是「隱喻」。旅遊經驗建構來自於符號的消費與收集，遊客基本上都是符號專家，因為遊客的凝視是符號化的、是浪

---

22 Hinchman, Lewis P. and Sandra K. Hinchman. *Memory, Identity, Community: The Idea of Narrative in Human Sciences*（New York: State University of New York Press, 1997）, pp.15-16.

23 林獻堂：〈海外見聞錄序〉，收錄於雞籠生：《海外見聞錄》（臺北市：臺灣新民報社，1935年）。

24 Curtis, Barry and Claire Pajaczkowska. "Getting there: Travel, Time, and Narrative". George Robertson, Melinda Mash and et al. Eds, *Traveller's Tales: Narratives of Home and Displacement*（London: Routledge, 1994）, pp. 199-215.

漫的、也是集體的，更是多元而流動的。[25]例如台灣日治時期一些在地散文作者引用漢籍「桃花源」的典故，隱喻人間理想境界；又藉由具體刻畫台灣的山水，為在地化的風景發聲，而流露地方感。

對於具地方感的人來說，家鄉是富親切感、安全感、混合記憶、生活和情感的地方，日治時期島內旅遊散文常呈現作者以感官體驗風景的敘事。多數人將自身的家鄉視為世界的中心點，因為相信自己處於中心，因此鄉土具有無法取代的特殊價值。中心感是由不同的座標所圍繞而組成的幾何圖，家鄉是當中決定空間體系的中心。關於地方與空間的論述，段義孚的研究指出地景是可見的個人與族群史，認同感就在這類所有的事物上，人的空間感反映情感，而敘事則是表現這些意義的主要方式。應用於臺灣日治時期的旅遊散文研究，將發現作家暫離日常生活環境，前往平常未能到訪之處；返回後又進行記憶書寫，產生空間與地方的認同感，也表現不同敘事角度的變換。旅行敘事利用不同視角的轉移與聚焦，表現作家本身的位置與文化意識。於熟悉與陌生的空間離與返，以身體的感官將所有的記憶串連，再現旅行時的深刻感受。段義孚又提到地方與空間的差異性是由相互定義所展現出來的，空間是動態的，地方則是靜止的。[26]再將此概念詮釋台灣旅遊散文，則見文本表達作者的意識型態與感覺。如在地旅遊散文對於臺灣山川有哪些讚嘆？並隱含何種人文的關懷？始能達到引發讀者對地方的認同感。至於旅日散文則常以參觀產業、著重現代化建設或歷史古蹟為主，又是如何比較與殖民母國的差異性？並因空間移動而省思臺灣哪些困境？

---

[25] John Urry著，葉浩譯：《觀光客的凝視》（臺北市：書林出版公司，2007年11月），頁206-267。

[26] Yi-Fu Tuan（段義孚）著，潘桂成譯：《經驗透視中的空間和地方》（臺北市：國立編譯館，1998年），頁7-16。

文學研究者認為旅遊書寫與作者的習性關係密切，人文地理學者也留意旅行家所看到與所聽到的事物，在很大程度上決定於他的個性。故探討這些旅遊散文所描繪的場景與敘事者心境有何關聯？Michael Oakeshott（1933）分析經驗為跨越人之所以認知真實世界及建構真實世界的全部過程。經驗的形式由比較直接而消極的，如嗅覺、味覺和觸覺、至積極的視覺和間接的符號意象方式形成。旅遊散文多是將身體的感官經驗轉化成文字，保存體察自然與人文風景的意義。即使有些作品為求通俗化，而未講究文辭；但不同時期的歷史背景，常隨著作者的感官書寫而傳衍於文本當中。作者面對外在人事物的視角，以及內在的心理情緒，亦反映於文本之中。如此重整旅遊散文記憶的過程，藉由文字的開展而喚起感官經驗，並保存旅人於特定時空情境的記憶。

廖炳惠於〈旅行、記憶與認同〉歸納旅行研究的重要特質，其中心理符號機制包括認同、差異、再現、批判、調整等五個元素。在旅行的過程中，常是一種自我和他人再現的心理機制，於比較、參考與對照別人的文化社會而顯出人我之差別。心理機制將外面的景觀及引發的情緒變化，以書寫方式顯現內心的人我差異，因此旅行常發展出比較國際觀。[27]若應用於臺灣日治時期旅遊散文的詮釋，常見作者因旅遊活動而思索自己的認同位置；同時在這差異比較的過程，再現文化觀察所得。因此產生對於本土文化現象的批判，進而調整在公共政策上的看法，並提出具體建議，這些皆是研究旅遊多元面向的切入點。茲以圖1-2歸納旅行敘事的核心意義。

---

[27] 廖炳惠：〈旅行、記憶與認同〉，《臺灣與世界文學的匯流》（臺北市：聯合文學出版社公司，2006年），頁180-181、183-189。

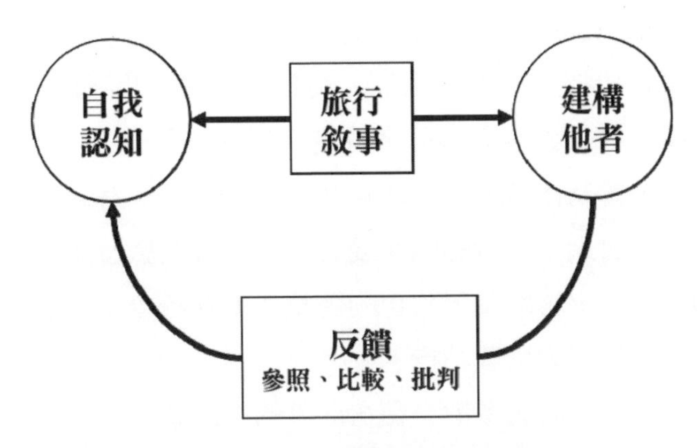

圖1-2　旅行敘事的核心意義

圖1-2以敘事情節為核心，牽涉旅遊作者的敘事位置與目的，或是旅遊地景與心境，以及文化迻譯等，這些面向皆蘊含旅遊敘事的核心意義。在殖民情境下的旅遊散文，常隱含對自我身分認同的思考，或於異地建構他者；回歸家園後則以參照、比較或批判的方式，反饋至自我主體的建構。如臺灣日治時期的刊物所載多篇旅日散文，表面上強調觀摩教育的諸多面向，看似不遺餘力宣揚殖民母國的教育成效，同時亦反映臺灣教育資源遠不如日本的困境。又如《臺灣教育會雜誌》所載國語學校校友王名受的作品，顯現作者關注教育及社會風氣的議題，並對加強臺灣教育的重要性有所認知。此外，《臺灣民報》所載黃朝琴的旅遊敘事，包括留學教育是否能學以致用，畢業後回臺灣是否發揮專長；另一方面，則藉由參觀美國菁英教育及社會教育資源，觀摩學習環境與教育的成果。從留學的準備教育，到留學後回國實習的配套措施，呈現他因留學經驗而能關注教育的多元面向。此外，如陳俊生載於此報的〈遊朝鮮所感〉，則觀察到朝鮮教育機構比臺灣更具規模的現象，分析臺灣教育不盛行的原因，並批判抱持舊思維的人阻礙教育的發展。威廉士（Raymond Williams）於強調「情

感結構」（Structures of Feeling）時點出其特性：「不只是一群作家的共同點，也包括特殊歷史情境下，與其他作家的共同點」，故「情感結構」是將結構的對應視為社會特定族群的表現方式。[28]臺灣日治時期旅遊散文，皆為作者藉由公共媒體強化應重視教育的理念，反映那時代知識分子對人才培育的問題憂心忡忡。這些旅遊散文在旅人自我與他者的映照中，皆感受現代化的衝擊，或處於殖民地之下的諸多困境，因而流露相通的情感結構。

臺灣日治時期的旅遊散文蘊含海外的空間意象，並流露作者觀看臺灣本土的風景心境。人文地理學者艾倫．普列德（Allan Pred）提到：「地方感」概念的形成，須經由人的居住，以及某地經常性活動的涉入。經由親密性及記憶的積累過程，或是經由意象、觀念及符號等意義的賦予，以及經由充滿意義的「真實」經驗或動人事件，甚至是個體或社區的認同感、安全感及關懷（concern）的建立，才可能由空間轉型為「地方」。[29]藉由分析旅遊散文的敘事視角，發掘一些作者以「地方」的概念表達對各類場景的感受，並透露身分位置與場景互動的關聯。如《臺灣文藝叢誌》的作者多為傳統儒學社群，此刊物所收錄的在地遊記多以「園」或「名勝」為主，強調園林的歷史厚度及與人物的互動。文化地景的想像蘊含深刻的時間意識，舉例而言，「萊園」不僅為霧峰林家的宅第，亦是臺灣文化協會會員聚集的人文空間，透露寄託鬱結之氣於園林的情懷。又如「務茲園」原意是指務求施行更多德政，園林以此命名，表現在地的認同感及歸屬感。此外，文人藉由書寫珠潭等地景，將長時間積累的歷史感受，因不同時

---

[28] Williams, Raymond. *Problems in Materialism and Culture*（London: Verso, 1980）, p. 230.

[29] Allan Pred著，許坤榮譯：〈結構歷程和地方——地方感和感覺結構的形成過程〉，《空間的文化形式與社會理論讀本》（臺北市：明文書局公司，1993年），頁86。

代的變遷而賦予新的意義。綜觀這些在地遊記，或展現作者的人生觀與地景間的相互映照，或透露殖民地知識分子的憂心及對於文化保存的關切。

在時代背景與文化脈絡方面，方孝謙（2006）透過西來庵事件、日人的懷柔統治手段等例子，分析臺人如何進行反抗或順從；不僅顯現日人對於不同階層臺人的統治成效，並影響少數知識分子的認同。[30]這些臺灣知識分子在協力或反抗間的光譜遊走，分析其旅遊書寫內容，有助於理解他們於日治時期的敘事位置。在文獻研究方面，為蒐尋第一手資料，須先探討作者撰述、主編與傳記等相關書籍。如：顏國年編著及他人所編的傳記，並蒐集顏家的產業發展與婚姻網絡，或是與地方社會的關係等文獻。如陳慈玉（1999）探討基隆顏家與臺灣礦業發展及關口剛司（2002）分析三井公司等資料。又藉由顏國年等人的後代或相關人士的訪談中，得知作者更多的背景資料。如顏國年媳婦施素筠曾於〈夫家成員的穿著〉的口述訪談中，提到顏國年的個人風格：「公公個人相當重視服飾穿著，認為體面的穿著能表徵一個人的社會地位。在顏家的男性中對穿著最考究，還曾到歐洲考察時帶回好幾大箱的西裝禮服、皮鞋、禮帽。」[31]此類家族史的訪談內容，有助於對這些旅遊散文進行另類閱讀的理解。

30　Fong, Shiaw-Chian. "Hegemony and Identity in the Colonial Experience of Taiwan, 1895-1945". In David Der-wei Wang and Ping-hui Liao Eds, *Taiwan Under Japanese Rule, 1895-1945*: History, Culture, Memory（New York: Columbia University Press, 2006）, pp. 160-184.

31　葉立誠：《臺灣顏、施兩大家族成員服飾穿著現象與意涵之研究：以施素筠老師的生命史為例（1910-1960年代）》（臺北市：秀威資訊科技公司，2010年），頁206。

三　本書研究架構及主題

為理解臺灣日治時期旅人心境，本書先從時間性與空間性著手，探討時空機制下各類旅遊書寫的視角與場景意象；再分從現代性與文化迻譯兩面向，探討於特殊時空下所形成的情感結構。茲以圖 1-3 繪出研究架構圖。

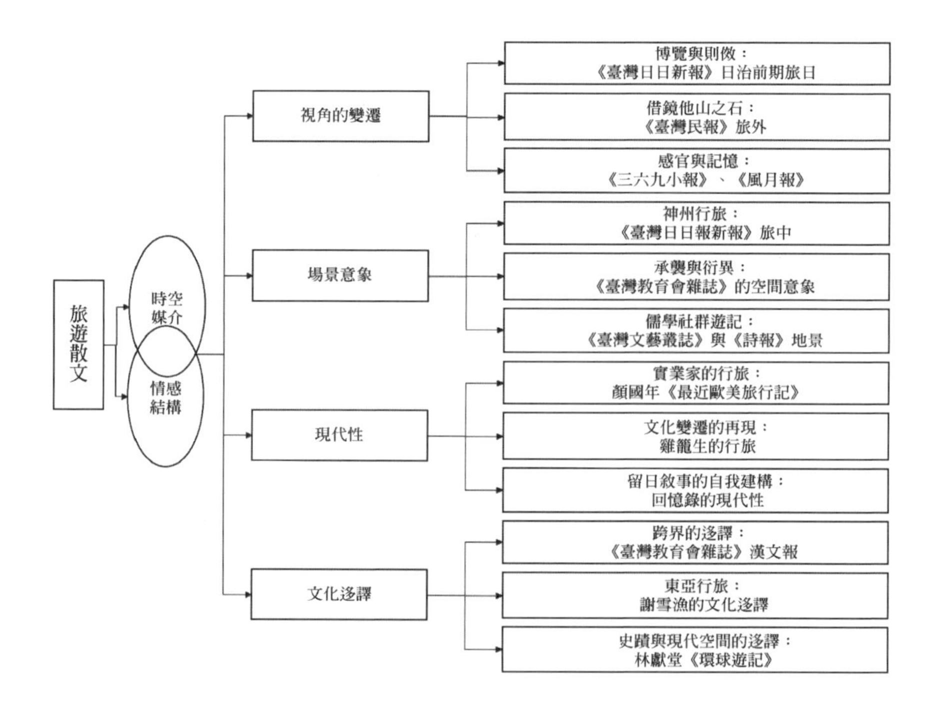

圖 1-3　本書研究架構圖

圖 1-3 為本書分析臺灣日治時期漢文旅遊書寫所涉及的研究範疇，每章將各舉若干文本為例加以詮釋。試圖應用旅行心理符號機制於旅遊散文的研究，詮釋作者因旅遊活動而思索自己的認同位置。在這差異比較的過程，再現文化觀察所得，因此產生對於本土文化現

象的批判，進而調整在公共政策上的看法，並提出具體建議。廖炳惠（2001）曾以吳濁流的遊記為例，分析臺灣另類現代性（alternative modernity），指的是於臺灣的被殖民以及嚮往祖國的經驗之外，發現到一種非中、非日的臺灣的現代另類經驗。對於處在殖民地之下的文人而言，赴中國旅遊是一種特殊空間場域的移動經驗，此類遊記常以時代危機、時空轉移的個人情感結構，於私人的論述中流露作者對旅行與回憶複雜互動的思索過程。[32]以刊載於《臺灣日日新報》的楊仲佐〈神州遊記〉、黃朝琴〈上海遊記〉為例，他們生長於殖民地臺灣，卻因緣際會前往想像的中國，其旅遊散文透露文化差異下的心理轉折。一些文人由於接觸古籍及儒學教育的薰陶，或從長輩口述中原風土的描述，而形塑關於漢文化的想像；然而當他們親身踏上中國土地，所見所聞與想像有莫大的落差。他們或從國民意識、教育、衛生、農工商業等面向提出富強論述，或於字裡行間流露對中國的批判及深切期許，其價值觀亦隱含臺灣受到日本殖民統治的痕跡。因臺灣與漢文化的關聯性，旅遊散文與歷史脈絡相映，呈顯古今參照的反思。至於《臺灣文藝叢誌》、《詩報》旅日散文有關文明的論述，透露割捨過去而趨新的理念，亦是儒學社群從傳統社會過渡到現代社會的肆應。本書關於臺灣日治時期旅遊散文的研究方法，多應用旅遊心理符號機制、敘事與論述的表現方式，以詮釋文本的再現策略。本章將概述以旅人視角與場景意象、現代性與文化迻譯等面向作為本書切入點，以提出旅人於時空媒介下所形成何種情感結構的問題意識。

---

[32] 廖炳惠：〈異國記憶與另類現代性：試探吳濁流的《南京雜感》〉，《另類現代情》（臺北市：允晨文化實業公司，2001年），頁21。

（一）時空媒介：旅人視角與場景意象

臺灣日治時期旅人於從事旅遊活動後，不僅感受異地的文化差異，且思考改革的諸多面向。這些旅遊散文作者視角的變遷，以及描繪的場景意象，多提供瞭解旅人於特殊時代與環境的互動關聯。例如旅遊散文作者於文化的參照與比較後，進一步提出哪些評論或批判？以《臺灣日日新報》、《漢文臺灣日日新報》所載旅日散文為例，除了透露作者的空間感知，又表達哪些對現代文明的憧憬嚮往或省思？抑或是被攏絡收編的可能？至於《臺灣民報》的旅遊散文則多呈現取法現代政經制度，跨界觀摩城市休閒品質。相較於有些刊載考察政經制度的大敘事，《三六九小報》、《風月報》刊登的旅遊散文多為作者再現個人體驗。因旅遊散文的場景與敘事者心境多有所互涉，《臺灣日日新報》刊載至中國的旅遊散文除了描繪都會的物質文明，內心又產生哪些與想像有所落差的文化衝擊？細觀《臺灣教育會雜誌》的旅遊散文，一方面探討地景意象反映與閩南文化的哪些關聯，並承襲風景書寫的何種傳統模式；另一方面分析殖民者如何藉由神社等空間形塑國民性？又如何利用修學旅行與共進會發揮教化功能？至於《臺灣文藝叢誌》、《詩報》所載島內旅遊散文如何藉由書寫臺灣意象表現自我觀看的結果？當作者到日本及中國又觀察到哪些文化差異？故本書就旅遊書寫視角的變遷、場景意象與心境等面向，探討旅遊書寫策略的特色。

1　旅遊書寫視角的變遷

臺灣日治時期報刊所載旅遊散文繁複多元，作者常以「我在現場」的方式記錄各地的文化氛圍。尤其日本殖民統治初期1898（明治三十一）年起發行的《臺灣日日新報》，及1905（明治三十八）年增刊的《漢文臺灣日日新報》所載的旅遊散文，多見士紳藉由博覽會展期赴日觀光，並再現對於長崎、馬關、神戶等港口，或京都、東京及日光等選擇性地景的感知。又因這些作者多擔任街庄長及參事等職，而著重於觀摩殖民母國的農工商業、交通建設、公共衛生、各級學校教育及帝國議會議事堂等層面。例如葉文暉與許又銘於1899（明治三十二）年至鹿兒島參訪九州沖繩聯合共進會、1903（明治三十六）年黃純青等人參訪大阪勸業博覽會，或林維朝於1907（明治四十）年參觀東京勸業博覽會，皆顯現作者對於現代文明的嚮往或省思。這些旅日散文登載於日治時期發行最久且為官方出資的報刊，具宣傳殖民母國現代化狀況的傳播意義。其中有些作者為士紳或地方頭人，他們受殖民者攏絡至日本，此類旅日書寫，透露媒體與這群被收編於殖民統治下傳統文人之間的微妙關係。回臺後所提出的則傚興產與教育的論述等面向，究竟透露臺灣日治初期地方士紳旅日散文的哪些視角？

當1920年代知識分子群起參與臺灣文化啟蒙運動之際，有些旅遊散文則呈現追求普世價值的功能性。如《臺灣民報》刊載旅遊散文作家在殖民統治重重限制下，有時以象徵的意符隱含身處不公社會的心境。由於作者個人的文化素養，使其所撰的旅遊散文各具風格；這些旅遊散文蘊含作者對異地的感受，亦傳達跨界後的文化觀摩及批判。藉由旅遊親眼目睹公共建築或歷史遺跡，並感受這些地景所內含的象徵意義。《臺灣民報》為臺灣知識菁英所創，具喚起民眾自覺的使命，亦呈現受到外在世界刺激後的內省。刊載於此報的旅遊散文以黃朝琴〈旅美日記〉、〈馬來半島的印象〉，及連續刊載四年的林獻堂〈環球一週遊記〉為長篇代表作。旅亞遊記則如陳後生〈遊朝鮮所感〉、郭戊己〈南洋見聞記〉，以及王添灯〈南洋遊記〉等。本書擬從取法現代政經制度、跨界觀摩休閒品質、文化參照的反思與借鏡等面向詮釋文本，藉由自我主體與他者的對話，呈現旅遊散文的敘事策略。此報所載旅遊散文呈現的是作者的意識空間，以及臺灣知識分子反思後的文化實踐。這些作品所隱含改革臺灣制度的使命感，與啟蒙大眾的理念，究竟表現文本所具何種公共領域論述功能的特質？

再將時間軸延伸至日治後期，將發現臺灣1930年代刊物的出版，常呼應現代都會大眾休閒生活的脈動。《三六九小報》及《風月報》系列雜誌以休閒為主要功能，所載旅遊散文以自然或人文風景為題材，且文本的感官意象流露旅人的視角。因「感官⟷記憶⟷藝術創作」之間有所關聯，擬藉此理解作者如何透過文本再現個人的感官經驗？分從在地風景的感官體驗、旅日記憶的表現手法加以詮釋。再從刻劃女子於殖民地或現代化社會的形象。登載於此類刊物的在地旅遊散文，藉由具體刻劃臺灣的山水，巧妙為在地化的風景發聲；同時，藉由參觀原住民聚落的習俗，記錄文化差異的觀察，分析日人同化政策對原住民造成怎樣的影響？這些臺灣日治後期旅遊書寫的視角有何轉變？隱含何種敘事位置？

2 場景意象

旅遊散文的場景為旅遊活動空間的再現，與旅人的心境關聯密切。臺灣日治時期旅遊散文描繪在地與跨界的場景，旅外的地點多以日本、中國為主。其中《臺灣日日新報》收錄許多文人至中國的行旅痕跡，此報刊所載這些作者旅中的目的為何？當參觀中國的城市後，內心可能產生哪些文化的衝擊？閱覽楊仲佐〈神州遊記〉、黃朝琴〈上海遊記〉的旅遊散文，有助於理解日治時期臺灣文人觀看中國現代化的視角。藉由研究作者思索的面向，釐析他們跨界後的錯綜心理情緒，進一步詮釋文本於臺灣旅遊書寫史上有何意義。這兩位菁英家庭的作者，一為傳統詩社的文人，一是留日的學生，然皆從國民意識、教育、衛生、農工商業等面向提出富強論述，流露對中國的批判及深切期許，呈顯臺灣於日本殖民統治下知識分子的價值觀。

再將場景聚焦於閩南，將發現臺灣日治時期雜誌蘊含諸多與閩南文化相關的史料，為研究閩南風俗的重要資源。其中《臺灣教育會雜誌》漢文報作者群多是臺灣總督府國語學校的師生，他們的地景敘事流露承襲閩南文化的意象，又隱含殖民的影響。論析作者空間意識的形成，有助於理解其觀看臺灣文化的視角，並呈現文本敘事的意義。為探討文化的承襲與衍異的現象，將從這些文本所透露寺廟意象與閩南文化的關聯，並檢視八景書寫模式的轉化；同時舉例分析空間與國民性的形塑、修學旅行與共進會具哪些教化功能？

至於儒學社群又是如何再現旅遊場景？《臺灣文藝叢誌》與《詩報》為日治時期發行長久的漢文刊物，且皆以維持漢詩文於不墜為發刊宗旨，在臺灣文學史上頗具代表性。兩刊物所登載的多篇旅遊散文，敘事範疇涵括臺灣在地旅遊及跨界至中國、日本等地，可作為研究場景意象的素材，並理解此社群如何觀看臺灣及海外的風景。這些旅遊散文的作者多受傳統儒學的薰陶，當他們面對儒學價值與現代文明之際，文本顯現衝突或協商的因應方式。不僅以挪用典故、參照比較、觸景生情、迻譯轉化作為表現策略，此類儒學社群文藝刊物透露哪些島內旅遊散文的自我觀看及地方感？旅遊散文又再現何種文化差異？蘊含儒學社群書寫哪些地景意象？此類以儒學社群為主的文藝刊物，所載旅遊散文具有觀看自我及外在世界的作用，故藉以闡釋文本地景意象的學術意義。

（二）情感結構：現代性與文化迻譯

日治時期空間移動的經驗使旅人的意識有所轉變，不再僅受到自然景觀的吸引，有時則因觀察異地都會的發展而對現代性進行反思。殖民地的知識菁英由於社會地位、學識背景等因素的不同，其文化迻譯的敘事策略亦各具特色。許多作者亦因旅外而感受臺灣與他國的文化差異，並重新思索自身的處境。究竟臺灣日治時期旅遊散文的作者有哪些現代性的體驗？他們藉由書寫海外意象再現哪些文化差異的觀察？如旅遊散文，旅人參觀各地的紀念物、歷史場景後如何迻譯？藉由現代地景反思哪些處於日本殖民下的生存處境？跨界旅遊開擴作者的文化視角及世界觀，若將旅外散文刊登於報刊等傳播媒體，則具有文化迻譯功能。臺灣日治時期知識菁英旅遊目的性不一，然皆是藉由親身體驗，試圖建立以臺灣為參照面向的旅遊書寫。有些旅遊散文記錄個人化的行程，與臺灣總督府排定的東遊則傚之旅或「上國觀光」般的刻板模式有所差異。他們或於產業實務、或於習俗風尚的觀看中，嘗試尋覓臺灣未來的發展方向。有些旅遊散文的主題涵括日常生活展演到人權、政經體制等層面；且因作者為知識菁英的發聲位置，而具公領域的影響力。本書舉《臺灣教育會雜誌》漢文報及顏國年、雞籠生、謝雪漁、林獻堂等人的旅遊散文，或回憶錄中的留日記憶為例，詮釋這些文本蘊含哪些現代性及文化迻譯的情感結構？

1　現代性

現代性是一種存有的狀態與意識，也是一個持續不斷的課題，並對當下進行反思的過程。臺灣日治時期的現代化並非從本土社會內部孕育出來，而是日本殖民政權為建立與鞏固其權力，強行轉嫁移植的結果。日本帝國引進的現代化，是為了有效開發臺灣的資源，以利其資本主義的擴張，其真正目的是支配與剝削，使臺灣人成為從屬的主體。為了有效治理臺灣，殖民政權運用高度現代化的技藝，奠定其對臺灣的統治。[33]臺灣日治時期有些旅遊散文的作者具反思性，他們認

---

[33] 黃崇憲：〈「現代性」的多重性／多重向度〉，黃金麟、汪宏倫、黃崇憲主編：《帝

清配合殖民體制的建立所引入的現代化，實與殖民性關聯密切。現代性強化「進步」的價值，隨著工業的發展、市場消費及公共媒體的發展，旅遊散文蘊含諸多現代性議題。

體驗異地文化為旅遊目的之一，藉由遠離家園後的跨界經驗書寫，表達作者的內在意識及世界觀。臺灣日治時期遠至歐美各國的旅遊書寫難得留存，目前所見日治時期最早長篇歐美遊記為顏國年《最近歐美旅行記》，此文緣起於作者1925（大正十四）年旅外而撰。從作者學養、文化資本及旅遊動機等出發前的面向，到行程設計、參觀地景、與當地人的互動等過程，皆呈現旅遊與敘事的關聯。尤其旅遊書寫、文化批判及省思的議題，更隱含知識菁英在離與返之後的衝擊。透過敘事者所見歐美社會與本地的差異，因比較、重溫的省察而理解本身境遇，進而改變自我的視界。作者關注歐美都會時所流露的文化視角，多受殖民現代性的影響，故分析其書寫物質文化隱含何種象徵意義？藉由彙錄歐美旅行見聞、觀摩產業實況、文化論述與儒教價值觀層面，詮釋實業家旅遊散文究竟蘊藏哪些現代性的相關主題？

臺灣知識分子創刊的《臺灣新民報》登載諸多具殖民現代性的旅遊散文，例如基隆人陳炳煌以「雞籠生」為別號，曾因父親經商而移居中國、東南亞等地，1930（昭和五）年於美國獲碩士學位後取道歐洲漫遊。又於1931（昭和六）年任《臺灣新民報》上海支局長，並於此報文藝版及《風月報》、《南方》等雜誌發表諸多文化評論。遷徙不僅具空間移動的特性，亦與記憶書寫有所關聯，如臺灣知識菁英的見聞錄，即呈現作者與空間移動情境的互動。作者移居後的敘事，再現觀察與想像所得，並重新思索其處境。若將敘事研究應用於分析見聞錄，在選擇、重組或化約的過程中，文本的內容與表現形式皆透露

國邊緣：臺灣現代性的考察》（臺北市：群學出版公司，2010年），頁47。

作者的敘事位置。擬就雞籠生的《海外見聞錄》及上海系列為研究範疇，分析從知識菁英的空間移動經驗、歐美見聞的比較文化觀、文明與黑暗對比的上海意象等面向，探討作者對於現代性有何觀察或批判？

臺灣日治時期留學日本的記憶，蘊含現代性的觀察；這些經過時間淬煉的記憶，又因牽涉到空間移動的議題而別具意義。回憶錄為作者反芻生活感受的書寫，其留日敘事亦為探究自我建構的代表性文本。後殖民論述的特色在於質疑帝國中心價值體系，強調殖民地文化與殖民勢力文化的差異。若從後殖民的角度分析從殖民地臺灣到日本留學的經驗書寫，多透露從他者的想像而發現彼此的差異，進而影響心理的轉折。探索回憶錄留日敘事情節、人物形象塑造或表現策略，以及空間場景所反映的心境等敘事手法，有助於理解這些知識分子的跨界意識。故擬以日治時期曾到日本留學的楊肇嘉、杜聰明、張深切、陳逸松、劉捷、巫永福、吳新榮等人的回憶錄為研究素材，從作者的敘事位置、形構留日的校園經驗、再現文化差異等面向，試圖釐析文本隱喻哪些現代性及衍生認同議題的意涵？

2　文化迻譯

文化迻譯為旅遊書寫的表現策略，其目的主要為使讀者理解異文化的特性。臺灣日治時期的旅遊散文牽涉移動所引發的文化觀察、認同議題或風景心境，這些作品藉文化迻譯的表現手法，透過公共媒體的刊載而得以傳播。此類文本拓展讀者對異地文化的認識，同時也因作者的學養及位置的差異，所傳達的社會想像亦不盡相同。《臺灣教育會雜誌》漢文報的修學旅行書寫，隱含文化迻譯的作用；又因日本文人至臺灣從事長期或短期旅行，其旅遊敘事蘊含自然與人文意象，流露哪些有關臺灣的風景心境？除論析編輯宗旨的變遷與刊載旅行作品的功能、現代文明衝擊下的教育反思、異地文化的比較及修學旅行的地景記憶之外，亦探討日籍作家於文本中再現哪些自然意象與帝國視角下的人文意象？

分析臺灣日治時期旅遊書寫的文化迻譯策略，有助於掌握旅遊文學與文化發展的特殊質性。以臺灣文人謝雪漁為例，他是第一位具秀才身分而入臺灣總督府國語學校的知識分子，又由於其記者身分而有較長時期的旅遊考察機會。他的旅遊有別於純粹休閒觀光，且其在地及跨界行旅敘事多發表於報刊，因而具傳播的作用。為探討謝雪漁散文中有關東亞行旅再現的議題，故蒐羅臺灣在地旅遊散文如〈南歸誌感〉、〈角板山遊記〉，及赴東南亞菲律賓及東北亞日本而撰寫的〈遊岷里剌紀略〉及〈內地遊記〉等長篇旅遊散文。從歷史敘事與迻譯、再現海外旅遊、跨文化性的論述等面向，探討「自我主體」與「他者」之間有何對話交鋒？旅遊敘事主題的詮釋，有助於理解作者現代性體驗複雜糾葛的面向。從知識分子觀看文化的視角，以理解臺灣日治時期旅遊文學如何再現與東亞文化的關聯性？

知識分子的跨界旅遊開擴其文化視角及世界觀，旅遊散文則蘊含作者對空間移動的細膩感受，而多具文化迻譯的功能。以林獻堂《環球遊記》為例，從「以古鑑今：從史蹟詮釋普世價值」與「觀摩現代：從都會空間反思生存處境」兩個主題面向，析論文本所載紀念物或場景有何象徵？並分析保存帝國積累於民眾心中神聖或俗世的哪些文化記憶？文本所述凡爾賽宮或埃及金字塔，為人民承受繁重的勞役或苛稅負擔下所完成，故探討林獻堂旅遊過程中親眼所見的公共建築或歷史遺跡，引發思索人民應享有何種普世價值？另一方面，亦詮釋林獻堂因觀摩世界城市的現代空間，而抒發哪些於日本殖民統治下生存處境的感懷。例如將白宮與臺灣總督府相類比，並以迻譯的手法論述空間權力對民眾的衝擊。此部旅遊散文究竟隱藏於日本殖民下知識分子內心何種深沈的悲哀？又蘊含作者欲喚醒民眾哪些層面的自覺？

旅遊散文為空間移動所產生的文本，此類文體著重旅人再現其觀察與體驗；不僅拓展讀者對於風景的認知與想像，有些因登載於刊物得以廣為傳播。如日治初期臺灣總督府曾招待士紳赴日旅遊，代表性的文本如李春生1896年回臺後所撰的《東遊六十四隨筆》。此部早期發表於《臺灣新報》的旅遊散文，記錄士紳對日本風俗文化的觀察，流露於官方安排下的體驗與感受。因這些旅遊散文皆登載於報刊雜誌，故需留意這些刊物的編輯機制，包括作者、編者與讀者反應的互動。若瀏覽臺灣日治時期的旅遊敘事，在領受層面上，許多擔任街庄長的士紳及顏國年等人的遊記中，著重衛生的論述，多流露殖民教化及現代性對於在地文人的影響。至於抗拒的層面，這些旅遊敘事亦反映臺灣於日本統治下殖民地的諸多困境，如教育資源不足、教育機會不均等。林獻堂自認臺灣處於日本邊緣，從美國回臺前竟發抒「將入牢籠」的感受，隱喻臺灣未能享有人權及自治等普世價值的議題。顏國年旅遊回臺後，曾於參議會極力呼籲加強臺灣具體的建設；林獻堂亦藉由一新會等組織社團強化啟蒙的作用。日人的漢文遊記中，以桃花源等烏托邦的修辭，象徵臺灣為樂土，具吸引日人來臺的功能。此外，藉由臺灣與各國的比較，旅外散文作者於此公共輿論的版面交會，臺灣成為作者與讀者的想像共同體，期望形塑一個更理想的社會。二十世紀的旅遊寫作已不限於以客觀描述為主，轉而突顯旅行的論述性質，其中筆法的暗伏或直陳，非單純報導所見所聞。因此，旅行文學是「自我主體」與「他者」的交鋒。臺灣日治時期旅遊散文蘊含離與返的不斷對話，所涉及研究主題十分豐盈，值得臺灣文學界持續關注。本書以漢文為媒介，分析立場不一的報刊雜誌與文集所收錄的旅遊散文，藉由幾位作者學養身分各異的漢文旅遊書寫，詮釋臺灣日治時期旅遊散文的主題特色。

——修改自原題〈再現與論述：臺灣日治時期旅遊敘事策略〉發表於「第八屆臺灣文化國際學術研討會——時空流轉：文學景觀、文化翻譯與語言接觸」，國立臺灣師範大學臺灣語文學系、長榮大學臺灣研究所主辦，2013年9月。

第二章
旅遊書寫視角的變遷

臺灣日治時期旅遊散文的發展與時代變遷的關聯密切，本章以時間為序，藉由不同階段發行的刊物所登載的旅遊散文，分析旅人於日治時期社會脈動下旅遊書寫視角的變遷。第一節以《臺灣日日新報》、《漢文臺灣日日新報》所刊載日治前期旅日散文為研究素材，探討這些擔任街庄長及參事等職的作者，所再現觀摩殖民母國物質文化及風俗的見聞。他們回臺後發表有關則傚興產與教育的論述，則表達作者對於現代文明的憧憬嚮往或省思，透露臺灣日治初期地方士紳的書寫視角。第二節則分析《臺灣民報》的旅遊散文所呈現取法現代政經制度，或跨界觀摩城市休閒品質的寫作意圖。當1920年代知識分子群起參與臺灣文化啟蒙運動之際，旅遊散文亦隱含追求普世價值的積極性。這些作者包括黃朝琴、林獻堂、陳後生、郭戊己及王添灯等人，多身負改革臺灣制度的使命感與啟蒙大眾的理念，呈顯此類文本所具公共領域論述功能的特質。第三節從臺灣1930年代刊物所呼應現代都會大眾休閒生活樣態的視角著手。相較於考察政經制度的大敘事，《三六九小報》、《風月報》所刊登的某些旅遊散文，則為作者再現個人的感官體驗。此類具休閒性質的雜誌，所載旅遊散文以自然或人文風景為題材，透露感官與記憶交織下，游移於領受或抗拒的敘事位置。本章擇選日治初期、中期到後期不同刊物所載旅遊散文，分析書寫視角的變遷與歷史文化脈絡的關聯。

第一節　博覽與則傚：《臺灣日日新報》日治前期士紳的旅日書寫

一　前言

近年來空間移動議題的研究，大多關注人的空間意識，或主體客體世界關係的變化等面向。[1]二十世紀初期日本為臺灣的殖民母國，旅人從臺灣至日本的空間移動經驗書寫，蘊含從殖民地臺灣離到返的觀察。目前有關旅日作品的探究，不論於研究對象或是研究素材上，多集中於幾位較著名傳統文人的詩文集，未著重廣蒐報刊雜誌所載眾多士紳的見聞。若細膩爬梳文本，並參考相關領域的研究成果，將有助分析這些士紳作者於歷史脈絡下的心境，呈現日治初期旅日漢文遊記的敘事視角。

回顧臺灣日治初期傳統士紳的前行研究，如楊永彬《臺灣紳商與早期日本殖民政權的關係：1895年-1905年》（1996），故本節以旅遊散文為研究素材，探討旅日書寫與殖民政權之關係。若就《臺灣日日新報》刊載眾多旅日見聞的作者而言，有些是詩社的文人，有些則是地方士紳或頭人，亦有兼具官方職務者。此類旅日書寫，透露媒體與被收編於殖民統治下傳統文人間的微妙關係，故值得細加探究。臺灣日治時期許多文人藉由到日本旅遊的機會參觀博覽會，如呂紹理《展示臺灣：權力、空間與殖民統治的形象表述》（2005），著重於博覽

1　歸納空間移動研究議題的面向，如：（一）由人對自己時空位置的認識，及人與世界如何連結所引發；（二）展現主體與客體世界的對應、互動或對立；（三）涉及主體與客體世界關係之變化；（四）涉及跨界意識、行為與世界經驗的轉變。參見王璦玲編：〈導論：空間移動之文化詮釋〉，收於漢學研究中心：《空間與文化場域：空間移動之文化詮釋》（臺北市：國家圖書館，2009年10月），頁1-12。

會展示的內容以及如何展示。此書雖提到文人參觀博物館的感受，但就與此主題相關的研究而言，除博物館行程之外，因士紳職務的需求，觀摩街庄建設亦為參觀的重點，故其遊記內容亦值得探討。前行研究成果或關注知名度較高的傳統文人，或探討博覽會等面向，多具學術貢獻度；然因報刊具傳播的功能，其文學生產的模式與媒體的關係密切，亦應探討本文於時間脈絡下的外緣背景。故針對某一報刊登載的遊記文本加以詮釋，並分析作者的敘事視角，將更能顯示其文化意義。

以《臺灣日日新報》為例，若以敘事概念加以分析，刊登於此報刊的旅日遊記，為何受到媒體的重視而提供諸多發表的版面？旅人的敘事與目的為何？這些遊記透露士紳何種旅行敘事情節與場景？又表達哪些則傚興產與教育論述的面向？本節擬探討報刊所載遊記涉及的權力建構，以及日治初期傳統文人在空間移動過程中，感受到何種文化差異？進而省思哪些改革的面向等議題？以《臺灣日日新報》、《漢文臺灣日日新報》的漢文遊記為研究素材，並蒐羅這些旅日文人的職務等資料及參考相關領域的研究成果，以分析旅遊文本所透顯的敘事視角。

二　旅人的敘事位置與目的

臺灣於二十世紀初期旅遊活動漸趨熱絡，民間興起組團至日本觀光的風潮。當時民眾前往日本的航運路線，多由基隆港搭大阪商船所屬的臺中丸，於日本長崎上岸。1905（明治三十八）年大阪商社公司開闢大阪、基隆定期航線，後又增加與日本等地的直航路線，二十世紀初期臺日間的航運交流已漸頻繁。[2]日本勸業博覽會舉行的年代，也正是日本史上所謂產業革命的年代。明治維新以來，日本政府首重以軍事為基礎的重工業，鐵道亦是重工業基礎，在鐵道出現之後，旅行活動日漸興盛。至日本的海陸交通運輸比以往更加發達，促成大眾旅日的便利性，再加上總督府鼓吹至殖民母國觀摩，科學工具及殖民政策引發日治前期旅日的風潮。

綜觀《臺灣日日新報》的發行沿革，1896（明治二十九）年日人田川於臺北發刊《臺灣新報》，1898（明治三十一）年與另一報刊合併，改稱為《臺灣日日新報》。1905（明治三十八）年至1911（明治四十四）年將漢文版擴充成《漢文臺灣日日新報》，直至1944（昭和十九）年總督府將全臺六家日刊報紙，統合為「臺灣新報」，由總督府獨攬整個新聞事業。根據臺灣總督官房統計課編《臺灣總督府統計書》（1899-1936），於1900（明治三十三）年、1903（明治三十六）年、1906（明治三十九）年、1909（明治四十二）年、1912（大正元）年《臺灣日日新報》的年度總發行量，分別為122萬、159萬、285萬、420萬、516萬份，呈現此期發行量漸增的趨勢。[3]印刷資本主義促使閱讀人口迅速增加，報刊促使越來越多人以新方式對自身進行思考，並將自己與他人的經驗關連起來。《臺灣日日新報》所載文本使

---

2 葉龍彥：〈日治時期臺灣觀光行程之研究〉，《臺北文獻直字》第145期（2003年9月），頁90-91。

3 李承機：〈植民地新聞としての《臺湾日日新報》論——「御用性」と「資本主義性」のはざま〉，《植民地文化研究：資料分析》第二號（東京都：不二出版株式會社），2003年，頁169-181；蘇碩斌：〈日治時期臺灣文學的讀者想像——印刷資本主義作為空間想像機制的理論初探〉，收於國立成功大學臺灣文學系編：《跨領域的臺灣文學研究學術研討會論文集》（臺南市：國家臺灣文學館，2006年3月），頁99-101。此兩篇論文分析臺灣日治時期報刊與官方及資本主義的關聯，並探討對於讀者空間想像形成的影響。

臺灣的讀者超越「空間」隔閡，並藉此印刷媒體與日本產生連結。日本國土的「帝國銘刻」（inscription of the Empire），呈現其帝國意識或民族意識的同時，亦為解讀臺灣「殖民現代性」混種性與多義性之實踐。[4]旅遊書寫定位在「體驗」，不僅強調將書面文字的認知活動，納到人的生存發展的整體中，尤其是一個生命體介入另一個世界的感覺。現代性透過報刊媒體，在日治時期的臺灣結合日本殖民文化所帶來的衝擊，激發新的文化觀與想像。刊登於《臺灣日日新報》日治初期這個文化場域的遊記，多載錄作者藉由總督府等相關單位的安排而從事旅日活動，旅遊動機以觀摩殖民母國現代化社會為主，其旅遊體驗因此別具意義。

就旅遊活動的實踐面而言，加拿大學者史蒂芬．史密斯（Stephen L.J. Smith）提出旅遊是推力和引力作用的結果。推力包括心理動機以及性別、收入、教育和其他形成旅行模式個體變量的影響；引力則與吸引旅行者的目的地或路徑的特徵有關，這些特徵既是有形的資產，也含括旅行者的感應與期望。[5]刊登在《臺灣日日新報》的旅日文本，呈現作者受不同推力與引力的影響。在推力方面，這些男性作者多於殖民地任公職，並有固定收入，且受過漢文教育，而得以有機會獲邀至日本與政商界人士會面，或自行廣約友朋赴日參觀遊覽。本節與前行旅日研究的差異，主要是聚焦於《臺灣日日新報》所載日治初期的旅日遊記，並擇取其行程多由臺灣總督府及各州廳署長所安排，且作者的背景及經歷相仿為研究對象。《臺灣日日新報》系列是日治時期發行量較廣的報刊，旅日遊記透過此媒體的刊載而大量

4　朱惠足：〈帝國主義、國族主義、「現代」的移植與翻譯：西川滿《臺灣縱貫鐵道》與朱點人〈秋信〉〉，《中外文學》第33卷第11期（2005年4月），頁111-140。

5　Stephen L.J.Smith著，吳必虎等譯：《遊憩地理學——理論與方法》（臺北市：田園城市文化事業公司，1996年1月），頁99。

傳播。從這些文本中得見作者旅日後文化價值觀的移轉，引介不同文化的空間圖像，其遊記也指涉不同價值觀念的知識體系與思考模式。遊記通過觀察異文化與地景，突顯書寫者本身價值觀念的變化及所處的位置，因而具傳播的影響力。就旅遊的引力而言，旅遊的目的地日本，對這些作者深具吸引力，而相繼前往參訪。這些跨越清日政權轉移的世代，割臺的傷痛記憶猶存；但面對殖民政權，卻多採協力的應世方式。從他們回臺後公開發表旅日的遊記，呈現對殖民母國現代化的觀摩與衝擊。本節以幾位地方士紳為例，將他們返臺後陸續於《臺灣日日新報》所刊登的遊記，及旅日參訪的時間及相關資料，歸納整理如表2-1：

表2-1 《臺灣日日新報》旅日漢文遊記相關資料舉隅

參加者	旅日時間	參訪活動	職稱	行程安排者	同行者	遊記篇名	刊載日期
許又銘	1899年	鹿兒島第十回九州沖繩聯合共進會	景尾辨務署文山堡第八、九區庄長	新竹辨務署長桑原戒平、臺灣協會大阪支部	葉文暉	〈共進會日記〉、〈東游日記〉	1899年12月16～30日 1900年1月5～14日
葉文暉	1899年	鹿兒島第十回九州沖繩聯合共進會	臺北縣新竹辨務署參事	新竹辨務署長桑原戒平、臺灣協會大阪支部	許又銘	〈東游日記〉	1900年2月14日～3月13日

參加者	旅日時間	參訪活動	職稱	行程安排者	同行者	遊記篇名	刊載日期
林希張	1899年	鹿兒島第十回九州沖繩聯合共進會		神戶造船所寄共太郎、大坂紡織株式會社社長武田信民	安田武彥、志吉忠一、武藤永太郎、倉山久俊	〈東遊日記〉	1899年11月3日～12月8日
汪式金	1901年	第十一回九州沖繩八縣聯合共進會	滬尾辨務署第九區街庄長	橫澤祕書官	五藤敬太郎、竹中正、誠關一	〈內地觀光日記〉	1901年5月24～25日
黃純青	1903年3月15～27日	大阪第五回勸業博覽會	桃子園廳庄長			〈觀光記事〉（一）～（四）	1903年4月26日～5月1日
劉鴻光	1903年4月17～6月16日	大阪第五回勸業博覽會	苗栗廳稅務課參事		藤井米八郎	〈東遊日記〉（一）～（三）	1903年6月19～21日
劉仁超 劉如棟	1903年	大阪第五回勸業博覽會	新竹辨務署第十三區街庄長	新竹里見廳長	五藤敬太郎	〈東遊誌〉（一）～（三）	1903年7月10～12日
范献廷	1903年5月10日～6月10日	大阪第五回勸業博覽會	新竹辨務署第十六區街庄長	新竹里見廳長	五藤敬太郎	〈東遊觀光日記〉（一）～（七）	1903年8月6日14日
呂鷹揚	1903年	大阪第五回勸業博覽會	桃仔園廳稅務課參事、桃仔園廳大嵙崁公學校囑託			〈記觀光所感〉	1903年5月2日

參加者	旅日時間	參訪活動	職稱	行程安排者	同行者	遊記篇名	刊載日期
翁煌南	1903年	大阪博覽會	鹽水港廳總務課參事		劉神嶽	〈觀博覽會併至東京有感〉	1903年7月24日
林維朝	1907年	東京博覽會	嘉義廳新港區街庄長			〈東遊紀略〉 〈日光探勝〉	1907年10月26日～11月1日 1907年10月27日
張簡忠	1907年6月15日	東京博覽會	鳳山廳赤崁區街庄長		殖產係長坂元君	〈觀光記略〉（一）～（四）	1907年8月29日～9月7日

資料來源：

1. 臺灣總督府編：《臺灣列紳傳》（臺北：臺灣總督府，1916年4月）
2. 臺南新報社編：《南部臺灣列紳傳》（臺南：臺南新報社，1907年）
3. 臺灣總督府編：《臺灣總督府職員錄》（臺北：臺灣總督府，1898年）
4. 臺灣雜誌社編：《臺灣實業家名鑑》（臺北：臺灣雜誌社，1912年）
5. 新高新報社編：《臺灣紳士名鑑》（臺北：新高新報社，1937年）
6. 臺灣日日新報社編:《臺灣日日新報》（臺北：臺灣日日新報，1896-1944年）

表2-1為依照旅日時間先後，所羅列相關的資訊，從中發現這些士紳多是趁共進會與博覽會的時機旅日。除了《臺灣日日新報》刊載許多士紳的訊息外，另可從《臺灣列紳傳》、《南部臺灣紳士錄》、《臺灣實業家名鑑》、《林維朝詩文集》、《臺灣紳士名鑑》等文獻，或透過《臺灣總督府職員錄》查詢任官歷程，得見作者的身分、學養及經歷等背景。歸納他們主要參觀的三大共進會與博覽會活動，並蒐羅作者的資料如下：

（一）1899（明治三十二）年鹿兒島沖繩聯合共進會：葉文暉〈東游日記〉、許又銘〈東游日記〉以及林希張〈東遊日記〉等文，皆是因參加1901（明治三十四）年鹿兒島第十回沖繩聯合共進會後所撰。此外，汪式金〈內地觀光日記〉則是因參加後續的第十一回而作此文。有關作者的資歷，如許又銘曾擔任文山堡庄長，葉文暉曾任新竹廳參事及街長。[6]至於汪式金為小八里坌舊城人，好讀書賦詩，曾任保甲區長、滬尾辨務署第九區街庄長，且為奇峰吟社社員。[7]林希張為農夫之子，自幼好學而成為秀才，1897（明治三十）年4月臺灣總督府授予紳章，後擔任錫口區長。[8]

（二）1903（明治三十六）年大阪勸業博覽會：因參加此會所撰的旅遊散文包括：苗栗廳稅務課參事劉鴻光〈東遊日記〉、新竹辨務署第十三區街庄長劉仁超〈東遊誌〉、桃子園廳庄長黃純青〈觀光記事〉、第十六區街庄長范献廷〈東遊觀光日記〉及曾任桃仔園廳稅務課參事及大嵙崁公學校囑託的實業家呂鷹揚〈記觀光所感〉等文。其中，劉鴻光曾擔任過新竹廳參事、苗栗區長、中部臺灣日新社取締役，以販賣鴉片、煙膏、度量衡、菸草為業。[9]而黃純青，名炳南，幼名丙丁，字純青，晚號晴園老人。曾任桃園廳庄長、區長、鶯歌庄長、臺北州協議會員、總督府評議會員、日本拓殖株式會社取締役，樹林紅酒株式會社及樹德商行會長等。好讀經史、善詩文，且投入地方事務，1903（明治三十六）年授佩紳章。[10]范献廷為新竹大湖口人，原從事農業，於1896（明治二十九）年1月為庄長，後又任第十七

6　臺灣總督府編：《臺灣列紳傳》（臺北市：臺灣總督府，1916年4月），頁127。

7　同前註，頁47。

8　同前註，頁32。

9　臺灣雜誌社：《臺灣實業家名鑑》（臺北市：臺灣雜誌社，1912年），頁265。

10　黃純青其子為黃得時。有關黃純青的事蹟及經歷，另參見新高新報社編：《臺灣紳士名鑑》，1937（昭和十二）年，頁227。臺灣總督府編：《臺灣列紳傳》，頁106。

區庄長（兼任第十六區）、大湖口區長，1905（明治三十八）年2月授佩紳章。[11]呂鷹揚為桃園名士，以農業起家，光緒年間錄取為廩膳生，曾開班授課，後為辨務署參事、街長、輕便鐵道理事長、大崁科公學校教務囑託及農會副會長等。[12]翁煌南，嘉義廳鹽水港堡人，因家學淵源而擅長漢文、通經史及詩賦戲曲等，取進嘉義縣生員。日治時期因日人敬重前朝遺儒，得以任參事，並常捐款救濟百姓。[13]

（三）1907（明治四十）年東京博覽會：林維朝〈東遊紀略〉、張簡忠〈觀光記略〉等文多描述展示項目，及返臺後所發表的改革建言。其中，嘉義新港人林維朝曾任新港區街庄長，1904（明治三十七）年十二月以新港街庄長兼任大潭區長，隔年投資嘉義銀行（今第一銀行），1908（明治四十一）年獲聘為嘉義廳參事及嘉義銀行理事。曾出任之職位繁多，舉凡新港奉天宮副董事、新港區長、嘉義廳誌編纂委員、新港區地方委員、南部物產共進會評議員，並任嘉義銀行副頭取（副董）等。此外，亦曾經營糖廍、煉瓦窯、醬油工廠、染布坊等產業。[14]至於張簡忠為大寮拷潭寮（今三隆村）人，自幼習漢文，曾任鳳山廳赤崁區區長、大寮庄庄長等，是當時大寮庄唯一的臺籍庄長。於產業方面，曾任蔗務委員並經營糖業，為當時的大地主，後更改日本姓氏為古莊元忠。[15]

---

11 臺灣總督府編：《臺灣列紳傳》，頁139。

12 臺灣總督府編：《臺灣列紳傳》，頁97。臺灣雜誌社：《臺灣實業家名鑑》，頁230。

13 翁氏祖先原為福建人，乾隆中航海來臺，僑居於龍蛟潭邊（今嘉義布袋一帶）講經授徒，後起租業於鹽水港（今臺南鹽水）。臺灣總督府編：《臺灣列紳傳》，頁259。

14 林維朝（1868-1934）其孫為今雲門舞集創辦人林懷民。有關林維朝交遊狀況，可參見洪啟宗：〈從家傳文獻看洪以南的交友關係〉，《臺北文獻直字》第166期（2008年12月），頁183-204。另《林維朝詩文集》2006年11月由國史館出版，這些詩文稿記錄臺灣清治末期地方社會情態、乙未戰爭時期臺人處境，以及日治初期漢人文化活動，為研究臺灣社會史與文學史的重要史料。

15 因當時風氣影響，張簡忠積極培養子孫從醫，使張簡家族在大寮地區富名聲、勢於獲取功名方面，從文獻中得知表2-1所列作者，如葉文暉、林希張、黃純青、林維朝、呂鷹揚、翁煌南等人具秀才身分。[16]這些旅日作者多為地方士紳、頭人或曾任職於總督府所管轄的機構，總督府曾授予紳章以達攏絡之效。從《臺灣實業家名鑑》又得知這些文人多具實業家身分，有的則因經營地方產業而博獲聲譽。至於他們於日治時期擔任臺灣總督府相關職務，多以庄長、區長、街庄長、參事、囑託或州協議會員等為主。（參見表2-2）

表2-2　《臺灣日日新報》旅日遊記作者任職資料一覽表

姓名	單位	職稱	任職時間
葉文暉	1. 臺北縣新竹辨務署 2. 新竹廳庶務課	參事 參事	1900～1901年 1910～1920年8月
許又銘	1. 景尾辨務署文山堡第八區 2. 景尾辨務署文山堡第八、九區 3. 景尾辨務署第四區 4. 深坑辨務署第四區	街庄長 庄長 街庄長 街庄長	1898年 1899年 1900年 1901年
汪式金	1. 滬尾辨務署八里坌堡第二區 2. 滬尾辨務署第九區 3. 臺北廳第三十二區 4. 臺北廳小八里坌區	庄長 街庄長 街庄長 區長	1898年 1900～1901年 1905年 1910～1920年8月

力。謝啟文編：〈大寮拷潭寮張簡忠、張簡憲家族的醫師與溯源〉，《高雄縣醫師會誌》第15期（2004年10月），頁46-48。張簡慶和、張簡禕貞編：《拷潭寮百年溯源——張簡族譜的故事》（高雄市：財團法人張簡秋風基金會，1997年）。

16　臺灣雜誌社：《臺灣實業家名鑑》，頁230。臺南新報社：《南部臺灣紳士錄》，1907（明治四十）年，頁551。

姓名	單位	職稱	任職時間
林維朝	1. 嘉義廳新港區 2. 嘉義廳總務課 3. 嘉義廳庶務課 4. 嘉義廳新港區 5. 臺南州州協議會員	街庄長 參事 參事 區長 州協議會員	1905年 1909年5月 1910～1920年8月 1910～1912年 1920年12月～1922年
張簡忠	1. 鳳山廳赤崁區 2. 臺南廳赤崁區 3. 鳳山郡役所大寮庄	街庄長 區長 庄長	1905年 1910～1920年8月 1920年12月～1928年
林希張	臺北廳錫口公學校	囑託 雇	1902～1903年 1904年
劉鴻光	1. 苗栗辨務署苗栗街 2. 苗栗辨務署苗栗區 3. 臺中縣苗栗辨務署 4. 苗栗廳稅務課 5. 苗栗廳總務課 6. 新竹廳庶務課 7. 新竹廳苗栗區	街長 街庄長 參事 參事 參事 參事 區長	1898～1899年 1900年 1901年 1902～1903年 1904～1909年5月 1910～1914年 1910～1914年
劉仁超	1. 新竹辨務署竹北一堡第十八區 2. 新竹辨務署第十三區 3. 新竹廳第十二區 4. 新竹廳九芎林區	庄長 街庄長 街庄長 區長	1898～1899年 1900年 1905年 1910～1911年
范猷廷	1. 新竹辨務署第十六區 2. 新竹廳第十五區 3. 新竹廳大湖口區	街庄長 街庄長 區長	1900～1901年 1905年 1910～1920年8月

姓名	單位	職稱	任職時間
呂鷹揚	1. 臺北縣三角湧辨務署 2. 三角湧辨務署第三區 3. 臺北縣大嵙崁辨務署 4. 桃仔園廳稅務課 5. 桃仔園廳大嵙崁公學校 6. 桃園廳總務課 7. 桃園廳稅務課 8. 桃園廳庶務課	參事 街庄長 參事 參事 囑託 參事 參事 參事	1898～1899年 1900年 1901年 1902～1903年 1903年 1905～1907年 1909年5月 1912～1918年
翁煌南	1. 臺南縣鹽水港辨務署 2. 鹽水港廳總務課 3. 嘉義廳庶務課	參事 參事 參事	1898～1901年 1903～1909年 1910～1919年
黃純青	1. 三角湧辨務署海山堡第十街區 2. 三角湧辨務署海山堡第十區 3. 桃園廳第十七區 4. 桃園廳樹林區 5. 臺北州州協議會員 6. 海山郡役所鶯歌庄 7. 臺灣總督府評議會	庄長 庄長 街庄長 區長 州協議會員 庄長 評議會員	1898年 1899年 1905年 1910～1919年 1921～1927年 1921～1928年 1928～1935年

資料來源：參考臺灣總督府職員錄系統（中央研究院臺灣史研究所檔案室建置）http://who.ith.sinica.edu.tw/mpView.action加以歸納（瀏覽日期：2012年10月）

《臺灣日日新報》除了刊載作者的學養經歷等訊息外，亦報導他們赴日前的餞別會或回臺後的資訊。此類資訊通常具有兩種意涵，一為透顯旅人接觸的社群與範圍，二是記錄出發的目的與歸返後的活動。茲以圖2-1呈現旅日活動宣傳的流程圖：

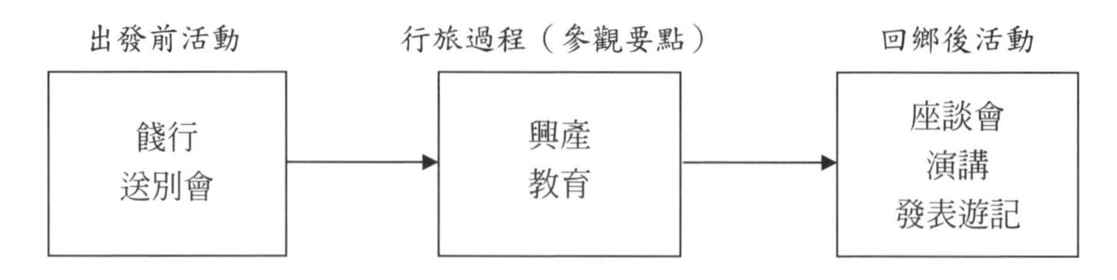

圖2-1　旅日活動流程圖

舉例而言，1899（明治三十二）年3月葉文暉奉署長的指示前往鹿兒島開會，行前多位友朋於北門為他舉辦餞別會。[17]1907（明治四十）年4月14日《臺灣日日新報》有篇關於〈洪以南氏送別會〉的報導，內容刊載約有一百多名艋舺與大稻埕人，歡送洪以南等人至東京博覽會，可知其送行會的盛況。[18]許多士紳旅行出發前又得向總督府官員報備，如葉文暉〈東游日記〉提及至日本前，新竹辦務署長桑原戒平告知他們登乘的訊息、旅行長途跋涉須注重身體狀況，以及抵達目的地需寄信告知等瑣碎事務。[19]1897（明治三十）年黃純青〈觀光記事〉則記錄從基隆港乘船出發，過兩三日後至長崎、並再出發往神戶，途中經「九州咽喉」馬關。[20]至神戶後，復乘汽車到大阪，由大阪支部臺灣協會員帶領至臺灣紳士接待所，從其敘事可見該團體待客的用心：「陳列椅棹等項，俱各仿照臺灣慣例，所雇用廚丁亦是臺灣人，每日三餐皆是臺灣料理，十分豐厚。其宿舍亦皆清潔宜人，而

[17] 另從葉文暉〈竹紳餞別〉等文章的報導，得知洪以南日本之旅不僅參加東京博覽會，以及觀摩帝國的發展概況；此外，另具有護送長子洪長庚前往日本留學的私人目的。葉文暉：〈竹紳餞別〉，《臺灣日日新報》，1899（明治三十二）年3月2日。

[18] 臺灣日日新報社：〈洪以南氏之送別會〉，《漢文臺灣日日新報》，1907（明治四十）年4月14日。

[19] 葉文暉：〈東游日記〉，《臺灣日日新報》，1900（明治三十三）年2月14日。

[20] 黃純青：〈觀光記事〉，《臺灣日日新報》，1903（明治三十六）年4月28日。

且會員均能通臺灣言語，所有諸事多蒙雅意周旋，甚然利便。」[21]至於旅人回臺後更藉由殖民行政機構的安排，在家鄉參與回歸後的座談會或演講，有些人更於報刊上發表歸返後的感觸。當許多士紳奉命或受邀前往日本，返臺後的遊記大量登載於報刊，將能形成宣揚文明的傳播效果，這些文本因而具實用目的性。旅行研究著重於出發與回歸而產生的「差異」，可說是旅行的本質與真義所在。[22]從臺灣出發到日本旅行，過一段時間又返回臺灣的家，在離與返之間，書寫歸家後所造成的衝擊。有些作者檢視臺灣的教育等議題，在異文化比較參照下而有所反思。如林維朝從日本回臺後的遊記，透露期望藉由報刊媒體的傳播，激勵臺人效法日本奮發維新的精神。這些傳統士紳多任保甲局長、街庄區長及參事等職，雖然治理權力有限，但因身在鄉里，與居民的關係密切，具有相當的影響力。[23]因他們奉命至日本參觀共進會、勸業博覽會，並觀摩街區建設或工商產業及教育等層面，又於報紙上發表旅日見聞，故使閱報的識字階層藉此認識日本產業實務的功能。

當時報紙刊登的內容，多受臺灣總督府頒布法令的影響。依據〈六三法〉，總督府於1900（明治三十三）年先後頒訂〈臺灣新聞紙條例〉及〈臺灣出版規則〉，竟圖監控臺灣的出版品。[24]對於報刊發行內容的干涉，再加上編輯群偏官方的立場，皆影響報刊的整體風格。有

21　黃純青：〈觀光記事〉，1903（明治三十六）年4月30日。

22　胡錦媛：〈臺灣當代旅行文學〉，收入鍾怡雯、陳大為：《20世紀臺灣文學專題II：創作類型與主題》（臺北市：萬卷樓圖書公司，2006年），頁173-175。

23　楊永彬：《臺灣紳商與早期日本殖民政權的關係：1895年-1905年》（臺北市：國立臺灣大學歷史學碩士論文，1996年）

24　〈臺灣新聞紙條例〉、〈臺灣出版規則〉詳細條文內容，參見兒玉源太郎頒布：〈臺灣新聞紙條例〉，《臺灣總督府府報》第679號，1900（明治三十三）年1月24號，頁16-17。〈臺灣出版規則〉，《臺灣總督府府報》第698號，1900（明治三十三）年2月21號，頁48-49。

些作者被動員或進行任務型觀光考察，或是導覽者刻意安排某些機構及景點，而進行模式化旅遊。從《臺灣日日新報》所刊載這群士紳的行程看來，顯然多是基於政治性的安排，與一般個人自由之旅的性質不同。作者的政治性目的與他們的敘事視角關係密切，例如：親官方媒體重視這些作者的旅日活動，特別提供他們於當時臺灣最大報刊發表的空間，主要為激發宣傳殖民母國的現代化建設與制度。他們返回地方職務後，多針對實用面發表言論，以強化改革的說服力。臺灣日治初期此類士紳的遊記，多透露對現代文明的憧憬與嚮往，並協力日本殖民政府傳達旅日觀摩訊息。

三　旅遊規劃與目的

日本刻意鼓勵臺灣人赴日旅遊的具體事例，以東京臺灣協會為頗具代表性的推動機構。該會鼓勵赴日觀光的目的，除可緩解臺、日人間統治及被統治的緊張關係，又能藉具影響力的士紳階層觀摩日本文明以達到宣傳目的。[25]日治初期旅日經費龐大，再加上環境與語言的差異，致使赴日觀光的臺灣人並不多。臺灣協會於是資助臺人旅遊盤費，並發行「便乘卷」，憑此券可獲臺日間定期航行輪船船費全免待遇。[26]但並非所有臺人皆能享有「便乘卷」優惠，此券需加註個人資料、職業、納稅多寡及船內等級等詳細訊息，以便瞭解進入日本內地的臺人身分。由此篩選具優惠身分者，多為一縣、一辨務署參事、街庄長、擁有日人頒贈紳章、年繳三十元以上的納稅人。[27]從文獻資料得知，這些旅日者多是具有地方頭人身分，或擁有一定程度資產、

---

25 〈臺灣協會規約〉，《臺灣協會會報》第1號，1898年10月20日。

26 〈幫助觀光〉，《臺灣協會會報》第17號，1900年2月20日。

27 〈臺灣總督府の人內地觀光補助〉，《臺灣協會會報》第17號，1900年2月20日。

繳納稅賦的士紳。為免旅日臺人遭遇困難或適應不良，官方在語言及生活習慣上提供協助，除派遣專員照顧臺人生活起居外，並以「厚生所」作為旅日臺人住所，又計畫在神戶、東京、大阪等地設置專門住處供臺人使用，如第五回勸業博覽會時，臺灣協會大阪支部在天下茶屋設臺灣會館便是一例。[28]臺灣協會復針對旅日臺人士紳，給予統一性的觀光路線及參訪地點建議，著重於參觀各行政官署、公營機械器具場、民間各種產業製造所。[29]由此可見日方鼓勵士紳參訪的目的，隱含使臺人瞭解日本行政組織及功能，歸臺後進而協同殖民者治理。至於參觀製造所等活動，則能使士紳回臺後配合實業調查與殖產開發，達到引起士紳傾慕殖民母國的宣傳效果。歸納《臺灣日日新報》所載漢文遊記背景於圖2-2：

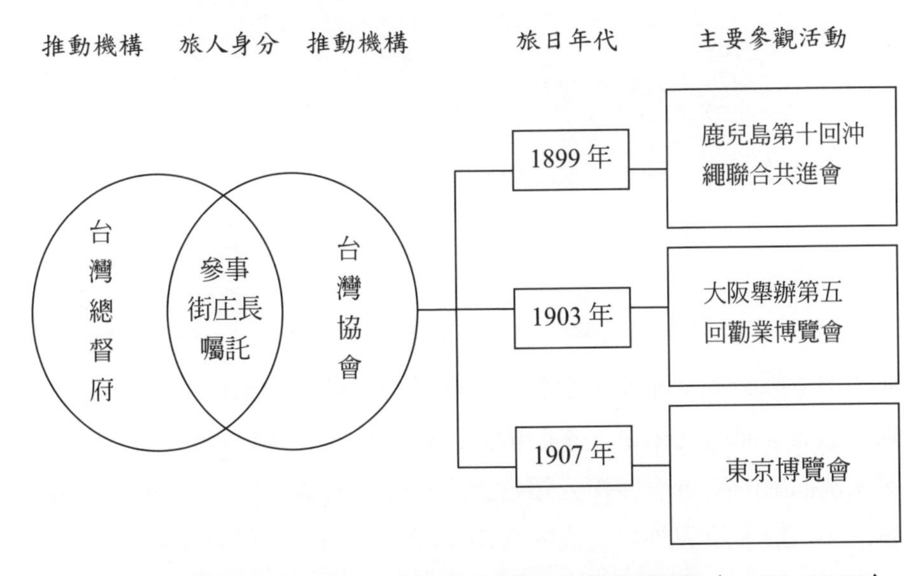

圖2-2　《臺灣日日新報》所載漢文遊記背景資料圖（1899-1907）

---

28 〈捐資處辦〉，《臺灣協會會報》第13號，1899年10月20日。

29 〈紹介臺人〉，《臺灣協會會報》第48號，1902年9月20日。

臺灣日治時期傳統文人到日本旅遊，不僅是實地參訪踏查，並開啟海外想像的可能。從日治初期《臺灣日日新報》多篇旅遊活動報導得知，當時士紳熱衷於參觀共進會及博覽會。日治初期臺灣文人赴日旅遊多集中於某些景點，茲繪製成主要路線於圖2-3。

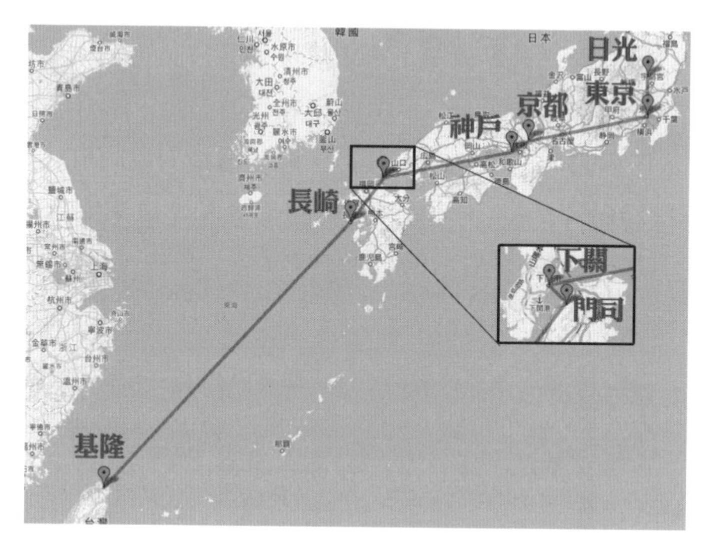

圖2-3　日治初期文人旅日主要路線圖

臺灣人前往日本旅遊多由基隆出發，於長崎上岸，搭九州鐵路前往門司；乘船抵下關後再沿著山陽鐵道遊覽神戶與京都，又以東海道線繼續北上而抵達東京。本節依此路線分析《臺灣日日新報》所載旅遊文本描繪的場景，並探究隱含文人感知的意識空間。如關於港口的敘事，一般著重與外界通商的實用功能；然而，具租界性質的長崎，因港口的地理位置、歷史的複雜面，而呈現多元的面貌。無論是東亞文化圈價值觀念的交融互攝，或是跨文化語言的傳譯演變等，長久以來蘊含多層次象徵意涵的文學題材。[30]刊登在《臺灣日日新報》的林維朝〈東遊紀略〉，形容此港口為日本「通商最久之口岸」，[31]商業貿易興盛、商船往來頻繁，或是群山環抱的地理形勢及四通八達的街道，並強調甚多外國人居住於租界地的現象。當他參觀縣衙、法院、學校、醫院、造船廠、船搗、公園後，讚嘆長崎實為九州的大城，又如另一個港口神戶，因1868（明治元）年開港後成為具異國情調的城市，亦是日本較早接觸西洋文明之地。[32]這些敘述呈現作者對於城市匯聚歷史重層的軌跡，並兼具現代都會空間特性的理解。

遊記作者常關注歷史事件場景，如馬關是日清溝和條約（馬關條約）的所在，故成為遊記作者敘事的焦點之一。[33]舉例而言，許又銘〈東游日記〉曾描述1898（明治三十一）年四月七日至馬關門司港，參觀日清征戰和議事務所，並將伊藤博文與李鴻章的宿舍，以及李鴻章受傷醫療治癒的所在點，特別排入遊覽的行程。他沿途觀閱日本

---

30 廖肇亨：〈瓊浦曼陀羅——中國詩人在長崎〉，收於王瓊玲主編：《空間與文化場域：空間移動之文化詮釋》（臺北市：漢學研究中心，2009年），頁293-316。

31 林維朝：〈東遊紀略（一）〉，《漢文臺灣日日新報》，1907（明治四十）年10月26日。

32 洪以南〈神戶即景〉詩中提到：「東西巨艦駐飛輪，山水樓臺景色新」，形容山水樓臺景色不同，東方與西方的巨輪皆至此停駐靠泊，同時反映港口繁忙的現代化景象。又如洪以南如此描繪神戶：「自是天開神戶好，歐風亞雨四時春」。以「風雨」描繪東西方文化的交混融會的情境，並以「四時春」形容感官所經驗的溫暖氣候。作者的城市書寫，為身體對於異地的感知，而這些風景的再現，多將焦點集中於城市的現代化。洪以南：〈神戶即景〉，《漢文臺灣日日新報》，1907（明治四十）年8月29日。

33 日清戰爭之後講和簽約地點為山口縣的赤間關市，而「赤間關」實為「赤馬關」之漢文轉用。因江戶時代漢學者曾將其濃縮為「馬關」，使「赤間關」又有「馬關」之別名，因此，所謂的「日清講和條約」，又稱「馬關條約」。赤間關市的地名，在1902（明治三十五）年時改為「下關市」。洪致文：《臺灣漢詩人洪以南的現代文明旅遊足跡》（臺北市：國立臺灣師範大學地理系，2010年），頁57-59。

威武整齊的軍隊，而感慨「事倘議和和不得，家家怨殺李相君」。[34]文人重新回顧歷史的變遷，不禁觸景傷情，更流露對李鴻章議和立場的犀利批判。另一位文人洪以南亦撰〈羞過馬關〉一詩描述到此地的心境。[35]當時簽訂馬關條約的春帆樓依然佇立，但臺灣的命運已然改觀。地景勾起割臺的集體記憶，傳統文人經歷劇烈變動的政權轉移，多思考如何於殖民體制下應世，這些旅遊作品呈現世變下的文人藉由地景評論歷史事件的痕跡。

京都為日本的古都，許多地景具歷史文化的縱深。如林維朝遊記提及位於京都西北方的金閣寺，並歌詠建築物的外觀；但未著重於分析此寺為象徵權力與威勢的宮殿，而非隱居的住所等面向。[36]他又敘述其他建築文化資產的沿革，如〈京都紀事〉提到京都的古代宮殿：「昔年歷代皇帝，奠都於此，故宮城尚在，現稱為離宮。」[37]桂離宮坐落於京都西南方，旁依桂川，面對嵐山，為過繼給豐臣秀吉的智仁親王所策畫修築的皇室。[38]離宮的佇立，使京都充滿歷史長河的記憶，

---

34 許又銘：〈東游日記〉，《臺灣日日新報》，1900（明治三十三）年1月13日。

35 「催車速過下之關，畏見春帆惹後顏，回憶當年成底事，鐵心人亦淚潸潸。」春帆樓為1895（明治二十八）年日清戰爭後，日方與清國代表李鴻章議和之處。洪以南認為這裡是令人羞愧之地，所以「催車速過」這個場所。從詩作「羞」的標題及「畏見」、「淚潸潸」等用語，透顯此事件所引發的歷史意識。洪以南：〈羞過馬關〉，《漢文臺灣日日新報》，1907（明治四十）年7月21日。

36 此建築的由來為1397（應永四）年三代將軍足利義滿在衣笠山東麓建造北山殿，所蓋的一座舍利殿金閣而得名。足義利滿出家後，將花之御所交予其子足利義持作為居所。足利義滿去世後，這棟建築物改為寺院菩提所，後成為鹿苑寺，即俗稱「金閣寺」。西川幸治、高橋徹著，高嘉蓮譯：《京都千二百年：從平安京到庶民之城（上）》（臺北市：馬可孛羅文化事業公司，2007年3月），頁82-85。

37 林維朝：〈京都紀事（一）〉，《漢文臺灣日日新報》，1907（明治四十）年10月26日。

38 林文月：《京都一年》（臺北市：三民書局公司，2007年5月），頁42-49。十七世紀初葉以京都作為皇宮中心，西南郊外有智仁親王的桂離宮，東北部比叡山有水尾

引發旅者的思古情懷。其他敘事場景方面，許多文人至日本觀光時多曾參訪聞名的東照宮，這個江戶幕府時代祭祀德川家康神格化後的神社，成為日本全國各地東照宮的總本社。宗教信仰為人類精神文化的重要層面，在日本國民性的形成中亦有所影響。早期的國家神道分為「官社國家神道」和「民社國家神道」，前者指皇族擔任祭主的神宮，神職人員為內務大臣且領取官幣；後者指各地府縣的鄉間神社，以祭祀亡靈為收入；但隨著日本走向軍國主義，兩者漸趨一致。[39]林維朝〈日光探勝〉提到此場景的特色：「其構造之華麗宏壯，實為目所未睹。」以敬畏、驚奇的態度觀看神社，再現旅人眼中建築宏偉的觀光勝地。旅日的文人不住在地景裡，而是以他者的眼光觀看地景，因此較著重於外在景觀的刻劃。

旅人常在遊覽過程中，引發內心情感結構的某些現象，如懷舊或異國情調的記憶。[40]總督府透過旅日行程的規劃與實踐，使臺人對殖民母國的歷史更加瞭解，並藉由報刊的傳播而形塑空間想像。如葉文暉與許又銘等人參觀鹿兒島市九州沖繩聯合共進會，會後又參訪神戶、大阪、京都、東京等地，回臺則將所見所聞投稿於報刊。這些遊記多提到日本文物璀璨精緻、學堂整潔及盲啞學校教學的特色，或敘述機器廠製造專精等情形，呈現此趟日本旅行令他們大開眼界的衝擊。[41]葉文暉〈東遊日記〉提到於東京的美術學校中見到楠正成的銅像，目睹此紀念物而讚嘆：「大有英雄之氣概。」[42]這個頭戴銅盔、身

天皇的修學院離宮，兩所離宮位置相對且各具風格。

39 Helen Hardacre著，李明峻譯：《1868-1988神道與國家——日本政府與神道的關係》（臺北市：金禾資訊公司，1995年），頁175；葉渭渠主編：《日本文明》（福州市：福建教育出版社，2008年4月），頁241-242。

40 廖炳惠：〈旅行、記憶與認同〉，《當代》第57期（2002年3月），頁87-89。

41 葉文暉：〈大飽眼福〉，《臺灣日日新報》，1899（明治三十二）年4月14日。

42 葉文暉：〈東游日記〉，《臺灣日日新報》，1900（明治三十三）年3月9日。

披銅甲、腰懸佩刀並騎乘銅馬，展現威武姿態的銅像，是後人為紀念其功蹟而塑像，又因立於校園中而具歷史教育的意義。葉文暉描繪抵達東京時，曾坐人力車至西鄉隆盛墓地，見鹿兒島人為了紀念其肝膽忠義及為國捐軀的精神，而建立銅像以供後人追悼和緬懷。[43]蔡九群到東京亦曾瞻仰西鄉隆盛銅像，從碑文「遺愛無窮、其人如玉」[44]的描述，透露藉由紀念物形塑廉潔的意象。遊記中的場景為建構記憶的方式，從紀念物、博物館、特定建築物的保存、匾額、碑銘，以及將整個都市里鄰指定為「史蹟地區」，都是將記憶安置於地方的例子。地方的物質性意味著記憶並非聽任心理過程的反覆無常，而是銘記於地景中，進入「地方中的歷史」（history-in-place）成為公共記憶。世界各城市裡不計其數的州議會大廈、博物館和公共紀念碑，是為確保記憶的特殊史觀而建。[45]日本明治維新後，亦效仿此法，將銅像或碑文列為城市地景。西鄉隆盛為維新三傑之一，楠木正成亦是協力天皇的忠烈之士，藉由銅像的豎立，成為建構日本記憶的方式之一。臺灣總督府安排士紳葉文暉、蔡九群等作者親見這些紀念物，以感受地景的象徵意義；從他們的遊記中，流露日方藉由具代表武士精神的人物，傳達所隱含的教化目的。

東京原稱江戶，自德川幕府作為日本政治中心。十七世紀初德川家康將幕府設置在東京，以掌握日本大小諸侯，並與京都的天皇政府遙遙相對，幕府是實際握有政治權力、發號施令的政治組織。直到1867（慶應三）年德川慶喜將軍迫於情勢才將政權交還給天皇，明治維新後，又成為日本天皇的居住地。東京是一個沒有中心與軸線

---

43 葉文暉：〈東游日記〉，《臺灣日日新報》，1900（明治三十三）年2月20日。

44 蔡九群：〈東游日誌〉，《臺灣日日新報》，1901（明治三十四）年7月4日。

45 Tim Cresswell著，徐苔玲、王志弘譯：《地方：記憶、想像與認同》（臺北市：群學出版公司，2006年），頁138-140。

的城市，它具備多處核心，其正中央的巨大空洞為皇居。[46]在這種氛圍下，造就東京為多元文化複合體，雜揉古典與現代的城市風格。在公共建築方面，許又銘〈東游日記〉提到參觀東京監獄署的過程，認為此監獄的刑法雖嚴而施恩甚廣，故能使「有罪之人而不置於無用之地。」[47]葉文暉亦參觀此監獄，署長永田直之助曾任新竹縣的典獄署長，所以特別委請看守員為葉文暉導覽。他因此得以觀看監所堅固潔淨的環境，及工廠中織布製紙、鎔銅打鐵、雕刻竹木器具、製造竹笠草履、結索、種菜、搗米與挑水的人各展所長，未見工作怠慢的情景。犯人若是經由審判而定罪，每日皆需至工廠報到，起初藉威恫來懲戒、繼而用律法禁制，最後透過教導各項技藝以收斂心性。其用意在去除罪犯惡習，引導他們開闢一條自新的道路，避免淪為好逸惡勞之徒。又另設病監一所，罪犯可醫治療養、設立販賣所，以供陳列販賣罪犯製造的物品。[48]他當時見到監獄秩序井然，事務分配得宜，試圖透過各種方法達到教化、啟迪囚犯的心智，給予悔改自新的機會。許又銘、葉文暉等人所書寫的監獄觀察記，不僅觀看外在建築及設備，且呈現觀看地景的方式，透露其關注懲戒監控的教化及效果。

在日本當局的刻意安排下，葉文暉〈東游日記〉提及曾參觀眾議院及貴族院，他認為眾議院具有「上情得以下達，下意可以上通」的功能。[49]甲午戰爭後，要求建造國會議事堂的呼聲日益高漲，日本「國會」在戰前的名稱為「帝國議會」，後改用「國會」一詞，其本

46　東京不僅是日本權力核心所在地，亦隱含傳統文化精神的象徵。這樣城市的構造使東京成為古今／新舊、精緻／庶民、流行／傳統多重交雜的特殊現象，形成多樣而迷離的景致。團紀彥等編：《東京論：東京的建築與城市》（臺北市：田園城市文化事業公司，2008年），頁190-193。

47　許又銘：〈東游日記〉，《臺灣日日新報》，1900（明治三十三）年1月7日。

48　葉文暉：〈東游日記〉，《臺灣日日新報》，1900（明治三十三）年3月6日。

49　葉文暉：〈東游日記〉，《臺灣日日新報》，1900（明治三十三）年3月4日。

質有很大的差異性。戰前由眾議院、貴族院構成的帝國議會，主權在天皇的協助機關，眾議院議員雖由民選，但婦女無選舉權與被選舉權，貴族議院全由天皇指派的貴族階級團體組成。[50]與現今國會、眾議院、參議院皆由民選且為全國最高機關的情況不同。汪式金〈內地觀光日記〉則描述進入日本陸軍省大臣官邸，橫澤秘書官隨即以禮接待；又拜會陸軍大臣兒玉源太郎，並蒙殷切詢問遠來的目的。汪式金接受秘書官的建議再停留數日以增廣見聞，因而得以參觀日清戰爭寫真館，感受當時戰力及戰爭場景。[51]如此的旅程設計，透露日本官員欲藉由導覽參訪監獄、國會及戰爭紀念物等行程，展現其強盛國力，強化日本帝國現代性秩序的象徵。此外，再進一步分析赴日觀看博覽會臺灣團體的行程，旅人抵達日本後大都由臺灣協會大阪支部接待，透過協會的安排參觀博覽會會場，並至日本其他各處旅遊。[52]舉例而言，1899（明治三十二）年許又銘、葉文暉等人參觀鹿兒島市舉辦九州沖繩聯合共進會，之後又至神戶、大阪、京都、東京等地觀光。這些旅日行程大多屬於被動員或任務型的考察，觀察他們遊記的行程記錄，多為政府機構、神社及保存歷史人物的紀念物等場景，藉此影響旅人認知的目的。

---

50 章陸：《日本的政治．金錢．文化》（臺北市：正中書局公司，1999年），頁34-35。

51 汪式金：〈內地觀光日記〉，《臺灣日日新報》，1901（明治三十四）年5月24日至26日。

52 大阪市天王寺於1903（明治三十六）年舉辦第五回內國勸業博覽會，大阪、京都、名古屋及東京是日本四個重要的遊覽地 。在大阪除了參訪博覽會外，大阪市政府及三井綢緞布帛店、大阪紡紗公司、大阪水源地等皆是城市觀覽的重點。在東京方面有上野公園、淺草、日本國會、拜見首相及臺灣總督府的主要行程；京都則遊覽清水寺、金銀閣寺、西陣織會所等所在地。呂紹理：《展示臺灣：權力、空間與殖民統治的形象表述》（臺北市：麥田出版公司，2005年），頁136-145。

四　則傚興產與教育的論述

近代日本經歷西方文明衝擊後，積極展開一連串改革圖強。從明治維新到帝國之路，可分為三期：第一時期為明治政府外交與科學技術處於摸索的階段；第二時期為國會成立後，出現對政府進行批判的自由民權派。第三時期為日本經歷清法戰爭等事件後，逐漸形成脫亞意識，自由民權派與明治政權轉為合作關係。[53]明治維新後，總督府統治臺灣初期，日本國內追求現代文明已持續二十多年，當時舉辦共進會與博覽會，具有向各界展示改革所累積成果的功能。臺灣文人前往維新後的日本，觀察這些展覽及當地社會後，藉由遊記再現他們的體驗與省思。以下就遊記內容所聚焦的產業及教育兩大議題加以論析。

（一）力圖振興產業

從《臺灣日日新報》所載日治初期遊記中，常見關於共進會的論述。如林希張觀察共進會的主辦單位對優勝者有所褒獎，並盡力宣揚而使舉國盡知。他認為若無品評制度，則不知自己的缺失，所以提出臺灣若設置此會將有助於振興產業的看法。更於遊記中分析總督府極力鼓舞臺灣人赴日觀光，並參訪博覽會，其目的無非欲開化島人之智識，獎勵殖產改良之進步，促進商業發展。[54]另一位士紳汪式金則是參觀1901（明治三十四）年「九州沖繩八縣聯合共進會」，會場內展示各項物品，如：米麥、繭生絲、紅茶、綠茶、砂糖、煙草等，使他體驗日本工商業的先進情況。會後進一步評論展示的物品需經過評鑑以區別優劣，其用意為促進生產並推陳出新；會場外又有九州教育品

53　廣田昌希：〈對外政策と脫亞意識〉，收於歷史學研究會、日本史研究會編：《講座日本歷史（7）近代1》（東京都：東京大學出版會，1985年），頁202。

54　林希張：〈東遊日誌〉，《臺灣日日新報》，1899（明治三十二）年10月24日。

展覽會，採取物優褒賞制度，鼓勵師生保持研發的動力。他認為日本獎勵工商活動提升產物品質的方式，應作為臺灣工商業發展的參考。至於黃純青入日本勸業博覽會場後，參觀臺灣館、美術館、教育館、工業館、動物館、林業館、機器館、水產館、水族館、參考館、東京工業別館及不思議館，遊記詳錄參觀人潮眾多、技術先進的樣貌。[55]新竹區長劉仁超與士紳劉如棟也論及旅日目的，並不只是瀏覽山川美景而已，而是透過參觀博覽會，達到「必考究夫教化之盛衰，事務之工劣，利益之大小，功效之淺深，逐日默誌於心不忘。」認為唯有如此，才不辜負舉辦第五回博覽會的意義。[56]林維朝〈東遊紀略〉亦提到東京博覽會設立的目的是為獎勵農工商發展，使各產業繁榮進步，期盼廣開利源，以奠定「富國強兵」的基礎。[57]關於博覽會的論述，日本人類學者坪井正五郎認為被殖民者如果透過「文明」加以啟發，可增強日本國力；故以多民族架構的設計理念，提倡專門展示殖民地物產的拓殖博覽會。[58]此種理念亦於1907（明治四十）年東京勸業博覽會落實，如臺灣館展示得獎項目包括田中長兵衛等人的金礦產品、臺灣製糖會社，又如臺北製茶名人陳瑞星、鳳山的鳳梨罐頭及鹽水、淡水等地的製糖會社則獲得一等賞。博覽會的系統於日治初期成為殖民政府得以動員徵集商品，作為參加國內外博覽會的基礎；同時也是殖民政府調查、收集臺灣內部產業情報，並進一步傳遞欲達到符合日本商品習慣的「標準規格」。[59]透過博覽會制度的引進，各種現代文明概

---

55 「入場參觀每日平均有八萬餘人，則國運之興隆、進步之旺盛，於茲可想見矣。」黃純青：〈觀光記事〉續前，《臺灣日日新報》，1903（明治三十六）年5月1日。

56 劉仁超、劉如棟：〈東遊日誌〉，《臺灣日日新報》，1903（明治三十六）年7月10日。

57 林維朝：〈東遊紀略（一）〉，《漢文臺灣日日新報》，1907（明治四十）年10月26日。

58 李政亮：〈帝國、殖民與展示：以1903年日本勸業博覽會「學術人類館事件」為例〉，《博物館學季刊》第20卷第2期（2006年4月），頁41-42。

59 呂紹理：《展示臺灣：權力、空間與殖民統治的形象表述》，頁168-193。

念逐漸於殖民地傳播，藉由被統治者加深對文明認知後的心生效法，殖民地與殖民母國間的差異也能予以整合。文本中所描述博覽會的展示方式是將國家內部各族群文化的物產，經由某種設計理念加以陳設，形成權力中心與邊陲的對照，如此反而更強化殖民地與殖民母國間的權力位階。

許又銘的遊記提及日本物產豐富，因參觀機器工廠的製造流程後，極力讚賞日本工業的專精。[60]他們的敘事呈現旅人對於日本產業經濟發展概況的關注，尤其在農業及工業方面多發表個人論述。如在農業方面，葉文暉受邀至柑橘品評所，品嚐日本各地的柑橘口味，並記錄觀察的成果。他認為鹿兒島的金柑品種色澤鮮紅，形狀如臺北白棗，但皮薄籽小具有獨特的香氣，與臺灣品種口感不同。雪柑產於種子嶼，與臺灣雪柑的形體和色澤皆相同，但味道甘醇鮮美且不酸，故優於臺灣。另外，鹿兒島所出產的紅柑品種與臺灣的椪柑相似，前者平淡無味，不如後者味道厚實且汁液濃郁。又提到當地的蜜柑類似臺灣的四季橘，但蜜柑比四季橘稍大且具獨特味道；佛手柑產於福岡縣，形狀與臺灣的文旦柚相同，但色澤圓潤淡黃。葉文暉最後評定在所有柑橘中以鹿兒島縣的品種最優，其次為福岡縣。[61]同時，他又比較日本與臺灣的農具，指出日本農具笨重且把柄拙短，農夫若以此農具耕作則背屈而無法伸展，動作也過於沉重緩慢；臺灣的農具則長短適中且輕重勻稱，便於犁鋤農地又易攜帶。[62]就農產品而言，葉文暉鉅細靡遺地分析日本柑橘的色澤、外形、口感、產地及整體品質，並與臺灣品種的味道、形態等相對照，進而比較兩地物產的差異與特殊性。在農業的生產工具方面，秉著「工欲善其事、必先利其器」的想

60　許又銘：〈大飽眼福〉，《臺灣日日新報》，1899（明治三十二）年4月10日。
61　葉文暉：〈東游日記〉，《臺灣日日新報》，1900（明治三十三）年2月17日。
62　葉文暉：〈東游日記〉，《臺灣日日新報》，1900（明治三十三）年2月17日。

法，葉文暉認為農具是從事農業的根本，兩地農具的比較，突顯臺灣農具便利與實用的功能。這種日臺對照的敘事方式，使讀者清晰得知環境對作物的影響，並從中思索臺灣農業文化現狀及未來發展。至於農業教育方面，汪式金曾至農業學校參訪，見日本農人耕作的穀物異於別國，探其緣由後，得知因日本在農業發展與學校的設立之間有密切關係。[63]他觀察到當地學校教育採實務教學，因而能研發日本獨有的農作物，所以認為臺灣在農業的發展上應效法日本，鼓勵產學合作並促使農業精進化。由葉文暉與汪式金的遊記得見，日治初期臺人極重視農業發展走向，常從觀摩日本而思考適用於臺灣農業發展的方針。

除前述葉文暉比較臺日兩地農作物與農具優劣外，劉仁超與劉如棟兩人記錄日本有赤牛而無水牛，但是赤牛體型較小，犁土不深入，因此每家耕種地面積也較狹少，不像臺灣人所耕之地那般廣闊。若日本改用水牛耕田，則可深耕而易耨，收成必定加倍。[64]他們不僅觀察臺日的差異，更進一步提出日本應改用水牛的建議，此外，鹽水港廳總務課參事翁煌南與劉神嶽在參觀大阪博覽會後，認為鹽水港廳「甘蔗繁盛，有此製糖機器，砂糖足以改良」，或是「旱魅多虐，有此揚水機 筒，民食可以聊生」。[65]翁煌南的記錄除了讚嘆機械所發揮的功能外，也呼應殖民當局的農業推廣政策。日治初期臺灣總督府展開農業改良措施，包括制定與農業相關的各項法規、設立農業研究機構、創設新農業組織、興修水利工程等，並以品種選擇與改良等做法，以達到增產的目的。就糖業而言，原在1860（安政七）年開港之後，糖佔

63 汪式金：〈內地觀光日記〉，《臺灣日日新報》，1901（明治三十四）年5月24日至5月26日。

64 劉仁超、劉如棟：〈東遊日誌〉，《臺灣日日新報》，1903（明治三十六）年7月11日。

65 翁煌南：〈觀博覽會並至東京有感〉，《臺灣日日新報》，1903（明治三十六）年7月24日。

臺灣清治時期輸出總額的第二位，有相當良好的基礎。日本治臺後，發現臺灣糖業雖然發達，但技術卻落後，且幾乎掌握在地主與外商之手。為了便利日方資本在臺灣發展，以及減少日本每年向外國購糖的支出，因此以糖業作為經濟發展的重點。學者柯志明（2003）分析「米糖相剋」問題，農民在捲入資本主義市場架構的過程中，國家、市場、農民乃至中間各層組織（議會、小地主、糖廠、糖廍 、土壟間等）在既有的架構下如何可能「行動」。當總督府以其權力介入臺灣農民與世界市場的連結時，這當中的利益如何分配、轉移乃至造成何種的權力（利益）衝突，其影響的層面不是只表現在臺灣的社會矛盾中，而是對日本殖民母國本身的社會結構也有連帶式的影響。[66]綜觀臺灣總督府所制定的糖業政策，對於種植甘蔗的臺灣農民而言非常不利，因此民間流傳「第一憨，種甘蔗乎會社磅」的俗諺，比喻蔗農受資本家剝削的辛酸。在農業水利發展方面，鳳山廳的張簡忠提到日本為滿足灌溉用水的需求，不論水源地距離幾千里，皆投資幾百萬資金以力謀開鑿，故灌溉水利甚便，他希冀臺灣本島也能如此仿效。[67]從遊記所述，旅人一方面比較日、臺兩地農業設備的優劣；另一方面也推廣農業現代化的觀念，這些登載於報刊的文字，則成為日本在臺發展農業政策的宣傳品。

在工業方面，淡水汪式金於1901（明治三十四）年三月八日到長崎參觀電燈株式會社，後又至眉山下游參訪農專試驗場及下水道，文中描述此地水量豐沛足供市街人民所需的情形。又在菱岩崎造船廠見

---

66 同樣是經歷殖民地的土地改革，爪哇與臺灣處於兩種截然不同的情形：爪哇因土著原本就不習於土地私有，而造成土地集中與資本主義雇工與生產方式的快速擴張；臺灣的情形則是促使原本就有高度發達之土地私有觀念的本地社會，更進一步鞏固了家庭耕作式的農業。柯志明：《米糖相剋》（臺北市：群學出版公司，2003年），頁95-97。

67 張簡忠：《臺灣日日新報》，1907（明治四十）年8月29日。

廠內機器運作繁忙、物品製造流程迅速，因而讚賞日本工業文明化的高效率。汪式金旅日遊記著力於公共建設與經濟的改革，其中涵蓋「道路」、「教育」、「工商共進會」、「農產」等面向，並於上述四大面向的論述中，重複出現「依此為則倣焉」的句式，反覆強調臺灣應學習日本文明的必要性。兩年後劉仁超及劉如棟也建議臺灣應該積極參考日本的交通設施、工商營運以謀求改進之道，認為若要建設臺灣，應效法日本近代工業的發展模式。又如林維朝返臺後於〈東遊紀略〉具體提出四大改革方案：「一、農業宜亟求改良勤勞，二、紡績蠶桑宜鼓勵興作，三、商業工業宜設創會社，四、裹足陋習宜鼓舞革除。」[68]這些具體的條目，得見作者衡量臺灣的產業環境後，而提出相關的改革策略。

至於在軍工業方面，日本自明治維新成為中央集權的國家，致力於追趕西歐列強為目標的殖產興業，而促進產業近代化。[69]葉文暉曾參訪東京陸軍砲兵工廠，參觀廠內製器場、槍身場、機關場、槍砲製造所及火工場，又至內射場親見諸多軍士官兵專注於武器的試放，其命中率為百發百中，又有填藥場、彈丸場等，整座砲兵工廠規模龐大，且工人達六千餘人。[70]日本初期的資本主義，是在勵行「富國強兵、殖產」政策下，由國家籌措必需的財源，以推動其工業化計畫。政府為增加工業資本，除了舉債之外，並獎勵投資市場，建立匯兌制度，以及運用國家財源投資於生產事業。在發展產業的過程中，迫切需要生產技術的移植，新政府為推動公營產業，將徵自農民的地租完全投入產業建設。開創此公營工業的端緒者，實為繼承德川幕府興辦

---

68 林維朝：〈東遊紀略（四）〉、〈東遊紀略（五）〉，《漢文臺灣日日新報》，1907（明治四十）年10月30至31日。

69 林明德：《日本近代史》（臺北市：三民書局公司，1996年），頁171-173。

70 葉文暉：〈東游日記〉，《臺灣日日新報》，1900（明治三十三）年3月4日。

的西式軍事工業，包括東京與大阪的砲兵工廠、鹿兒島造船廠等。這些設施成為明治政府軍事工業的雛型，且為發展日本重工業的基礎。政府引進各種技術、機械與設備，挹注大量資金扶植民間產業，其目的是為了奠定近代工業的積極發展。日本近現代的資本主義與民間社會的產業現代化，深受國家強勢主導，多以軍工業為工業發展的基礎。葉文暉對於東京陸軍砲兵工廠的描述，呈顯日本二十世紀初期全力投入於促進軍工業興盛的景況，官方規畫參觀此類產業亦具武力展示的效用。

（二）關注教育的改革

從旅遊散文中常見作者觀摩學校教育的見聞，如許又銘曾參觀盲啞學校，見到郭主恩這位來自臺南的盲生，經過在學四年的復健後，竟能徒手寫字且字跡清晰，「盲者能視，啞者能言」，他對此感到相當訝異，故記錄現代特殊教育的方式及其成效。[71]葉文暉在盲啞學校參訪時，詢問校長而得知教學方式主要以發音圖配合手勢法、點字誦讀法來指導，使盲生「以手摸之、以口誦焉」；且令啞生「手指口呼內地之音，後呼臺地之音，聽之分明。」[72]親見學校的訓練與教學，能培養盲啞生基本雙語能力的成果，感到由衷敬佩。之後，又前往帝國大學觀摩法科、文科、醫科、工科、理科等學門，也參訪東京美術學校，有關繪畫、歷史、美術等專業技能的培育。美術學校的事務主任為他導覽木雕刻教室、土塑造教室、塑造蠟模教室、繪畫室、圖案室等教學現場。後來見一名裸體男子神情呆滯且站立不動，眾多學生皆以此模特兒為繪畫主題；他又觀看一名年約二十八的女子端坐

71　許又銘：〈東游日記〉，《臺灣日日新報》，1900（明治三十三）年1月9日至1月10日。

72　葉文暉：〈東游日記〉，《臺灣日日新報》，1900（明治三十三）年3月8日。

於椅上，諸多學生雙目皆專注畫作上，所繪肖像容貌逼真，如此教學模式令他感到無比的新奇。[73]1907（明治四十）年訪日的林維朝亦參觀東京各級學校，如：帝國六分科大學、華族女學校、東京盲啞學校、高等師範學校、東京府女子高等師範學校及外國語學校、師範學校、中學校等。藉由列舉東京的各級學府，呈現日本教育資源豐富及學校的多元性。從遊記所敘不同類型的教育機構，意在宣揚學校培育各領域人才的貢獻，也以此強調教育的重要性。這些士紳的遊記多呈現參觀後的共識，他們認為教育是使臺灣向上競爭的利器。關於教育的影響力，桃仔園廳參事呂鷹揚心有戚戚焉，他對於旅日所見風俗人情純樸、道路街衢清潔、物產興隆等現象印象深刻。認為海外各地國民人數眾多，每日多發生「口舌之爭、齒牙之釁」；但日本卻呈現「安農守業」、「服務營商」、「無鬪爭之事」等與各國不同的景況。[74]甚至以「夜不閉門，路不拾遺之風」形容所見的日本社會，並歸功此為教育的推行使人民上下團結一心所致。如此以日本與世界各國對比的誇飾修辭，呈現對日本風俗的正面評價，也流露觀光客凝視的侷限。

在教育的改革方面，汪式金親見熊本縣的男女學生數量繁多，所以呼籲效法日本教育普及與男女平等的落實。至於鹽水港廳參事翁煌南則著力於觀察日本婦女辛勤工作的情形，並反思臺灣南部勞力缺乏，若要使臺灣婦女也能行動自如，不再舉步維艱，則一定要解纏足。[75]另一位文人張簡忠在天然足的論述，亦提倡臺灣女子需仿效日本：「女子之纏足，不可不先除也。必先行處分規則於保甲，或強

73　葉文暉：〈東游日記〉，《臺灣日日新報》，1900（明治三十三）年3月9日。

74　呂鷹揚：〈雜錄/記觀光有感〉，《臺灣日日新報》，1903（明治三十六）年5月2日。

75　翁煌南：〈觀博覽會並至東京有感〉，《臺灣日日新報》，1903（明治三十六）年7月24日。

制，或勸誘」。[76]他與翁煌南皆提倡效法日本婦女天然足，贊同以統治者的力量介入推動解纏足運動，並鼓勵女子多習新技藝，又闡揚女子教育的必要性。此外，他親見當地學校林立、男女好學，自四、五歲起到十七、十八歲止，每日多不在家，皆至學校上課；乘電車時則見先坐者常起而讓座。[77]張簡忠認為人民勤奮向學以及彼此謙遜的現象，無非是推廣教育的成果。另有士紳省思日本在臺的教育政策，如劉仁超、劉如棟認為殖民地臺灣人只能獲得初期的職業技術與知識，以供中低階層的人力需求，較精細的技術與知識仍掌控在日本人手中。[78]教育是日本提升整體社會知識水準的重要政策，日本學習西方將此概念轉化為一種高級文官考選制度；且明治時代的日本不像歐洲一樣受貴族政治及宗教的影響，所以比歐洲國家擁有更現代化與公平的教育制度。[79]透過這些早期制定的教育政策基礎，日本藉此發展出多元化的教育環境，使其社會得以滿足不同需求。反觀臺灣日治時期的教育政策，伊澤修二的教育計畫以補助為主，1903（明治三十六）年後總督府逐年降低補助，轉而要求地方政府及臺灣士紳支持初級教育費用；甚至只在當地民眾願意且能夠負擔的情況下，才准許設立新學校。至於臺灣的職業教育限制在公學校的層次，後來才有中等以上的職業學校。[80]換言之，日治初期臺灣教育在總督府政策的掌控下，臺人普遍無法獲得與日人相同的教育資源。旅日文人透過觀察日本現代教育的詳細敘事，將這些觀察體驗與臺灣教育發展作對照。表面上

---

[76] 張簡忠：《臺灣日日新報》，1907（明治四十）年9月07日。

[77] 張簡忠：《臺灣日日新報》，1907（明治四十）年8月30日。

[78] 劉仁超、劉如棟：〈東遊日誌〉，《臺灣日日新報》，1903（明治三十六）年7月12日。

[79] 賴孝和著，黃景自譯：《剖析日本人》（臺北市：金文圖書公司，1979年），頁183-184。

[80] Patricia E. Tsurumi著，林正芳譯：《日治時期臺灣教育史》（宜蘭市：仰山文教基金會，1999年），頁34-85。

看似不遺餘力宣揚殖民母國的教育成效，但同時也反映殖民地教育資源遠不如日本的困境。

五　結語

從《臺灣日日新報》與《漢文臺灣日日新報》相關的報導，得知旅日作者當時的職務及參與社會活動的情形，此士紳階層的旅遊常兼有考察現代化制度及觀摩實業的目的。這些遊記有關日本的論述，包含交通建設、公共衛生、共進會、博覽會等與興產相關的面向，以及學校教育的觀摩心得，同時也激發對於臺灣諸多改革議題的省思。旅日文本再現選擇性地景的感知，並建構個人或集體記憶，蘊含跨界意識與世界經驗轉變的文化語境。如監獄為具有權力與現代性秩序的象徵地景，殖民政府安排臺灣士紳參觀監獄或軍事、政治等機構，具展示日本帝國權威的恫嚇之效。本節藉由分析旅人的敘事位置與目的、旅行敘事情節與場景、則傚興產與教育的論述等面向，探討《臺灣日日新報》所載旅日遊記的敘事視角。在旅行敘事情節與場景方面，探討士紳抵達馬關後，興起割臺的複雜情緒，以及面對京都、東京、東照宮等日本地景的記憶。在則傚的層面，不僅觀察農業、軍事、工商業、教育等，又藉由共進會、博覽會的展示，安排體驗日本近代文明。臺灣士紳接受日本殖民政府的安排赴日考察，體驗現代文明的多重面向；回到臺灣之後的遊記，經由報章雜誌的大量刊載，則具有達到宣揚日本國力強盛的效果。

臺灣日治時期的旅外漢文遊記，若從不同時期、地域、階層加以比較，將能發掘文本所各具的特色。本節所論刊登於《臺灣日日新報》1899至1907年的諸多遊記，多以參觀共進會或勸業博覽會的方式集體旅日，這些地方士紳或任總督府職務者的考察，與休閒方式的自由行不同，而是兼具推介殖民母國文明進步的使命。他們於日治初期首次踏入日本社會，一方面流露新奇的感受，回臺後紛紛發表改革地方的策略；另一方面，當親見割臺的紀念地景，僅以感慨的方式呈顯世變的傷痛，而未能嚴詞批判殖民者武力侵臺的不當。他們的遊記大多偏重歌功頌德，而欠缺新文學家對近代文明及殖民差別待遇的批判性，這群傳統士紳旅遊書寫視角的侷限亦在此。至於旅行中的地景感受，透過新聞傳播而成為公共記憶，使大眾對日本心生嚮往，同時因參照比較而流露深刻的省思。

第二節　借鏡他山之石：《臺灣民報》旅外敘事

一　前言

旅外書寫指的是跨越空間與時間的活動，以及離開家園的經驗記錄。臺灣日治時期報刊所載旅外遊記，因作者的學養或主要資歷、旅遊動機或目的、旅遊時間與地點等不同因素，而形成數量眾多且各具特色的文本。其中《臺灣民報》為臺灣知識分子所創辦，刊登於此的漢文遊記流露作者觀看世界的視域，故頗具研究價值。

日治時期的旅遊活動多以臨近臺灣的區域為主[81]，目前所見刊載於報刊的遊記，以日本、中國及東南亞等地為記錄見聞的主要場景，遠至歐美各國的遊記較為有限。然而，《臺灣民報》所載〈環球一週遊記〉，卻是跨越歐美等國的長篇作品。這部旅遊文學為林獻堂環遊世界多國的見聞，從1927（昭和二）年八月二十八日起，直到1931

81　葉龍彥：〈日治時期臺灣觀光行程之研究〉，《臺北文獻直字》第145期（2003年9月），頁91-95。

（昭和六）年十月三日為止，於《臺灣民報》連載一百五十二回。林獻堂是臺灣文化協會等組織的核心人物，也是霧峰林家的支柱，在臺灣文化史上佔有重要位置。從林獻堂個人的學養、習性與氣質，得知他是具歷史感的知識分子，其旅遊作品在抒發思古幽情、評論歷史人物之外，亦深具對當代社會的人文關懷。此外，刊登於《臺灣民報》旅外的系列遊記，早於林獻堂發表之前，已有黃朝琴的〈遊美日記〉，此部作品為作者1926（昭和元）年取得政治科碩士學位離開美國前的遊記，時間起自當年的7月11日，直到8月29日止，分八次刊載。[82]據1941（昭和十六）年《臺灣歐美同學會名簿》統計，日治時期留學歐美的學生約五十三人，其中留學美國為三十一人。[83]黃朝琴於1923（大正十二）年赴美國伊利諾大學深造，此部作者畢業後的旅遊見聞，為難得保存至今的早期留美學生遊記。黃朝琴又於1930（昭和五）年發表〈馬來半島的印象〉，這篇旅亞見聞遊記亦刊載於《臺灣民報》。黃朝琴負責編輯《臺灣民報》時，因經費及員額的限制，人力與物力均感不足；所以他除了自編自校外，並以「起今」、「念臺」等筆名，先後於此報投稿發表許多文章。此位曾留學的知識分子，多關切社會制度等議題，自日治時期即參與許多活動。他赴日本留學時正是西方民族自決思潮盛行之際，當時留學生受此思潮的影響紛紛成立各種組織。他於早稻田大學經濟科就讀時，曾加入該校的瀛士會，此會完全由臺籍學生所組成，表面上從事學校許可範圍內的課外活動，實際集會時卻經常討論政治問題。

除林獻堂與黃朝琴的長篇遊記外，《臺灣民報》所載短篇旅亞遊記，如1926（大正十五）年刊載陳後生〈遊朝鮮所感〉，描繪至朝鮮

---

82 黃朝琴：《朝琴回憶錄——臺灣政界耆宿黃朝琴》（臺北縣：龍文出版社公司，2001年），頁24。

83 杜聰明編：《臺灣歐美同學會名簿》（臺北市：臺灣歐美同學會，1941年），頁2-7。

的行旅記錄，流露同處於日本殖民下的情境。至於1928（昭和三）年發表〈南洋見聞記〉的郭戊己，早在1926（昭和元年）年曾與臺中大甲街的陳煌、王錐、陳炘、黃清波等人組織「大甲日新會」，參與臺灣文化協會的外圍組織。他到南洋旅遊考察後，於遊記中提出此環境適合臺人投資的論述。[84]另一位撰寫有關南洋見聞的作者為王添灯，他於1929（昭和四）年擔任臺北市社會課雇員，雖於翌年辭職，但從此開啟其政治之路。王添灯在1931（昭和六）年「臺灣地方自治聯盟」臺北支部成立大會中被推選為20名幹部之一，對於地方自治運動有強烈的訴求。同時他也是知名的商人，其所經營的「文山茶行」在當時極具規模。[85]1933（昭和八）年《臺灣新民報》刊載王添灯〈南洋遊記〉，自5月11日起連載至29日共十二篇遊記。這部目前學界尚未曾探究的文本，流露作者關注南洋政治與經濟等層面，並記錄當地的自治運動以及農業的觀察心得，實蘊藏諸多學術空白。

因《臺灣民報》匯聚關心臺灣未來發展的作者群，報上所載旅外遊記透露對於國際文化的觀感，並蘊含從出發到回歸後的反芻，故為理解當時臺灣知識分子思維的研究素材。若回顧相關的研究成果，目前探討黃朝琴的議題多偏重於政治經歷，或參與新舊文學論戰的文學觀等面向。至於林獻堂的相關研究，較多關注他參與政治社會運動及詩歌的成就；若專以遊記為研究素材，則是比較日記與遊記的關聯，或分析記憶的再現及啟蒙論述等面向。[86]關於王添灯的研究，除了探

---

[84] 許雪姬：《杜香國文書資料彙編目錄》（臺北市：中央研究院臺灣史研究所，2009年），頁4。

[85] 王添灯為戰後二二八事件的受難者，其對政治的關心始於日治時期。有關王添灯行誼事蹟的研究，請參見張炎憲編：《王添灯紀念輯》（臺北市：吳三連臺灣史料基金會，2005年），頁10-15。

[86] 如許雪姬：〈林獻堂著《環球遊記》研究〉多面向論析遊記版本及其文史價值，《臺灣文獻》第49卷第2期（1998年6月），頁1-33。或如林淑慧：〈敘事、再現、

究政治生涯及戰後不幸的罹難經過外，大多分析其事業發展，尚未見對其遊記加以詮釋。這些論文因著力點不同而各具特色，若以遊記的脈絡意義及作者心境的研究為範疇，仍有諸多議題尚待探索。因旅外遊記蘊含作者觀看世界的方式，《臺灣民報》所載遊記內容有許多待爬梳與詮釋之處。例如：旅者取法現代政經制度的哪些面向？跨界後又如何觀摩城市休閒品質？從文化的參照與比較提出哪些批判與省思？本節擇取《臺灣民報》所載旅外漢文遊記為研究範疇，以〈旅美日記〉、〈環球一週遊記〉、〈遊朝鮮所感〉、〈南洋見聞記〉、〈南洋遊記〉等文本為研究素材，並製表羅列刊登的情況。擬參考旅行及場域等概念，分析遊記所形塑異國文化氛圍，及建構自我主體與他者對話的敘事策略，以期呈現這些文本於臺灣日治中期旅遊書寫的意義。

二　取法現代政經制度

《臺灣民報》的前身，可推溯1920（大正十九）年由臺灣留日學生組成「臺灣青年雜誌社」所發行的《臺灣青年》，這份於東京印刷的刊物採日文及漢文並行。發行範圍除了臺灣之外，也在日本及中國沿海流通。1922（大正十一）年《臺灣青年》改名為《臺灣》，1923（大正十二）年4月創刊《臺灣民報》半月刊，兩年多之後，其發行量成長與臺灣四日刊報紙並駕齊驅，1927（昭和二）年7月《臺灣民報》獲准於臺灣印刷。此系列報刊具有開啟民智、呼籲臺民奮起、介紹新知及傳播東西文明等功能。[87]1930（昭和五）年3月29日《臺灣民

啟蒙——林獻堂1927年日記及《環球遊記》的文化意義〉，《臺灣文學學報》第13期（2008年12月），頁65-91等篇。

[87] 黃秀政：《臺灣民報與近代臺灣民族運動（1920-1932）》（臺北市：現代潮出版社，1987年），頁91-107。

報》第306期起，改名為《臺灣新民報》。根據《臺灣總督府統計書》1929（昭和四）年至1931（昭和六）年的資料記載，《臺灣民報》及《臺灣新民報》的全年發行量，分別為37萬份、38萬份、35萬份。若研究登載於《臺灣民報》的多篇旅外遊記，不僅涉及此報刊編輯宗旨的特殊質性，這些作品亦兼具文學與文化意義，至今仍存有諸多學術空白。綜觀《臺灣民報》所載旅外遊記所記錄取法現代制度的議題，主要可分為政治制度與經濟策略兩大面向，以下將分項討論。

（一）政治制度

政治制度為遊記關注的焦點，如黃朝琴、林獻堂、郭戊己、王添灯等人皆對「議會」的設置有所觀察。黃朝琴〈遊美日記〉描述美國議會下院（眾議院）為民意機關，其職權不包含任命官吏、改定條約，但具有監督政府的權力。美國議會制度分為上、下議院，所有國家的重大政策皆需經下議院決議才能實行。黃朝琴觀察議院現場出席的議員雖不多，但三名女議員中當天有一名出席，因而得見女性參與公共事務的情況。他入旁聽席時，見聞民主黨議員質疑政府的措施，如：美國憲法明確准許人民信教及言論自由，但為何教員於堪薩斯州學校教導學生「人是經由猿演變而成」的知識，被認定與「世界萬物是上帝創造」以往的說法不同，竟受到政府懲罰。黃朝琴除記錄議員批評此項作法是違反憲法的行為之外，於遊記中主張教導進化論原本是科學研究者應有的自由，藉由此段敘事呈現美國議員維護言論自由的情形。若就當時情況來看，根據美國憲法第一條修正案規定：國會不得制定剝奪言論或出版自由的法律，1791年美國領袖將言論自由作為一項重要的政治原則，與當時歐洲和殖民地時期壓制言論自由有關。

再衡諸當時改革現象，如1918（大正七）年起至1920（大正九）年止，美國威爾遜總統宣布支持婦女選舉權的憲法修正案，共有四分之三的州批准該修正案。憲法規定美國任何一州不得因性別關係，而否定或剝奪公民的選舉權。此外，美國因為人民主權的理想化與議會選舉相連結，革命的轉化過程較平穩，而促使實踐現代道德秩序。美國革命是以正當性的觀念作為開端，之後的〈獨立宣言〉不再是狹隘定義，而是普世人權，人民的意志也可視為自身法律的源頭。就民主化而言，人民主權具有無可爭辯的制度意義，由選舉而產生的立法機構，一直是對抗王權及捍衛自由的堡壘。黃朝琴記錄這則質詢內容，向臺灣人民介紹美國國會維護言論自由的實況，並點出美國憲法的民主精神。至於林獻堂在英國議會的觀察方面，〈環球遊記〉記錄英國當時八名女議員，其中一位為女優，他對所見的現象評論道：東方人視女優為玩物，從不將她們視為藝術家，更不可能有機會獲選為議員。他又在這實行民主制度的現場，親見關於印度經濟問題的演說，當天的旁聽席幾乎無立錐之地，而且十分之六都是婦女，可見英國婦女關心政治的情況。林獻堂著重於異國女性參與政治活動的觀察，透過報紙的傳播，而使遊記更具教育啟蒙意義。

除了對於女性參政權的關注外，黃朝琴亦重視議會機關的獨立性，他在〈旅美日記〉提到：華盛頓市政府的組織和各國首都完全不同，這裡沒有市長，中央與地方政府均不能干涉行政。主權歸在合眾國國會，由國會派委員行使市長職權，且絕對不容許官民在此從事政治運動，這樣的組織為力圖議事的獨立，而免於受外界的影響。[88]如此的見聞記錄，呈顯美國議會制度建立與轉化的特質。在南洋議會制度的考察方面，郭戊己〈南洋見聞記〉指出荷蘭女皇及代理其職務的大臣，為荷蘭於東印度群島（印尼）的最高領導者，當地設有殖民地總督，掌握宣戰議和、軍事、官吏任免與行政權。荷蘭政府於此設有

---

88 黃朝琴：〈遊美日記〉，《臺灣民報》第118號，1926（大正十五）年8月15日。

東印度評議會，其中，評議員與副議長皆由女皇任命。除評議會外，另設有國民參議會，該會為人民代表機關，主要負責年度預算審核，61名議員民選、官派各半，並由總督出任議長。再以王添灯〈南洋遊記〉作為對照，此遊記依日記錄，主要旅遊路線為：基隆→廈門→香港→廣州→香港→爪哇島（雅加達）→爪哇島（三寶壟）→爪哇島（梭羅）→爪哇島（日惹）→爪哇島（摩羅巫魯爾，即今波羅浮屠）→爪哇島（三寶壟）→新加坡→馬來西亞（柔佛）→海南島→香港→廈門→基隆。茲以刊登於《臺灣新民報》的第一手資料，繪製王添灯主要旅遊路線於圖2-4：

圖2-4　王添灯《南洋遊記》主要旅遊路線圖

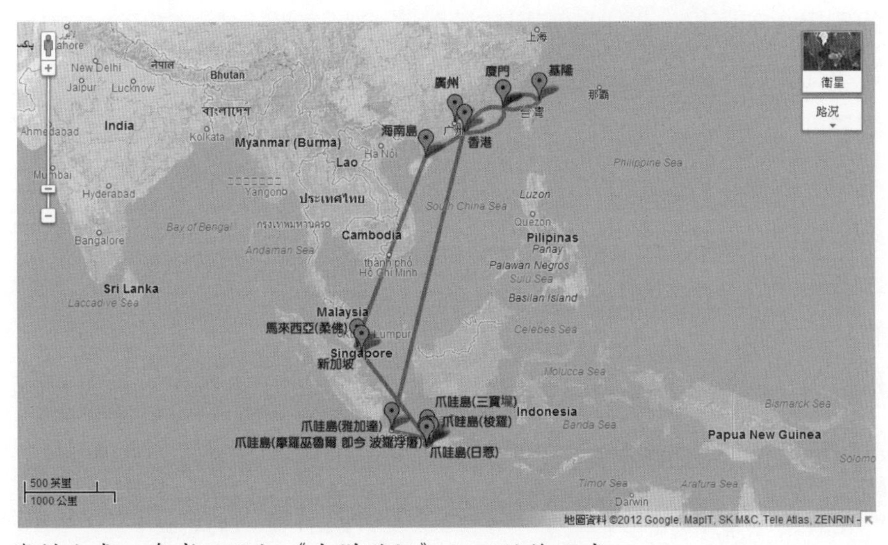

資料出處：參考王添灯《南洋遊記》加以編繪而成。

王添灯記錄梭咾地區（今印尼梭羅，Surakarta）評議院的組織，文中提到該評議院的評政議員由普通選舉法選出，在中央的吧城（今印尼雅加達，Jakarta）另設有參政會議，其議員一半由政府任命，一半由民眾選出。[89]王添灯與郭戊己的觀察面向相似，但王添灯對於國民參議會議員的比例有更詳盡的說明，他指出61名議員中，當地土人8名、歐洲和東洋人16名，其餘37名則由東洋人和歐洲人各任命半數。[90]上述兩遊記藉由報刊的傳播，有助於讀者對荷屬東印度群島議會制度的認識，由王添灯的記錄亦可見即使開放部分民選，在議員的比例上，外國人士的總和仍遠大於當地居民的代表人數，顯露殖民地政治所受到的侷限。

從觀摩議會制度的層面來看，黃朝琴、林獻堂企圖記錄於美國、英國議會旁聽的經驗，以此宣揚取法現代民主制度的理念，並具有傳播言論自由等普世價值的功能。至於郭戊己與王添灯所前往的南洋群島，與臺灣同樣皆是殖民地，但兩人所描述的荷屬東印度議會與日本的殖民政策迥異。世上的殖民統治除了非洲、亞洲外，也涵蓋如墨西哥、比利時、加拿大等地，且各宗主國各有不同的殖民策略。黃朝琴到墨西哥這曾為西班牙的殖民地（1522-1821），以回顧其歷史經驗作為喚醒民眾意識的例子。他在〈遊美日記〉先提及墨西哥人民擁有豐富的資源，若善加利用則能與美國並列強國。接著又詳論墨西哥當地土著與西班牙為不同的民族，但雙方使用相同的語言；之後墨西哥歷經民族自覺運動，始宣告結束西班牙殖民時期。[91]在同化的原則下，殖民者常向當地民眾強行灌輸「先進」、「文明」的觀念，並從殖民

89 王添灯：〈南洋遊記（七）〉，《臺灣新民報》第804號，1933（昭和八）年5月18日。

90 王添灯：〈南洋遊記（十二）〉，《臺灣新民報》第811號，1933（昭和八）年5月25日。衡諸印尼的政治史，1836年在荷屬東印度最高權力的所在是總督，另設有「荷屬東印度評議會」成立由5人組成以協助總督治理若兩方意見不一致，總督須將問題提交荷蘭國王做最後的決定。1918年成立「人民議會」，此為諮詢機構與立法權。陳鴻瑜：《印度尼西亞史》（臺北市：國立編譯館，2008年5月），頁289-301。

91 黃朝琴：〈遊美日記〉，《臺灣民報》第120號，1926（大正十五）年8月29日。

地獲取利益。就後殖民理論而言，這樣的敘事顯露被殖民者的文化、語言與制度皆未受到尊重，殖民者因與被殖民者間的文化有所差異而強行同化。[92]墨西哥經歷漫長的西班牙殖民統治時期，由於新的統治者賦予殖民官員相當高的自主性，使得貴族將當地人民的土地佔為己有。在土地利益集中於少數貴族的情況下，再加上種族歧異與法治不彰的惡性循環，致使墨西哥存在階級化的社會制度。由於權力的個人化，導致當地制度不受尊重，殖民時期三百年來的階級衝突與社會歧異，終於引發人民要求解放的呼聲。[93]黃朝琴認為墨西哥民眾的覺醒為獨立的要素，他強調人民擁有自主權於政治意義上的重要性，此為人民擺脫普遍性苦難的關鍵途徑。

林獻堂〈環球一週遊記〉常運用借鏡各國政策，以喚醒民眾自覺的書寫策略。他提到無論是地處法國南部的摩納哥[94]、或是羅馬及猶太人，[95]以及昔日為歐陸戰場且歷經多國殖民統治的比利時，這些國民皆具有獨立的意識。[96]黃朝琴與林獻堂於遊記中回顧各國獨立的歷史，認為民眾的自覺為國家能否獨立的關鍵條件；同時也暗喻各殖民地若要脫離被壓迫的局面，民眾應具備覺醒的力量方能達成。

郭戊己與王添灯的南洋遊記，皆關注當地的殖民政策，除前述的議會制度外，兩人還觀察「土王」制度的特色。郭戊己〈南洋見聞記〉提到地方行政制度的兩個面向，除一般州制設有知事或理事官外，尚有十一個土人州，當地以「土王」為名義上的首領，理事官實

---

92 Robert J. C. Young著，周素鳳、陳巨擘譯：《後殖民主義——歷史的引導》（臺北市：巨流圖書公司，2006年），頁33。

93 蔡東杰：《臺灣與墨西哥民主化之比較》（臺北市：風雲論壇出版社公司，2002年），頁57-58。

94 林獻堂：〈環球遊記〉，《臺灣民報》第271號，1929（昭和四）年7月28日。

95 林獻堂：〈環球遊記〉，《臺灣民報》第141號，1931（昭和六）年7月18日。

96 林獻堂：〈環球遊記〉，《臺灣民報》第332號，1930（昭和五）年9月27日。

際握有監督行政之權。[97]王添灯則對爪哇島上的「土王」有更詳細的描述，爪哇島是荷蘭政府的殖民地，但是梭咾卻是特別區域，當地一般行政事務屬荷蘭政府統轄，但施行時形式上需經過梭咾王承認。往昔爪哇島是以梭咾王為中心的統治，後來為了統治的方便另封日惹王和井里汶王，而梭咾王麾下有縣長、「亞斯斗」、警察長等，都是由當地居民擔任。其上有自衛兵隊約五千餘名，兵營的設備相當堅固。每年由荷蘭政府繳納土庫銀六十萬盾給梭咾王及日惹王四十萬盾，梭咾區域內的家屋稅則由梭咾王徵收。梭咾、日惹王和井里汶王的政治體系下均設置首相，皆從群眾中選拔賢者。[98]王添灯的遊記提到新加坡雖是英國領地，但是當地的居民皆有參政權，並任職於官方機構。新加坡的法律裁判所已施行人民陪審法，所以若有重犯，在判官宣告死刑以前，須要召集代表參議審判，並取得多數同意方可宣告死刑。陪審團成員一半是中國人，另一半則是英國人。[99]從荷蘭與英國於南洋殖民政策差異的記錄，呈顯郭戊己與王添灯的遊記所反映流露旅外觀察殖民制度的思維。

《臺灣民報》所載遊記除了描述歐美與東南亞局勢之外，陳後生的旅遊見聞則關注於東北亞政治環境。他提及朝鮮曾為獨立國家，現今雖保有王族、貴族與知事、郡守等頭銜，其政治地位較高；但是後來朝鮮人官位多是有名無實，朝鮮民眾受壓迫的處境與臺灣人相似。1919（大正八）年朝鮮發表宣言尋求獨立，是受到美國總統威爾遜民族自決言論的激勵。獨立宣言運動受挫後，導致日人更架壓制朝鮮經濟的發展，如設立拓殖會社收買朝鮮人土地，並將地轉予日本人種植耕作等。朝鮮民眾喪失土地後，只好前往滿州、西伯利亞、蒙古另謀

[97] 郭戊己：〈南洋見聞記（二）〉，《臺灣民報》第217號，1928（昭和三）年7月15日。

[98] 王添灯：〈南洋遊記（七）〉，《臺灣新民報》第804號，1933（昭和八年）年5月18日。

[99] 王添灯：〈南洋遊記（九）〉，《臺灣新民報》第807號，1933（昭和八年）年5月21日。

生路，致使不少人輕生。[100]陳後生從旅遊者的角度，觀察到朝鮮因受到殖民政治及經濟的掌控而無法自主，隱含批判殖民統治對當地的衝擊。

（二）經濟制度

旅遊者不僅關注城市的外在建築，同時也觀摩各種機構的制度。舉例而言，金融機構的營運方式是經濟制度的核心，黃朝琴〈旅美日記〉提到接觸美國銀行的經驗。他於紐約市銀行提款時受到主任殷勤招待，遊記形容他於此地的感受：「相較東亞的官僚式銀行，猶如天壤之別。」又記錄就讀於伊利諾大學時，曾因急需現金，向銀行借款；當時卻不需以擔保品抵押，也無保證人，「連外國人士皆能感受其便利性。」他記錄美國銀行採取高度信任人的方式，突顯美國與亞洲國家金融機構及制度的差異，呈現美國高度經濟發展的樣態。[101]如此的遊記書寫策略，不將焦點集中於建築物外觀的描繪，而是著重於作者對異國經濟制度的觀摩。

於「南洋」的經濟觀察方面，百餘年來海外華人對於「南洋」一詞的認知，除泛指今東南亞的菲律賓、越南、寮國、柬埔寨、印尼、汶萊、新加坡、泰國及緬甸等，甚至也包括今日南亞的印度與斯里蘭卡等處。這種以中國為立足點的華人觀察，專指自中國飄洋過海南下的地域。東南亞作為完整的地域單位，其實是經由人為建構，特別是透過東南亞互動經驗的人所形成。[102]1914（大正三）年以後臺灣的治安、衛生等條件日漸改善，再加上歐洲諸國受大戰影響，對南洋地區掌控漸弱，臺灣即成為「大正南進期」的關鍵角色。1918（大正

---

[100] 陳後生：〈遊朝鮮所感〉，《臺灣民報》第132號，1926（大正十五）年11月21日。

[101] 黃朝琴：〈遊美日記〉，《臺灣民報》第114號，1926（大正十五）年7月18日。

[102] 康培德：〈東南亞——地名變遷與地理區劃〉，《地理研究》第48期，頁105-123。

七）年總督府成立調查委員會，負責諮詢審議華南及南洋的相關預算，如各式硬體設施與南洋航路補助費用等。後期因關東大地震以及歐洲國家逐漸走出第一次世界大戰的陰霾，日本中央政府於1925（大正十四）年至1930（昭和五）年期間多次縮減預算，南進政策因而受挫。[103]《臺灣民報》所載遊記再現作者對南洋的經濟見聞，郭戊己或王添灯等人皆對於殖民者南洋經濟策略有所評論。

就郭戊己的遊記而言，他認為南洋為適合日本未來發展的地區，其中以印尼最具潛力。蘭領東印度是由爪哇島、蘇門答臘、婆羅洲、西里伯、新幾內等島嶼所組成，他分析該區域不僅富裕，且原物料豐富、氣候舒適、政治安定，並認為荷蘭政府對待外國人十分友善。此外，島嶼面積比日本、歐洲各國的面積更為廣闊。農業發展是郭戊己最重視的面向，他在〈南洋見聞記〉分析爪哇人口稠密的因素，並觀察當地皆栽種有用的植物，如米、茶、規那樹（大葉雞納樹）、咖啡，他將農業的發展歸功於荷蘭為「學問之國」，對土質的調查研究十分透徹，並以植物能適應土地為栽種原則。如低地應種植甘蔗、米，二、三千尺高的地區則栽種橡膠、茶等；此外，規那樹可生產治療麻拉利亞（瘧疾）的特效藥，咖啡則由非洲傳入，兩者皆為外來物種，且因大量種植而外銷。[104]這些敘事呈現郭戊己關注他者的長處，對於荷蘭求知精神與各式研究調查深感佩服。他又從氣候的角度進行分析，提出南洋地區因海洋、高山等自然環境的調節，呈現適合耕作的氣候。若以《南洋地理大系》所載二十世紀上半葉爪哇氣候概況相對照，將有助於理解郭戊己等人的敘事。茲將相關資料羅列於表2-3：

---

[103] 中村孝志著，李玉珍、卞鳳奎譯：〈大正南進期與臺灣〉，《臺北文獻直字》第132期（2000年6月），頁196-197。

[104] 郭戊己：〈南洋見聞記（二）〉，《臺灣民報》第217號，1928（昭和三）年7月15日。

表2-3　爪哇二十世紀上半葉氣候一覽表

地名	年平均雨量（毫）	年雨日	年均溫（℃）	年高溫（℃）	年低溫（℃）	年平均濕度（℃）
雅加達	1771	162	26.2	30.0	23.3	83
泗水	1618	134	26.8	31.1	23.2	79
茂物	3974	251	25.1	30.0	21.8	81
萬隆	1829	215	22.5	27.8	18.4	77

資料來源：飯本信之、佐藤弘：《南洋地理大系》（東京都：ダイヤモンド社，1942年），頁144-147。

郭戊己感受到爪哇的天然環境為：「有的年中如初夏，有的年中如春天」，並非如國人所想像般炎熱；又以東京、大阪等地的高溫與爪哇的巴達維亞城相對照，呈現當地氣候的舒適。[105]這樣的氣候條件，為南洋農作提供更多生長上的優勢。他又記錄：「南爪哇之農業非常幼稚，農夫亦很怠慢，然其收穫的確亦不少。」郭戊己觀察此地因無暴風雨，再加上氣候溫暖的環境，有助於作物生長，且火山灰使土壤肥沃，成為四季耕作的有利條件，流露開發論的視角。

王添灯在〈南洋遊記〉也提到爪哇的天氣很溫和，土地肥沃、草木繁茂，所以適於農耕，因而有荷蘭政府寶庫之稱。該地無論春夏秋冬，一年三百六十五日皆可播種、除草和收成。王添灯又指出臺灣的米在一年中能產二期，但遠不及爪哇的環境。[106]王添灯於臺灣經營「文山茶行」，曾在大連、琉球、新加坡等地開設分行，因此對於南洋一帶臺灣茶的銷售十分關心。遊記中提到如芝蚋接、三寶壟等地為

---

[105] 郭戊己：〈南洋見聞記（一）〉，《臺灣民報》第216號，1928（昭和三）年7月8日。
[106] 王添灯：〈南洋遊記（五）〉，《臺灣新民報》第802號，1933（昭和八）年5月16日。

臺灣茶重要的銷售地，對於南洋的投資環境亦有所考察，並提出許多心得。他觀察香港政府向民眾徵收家屋賃貸料以及菸酒稅，並察覺當時受到世界經濟不景氣所影響，都市存在大量的遊民。[107]王添灯除了觀察農業發展，也觀摩市場的設置情形。他發現爪哇當地的市場分為「固定市場」與「流動市場」兩類，後者僅在一週內訂一日或兩日開市，該日即稱為「市場日」，屬於一種趕集形式的市場機制。王添灯曾於新加坡開設茶行分行，因此關注新加坡的投資環境。他實地造訪陳嘉庚有限公司的廠房，提到廠房內共有七十九個工場，生產範圍涵蓋餅乾、鳳梨、製藥、印刷等五花八門的種類。若要一一視察則要花費超過七、八個鐘頭，又形容該廠房面積為臺北太平町的兩倍，足見規模龐大，且全是三樓以上的建築。[108]王添灯又提到較著名的企業包括胡文虎經營的「虎標萬金油」，並指出中國人於該地所佔勢力，且英國政府允許其自由發展，呈現作者對於新加坡為適合投資環境的記錄。

三　跨界觀摩休閒品質

日治時期的報刊如何將國外的文化現象，以文字敘述傳播至臺灣？就發行量最大的《臺灣日日新報》為例，曾報導那些國際都會的面貌？若搜尋此報刊有關巴黎的訊息，議題範圍除了政治、經濟、學術、文化之外，多是關於時尚的報導。[109]這些日常報導透過平面媒體

---

107 王添灯：〈南洋遊記（三）〉，《臺灣新民報》第800號，1933（昭和八）年5月14日。

108 王添灯：〈南洋遊記（九）〉，《臺灣新民報》第807號，1933（昭和八）年5月21日。

109 舉例彙整羅列以下數則：1913（大正二）年〈巴黎之新時尚〉談及流行吸鴉片等社會風氣，1922（大正十一）年〈巴黎婦人奢侈〉強調「務外觀不求內美」的價值觀，1923（大正十二）年〈巴黎女子之時裝〉談及法國女子喜用毛皮為襯、皮皆取豹皮的服飾文化。1926（大正十五）年〈巴黎之淫靡〉鋪陳關於畫像藥品或春畫淫

的傳播，提供大眾對巴黎種種面向的想像。至於《臺灣民報》所載遊記又呈現何種都會氛圍，透露那些觀摩的視角？以下就物質文化層面與休閒文化加以探討。

（一）觀摩物質文化

物質文化的探討層面，包括克服自然並藉以獲得生存所需要，而產生的食、衣、住、行等「技術文化」。遊記書寫各城市的方式，不僅傳達各時期都市生活的特質，也提供如何於變化中的時代應對世界知識的方式。舉例而言，林獻堂遊記如何記錄到巴黎旅遊現場所觀察的風俗？他於〈巴黎見聞錄〉提到：「夫巴黎人之輕浮奢侈者，乃屬於一小部分之人而已」，認為巴黎大多數人皆是質樸勤儉。此處連續以「孰知乃大謬不然」，或是「與所懸想的實為大相逕庭」[110]來表達旅遊的親身體驗與想像的不同。林獻堂在旅遊過程中，不僅實地觀察與記錄西方的特殊文物，同時也藉此想像各國的民族性。再以巴黎為例，他以「咖啡店為歐洲首都之最多者」，形容巴黎咖啡店林立的現象。至於描寫有關街景的規劃，如「凱旋門放射十二大街，其眺望隨各地點而有無限的變化，自一大街望其正面，自他大街觀其側面，而所得的景色各有不同。蓋因諸大街多有種植美麗的樹木，隨四季循環變化不定，故其市街的光線色彩，亦因之而受其影響。」[111]都市意象裡最中心的概念性元素是「用途」，在多數歐洲國家的首都與城市，皆以大量的公共建設來展現他們的富庶。1910（明治四十三）年巴黎

具等功能，另一篇〈巴黎士女之享樂〉則刻劃舞場上男女跳舞的現象。除了衣飾、娛樂等報導外，其他尚有〈法國南極探險隊歸還〉描述探險學界製造南極大陸海圖的科學貢獻，〈俄帝抵法〉則記錄於凱旋門迎接俄帝形成萬人空巷的場面，至於〈里昂及絹布製造業〉則提到里昂設有商業館及絹布產銷情形。

[110] 林獻堂：〈環球遊記〉，《臺灣民報》第242號，1929（昭和四）年1月1日。

[111] 林獻堂：〈環球遊記〉，《臺灣民報》第262號，1929（昭和四）年5月26日。

人口增長至290萬，公路及鐵路向此處匯集，並強化首都領導地位的作用。巴黎的展覽場館、出版機構與劇院甚多，呈現市民的知識與文化生活的特性。[112]林蔭大道的規劃涉及空間權力，又與日後巴黎觀光用途密切相關。學者哈維《巴黎，現代性之都》批評奧斯曼大刀闊斧改造巴黎景觀的行為，論及城市裡林蔭大道的成形可上溯至教皇的羅馬，以巴洛克軸線的張力，在朝香客的教堂節點之間組織空間的秩序。這種組織空間價值觀是一種革命性的斷裂，一如歐洲十五世紀的人文主義建築師所為。自此，古典建築變成一種自主而絕對的「建築物」，凡爾賽宮的狩獵小徑、林蔭大道，輻射出去支配整個自然世界與人造城市，而其中心則是太陽之王路易十四臥室的大床。至於奧斯曼將中世紀巴黎開膛破肚，重建巴黎，班雅明稱為「拿破崙帝國主義的紀念碑」。[113]林獻堂的巴黎見聞提供人文經驗及關係形態所構成的社會空間，但未廣泛觸及都會空間權力的批判，透露個人對環境的理解與文化意義的熔鑄。

關於東北亞物質文化的敘事，陳後生〈遊朝鮮所感〉提到二個多月朝鮮之旅的經驗，剛開始因語言隔閡而以日語與當地人溝通，發覺彼此皆因被殖民的經驗而有「同病相憐」的感受。他對於朝鮮家屋矮小狹隘感到不解，後得知是由於氣候因素，冬天寒冷而小屋易生火取暖；二為經濟因素，朝鮮經濟貧困，且昔日官吏橫暴，任意剝奪人民財產，儘管是富豪之家亦居處粗俗而不重美觀。在服飾方面，陳後生以朝鮮京城（今首爾）的市民為觀察對象，提到朝鮮人的服裝品味頗

---

112 M. Gottdiener and Alexandros ph. Lagopoulos著，吳瓊芬等譯：〈城市與符號（導言）〉，收錄於夏鑄九編：《空間的文化形式與社會理論讀本》（臺北市：明文書局公司，1998年），頁241。

113 大衛・哈維著，黃譯文譯：《巴黎，現代性之都》（臺北市：群學出版公司，2007年），頁1-3。

高，老人小孩多身穿白衣，眾人皆穿靴，年長男性出門皆纏長衣、戴帽，因而認為此種穿著顯現「文明人的氣概」。陳俊生從衣著、住屋等生活條件及品味的比較，呈現有關朝鮮物質文化層面的觀察所得。

《臺灣民報》所載日治時期南洋的旅遊記錄，如郭戊己〈南洋見聞記〉提及欲前往東印度群島的旅人，需事先向官廳申請護照並至移民局辦理認保手續，方能購買船票及獲得登陸許可。臺灣前往南洋的航路由總督府委託大阪商船會社經營，自橫濱出發，沿途經由名古屋、大阪、神戶、門司、基隆、呂宋、北婆羅洲的斗湖，十四天即可抵達爪哇島的泗水。回程則經過香港、高雄等地，航期為每月一班，巴城丸、泗水丸、高雄丸三艘四千噸級的船隻航駛。票價則依船艙等級與交通距離而定，若去程的最遠距離計算，三等船艙票價為55圓，一等則需花費近三倍的價格150圓。[114]郭戊己為比較各國殖民政策，所以列舉西班牙、葡萄牙於殖民地建造寺院，英國設立銀行以及荷蘭鋪設道路與鐵道等實例。同時詳細記錄爪哇共建有二萬哩以上的道路、三千五百哩的鐵路，自動車能於數千呎以上的高山自由通行等現代化的硬體設施。[115]殖民政策能反映統治者的性格，亦展現其民族性，宗教信仰的干預、經濟剝削等面向，呈現不同目的性的政治策略。

在飲食文化方面，王添灯〈南洋遊記〉描述在廣州當地人十點鐘才吃早餐，其他時間亦少在家吃正餐，多到茶樓或酒店享用點心。[116]至於在爪哇則有「步數月」（應即是齋戒月Ramadan）禁食的習俗，即到十二月當地人早、午餐皆斷食，個個餓到面色蒼白，直至下午五時才由王城發射大炮通知開飯。此種風俗流傳自爪哇昔日曾被敵軍

---

114 郭戊己：〈南洋見聞記（一）〉，《臺灣民報》第216號，1928（昭和三）年7月8日。

115 郭戊己：〈南洋見聞記（二）〉，《臺灣民報》第217號，1928（昭和三）年7月15日。

116 王添灯：〈南洋遊記（三）〉，《臺灣新民報》第800號，1933（昭和八）年5月14日。

包圍的時期，此後該月是他們的「國恥月」，並以斷食作為紀念。[117] 飲食是人類日常生活重要的一環，各地飲食習慣具有時空意義，所以常為旅人關注的焦點。除飲食之外，王添灯對於交通建設亦深感興趣，因交通與經商之間有密不可分的關係，故常於遊記中描述有關交通的各項細節。以觀察香港、新加坡電車為例，他提到香港的電車設上下兩層，樓上每人需付車資十仙（即十錢），樓下只要付五仙（即五錢），樓上僅容許搭載定員的乘客。[118] 至於在新加坡方面，當地的電車是無軌的，其構造是電車設備，卻使用自動車的車輪。王添灯評論該地交通建設發達，臺灣無法與之相比，香港也遠不及。[119] 除了電車外，王添灯在香港時又搭乘連接九龍與廣州的鐵路，該鐵道的經營權一半屬香港政府，一半屬廣東省政府，載客運費則端看由哪一方發車則歸該方政府，火車的人員則約定以石龍作為中心點，當火車行至該地則由入境端人員接手。這樣的鐵道經營方式，反映中、英政府雙方在香港的勢力區隔。

在建築方面，由於王添灯造訪之處多為英國與荷蘭領地，因此多數房屋皆仿洋式，其中又以三寶壟（Semarang）郊外山頂的住宅區最令他稱羨。該區的房子多歸中國人與荷蘭人所有，房屋樣式各不相同。又因南洋曾是明代鄭和下西洋所經航線，在南島上留有許多與鄭和以及漢人相關的建築。如在萬方[120] 的市街中央建築關帝廟，三寶壟則有三寶公廟，且該地的地名亦傳自三寶公的傳說。另一方面，佛教在當時的南洋為最具代表性的宗教，王添灯至爪哇時與友人觀覽磨羅

117 王添灯：〈南洋遊記（七）〉，《臺灣新民報》第804號，1933（昭和八）年5月18日。另，《南洋地理大系》中載有回教「斷食月」（齋戒月）的風俗。

118 王添灯：〈南洋遊記（二）〉，《臺灣新民報》第797號，1933（昭和八）年5月11日。

119 王添灯：〈南洋遊記（九）〉，《臺灣新民報》第807號，1933（昭和八）年5月21日。

120 萬方（バンドン）應為今萬隆（Kota Bandung）。

巫魯爾（今譯為波羅浮屠），該地為印尼重要的佛教勝地，以數目繁多的石雕佛像聞名。因此爪哇島上的建築展露多元文化的景象，也見證島嶼的歷史軌跡。

（二）體驗休閒文化

文學研究不只於細節，而是必須帶進文化史的眼光、文學場域的思路。報刊研究不只提供回到歷史現場、理解時代文化氛圍的機會，同時亦達到馳騁的想像，具有重構時代「文學場域」的特質。報章與文學的關係，不只強調文學是怎樣被生產出來，更應該關注文本生產過程與報章刊載如何影響作家的審美趣味及文體感。[121]黃朝琴〈旅美日記〉跨越美加邊界，遠赴加拿大觀察，他分析其行政機構及議會仍通用法語，然因語言、習慣不同，當年英國運用經濟與心理層面而實施同化政策。[122]又提到他行經美加交界的國際橋時，曾遭英國移民官阻擋且要求查驗護照。因事前得知英國法律准許外國學生免護照入境旅遊，所以未帶護照；得請美國官員擔保，但當天七月四日為美國獨立日，官方職員皆休假，所以無法協助。況且，同行的白人學生立刻可通過，黃種人卻只能踏進英國土地，卻不能跨界觀看，如此的遭遇使他們悵然不已。黃朝琴認為英國人輕視「黃種人」由來已久，此次他們所受的侮辱猶如火上加油。他又提到：「英國人的政治手段，令我們非常佩服，加奈太（加拿大）原本是法蘭西殖民地，後來被英國占據，那裡有幾百萬的法人，英國人不但不敢強制同化他們，並且准許他們自治。」[123]黃朝琴藉記錄當下的遭遇，也評論英國統治的策

---

121 陳平原主講，梅家玲編訂：《晚清文學教室：從北大到臺大》（臺北市：麥田出版公司，2005年），頁34-41。

122 黃朝琴：〈遊美日記〉，《臺灣民報》第120號，1926（大正十五）年8月29日。

123 黃朝琴：〈遊美日記〉，《臺灣民報》第113號，1926（大正十五）年7月11日。

略。回顧加拿大的歷史，1756至1763年的七年戰爭一結束，法、英於1763年簽定巴黎條約，由法國轉將加拿大移交英國。戰勝的英帝國覺察原初高壓統治的疏失，於是旋即在1774年頒布魁北克法案，欲使魁北克人不致造反；另一方面則是穩定法裔民心，以便應付美國殖民地的反抗。於是英國與法國族裔保存各自原有的習俗、法律、語言、文化、宗教，於加拿大境內相容而存異，且逐漸具有「生命共同體」的統合意識。[124]黃朝琴觀察加拿大原屬法國的殖民地，後來被英國佔領，之後仍有數百萬的法國人居住於此。英國人不強行同化他們，且准許自治，這部遊記即試圖反映此地歷史事實與政治現況。至於黃朝琴在美加交界處所遇及的刁難，林獻堂踏訪尼加拉瓜瀑布時也遭遇相同情境。友人事前曾提醒若未帶護照，將無法入境加拿大，果真林獻堂後來到加拿大，官員要求再次出示護照，並以戲謔的口吻說道：「凡支那民族，欲入國境，非有美國關吏證明其必歸去之文書不可。」上述入關的設限，原是排斥華工進入國境，才制定嚴格的審查標準，林獻堂覺得受辱，不願繼續前行；後來考量若是離去，則讓人猜疑其動機，故折返至美國的關防辦事處以取得通行證。[125]旅行時各國的通關限制，呈現旅人所遇及的特殊情境，也突顯各國政府對於入境的差異待遇。

旅遊與規律的日常生活相較，顯現因空間移動而產生新的特殊體驗。林獻堂參觀大峽谷（Grand Canyon）描述其壯觀景象：「谷中羅列如尖培，如佛寺、如猛獸、如雲峰，其形不一，其色略赤，皆巉岩巘巇，高數千呎，真為世界奇觀。谷之崖岩稍高，漸次低下，形如覆皿，夫水性就下，人莫不知；然此深谷偏於凸處衝成為凹，可見洪

---

124 林鎮山：《離散・家園・敘述——當代臺灣小說論述》（臺北市：前衛出版社，2006年），頁35。

125 林獻堂：〈環球遊記〉，《臺灣民報》第371號，1931（昭和六）年7月4日。

水時代，其水勢之浩漫，實使人難於臆測。」[126]林獻堂對於異地奇景感到讚嘆，並以地景的外型、顏色、高度等差異的特色，展現空間的層次感。遊記作為表現體裁，若著重文字美感則別具文學意義，黃朝琴與林獻堂的遊記皆敘述踏訪尼加拉瀑布（Niagara Falls）的經驗。如林獻堂參觀瀑布的敘事：「瀑布由洞門之上而飛下，其狀如綿，如雷，如霧，滾滾而來，霹靂之聲，不絕於耳。古人之詠瀑布，日注壑奔崖，日銀箭瓊珠，實未足以形容其萬一也。西遊記，描寫老孫之水濂洞，不過是作者之理想而已。洞口風迴，如巨轟然，浪花直拍洞門而入，同行婦女，驚懼與鬨笑之聲畢作。」[127]此景點為聞名遐邇的北美洲奇景，因而遊客絡繹不絕。尼加拉瀑布使緊繃的社會規範，在這充滿突發狀況和互不熟識的環境中得到放鬆，且瀑布容易聯想到激情，增添此處的獨特性。[128]對於旅遊者而言，尼加拉瀑布是一個日常經驗感受不到的地方，體會觀光行為涉及「偏離常軌」的概念。那是一種有限度擺脫習以為常的慣例與行事作風，讓感官投入一連串與平凡無奇生活有著強烈對比的刺激。舉另一實例，當黃朝琴至阿波羅戲園觀賞半裸體的「美人戲」，亦即中國留學生所稱的「大腿戲」，認為此表演毫無藝術，為「野蠻姑娘的戲弄」。[129]阿波羅戲園的體驗，與黃朝琴日常經驗迥異，亦是其文化差異價值判斷的認知。

旅人實際體驗異地文化後，影響對於異國民族性的評價。林獻堂〈英國見聞錄〉描述英國人受氣候的影響，故以室外運動競技作為生活的嗜好，因此養成其堅忍奮鬥的精神及沉鬱凝重的性格。他闡述

---

126 林獻堂：〈環球遊記〉，《臺灣民報》第371號，1931（昭和六）年7月4日。

127 林獻堂：〈環球遊記〉，《臺灣民報》第371號，1931（昭和六）年7月4日。

128 John Urry著，葉浩譯：《觀光客的凝視》（臺北市：書林出版公司，2007年），頁106。

129 黃朝琴：〈遊美日記〉，《臺灣民報》第115、第116號，1926（大正十五）年7月25日、8月1日。

影響民族強盛的因素除天時地利外，重要的在人為；凡是遇到環境苛酷，正是考驗鍛鍊身心、玉成事業的機會。[130]遊記描繪英國自然環境，多降雨、大霧等氣候特徵，不僅影響日常作息，並與國民性的形塑有關。此文亦記載倫敦繁盛的街皆在西部，倉庫與各種工場多在東部，故勞動者多居於此。這樣的敘事呈顯地區發展不平衡的情況，因而產生不同階級集中居住於不同區域的社會現象。遊記又提到：「余欲一見貧民之狀況，乃託一熟識之人為引導。」可惜當天是星期日，林獻堂只經過數處貧民區，未入屋內觀察狀況，見街上男女孩衣著整齊散步街上，看不出其貧窮程度。[131]作者有時因目光受限於旅遊的規劃，而沉浸於為觀光客營造的諸多「假事件」的環境中。但他們在旅遊之前，僅能於報刊、書籍或是他人的遊記中想像；如今則得以在各個景點閒逛，體驗世界城市休閒文化的氛圍。這些城市居民的分布狀況，呈現空間權力與社經地位的關聯；可惜林獻堂未有機會與貧民區的居民接觸，故難以親身體會弱勢階層的困境，這也是觀光客所遇到的侷限。

城市空間是遊記常描寫的部分，城市是情節展開的場景。如在市政建設方面，黃朝琴觀看美國市政辦公署（市役所）後，描述此建築物壯觀宏偉，位居市中心且交通網路便捷的情形。有關現代化建築的敘事，林獻堂則讚揚英國倫敦市腹地廣大、人口眾多，治安衛生交通皆有條不紊；又如下水道的建設消納七百五十萬人排泄穢物，有益於改善都市公共衛生的實況。[132]黃朝琴與林獻堂皆記錄下水道等現代化的公共設施，觀摩文明城市的物質條件之餘，亦分析民眾對於文明所採取的態度。黃朝琴評論美國自歐戰以來，重視物質文明，縱使教會

---

[130] 林獻堂：〈環球遊記〉，《臺灣民報》第193號，1928（昭和三）年1月29日。

[131] 林獻堂：〈環球遊記〉，《臺灣民報》第194號，1928（昭和三）年2月5日。

[132] 林獻堂：〈環球遊記〉，《臺灣民報》第194號，1928（昭和三）年2月5日。

林立，也無力教化社會大眾，導致道德日墜一日，他認為這是文明人的末路。[133]此段敘事呈現因著重於關切精神文明的層面，故批判過度注重物質文明的缺失。林獻堂亦曾於參觀屠宰場後發出省思：「觀屠殺之悲慘，使人生不忍之心，觀職業之作業，又使人生無窮之感。近世之文明國，皆以人為機器，且以人為機器之奴隸者。」[134]作者批判美國有時為物所役的現象，如此的遊記透顯現代文明流弊。綜觀黃朝琴與林獻堂遊記的敘事，並非一味頌揚西方現代化的成果，而是提出即使物質條件大幅改善，精神上卻受到侷限的情形。他們這種不全盤接受西方文化的態度，流露經過觀察評析後所做出的價值判斷。

四　文化參照的反思與借鏡

印刷與資本主義使閱讀人口迅速增加，並使愈來愈多人得以用深刻的新方式對自身進行思考，並將自己與他人關連起來。印刷品與商品是孕生全新同時性觀念的關鍵，以往用手稿傳遞的知識是稀少而神秘的學問，但印刷出來的知識卻依存在可複製性以及傳播之上。印刷資本主義對想像共同體的形成具有重要性，大量不特定的、可能看書或看報的同胞讀者，與作者不斷憑空彼此想像的過程，這就是一個媒介的共時性想像。刊登於《臺灣民報》的旅外遊記即是識字階層跨界想像的媒介，承載作者觀察世界各地現代化的感受，並流露對臺灣這個想像共同體制度改革的期待。本節就觀摩歐美及東南亞的視角，分析於此報刊登的這些文本有何特色？

---

133 黃朝琴：〈遊美日記〉，《臺灣民報》第115號，1926（大正十五）年7月25日。

134 林獻堂：〈環球遊記〉，《臺灣民報》第141號，1931（昭和六）年7月18日。

（一）歐美文化的借鏡

欲理解不同目的地的引力，必須從資源和旅行者對資源的感應兩方面加以深入分析。所謂「引力」是指為什麼旅人會被吸引到目的地？臺灣日治時期報刊所載的歐美遊記，多顯現旅遊的目的地為旅行者提供某些在自己住處難以獲得的。黃朝琴的旅美的動機是因1926（大正十五）年獲得美國伊利諾大學政治科碩士學位後，藉由赴美各地旅遊以瞭解美國民主政治與社會狀況；再者，亦希望增加與當地留學生交流的機會。至於林獻堂的旅遊動機，一是由於兩個兒子大學畢業後，即計畫與他們至世界各國旅行以增廣見聞，並滿足對世界的好奇心。二是因林獻堂無法阻止文協的分裂而陷入兩難之境，決定離臺旅遊一年八個月，以觀摩各國的制度與風俗，同時結交世界各地新友。這兩位作者透過登載於報刊的長篇遊記，試圖啟蒙識字大眾，並強化個人在臺灣文化場域的象徵地位。

「文明」是人類改造物質和精神的總合，此詞源於拉丁文civilitas，意謂公民的、有組織的，指公民所處的情境及其生活品質、規則。[135]遊記作者如何反思歐美文明？舉黃朝琴於〈旅美日記〉的敘事為例：他提到沿途觀覽數十國的大使館，富庶的國家如英、日等國的大使館並未如想像中氣派；反觀愈是貧窮落後且負債如山的伊、法等國的大使館，卻顯得格外壯觀。即使連默默無名的古巴、捷克、波蘭等國的大使館，也呈現美侖美奐的樣貌，所以認為這些貧窮小國的闊舉，不外乎是為國家門面宣傳廣告。[136]他到美國白宮參觀後，曾反思此空間建築的沿革及普世價值，回溯威爾遜大總統縱橫巴

[135] 洪鐮德：《人文思想與現代社會》（臺北市：揚智文化事業公司，1997年），頁105。

[136] 黃朝琴：〈遊美日記〉，《臺灣民報》第119號，1926（大正十五）年8月22日。

黎和平會議時，人人稱他是帝王以上的元首。黃朝琴原先認為身居此位階的人所住之地，一定是壯美的宮殿，「豈知一入了大總統住的白宮（白亞館），所看的完全是一百三十年前，華盛頓第一任大總統親手起工的美國頭一座衙門。」此建物曾於馬利遜大總統時代英美開戰之際，被英軍大砲所毀壞，只剩空空四壁，美國政府為紀念國家歷史，在不影響原建物的結構之下，僅將壁石塗上色彩，並恢復原狀而已。具備學生身分又同時是外國人的黃朝琴，可隨意出入白宮參觀；他自述居住在東京五、六年皆不得自由進出宮城，僅有一次因擔任通譯，始有機會陪同外賓參觀。[137]黃朝琴以美日最高行政機關開放程度相比較，呈顯美國平民主義的精神。

遊記的地景為作者擇取所關注的自然或人文景觀，這些文本風景多蘊含象徵意義。如黃朝琴〈旅美日記〉記錄參觀費城附近的古戰場，親臨一百五十年前美國人因爭取獨立而犧牲的歷史遺蹟後，認為若不是這些人流血奮戰，怎會有今日的美國。[138]他又在遊記中敘述參觀費城的獨立館，描繪早在一百五十年前美國猶是英國殖民地之際，所有關係於美國本地的法律及預算全數由英國議會制定，毫不顧及美國人民的意見。雖然殖民地人民屢次請設特別議會，以有利於參政；但英國執迷不醒，甚至通過種種苛稅法案而引起公憤。1785年7月4日，十三州人民派代表到此館決議獨立宣言書，公推華盛頓為總司令，並對英國宣戰以追求獨立。黃朝琴的遊記提到他當時見到獨立館會議室的牆壁上，仍掛著當時發表的宣言書，廊下吊掛自由鐘。[139]旅人若懷著前往朝聖的心態，聖地往往是某個首都、大城市，或者是獨特的重大事件發生地點。黃朝琴所描繪的這些古戰場、紀念館及紀念

---

137 黃朝琴：〈遊美日記〉，《臺灣民報》第119號，1926（大正十五）年8月22日。

138 黃朝琴：〈遊美日記〉，《臺灣民報》第113號，1926（大正十五）年7月11日。

139 黃朝琴：〈遊美日記〉，《臺灣民報》第114號，1926（大正十五）年7月18日。

物，為歷史事件發生的「聖地」，多蘊含民眾追求自由的意象。

探究旅遊活動時，旅者／景象／標記（tourist/sight/marker）的三重關係必須同時考慮，吸引（attraction）則是串聯三者的元素。旅者從原有環境出發到達異地的過程，其實就是一種如宗教朝聖般的「通過儀式」（rite of passage），在異地旅遊的過程中，那些足以讓旅者感到「神聖化」（sacralization）的景致，往往是讓旅者能夠產生觀看衝動的吸引力的所在。產生神聖化的場所，一方面來自觀者既有文化的脈絡，另一方面也來自旅遊當地的文化脈絡，旅者若能感覺到可以抽離自身脈絡而得以進入異地的文化脈絡，則會有如朝聖者般的經驗。[140]林獻堂在〈英國見聞錄〉提到英國議院佇立數十個政治家的銅像，壁牆上則多描繪如英普戰爭及宗教或歷史事件等，這些即是標記。有關憲政史的繪畫，其中一幅述說西元1215年諸侯之兵圍繞約翰王逼迫他發佈憲章，描繪為英國人民爭取自由權利的象徵情境。[141]此外，他又提到在方尖塔對面的女神雕像，為比利時人因戰爭逃至倫敦避難，受到英國人的熱情對待，故贈以女神雕像以表達感謝之意，並象徵博愛精神。[142]惠靈頓及納爾遜將軍之墓位於保羅寺內，除了名人之墓及紀念碑外，掛在牆壁上的軍旗已被弓箭或子彈所穿的洞及血所濡染，此痕跡象徵軍人為了國家而蹈鋒鏑、冒白刃，置生命於不顧。林獻堂認為這是為民族自衛著想，誠非得已。他又言凡民族能團結自衛，則國家必蒸蒸日上；若民族不能團結，又內訌不息，甚至互相屠戮，則國家不亡實為僥倖。[143]至於法國的偉人廟昔日為葬女聖教

---

[140] Dean MacCannell, *The Tourist: A New Theory of the Leisure Class*（Berkeley: University of California Press, 1999）, pp.39-50.

[141] 林獻堂：〈環球遊記〉，《臺灣民報》第194號，1928（昭和三）年2月5日。

[142] 林獻堂：〈環球遊記〉，《臺灣民報》第194號，1928（昭和三）年2月5日。

[143] 林獻堂：〈環球遊記〉，《臺灣民報》第196號，1927（昭和二）年2月19日。

徒仁未甫（潔娜維耶芙Sainte Genevieve）的場所，她因有功於救濟巴黎宗教的危難，故巴黎人奉為守護的女神。此地後來改為寺院，至路易十五世又大規模重新建築，落成翌年改為偉人廟，1806年復改為寺院，至1830年再改為偉人廟，至今已更動過三、四次。英國的西敏寺為加冕或葬有功者之地，同時也是民眾作禮拜的所在。法國則不混同廟與寺，務求名實相符，如巴黎的諾脫爾達摩寺院（Notre Dame聖母院）將加冕與對國家有功之人的所葬地分開，由此看出法國與英國的文化差異。歷史事件的發生地常成為旅遊的重要景點，具有超越時間的「神聖性」，而使人永遠記憶這些地點。林獻堂遊記所描述的古蹟蘊含「神聖性」，藉由文本於報刊的傳播，使臺灣讀者感受彷如超聖者般的體驗。

旅行是生活在不同地區的人實現相互溝通的重要手段，旅行者不同的目標選擇取決於他們的職業。因各自的職業不同，旅行目的與方法也不同；若將自己的旅行經驗記錄下來，於是產生日記、筆記、詩文、小說等作品，也是構成整個文明史的重要組成。旅行者作為一個角色進入文學作品之後，關注的是對整個文學敘事所產生的影響。[144]遊記拓展臺灣對於人類文明以及世界地理的想像，《臺灣民報》所載海外遊記，涉及有關旅遊之所以發生的原因、性質、過程、影響與意義的探索。此類因「空間移動」而產生的文本，所承載的歷史文化意蘊，值得我們細加分析。例如林獻堂提到「中國人所以不能有高尚之目的者，則無休息實屬。」他觀察西洋人星期日皆休息，中國商店則無休，認為休閒為提高工作效率的方法。林獻堂參觀英國議會廳時發現此建物保存古時遺跡，但現今議會席不足一百三十九位，他認為如此的空間作為現代議會實在太狹窄，於是批評英國人不改換這開會會

[144] 陳平原主講，梅家玲編訂：《晚清文學教室：從北大到臺大》，頁73-74。

場的保守作風。[145]同時，他又讚揚威士敏士達寺（西敏寺）不因古今建築法的差異損及莊嚴壯麗的美觀，反而呈現英國民族善於新舊調和的另一面。若就空間的文化意義而言，此寺長久以來作為英國國王的加冕、王室婚禮及重大儀式慶典的場所，也安葬歷代君主、貴族、詩人、科學家、政治家，如此「無分貴賤，一視同仁，有此平民的精神，真是令人欽仰不置也。」[146]林獻堂先以批評的態度，認為古議會原址不宜作為現代社會的開會場所，顯現不泥古的態度；同時又以西敏寺為例，讚許空間平等的意義，這種多面向的敘事策略反映作者務實的價值觀。

於身體觀的論述方面，亦以比較的方式呈現觀察所得。如黃朝琴認為中國女子體格不及美國，美國女子的白膚色是人種上自然的恩惠，不必與他們比較；但是關於肉體的美，他主張「若是我國女子充分運動，不久應可與他們並駕齊驅。」[147]黃朝琴強調身體與體育的關聯，認為透過體育的系統化鍛練，就能趕上美國女子的強健體魄。至於林獻堂亦在遊記中論及婦女議題：「『欲驗一國文野程度，當以其婦人之地位為尺量。』試觀亞洲婦人之地位，較之歐美，實大相逕庭，故亞洲文明不能與歐美並駕齊驅，其信然也哉。」[148]他以重視婦女地位作為文明的象徵，藉由亞洲與歐洲女性地位的落差，突顯女權與文明的關聯，流露具現代觀念的眼光。另觀林獻堂的兒子林攀龍陪同父親長途旅遊後，曾於1929（昭和四）年發表〈歐洲文化的優越性〉一文，他認為歐洲為近代思想的發源地，實事求是的科學影響眾

---

145 林獻堂：〈環球遊記〉，《臺灣民報》第194號，1928（昭和三）年2月5日。

146 林獻堂：〈環球遊記〉，《臺灣民報》第195號，1928（昭和三）年2月10日。

147 黃朝琴：〈遊美日記〉，《臺灣民報》第117號，1926（大正十五）年8月8日。

148 林獻堂：〈環球遊記〉，《臺灣民報》第381號，1931（昭和六）年9月12日。

人的生活態度，如男女漸趨平等或婦女地位大幅提升的趨勢。[149]這些發表於《臺灣民報》的論述，呈現旅者觀摩異地文化之後，他們的國際視野亦受到影響。

除政經制度外，教育是旅人觀察的重要面向之一，如黃朝琴發現日本留學生未出國前已具基礎，回國後即有實習的機會等相關議題。[150]留學生由於所需的學費、生活費相當可觀，若非公費或私人資助留學者，通常都是富家子弟方能如願。綜觀當時臺灣的上流階層要求的是一流的中等及高等教育，而非職業教育；總督府所建立的教育制度只反映日本的初等教育及初級職業教育，欠缺培養年輕人成為國家政、經領導階層的中、高等教育機關，因此有些臺灣的富豪直接送子弟到日本留學。[151]在教育機構方面，黃朝琴參訪伊利諾大學、賓州大學、紐約古倫母大學以及商業博物館等。[152]黃朝琴遊記中的敘事，包括留學教育是否能學以致用，畢業回臺灣能否發揮專長；同時，藉由參觀美國菁英教育及社會教育資源，觀摩學習環境與教育成果。這些從留學的準備教育，到留學後回國實習的配套措施，呈現他具留學經驗而關注教育的多元面向。

（二）東亞文化參照的反思

旅行是生活在不同地區的人實現相互溝通的重要方式，旅行者因各自職業的不同，旅行目的與方法也有所差異。不同旅人的遊記敘事

---

[149] 此篇文章亦提到西歐文化尊重生命的傳統，深受基督教的宇宙觀和人生觀的影響；雖然科技發達，仍展現對不同人生的正面肯定。林攀龍，〈歐洲文化的優越性〉，《臺灣民報》1929（昭和四）年1月1日。

[150] 黃朝琴：〈遊美日記〉，《臺灣民報》第117號，1926（大正十五）年8月8日。

[151] 吳文星：《日據時期臺灣社會領導階層之研究》（臺北市：正中書局公司，1992年），頁135-145。

[152] 黃朝琴：〈遊美日記〉，《臺灣民報》第113號，1926（大正十五）年7月11日。

風格也不盡相同，其中有許多影響原因，如旅遊模式便是一個重要的因素。旅遊模式的不同，反映資源分布的不同，以及旅行者的趣味和偏好的差異。例如關於東南亞見聞的反思，黃朝琴於南洋旅行期間除記錄自然環境與政治制度外，亦描繪當地的民族性。他在〈馬來半島的印象〉著重於馬來人與印度人民族性的比較，提及市街上隨處所見印度人多半擔任巡警或看門人的職務。黃朝琴描繪其形象為「掌中離不著金錢，怠惰的逍遙於放重利的鋪子」，呈顯他對於印度人「重利」又「怠惰」的民族特質的主觀評價。除印度人之外，華僑人口佔當地的多數，成為馬來半島之冠；至於在地馬來人多擔任馬路站崗（又稱立番）的巡警及汽車伕（自動車轉運手）的工作。他又陳述馬來人因宗教信仰的關係，無法從事營利事業或金融相關產業，且當地統治者可任意接收民眾的財產，導致馬來人缺乏追求財富的觀念。[153]馬來西亞是一個由馬來人、華人、印度人組成的多民族國家，不同民族在馬來西亞經濟、政治、社會發展所產生的作用亦不盡相同。在英國殖民時期，馬來西亞形成特有的種族經濟結構，馬來人主要居住在鄉村，從事自給自足的農業生產；華人則多從事種植、礦山和商業貿易，居住在城市和礦區，成為以華人主導經濟的局面。[154]從黃朝琴的遊記看來，諸多因素造成華僑獨佔地方經濟大餅，英國官方掌控政治勢力，當地居民淪為馬來半島的奴隸，於政經層面受到多重的壓迫。

黃朝琴所描繪的檳榔嶼，為馬來對外貿易的重要商港。因是殖民地的緣故，相關的建築、官署、洋行與旅館等設施，象徵英國勢力的延伸，初到檳榔嶼的遊客如置身英國勢力範圍的上海和香港。[155]

---

153 黃朝琴：〈馬來半島的印象〉，《臺灣民報》第294號，1930（昭和五）年1月1日。

154 李毅：《馬來西亞工業化進程中的技術學習與技術進步》（廈門市：廈門大學出版社，2003年），頁187。

155 黃朝琴：〈馬來半島的印象〉，《臺灣民報》第294號，1930（昭和五）年1月1日。

遊記中間敘事則鋪陳此地的歷史及文化存續的議題，馬來半島地權被英國強行佔領後轉於華僑手中，馬來人原為土地的主人，如今成為佃農或雜工。黃朝琴認為馬來民族性缺乏經濟觀念，將導致他們永無翻身的機會。他又進一步描述馬來半島未來可能發生的問題：「絕非馬來人與統治者的關係，而是華僑與英人的關係。」不過，所幸馬來人多居於都市外的區域，尚能保存其民族精神及自己的語言，所以馬來語仍為半島上的普遍用語。黃朝琴於遊記結尾以反思的態度，批評福建人與馬來女性通婚後多遺忘中國話，而以馬來話作為日常用語。[156]1826（文政九）年英國將麻六甲、檳榔嶼、新加坡合組成海峽殖民地。1867（應慶三）年由倫敦的殖民部直接管轄，成為英國王室直接治理的「皇家殖民地」。因工業革命後，歐洲對原料需求大增，如英國國內主要錫礦已耗盡，殖民地馬來西亞的錫礦因此更為重要。這些因素皆促使英國加強擴張支配力，並大量導入華工參加墾殖。[157]黃朝琴藉由有關印度人、馬來人與華僑的敘事，呈現不同文化的對比，他認為重利且懶惰的印度人以及缺乏經濟觀念的馬來人，是華人勤奮進取形象的對照組，流露以漢文化為中心優越感的侷限。他提醒華人應保存原有的語言文化，不應被較落後的文明同化，呈顯其文化觀察的視角。

行旅者若對異文化有所理解，往往能將自己與他者的文化在一個適當的位置加以比較。陳後生〈遊朝鮮所感〉一方面讚揚朝鮮教育的發展，另一方面比較歐洲教育目的殊異之處，如德國的教育以培養學者為宗旨，英國則以養成紳士為目的。他批判臺灣與朝鮮的教育，並以鸚鵡教育或蝙蝠教育作比喻，評論兩者教育僵化或制式化等缺乏創

---

156 黃朝琴：〈馬來半島的印象〉，《臺灣民報》第294號，1930（昭和五）年1月1日。

157 李盈慧、王宏仁編：《東南亞概論：臺灣的視角》（臺北市：五南圖書出版公司，2009年10月），頁38-42。

新的教學觀念。又指出朝鮮與臺灣的差異，主要在於朝鮮教育機構比臺灣更具規模，如設立多所大學、高等普通學校以及眾多由朝鮮人經營的私立學校。除各級學校種類的多元性之外，又因朝鮮文字較為淺顯易懂，使孩童能輕鬆閱讀。此種情況與文化發達的日本雷同，皆因言文一致的表達方式，使新聞雜誌機構蓬勃發展。作者反觀臺灣的教育問題，分析教育不興盛的原因是由於漢字艱澀難懂，再加上抱持舊思維的臺灣人阻礙教育的發展。因此，他認為臺灣應廣設「白話字普及會」等組織，以提升臺灣教育文化水準。這些皆是藉由臺灣與各國教育層面的差異，反思教育改革的議題。

從〈南洋遊記〉得知王添灯的旅遊動機主要有二：一是觀察各國地方自治的狀況，其次為觀察東南亞的投資環境，其遊歷地區多為荷蘭及英國領地。此遊記具比較荷、英、日三國殖民政策的意義，也藉由報紙的傳播向臺灣人民宣揚政治自由的重要性。王添灯的〈南洋遊記〉多透露他者的視角，例如當目睹未開發的文島及住民生活水平低落的景象，不禁令人感到悲哀。[158]此外，王添灯提到在南洋的華人頗具勢力，爪哇以及新加坡等地皆有中國人經營事業，他認為這是因為華人勇於到海外活動使然。王添灯亦提及爪哇當地的土人與華人相處和善，土人以兄叔稱呼華人男子、以嫂稱女子，王添灯認為這是對華人的尊敬。[159]由此可見，王添灯讚賞華人在南洋的表現，其筆下南洋土人與華人的相處關係，也隱約透露華人在當地的優越感。面對不同的生活制度，王添灯對土人曆一日中竟有二日的算法感到奇怪，並指出這樣的曆法使得當地的新年時而在新曆的六月，時而又在十二月。[160]紀年方式為各國文化的特色，王添灯記錄爪哇的曆日書合載陽

---

158 王添灯：〈南洋遊記（三）〉，《臺灣新民報》第800號，1933（昭和八）年5月14日。

159 王添灯：〈南洋遊記（六）〉，《臺灣新民報》第803號，1933（昭和八）年5月17日。

160 王添灯：〈南洋遊記（八）〉，《臺灣新民報》第806號，1933（昭和八）年5月20日。

曆、陰曆以及土人曆等三種曆日，並以「滑稽」形容對當地曆日書的感受，流露以漢曆法為中心的評論視角。至於南洋當地居民的性格，王添灯於〈南洋遊記〉結尾有所描述，在西歐或東洋各民族開始建設自我國家之際，南洋諸島的居民尚處於原野與山林之中，乘著涼風做著安逸的夢，他並以無所事事、沒有貪慾、沒有儲蓄等原始性修辭描述當地居民的習性。[161]王添灯筆下的南島人民遠離文明社會，流露他的獵奇眼光及牧歌式的遊記風格；同時又描述當西方勢力入侵時，雖然土人已有警覺，卻無反抗之力的困境。

王添灯對於日本與他國殖民政策亦有所比較，如在香港時他提到當地的菸酒為民營，不像臺灣為專賣制度；在吧城時則指出該地的稅關對旅客甚為親切，這點與臺灣大不相同。這種殖民策略的差異在王添灯旅行至三寶壟（Semarang）及新加坡時感受更深，他認為三寶壟的市街寬闊、交通發達，這樣的地方若是在日本統治下必會部署許多治安設施；然而該地未有治安機關卻未見動亂，由此可見荷蘭於當地採自治主義，故認為荷蘭的殖民政策與日本迥然不同。[162]據《南洋地理大系》記載，荷蘭當時於爪哇島的立法機關依層級排序分別為：荷蘭國王、殖民大臣、總督，總督之下又分為蘭印評議院與國民參議會。國民參議會設有議長一名，由荷蘭國王任命，其餘議員則依人種有不同員額，其中又可分為由總督任命以及選舉產生等兩種，其立法制度詳如表2-4：

161 王添灯：〈南洋遊記（十一）〉，《臺灣新民報》第809號，1933（昭和八）年5月23日。
162 王添灯：〈南洋遊記（六）〉，《臺灣新民報》第803號，1933（昭和八）年5月17日。

表2-4　荷治時期爪哇島立法制度一覽表

人種別	就任別		人種席次總數
	總督任命	選舉產生	
荷蘭人	10	15	25
原住民	10	20	30
東洋外國人	2	3	5
合計	22	38	60

資料來源：飯本信之、佐藤弘：《南洋地理大系》（東京都：ダイヤモンド社，1942年），頁163-169。

爪哇原住民理事州是荷蘭王國對原住民的最高行政機關，長官是原住民理事官，通常出身於地方土豪。[163]此外，在新加坡見到中國人在公眾集會中宣揚三民主義，許多會場還設有孫中山的銅像，他讚嘆英國政府竟能容忍中國人於當地推行民族主義。[164]對照臺灣人權運動處處碰壁的狀況，王添灯所提出的觀察尤具意義，也展現《臺灣民報》的發言位置。

當眾人為某種目的而集合在一起時，如公共性質的審議集會及慶典等活動，共同空間於是形成。現代的公共領域是獨立存在、具有獨特地位且被認為構成某種後設議題空間。隨著公共領域的出現，政治權力必受到監督且被某種外在於政治的力量制衡，此制衡的性質是來自於一種理性的論述，非由權力或傳統威權所發動。因此公共領域的功能在於社會不需政治的介入，透過理性論述形成共同的態度，同時能夠達成規範權力的功能。[165]旅行的過程中，移動本身就是一個目

163 飯本信之、佐藤弘：《南洋地理大系》，頁171。

164 王添灯：〈南洋遊記（九）〉，《臺灣新民報》第807號，1933（昭和八）年5月21日。

165 查爾斯．泰勒著，李尚遠譯：《現代性中的社會想像》，2008年2月2日，頁137-146。

標，期望從移動中得到改變或解放。[166]遊記作者關心社會與文化的興革，刊載於《臺灣民報》的〈旅美日記〉、〈環球一週遊記〉、〈馬來半島的印象〉等遊記具有理性論述與啟蒙大眾的意義。遊記所敘述西方世界的人權、教育等層面，反映知識分子改革的理念，亦藉由《臺灣民報》的刊載而發揮公共領域的論述功能。

五　結語

遊記拓展讀者對於人類文明以及世界地理的認知與想像，此類因「空間移動」而產生的文本，所承載的歷史文化內涵，值得細加分析與詮釋。《臺灣民報》所載的多篇海外遊記，涉及旅遊之所以發生的原因、性質、過程、影響與意義的探索等議題。當臺灣日治時期知識分子思考社會改革時，曾企圖取法世界各國的發展經驗，登載於《臺灣民報》的旅外遊記，即成為他們觀摩現代制度參考的來源之一。本節於詮釋這些旅外遊記時，關注作者的脈絡，雖然他們的世代、背景、思想、社會位置、旅遊目的、旅遊地點不盡相同；但這些旅外遊記多蘊含跨界文化的比較與批判，展現此報刊場域多元的敘事策略。遊記的作者多為日治時期知識分子，他們時而以象徵的意符，隱含身處不公社會的心境；同時，他們評析各國現代化城市的生活品質。如林獻堂眼中的巴黎是光明的，亦是人文薈萃的國際都會，吸引各地藝術創作者或旅遊者齊聚於此。許多遊記的作者將世界各城市的現代空間相類比，並論述統治者權力對民眾所造成的衝擊。

這些遊記所描繪的異地奇景，是日常經驗感受不到的地方，如此

---

[166] Bal, Mieke, "*Narratology : Introduction to the theory of narrative*",（Buffalo : University of Toronto Press,1997）, pp.132-142.

人文形態的旅行書寫，提供探討特殊經驗所感受的空間複雜性。旅外遊記作者曾於報刊、書籍或是他人的遊記中想像異國氛圍，如今在各個景點閒逛，實際體驗世界城市的休閒文化及民族性。遊記所浮現的都市意象，流露對於遙遠城市的記憶；敘事模式鋪陳對世界都會的讚嘆與批評，透露個人的思想與價值觀。例如，黃朝琴記錄各國大使館空間建築的沿革之餘，也思考美國大使館所隱含以民為主的象徵意義。當他到馬來半島旅行後，不僅記錄在各城市的所見所聞，並反思造成華僑獨佔地方經濟大餅的諸多因素。縱使他對於印度人、馬來人與華僑的比較觀察，有時流露漢文化中心的視角；但遊記也反映作者批判當地由英國官方掌控政治勢力，居民淪為馬來半島奴隸，以及政經層面受到多重壓迫的人文關懷。又如郭戊己對南洋各地殖民政策進行比較，包括政治掌控、經濟剝削及產業經營等面向，呈現歷時性與共時性的觀察記錄。

空間被視為人事發生所在的地理學位置，人物的知覺感受可影響或定義整個空間。[167]就歷史事件的發生地而言，此類空間常成為旅遊的重要景點，具有超越時間的「神聖性」，而使人永遠記憶這些地景。《臺灣民報》所刊載黃朝琴與林獻堂的歐美遊記，所書寫的古戰場、紀念館及紀念物，蘊含民眾追求自由的意象。至於陳後生及郭戊己的遊記，除了分析東亞政治及經濟等困境之外，亦省思臺灣現代教育的缺失，並積極謀求改進之道。遊記透露自我主體與他者的對話，本節從「取法現代政經制度」、「跨界觀摩休閒品質」、「文化參照的反思與借鏡」等面向詮釋文本，以期呈現旅外遊記的敘事策略。旅人從臺灣出發，至東亞或遠赴歐美旅遊，即是期望擴展對異地的認知。

---

[167] 山室信一等：〈空間認識の視角と空間の生産〉，《岩波講座「帝国」日本の學知第8巻——空間形成と世界認識》（東京都：岩波書店，2006年），頁2-7。

歷來許多旅行敘事者先是出走他鄉，在飽受磨難及奇遇後，帶著種種旅行記憶回到家鄉。刊載於《臺灣民報》旅外遊記的作者，亦是長途跋涉或歷經身體不適，最後又回到臺灣這個歸屬的家園。這些知識分子的遊記在離與返的辯證中，表達對世界各地人權、政經等層面的觀察，或是對於休閒品質的欲求，以及文化參照的反思與借鏡等面向。透過分析《臺灣民報》旅外遊記字裡行間所隱含改革臺灣制度的使命感，與啟蒙大眾的理念，以呈顯此類文本所具公共領域論述功能的特質。

第三節　感官與記憶：《三六九小報》、《風月報》旅遊書寫策略

一　前言

旅遊散文拓展讀者對於風景的認知與想像，此類緣於「空間移動」而產生的文本，因登載於刊物而得以傳播。如日治時期標榜以休閒為主的漢文雜誌，《三六九小報》及《風月報》所載旅遊散文，多藉感官意象再現空間移動的經驗。若將「感官⟷記憶⟷藝術創作」之間的關聯性，應用於詮釋這些旅遊散文，將有助於理解作者如何透過文本傳達個人的感官經驗。《三六九小報》為1930（昭和五）年9月9日由一群臺南文人所創立，發起成員之一王開運曾在創刊號中說明報刊的性質為：「特以『小』標榜，而致力托意乎詼諧語中，諷刺于荒唐言外。」又提及刊物名稱的由來：「所謂『三六九』者，明示刊行日耳，每月於3、6、9日，記共發行9次。」在財務短缺的狀況下，曾數次停刊。其中1933（昭和八）年8月13日第315號宣佈暫時停刊，後因調整報費，且熱心讀者紛紛來信強調該刊不容廢止，使編者增添信心而考慮續刊，終於在1934（昭和九）年2月23日又繼

續發行，目前所見最晚的一期為1935（昭和十）年9月6日所刊。組織成員包括具科舉功名的傳統文人，如趙雲石、羅秀惠等成員；以及受漢文化陶養與公學校教育的新世代，如南社少壯派成員趙雅福、洪鐵濤等人。[168]此外，鄭坤五、蕭永東等友人持續供稿，使每逢3、6、9日發刊的小報，得以維持5年之久。報刊能持續發行，除了以報費維持刊物日常所需之外，廣告的收入亦是經費的來源。[169]其中核心成員理事兼編輯王開運，善用其豐沛的政商資源與關係，熱心投入於《三六九小報》的業務推展。

至於《風月報》的前身為《風月》雜誌，1935（昭和十）年由臺北大稻埕一群文人發刊，1937（昭和十二）年更名為《風月報》。1941（昭和十六）年為配合日本南進政策作宣傳，又改題為《南方》，復改為《南方詩集》月刊。綜觀此系列雜誌發行期數、期號相連貫，發行時間長達8年多，為戰爭期具代表性的文藝雜誌，所刊載作品頗為多元。此系列雜誌初以通俗文學為主的編輯方針，後期漸轉向為「皇民化運動」宣傳的方向。改題為《南方》的末期，更被迫協力戰事的推展，所謂「無涉政治」的編輯初衷早已變調。雖然戰爭期文學生產者所受的種種限制較以往為烈，但此系列雜誌不僅見證臺灣社會邁向現代化的變遷，也保留日治時期大眾文化的資料，可說是特定時空下的文化產物。[170]《風月報》、《南方》是以漢語為主要的創作語言，涵括古典與現代的文體，且作品內容多具通俗性，形成獨樹一幟的風格。

168《三六九小報》，第5號，1930年9月23日。

169 江昆峰：《《三六九小報》之研究》（臺北市：銘傳大學應用中文學系碩士論文，2003年），頁158-159。

170 林淑慧：〈日治末期《風月報》、《南方》所載女性議題小說的文化意涵〉，《臺灣文獻》第55卷第1期（2004年3月），頁205-237。

回顧關於《三六九小報》及《風月報》的研究成果，如毛文芳分析《三六九小報》厠身於議論堂皇、體裁冠冕的臺灣報界間，以「摭茶前酒後之卮言」為自我設定的傳播立場，透露報社編輯將自己擠向邊緣。此論文提供研究者另闢谿徑的視角：從臺灣新文學運動菁英的文化宏偉理念、與殖民意識有關的宏大敘述陣營脫離，轉入大眾通俗領域的出版文化中。又考察小報在文白間夾、華洋雜滲，雅俗不分，與物質化、商業化的氛圍中，開闢情慾主題、瑣屑形式、詼諧風格等三個書寫視界。[171]柳書琴深入論及《三六九小報》是以通俗文藝為策略的殖民地漢學、漢文以及漢文文藝，在整合、維繫、更新與轉化上的一次敗部復活；其結果強化了傳統文人與漢文讀者之間的穩固性，持續開發、培育新世代漢文讀者，正式開創臺灣通俗文藝的場域。面對殖民主義文化改造的強勢侵略，《三六九小報》據於一種「俗」（通俗）而不「同」（同化）的位置，以漢文文藝、通俗雜燴的走向，發揮整合某些本土文化資本的效應，在臺灣文化主體的整備、建構上產生了一些不容忽視的影響。[172]至於《風月報》與《南方》雜誌的研究，筆者曾從殖民政策與文學生產的關係，分析此系列刊物編輯宗旨的變遷，並藉由與其他雜誌比較而呈現特殊質性。從刊載小說所呈現家庭父權干涉婚姻自主的困境、處於資本社會的經濟負荷、協力皇民化運動下的國家宰制等大眾小說作家的主題，映照日治末期女性的處境，以探討社會環境與小說互動關係的文化意涵。綜觀《三六九小報》、《風月報》的研究成果日益多元，涵括場域及消費市場等

---

171 毛文芳：〈情慾、瑣屑與詼諧——《三六九小報》的書寫視界〉，《中央研究院近代史研究所集刊》第46期（2004年12月），頁159-222。

172 柳書琴：〈通俗作為一種位置：《三六九小報》與1930年代臺灣的讀書市場〉，《中外文學》第33卷第7期（2004年12月），頁17。柳書琴：〈《風月報》到底是誰的所有？：書房、漢文讀者階層與女性識字者〉，《東亞現代中文文學國際學報》第3期（2007年4月），頁135-158。

論述；然因刊物的休閒質性而使所載旅遊散文各具特色，若專以此類文本為研究素材，將能發掘作品於旅遊文學史上的意義。

相較於一些報刊雜誌所載旅遊散文多為考察政經制度的大敘事，《三六九小報》、《風月報》所刊登旅遊散文的風格有何特性？此類文本究竟再現哪些臺灣的自然風景意象？旅日散文又以何種再現策略傳達至殖民母國的記憶？旅遊散文作者為何著重以感官經驗刻劃女子形象的體驗？這些文本所描繪的場景與敘事者心境有何關聯？旅遊散文多是將身體的感官經驗轉化成文字，保存體察自然與人文風景的意義。即使有些作品為求通俗化，而未講究文辭；但不同時期的歷史背景，常隨著作者的感官書寫而傳衍於文本當中。作者面對外在人事物的視角，以及內在的心理情緒，亦反映於文本之中。如此重整旅遊散文記憶的過程，藉由文字的開展而喚起感官經驗。本節就《三六九小報》、《風月報》及《南方》所載旅遊散文為研究素材，藉以探討在地與跨界行旅的敘事策略。

二　在地與跨界敘事的感官意象

《三六九小報》、《風月報》所載旅遊散文作者的視角，多以感官意象再現不同空間的風景。故本節以感官意象為切入點，就在地及海外旅遊散文為研究範疇，分從在地風景的感官體驗、旅日感官記憶的再現策略加以詮釋。

（一）在地風景的感官體驗

段義孚提到「地方」並非像一般有價值的物品般可以攜帶或搬

動，但卻可以說是一個「價值的凝聚」，乃人類居停的「所在」。[173] 為彙整《風月報》、《南方》所收錄在地旅遊散文之地景及其分布區域，並歸納刊登的出處，故先羅列篇目並標示於表2-5：

表2-5　《風月報》、《南方》在地旅遊散文地景舉隅

作者姓名	篇名	地景	區域	出處
高文淵	〈登紗帽山記〉	北投紗帽山	北部	55期1938（昭和十三）年1月1日
高文淵	〈清明前二日遊菜公坑記〉	草山菜公坑	北部	64期1938（昭和十三）年5月1日
高文淵	〈遊臨海道路記〉	宜蘭臨海道路	東部	68期1938（昭和十三）年5月17日
吳漫沙	〈雪後記遊〉	草山	北部	103期1940（昭和十五）年2月17日
石生	〈碧潭遊記〉	新店碧潭	北部	55期1938（昭和十三）年1月1日
石生	〈猴山指南山遊記〉	木柵指南山	北部	56期1938（昭和十三）年1月16日
林錫牙	〈北投淨蓮院遊記〉	北投淨蓮院	北部	94、95期1939（昭和十四）年9月28日
程萬里	〈北投觀月記〉	北投	北部	143期1941（昭和十六）年12月1日
簡荷生	〈新劇比賽參觀記〉	臺北永樂座	北部	121期1941（昭和十六）年1月1日

173 Yi-Fu Tuan（段義孚）著，潘成桂譯：《經驗透視中的空間和地方》（臺北市：國立編譯館，1998年），頁10。

作者姓名	篇名	地景	區域	出處
林超群	〈西園記〉	板橋	北部	125期1941（昭和十六）年3月3日
李學樵	〈詩瓢日記〉	基隆月眉山	北部	176期1943（昭和十八）年6月1日
陳蟾魂	〈獅頭山遊記-上〉	獅頭山	北部	105期1940（昭和十五）年3月15日
陳蟾魂	〈獅頭山遊記-下〉	獅頭山	北部	106期1940（昭和十五）年4月1日
簡荷生	〈竹塹訪友〉	新竹	北部	107期1940（昭和十五）年4月15日
邱仙樓	〈獅山勸化堂〉	獅頭山	北部	172期1943（昭和十八）年4月1日
張瀛州	〈水濂洞遊記〉	獅頭山	北部	187期1943（昭和十八）年12月1日
簡荷生	〈臺中新高會館參觀記〉	臺中	中部	103期1940（昭和十五）年2月17日
簡荷生	〈中南部訪問記〉	臺中聚英旗樓	中部	132期1940（昭和十六）年6月15日
高文淵	〈遊關子嶺記〉	嘉義關子嶺	中部	46期1937（昭和十二）年8月10日
高文淵	〈阿里山遊記〉	嘉義阿里山	中部	89期1939（昭和十四）年7月7日
高文淵	〈登祝山記〉	嘉義祝山	中部	93期1939（昭和十四）年8月15日
林玉山	〈和樂園遊記〉	嘉義和樂園	中部	61期1938（昭和十三）年4月1日
簡荷生	〈旅中隨筆〉	臺中／臺南／高雄／屏東	中部到南部	89期1939（昭和十四）年7月7日

作者姓名	篇名	地景	區域	出處
吳萱草	〈遊二八花園小記〉	臺南二八花園	南部	41期1936（昭和十一）年1月13日
李文在	〈寒溪觀光〉	宜蘭寒溪	東部	61期1938（昭和十三）年4月1日
吳漫沙	〈東南浪跡一〉	宜蘭	東部	161期1942（昭和十七）年10月1日
東方散人	〈東遊散記〉	玉里	東部	142期1941（昭和十六）年11月15日
王養源	〈南迴散記〉	東海岸	東部	148期1942（昭和十七）年3月1日
東方散人	〈玉里之遊〉	玉里	東部	104 期1940（昭和十五）年3月4日
吳漫沙	〈東南浪跡二〉	花蓮	東部	163期1942（昭和十七）年11月1日
吳漫沙	〈東南浪跡三〉	花蓮	東部	164期1942（昭和十七）年11月15日
吳漫沙	〈東南浪跡四〉	玉里	東部	165期1942（昭和十七）年12月1日
黃文虎	〈花蓮鱗爪記〉	花蓮	東部	168期1943（昭和十八）年2月1日
黃文虎	〈花蓮鱗爪記〉	花蓮	東部	169期1943（昭和十八）年2月15日

資料來源：歸納自《風月報》、《南方》遊記篇目並加以分類

對於具地方感的人來說，家鄉是富親切感、安全感，混合記憶、生活和情感的地方，日治時期在地旅遊散文常呈現作者以感官體驗風景的敘事。多數人將自身的家鄉視為世界的中心點，因為相信自己處於中心，因此鄉土具有無法取代的特殊價值。中心感是由不同的座標

所圍繞而組成的幾何圖，家鄉是當中決定空間體系的中心。[174]在地的風景為組成鄉土的重要元素，描繪類似座標的山水名勝形同傳達了在地的空間體系。舉例而言，《風月報》所載石生〈碧潭遊記〉，即是作者為傳達地方感而細描北部著名的碧潭景觀，並將視角延伸至古亭村、南菜園、臺北帝國大學、水源地的公館、蟾蜍山、景美圳、琉公橋及指南宮等地景。[175]高文淵不僅著重寫實的創作風格，亦透露注重國民健康的概念。另一篇北部的旅遊散文，為吳漫沙〈雪後記遊〉描繪草山地景；至於書寫東部的地景，則有吳漫沙〈東南浪跡〉、黃文虎〈花蓮鱗爪記〉等。

《風月報》收錄旅遊散文代表性的作家之中，以高文淵的作品質量頗為可觀，如〈清明前二日遊菜公坑記〉、〈遊關子嶺記〉、〈登紗帽山記〉、〈阿里山遊記〉、〈遊臨海道路記〉等篇。高文淵於日治時期曾為高山文社的社員，平日與社員多所唱和。[176]他在《風月報》所撰〈登紗帽山記〉，提及「不登山，不健康，近時衛生家之語。」強調登山可以鍛鍊身心體魄，以「一次登臨，可消積日抑鬱」，說明登山具舒緩心情的益處。作者又敘及於山上一亭俯觀當時的臺北城、大稻埕、艋舺三足鼎立之勢，謝雪漁評論此文：「敘事詳明，寫景

---

174 Yi-Fu Tuan著，潘桂成譯：《經驗透視中的空間和地方》（臺北市：國立編譯館，1998年），頁113。

175 石生：〈碧潭遊記〉，《風月報》第55期，1938（昭和十三）年1月1日，頁17。

176 此社創立於1922（大正十一）年，會員以詩文創作相勵，取「高山仰止」以表對孔子的敬意。除在每年孔子誕辰釋典吟詩，平日亦聚會擊鉢。該社辦事處初設於艋舺龍山寺，會員約三十名。駱子珊：〈高山文社〉，《臺北文物》第4卷第4期，1956（昭和三十一）年，頁59-60。高文淵於聚會時曾發表〈開元寺〉、〈延平郡王祠〉七言絕句等吟詠古蹟的詩作。登載於《風月報》、《南方》的數篇作品，如〈海水浴行〉為長篇古典詩歌；此外，〈風月報中興感言〉寫出日治末期報紙被迫廢除漢文欄，一息尚存的《風月報》在當時文壇上所具的特殊性。另有一篇為《風月報》五週年紀念而改題南方的文章，呈現配合南進政策的編輯轉向。

周到。筆情綺麗，文有賦心。」[177]誇讚此篇寫景敘事的文字功力。此外，高文淵的旅遊散文多應用感官意象，如視覺意象、聽覺意象、嗅覺意象、觸覺意象、味覺意象等，以加深讀者對地景的印象。高文淵〈遊臨海道路記〉即是以視覺意象，呈現蘇澳至花蓮東海岸的特色。他自蘇澳出發，經臨海道路往花蓮，途中望見前清砲臺軍營、南方澳及龜山島等地景；天清時，甚至可見沖繩與那國島。經宜花交界處時，形容此地「展眼非石即海」，著重於斷崖萬丈、高聳雲霄等壯闊景觀的描寫。[178]此文先寫斷崖，復寫海景，石之嶔崎與澎湃波濤一動一靜，相互映照，呈現視覺與聽覺意象。於記錄清水、太魯閣、新城、美崙至花蓮港街等遊歷地景方面，則多以移步換景的表現手法營造意境。高文淵另一文〈遊關子嶺記〉則留意當地住民對居處環境的關懷，文中言：「居民為保護風景，處處豎有木牌，揭以花木互相愛護之標語。」更顯現作者對環境細心的觀察，而使此類刊登於公共媒體的作品，隱含宣揚地方意識的作用。[179]歐麗娟的研究提到，中國歷代文學作品常以桃花源為理想境界的象徵，此種樂園建構是凡人不易到達的境地，卻又在人間之中。[180]高文淵形容此處「儼漁父之入桃源」，應用漁夫進入桃花源的意象，將從隧道、小橋初入關子嶺等情景予以聖地化。《風月報》另一篇引漢籍的文章為吳漫沙〈東南浪跡〉，此文記錄他於東部旅行的經歷，先描繪於清水斷崖聆聽蟬鳴，又書寫車行崎嶇壯絕而狹窄的道路之中，令人提心吊膽的記憶。他至太魯閣口將此地比擬為「桃花源」，而發出欲常住於此的慨歎。[181]此文

---

177 高文淵：〈登紗帽山記〉，《風月報》第55期，1938（昭和十三）年1月1日，頁15。

178 高文淵：〈遊臨海道路記〉，《風月報》第68期，1938（昭和十三）年5月17日，頁11。

179 高文淵：〈遊關子嶺記〉，《風月報》第46期，1937（昭和十二）年8月10日，頁10。

180 歐麗娟：《唐詩的樂園意識》（臺北市：里仁書局，2002年2月），頁51-269。

181 吳漫沙：〈東南浪跡〉（二），《風月報》，第163期，1942（昭和十七）年11月1日，頁16。

以聽覺意象記錄臺灣東部夏季風景，又以視覺意象呈現海岸公路的險境，再鋪陳通過考驗而豁然開朗的視野，呈現世外桃源的在地化。石守謙的研究指出桃花源意象化的過程中，存在著多元變異的可能性，此意象在東亞的出現，提供形成共相的基礎，但各地所處之文化脈絡也同時形塑面目獨特的在地身分。[182]臺灣旅遊散文作者高文淵與吳漫沙等人暫離喧囂的都會區，將關子嶺、太魯閣等名景連結桃花源的意象，並具體應用此套語修辭刻劃臺灣的山水，而形成在地化的風景書寫。

高文淵〈阿里山遊記〉描寫吉野櫻開花時節，漫山櫻花與高大檜樹互映。[183]此外，旅遊散文的語言特色亦顯現於翻譯或「番易」的表現手法，如描述旅途所經驛站，多以「番音」譯成漢字，並提及奮起湖命名由來，「山形如糞箕，以其名不雅，故易為諧音異字。」作者一方面記錄漢字如何滲透原住民居處的自然環境；另一方面，則又以原始修辭形容此地似「世外仙境」。文中形容「春光映照櫻花，開時有如雲彩炫目；斜陽在山，聽雲濤之暮吼而萬籟無聲。」此段運用光影、色彩技巧，將視覺融合虛擬的聽覺意象。另一視覺意象為曉光中登祝山觀日出，高岳崢嶸直出雲海之上，作者形容「雲影瀰漫，重疊於下，有似萬頃之波濤。」以櫻花、雲海為視覺焦點，將阿里山之旅

---

182 桃花源之說原本是中國荊湘地區流傳甚廣的民間傳說，既然是民間傳說，版本的多樣性自然非定本所限，陶潛〈桃花源記〉的文本為作者對桃花源傳說的詮釋，後來發展並不能排除其他異源者參予其中。石守謙：《移動的桃花源——東亞世界中的山水畫》（臺北市：允晨文化實業公司，2012年），頁22-23。

183 阿里山國家森林遊樂區內吉野櫻為日本人於1903（明治三十六）年起陸續引進試種栽植，屬單瓣日本櫻花。此地櫻花品系相當多，大致分為山櫻花（又稱緋寒櫻）及日本櫻花（以單瓣、重瓣區分）。參見行政院農業委員會林務局嘉義林區管理處網頁（網址:http://chiayi.forest.gov.tw/），瀏覽日期2013年1月23日。

比如遊歷仙境，更勝於東坡遊赤壁所見之名景。[184]1930年代臺灣一般大眾多趁春節假期前往郊外踏青賞櫻，滿植櫻花的山野成為觀光勝景之地，且因殖民者大量栽植而形成景觀的變遷。文人旅遊散文的櫻花意象，著重於氛圍的鋪陳，賦予旅遊風雅氣息。[185]此文所述的阿里山山櫻為臺灣原生特有種，不同於霧社櫻或草山櫻，日治前期被託寓意象或作於詩歌；然而殖民者引進日本內地櫻後，臺灣原生種重新被「看見」。因觀光的制度是在近現代的文脈下成立的，與帝國的關係密切。如山岳活動熱潮由政府推動，「國策旅行」與鍛鍊心身、森林鐵道之開發有關。[186]就臺灣觀光政策而言，阿里山鐵道旅行模式大受歡迎，賞櫻團在每年3、4月絡繹不絕，阿里山由經濟場域轉為具備消費實踐的旅遊地域，賞櫻形式和景點選擇的豐富繁多，皆是阿里山觀光旅遊在島內的優勢條件。

另一位文人石生的旅遊散文亦引用漢籍典故，如〈碧潭遊記〉提到：「圖繪豳風，鳥雀喧嘩，為啄餘粟，似慶豐年。以耕以穫，自食其力，實為可羨。」[187]他援引《詩經》農家耕穫之樂，描繪聽覺及視覺意象。此文又描寫：「到十五分變電所，接日月潭所發電而轉送淡

---

184 關於阿里山的描寫，原文所述為：「高山仰止，景行行止，飄飄欲仙而遺世獨立，殆勝乎坡仙之遊赤壁也。雲海之搖曳生姿，櫻花皆嫵媚，阿里山之真面目可於此山巔一見無遺矣。」高文淵：〈阿里山遊記〉，《風月報》第89期，1939（昭和十四）年7月7日，頁22。

185 顏杏如曾考察不同時期臺北郊山——草山（陽明山）櫻樹栽植的實態及被賦予的意義，以此捕捉離鄉者的在臺日人與空間的互動等議題。顏杏如：〈殖民地時期的在臺日人與櫻花——「內地」風景的發現、移植與櫻花論述〉，《臺灣史研究》第14卷3期（2007年9月），頁97-138。

186「觀光」不只是產業層面，且可從歷史、文化、政治、國際關係、文學等方面研究。曾山毅：《植民地台湾と近代ツーリズム》（東京都：青弓社，2003年），頁36-52。

187 石生：〈碧潭遊記〉，《風月報》第55期，1938（昭和十二）年11月15日，頁17。

北基隆方面，科學之發達，是此可以知矣」。石生一方面以漢籍詩經遠古純樸的意象，形容臺北郊區的農耕生活；同時，又以變電所記錄現代化對生活的影響。另一文〈猴山指南山遊記〉則記錄道：「左有山，而右有溪，綠水潺湲，鷺鷗游泳，倏過埤腹，丁男耕於隴畝之間，自食其力，良足多焉。」亦是保存北部田園生活圖像。又具體提及深坑庄役場、農林學校及猴山之路的景觀：「沿溪流覽，綠樹森森，流水潺潺，道南橋如虹臥波女郎三五，據岸搗衣，砧聲斷續，與鐘聲相和以警醒塵間之人。」[188]有些旅遊散文描繪大自然之形狀、色澤、音響，故而形成可視、可聞、可觸的現實景象，提供讀者徜徉的立體實景。這種對於美感的追求，多為文人不著重於道德實用的桎梏或關注於諷諫，只需將山水之美細膩地描摹入文。[189]刊登於《風月報》的旅遊散文，多與審美態度與逼真的寫作技巧相結合，因而產生許多寫實的作品。

於山林景觀的描寫方面，〈獅頭山遊記〉作者為大甲陳蟾魂，曾於1939（昭和十四）年12月28日與役場組織團體一同登獅頭山。除記錄勸化堂、獅岩洞、海會庵、靈霞洞、金剛寺與凌雲洞的風景外，又以細膩的表現手法描繪水濂洞。此具代表性的地景，因水流切割而渾然天成，作者形容「上有啼鳥，下有清水，涓涓長流，到此俗心如被清水滌盡。迴環左右，顧而樂之，令人流連忘返。」[190]文風頗為清晰暢快。另一篇張瀛洲〈水簾洞遊記〉，亦是應用多種感官意象，如視覺意象：「洞前有一條淺溪，緩流清澄，其水底之石，瞭然可

---

188 石生：〈猴山指南山遊記〉，《風月報》第56期，1938（昭和十三）年1月16日，頁9。

189 林文月：《山水與古典》（臺北市：純文學出版社，1976年），頁118-133。

190 陳蟾魂：〈獅頭山遊記〉（上）、（下），《風月報》第105期，1940（昭和十五）年3月15日，頁21；第106期，1940（昭和十五）年4月1日，頁9。陳蟾魂曾於《風月報》發表〈贈江山君往內地視察〉七絕、〈恭祝湘濤君新婚〉、〈海會庵朝景〉等詩作。

見」，呈現溪流與周遭景觀的色彩、形態及樣貌。於聽覺意象方面：「水濂洞口，水聲潺潺，遠遠即聞」、「上有禽鳥，啼於喬木」[191]，以流水聲與鳥鳴的聽覺意象，具有使讀者感受身歷其境的修辭效果。旅遊文化的內容可以分為三大部分：精神文化、物質文化、非物質文化。當中的物質文化指廟宇、宮殿、園林、山水等人文與自然景觀。物質文化的旅遊是享受藝術與審美的昇華。[192]陳蟾魂運用書寫這些山水景色與視聽上的感官效果，將這種藝術昇華的感受傳達給讀者。

關於旅遊散文與地方感的關聯，人類學家 Steven Feld 提出「環境感官認識論」（a sensuous epistemology of environments）提供詮釋的參考。他曾解釋感知與地方之間雙重的互動：「當我們以感知去瞭解一個地方，感知也具有了地域性；地方創造出感知，感知也創造出地方。」說明感知與地域空間的關係。[193]本節所論刊登於《三六九小報》及《風月報》的在地旅遊散文，多以感官意象再現空間移動的經驗。旅人對於自然景觀有所認知，並將地景意象化而流露地方感。有些旅遊散文的作者一方面引用桃花源的典故，隱喻人間理想境界；另一方面卻藉由具體刻劃臺灣的山水，為在地化的風景發聲。

（二）旅日感官記憶的再現策略

《三六九小報》、《風月報》收錄數篇旅外遊記，其中最具代表性的長篇旅遊散文為刊登於1933（昭和八）年《三六九小報》的〈東游日記〉。此系列旅遊散文作者為《三六九小報》的編輯王開運，他不

---

191 張瀛州：〈水濂洞遊記〉，《風月報》第187期，1943（昭和十八）年12月1日，頁23。

192 楊明賢：《旅遊文化》（臺北市：揚智文化事業公司，2010年），頁9-11。

193 Steven Feld, "Place Senses, Sense Placed: Toward a Sensuous Epistemology of Environment", David Howes, ed. *Empire of the Senses: The Sensual Cultural Reader* (Oxford: Berg, 2005). p.179. 馮品佳：〈離散的親密關係——蘇偉貞眷村小說中的感官書寫〉，《臺灣文學研究學報》第15期（2012年10月），頁185-204。

僅負責此刊物的編輯與採訪，並發表包括傳統漢詩、小說、滑稽短文以及專欄文章等大量作品。王開運出生於高雄州岡山郡路竹庄，後居住於臺南市幸町，並曾就讀國語學校師範部。除擔任臺南市協議會議員、路竹庄庄長外，且擔任臺南商工業協會會長、臺灣銀行臺南支店代理者。[194]在繁忙的政商事務與活動中，仍積極參與《三六九小報》的編輯工作並撰寫文章，呈現他對於文學創作的熱情，以及對文化事業的重視。[195]他在《三六九小報》連載的〈東游日記〉，為赴日考察工商業發展概況，此文描寫參觀磷寸（火柴）工場、川崎明治製菓工場、白鹿銘酒釀造工場、辰馬汽船會社、大阪商船本社、廣瀨商店、大滿合資會社及產業博覽會等工業場所；又提及他到三越百貨或松阪屋購物，並訂製洋服的情景。當他至丸玉珈琲店小酌時，見此店不僅有百餘名女給、十餘人舞踊團的員工，又形容內部裝飾光彩奪目的五色電燈，呈現華美且窮奢極侈的裝潢，再加上食物價格皆相當昂貴，處於此店中而「全不知世間有不景氣也」，顯現作者關注的工商業面向及闊綽的消費情況。

旅日旅遊散文除了王開運《東游日記》之外，蘇有章《內地漫遊記》則為收錄於《風月報》的系列遊記，兩部作品如何描述旅日的觀察與感受？本節以這些文本為例，分析其再現策略。

---

194 新高新報社：《臺灣紳士名鑑》（臺北市：新高新報社，1937年），頁77。林進發：《臺灣官紳年鑑》（臺北市：民眾公論社，1932年），頁704。

195 藉由《三六九小報》這個「文化空間」的建構，使王開運乃至其他文人漂泊苦悶的心靈得到棲止之處；雖面對時代與環境的諸多變化，卻仍得以在這個自我構築的精神空間裡，試圖透過各種形式與題材的創作，與志同道合的友人間串起心靈的共鳴。施懿琳、陳曉怡：〈日治時期府城士紳王開運的憂世情懷及其化解之道〉，《臺灣學誌》第2期（2010年10月），頁70。

1　感官經驗的具象化

旅遊散文多承載作者到異地的所見所聞，如王開運透過感官經驗的具象化方式，於〈東游日記〉再現在日本所觀察到明治製菓工場、心齋橋等地的具象世界。他曾形容川崎製菓工場的製造方法為：「純用機械，規模之大，猶所罕見。」[196]記錄觀看工業化的成果，並表達對於現代化的讚嘆。他也至大阪心齋橋造訪八尾燐寸工場、八尾工場及廣瀨商店、大滿合資會社等處，又至「三越洋服部，試穿日前調製之洋服。」[197]透露王開運多以參觀工商產業的機構為主，再現旅日時期物質文化的記憶及嚮往現代化的內在意識。

另一篇刊登於《風月報》的蘇有章〈內地漫遊記〉，作者提到旅日動機是因未曾出遊海外，見聞殊隘，故參加臺灣旅行協會。文中直述參拜湊川神社及楠正成遺像後，興起「肅然起敬」的感受。就服飾而言，遊記曾記錄購買合身和服，「以備閒時散步之用，庶免再被刑事嫌疑。」[198]直敘購置殖民母國服飾等物質文化的目的也暗喻臺日的文化差異。又如當他至第二瀧旅館見「男女共浴，不避嫌疑」的情形時，認為「文明如是」，亦是直敘日本習俗並流露其不以儒家價值觀評論異地文化。至於到嵐山的柳巷花街見鴇母招呼遊客：「竊思鴇母半老徐娘，尚猶風流豔態；何況賣俏佳人，其峨眉，其溫柔，不知當復何如也！眼嫖而歸。」[199]則是以具象的手法，將風月場所的女子物化，呈現感官所見所聞。

王開運應用參照的寫作手法，使《三六九小報》的讀者群易於理

---

[196] 杏菴：〈東游日記〉，《三六九小報》第309號，1933（昭和八）年7月23日，頁4。
[197] 杏菴：〈東游日記〉，《三六九小報》第300號，1933（昭和八）年6月23日，頁4。
[198] 蘇有章：〈內地漫遊記〉，《風月報》第135期，1941（昭和十六）年8月1日，頁3-4。
[199] 蘇有章：〈內地漫遊記〉，《風月報》第140期，1941（昭和十六）年10月15日，頁5。

解日本各地的自然與人文風俗。他將於日本所見若干地景及現象，刻意與臺地相參照以協助讀者領會。例如就氣候而言，以「天氣為燠，猶如臺灣初夏」[200]提供臺灣讀者想像初夏渡海航行的溫度。另以臺灣諺語參照旅日海上所見煙霧迷濛的情形，臺諺云：「海水闊闊，船頭有時會相觸著」[201]此諺語本是形容海面雖然很寬闊，一望無際，但也可能發生兩艘船相碰撞的情況。王開運應用此諺語，形容聽見船笛頻吹的功能，是為了發揮防止兩船相觸的作用。在建築物的觀察方面：「古來日本城郭，多與我臺迥異。我臺城廓，多將民家圍置城中；而日本城池，則僅為將軍館舍，民家部落，皆櫱聚于城外。」顯現臺日兩地城市規劃不盡相同的情況。作者遊奈良時曾參觀產業博覽會，眼見人群眾多、熙來攘往，他形容「一如我南之賽會。」[202]臺南曾舉辦「物產品評會」，推測作者應是與此會的盛況相對照，兩會皆展示多樣性的商品，並以品評方式促進品質的精進。[203]另以「類多溫文爾雅，恰如我臺赤崁舊都」形容女子，將京都仕女與臺南女子相參照，又以修辭相類比。[204]就空間配置而言，「寺在天王寺區，中祀四大天王，寺中不少高樓傑閣，唯荒廢不堪，且任諸小賣店，隨處搭架零賣；一如我南之媽祖宮廟口，殊覺褻瀆神威」。[205]以日本天王寺參照臺灣媽祖廟的周遭環境，認為兩者皆未能區隔神聖空間與世俗空間，藉此批判對神明的不敬。

蘇有章〈內地漫遊記〉描述「伊勢神宮西畔一所民族館所藏之物

---

[200] 杏菴：〈東游日記〉，《三六九小報》第289號，1933（昭和八）年5月16日，頁4。
[201] 杏菴：〈東游日記〉，《三六九小報》第290號，1933（昭和八）年5月19日，頁4。
[202] 杏菴：〈東游日記〉，《三六九小報》第302號，1933（昭和八）年6月29日，頁4。
[203] 有關「物產品評會」的報導，參見《臺灣日日新報》第260號，1900（明治三十二）年3月17日，3版。
[204] 杏菴：〈東游日記〉，《三六九小報》第306號，1933（昭和八）年7月13日，頁4。
[205] 杏菴：〈東游日記〉，《三六九小報》第302號，1933（昭和八）年6月29日，頁4。

件，皆古代先民所用者，細觀其形體、衣服器俱，確與臺灣生蕃之物無異。」[206] 民族館展示的文化象徵，須著重於展示規劃中的再現議題，並關注保存展示思維及場所。此篇旅遊散文就民族館典藏物件與臺灣原住民日常用品相參照，如此以「展示」生活所需的技術文化，偏向以外在物質文化引導參觀者理解原住民的方式，而忽略社群文化及精神文化的深層面向。此外，當他參觀楠正成遺像，不禁感嘆道：「聞此遺像，乃六百年前，住友家寄附，不知何時頭盔之內，有小鳥營巢，悲鳴日夜，其聲啁啁，似喚忠臣之語。何則？蓋國語發音，啁者忠也，鳥亦知忠，人可無念？故人至今未敢為之傷毀，留作萬世，喚醒忠臣榜樣。」[207] 以鳥叫聲的聽覺意象，參照象徵諧音的忠，流露作者著重儒家忠義教化的價值觀。

2　文化差異的比較

「文化」為人類用來賦予空間和地方意義的要素，因為文化是人類所獨有的特徵，同時也會深刻影響人的行為與價值觀。[208] 不同空間下的人類族群，生活方式所表現出來的差異性，可以佐證這個論點。也由於不同空間存在著文化差異，使得作家在書寫上使用比較與參照的方式來表現。旅遊散文常記錄外在景觀及人我差異，作者不僅透過參照的方式，以增進讀者對於日本風俗的認知，甚至也以「比較」的形式呈現差異的程度。如王開運就臺日戲劇搬演、居家烹飪、文物保存等面向，比較兩地間的差異。當他到寶塚觀覽少女歌劇後，以比較的方式記錄戲劇演出的差異：「聞此歌劇，共分為雪、月、花三班，

---

[206] 蘇有章：〈內地漫遊記〉，《風月報》第135期，1941（昭和十六）年8月1日，頁3。
[207] 蘇有章：〈內地漫遊記〉，《風月報》第135期，1941（昭和十六）年8月1日，頁5。
[208] Yi-Fu Tuan著，潘桂成譯：《經驗透視中的空間和地方》（臺北市：國立編譯館，1998年），頁3。

每班搬演一個月間，則再妥新齣，故能時時刻刻異樣翻新。其所搬演劇目，亦皆含有社會教訓，或諷刺滑稽等意，較之我臺所演唱之依樣葫蘆、千古不變者，相去實有天淵之別！」[209]正由於互相比較，而重新省思自我文化的不足。至於蘇有章〈內地漫遊記〉亦提到觀看戲劇的比較，多就搬演道具、演員、舞臺場景等面向詳盡記錄：「開幕之，音樂先奏，布幔揭開，即有百二金釵，爭先舞踊。演員服裝五花十色，幻景一變雷電交加。余觀此演員之服裝，身材之整齊，小女之曲線，情景之逼真，不禁心花大放。若旋梓後，則臺劇皆不在眼底，所謂五嶽歸來不看山者此也。」[210]為比較兩篇旅遊散文於觀劇敘事方面的特色，故整理歸納於表2-6：

表2-6 《三六九小報》、《風月報》旅日觀劇敘事的比較

作者、篇名	特色	臺日比較
王開運〈東游日記〉	1. 劇目時常翻新 2. 劇目含有社會教訓、或諷刺滑稽	臺劇演唱依樣葫蘆，千古不變
蘇有章〈內地漫遊記〉	1. 百二金釵爭先舞踊 2. 演員服裝花樣百出 3. 情景逼真而有變化	臺劇遠不如日劇

這兩位文人皆關注戲劇演出的效果，王開運著重劇目及教化方式，蘇有章則由細節觀察臺劇和日劇不同之處，此正是旅行拓展眼界的實例。

此外，王開運的旅遊散文比較臺灣與日本飲食的異同：「其煮法

209 杏菴：〈東游日記〉，《三六九小報》第292號，1933（昭和八）年5月26日，頁4。
210 蘇有章：〈內地漫遊記〉，《風月報》第137期，1941（昭和十六）年9月1日，頁5。

與臺灣家庭中所煮之清湯雞，竟無以異，唯其所用器具，大都精緻雅潔。對此點，吾人實遜一籌焉。」[211]透露作者以飲食為例，發表對於物質文化的觀察與比較。他不僅分析私領域的烹飪方法與烹煮器具，甚至亦比較公領域的禮器：「視之臺南孔廟內諸祭器之收藏、半付諸塵土堆中者，實有宵壤之差。」[212]則是比較臺日孔廟禮器的收藏情形，流露文人對於日治時期臺灣儒教沒落的慨歎。

3　文化批判的位置

旅遊散文作者於比較差異的過程中，產生對本土政治、經濟、社會種種文化現象批評的距離或不同的觀點，也就是文化批判的位置。瞭解到優越感、自我中心、封閉性乃是閉塞無知的結果，所以旅行會發展出比較國際觀（comparative cosmopolitisms），透過都會間的比較發現自己的不足或缺點。[213]如王開運觀察神戶中華會館的建築，提到結構純用華式，頗壯觀瞻，可惜近來太多華商歸國，所以於日本維持此建築較為困難。友人則認為中國具建設的人才，但之後未能十分用心管顧，而任其半付自然，以致荒廢不堪。王開運回應：『中國人誠如是，然我臺人，似亦不脫此病。嘗觀南部某富豪邸宅，外貌為極冠冕堂皇，一登其堂，則庭除積穢，窗几堆埃。令人一入其室，便想見其主人之人品如何，此猶為我等臺人之不可不警惕自省者也。』」[214]批評臺人及中國人對於建築及管理皆待改善之處。如此的批評，區隔臺、中之別並流露作者不僅著重外在的硬體結構，更省思室屋整潔的必要性。又形容參觀各國大使館外觀結構堂皇、備極華麗的情形，

---

211 杏菴：〈東游日記〉，《三六九小報》第292號，1933（昭和八）年5月26日，頁4。
212 杏菴：〈東游日記〉，《三六九小報》第299號，1933（昭和八）年6月19日，頁4。
213 廖炳惠：〈旅行、記憶與認同〉，《當代》第175期，2002年3月1日，頁90-91。
214 杏菴：〈東游日記〉，《三六九小報》第314號，1933（昭和八）年，8月9日，頁4。

「唯南京街之中國公使館則未免湫隘短陋，相形見絀，然一般僑民卻似無何等感覺。夫對外神經之遲鈍如是，國家觀念之稀薄又如是，何怪其國威不振，屢受到列強欺藐也耶。」[215]與各國大使館對照後，始發現中國公使館的簡陋寒酸，更驚訝僑民不在乎象徵國家門面大使館的國際形象。進一步省思此事件顯露人民對國家觀念的淡薄，而招致列強的欺負藐視，呈現藉由外在物質條件而引起的批評。

敘事作為探索的對象，多是以討論特定敘事的性質、形成脈絡，以及個人或集體生活中的作用；以敘事學來探索文本，則是將其視為理解和接近世界的手段。敘事學不只關切形式，也處理意義、修辭、歷史生產情境等問題；不只研究文本結構組織，也顧及整體與局部的關係和細節的安排。[216]如《三六九小報》及《風月報》所載旅遊散文多省思人我的差異，並蘊含關於文明的論述，同時呈現割捨過去而趨新的理念。日治末期旅日的蘇有章與臺灣旅行協會團員，一起參觀朝日新聞社後，強調他所受到的震撼：「能印刷一萬五千份新聞，斯亦速矣！能自裁自訂，一冊一冊，順序而出，余睹此，感嘆不已。即向陳粒君談及我輩臺灣僻處，均如井底蛙，不知近來海外工業發展如此，今回旅行所開諸費，確有價值。」[217]許多旅遊散文藉由文化差異的借鏡，因而對自己的文化採批判性的眼光，並觀摩異國的現代性。蘇有章此篇旅遊散文呈現臺灣於新聞傳播事業的落後情形，並省思未來應積極致力於文化傳播產業的開拓。

---

[215] 杏菴：〈東游日記〉，《三六九小報》第312號，1933（昭和八）年，8月3日，頁4。

[216] 翁振盛：《敘事學》（臺北市：文化建設委員會，2010年），頁92-93。

[217] 蘇有章：〈內地漫遊記〉，《風月報》第135號，1941（昭和十六）年8月1日，頁5。

三　人文風景的視角

《三六九小報》及《風月報》的旅遊散文著重感官意象，旅人關注的焦點多為自然休閒活動及消費層面；且著重以感官層面刻劃人物形象，旅行記憶中的場景與心境亦多有互涉。本節就刻劃女性的形象、場景與心境的互涉兩面向，分析文本所再現的人文風景。

（一）刻劃女子的形象

《三六九小報》及《風月報》的作者常以女性作為觀看的對象，並細膩刻劃從事服務業或具有才藝的女子性格，亦描繪各種身分的女性形象。茲整理歸納此兩刊物所載旅遊散文所刻劃的女性形象於表2-7：

表2-7　《三六九小報》、《風月報》所載旅遊散文的女性形象

作者	篇名	身分	形象
杏菴（王開運）	〈東游日記〉	藝妓玉美	頎身玉立、明眸善睞
		婦人南川靜子	貞嫻靜淑、大家風範、蹁蹁蓮步、妖治娉婷
		舞女	眉目韶秀、舞態翩躚
		車掌	音調清脆、嫋嫋嬌音、宮商合拍、聽若鶯柳
簡荷生	〈旅中隨筆〉	藝妓阿葉	婀娜動人、國語流暢、性極深沉
	〈臺中新高會館參觀記〉	女給	妙齡、溫柔、接待周到
	〈中南部訪談記〉	記者林靜子	為訪各地讀者，維持斯文於一線；縱有萬難，亦不畏縮。

作者	篇名	身分	形象
鷺村生	〈日誌兩節〉	記者林靜子	婀娜少女／閱歷社會／能詩、能歌、工國語，精於拳術
吳萱草	〈遊鴛鴦湖隨筆〉	船娘	態度風流旖旎、嫵媚輕盈、笑靨迎人。
吳漫沙	〈雪後記遊〉	少女	登山休閒的少女／勞動認命的少女

表2-7所列旅行敘事所形塑的女子形象，其中旅日文人王開運描寫臺北太平町出生的藝妓玉美，以及日人南川靜子，皆是作者在大阪偶遇而為旅遊散文所刻劃的人物。[218]南川靜子於中央市場的餐館頻以臺語與席上文人高談闊論，遂被誤為臺人。除了刻劃女子面貌與舉止動作，王開運並記錄多位觀者的反應。如關於南川靜子的外表，作者以「猶令見者，垂涎不置」形容其美貌；[219]或是奈良舞女三人皆為十七、八歲的妙齡少女，又以「令見者意盪神迷」形容旁人的反應。[220]另如川崎妙齡女車掌於旅途中的詳細說明，使乘客產生「恍惚聽鶯柳下，困倦頓忘」的感受，這些皆是藉由旁觀者的襯托而強化女子之美的敘事。

旅遊散文所描繪於臺灣島內旅行所見的女子，如石生〈碧潭遊記〉提到新店碧潭屬文山郡，交通工具包括臺北鐵道汽車及大新乘合自動車，因現代交通的變遷，而產生女車掌的職業。文中提及車掌皆二八佳人，「鶯聲婉轉，善能指導介紹，待人親切。」至景美圳又

---

[218] 杏菴：〈東游日記〉，《三六九小報》第293號，1933（昭和八）年5月29日，頁4。
[219] 杏菴：〈東游日記〉，《三六九小報》第301號，1933（昭和八）年6月26日，頁4。
[220] 杏菴：〈東游日記〉，《三六九小報》第311號，1933（昭和八）年7月29日，頁4。

見：「水洋洋，浣衣女伴，鬪妍爭麗，砧聲斷續，水光旭影，瀲豔呈於眼前。」[221]或以臺北南區女子聲調婉轉、浣衣女於石塊輕搥衣服的聲音等聽覺意象，或親切妍麗等修辭共同形塑女性形象。另一文吳漫沙〈雪後記遊〉則描繪登上草山的情形，並以對比的手法，記錄一群天真活潑的少女手持一包雪及一束桃花，腳步輕快地登山；另一群女子則是背著「賣給人家洗身軀」的礦泥，手執竹枝，步履蹣跚。當問及背礦泥女子對於婚嫁的看法，她們的回應透露其認命的人生觀。此文以平淡口吻敘述兩群少女的命運雖截然不同，但作者卻觀察到少女展露笑靨的共同性。[222]吳漫沙又於〈東南浪跡〉提到於花蓮市區所見：「一個個騎自轉車的女子，很活潑的在馬路上來來去去，這我才猛覺這里女子騎自轉車的風氣，比較島都進步，同時那些女人也沒有像島都那樣的濃裝豔服，樸實多了。」[223]此處則是以比較的手法，分析花蓮與島都臺北兩地女子騎單車的風氣，以及衣飾妝扮的差異，流露作者文化評論的視角。

簡荷生〈旅中隨筆〉提到於彰化第一樓遇及名花阿葉，並詳細敘述這位別號碧蓮的身世：「芳齡纔過破瓜，豈但婀娜動人，且猶國語流暢，性極深沉，喜讀雜誌，是故車馬盈門，樓房如市，莫怪于當地有第一美人之榮稱者也。」先刻劃原籍板橋的阿葉，喜讀雜誌的性格；又記錄女子自嘆紅顏薄命，意欲自擇從良，不願永為路柳，如今淪為皮肉生涯實是不得已的境遇，如此敘事的目的為引起天下有情人共洒同情淚。[224]簡荷生於另一文〈中南部訪談記〉提及曾訪蘭英女

---

[221] 石生：〈碧潭遊記〉，《風月報》第55期，1938（昭和十三）年1月1日，頁17。

[222] 吳漫沙：〈雪後記遊〉，《風月報》第103期，1940（昭和十五）年2月17日。

[223] 吳漫沙：〈東南浪跡〉（三），《風月報》第164期，1942（昭和十七）年11月15日，頁23。

[224] 簡荷生：〈旅中隨筆〉，《風月報》第89期，1939（昭和十四）年7月7日，頁17。

士，得知她善於操琴：「女士亦不客氣，双手一舉，運弄纖纖，如雪花飛舞。琴韻鏗鏘，上下飄揚，無殊鳴鳳和鸞。」此處多應用聽覺與視覺意象，聚焦於女子才藝。至於簡荷生《臺中新高會館參觀記》提到因訪問會員而到新高會館聚餐，詳述四十餘位妙齡女給的美貌及服務紳商的周到態度。他形容「幾乎要使一般紳商，好像墜入迷魂宮了。」[225]亦是藉由旁觀者的反應而突顯消費女子的視角。

另一篇簡荷生〈中南部訪談記〉提到為收集文獻及兼理報務，而與《風月報》記者林靜子，遍訪中南部會員。[226]作者以具體的話語，描述林靜子具使命感的個性及音樂素養，當會員詢問此行目的，靜子回答道：「報務在身，為訪各地讀者，維持斯文於一線；縱有萬難，亦不畏縮。」呈現靜子投入雜誌編輯的程度。此外，旅途中見蘭英女士的表演後，靜子如此回應：「又聆聽此音韶，本自有趣。不覺技癢，亦歌幾闋和之。」旁人聆賞後的反應為：「其詞之雅、聲之逸，令人一聽，心曠神怡。」亦是藉由閱聽者的感受，突顯人物才氣。值得留意的是另一位文人鷺村生於〈日誌兩節〉亦表達對靜子的觀感：「靜子，意其一婀娜少女，及初會時，乃識其為極老於閱歷社會者。其後，觀其發表于誌上之作，皆係婦女修養之學，則又疑其為道學家。此夕再會，始知為未婚之女，曾為洋裁教師，能詩、能歌、工國語，又精於拳術，奇女子也。」[227]從想像到實際相會，再由文字得知作品關注的主題內容，並刻劃其多才多藝的人格特質。簡荷生與鷺村生皆以靜子為書寫對象，但表現手法有所差異。前者以對話及表演的

---

225 簡荷生：〈臺中新高會館參觀記〉，《風月報》第103期，1940（昭和十五）年2月17日，頁14。

226 簡荷生：〈中南部訪談記〉，《風月報》第132期，1940（昭和十六）年6月15日，頁3。

227 鷺村生：〈日誌兩節〉，《風月報》第149期，1942（昭和十七）年4月1日，頁288。

方式，呈顯其內在理念及藝術涵養；後者則以想像到現實的落差，活化女子多采多姿的形象，作者藉由人物於不同場景的反應，表現女子與社會的互動。

《風月報》對於其他女性的刻劃，如吳萱草〈遊鴛鴦湖隨筆〉，寫至中國旅遊所見金陵嘉興鴛鴦湖船孃，描繪「其裝束綢製長寬腿褲，鍛裁短窄體衫，半露如玉雙臂，油黑鬢髮之上，橫紮桃色處女帶一條，臉際薄施脂粉，越顯出嬌麗，圓大遮陽斗草笠，攲戴頭側，更加倍摩登。」[228]此文敘事多從服飾、外在裝扮及態度，呈現摩登漁村女子的風情。綜觀《風月報》所載旅人所描繪的女子，包括東薈芳酒樓的藝妓、二林義英樓的正子，多以詩訴漂泊之感，並與文人相唱和。又如專擅琴藝者包括筵席中奏琴的吳清子，於虎尾鼓琴雙手翻飛如雪花、琴聲鏗鏘如鳳鳴的蘭英。又如陳鏡如之女聯珠、音樂家溫筆之女阿娥演奏鋼琴，或是臺中身世飄零的恨六；至於本為世家後代的恨六，精通史籍並能言日文，卻因所託非人而暫時在螺溪授課維生。

性別的建構隨著社會、歷史、時空、文化有所不同，因此牽涉社會權力的運作。[229]旅遊散文作家描繪這些女子身體，反映出對於臺、日差異的想法；由於這些女性的形體在不同空間的出現，使作家流露出比較的思維。這些旅遊散文不僅記錄藝妓、車掌、服務生、記者及勞動者，或是閨秀、擅長音樂等女子身分的不同，亦強調其打扮、舉止、日常活動的差異。作者以刻劃女子形象為題材，以純粹審美經驗為主，不著重對傳統情志內容的表達，而強調視聽感官的細膩表現。一般刻劃女子的手法包括外表的形貌與內心的情意兩方面，前者描寫

---

228 吳萱草：〈遊鴛鴦湖隨筆〉，《風月報》第158期，1942（昭和十七）年8月15日，頁292。

229 陳明珠：《身體傳播：一個女性身體論述的研究實踐》（臺中市：五南文化事業公司，2006年），頁180。

女性的形體、容貌、歌姿舞態和服飾衣物等，情意的描寫則包括各種喜、怒、哀、樂、愁、怨等個人思緒。[230]這些旅遊散文作者對於女子形象的描繪，多偏重於外表型態，此處顯現旅人與周遭人物間的互動，以及面對現代化社會的態度。

（二）場景與敘事者心境的互涉

場景與敘事者與有密切的關聯，敘事學家密基．芭爾（Mieke Bal）認為「空間」這個概念指涉的是：人物出現的地理/地形位置（topological position）或事件發生的地點。他主張「場景」最主要的功能之一，就是形塑小說的氣氛、反映人物的心境（mood）。[231]有時場景的「氣氛」跟人物的「心境」適切結合，唯有將場景當作敘事文的功能之一加以討論，場景這個敘述結構元素才有意義。[232]本節將《三六九小報》、《風月報》所載旅遊散文場景與敘事者心境互涉的篇目，羅列於表2-8：

表2-8 《三六九小報》、《風月報》所載旅遊場景與心境的互涉

作者	篇名	場景	敘事者心境
黃凝香	〈浴佛日遊開元寺記〉	開元寺	體驗旅遊具開拓眼界的作用，並有助於深化學養。

230 回溯以女子為感官書寫對象的傳統漢詩，較具代表性的如宮體詩人強調「寓目寫心」、「皆須寓目」，因此對於外表的形貌往往有著工細精緻的刻劃。陳昌明：《沉迷與超越：六朝文學之感官辯證》（臺北市：里仁書局，2005年），頁270。

231 Shlomith Rimmch-kenan. Narratire Fiction: Contemporary Poetics. (London and New York: Routledge, 2002), pp.36-37.

232 翁振盛：《敘事學》，頁92-93。

作者	篇名	場景	敘事者心境
李文在	〈寒溪觀光〉	蘇澳寒溪原住民部落	1. 參觀原住民聚落習俗，並記錄文化差異的觀察 2. 見原住民受殖民教化的成果，憂心漢人同化速度過於緩慢。
簡荷生	〈旅中隨筆〉	拜訪員途中	驚覺時代進步神速，提醒自己與讀者須急起直追，否則將落伍。見旅客閱覽風月報，轉憂為喜，得知此行的意義。
	〈旅中隨筆〉	臺中林獻堂萊園、藍湄秀先生別墅等文士之居所	獲賢士先進的鼓勵，將社務經營遭受挫折的心境，轉化為思索《風月報》存續的意義。
	〈中南部訪談記〉	會員住處及餐館	藉由會員及閱聽者的感受，以知音的視角突顯同事的才氣及使命感。

旅遊散文中人物的性格，透過敘事形式與作品場景相關聯。如《三六九小報》所載女性作者黃凝香〈浴佛日遊開元寺記〉一文，提到其姊邀請參與開元禪寺浴佛大典之事。她原以讀書不及、無暇遊樂為理由拒絕，然其姊回應：「夫司馬遷作史，因遊歷而奇；林和靖尋詩，得山水而秀。惟妹之不喜遊，是以見聞不廣，莫怪學問不進耳。」[233]此段為詮釋旅遊的關鍵句，引漢籍歷史人物司馬遷及林和靖為例，探討旅遊具拓展見聞及加深學養的作用。此文場景為開元寺，從探索寺廟的沿革，得知此寺前身為鄭氏之北園別墅；又藉機瞭解海

[233] 黃氏凝香：〈浴佛日遊開元寺記〉，《三六九小報》第448號，1935（昭和十）年5月23日，頁2。黃凝香曾於《臺南新報》發表〈美人花〉、〈蓬萊春曉〉，於《詩報》發表〈曉妝〉、〈觀潮〉、〈香閨雜詠〉、〈乞巧〉等詩。

會寺（即榴禪寺）浴佛日的淵源。午餐靜享寺中所供應的素食後，聞庭院花香、色艷於桃李，原本欲採摘的衝動，因聽聞其姊誦「好花留與後人看」，才有所省悟，故敘事者的心境為知性的探索與感性的體悟。就旅行的概念而言，旅行更動一成不變的生活，也允諾旅人在其中得到充電的機會，並到從事不一樣活動的地方。[234]黃凝香此篇旅遊散文運用嗅覺、視覺、味覺等意象，不僅敘及地景沿革，且具歷史厚度，表現人與景的互動；更藉由女詩人與其姐的對話，透露日治時期女性知識分子於此敘事場景的感受，亦表現她們對於旅遊廣義的理解。

臺灣在地旅遊散文有關原住民的人文意象，如李文在〈寒溪觀光〉詳細記述至原住民聚落場景的觀察。李文在於蘇澳見番社入口處的標語寫道：「不得與蕃人買賣物品」等規定。敘事的開端先以「一群蕃童，個個都站立起來。蕃社的入口，有一個禁牌，寫著『蕃地視察須受警官許可』。蕃人的團長騎在馬上喝號令。」此類話語，透露警察制度於原住民部落的權威性。作者於此場景鋪陳飲酒的敘事：原住民男性緊握作者等人的手請他們入內飲酒，屋中看到一群原住民男女個個酩酊大醉的面容。又記錄有位躲在床上的原住民請他們品嚐一大杯番酒，雖基於「卻之不恭，受之有愧」而飲用，但內心卻隱藏另一層的想法：「蕃酒乃是蕃人自己釀作，和專賣局製造的酒類氣味不同，所以我們不敢多飲，各人祇飲了一滴而已，好似五穀王試藥湯一樣。」先形容原住民好客熱情的個性，另一方面卻對原住民的醉態和對私釀酒的安全性抱持顧忌的態度受到殖民者強調文明觀的影響。此文又以大段的敘事記述原住民於臺灣總督府教化政策下的形象：

---

[234] Curtis, Barry and Claire Pajaczkowska. "Getting there: Travel, Time, and Narrative". George Robertson, Melinda Mash and et al. Eds, *Traveller's Tales: Narratives of Home and Displacement*（London: Routledge, 1994）, pp. 199-215.

> 蕃人有成為教員、警察、運轉手，能說流暢的國語、禮儀十足，可說是被同化的優良蕃人。他們的衣服整齊，一切的生活狀況，完全無異於普通人的所為，年輕蕃女皆是剪髮，穿洋裝、和服，肉色鮮白，眼睛黑又大，美多醜少。

如此描述原住民美的形象，呈現以視覺意象觀其外貌衣飾、動作舉止或職業，與許多早期醜化原住民的敘事已迴然不同。此文又蘊含原住民與漢人於殖民政策的衝擊：「照這樣的情形看下去，將來的蕃人，定可與本島人站在同等的地位，可見政府當局的苦心教化的一般了。本島人若不加倍努力，改善生活，將來或者有被蕃人壓倒在淘汰之憂。」[235]此旅遊散文敘事流露日人對原住民同化政策的成效，及殖民政策對於部落現代化的深層介入。作者以讚揚日本殖民統治的視角，觀看此聚落文明化的速度流露受殖民馴化所影響下的敘事視角；又從漢人的觀點，表達對於同化速度的關切，為反映敘事者參觀原住民部落的心境。

簡荷生為使《風月報》能持續發行，故出遊至臺灣中南部親自訪問會員。〈旅中隨筆〉提到：「車行如電掣，茫茫阡陌，旋轉後退，余胸懷不禁為之爽然，而嗟嘆宇宙之神秘，人力之無窮，時代進化可不驚人乎哉。吾輩茍不急起直追，將為時代之落伍者矣！余思至此，感慨無量，正在心往神馳，驀然舉頭觀看車中旅客，有一最觸余目者，即有一旅客倚椅閱讀風月報，頓時集中余之思路。蓋際此文明時代，科學昌明之年頭，倘無一二涵養精神之雜誌，陶冶性情，使之向軌道上邁進，則無以挽救時弊，故本報之存續，殊為量大而深有意義矣。」[236]作者面對《風月報》此漢語通俗文藝刊物的普及，內心百感

---

235 李文在：〈寒溪觀光〉，《風月報》第61期，1938（昭和十三）年4月1日，頁7-8。

236 簡荷生：〈旅中隨筆〉，《風月報》第89期，1939（昭和十四）年7月7日，頁17。

交集。綜觀簡荷生的論述，一方面憂慮臺灣現代化的步調，對於忽略科學與人文並進的現象提出批評；另一方面，流露呼籲重視人文的意識及宣揚刊物存在的價值。他曾至臺中霧峰林獻堂家專訪，以「丰姿標彩，殊不減於昔日，真鶴顏也。」形容此位臺灣文化界代表性人物的外貌與風姿神韻，同時具體書寫與林獻堂的互動：「立即執余雙手，勉勵余須繼續努力，抱定不屈不撓之精神，維持斯文於一線，彼願力為後援」，藉由感謝林獻堂鼎力提供後援的敘事，突顯人物氣度及風範。他訪問林幼春先生亦受殷勤教導，曾言：「致意本部執事諸君努力，余為感激」，不吝肯定《風月報》編輯的用心，且專程致上感謝之意。至埔里訪問施雲釵先生後，又往臺南拜訪黃欣先生，這位學者會員期勉盡全力使風月報成為名震中外的刊物，並以激勵口吻說道：「各地人士對本報之期待，而今篇幅燦然，可謂欣欣向榮矣」。又訪高雄苓雅寮同善社社長陳啟貞先生，他亦表達願盡力援助刊物的發行。後與屏東詩友會於藍漏秀先生別墅，開擊鉢會慶祝：「與余交情深厚，本報亦備受其援助」，同樣也得到藍漏秀先生肯定。在與眾文人賢士及先進會面，並得到相當鼓勵後，如此的旅遊論述，呈現此位刊物主編的自我定位。這些主編與讀者互動的敘事，與文人旅途所選擇的訪談場景相關。

毛文芳於分析《三六九小報》刊物特質時提到：當安排我們生活的宏偉社會和政治理論不必然處於支配地位時，站在流行趨勢的現代場域中，反而更能看到各種混亂而有趣的文化現象。此小報創造了詼諧話語的公共空間，注入情慾感官的享樂窺探，以瑣屑用物拼湊臺灣都會的日常生活版圖，崇仰、質疑、靠攏與砸碎傳統主流的言說，如此歪打正著見證臺灣1930年代的現代性。[237]《風月報》系列雜誌發行的時代較《三六九小報》晚，初期以涉風月為主的編輯取向，後來刊物風格的轉變受到戰爭期影響，亦為日治末期的現代性存留時代軌跡。這些描繪風月場所女子的際遇，或現代女子於職場上的各種形象，反映男性作者群以感官窺視的諸多面向；至於參觀原住民聚落的敘事，更隱含受到殖民同化影響下的敘事視角。

敘事研究關注於將敘事的各部分聯繫起來，成為一個具有內在意義的整體。[238]若將敘事研究應用於分析旅遊散文，在選擇、重組或化約的過程中，文本的內容與表現形式傳達作者的敘事位置。旅遊與時間、敘述的關係總是豐富又離奇；旅人總是被地圖、旅遊指南等所限制，卻忘了存在的方式。時間是旅遊所能給予的一部分價值，旅遊度假給人的「暫停」，帶給人們在無法輕易扭轉的時間軸中獲得喘息。旅遊藉由異地的陌生感讓一個人能夠集中注意力、擴展視野。《三六九小報》及《風月報》所載旅遊散文，即是再現一種暫時脫離平日時間束縛的體驗。

四　結語

綜觀《三六九小報》及《風月報》刊載旅遊散文活動的類型，以訪友、賞景、休閒為主，包括在地書寫如臺灣分為北、中、南及東部等，跨界海外則多以日本為主。以休閒為此類刊物的主要功能之一，

237 毛文芳：〈情慾、瑣屑與詼諧──《三六九小報》的書寫視界〉，《中央研究院近代史研究所集刊》第46期（2004年12月），頁159-222

238 Hinchman, Lewis P. & Hinchman, Sandra K. *Memory, Identity, Community: The Idea of Narrative in Human Sciences.*（New York: State University of New York Press, 1997）, pp.15-16.

故收錄於此的旅遊散文亦呈現不同於《臺灣民報》的風格。本節探討刊登於《三六九小報》及《風月報》的在地旅遊散文，多以感官意象再現空間移動的經驗，作者將旅途中的地景意象化為文字，而呈現地方感。雖引用漢籍典故的文化意象，卻藉由具體刻劃臺灣的山水，而巧妙為在地化的風景發聲。旅外散文如王開運《東游日記》與蘇有章《內地漫遊記》，則多以直敘、參照、比較及批判的表現手法，描述旅日的觀察與感受。此類刊物發行於臺灣日治中後期，為現代性存留時代軌跡。

地方與空間的差異性是由相互定義所展現出來的，一個地方如果安全穩定，則令人感到自由開闊；反之，則會讓人感到恐懼。空間是動態的，地方則是靜止的。[239]運用旅遊書寫的方式，確切的表達出本身的意識型態與感覺，也定義出地方性。在地旅遊的書寫多體現出對於臺灣山川的讚嘆，主要從景物的現實情況著手描繪，成為讀者想像的實景，因此多數為凝視山水之美的作品。旅日散文由於動機不同而產生差異，有些以參觀產業為主，有些著重現代化建設，有些則是側重於歷史古蹟與宗教聖地。旅日散文不僅比較臺日雙方的差異性，並省思批判臺灣本身諸多的問題。

旅人在與他者的種種感官接觸中，有時表現出自我的展演。當身體徜徉於外在世界，則是直接體驗世界，並且表達代表社交、差異、意識型態與具意義的感覺。[240]本節所探討於人文風景的視角，從這些文本細描風月場所女子的際遇，或現代女子於職場上的各種形象，反映男性作者群以感官窺視女子於資本社會的諸多面向。至於有關旅日

---

[239] Yi-Fu Tuan著，潘桂成譯：《經驗透視中的空間和地方》（臺北市：國立編譯館，1998），頁4。

[240] John Urry著，葉浩譯：《觀光客的凝視》（臺北市：書林出版公司，2007年11月），頁206-267。

觀劇與孔廟禮器等例，透過都會間的比較而映照自我待改進之處。這些旅遊散文隱含日人對原住民同化政策及殖民現代性的衝擊。旅遊散文亦透露日治時期女性識字階層的形象，表現她們對於旅遊意義理解的廣度。此外，刊物主編藉由旅遊論述，塑造臺灣文化界人士形象並自我定位。本節試圖將「感官⟷記憶⟷藝術創作」之間的關聯性，應用於詮釋這些旅遊散文，以理解作者如何透過文本再現個人感官經驗。

——「博覽與則傚：《臺灣日日新報》日治前期士紳旅日敘事」修改自原題〈地景觀看與文明體驗：《臺灣日日新報》所在旅日詩文的敘事視角〉，發表於「空間的凝視：移動經驗與文化再現」國際學術研討會，國立臺灣師範大學文學院、教育部顧問室主辦，2010年12月。

——「借鏡他山之石：《臺灣民報》旅外敘事」修改自原題〈借鏡他山之石：《臺灣民報》旅外遊記敘事策略〉，刊登於《臺灣史學雜誌》第13期，頁1-41，2012年12月。

第三章
旅遊書寫的場景意象

旅遊散文與空間的關係密切，尤其場景意象反映作者的風景心境，而成為研究者關注點。回顧臺灣日治時期的旅遊地點以島內及東亞為主，海外較常書寫的場景為中國與日本等處，本章三節聚焦於探討旅遊散文的場景意象，運用刊載較多漢文遊記的《臺灣日日新報》、《臺灣教育會雜誌》、《臺灣文藝叢誌》及《詩報》為取材來源。神州為中國的代稱，臺灣二十世紀初期旅中的文人，多藉景抒情而流露時代的感懷。現實中國非作者成長及久居之地，以往的想像因旅中而今化為錯綜的情感。如第一節楊仲佐〈神州遊記〉藉由地景意象，揭露中國社會紛亂的現象，作者於批判之餘隱藏深沈的期許。黃朝琴〈上海遊記〉則再現上海國際化及現代化的場景，與其他都會映襯後提出文化批判。至於第二節《臺灣教育會雜誌》所載多篇敘事文的場景，於寺廟文化與八景的書寫模式多承襲閩南意象；在衍異的層面，則探討日治時期空間與國民性形塑，及因修學旅行與共進會的教化功能而轉化場景意象。第三節則探討《臺灣文藝叢誌》及《詩報》所載儒學社群的遊記，分析於臺灣島內或至中國、日本等地旅遊時各具特色的心境。這些作者曾受傳統儒學的薰陶，且擔任詩社負責人與刊物編輯，他們的寫作多引用典故入文，並著重地名探索與古蹟意象，其具歷史感的寫作習性，因銘刻地景而流露對地方的關懷。文本地景為臺灣文人行旅經驗的再現，與實存的空間或地方產生交互作用，地景的意象不僅隱含文人的感受，亦象徵文化接觸後的自我省思。敘事者因空間移動而體驗地景的共性與殊性，流露臺灣日治時期文人對傳統與現代的省思。本章以旅遊書寫場景意象為主軸，透過不同刊物所載文本的分析，呈現自我與他者相互觀照後的空間意識。

第一節　神州行旅：《臺灣日日新報》旅中敘事

一　前言

臺灣日治時期旅遊活動蔚為風潮，尤其跨界旅遊更能感受到異地的文化氛圍。對於處在殖民地之下的文人而言，赴中國旅遊是一種特殊的移動經驗，此類的遊記常以時代危機、時空轉移的個人情感結構，於私人的論述中流露作者對旅行與回憶複雜互動的思索過程。如吳濁流《南京雜感》為頗具代表性的遊記，全文以回歸家鄉、故國的架構，扣緊殖民的議題。此遊記呈現作者不斷透過歷史與現狀、古詩意境與自然景觀、南京與臺灣（或大阪）、文化與服飾、人物及其生活方式，去鋪陳所看到的中國性格；在欣賞、感嘆之餘，卻流露出文化批判與比較研究的距離。廖炳惠〈另類現代情〉一文曾以吳濁流的遊記為例，深入分析臺灣另類現代性的相關議題。[1]除了吳濁流以外，究竟日治時期至中國旅遊的文人，常藉由行旅經驗發抒他們對中國哪些面向的觀察、批判，或是糾葛的內在情緒？目前所見日治時期遊記的研究，不論從作者、作品及主題等面向多已累積一些成果。2009年12月舉辦的「臺灣古典散文學術研討會」，曾收錄有關臺灣日治時期古典遊記的研究；在專書及學位論文方面，亦有相關的論述。[2]

1　廖炳惠：〈異國記憶與另類現代性：試探吳濁流的《南京雜感》〉，收錄於廖炳惠：《另類現代情》（臺北市：允晨文化實業公司，2001年），頁10-41。

2　收錄於「臺灣古典散文學術研討會」的廖振富：〈中村櫻溪北臺灣山水遊記的心境映現與創作美學〉，2009年12月19-20日，頁147-166。在專書方面，則有黃美娥：

就單一都會的研究而言，李歐梵《上海摩登：一種新都市文化在中國（1930-1945）》，試圖呈顯上海的「都會視覺文化」，並再現新的上海都會想像。[3]臺灣學界對於上海文學的關注，主要集中在鴛鴦蝴蝶派或上海報刊研究，以及劉吶鷗、張愛玲等專題的考察。[4]可見目前都會研究多集中在現代文學的部分，尤其又以小說為大宗，有關古典遊記研究仍有開拓的空間。《臺灣日日新報》為日治時期發行時間較長的報刊，收錄許多文人至中國的行旅痕跡。當這些遊記登載於報刊，又呈現何種文化論述的特色？綜觀《臺灣日日新報》及《漢文臺灣日日新報》刊載的古典遊記作品，如：楊仲佐〈神州遊記〉、魏清德〈南清遊覽記錄〉與〈旅閩雜感〉、黃朝琴〈上海遊記〉、林家柱〈福建遊記〉、退庵〈遊滬日記〉、鷺洲逸民〈廈門名勝〉等篇。因《臺灣日日新報》所刊載的許多遊記未附作者的真實姓名，又長篇遊記的數量較為有限，故本節先就此報刊所收錄楊仲佐〈神州遊記〉與黃朝琴〈上海遊記〉兩部長篇遊記為分析的焦點，[5]藉以詮釋文人旅遊書寫的主題面向。

關於〈神州遊記〉作者楊仲佐的生平經歷，《臺灣人士鑑》等文

《日治時期臺灣傳統文人的文化視域與文學想像》詳細分析魏清德等人的作品。此外，關於臺灣文人旅中的學位論文，如張靜茹：《以林癡仙、連雅堂、洪棄生、周定山的上海經驗論其身分認同的追尋》（2003年），程玉凰：《洪棄生的旅遊文學——《八州遊記》研究》（2010年）等。

3 關於上海都會想像，李歐梵提到將殖民時期的上海，及其在現代化時程中的定位；以新的中國媒體文化、電影文化、新雜誌的產生與「印刷資本主義」為中介，呈現上海特殊另類的都會風貌。

4 如趙星美：〈鴛鴦蝴蝶派文學見解研究〉、劉靜怡：〈隱喻理論中的文學閱讀——以張愛玲上海時期小說為例〉、楊佳嫻：〈懸崖上的花園：太平洋戰爭時期上海文學場域（1942-1945）〉、劉子寧：〈《傳奇》與《玲瓏》的年輕女性服裝：以張愛玲小說與上海流行雜誌為例〉、許秦蓁：〈重讀臺灣人劉吶鷗（1905-1940）：歷史與文化的互動考察〉等。

5 《全臺文》第七十冊收錄《臺灣日日新報》的數篇遊記，但卻未選錄此二部長篇遊記。

獻資料提到：楊仲佐（1875-1968），號嘯霞，臺北佳臘莊人（今臺北市雙園區新店溪沿岸一帶平原）為貢生楊克彰之長男。乙未割臺之際1895（明治二十八）年隨父西渡中國，後於1900（明治三十三）年返臺，任《臺灣日日新報》漢文部編輯，曾與黃玉階、洪以南創斷髮解足會。1919（大正八）年於海山郡龜崙嵜莊網尾寮溪州（今新北市永和網溪里博愛街）建「網溪別墅」（今楊三郎美術館），平日培種花卉，廣筵賓客；菊花盛開時，觀者絡繹不絕。楊仲佐於1957（民國四十六）年八月擔任溪洲設鎮籌備主任委員，因主張從各地移居來此的人士，都應體認和諧之要，故將新鎮取名為「永和」，八十四歲出任永和鎮第一任官派鎮長。1961（民國五十）年與友朋組織「中華民俗改進協會」，並任理事長。曾為瀛社社員，戰後任臺北縣文獻委員會委員，編有《古今格言精選》、《歷朝詩選》等書。[6]此部〈神州遊記〉為楊仲佐於1912（明治四十五）年至鷺江祭祖掃墓，順赴榕滬蘇杭等地旅遊，他將此趟至福建、上海、蘇州、杭州的旅遊見聞投稿於《臺灣日日新報》，自6月28日至8月5日連載共二十回。至於〈上海遊記〉作者為黃朝琴（1897～1972），字蘭亭，臺南縣鹽水人。1920（大正九）年入日本早稻田大學經濟科就讀，1923年（大正十二）年再赴美國伊利諾大學深造國際公法，於1926（大正十五）年獲碩士學位後隨即轉往中國任職於外交部。於1945（民國三十四）年被派任為外交部駐臺特派員兼臺北市長，1946（民國三十五）年高票當選臺灣省參議員，擔任省議會議長共長達十七年之久，期間並兼任第一銀

6　有關楊仲佐的生平資料，可參考《臺灣人士鑑》（臺北市：臺灣新民報社，1934年3月），頁180。臺灣風物編輯部：〈楊仲佐先生行述〉，《臺灣風物》第18卷第4期（1968年8月），頁38-39。曾今可：〈楊仲佐先生〉，《臺灣風物》第20卷第2期（1970年5月），頁43-44。楊仲佐的作品多從生活中取材，其中《網溪詩集》於1937（昭和十二）年由臺灣新民報社出版。

行董事長暨臺灣銀行常務董事等職。[7]〈上海遊記〉是黃朝琴於日本就讀早稻田大學期間，利用寒假閒暇之餘前往上海旅遊後的書寫。此遊記共分六回，刊載於《臺灣日日新報》，時間起自1920年12月1日至1921年1月6日。因這兩部文本連載於日治時期最大的報刊，且多記錄至都會旅遊的個人體驗，有助於理解旅中相關議題的探究。本節以楊仲佐與黃朝琴的遊記為例，詮釋這兩部文本所傳達的場景意義。究竟報刊所載這些遊記的作者有何旅中目的？他們又是以哪些書寫策略描繪現代的物質文明？當參觀中國的都會城市後，內心可能產生哪些文化差異的衝擊？探討這些旅遊書寫的論述，有助於理解文人觀看中國現代性的視角；藉由作者於文本中思索的面向，釐析他們跨界後的錯綜心理情緒，以期進一步呈現於臺灣旅遊書寫研究領域上的意義。

二　中國都會場景的見聞

旅遊體驗是由眾多複雜因素構成的混合體，包括個人感知以及所消費的產品等。同時，這些複雜的因素又受到環境、個性以及遊客與他人溝通程度的影響。所有因素綜合作用後的結果，才產生出完整的旅遊體驗。[8]楊仲佐與黃朝琴兩人的遊記對上海都會場景多有著墨，他們以觀察這座城市來思考中國現代性形成的因素。上海之所以能於中國一枝獨秀，是由於它自身得天獨厚的地位，尤其以「租界」的因素特別重要。在中國諸多的通商口岸，上海因受世界各國的注目，促使租界地發展行政、立法、司法俱全的政治結構。此地吸引日本等各國投資及興辦事業，而與世界的利益關係密切；再加上因租界的歷時較

7　周宗賢：《黃朝琴傳》（南投市：臺灣省文獻委員會，1994年），頁1-4。

8　Page. S. J., Brunt, P等著，尹駿、章澤儀譯：《現代觀光——綜合論述與分析》（臺北市：新加坡商湯姆生亞洲私人公司臺灣分公司，2004年），頁593。

久，故為中國租界地最具影響力的城市。[9]依照梁啟超對地方自治提出見解，自治的形態可分為兩類，第一類為自然發展、第二類則為政府資助。上海則是屬於前者，綜觀其歷史與文化的發展脈絡，上海的南北、新舊區域合為一體，不僅成為全中國的工商、貿易及金融中心，並因其地利而掌握全國的海運樞紐。至於中國一半的外貿額、關稅、工商資本、金融存款、銀行總數皆集中於上海，形成名副其實的「經濟中央」頭銜。[10]到了二十世紀的二〇、三〇年代，現代派的高層建築在外灘出現，像百老匯大樓、中國銀行大樓等。外灘豪華高層建築，使當時上海成為繼紐約、芝加哥之後的世界第三個有高層建築的現代都市。[11]黃朝琴認為上海為中國二十世紀初期最大的商業都市，他於〈上海遊記〉形容此城市是：「學術言論及社會之中心，且為現代思潮之淵源。」[12]除了描繪上海的租界背景，亦對上海當時的政治、經濟、族群政策等問題進行文化比較與批判。堪稱為中國現代化啟程第一站的上海，其器物、科技文明與生活環境的改善，這些具體成效已醞釀成新思維，並造成文化啟蒙與思想觀念的變革。作為晚清中國最具現代化風貌的上海洋場，固然已具備相對於江南古鎮的先進文明條件，但仍有「半殖民地」的先天限制。[13]黃朝琴抵達上海後非僅是觀光客的體驗，他理解到社會發展與自身所處環境的差異，並透過比較的方式進行旅遊論述。

---

[9] 唐振常：〈市民意識與上海社會〉，收錄於汪暉、余國良編：《上海市：城市、社會與文化》（香港：香港中文大學出版社，1998年），頁93。

[10] 李天綱：〈1927年：上海市民自治運動的終結〉，收錄於汪暉、余國良編：《上海市：城市、社會與文化》（香港：香港中文大學出版社，1998年），頁63-64。

[11] 唐振常：《近代上海繁華錄》（臺北市：商務印書館，1993年），頁57。

[12] 黃朝琴：〈上海遊記（一）〉，《臺灣日日新報》，1920年12月1日。

[13] 呂文翠：〈晚清上海的跨文化行旅：談王韜與袁祖志的泰西遊記〉，《中外文學》第34卷第9期（2006年2月），頁44。

上海的物質文明與西方文化息息相關，又是中國第一個在物質上接受西化、文化上接受西潮的城市。[14]上海在二十世紀早期的國際性特質，從其外國人佔城市人口比例可見一斑。1930年佔上海總人口比例1.86%，1934年則升至2.19%。早在二十世紀的二〇、三〇年代，上海的全球化經驗已經成為這城市獨特的內在核心，開港以來華洋雜居的現實使上海變得極具開放性。[15]黃朝琴〈上海遊記〉從消費模式、工藝品、出版業、飲食文化、特種產業等面向進行探討。他於上海消費時曾仔細觀察工藝產業，認為上海的金銀店較以往更具特色，惜不知善用化學科技；雕塑工藝雖精細巧妙，金銀器物外表卻呈現缺乏光澤。不過，他特別讚許廣東人「和盛號」的製品，不僅花樣陳出翻新且手工細膩無比，名聞遐邇而遠傳至巴黎。在消費模式方面：他於上海購物時，因店家對於外地觀光客，經常沒有統一的價格且未據實以報，故批評交易買賣諸多不便之處。相對於東京的巨大商場，眾多商家以公開的價位示人，所以稱許日本是進步的消費市場。[16]習慣公開、透明化消費模式的黃朝琴，接觸到上海尚未現代化的消費環境，感受極為明顯的文化差異。此外，在出版事業方面，商務印書館與中華書局左右了二十世紀初的教科書市場，他們也為當時新建立的民國作廣告。新的教科書課程內容琳瑯滿目，並透過這些課程完成其自定的「啟蒙」任務，他們的努力也幫助共和政府的民族建

---

14 許秦蓁：《戰後臺北的上海記憶與上海經驗》（臺北市：大安出版社，2005年），頁126。

15 鄭祖安：〈舊上海的白俄、猶太人和吉普賽人〉，《上海檔案》第6期（2003年），頁55。岳雯：〈上海傳奇的另一種寫法——論虹影小說中的都市空間想像〉，收錄於孫遜，楊劍龍主編：《都市空間與文化想像》（上海市：上海三聯書店，2008年），頁88。

16 黃朝琴：〈上海遊記（二）〉，《臺灣日日新報》，1920年12月4日。

構。[17]曾於日本留學的黃朝琴，見上海旗牌街的書院林立，將此街比擬為東京的神保町，形容其文風鼎盛。在三角口有商務、中華兩大書局相連，此商務印書館為東洋第一的出版社，雖不及東京博文館，然分店普及於全國五十多間，故認為「所貢獻中國之文化，實非淺鮮，前途有厚望焉。」[18]不僅肯定出版事業對文化的深層影響，並對未來消費市場的發展寄予厚望。

新都會題材牽涉到性別、種族、貧富階級問題，以及都市景觀與生活方式的面向。以城市中消費、資金的種種社會行為突顯某個文化的變化，此為目前在世界文學當中，瞭解異文化非常重要的管道。新興的城市展現過度奢華的面向，綜合種種跨國的風格，在都會中醞釀許多跨國的文化、飲食、衣飾、生活習慣的交混文化，在消費的名義底下，各國的風格及產品可用並置的方式，呈現在街道角落任人享受。[19]就飲食文化的觀察方面，黃朝琴提及上海餐館林立，匯集中國及世界各地飲食文化的菁華。他詳列這些餐館兼具天津、揚州、南京、廣東等地的特色，其中閩菜廣為社會所喜愛，並頌讚此為「天下第一」的佳餚。不過，他對於上海餐廳的管理多所批判，因曾親身經歷氣候驟然轉為異常寒冷之際，堂堂大餐館中竟無火爐可供取暖。又詳細陳述廁所老舊不潔的情形，他驚訝於店家竟然對環境維護毫無責任的觀念，出入往來的顧客也不認為如此有礙衛生。此外，他也指出餐館的經營模式，所謂「番菜館」即西洋料理店，採取餐飲店結合旅館的方式並提供多元的中西菜色選擇。關於上海餐館消費的價格，黃

---

17 李歐梵著，毛尖譯：《上海摩登：一種新都市文化在中國》（香港：牛津大學出版社，2000年），頁53。

18 黃朝琴：〈上海遊記（二）〉，《臺灣日日新報》，1920年12月4日。

19 廖炳惠：《臺灣與世界文學的匯流》（臺北市：聯合文學出版社，2006年），頁238-239。

朝琴藉由比較其他地區的情況，發現上海比香港更昂貴；但另一方面與臺灣相較「實屬不貴」，多因受到金銀價格波動所致。[20]在此段遊記中，黃朝琴不僅列舉上海知名餐館的美食，並描繪品嚐後的感受，呈現此地飲食文化具有國際性及多元性的特色。更值得注意的是，他以旅行者實際體驗的角度，扼要提出餐館設施、衛生環境、服務態度等方面的諸項缺失，透露個人對於硬體設備或經營管理的見解，發抒有關異地飲食文化的批判。

遊記常描繪有關休閒文化方面，多記錄說書、戲劇、電影、藏書樓、博物院等不同場域的情境。如楊仲佐於遊記中提到藏書樓、博物院等文化設施，如格致書院、洋文書院的藏書樓，藏書豐富以至於需以萬為計算單位。但此藏書樓並非免費參觀，需購票才得以閱覽。另外，他曾參訪徐家匯天主教堂中的博物院，其中展示的物件雖多，但他認為不及臺北的博物館。[21]此說明上海的文化場域逐漸朝向商業化的發展。在電影時尚方面，看電影在上海的都會現代生活模式中扮演關鍵角色之一，包括在作品、戲院、場所（絕大多數的外國電影都在租界裡播放），上海市民能夠彌合他們自身的欣賞觀和「異國性」之間的差異。[22]黃朝琴記錄上海因歐美人士較多，故電影事業興盛，成為全中國之冠。至南京路觀賞電影，他認為與東京各館環境相較，顯得「清爽之至」；在劇目方面，則多與東京無異。戲片若從英法運送來的則先於上海首演，若從美國運來的則是在東京首演。就上海取得物資而言，較東京低廉便宜，以靜安路的電影院為例，頭等票可賣至五、六圓。黃朝琴亦曾描繪戲劇等表演場所，如正音戲園有新舞臺、

20　黃朝琴：〈上海遊記（三）〉，《臺灣日日新報》，1920年12月8日。

21　楊仲佐：〈神州遊記（八）〉，《臺灣日日新報》，1912年7月7日。

22　李歐梵著，毛尖譯：《上海摩登：一種新都市文化在中國》（香港：牛津大學出版社，2000年），頁117-118。

新新舞臺、天蟾舞臺、丹桂第一臺、競舞臺、共舞臺、亦舞臺等數十處。尤以丹桂舞臺最為古老，以新舞臺最為完整。另外，黃朝琴發現戲園廁所在性別方面無分男女，且「畫格為區，空而不隔，內置菜園尿桶。」黃朝琴不敢進入如此的衛生設備環境，他形容那菜園尿桶上連跨數名群眾，甚至「各持戲單，或高唱入雲。」[23]他嘖嘖稱此為奇景，震懾於異文化的衝擊。黃朝琴鋪陳上海現代電影與戲劇活動的類型，更具體就劇目、票價、設備及衛生環境等項目作比較，呈顯上海休閒娛樂蓬勃發展的原因，並探討與國際影視文化相關的物質條件。

楊仲佐記錄中國當時的交通工具，如輪船與汽車、驢馬與舟車的種類及消費方式。他也觀察到船班時間與船資尚未固定，而汽車客運已模式化，車體樣式也較臺灣華麗；中國各地的交通工具依區域的不同而改變，如蘇杭地區多用驢馬、人力車，福州、廈門多用肩輿，上海則多是電氣車、自轉車等現代化運輸工具。此外，他於購買船票時遇到特殊狀況，輪船買辦認為臺灣人應視為外國人，船資理當加收兩成；但楊仲佐深感不滿，並與他理論，最後買辦遭船主斥責。[24]此段敘事，隱含作者的文化認同之外，中國人對於大眾工具的概念相當薄弱。他記錄無明確的搭乘價格，更呈現中國各地的交通運輸的複雜性。因上海交通的發達，不僅具現代化的交通工具，而且也開闊旅行者的視野，成為中國重要的交通樞紐。

上海報業的發展情形黃朝琴亦有所陳述，他認為上海如同日本的大阪，都以商業發達著稱。商務人士需掌握每日的市場動態，故閱報者眾，報業因而興盛。並提到：「我臺人欲知東方情事者，萬不可不閱滬上新聞也。」而申報與新聞報為上海當時最負盛名的報館。[25]知識

23 黃朝琴：〈上海遊記（四）〉，《臺灣日日新報》，1920年12月13日。
24 楊仲佐：〈神州遊記（八）〉，《臺灣日日新報》，1912年7月7日。
25 黃朝琴：〈上海遊記（六）〉，《臺灣日日新報》，1921年1月6日。

分子如何開創各種新的文化和政治批評的「公共空間」？所謂的「公共」是「群」和「新民」的概念，落實到報紙而產生影響。這種新的公共聲音是如何形成？由於它的表現園地，也因此成為一種新的「空間」。現代民族國家的建構和民族制度的發展，與印刷媒體分不開，也就是說報章雜誌特別重要。戊戌變法失敗後，梁啟超等維新份子已經逐漸把「文字之力」轉向「社會」這個新的領域，而將之與民風合在一起。這種論述的方式，事實上已經在開創一種新的社會空間，並從這種新的空間基礎上建立「新民」和新國家的思想。[26]從戊戌變法1899（明治三十二）年到辛亥革命前一年1911（明治四十四）年，中國共有二二四種中文刊物，由中國出版的共有一六五種，其中由上海出版者高達六九種，佔總數的41.8%。其中不乏知名刊物，如：《萬國公報》、《繡相小說》、《東方雜誌》、《月月小說》、《神州女報》、《小說月報》等，涵蓋範圍甚廣，舉凡政治、外交、軍事、婦女、文學、教育等範疇無所不包，無論就質與量而言，上海無疑具備擔負起文化中心重責大任的條件。[27]現代的公共領域有賴於印刷資本主義的存在，但光是印刷本身或印刷資本主義，並無法提供現代公共領域的充分條件，必須被放置於適當的文化脈絡裡，才能產生真正的共同理解。在上海這個都會空間中透過媒介的傳播，結合歐洲殖民文化所帶來的衝擊，引發新的都會文化觀。

性工作者與性消費者對塑造上海的形態和歷史，起了重要作用的半殖民勢力的活動。[28]楊仲佐〈神州遊記〉於風月場所的敘事，提

---

26 李歐梵：〈「批評空間」的開創——從《申報》「自由談」談起〉，收錄王暉、余國良編：《上海市：城市、社會與文化》（香港：香港中文大學出版社，1998年），頁152-155。

27 張仲禮：《近代上海城市研究》（上海市：人民出版社，1990年），頁1038-1040。

28 賀蕭：《危險的逸樂（上）二十世紀上海的娼妓與現代性》（臺北市：時英出版社，2005年），頁10-17。

到「妓女」的各種類型，如鹹水妹為粵妓的一種，專門接外國客，其中也有部分兼接中國客者；另外，西洋妓女多為猶太人，上等者位於自來水橋一帶，而下等者在鴨綠路、斐倫路一處。他又詳細解釋所謂仙人跳為私賣淫，半開門並以婦女招攬客人，之後以調戲良家婦女為由，要脅男子並取走其錢財與衣物。楊仲佐建議：「故行旅者，不可不慎。」[29]他嚴厲批判涉入風月場所的人，並發出警訊告誡民眾。這兩位知識分子皆不約而同詳敘十里洋場的繁華景象及墮落的都會風氣，除了強調誇飾奇特現象之外，他們也注意到西方現代事物進入上海之後，不僅使上海成了大都會，隨著人口增多、資本主義發達，也使性消費產業成為這座城市的特色之一。不過，到異地體驗流行的觀光景點，僅書寫關於「性」消費市場，卻未加以探討形成這些社會現象背後的成因，而顯示傳統文人以男性凝視的角度。將女性作為消費的對象，這不僅是延續傳統文人與歌妓唱和的風俗，更展露受到日本工業化革命及資本社會消費型態的影響。

楊仲佐〈神州遊記〉關於風月與消費的書寫，與資本家及都會文化息息相關，但最終仍指向國家圖強的意旨。〈神州遊記〉性消費與娛樂文化的描繪，呈現出一定經濟程度所形成的娛樂活動與規模。〈神州遊記〉在物質上描寫眾多園林，如〈各處園林〉一節中提到：「滬上之園林頗多，除公園外係各私設者。蓋以販售茶果為業，每至夏季則開夜市，又有夜花園。」[30]這是較具資本的富豪階級的商業行為，也呈顯園林從私人擁有，逐漸演變成為對公眾開放的歷程。此外，遊憩休閒的興起也與消費者觀念轉變相關；在消費上描寫喫酒、碰和、夜渡資與犒賞等現象，顯見於娛樂本質上的金錢遊戲行為。性

29　楊仲佐：〈神州遊記（十二）〉，《臺灣日日新報》，1920年7月12日。

30　楊仲佐：〈神州遊記（九）〉，《臺灣日日新報》，1912年7月8日。

產業的部分，則以消費者及服務人員的性質區分，不但在類別上分得相當細，同時也將各種的稱謂詳實記錄，呈現消費發達下的現象。無論是園林所象徵的資本家，以及大致以都市為舞臺所展演的消費行為與風月產業，與楊仲佐所欲提倡的圖強意識有所差別。風月產業過度消費的情況，甚至對個人的財富與健康，有時也會形成莫大威脅。因此，楊仲佐批判此種性消費產業：「浮華之人，輒墮其術中，致傾家蕩產，不能自立；或染梅毒而斃者，數見不鮮，可不戒歟。」[31]性消費產業或娛樂文化對於楊仲佐而言，只是一種旅途中觀察到的文化現象，他內心所追求的仍是對於神州的圖強改造或是未來的期望。〈優伶都督〉提到：「中國既為民國，國之興不在國專在民，民知自強則國強矣。欲鼓吹民心者，不在仕宦，其在優伶乎。」[32]他批判性消費對於浮華者的傷害，但在面對優伶劇時卻是大力讚賞，正因優伶劇可以用來鼓吹民心，喚醒人民的愛國情感，使國家步入富強之道。

三　求新求變的富強論述

晚清的中國為克服時代危機，從西方引入「國民」概念，激發研究、建構與想像中國國民的熱潮。在某些二十世紀初的中國小說強調國民應具使命感，國家事務需由全體人民共同扛起。[33]楊仲佐至上海旅遊，聽聞各方人士對於籌措國家經費的意見，如：提倡國民捐，不兌換銀行券而設印花稅，或迅速將各省銀行廢除並改立中央銀行，以及將鹽務等業務交由民間辦理。至於國民捐的議題，有人認為「一人

31　楊仲佐：〈神州遊記（十一）〉，《臺灣日日新報》，1912年7月11日。

32　楊仲佐：〈神州遊記（九）〉，《臺灣日日新報》，1912年7月8日。

33　顏健富：〈一個「國民」，各自表述——論晚清小說與魯迅小說的國民想像〉，《漢學研究》第23卷第1期（2005年6月），頁328、331-332。

若捐一元，計達四百兆。」雖然這個構想難以作為國家永久之需，但可救目前財政迫在眉梢之急。楊仲佐記錄各地藉由報紙及民間團體的傳播和鼓吹，宣導國民捐的議題。民國初年中國財政匱乏短缺，反觀官吏商民則富裕，他認為愛國者理應樂於義捐，以紓緩國家財源的窘境。又提出當時中國因借外債而與埃及、印度犯相同的錯誤，故發出「中國不亡於滿清專制，而亡於民國共和；不滅於前之貪官污吏，而滅於今之國務員。」的深沉感嘆。至於發起國民捐的方法，其內容形式可分為編輯、宣講及演藝三種，如藉由撰刊歌詞向四處散佈，或派遣演說團赴各地苦口婆心勸導，或編演醒世新劇。[34]這些皆是為了藉由現身說法的功效，發揮激起愛國心的目的。

楊仲佐觀察到軍方以演說方式勸導國民捐，致使各軍官士兵感動而樂於捐款，如協統認捐一千元，標統捐五百元，其餘軍士兵則仿效學習南方各省抽餉的方法樂捐。此外，所有長官、科長及科員認捐一個月薪俸，至於薪資棉薄的人則隨意捐款。捐款成效以江蘇、浙江、廣東及東三省最為成功，但閩省各地則無法如願以償。他前往閩省各地，發覺除大都會外，其餘地方竟不知「共和為何物」或「政府為何物」，甚至連國稅都抗拒繳納，更何況義捐。反觀江蘇與浙江兩省義捐的情形熱烈，常見書生變賣書籍、女兒出嫁則兌換裙釵、張園舉辦賽珍會、新新舞臺的聯合演出，甚至優伶妓女多以實際行動響應國民捐。[35]二十世紀初中國知識階層的認知框架裡，國民身分既指稱一個政治社群的成員，更意味著應享有各項平等權利，所以「國民」一詞的普遍與常識化，多被引為衡量民主過渡的重要指標。[36]愛國者為說

34　楊仲佐：〈神州遊記（二）〉，《臺灣日日新報》，1912年6月29日。

35　楊仲佐：〈神州遊記（三）〉，《臺灣日日新報》，1912年7月1日。

36　沈松僑：〈國權與民權——晚清的「國民」論述，1895-1911〉，《中央研究院歷史語言研究所集刊》第73卷第4期（2002年10月），頁687。

明人民的愛國心對救亡圖存、振興中華的重要地位，於是藉推動宣導愛國主義，對民族國家的興盛有著關鍵性作用，以自我經驗實踐和理念傳達，期望激發人民的愛國熱忱。從道理和事實層面歸納愛國心，他們通過多種方式，在自己的論著、演講及書信等內容中，不停反覆講述愛國精神的意義，再透過飽受外國殖民的歷史教訓，呼喚中國人民覺醒，建構一系列的富國論述。[37]楊仲佐於二十歲曾隨父移居至中國達五年之久，即使回到臺灣，仍心繫中國的局勢，當他親見各地紛亂情形，欲藉由呼籲國民捐等活動，強化中國物質基礎的建設。

民國初年新文化啟蒙運動，促使教育救國的思潮得到進一步發展。楊仲佐曾提出國家的興衰與教育密切相關，中國積弱不振多是因教育問題所引起。他認為中國社會新舊並存的現象，是阻礙教育發展的原因之一，如：公立學校大多仿照西式制度，而私立學校卻仍守舊章。上海各級學堂的發展在中國新式教育最為興盛，其課程內容有：數理、史地、國文朗誦、書法、手工、畫圖、尚武體操、表情體操、舞蹈、遊戲、商業試演、英文、唱歌等科目。[38]楊仲佐羅列上海各級學校的名稱及概況，如當地的高等教育有中國南洋大學堂、中國公學、復旦公學、震旦學校等，中學則有南洋中學堂、浦東中學校、華堂公學等，師範學校僅有龍門師範學堂，另有不少高等小學與小學堂。在女學堂有十餘所學校，其餘尚有法文公書館、德文醫學堂等教育會所教授外語課程，可見上海教育之興盛。[39]此外，楊仲佐在考察上海學校制度並羅列學校機構，亦不忘觀照教育與國家富強的相關性，他發現校歌歌詞大多以民國創立艱辛的敘事，呈現出悽愴情感，

---

37 俞旦初：《愛國主義與中國近代史學》（北京市：中國社會科學出版社，1996年），頁106-142。

38 楊仲佐：〈神州遊記（五）〉，《臺灣日日新報》，1912年7月3日。

39 楊仲佐：〈神州遊記（七）〉，《臺灣日日新報》，1912年7月6日。

期能激起學生的愛國情操。

黃朝琴亦對教育提出己見，他認為上海的教育雖不似東京盛行，但全中國除北京之外，未有其他城市能夠超越上海。上海的學校為西方人所建立，多交由教會經營，如聖約翰大學、滬江大學、同濟德文大學。各校皆設有法科、商科、文科、醫科、工科等領域，其深度與西方無大差別，畢業後授有學士、碩士、博士三種學位。[40]二十世紀初上海教育已初具規模，二八五所初等學堂、十二所普通中學、六所正規師範學校、十一間速成師範講習所、蒙養院十二所，以及多所高等、專門、女子學堂。在這個多元教育的形成過程中，上海從西方引進新式課程、分段教學等制度。[41]黃朝琴記錄曾在上海的四川路上見愛國童子軍，其行列整齊且配有軍樂助陣，如同聯合軍凱旋勝利的姿態。他聽聞某富家子弟旅外返滬，因感慨國家軍備的低迷不振，故效法西方國家捐款於學校，貢獻個人的財富作為體育費，提供童子軍隊的學習，以建立軍國民的基礎。[42]上海的自由環境有助於教育的改革，人口的擴張亦帶動教育發展。教育與救國結合，雖不免急功近利，然而它確實做到調動民眾興學的積極作用，將興學教育視為匹夫報國的門徑。[43]教育是使個體社會化的過程，影響或反映出社會發展的狀況。黃朝琴將學校教育事業視作培養國家棟樑的途徑，教育是否能造就社會所需的人才，不僅影響社會發展的水平，同時也決定民族素質的高低。

從身處於殖民地的知識分子所撰遊記中，常見他們對公共衛生與個人衛生等觀念的看法。楊仲佐〈上海遊記〉詳細提及百斯篤傳染病

40 黃朝琴：〈上海遊記（六）〉，《臺灣日日新報》，1921年1月6日。

41 于醒民、唐繼無：《從閉鎖到開放》（上海市：學林出版社，1991年），頁315。

42 黃朝琴：〈上海遊記（六）〉，《臺灣日日新報》，1921年1月6日。

43 王榮國：《中國思想與文化》（長沙市：岳麓書社，2004年），頁115。

自印度傳入，蔓延於香港、廈門又旋及臺灣。當時一旦有患者出入，必嚴厲實行消毒工作、撲殺防堵，杜絕病媒傳染。此病綿延十餘年，曾經有一鄉鎮的人口原來達數千名，感染後卻僅存三分之一，甚至全家數十口不留一人。此慘況的發生，主要是不知百斯篤的病源從何而來；且每至病媒猖獗時，鄉里居民皆相邀參與迎神賽會活動，卻不知彼此會合將更加速傳染病的擴張。楊仲佐又參觀中國各城市，並分析衛生環境的重要性。如他至鼓浪嶼時，見此地因臨近的廈門流傳病毒，各領事館和洋人皆保持「幾如拒虎」的心態防範；在道路方面光潔無瑕，與廈門「塵埃堆積，臭不可近」的環境迥然不同。漳泉各地因迷信鬼神之說，故不信是因病媒傳染，且此處的蚊蠅蚤虱甚多，所以比起廈門的傳染更為嚴重。至於在上海各租界地則罕見病媒蚊，因道路常定期清掃，故此地的傳染病極少，楊仲佐因而稱讚上海衛生環境「無以匹敵」。另外，福州的衛生雖遙遙不及上海，卻遠勝過廈門，雖曾發生傳染病，但已漸趨平穩，因環境整潔乾淨不似廈門街道如糞籠般。[44]鼠疫又名為黑死病，日人譯為「百始篤」，此病流行於西元542年埃及的都市Pelusium，流行長達五十年之久。[45]1894（明治二十七）年以後，鼠疫向華南繼續蔓延，並傳至臺灣。福建的廈門與福州於1894年和1901（明治三十四）年分別入侵，其後福州於1903（明治三十六）年與1914（大正三）年第二次大流行，廈門直至1917（大正六）年前亦時常爆發。[46]民國初年的知識分子將個人衛生與民族存亡直接關聯起來，雖然問題是國家性，但是解決確在於個人。他們曾呼籲中國人應當採取更健康的個人習慣，而有完備的「養生之

---

44 楊仲佐：〈神州遊記（六）〉，《臺灣日日新報》，1912年7月5日。

45 井材嘐全：〈地方志に記載せ山れたる支那癘略考第二篇「ペスト」流行の東漸附日本侵入の經路〉，《中外醫事新報》1235號（1936年），頁459。

46 陳勝昆：《中國疾病史》（臺北市：自然科學文化事業公司，1981年），頁17。

道」。[47]至於從臺灣來的楊仲佐則認為國民的健康不是政府的責任，而是公民在吃、喝等日常生活的行為中所應履行的責任。

楊仲佐〈神州遊記〉篇末強調：全世界未有如中國於幾個月內迅速從專制政權轉變為共和國家，所以各國皆關注其後續的發展。他認為中國並非是領土不夠寬廣或人民不夠富庶，而是「經營不善」。欲成為富強的國家需「先事業、後兵甲」，所以他提出多項農業、工商層面改革的建議。在農業方面，他提到中國的土地廣、地質豐腴，若善加經營，農產品不但能自足甚至可外銷，何需仰賴外國進口，造成財源外溢且國民閒逸的後果。他主張人民從事農業耕作時仍需提攜指導，效法中國自古「農官」制度，其立意良善，能在洪水氾濫、乾旱等發生災害時，調動國家大筆資金救災。他指出有些貪婪的農官中飽私囊或從中獲利，卻棄災情於不顧，抨擊中國在農業政策的弊端。此外，楊仲佐對於中國的農業現況也提出看法：他與友人前往上海浦東和徐家匯的途中，農人正從事插秧的工作，見田中的土塊「大如卵」，耕作者卻不將它鋤平。此外，農夫將秧苗插入土隙中，只見秧苗「軟斜倒伏」、農地「狼藉難堪」的情況；田地的土壤已龜裂，且附近也無水圳或地沼可供灌溉。對於中國的農事，楊仲佐感嘆若是放任不管，必會每況愈下。[48]如此國家的富強雖與「天運」有關，但更重要在「人為」，呈現其務實的富強論述特色。在工業方面，楊仲佐提出歐美各國強盛的原因是「振興技藝」，雖中國的物產可「富甲環球」，且出產物也多輸出國外；但原料卻經其他國家製成商品後，再輸回中國，致使財源又流入外國商人手中。他認為工業為國家根基，若產業的基石被他國所掌握，國民將失其業，日後生活也更加艱苦。

---

47 Ruth Rogaski著，向磊譯：《衛生的現代性：中國通商口岸衛生與疾病的含義》（南京市：江蘇人民出版社，2007年），頁135。

48 楊仲佐：〈神州遊記（二十）〉，《臺灣日日新報》，1912年7月30日。

因此中國若物產豐饒且人口富庶，則可向外國輸出產品，不僅國家內部的財源無外流之虞，更能吸取國外的資金。以蘇杭的絲綢產業為例，因受辛亥革命影響而綢緞短銷，生絲價格又嚴重下跌，甚至重創紡織業，造成諸多勞工因工廠經營不善而尋短。他感慨固定產業者尚且遭遇無可避免的意外，更何況是受薪階級。楊仲佐體認到中國當時的產業發展困境，仍停留於大量生產原物料的階段，工業產品無法自行製造，人民生活所需物資大多仰賴進口。蘇杭自古為產絲綢之地，因工業化影響轉而提供工廠生絲原料，無力生產成品販賣，故大多仰人鼻息，若遇價格波動便難以生存。此外，在商業方面則觀察到中國雖具文化卻積弱不振，其原因在於缺乏商學背景，導致中國商人投資或經營時，稍有不慎就傾家蕩產的境地。所以他提倡設立商學校，並言：「比農工猶不容緩」，強調及時設置的重要性。[49]綜觀楊仲佐論述中國若要富強必定要發展商業，並闡明商業與提振國家士氣的關聯性；同時，著重於農工商業所面臨的困境，並思量解決之道。

至於黃朝琴亦提出改革工商業的見解，他觀察上海雖然土地遼闊，工廠數量卻寥寥無幾，其中較具代表性的企業，為南洋兄弟菸草公司。此間公司的業績蓬勃發展，一年的製造量較臺灣專賣局為優，規模擴及香港及廣東且設有分廠。其所產製的紙菸品質不僅優於英國，甚至超越日本甚多。[50]就實際情形來看，黃朝琴為該菸草公司的股東之一，對於自身投資的企業大加推崇。二十世紀初上海在製造業方面在中國具有領先地位，有八三家製造與冶煉企業，佔全中國華資企業的百分之十五以上，代表大約全國百分之二十的資本。[51]在

49 楊仲佐：〈神州遊記（二十）〉，《臺灣日日新報》，1912年8月5日。

50 黃朝琴：〈上海遊記（四）〉，《臺灣日日新報》，1920年12月13日。

51 Betty J. Lofland著：〈上海市：海盜與貿易〉，收錄丁乃時主編：《上海的發展及其對中國現代化的影響》（澳門：澳門大學、澳門基金會，1996年），頁47。

經濟方面，上海的商業環境除了銀行以外，尚有錢莊、銀號、票號、銀爐、當舖、公債局等眾多金融機關。另有二十幾間股票交易所，但無法充分發揮功能；所以又於日本設立上海交換所，開幕初期即呈現顯著業績，可惜後來因排日的風潮高漲而受到影響。受過商學教育出身的黃朝琴，批判中國人長久以來拘泥於老舊的交易形式，無法促進經濟的成長與發展；若是能將此資本投資於銀行或金融公司，則獲利將更豐碩。[52]黃朝琴肯定中國興辦銀行的可觀表現，但同時對富商有所批評：「無奈達官富豪，素抱依賴外人之心理，所有存款，不肯寄託華行，而外人銀行，所以能獨佔奇利者。」[53]陳述中國的資金流向國外，致使自己國家銀行難以發展。事實上，若就當時商業環境而言，中產階級在上海出現且獲得社會的合法性，以帶來物質利益為理由投身追求財富，大部分新財富存在於外國租界內，為具官商勾結的關係網絡所掌握。[54]雖然黃朝琴以其學養及實務經驗，具體提出工商產業的改革；但上海工商環境頗為複雜，須更全盤考量時代的特殊性。

四　遊記的表現手法

人往往在知識概念上認識城市，卻不一定有機會透過旅遊形成複雜的地理感。楊仲佐與黃朝琴因緣際會到中國實地旅遊，並將對都會的觀察轉化為遊記敘事，透露他們對空間移動經驗的感知。楊仲佐〈神州遊記〉提及：「僅將途次見聞略述一二……文詞工拙，非所

52 黃朝琴：〈上海遊記（二）〉，《臺灣日日新報》，1920年12月4日。

53 黃朝琴：〈上海遊記（一）〉，《臺灣日日新報》，1920年12月1日。

54 葉文心著，王琴、劉潤堂譯：《上海繁華：都會經濟倫理與近代中國》（臺北市：時報文化出版企業公司，2010年），頁1。

計也。」[55]作為一位傳統詩人的楊仲佐，對於文字表達應有自我要求，所以他於前言特別聲明此遊記非著重於文學美感的技巧層面，而在於旅遊體驗的記述。至於黃朝琴形容上海為一座商業大城，故有許多提供富商巨賈的遊樂環境；因他停留時間匆促且是學生身分，無法觀察一切而深感遺憾，所以他「以耳為目」補充說明。[56]可見此遊記除了作者親身的參觀體驗外，亦記錄沿途聽聞以補充不足。一個地理空間可以是某種意象化的形式，而人們正是藉助於在一定程度上共通的意象，來「看到」這個空間，或發展出對這空間的感知。[57]楊仲佐與黃朝琴的旅遊作品除書寫實際經驗之外，同時也蘊含想像的成分。此城市對他們而言是一種高度意象化的地理空間，他們同時對於摩登上海興味濃厚，呈顯其視角的共性與殊性，但遊記中卻發展個人的時尚感知。

若從遊記標題加以比較，楊仲佐著重於時尚休閒的細節描寫，如書場、書樓局資、打茶園、喫酒、夜渡資及戲園等。在富強論述方面，如上海的學堂、市立諸小學校、博物院等學校及社會教育等種類及功能，或是公共環境、衛生的概況及待改善的要項。至於黃朝琴因具有商學的知識涵養，多關照到金融的面向，如銀行界、金融界及金銀店、綢緞店、洋貨店等產業。在休閒方面，他則關注於書肆、飲食店、旅館、公園、電影、青樓等議題；此外，對於教育、傳播、公共衛生等面向，亦提出比較與批判。處在日本殖民現代性社會的文人，至中國旅行時，因敘事者歷史意識及感知的不同，而產生空間移動後的觀察與批判距離，藉此呈現旅行事件及其過程的見聞與衝擊。以

[55] 楊仲佐：〈神州遊記（一）〉，《臺灣日日新報》，1912年6月28日。

[56] 黃朝琴：〈上海遊記（四）〉，《臺灣日日新報》，1920年12月13日，頁1。

[57] 鄭毓瑜：《文本風景——自我與空間的相互定義》（臺北市：麥田出版公司，2005年），頁18。

下就〈神州遊記〉與〈上海遊記〉為文本，分析其四個層次的表現手法。

（一）直敘

遊記多承載作者的見聞，透過「直敘」方式，呈現上海的各種具象世界。如楊仲佐〈神州遊記〉羅列許多古蹟，卻非深入刻劃古蹟地景的特色，或發抒個人感受，而以觀光客瀏覽的方式隨筆記錄。[58] 至於有關「么二、野雞、住家野雞、花煙間及釘棚、老峰、鹹水妹、仙人跳等」等標題，或「輪船、汽車、騎馬、舟車」等上海交通工具，亦多先直接釋義並勾勒實際概況。黃朝琴〈上海遊記〉則描述上海租界地的狀況，敘述自鴉片戰爭起上海開港通商，形成五大口岸之一後，成為英美法三國租界，其行政權由外國人掌控的演變歷程。[59] 他觀摩上海的銀行如匯豐、麥加利、花旗、道勝、正金、臺灣、中法等皆為外國人設立；至於華人所興辦的銀行，則有中國、交通、四明、中孚、興業等。[60] 楊仲佐列舉眾多來自各地的銀行，呈現上海的金融地位。此外，上海租界為中國聞名的風月場域，黃朝琴於遊記中不僅記錄性工作者的眾多人數，且說明上海「娼妓」分為四級：一等為「長三」，二等為「么二」，三等為「野雞」，四等為「花煙間」。且詳細記載上海從事各種情色活動的情形：「長三」約一千二百人，「么二」約五百人，「野雞」約三千五百人，「花煙間」約二千人，私娼約三千人，合計約一萬人。若是根據上海人口的比例，其中約百人

---

[58] 如文中所記錄愚園和張園等園林，或是三潭印月、雙峰插雲、雷峰西照、飛來峰、虎跑泉等地景。

[59] 黃朝琴：〈上海遊記（三）〉，《臺灣日日新報》，1920年12月8日。

[60] 黃朝琴：〈上海遊記（一）〉，《臺灣日日新報》，1920年12月1日。

就有一人從事娼妓活動。[61]藉由這些「青樓」的數據，勾勒上海情色的圖像，窺探風月文化場域的面貌。

（二）參照

日治期間臺灣留學生及文化人士到東京、上海等地旅遊，接觸到日本及中國的現代經驗，以翻譯、挪用的方式，使臺灣閱報的讀者更能理解當地的文化。黃朝琴的遊記對上海消費文化多有著墨，以觀摩這座城市來瞭解中國現代性形成的因素。除記錄當地的事物外，他描繪煙花場所的例子也多採用「參照」的手法，解釋上海的消費文化。描述「青樓」人物時，除了「長三」指的是「出局費三元、度夜費三元，如骨牌長三之數，故曰長三。」等名詞解釋外，並經常參照臺灣、日本的名稱加以迻譯，如「長三猶如東京新橋之藝妓」、「么二如同臺南本島人貸座敷」，至於「野雞則為臺灣的半掩門仔」。又形容上海的「花煙間」如臺南的「手腳掃」。[62]他參觀洋貨店時，將兩家粵商「先施」與「永安」所販賣物品，「與東京的三越吳服店，大同小異。」並稱此為上海時尚潮流的先鋒。黃朝琴至上海旅遊不只是蒐集異地記憶及物質文明，更以翻譯與比較方式，形成新的認知，作為理解的基石。

（三）比較

遊記作者不僅透過參照的方式認知中國的風貌，甚至也以「比較」的形式呈顯差異程度。楊仲佐曾遊歷蘇州，他形容此地「城市之廣，住民之富，初不歉於滬上。」但因太平天國事件的浩劫，住民流

61　黃朝琴：〈上海遊記（五）〉，《臺灣日日新報》，1920年12月23日。

62　黃朝琴：〈上海遊記（五）〉，《臺灣日日新報》，1920年12月23日。

離失所且商業困頓，導致大批民眾移居上海；革命時遭逢兵變，情況又更雪上加霜。[63]此即是以蘇州與上海兩都會為例，比較戰亂對居民的影響。至於農業方面，他提到：中國農民在豐年僅能自養，遇到荒年之災則無法生存；反觀歐美各國食物價格較中國低廉，善於耕作則可「養數口而有餘」，不善農耕者則淪為「養自身而不足」。在商業方面，他亦提到：歐美各國商人皆受過科學的訓練與養成，所以事業能迅速達到成功的境界。楊仲佐將中國與歐美各國農商業加以比較，藉此強調農業技術或政策，以及關於傳授商業系統化知識的重要性。上海吸引不少中國各地居民前往消費，雖然新的物質環境提供城市生活和娛樂方式，但黃朝琴指出遊客至上海消費無法得知確切價格，與東京相較之下顯現其不便利性，他認為：「東京巨肆，皆以價碼示人，誠屬文明人之辦法。」故稱許日本進步且現代化的市場消費模式。[64]如此的價值觀亦顯示知識分子受到殖民者所提倡的文明化的影響。上海的戲園票價，比北京貴三倍，亦比臺灣票價更高。因上海商人群集，故觀賞者眾多，票價較為昂貴且一票難求。黃朝琴觀察到上海的名角多來自北京，因上海人缺乏持久性，不及北京的工作者較具耐性。[65]從比對戲園的票價，說明上海的娛樂活動與商人的關聯性；也比較上海與北京的演員，並分析上海休閒消費市場人力變動的原因。

在服飾文化方面：黃朝琴對上海人的衣著習慣留下深刻印象，他認為上海是中國奢華之冠，無論任何階級「非衣綢緞，似形減色。」而著名綢緞鋪老九章、大綸所陳列的商品，就連東京也無法比擬，需

63 楊仲佐：〈神州遊記（十七）〉，《臺灣日日新報》，1912年7月24日。

64 黃朝琴：〈上海遊記（二）〉，《臺灣日日新報》，1920年12月4日。

65 黃朝琴：〈上海遊記（四）〉，《臺灣日日新報》，1920年12月13日。

有熟客引介才能得到高品質的服務。[66]跨都會文化的比較為旅遊到異地的要項，其中服飾為視覺與身體上的觀察面向。黃朝琴於遊記中除了記錄上海重布料質感的服飾文化特色外，又與東京比較而呈現時尚文化的階級性。他不僅比較日人所設的餐廳，以六三亭、松迺家富盛名，又提出對於佐藤洋行中的二十多位日本藝妓的評價。他認為曾至日本親見藝妓表演的人，一望即知此洋行的藝妓為「東京賤貨」，並以為因在日本無人問津，所以「遠謀輸出」。此種「東京賤貨」的敘事修辭，透露出個人的價值判斷，及視女性為物品的意識形態。

（四）批判

當楊仲佐於民國初年遊歷不同都會後，見到各地的現況，如形容蘇州為「金融停滯、市面不振」，錢莊匯票甚至無現款可支，且因商品滯銷而造成不少商店倒閉。工業方面，無論機匠、玉工或是刺繡的女工，無不輟業。長期依靠工業維生的蘇州，因工業不興而導致民眾「有求死不得者」，甚至有自縊、流離、賣身等社會悲劇的發生。[67]若回溯辛亥革命的主要動力為民族主義，在進行的過程中，缺乏有力的中產階級作為支柱，且民生的議題未能正視解決，社會呈現混亂的局勢。[68]黃朝琴觀察在上海百萬人口的大城市，竟然只有西洋人管理的公園，而無華人的公園。當他至西人的公家花園，見此園對待華人甚為嚴苛，立牌禁止中國人與狗進入園內，如此將人與狗並列，實為極度欺侮華人的禁令。由於華人缺乏公德心，曾有婦女入園參觀時必攜帶籃子信手折花，任意損毀園中的公共設施的情形。黃朝琴認為此種行為造成今日的禁令，是華人咎由自取，藉此機會應有所警惕與反

66　黃朝琴：〈上海遊記（二）〉，《臺灣日日新報》，1920年12月4日。

67　楊仲佐：〈神州遊記（十七）〉，《臺灣日日新報》，1912年7月24日。

68　張玉法：《中國現代史》（上冊）（臺北市：臺灣東華書局，1986年），頁72-73。

省，才不致永遠淪為「門外漢」。[69]上海是一個被各國瓜分為轄地的通商口岸，如法租界、英國和美國的國際租界、日本非正式的勢力範圍等。國際租界設置公園的禁令，透過差別待遇區分複雜的種族歧視主義，如文明大國的西方人與上層社會的印度人皆可進入，唯獨華人不准進入。[70]上海租界內的公園文化呈現殖民性，在霸權的禁令下，造成當時華人與西洋人的文化衝突。但隨著民國政府逐步介入後，許多公園已對華人開放，市民於公園從事休閒、娛樂活動亦成為時尚風潮。

景觀與生活方式為旅途過程中，比較都會文化的重點。此觀察難免有其主觀，或個人的偏見，旅遊文學有趣的面向也正是在此。透過敘述者的眼睛，看到另一個社會與本地的人文自然景觀差異，藉由比較、重溫的省察，進一步瞭解本身的問題。[71]遊記描述對象以某地或區域為主，內容須包含具體的細節描繪，點染地方的特徵，而非書寫綜合性的一般印象；且不必純粹為寫景而寫景，可加入個人的思想，包括對風土民情、人文歷史的回顧、批判與展望。此兩篇遊記刊登於《臺灣日日新報》，不僅常以東京、臺灣（臺北、臺南）參照的手法，鋪陳時尚消費的敘事，同時又以具道德感的方式，並運用教化口吻勸戒奢華。此外，楊仲佐所提國民捐議題，則多呈現以統治者的利益而巧立名目要求捐獻。黃朝琴則分別透過上海綢緞店之價格不明、飲食店與旅館之情況、戲園票價與青樓的分類等，與東京店鋪價格標示清楚、東京飲食店與旅館之品質、臺灣票價較廉、臺灣娼妓的稱謂

---

69 黃朝琴：〈上海遊記（四）〉，《臺灣日日新報》，1920年12月13日。

70 汪民安、陳永國、馬海良主編：《城市文化讀本》（北京市：北京大學出版社，2008年），頁88-89。

71 廖炳惠：《臺灣與世界文學的匯流》（臺北市：聯合文學出版社，2006年），頁180-181。

等做比較。唯有透過兩地不同情境的比較，才能展現出旅行的「差異」經驗。黃朝琴的〈上海遊記〉與楊仲佐的〈神州遊記〉，以旅中經驗為基底，透過異地的文化現象或實際體驗比較，批判消費文化與國民性。兩人旅中之前對於中國已有一定的想像，透過比較的方式，更對中國的現況作價值判斷。

黃朝琴與楊仲佐雖有不同的學經歷背景，卻皆善用自身背景比較旅中經驗；他們旅中後所提出的批判，在於期望中國富強。從楊仲佐的敘述方式來看，其實是在建構對於國家富強有益的國民形象。他強調常流連忘返於風月場所者，可能會導致傾家盪產，其實是宣導國民不應常在風月場所出入，這對國家富強並無益處。他也說明國民捐於國家在戰亂後開支需求的意義，因此勸說國民捐的必要。此外，包括教育與衛生等層面，都是敘述該如何做一個新時代的國民，以利國家富強。處在日本殖民環境之下的黃朝琴與楊仲佐希望中國於物質或是國民精神上有所轉變，目的是期許能跟上世界的潮流，成為舉世富強的國家之一。

五　結語

處於日本殖民社會的文人，當他們至中國旅行時，因空間移動而產生不同的觀察角度與文化批判。由於敘事者歷史意識及感知的不同，而呈現旅行事件及其過程的見聞與衝擊，這些於二十世紀初期旅中文人的書寫流露時代感懷。神州為中國的代稱，楊仲佐以〈神州遊記〉為題，透露穿越時空的想像與體驗。雖然臺灣於種族、文化、習俗皆與中國的關係密切，但現實中國非作者成長及長期居住的地方，所以當踏上那塊土地後，不免產生錯綜的情感。看到中國在戰亂之後，整個文化與社會紛亂的現象，他將種種都會意象化為求好心切的具體建議，在批判之餘，隱藏對祖國的期許。黃朝琴則針對上海的國際化情況，如交通變化、消費模式，出版業、各國餐館於上海匯集的情況，以報導或參照、比較消費場地的設施、服務品質、影院的票價放映時間與東京比較的情況等方式再現。詮釋楊仲佐〈神州遊記〉與黃朝琴〈上海遊記〉所傳達的敘事意義，有助於理解臺灣知識分子觀看中國現代文化的視角，並可釐析他們跨界後的心境。

上海是充滿現代性的一個城市，接受世界思潮的程度遠比中國其他區域更多，可說是象徵中國現代性的地方之一。1843（道光二十三）年南京條約將上海列為五口通商的港口之一，英國、美國與法國等皆相繼設立租界區。由於租界區不斷擴大，又不受清帝國的實際律法管轄，上海反而成為接收世界經濟與文化的重要區域並具有獨立的司法與政治權。於是，上海與清帝國產生一定程度的脫離，因此未受到太平天國與義和團等戰亂的侵擾，遂保持相對的社會穩定。然而，楊仲佐〈神州遊記〉對於上海有不少的批判，並藉由這個已經是中國最具現代性的地方，來映襯出其他地區更為混亂與不足之處。黃朝琴〈上海遊記〉也批判上海的自主權、經濟發展情況與消費的文化等面向。楊仲佐與黃朝琴的遊記對上海現代性文化多有著墨，他們從觀摩此都會文化來思考中國現代性形成的因素。黃朝琴理解到上海的發展與臺灣或東京的差異，並透過比較的方式論述旅遊體驗。面對中國最具代表性現代都市的消費、娛樂、文化等面向，黃朝琴藉由對照上海旅行經驗與留學東京的生活體驗，提出對城市各面向的文化批判及個人觀感。

楊仲佐與黃朝琴發表於《臺灣日日新報》遊記的書寫題材，呈現日治時期臺灣文人極重視公共衛生、教育的現象，及其與富強的關聯性。例如黃朝琴注意到戲院廁所的衛生問題，以及楊仲佐關注船班時間與船資未固定；然則「衛生」、「時間」皆為現代性的重要因素，這兩個因素更可衍伸成「秩序」的概念。換言之，兩位文人是生活在臺灣、日本具有「秩序」的空間，以致他們以如此的現代性概念去評斷他們在中國的所見所聞。於此亦可看到兩部遊記顯現文人受到殖民現代性影響的思考方式，他們瞭解到統治政策是一個龐大的機制，若無嚴密的治理政策與國民意識的提倡，難有大幅的改革。楊仲佐所描繪上海都會文化中的性消費產業或娛樂文化，是旅途中所觀察或聽聞的文化現象，並非一種享樂或趣聞。他內心所掛念仍是對於神州的圖強改造或是未來的期望，而非時尚文化的興致，上海為他們遊記中的共同意象，呈現出殖民地知識分子看待異地文化的多樣性。近代中國的現代化與富強亦是兩人論述重點，因殖民地統治而接觸許多現代性思維及其物質環境，楊仲佐與黃朝琴在遊記中發表對於中國近代如何改革圖強的看法。他們分別從國民意識、教育、衛生、農工商業等面向提出富強論述，從字裡行間流露對中國的批判及深切期許，又呈顯臺灣受日本殖民統治的痕跡。他們置身這複雜歷史脈絡中，並以殖民地民眾身分前往想像的中國，將其心理變化與文化衝擊表露於遊記。

綜觀楊仲佐與黃朝琴的兩部遊記，因作者個人學養經歷或價值觀等因素而有共性與殊性。他們皆生於總督府統治下的臺灣，屬於菁英家庭，多關注二十世紀初中國都會現代性及富強等議題；又因兩位皆是男性旅行者，亦同時書寫有關都會風月的種種面向，呈現將女性物化的心態。這兩位作者，一為傳統詩社的文人，一是留日的學生，皆強調重工商發展，故本節分析兩個長篇遊記以直敘、參照、比較、批判等表現手法，呈顯兩者在中國行旅過程，因文化差異而造成的各種批判與省思。透過遊記內容中的時尚敘事、關切富強議題的面向及表現手法的分析，呈現同處殖民地的文人，因社會地位、學識背景等因素，而觀察到不同都會的文化差異。從接觸古籍、傳統教育的薰陶中，或從長輩口述中原風土的描述，長久以來在文人心中，形塑對漢文化的想像。然而，當他們一但踏上中國土地，親身的所見所聞，與想像中有莫大的落差，此為臺灣日治時期旅中遊記書寫的論述傳統。

第二節　閩南文化的承襲與衍異：《臺灣教育會雜誌》的空間意象

一　前言

文本所蘊含的空間意象，透露作者的文化感受力與地景的再現方式。日治時期報刊雜誌的種類繁複，潛藏諸多與閩南文化相關的研究素材。如《臺灣教育會雜誌》為日治時期在臺發刊長久的雜誌，所登載的多篇行旅敘事，在文學場域上頗具代表性。[72]這個長期以漢文為書寫媒介的雜誌，所載旅遊書寫與其他報刊相較，兼具共性與特殊質性，至今仍有許多議題留待研究者開拓。《臺灣教育會雜誌》發行目的為教育與傳播之用，目前一些相關的研究成果，如：又吉盛清（1997）〈臺灣教育會雜誌——再版記及內容介紹（上）、（下）〉，概論該雜誌的內容與發行資訊。又如陳培豐〈日治時期臺灣漢文脈的漂游與想像：帝國漢文、殖民地漢文、中國白話文、臺灣話文〉（2008），將「漢文」這個概稱加以歷史脈絡化，試圖探討日本殖民下臺灣一連串語文運動的意義或特徵。相關學位論文多是探討《臺灣教育會雜誌》漢文報發行的緣由及沿革，並與其他雜誌比較以分析刊物的功能，如室屋麻梨子（2007）等均屬此類。在修學旅行方面，則有林雅慧（2009）探討起源於日本的「修學旅行」，因在臺實施新式教育的政策，而進入臺灣社會的歷史文化意義；但此論文未就修學旅

---

72 〈臺灣教育會規則〉，《臺灣教育會雜誌》第1號，1903年7月，卷首。

行文本的內容，論析刊載於報刊雜誌等媒體的文學與文化意涵。由於日本統治臺灣的殖民策略中，教育是甚為重要的一環，旅遊活動在此背景下，多帶有殖民性與現代性的色彩，有關修學旅行或參觀活動的文本，因而饒具文化意義上的多重面向。

若透過遊記梳理旅人在地與跨界的思維，有助於理解該場域所傳達的風景心境。空間體驗是一種主觀的感受與思索，地景書寫則蘊含作者如何表達自然與人文的互動，以及作品的文化符碼與象徵意義。本節以收錄於《臺灣教育會雜誌》這個平面雜誌的文本為研究範疇，並以臺灣為論述的空間，分析教化如何影響文化的承襲與衍異？例如這些作品藉由寺廟意象，反映哪些與閩南文化的關聯？臺灣如何承襲八景書寫的傳統模式？日治時期殖民者如何藉由神社等空間試圖形塑國民性？至於修學旅行與共進會又呈顯空間的何種教化功能？目前學界尚未針對這些文本的空間意象，論述文學與文化之間的關聯。故以此刊物為主要研究範疇，從地景意象的承襲、空間文化的衍異兩大面向，試圖詮釋《臺灣教育會雜誌》的空間意象。

二　刊物沿革及編輯宗旨

閩南的地理概念是指福建省南部的泉州、漳州、廈門地區；然而，作為區域文化概念，則是指以漳、泉、廈「閩南金三角」為核心的地區，以及龍岩、潮汕、浙江、江西、臺灣等部分地區，或遠播到東南亞等世界各地。閩南文獻包括自然、地理、歷史、經濟、社會現象等面向，為文化發展過程中的記錄。[73]臺灣文獻亦蘊含閩南文化的

---

[73] 楊娟娟：〈弘揚閩南文化．實現資源共享——淺談閩南地方文獻資源建設與共享〉，《漳州師範學院學報（哲學社會科學版）》第1期（2009年），頁175-177。

諸多研究素材，實需重新爬梳潛藏其中的研究資源。臺灣總督府於1926（昭和元）年調查臺灣漢人祖籍人口的數據，得知主要以福建漳州與泉州兩府為主，其次是廣東潮州府、嘉應州及惠州府。福建漳泉兩府居大多數，佔總人口的79.98%。十六世紀以後的閩南社會，在強大的內力（社會經濟條件惡化）的推動下與外力（海外貿易）的誘引下，一種冒險與謀利的精神逐漸普遍成長。從閩南移民臺灣，這種精神在新天地繼續發展，成為臺灣漢人社會普遍的特質。[74]許多文獻記錄保存文化變遷的例子，如日治初期創刊的《臺灣教育會雜誌》，因發刊的時間長，此教育會的機關誌又與治理政策及文化傳播有密切關聯，故可作為研究文化承襲與衍異的取材來源。

日治初期伊澤修二來臺後，因深知漢文兼具籠絡、教化及傳達政令等作用，故多善用漢文與地方士紳溝通及交流。此雜誌漢文報為殖民者利用漢文的一環，若分析創刊的目的、發展的過程與編輯宗旨的變遷，將有助於理解此雜誌漢文報的特殊質性。此雜誌創刊的緣起與臺灣教育會關係密切，據該會組織條例第一條記載：「以普及臺灣教育並謀求其改進為目的」，主要負責的業務包含開設講習會，發行教育雜誌或圖書等相關教育活動。[75]又吉盛清的研究指出：臺灣教育會的活動致力於日語教育的研究，並進行教授方法等問題的調查，且以同化臺灣人為其主要目的。[76]為了使同化教育能順利推行，1901（明治三十四）年臺灣教育會成立的次月（7月）開始發行《臺灣教育會雜誌》。[77]從《臺灣總督府公文類纂教育史料彙編與研究》等資料，多強

[74] 溫振華：〈清代臺灣漢人的企業精神〉，收錄於張炎憲等編：《臺灣史論文精選》（臺北市：玉山社出版社，1996年9月），頁321-355。

[75] 〈臺灣教育會規則〉，《臺灣教育會雜誌》第1號，1903（明治三十六）年7月，卷首。

[76] 又吉盛清：《臺灣教育會雜誌》（沖繩縣：沖繩社ひるぎ，1996年），別卷，頁29。

[77] 蔡茂豐：《中國人に對する日本語教育の史的研究：臺湾を中心に》（臺北市：撰者印行，1977年），頁338。

調語言與教育對同化政策的重要性[78]；而《臺灣教育會雜誌》正擔負這雙重任務，在傳播的範圍與閱讀對象上具有特殊意義。

機關誌的發行是某一機關用以宣傳其活動內容成果，主要作為提供機關內成員閱讀的刊物。此雜誌作為臺灣教育會的機關誌，是以國語的教學研究為目的，進行教學方法或教育方面的調查，以期對臺灣同化教育有所貢獻。[79]從《臺灣教育會雜誌》所載〈明治三十五年の臺灣教育會〉，傳達試圖解決新領地所面臨語言問題的方案，此文提到：「已決議為本島人專設漢文欄，將於明年一月開始實施；向來本島人入會並不熱烈且其人員極少，雜誌中未設漢文欄亦為其一因。由於本島教育以土人啟發為主要要務，為此增加此設備希望能吸引本島人入會。」[80]從這個訊息得知機關誌之所以出現漢文欄，主要為攏絡臺人參與日本官方推行的教育工作，同時也為增加閱讀群眾以達到教化臺灣人民的目標。目前研究僅見此雜誌的編輯概況，但尚未詳細分析雜誌的發刊情況。故本節重新整理歸納資料，並將此誌發刊時間、周期及號數等沿革，羅列於表3-1：

表3-1　臺灣教育會雜誌發刊沿革一覽表

雜誌名稱	發刊時間	發刊周期	期刊號數
《臺灣教育會雜誌》	1901/7-1902/8	2或3月/期	創刊號～第6號
	1902/10-1911/11	1月/期	第7號～第116號

---

78 林品桐譯著：《臺灣總督府公文類纂教育史料彙編與研究》（南投市：臺灣省文獻委員會，2001年），頁1248-1249。

79 儘管《臺灣教育會雜誌》為著重凝聚團體意識的刊物，這樣的機關誌仍需克服在新領地需面臨語言的問題。

80 〈明治三十五年の台灣教育會〉，《臺灣教育會雜誌》第9號，1902（明治三十五）年12月25日，頁1-2。

雜誌名稱	發刊時間	發刊周期	期刊號數
《臺灣教育》	1912/1-1943/7	1月/期	第117號～第498號

資料來源：整理歸納自《臺灣教育會雜誌》各期目錄及版權頁

從表3-1各期目錄及版權頁所提供的訊息，得知此誌自1901（明治三十四）年7月20日創刊，到1943（昭和十八）年7月發行最後一期。1902（明治三十五）年10月25日第7號改為月刊，又於1912（大正元）年1月第117號起改稱《臺灣教育》，直到1943（昭和十八）年停刊，總共發行498號。[81]除了第1號與第2號以及第6號與第7號的發行距離兩個月，初期多是每三個月發行。後來不論是第7號開始調整為每個月發行[82]，或是雜誌名稱的改變，期刊號數依然是連續的，堪稱是日治時期發刊長久的機關誌。此刊物從1903（明治三十六）年1月25日起有重大變革，自第10號增設「漢文報」附於雜誌後，篇幅約佔二十頁，漢文報的刊行直到1927（昭和二）年才停止出刊。編輯主任三屋大五郎曾提及此雜誌起初全以日語發行，造成「不便本島君子之閱覽」；所以從第10號起「新設漢文報，以便本島君子，並為研智修德之地，敢望本島君子，奮為會員，協同竭力，以啟發本島。」[83]這篇〈設漢文報宗旨〉更詳言增設漢文報的原因：當時公學校大部分的學生多由臺灣人教師所引進，在地教師群成為不可忽視的勢力，所以希望透過漢文報的設置，吸引臺灣教員踴躍加入會員，以共同協力於教育。在1903（明治三十六）年6月新加入的會員，臺灣人佔了五

81 〈編集後記〉，《臺灣教育》第497號，1943（昭和十八）年12月，頁69。

82 雜誌發刊時間偶有延誤，或兩期合併出刊，如1906年7月同時發行52、53號，或是1915年7、9月（159，160號），1916年4、6月（167，168號），皆是隔兩月才發行，這些為未定期出刊的例外情形。

83 三屋大五郎（三屋大五郎）：〈設漢文報宗旨〉，《臺灣教育會雜誌》第10號，1903（明治三十六）年1月，頁1。

一名；7月入會的、名中，有十三名為臺灣人，至1904（明治三十七）年1月時，會員七五七名中，臺灣人共有二〇〇餘名。[84]從這些統計數字得見雜誌因增設漢文報的頁數之後，臺灣人會員明顯增加。此雜誌漢文報發刊的對象，除了正式臺灣訓導之外，臺灣代用教師也是主要讀者。此誌雖專發給會員為主，當中有些是臺灣、日本、朝鮮及關東州之外的會員，有時甚至贈送到沒有會員的國度。漢文報發行的目的是為了方便臺灣讀者能大量閱覽，故以當時臺灣知識分子所熟悉的漢文作為傳達理念的媒介，登載種類繁多的社會訊息、新聞報導及文藝作品，其共通點多是與教育議題相關。[85]雜誌形態的漢文報版面配置分為「論議（後改為論說）」、「學術」、「實驗調查」、「文藝」和「史傳」等，遊記多刊登於「文藝」或「雜錄」等專欄。[86]此長期以漢文為書寫媒介的雜誌，所載遊記與其他報刊雜誌相較，不僅具行旅敘事的共性，且具修學旅行的特殊質性。

此雜誌所收錄修學旅行遊記的作者，大多為教師、學生或為校友，其中劉克明為新竹人，又名篁村生，日治時期國語學校師範部畢業，歷任助教、教諭、小學校及公學校檢定委員，曾在此雜誌發表多篇作品。戰後任臺北市立大同中學校長，著有《中和庄誌》、《篁村小稿》等書。

至於日本作家則有三屋大五郎主編，及中村櫻溪等國語學校的教師。漢文報的主編為三屋大五郎，此位來臺日人作家，又名恕，所用字號包括：清陰、清陰逸人、子恒、三子恒、東門小史、東門史上等。他原是日本越前人，東京府士族出身，1896（明治二十九）年4

84　參閱《臺灣教育會雜誌》第15至21號中的會員名單。

85　室屋麻梨子：《《臺灣教育會雜誌》漢文報（1903-1927）之研究》（臺南市：國立成功大學歷史研究所碩士學位論文，2007年），頁29。

86　〈會報〉，《臺灣教育會雜誌》第10號，1903（明治三十六）年1月，頁62-63。

月來臺就任國語學校日本語講習員，7月改任國語傳習所教諭。1897（明治三十）年任宜蘭國語傳習所教諭，1900（明治三十三）年任臺中師範助教授，後轉任國語學校，擔任漢文教諭一職。又曾任廈門同文書院長、嘉義中學校長、《臺南新報》漢文主筆，且工詩書畫。[87]三屋大五郎不僅兼任臺灣總督府編輯事務囑託，長期負責主編《臺灣教育會雜誌》漢文報外，另編著公學校用《漢文讀本》六冊。1907（明治四十）年退休離職返鄉，1908（明治四十一）年重新擔任臺灣公學校教諭，並由臺灣總督府派任至福州東瀛會館擔任漢文教師，負責教導臺僑漢文。爾後東瀛會館改制為東瀛學堂，三屋大五郎擔任學堂長多年，至1916（大正五）年辭職卜居東京，專心從事著述。[88]1921（大正十）年來臺與長子三屋靜同住，並擔任《臺南新報》漢文欄主編，1924（大正十三）年隨三屋靜遷居嘉義，與嘉義文友多所唱和，1928（昭和三）年曾任嘉義詩社「鴉社」顧問。[89]

此刊物的讀者或投稿者以學校教職員居多，亦有擔任臺灣教育行政的學務課、編修課等處室職員，及各州廳的教育課等地方政府官員、銀行及郵局、圖書館等公共機關的職員。從日治時期報刊雜誌的文學場域來看，1919（大正八）年1月1日創刊的《臺灣文藝叢刊》比《臺灣教育會雜誌》的漢文報晚十六年。1920（大正九）年之後的《臺灣青年》、《臺灣民報》刊登一些平易漢文，但與《臺灣教育會雜誌》相比，時間已差二十年左右。《臺灣教育會雜誌》投稿者的身分多來自教育界，且大部分讀過國語學校，另有一些如吳德功等傳統文

87 楊永彬：〈日本領臺初期日臺官紳詩文唱和〉，收入若林正丈、吳密察主編：《臺灣重層近代化論文集》（臺北市：播種者文化出版社，2000年），頁178。

88 〈南部漢文部近訊〉，《臺灣日日新報》第9178號，1925（大正十四）年11月25日。

89 三屋大五郎〈地震行〉為七言古詩，刊載於《臺灣日日新報》1906（明治三十九）年3月31日。作者透過廣播瞭解嘉義災情，故作詩。《臺灣日日新報》另刊載其〈南遊雜詠〉系列等詩作。

人。[90]這些在地文人的地景書寫頗為豐富，值得就此主題研究加以探索。

歷史與作品是相互的投射或重現，歷史也是經由作品銘刻、轉譯、再思與重塑的過程。為了認識整體環境對作品的影響，經驗不僅需要被瞭解，更需要連同作品本身被解讀。關於作者在當時的文化場域所佔的特殊位置，與臺灣日治時期社會文化的發展息息相關。文人早在於《臺灣青年》、《臺灣民報》發表作品之前，已曾是《臺灣教育會雜誌》的作者或讀者，其中，王敏川、施至善、張淑子等人為臺灣文化協會會員，他們的生平經歷亦為有助於理解其作品的背景。如張淑子（1881-1945）為臺中大雅人，畢業於總督府國語學校，於1927年轉任《臺灣新聞》漢文編輯部主任，1931（昭和六）年南下擔任《臺南新報》漢文編輯部主任。爾後任教於公學校，曾編寫《漢文教材研究》、《精神教育三字經》及著有《家庭社會教化三味集》，且熱心於地方文壇，本身除了是「大雅吟社」的成員外，並創辦《大雅同仁》雜誌。[91]又如王敏川（1887-1942），號錫舟，彰化人。其父王廷陵為當地有名的「漢學仔仙」，自幼即受到薰陶。1919（大正八）年畢業於臺北國語學校，後就讀於早稻田大學政治經濟科，並受到社會主義思潮影響。他曾參與臺灣文社、崇文社等傳統漢文社的徵文、徵詩，並於1919年加入「臺灣文社」成為該社的「通常會員」。當年《臺灣文藝叢誌》的徵文題為〈孔教論〉，他所撰的古典散文獲選於1919年刊行，文宗吳德功評為第六名。[92]這些文人作品中的地景敘事

90 陳培豐：〈日治時期臺灣漢文脈的漂流與想像：帝國漢文、殖民地漢文、中國白話文、臺灣話文〉，《臺灣史研究》第15卷4期（2008年12月），頁48-51。

91 張惠芳：《張淑子及其作品研究》（臺南市：臺南大學臺灣文化研究所碩士論文，2010年），頁5-17。

92 王敏川為臺灣文化協會「最後的委員長」，直到1931年因臺共大檢束事件，遭到逮捕，身陷囹圄，後雖出獄，卻抑鬱而終。楊碧川：〈「抗日過激」的「臺灣青年」〉，收錄於張炎憲等編：《臺灣近代名人誌》第三冊（臺北市：自立晚報，1987

與空間文化有所關聯，如張淑子曾於《臺灣教育會雜誌》發表〈共進會觀覽日記〉、王敏川亦曾於此誌撰寫〈遊虎山岩記〉，這些皆是蘊含地景意象的作品，亦透露作者於殖民體制下自我觀看的例子。

三　地景意象的承襲

《臺灣教育會雜誌》所載多篇敘事文中的地景，有些因移民來臺而形成其特殊風格，流露承襲閩南文化的意象。寺廟為移民文化的信仰中心，至於八景書寫亦為探討地景敘事承襲情形的研究素材，故以下就寺廟的意象與八景書寫模式二大面向，分析地景書寫意象的特色。

（一）寺廟意象與閩南文化的關聯

寺廟為民間信仰的神聖空間，故為具代表性的地景。《臺灣教育會雜誌》所刊登的文本不僅描寫臺灣各處地景的特色，同時呈顯與民間信仰的關聯。例如，盧子安〈清水巖記〉提及艋舺清水巖的建置沿革，並分析此廟與清水祖師的淵源。福建人清水祖師，原姓陳，名普足，生於北宋。出家後，曾多次募款，濟困扶危，廣施醫藥；每遇亢旱，便為民眾設壇祈雨，皆靈驗，故爭傳其效應而名聲大著。[93]閩南境內層巒疊嶂，多信巫尚鬼的風俗；且因險灘急流或地形雨水等特徵，造成對外交往不便，因而各區域得以長期保留原有的風俗習慣。這種環境亦使一些神祇具有較小範疇的地域色彩，如漳州人奉崇開漳聖王，安溪人則以尊奉清水祖師為主。來臺的移民渡過暗濤洶湧的大

年），頁78。

[93]〔宋〕陳浩然：〈清水祖師本傳〉，收錄於楊家珍：《安溪清水岩志》（揚州市：江蘇廣陵書社公司，2006年），頁14-15。

海，又面臨適應自然環境的挑戰，他們往往隨身攜帶祖籍寺廟的香火或神像。盧子安此篇敘事提到此清水巖廟所主祀的清水祖師，即是安溪人的守護神，隨著安溪移民到臺灣。

早期安溪移民僅將祖師香火供奉於家中，隨著移民人數的增多及村落的形成，清水祖師廟也陸續建造。臺北盆地周圍多為安溪移民所開拓，故清水祖師廟林立。規模最大的是臺北艋舺祖師廟，廟中一副廟聯寫道：「佛是祖師，我先人已稱弟子；巖乃清水，此淡地好溯源流」，道出閩臺清水祖師信仰的源流關係。此清水巖又名淡水寺，為1787（乾隆五十二）年渡海來臺的福建泉州安溪移民，公推翁有來為董事，募得三萬銀元，將從安溪縣湖內鄉清水巖所攜來的清水祖師香火，安置於臺北艋舺並為其修築廟宇。[94]盧子安因至清水巖有所感觸，而於此文中闡述：「是人無百歲而猶存，名可千年而不敝。」強調此廟得名是「因人以傳，而非因地而傳。」[95]清水祖師的主要功績包括：熱心於救濟事業，一生勸建數十座橋樑，實踐「濟人利物」、「廣種福田」的教義，此種善舉符合「凡有功德於民則祀之」的慣例。另一方面，他在世時祈雨經常獲應而因此聞名，對於百姓而言，祈雨獲應是因「道行經嚴，能感動天地」，所以賦予清水祖師神秘色彩。他坐逝後，又受到朝廷多次敕封。[96]清水祖師信仰傳入臺灣，與生前為醫、救人無數而成神的保生大帝等信仰，同列為民眾主要敬奉的神祇之一。人類學上所謂「祭祀圈」是為了共神信仰而舉行祭祀的居民所屬的地域單位，代表漢人以神明信仰來結合人群的方式，也就

94　此廟曾見證1853（咸豐三）年泉州三邑人為爭奪艋舺的商業利益，與同安人之間發生「頂下郊拚」事件。

95　盧子安：〈清水巖記〉，《臺灣教育會雜誌》第52號，1914年12月1日，頁11-12。

96　連心豪、鄭志明主編：《閩南民間信仰》（福州市：福建人民出版社，2008年8月），頁183-189。

是藉宗教的形式來形成地緣性的社會組織。[97]因移民來臺的人數日漸增多，清水祖師信仰傳承閩南民間宗教的特色，並逐漸形成臺灣在地的祭祀圈。

除了區域性的信仰外，媽祖、王爺或是關公、觀音等，皆為閩南民間信仰的代表性神祇。郭輝星〈獅山記〉提到獅山所見關帝廟的情景，亦是旅人留意寺廟地景的例子。關聖帝君字雲長，郭輝星於此文尊稱其為「文衡聖帝」，並記錄於關帝廟與偶遇的老翁談論所見所感。他形容「文衡聖像」的造型為：「赤心聚面，義氣沖天」。[98]一般而言，臺灣民間敬神的目的本於現世個人實用主義，不外乎祈求福祿財源或長壽子嗣等，因此凡能迎合民眾所欲求者，則為靈驗，且香火興旺。此以靈驗為敬神目的風氣，毋庸問及神祇的本質，只要靈驗，參拜的人就多，這是臺灣民間常有的現象。[99]關聖帝君的信仰，自鄭氏時期即傳入臺灣，鄭氏三代恪守明朝制度，同時也是忠義之士的精神象徵；清朝皇室如同明朝崇奉關帝，也希望關帝忠心事主的典範於臣子身上展現。[100]作者郭輝星至獅山旅遊後所書寫的關帝廟，非如一般民眾以祈福消災等現實利益為基本訴求，而是聚焦於再現神祇重義氣形象的神聖空間。

寺廟意象與閩南文化有所關聯的另一例子，以芝山寺較具特色。此寺的沿革見於《淡水廳志》所收錄傅人偉〈芝山文昌祠記〉，文中提到最著名的閩書院為泉州的清泉及漳州的芝山。作者傅人偉乙未世變後東渡來臺，隔年移居芝蘭，此地多是漳州人，因而以原鄉芝山命

---

97 林美容：〈由祭祀圈來看草屯鎮的地方組織〉，《中央研究院民族學研究所集刊》第62期，頁53-114。

98 魏清德：〈登獅子頭山放歌〉，《臺灣教育會雜誌》第65號，1906年，頁12-13。

99 董芳苑：《臺灣民間宗教信仰》（臺北市：長青文化事業公司，1980年），頁26。

100 蔡相煇：〈臺灣的關帝信仰及其教化功能〉，《關羽、關公和關聖》（北京市：社會科學文獻出版社，2002年11月第二版），頁186。

名，六月潘子定提議在此處興建文昌祠。[101]劉克明據此清治時期的史料，所撰〈芝山寺考〉詳細提到地景演變的沿革：「該寺本祀觀音大士，因其境內盡是漳人，故又配祀開漳聖王於其樓上。其祀文昌者，蓋以其地僻靜，風景絕佳，老師宿儒多來於此設帳，是以又祀文昌者也。」[102]漳州族群遷居至芝山岩，原坐落在「芝蘭街」，早期命名為「芝蘭山」。漳州人移居此地後，為了紀念家鄉漳州的勝地「芝山」，且不忘其桑梓而將此處更名為「芝山岩」。士林自清治時期以來文風鼎盛，位於士林附近的芝山寺意象，涵括觀音、開漳聖王及文昌信仰，結合俗世的功利性及地緣性，呈現移民來臺的民眾將原鄉信仰在地化的例子。

（二）八景書寫模式的承襲

目前學界對於八景的研究已積累許多成果，不論就八景的沿革、各地八景書寫以及八景的象徵意義等議題，多有所探討。追溯八景詩的起源為北宋文人畫家宋迪的「瀟湘八景圖」，蘇軾曾為此作題畫詩，伴隨北宋「瀟湘八景」、南宋「西湖十景」以及金、元「燕景八景」的出現，相關的八景詩亦開始應運而生。[103]選擇地方八景的傳統，到元代成為普遍現象，到清朝時，可說已是無地不有。[104]就閩南地景而言，如廈門市港闊水深，終年不凍，是條件優越的海峽性天

---

101 陳培桂：《淡水廳志》（臺北市：臺灣銀行經濟研究室，1963年8月），頁407。

102 劉克明：〈芝山寺考〉，《臺灣教育會雜誌》第65號，1916年，頁7。

103 衣若芬：〈漂流與回歸：宋代題「瀟湘」山水畫詩之抒情底蘊〉，《中國文哲研究集刊》第21期（2002年9月），頁1-3；衣若芬：〈「江山如畫」與「畫裡江山」：宋元題「瀟湘」山水畫詩之比較〉，《中國文哲研究集刊》第23期（2003年9月），頁33-37。

104 林開世：〈風景的形成和文明的建立：十九世紀宜蘭的個案〉，《臺灣人類學刊》第1卷第2期（2003年12月），頁17。

然港口，東南沿海對外貿易的重要口岸。相傳以往曾有許多白鷺棲息此處，故有鷺島、鷺嶼、鷺門等名稱。廈門獨特的自然地貌，歷史上曾有大八景如「鼓浪洞天」、「五老凌霄」、「洪濟觀日」、「虎溪夜月」、「鴻山織雨」等；及小八景的「萬笏朝天」、「天界曉鐘」、「太平石笑」等。1683（康熙二十二）年臺灣納入清朝版圖之後，宦遊文人亦將八景詩的書寫傳統帶入臺灣，最早的「臺灣八景」與「八景詩」收錄於1696（康熙三十五）年高拱乾纂修的《臺灣府志》，高拱乾、王善宗、齊體物等人皆為臺灣最早的八景詩作者。[105]臺灣八景除了政治意涵之外，還隱含宦遊文人對理想家園的追尋所產生的觀照；且在帝國文化的制約下，變成一種被馴服的風景。換言之，宦遊文人企圖在臺灣這一陌生的海島，找尋安頓生命的心靈家園。[106]因八景詩空間政治與寄情抒志的雙重意涵，所以在高拱乾等人推行唱和之後，「八景」成為臺灣清治時期宦遊文人創作的熱門題材。

八景的擇定是對統有斯土的明確宣示，反映的是統治者宣示治權的動機，同時也是誇耀治功的舉動。在當時文人仕宦的思維中，皇恩澤披四海，是一種清明治世的表現。[107]然而，從權力運作的角度來看，風景及其各種再現形式，所訴諸的是自然的美感意識，因此加諸在上的各種社會力的操作，欲從這個文化形式所再現的自然，來達到隱藏權力運作痕跡的目的。無論這些士人群體想要如何借用、使用這些景色，它們必須透過建立所謂理想性的圖像來完成，而這些圖像的形成，必然是多種文化傳統、成規形式以及實際的地景狀況所交織而

105 吳毓琪、施懿琳：〈康熙年間「臺灣八景詩」：首創之作的空間感探討〉，《國文學報》第5期（2006年12月），頁36。

106 余育婷：〈從詩歌移植與傳播看清代臺灣古典詩的一個生成面向〉，《臺灣古典文學研究集刊》第3號（2010年6月），頁355-356。

107 蕭瓊瑞：〈認同與懷鄉：臺灣方志圖中的文人意識（以大八景為例）〉，《臺灣美術》第65期（2006年7月），頁5-9。

成的結果。在山水之中選擇精華的景色，建立地理的特殊關係，文人墨客得以體驗自然，八景因而成為一種特殊的空間實踐，致使一個偏遠的、開發中的地方得以連接到一個文明的中心。[108]八景書寫提供鑑賞的範本，且藉以彼此唱和，傳承文本風景。臺灣宦遊文人的八景書寫的意義，亦於此脈絡下成為社會化資本。

除了宦遊文人大量創作八景詩之外，日治時期臺灣在地文人亦紛紛投入，如此以「八景」為對象的詩文，呈現集體命名的風景書寫。Tim Cresswell於《地方：記憶、想像與認同》指出，空間是一種「生活事實」，跟時間一樣，是缺乏意義的領域，而地方則是人們將意義依附於空間而產生的。[109]作者藉由書寫八景，反映自我觀看的心境，及作品流露的地方感。如刊登於《臺灣教育會雜誌》的許梓桑〈基隆八景〉，穿插象徵筆法於景觀之中，作者觀看魴頂瀑布，用「雙龍飛瀑落巖中」形容瀑布的盛況，並以銀河傾瀉誇飾瀑布雄壯的氣象。至社寮看日出，則以「彩鳳鳴叫」、「雲霞散開」為主要意象的呈現。[110]吳鼎臣〈玉枕山八景〉則運用視覺和聽覺上的感官描述，以擊玉殘聲描繪鏡壁瀑布衝擊岩石的聲響，鼓琴形容觀看麟尾潮浪時，山壑間迴盪的風聲。臺灣八景的選定風氣日漸盛行，如〈玉枕山八景〉、〈淡水八景〉、〈圓山八景〉皆是隨著地方發展而產生的作品。從清乾隆時期「聚落型八景」、「私人園林八景」等較小區域的八景看來，得知已由府、縣、廳級的大區域，進入地方上的聚落小區域。

至於臺灣在地文人的八景書寫，所透露的敘事位置亦饒富意義。

---

108 林開世：〈風景的形成和文明的建立：十九世紀宜蘭的個案〉，《臺灣人類學刊》第1卷第2期（2003年12月），頁1-15。

109 Tim Cresswell著，王志弘、徐苔玲譯：《地方：記憶、想像與認同》（臺北市：群學出版公司，2006年），頁34-65。

110 許梓桑：〈基隆八景〉，《臺灣教育會雜誌》漢文報第29號，1904年8月25日，頁15。

如吳德功（1850-1924）世居彰化，[111]他從彰化八景之中將碧山獨立出來，撰寫〈遊碧山巖記〉一文。[112]碧山巖最早以「碧山曙色」列為彰化八景，首次出現在1835（道光十五）年周璽的《彰化縣志》。[113]吳德功於〈遊碧山巖記〉提到曾閱讀《彰化縣誌》，此文則詳細描寫山勢陡峭和路途艱難，抵達寺廟後因人煙稀少而能靜心觀看山水之趣，他認為需實地踏訪，方能與縣誌所載之景色相對照。至於王敏川〈遊虎山岩記〉則描繪：「虎山岩者，我彰化八景之一也。」王敏川為彰化人，欲自我書寫彰化重要地景，其發言位置不同於許多旅遊者以「我大日本帝國而言」立場，而是字裡行間流露對家鄉景觀的親切感與在地認同。位在彰化花壇的虎山岩創建於1738（乾隆三）年，供奉主神為觀音。由於山寺四周環繞蓊鬱竹林，因而享有「虎巖聽竹」的稱譽，亦為彰化八景之一。王敏川以知識分子的身分響應青年會舉辦的遠足活動，於陽春時節與百餘名同好相偕前往虎山岩，沿著溪畔的竹徑在廟宇略作休憩後，在青年會會長河東田的帶領下攀登紅仁塗崁山，這些皆是彰化文人書寫在地八景的代表作。

詩人自身的心境，也會影響對景物的觀看角度。陳劍雲〈澎湖大八景〉組詩裡的「西嶼落霞」景點，早在高拱乾纂修的《臺灣府志》中出現，此府志所載為最早的「臺灣八景」。[114]「澎湖八景」出現

111 吳德功，字汝能，號立軒。授業於吳子超及柯承暉、陳肇興、蔡醒甫等先生。他於1874（同治十三）年補廩生，1894（光緒二十二）年成為貢生。楊緒賢：〈吳德功與磺溪吳氏家譜〉，《臺灣文獻》第28卷第3期（1977年9月），頁114-126。

112 吳立軒：〈遊碧山巖記〉，《臺灣教育會雜誌》第37號，1905年4月25日，頁11-12。

113 陳喻郁：〈景觀之外：清代彰化八景的另類思考〉，《彰化文獻》第9期（2007年10月），頁100。

114 陳劍雲：〈澎湖大八景〉，《臺灣教育會雜誌》第153號，1915年1月1日，頁9。

在1832（道光十二）年蔣鏞、蔡廷蘭所編的《澎湖續編》。[115]其中「西嶼落霞」指的是澎湖最西邊的大島「西嶼」，古稱「漁翁島」，當時從廈門東渡來臺移民者，必經過「西嶼」。澎湖三十六島之間參錯的巨大礁石，因此行經澎湖，若往北行容易觸礁。「西嶼落霞成為「臺灣八景」之一，主要因澎湖為漢人移民到臺灣的首達之地，也是中途的休息站，在西嶼落霞的餘暉之中，容易勾起深沉的感觸。」[116]許多「西嶼落霞」的相關詩作，大量出現在余文儀纂修的《續修臺灣府志》。另外，「太武樵鼓」的「太武山」高度僅約四七公尺，其名稱是金門渡海來澎湖的先民為紀念家鄉的太武山而命名。又如，潘濟堂在〈淡水小八景〉描寫劍潭風光，遙想鄭成功風采，於是興起「寶劍氣勢衝天、龍吟虎嘯」之感。[117]「淡水八景」最早出現在1833-1834（道光十三～十四）年鄭用錫所修纂的《淡水廳志稿》，但因《淡水廳志稿》未刊，所以無法廣為人知，直到1873（同治十）年陳培桂參考《淡水廳志稿》而編纂《淡水廳志》，始能正式流傳。[118]此外，關於莊鶴如與潘濟堂〈圓山八景〉詩中，流露出倚杖閒遊劍潭行旅，觀看白雲流水的閑適心態。他們對於臺灣神社的描述，呈現周遭山勢雄偉，山巒間疊嶂起伏，神社在旭日照射下散發著光輝；不似日本文人強調忠君愛國和犧牲奉獻的崇高精神，而是著重於景觀書寫。因「八

115 劉麗卿：〈清代臺灣八景的命名與景觀類別〉，《中國文化月刊》第260期（2001年11月），頁89。

116 蕭瓊瑞：〈從「臺灣八景」到「澎湖八景」〉，《西瀛風物》第9期（2004年12月），頁102；陳愫汎：〈清代詩中的「西嶼落霞」的書寫〉，《臺灣文獻》第60卷第1期（2009年6月），頁69。

117 潘濟堂：〈淡水小八景〉，《臺灣教育會雜誌》第27號，1904年6月25日，頁10-11。

118 張德南：〈竹塹八景古今演變初探〉，《竹塹文獻雜誌》第42期（2008年11月），頁13-15。

景」的概念很早即傳入日本，流傳在熟悉漢學的文人間。[119]三屋大五郎等日本文人來到臺灣之後，亦關注八景組詩的撰寫風潮，因而創作〈圓山八景〉組詩。[120]莊鶴如與潘濟堂所作〈圓山八景〉[121]，與三屋大五郎八景組詩的第一首皆為「神苑朝曦」。此處「神苑」指的即是位在劍潭山半腰的「臺灣神社」，也就是「臺灣八景」票選活動結果中，以「別格」之姿列為「神域」的「臺灣神社」。這不僅顯現「圓山八景」為日治之後所選定，亦強化「臺灣神社」地景的殖民滲透。如此八景書寫視角的移轉，隱含日本殖民統治對於民眾擇選代表性地景的影響。

四　空間文化的衍異

臺灣於1895（明治二十八）年為日本殖民政權所統治，許多日治時期的文本透露空間與治理的關聯性。為探究統治者如何利用空間的展演滲透其權力，以下就《臺灣教育會雜誌》所載文本為研究素材，從空間與國民性的形塑、修學旅行與共進會的教化功能二大面向，分析空間文化衍異的相關議題。

（一）空間與國民性的形塑

空間與國民性關聯的論述，從《臺灣教育會雜誌》刊載小牧辰次

---

119 日本的「八景」傳統最早是在十三世紀末，牧谿的「瀟湘八景圖」傳入日本，被收藏於足利將軍的府邸，爾後玉澗的「瀟湘八景圖」亦在十四世紀末傳入日本。衣若芬：〈無邊剎境入毫端：玉澗及其「瀟湘八景圖」詩畫〉，《東華漢學》第13期（2011年6月），頁81。

120 三屋大五郎：〈圓山八景〉，《臺灣教育會雜誌》第9號，1902年12月25日，頁27。

121 莊鶴如、潘濟堂：〈圓山八景〉，《臺灣教育會雜誌》第30號，1904年9月25日，頁11-12。

郎的文章中，透露些許端倪。他提到關於國民性的定義：「一國民之共通性，是謂之國民性。而國民性成於其國地理風土及四圍狀勢，猶個性成於其人習慣境遇也。」[122]除了風土與形塑國民性有密切關係外，另一位作者廈門生認為教育對國民的影響甚鉅。他在〈觀支那教育之有感〉曾言：「欲國之強者，必振其教育。」又強調：「教育不興，而求國之強，此是緣木求魚。」他檢視民國成立之後，人民口倡自由，但卻不識自由之義。同時批判如果教育不普及，人民不可能理解自由、知曉共和的道理，故以「滅中國者，中華人也」[123]的論述，呼籲需正視未振興教育的嚴重後果，呈現教育與國民性的密切關聯。《臺灣教育會雜誌》除了登載廈門生的觀察報告之外，亦刊載閩南學校的創立和建置過程，如王少濤〈旭瀛書院沿革之概要〉提到：臺灣自從歸入於日本帝國版圖，有二千多名紳商寓居廈門，其中以漳泉籍者居多，因臺廈的關係密切，故創設旭瀛書院。此文詳述臺灣總督府學務部長隈本繁吉曾由臺北經福州抵廈，巡視書院狀況，並參觀美國經營的同文書院及延攬聘請多位講師的過程。[124]1896（明治二十九）年日本取得廈門、福州等租界，並於1898（明治三十一）年獲得清朝總理衙門福建沿海優先讓租的認可。旭瀛書院是臺灣總督府為臺灣人子弟創辦的初等教育機構，雖名為書院，實則參考臺灣的公學校而創設。[125]廈門旭瀛書院創立於1910（明治四十三）年，相較於以儒學為

---

122 小牧辰次郎：〈論支那國民性〉，《臺灣教育會雜誌》第88號，1909年7月25日，頁12-14。

123 廈門生：〈觀支那教育之有感〉，《臺灣教育會雜誌》第215號，1920年4月1日，頁2。

124 王少濤：〈旭瀛書院沿革之概要〉，《臺灣教育會雜誌》第144號，1914年4月1日，頁7-8。

125 類似的設施，福州有東瀛學堂（1908年），汕頭有東瀛學校（1915年）。臺灣教育會編：《臺灣教育沿革誌》（臺北市：臺灣教育會，1939年），頁509-515。關於旭

主的傳統書院，已有明顯不同。此機構不僅是總督府在海外所規劃的教育空間，亦透過教材、師資、課程或教學法的改革，形塑與國民性的關聯，更突顯此教學場地為殖民者企圖影響民眾思想的運作空間。

日治時期將寺廟轉化為神社的例子，以「開山神社」較具代表性。《臺灣教育會雜誌》所載郭瓊玖〈詣開山神社有感〉提到：「巍峨廟宇壯南臺，想見當年渡海來。最是不堪憑弔處，江山回首有餘哀。」[126]祭祀延平郡王鄭成功的寺廟，早在清治時期以「開山王廟」稱名，隱喻鄭成功為「開臺聖王」之意。此民間私廟因沈葆楨、進士楊士芳等人的稟請，以及閩浙總督李鶴年、福建巡撫王凱泰與福建將軍文煜等人，一同上疏追謚鄭成功，建專祠且編入祀典中。後來清廷聘請福州師傅以福州材料興建，形成福州風格的建築。因鄭成功母親為日人，與日本有血緣關係，所以臺灣總督府特別關注延平郡王祠。此廟於1896（明治二十九）年7月改名為開山神社，1897（明治三十）年1月列為縣社，並於每年2月15日舉行例祭，此為日本人抵臺之後所興建的第一座神社。[127]宗教的控管為治臺政策的重要層面，若完全開放信仰自由，難以使臺灣與日本密合。所以日本殖民當局運用臺灣人既有的鄭成功信仰，並強化開臺聖王的身分，再加上承傳於母親的日系血統，正可做為日臺關聯的論述。另一方面，日本人認同鄭成功的日系血統，亦呈顯鄭成功作為文化符碼的功能性，流露殖民者利用此符碼的實際操作模式。

瀛書院的研究，可參考梁華璜：〈臺灣總督府與廈門旭瀛書院〉，收錄梁華璜：《臺灣總督府的「對岸」政策研究——日據時代臺閩關係史》（臺北市：稻鄉出版社，2001年），頁101-130。

126 郭瓊玖：〈南部修學旅行雜詠〉，《臺灣教育會雜誌》第139號，1913年11月1日，頁9-10。

127 傅朝卿：《臺南市古蹟與歷史建築總覽》（臺南市：臺灣建築與文化資產出版社，2001年），頁158-160。

位於北臺的「芝山岩神社」，也可作為另一個空間轉化的例子。臺灣總督府第一任學務部長伊澤修二，為加速同化成效而積極推動普及日語的政策。因臺北城外北郊八芝蘭（今士林）文教氣息濃厚，民政局學務部特地從大稻埕遷至芝山巖惠濟宮，並於該宮後殿開設芝山巖學堂。該學堂從創立至1896（明治二十九）年3月31日臺灣總督府直轄諸學校官制公布後，改制為「國語學校」與「國語傳習所」為止，雖僅九個多月，然影響深遠，是日本在臺灣實施日文教育的濫觴。1896（明治二十九）年1月1日芝山巖學堂五位學務部員楫取道明、關口長太郎、井原順之介、平井數馬、桂金太郎，以及陸軍通譯中島長吉，前往總督府賀年，於途中遇臺北城內動盪，於是返回學校。不料，遭以簡大獅為首奪取臺北城的抗日鄉勇所殺而身亡，史稱芝山巖事件。臺灣總督府 紀念「六士」，此年2月1日將他們的骨灰安葬於芝山岩山頂的大樟樹處，同年7月1日於此處設立「學務官僚遭難之碑」。1898（明治三十一）年九月合祀於靖國神社，1929（昭和四）年芝山岩神社落成。[128]《臺灣教育會雜誌》所載盧子安〈追弔六氏先生〉以「啟發舊頭腦，全仗教育人」讚頌這群學務部員又強調「君不見丙辰之大祭，闢地重新爼豆陳。從此芳碑萬古立巖上，年年享祭二月春。」[129]此類文章強調欲以新式教育改造民眾的傳統舊思維，流露殖民地知識分子受到總督府論述的影響。

其他有關芝山巖舉辦祭拜的敘事，如三屋大五郎〈芝山例祭，賽遭難之氏之廟〉也提到訂定每年2月1日為該神社的例祭日，此文所

---

128 藤森智子：〈日治初期「芝山巖學堂」（1895-96）的教育──以學校經營、教學實施、學生學習活動之分析為中心〉，《臺灣文獻》第52卷第1期（2001年3月），頁565-580；陳培豐：《同化的同床異夢：日治時期臺灣的語言政策、近代化與認同》（臺北市：麥田出版公司，2006年11月），頁72-73。

129 盧子安：〈追弔六氏先生〉，《臺灣教育會雜誌》第65號，1916年，頁7。

描寫「投荒蠻煙瘴雨間，身為斯道不辭艱」，[130]以「荒」、「蠻」、「瘴」的誇飾修辭貶抑當地的環境，無視芝山附近早已有「士子如林」的傳統漢學文風。伊澤修二身為臺灣第一任教育首長，關切教育對於殖民政策的重要性，將六位教師的遇害歸因於臺灣民眾未接受忠君的教育，而做出違背大義的行為，賦予芝山岩事件「普及日語」及「忠君愛國」的內涵。[131]將「六氏先生」塑造成為教育鞠躬盡瘁、犧牲奉獻的代表，此即所謂「芝山巖精神」。六君子廟列為圓山八景，使該廟成為富含紀念意義的人文地景。三屋大五郎藉由對於六君子為教育殉難的感懷、悼念，將其納入殖民教育的脈絡中，盛讚六君子不遺餘力推廣現代教育的理念，為臺灣教育立下無可磨滅的功績。[132]此段敘述，刻意突顯臺人失控的行為，強調日籍教師為了教化新附民而不畏犧牲的風範，成為臺灣教育精神象徵的代表性論述。如此視角，不僅失卻客觀的批判精神，並流露日人強勢掌控殖民帝國的觀點，再現歷史事件的詮釋權。

殖民者常善於利用空間以凝聚集體記憶，如《臺灣教育會雜誌》所載小牧辰次郎〈論神社由來及國民道德〉，除詳細分析神社的源流及歷史沿革外，亦探討神社與形塑國民性的關聯。文中提到期望全島公學校教師：「諸君能知悉我邦神社由來，平生對兒童，觸機應事，諭以神社之當課致尊崇敬虔，拾獲率兒童謁祠頭。觀其神與莊嚴，神庭淨潔，俯仰低迴，追思其遺澤，藹然生回報効之心，以資養成國民道德是也。」如此論述，闡發殖民者企圖使臺灣子弟同化於日本

---

130 三屋大五郎：〈芝山例祭，賽遭難之氏之廟〉，《臺灣教育會雜誌》第12號，1903年3月25日，頁9。

131 方孝謙：〈「內涵化」與日據芝山岩精神的論述——符號學概念的試用與評估〉，《臺灣史研究》第1卷第1期（1994年6月），頁102-103。

132 三屋大五郎：〈芝山例祭，賽遭難之氏之廟〉，《臺灣教育會雜誌》第12號，1903年3月25日，頁9。

民俗，故宣揚崇敬神社、相率為忠良臣民之道。[133]作者認為教師瞭解神社的由來後，宜適時應用於兒童的機會教育，以形塑效忠的國民性；並要求老師藉由神社教化的言論，透過機關誌的宣導而強化實質的影響力。許多軍方、出征部隊團體，除了在作戰前舉行歡送式以祈禱作戰平安，凱旋時更到臺灣神社祭拜以紀念勝利，並在神社前合影留念。透過這樣的方式，神社蘊含教化人心與威權統治的象徵。將風景作為圖騰應用於政治象徵意義上的例子，以新高山與臺灣神社最具代表性。神道是日本的國教，神社則是參拜神明的空間，臺灣神社是祭拜率領日軍征服臺灣的北白川宮能久親王，它象徵殖民政府信仰中心；新高山則是經由同樣的權力來源命名，產生與臺灣神社相當的神聖意義。張淑子以〈新高山觀日出〉一詩描述他登玉山觀日出的心境，其中「有頃眼簾難逼視」描繪烈日昇起的情景。[134]就新高山而言，命名是對於殖民地最高的掌控，顯現日本政權的象徵意義。若就臺灣神社而言，則是通過實體存在的建築物塑造殖民地的信仰，兩者的意義都與殖民母國所屬的文化聯繫有關。

（二）修學旅行與共進會的教化功能

修學旅行為臺灣日治時期學校重要行事之一，《臺灣教育會雜誌》常刊載修學旅行的規劃及施行細則的報導。從雜誌所載旅行詩文中，呈顯詮釋地景的教化功能，如劉克明於1910（明治四十三）年所撰〈送森川橫山二先生率生徒本島一周旅行〉，提及森川橫山二先生率四十五名學生環島旅行的記錄。此趟旅行所安排的歷史巡禮，包

133 呂紹理：《展示臺灣：權力、空間與殖民統治的形象表述》（臺北市：麥田出版公司，2005年），頁75-76。

134 張淑子：〈新高山觀日出〉，《臺灣教育會雜誌》漢文報第224號，1921年1月1日，頁4。

括延平舊地、五妃墓與石門戰地等，作品流露對鄭氏治臺歷史及五妃事蹟的感觸。[135]供奉明寧靖王及其五妃的寧靖王祠，位於今臺南，首建於1683（康熙二十二）年，為紀念明寧靖王朱術桂從殉姬妾的廟宇。[136]另一系列的行旅詩如郭瓊玖〈南部修學旅行雜詠〉，為1912（大正元）年11月記錄他至南臺灣各地修學旅行的經歷。其中〈遊安平有感〉、〈赤崁樓懷古〉等詩，流露感嘆昔日安平繁華景象不再，評論港口遭淤沙堆積，致使商業貿易活動萎縮不振的沒落情形。當他登覽赤崁樓望遠之際，遙想此地曾受荷蘭統治的歷史事跡。此外，他也造訪臺南歷史建物五妃廟，以「羨她貞烈堪千古」的詩句，表現讚揚五位王妃節操的視角。這趟南部修學旅行除遊覽臺南古都外，亦多以臺灣景物作為島內旅遊書寫的題材。其中，以朱術桂的忠烈和五妃的貞烈，使修學旅行別具教化的意義。

參觀共進會亦是另類修學旅行的方式，此類空間常成為殖民者權力的展示。日本明治維新以後，認為博覽會是西方工業文明的具體象徵，故於十九世紀末開始引入代表進步主義價值的博覽會。對內順應「文明開化」與「產殖興業」的思潮，對外則展示日本文化的特質，殖民地臺灣也被認為唯有複製日本勸業博覽會的精神，才能跟上日本內地的進步，成為現代化的殖民地。[137]《臺灣教育會雜誌》刊登多篇參觀共進會的遊記，如劉克明〈臺灣勸業共進會所感〉、蔡士添〈觀共

---

135 劉克明：〈送森川橫山二先生率生徒本島一周旅行〉，《臺灣教育會雜誌》第105號，1910年12月30日，頁8-9。

136 寧靖王欲殉國前與五位姬妃說：「我之死期已到，汝輩或為尼或適人，聽自便！」五妃回答：「王既能全節，妾等寧甘失身！王生俱生，王死俱死。請先賜尺帛，死隨王所；從一而終之義，恕不忝耳。」高拱乾：《臺灣府志．藝文志．明寧靖王傳》，頁256。

137 吳榮發：〈1931年高雄港勢展覽會概述〉，《高市文獻》第18卷第1期（2005年3月），頁25。

進會有感〉、張淑子〈共進會觀覽日記〉等作品。共進會會場為殖民者展示臺灣現代化的空間，文本呈現如何觀看在臺舉辦的共進會，並藉此比較不同作者對展示臺灣各種樣態的感受。

1916（大正五）年為了慶祝第一個海外殖民地治理二十年，除回顧領臺以來的歷史之外，也欲向海外宣揚統治臺灣的成功經驗，於是臺灣總督府在共進會的基礎上，舉辦「始政二十年臺灣勸業共進會」，參觀人數多達五十六萬人。[138]《臺灣教育會雜誌》一系列參觀共進會的記錄，如劉克明〈臺灣勸業共進會所感〉提及日本殖民政府舉辦「勸業共進會」是為了展示臺灣物產經濟，且流露與南洋各國經濟接軌的意圖。又提到臺灣觀覽共進會的人數眾多，認為此活動可啟發臺灣人民的智識。此外，他於文中特別報導支那（中國）到處動亂，「人民塗炭，朝夕不安。」所以無暇舉辦共進會，但為了將來的需求，曾派員前來臺灣觀摩取經。[139]如此的敘事，透露在不同社會變遷的差異下，影響共進會文化展演的時機。

盧子安〈就勸業共進會而言〉則是說明舉辦「勸業共進會」的目的，是希望日本內地與臺灣本島可以互相瞭解彼此的經濟產業狀況，以使臺灣產業「知所取資，而得改良發展。」[140]另一個目的則是使日本內地與臺灣本島認識支那與南洋各方面的產業，並觀摩日本帝國經濟產業的發展狀況。至於蔡士添〈觀共進會有感〉曾就社會、學校、家庭教育的貢獻，分析共進會的實質目的。[141]就社會教育而言，他認

---

138 賴恆毅：〈臺灣的行旅經驗及其文化意涵：以「臺灣勸業共進會」相關記錄為例〉，《實踐博雅學報》第14期（2010年7月），頁90。

139 劉克明：〈臺灣勸業共進會所感〉，《臺灣教育會雜誌》第168號，1916年6月1日，頁3。

140 盧子安：〈就勸業共進會而言〉，《臺灣教育會雜誌》第168號，1916年6月1日，頁3-4。

141 蔡士添：〈觀共進會有感〉，《臺灣教育會雜誌》第170號，1916年8月1日，頁2。

為：「共進會展示具有的功能，如示生產物之文明進步，而啟發本島人之智能。」具體指出欲藉由共進會引導觀者認識殖民母國日本之文明真相，且瞭解南洋諸國的經濟關係。就學校教育來說，「使兒童廣見聞，增知識」，且可認知到日本母國的文明，以達培養愛國心的目的。就家庭教育觀之，使「本島婦女，知社會文明之程度，並為將來訓勵子女，養成國家有用之器。」並期勉能「破除迷信，而進於文明」。張淑子〈共進會觀覽日記〉為另一篇實際觀察的心得，此文驚嘆公學校學生作品的成就，貼著「宮殿下御用品」白籤的精製品，可蒙天皇殿下寵用，是「吾臺公學校手工進步之第一階梯」。[142]當時任公學校教師的張淑子所撰共進會的參觀記，著重於日本殖民政府欲透過教育的力量，宣揚現代化的成果。如此的展示，欲使臺灣民眾領受殖民者背後的教化目的。

五　結語

閩南文獻包含有關農產業技術、地質、水文、氣候變遷以及閩南與各地文化交流的信息。臺灣日治時期的報刊雜誌亦蘊藏諸多閩南文化相關的史料，為研究閩南文化不可忽視的資源。其中，《臺灣教育會雜誌》屬教育性質的機關誌，刊載的文章具有傳播上的實質效益，於臺灣文學場域上具有其特殊性。故以《臺灣教育會雜誌》所收錄的文本為主要研究範疇，從地景意象的承襲、空間文化的衍異兩大面向，詮釋所載文本的空間意象。就空間意象而言，文本中的地景流露作者的空間意識。這些文章陳述香火鼎盛的原因，並追溯寺廟的源流

---

142 張淑子：〈共進會觀覽日記〉，《臺灣教育會雜誌》第171號，1916年9月1日，頁4-5。

與沿革，流露出寺廟的獨特意象。例如〈清水巖記〉即呈現移民來臺的守護神與閩南信仰文化的關聯，透顯逐漸形成臺灣在地祭祀圈的要素。許多遊記作者在敘述臺灣民間信仰受功利性影響之餘，也藉由廟宇所供奉神靈的事蹟，闡揚道德教化的義蘊。地方的概念隨著時代流轉，其重要性未見消退，反而在全球化時代的今日更顯重要。臺灣清治時期遊宦文人選擇八景作為文學題材的傳統，欲藉此將邊陲臺灣與清帝國連結，並影響臺灣八景書寫的表現模式。然而，因時空的流轉與視角的差異，臺灣在地文人的八景書寫已有所變遷，尤其《臺灣教育會雜誌》所收錄多篇在地文人的遊記，流露對家鄉景觀的親切感與在地認同。

本節以詮釋臺灣的空間作為研究範疇，並以教育為論述主軸，發掘刊登於《臺灣教育會雜誌》的諸多作品，所呈現之文化承襲及衍異的現象。臺灣各地寺廟的建築樣式、神靈信仰，或是文人的八景書寫模式，多可見閩南文化對於臺灣移民社會的影響。臺灣日治時期總督府透過神社等空間的詮釋，以達到形塑國民性的目的；同時，藉由修學旅行地景的安排，或是參觀共進會的展覽等面向，呈現殖民者利用學校及社會教化的企圖心。這些流露統治者權力介入空間的詮釋，刻意展示日人在臺殖民的成果。

在日本殖民治理政策下，地景的書寫日漸與以往有所差別。如開山神社為日人抵臺後於臺灣建立的第一座神社，之後，全臺各地的神社也陸續興建。行旅詩中的神社或是相關的論述，多透顯出執政者欲以實體的建築物影響殖民地的信仰，並刻意與殖民母國的文化有所聯繫。又如芝山神社的地景則是日人以殖民者的觀點再現歷史事件，強調日籍教師為了教化新附民而不畏犧牲的風範，藉此建構臺灣教育精神象徵的文化論述。此外，在修學旅行的教化目的方面，這種校外活動使學生的身體成為殖民者期待的國民類型。例如，學校的師生至臺南參觀寧靖王祠與五妃廟，感受朱術桂的忠烈和五妃的貞烈，因而使修學旅行別具教化的意義。至於共進會的參觀記錄，則是總督府對臺灣這塊殖民地統治成果的公開展示，也反映知識分子受到當時氛圍的影響，流露對現代文明的強烈渴望。若應用心理符號機制於《臺灣教育會雜誌》所載遊記的詮釋，常見作者因旅遊活動而思索自己的認同位置；同時在這差異比較的過程，再現文化觀察所得。臺灣日治時期雜誌所載作品蘊含空間意象，並流露觀看臺灣的風景心境，相關議題值得後續延伸研究。

第三節　儒學社群遊記的意象：《臺灣文藝叢誌》與《詩報》的地景書寫

一　前言

遊記歸屬於散文的次文類（sub-genre），是以記遊寫景為主要內容的散文類型。通常為作者遊歷異地的主觀記敘，有明顯的敘事秩序；且作者脫離日常生活固有的生存空間，為特殊體驗的記錄。遊記的要件為所記內容必是作者親身經歷，並以記遊為最主要目的；同時需呈現作者心靈活動，若僅是客觀解說，只能視為旅遊指南。[143]至於地景（landscape）不只是一群自然現象的組合，而是人與自然之間錯綜複雜相互作用的呈現。在許多地區，地景對於特定社群具有聯想和精神的價值。人的生活造就周圍環境，但也受到周圍環境的潛移默化。文化地景已成為世界遺產的新項目，世界遺產公約作業準則第四七條提到：地景「展現了人類社會在同時受到自然條件約束及自然環

---

143 鄭明娳：《現代散文類型論》（臺北市：大安出版社，1978年），頁220-230。

境提供的機會影響下的長期演變過程，以及在連續不斷的、內在和外在的社會、經濟、文化力量影響下的長期演變過程」。[144]臺灣日治時期一些知識分子從事旅遊活動後，將所見所聞撰寫成遊記，這些作品多蘊含自然與人文地景意象，並具空間的廣度與時間的厚度，故為值得探討的學術議題。

許多臺灣日治時期的遊記收錄於報紙或雜誌中，有些透過特定社群刊物的登載，而能流傳於某些知識階層。由於遊記撰寫者寫作習性的異同，於字裡行間常流露觀看外在風景的意識，故可作為探討某些知識社群與地景的關聯，以及研究個人或集體價值觀的素材。其中，臺灣文社的成立與《臺灣文藝叢誌》的創刊，為古典文學提供發表的場域；至於《詩報》提供傳統文人分享創作經驗，並具維繫漢文化的功能，亦有助於日治時期漢詩文的保存。因《臺灣文藝叢誌》與《詩報》為臺灣日治時期發行長久的漢文刊物，並以登載文藝作品為主，且作者多為受儒學薰陶的社群，故以此兩部刊物所載遊記為主要研究素材。本節所選這兩部刊物的遊記，由於是臺灣儒學社群所撰寫，觀看地景的視角多相關；但也因時間橫跨1919（大正八）年至1942（昭和十七）年遊記場景的變化而呈現殊性。這些作品所流露的臺灣意象或世界觀，為旅人從出發、行旅過程到回歸的省思。「意象」（image）是指心靈上較具體的形象，有如經驗之再生；它應該近乎圖畫而不是抽象的聲音。[145]探討這兩部刊物所載遊記除書寫在地旅遊之外，另有跨界至海外的日本、中國等地的題材，包括自然景觀或是古蹟、文化遺產及民情風俗等人文風景。因臺灣日治時期儒學社群常藉

---

144 依據歐洲地景公約的說法，地景是「人類生活品質的重要組成」，也是「個人和社會福祉的重要元素」。李光中：〈文化地景與社區發展〉，《科學教育》第439期（2009年7月），頁38-45。

145 王夢鷗：《文學概論》（臺北市：藝文印書館，1982年10月），頁31。

由遊記表達在地或跨界思維，分析這些親身經歷的敘事，有助於理解作者於此漢文場域所傳達的風景心境。

有關日治時期雜誌的研究，在《臺灣文藝叢誌》的成果方面，如：施懿琳〈臺灣文社初探——以1919-1923的《臺灣文藝叢誌》為對象〉（2001）、柯喬文〈日治前期漢文傳媒與現代性研究——臺灣文社與《臺灣文藝叢誌》〉（2005）、薛建蓉〈現代性的變奏：《臺灣文藝叢誌》一個文化剖面重構〉（2007）、吳宗曄〈《臺灣文藝叢誌》（1919-1924）傳統與現代的過渡〉（2009）等。至於《詩報》的研究方面，如陳青松〈詩報——漢文弛廢振詩學〉（1999）、柯喬文〈基隆漢詩的在地言說及其相關書寫《詩報及其相關書寫》〉（2008），及《基隆市志・文化事業篇》（2001）、《基隆市志・藝文篇》（2003）等。上述成果較著重於刊物本身特性的研究，較未針對所收錄的某一類主題作品加以詮釋。遊記牽涉到空間移動所引發對於文化差異的觀察，並藉由刊載而流傳至知識分子階層，故具研究的價值。因此本節以收錄於這兩份刊物臺灣在地文人的遊記為例，分析作者如何透過遊記形塑臺灣及旅外的地景意象。

在旅遊文學與空間的關聯研究方面，廖炳惠《臺灣與世界文學的匯流》（2006）收錄探討旅行與權力的論文，提供旅遊研究多元開展的靈感。鄭毓瑜《文本風景——自我與空間的相互定義》（2005）認為空間無法單純被反應，同樣也無法完全被編造，而是個人與空間「相互定義」的文本世界。當文學作品放回世界脈絡重新觀看，文本開放成一個交涉、協調的場域，跨領域的詮釋於是成為可能。一個地理空間（包括各式建築或不同地域）可以是某種意象化的形式，而人們正是藉助於在一定程度上共通的意象，來「看到」這個空間或發展出對於這空間的感知。[146]在單一作者遊記的研究方面，程玉凰《洪棄生的旅遊文學——《八州遊記》研究》（2011）分析《八州遊記》的體式、版本、寫作方法並繪製旅遊八州的路線圖，探討作者洪棄生的人格特質與內心世界。這些與旅遊書寫或空間相關的研究成果，皆有助於詮釋遊記的學術價值。究竟遊記登載於文藝刊物具何種場域意義？這些在地遊記如何藉由書寫臺灣意象進行自我觀看？字裡行間又透露怎樣的地方感？旅外作者至日本及中國觀察到哪些文化差異？真實的地理空間如何在象徵體系中被詮釋、再現和比喻？此類旅遊文學與文化之間的相關議題，仍存多處學術空白，值得細加探究。故本節以《臺灣文藝叢誌》與《詩報》兩大漢文文藝刊物為主要研究範疇，詮釋這些儒學社群遊記地景意象的特色。

二　儒學社群文藝刊物所載遊記的場域意義

《臺灣文藝叢誌》與《詩報》不僅發刊時間較長，且是以儒學社群為主的文藝刊物，故所載遊記具有以儒學價值來觀看自我及外在世界的功能。從雜誌創刊目的、發展過程，或是編輯宗旨的變遷，有助於理解此類文化場域之特殊質性。臺灣文社與《臺灣文藝叢誌》密切相關，其成立緣起於1918（大正七）年9月20日，於櫟社與清水鰲西詩社的聯合會中，蔡惠如深慨漢文將絕於本島，提議設法維持漢文的延續，臺灣文社由此醞釀而生。[147]《臺灣文藝叢誌》創刊號刊登十二名以櫟社成員為主要班底的臺灣文社設立者，臺灣文社創立者共同於

---

146 鄭毓瑜：《文本風景——自我與空間的相互定義》（臺北市：麥田出版公司，2005年），頁16-18。

147 傅錫祺：《櫟社沿革志略・大正七年（戊午）》【臺灣文獻叢刊170種】（臺北市：臺灣銀行經濟研究室，1963年），頁12。

1918（大正七）年10月共同擬定的〈臺灣文社設立之旨趣〉提到：「本島自改隸而後，凡欲攻漢學者，於文不受制藝所拘，於詩不為試帖所厄。上下千古，縱意所如，此誠文運丕振之秋，詩界革新之會也。」認為若能藉此時勢發揚文學性，實為漢文的一大轉機。又言：「邇來二十有餘年，其間中南北部諸君子同聲相應、同氣相求，結詩社以切磋風雅道義者，幾如雨後新筍，櫛比而出。海隅風騷於斯為盛，然而猶有憾者，以未有文社之設立也。」[148]陳瑚於〈文藝叢誌發刊序〉亦感悟到：「今日者新陳代謝，八比之文已視為無用長物，棄之如同敝屣，是文學界之一大轉機。則從此益奮其心思，擴其才智，進而探求經史之精奧，發為文學之光華，不特維持漢學於不墜，抑且發揚而光大之。」[149]如此的論點流露對漢文發展的新期待，以及提倡自由創作不受科舉所拘束的理念。由此看來，臺灣文社的成立與《臺灣文藝叢誌》創刊，皆是提供古典文學作者發表的場域。

另一刊物《詩報》於1930（昭和五）年10月30日由周石輝等人創刊，全名為「吟稿合刊詩報社」。周石輝自述創刊目的為「一以通文人聲氣，一以合刊吟稿互相研究，引起後起學詩及讀漢文之興為主旨，為海國風騷之共同機關」。[150]當時學校多不教授漢文，書房難以設立，故維繫漢詩文的發表園地更顯必要性。綜上以觀，就日治時期之時空背景及政治環境而言，《詩報》是當時少數特准獲得發行的漢文雜誌之一，同時也是日治時代發行最久的傳統文學刊物。此雜誌每月1日及15日發刊，為厚約十八頁的半月刊。報社早期設址在桃園，後搬遷至基隆。社長由盧纘祥改為許梓桑，主事者也幾經更換，蔡清

---

148 蔡惠如等：〈臺灣文社設立之旨趣〉，《臺灣文藝叢誌》創刊號（第1年第1號），1919年1月。

149 枕山：〈文藝叢誌發刊序〉《臺灣文藝叢誌》創刊號（第1年第1號），1918年10月。

150 周石輝：〈詩報發刊十週年回顧談〉，《詩報》第241號，1940年，頁13。

揚、張朝瑞皆曾經手過其業務，後多轉變以基隆在地詩人參與編輯為主。《詩報》發行之初，稿源以桃園吟社為主，並有周圍詩社支援，發刊狀況穩定後，演變為向全臺詩社邀稿。《詩報》發行時間長達十四年，共刊行三〇九期，為日治時期極具規模的傳統文學報刊，也是少數戰爭期獲准繼續發行的漢文刊物之一，為私家傳媒裡發行時間僅次於《民報》者。[151]《詩報》刊登全臺及海外詩社的作品，李碩卿稱其價值為「自漢文廢止以後，漢字雜誌早已消聲匿迹，視為明日黃花，不值一顧矣。」他認為「惟詩報一編，集全臺之吟稿，延一脈於未墜。」[152]《詩報》的文化場域意義，不僅提供傳統文人分享創作經驗，也具維繫漢文化的功能，對於漢詩文的保存有所貢獻。

因《臺灣文藝叢誌》及《詩報》目前的研究成果有限，發刊情形尚待歸納整理，故先將此兩刊物的沿革列於表3-2：

表3-2　《臺灣文藝叢誌》及《詩報》發刊沿革一覽表

刊物名稱	刊名沿革	發刊時間	刊物號數
《臺灣文藝叢誌》	臺灣文藝叢誌	1919/1/1-1922	第1年第1號～第4年第3號
	文藝旬報	1922/7/30-1922/12/30	第3號～第18號
	臺灣文藝叢誌	1923/1/25-1923/7/25	第5年第1號～第5年第7號

151《詩報》的研究，可參考柯喬文：〈基隆漢詩的在地言說：《詩報》及其相關書寫〉，《中正大學中文學術年刊》第2期（2008年12月），頁161-200；陳青松：《詩報——漢文弛廢振詩學》（1999），《基隆市志．文化事業篇》（2001），《基隆市志．藝文篇》（2003）；陳青松：《基隆第一．人物篇》（基隆市：基隆市立文化中心（今文化局），2004年6月），頁20-22。

152 李碩卿：〈祝詩報發刊十週年〉，《詩報》第239號，1940年，頁22。

刊物名稱	刊名沿革	發刊時間	刊物號數
	臺灣文藝月刊	1924/2/15-1924/11/15	第6年第1號～第6年第10號
《詩報》	詩報	1930/10/30-1944/9/5	第1號～第309號

資料來源：整理歸納自《臺灣文藝叢誌》及《詩報》各期目錄及版權頁

《臺灣文藝叢誌》的專欄分為：文壇、譯文、小說、徵文、詞苑、天文學說、地界叢談、遊戲文章、編輯補白、重刊先賢詩文集等類。[153]遊記多收錄於此誌的「文壇」欄，或另以「遊記」為名開闢專欄。另一刊物《詩報》除了登載臺灣文人的遊記之外，亦轉載中國文人的遊記。[154]同時，《詩報》也收錄翻譯的遊記，如張若谷〈碧藍海岸的尼斯〉一文，即是再現法國尼斯的古蹟和自然景緻。這兩部刊物所載遊記可分為在地與旅外兩層面，在地旅遊呈現作者與地景之關係，旅外則多以中國、日本為主要目的地。

從文化場域層面分析，文人的學養、習性，影響其旅遊敘事的位置，亦反映作者與地緣關係的親密度。就北部文人而言，可舉李碩卿為例。李氏原為樹林人，後遷居基隆，1934（昭和九）年再移居九份，曾力促九份奎山吟社、基隆大同吟社、雙溪貂山吟社合併為鼎社。[155]李氏熱衷詩文活動，對教育亦不遺餘力，其門下弟子近千人，對臺灣北部文壇有相當的影響力。他於《臺灣文藝叢誌》所刊之〈鷹石記〉與〈海外洞天記〉，以鶯歌、基隆為作品的場景，尤具北部文人自我書寫的地緣意義。在中部文人方面，蔡世賢為彰化鹿港人，曾

---

153 敬白：〈聲明〉，《臺灣文藝叢誌》創刊號（第1年第1號），1918年10月。

154 如香賓〈寓湖日記〉、瘦鵑〈文藝家一百名人之公墓〉、方山〈青塚〉、郭希隗〈單羽山館圖說〉、姜丹書〈雷峰塔磚鐫硯記〉、李喬〈昆明的翠湖〉等。

155 李碩卿，原名燦煌，字碩卿，一字石鯨，號秋麟，晚號退嬰。

受教於洪棄生。[156]1919（大正八）年加入櫟社，成為社員；後曾擔任臺灣文社理事，並參與《臺灣文藝叢誌》編輯工作。他在〈遊務茲園記〉一文中，以櫟社同人林耀亭宅為場景，描繪眾人參與擊缽吟會的盛況，記錄中部櫟社文人的藝文交流與互動。

在南部文人方面，許子文與許丙丁同為臺南人。許子文曾任臺南酉山吟社社長及多所公學校教諭，常於《臺南新報》發表詩作，並參與彰化崇文社徵稿活動，且投文至《臺灣文藝叢誌》。〈訪夢蝶園故址賦〉即是許子文以臺南在地文人身分書寫家鄉文化地景之作，藉由旅行的記錄抒發人生哲學。許丙丁幼時曾進入臺南大天后宮側之私塾習漢學，早年即有接觸傳統文化的經驗。[157]1942（昭和二十）年許丙丁於《詩報》連載六期以〈臺南寺廟楹聯碑文採集記〉為題的遊記，廟宇是臺灣傳統社會中文化活動的集散地，匯集當地居民之集體記憶，此系列遊記對保存地方文化有所貢獻。至於澎湖的代表文人，如撰寫〈東遊紀略〉的陳桂屏為清末秀才，曾遊歷閩越各地。[158]他曾於1900（明治三十三）年、1901（明治三十四）年當選為澎湖廳第十區的街鄉長，且於1900年授紳章。[159]由上述資料看來，這些文人常與漢學相關的活動，或曾擔任地方事務的職位，為家鄉的士紳階層。除了從居住地觀看文人與地景的關係外，這些遊記的作者因受傳統漢學教育的薰陶，在寫作習性上多呈現常引用典故入文，且於字裡行間透露其歷史感。此外，他們如何以儒學的價值觀看世界？在旅行過程中又接觸哪些現代文明？亦是值得探討的議題。

---

156 蔡世賢，字子昭，號天弧。

157 許丙丁，字鏡汀，號綠珊盦主人，簡署綠珊盦，另有綠珊莊主、錄善庵主、肉禪庵主人、默禪庵主等筆名。

158 陳桂屏，字夢華，為清末秀才，曾遊歷閩越各地。

159 臺灣總督府職員錄系統 http://who.ith.sinica.edu.tw/s2g.action，瀏覽日期：2012年8月22日，建置單位：中央研究院臺灣史研究所。

就體裁而言，漢文遊記又可依性質劃分若干次文類。[160]本節所探討的遊記，即採取包含景觀式遊記與人文式遊記等廣義的範疇。遊記的特色主要表現在敘事重時空建構，且出現許多不同的場景。其中，景觀式遊記重在景觀的敘寫和鋪陳上，用種種妙喻巧譬狀物摹景，尋幽訪勝，以求透過文字將旅遊的現場帶到讀者面前。至於人文式遊記則著重在知識的人文思考上，往往深入旅遊的歷史文化背景中思索人群的活動，觀察社會生活方式；或是藉景發揮，在鑑賞風物之外，引帶出人生的哲理或是時代的批判。此外，遊記必備兩項要件：一是作者必須在反思和印象中剪裁出統一的結構；另一方面，作者必須在景觀的現象表面和人文的深沈結構之間尋找關聯，並予以詮釋。[161]遊記是以旅行為空間和實踐過程的書寫、呈現和塑造，這一過程也參與塑造旅行者的文化概念。[162]因地景結合局部陸地的有形地勢（可以觀看的事物）和視野觀念（觀看的方式）。觀者位居地景之外，遊記作者不住在地景裡，而是觀看地景。[163]刊載於《臺灣文藝叢誌》及《詩報》的遊記，有些純粹描山繪水，有些則依託在作者深刻的思維關照上，吸引讀者的是作者如何在旅途中借題發揮，進行各種人文的精神活動和反省。遊記的主題大多是對異地的描述，而旅行者的寫作又依照其文化背景及旅行經驗而具獨特性。因遊記歸屬於散文的次文類，較詩更能發揮論述的功能。這群受傳統儒學薰陶的文人，藉由在地遊記凝

---

160 中國古代「游」的文字多收錄於史部地理類，以下再分遊記、山水、游仙等，但後代的遊記的性質多有演變，並擴大其定義範圍。孔新人：〈「遊記」的歷史分類〉，《中國文學研究》第3期（2007年），頁52。

161 鄭明娳：《現代散文類型論》（臺北市：大安出版社，1978年），頁220-230。

162 張一瑋：〈柯布西耶《東方遊記》的跨文化敘述〉，《東方論壇》第6期（2009年），頁37-40。

163 Tim Cresswell著，王志弘等譯：《地方：記憶、想像與認同》（臺北市：群學出版公司，2006年），頁19-22。

聚地方感；同時，又透過遊記表現對於臺灣與海外文化差異的觀察，並因社群刊物的登載而具傳播的功能。

三　在地遊記的自我觀看及地方感

旅行的意義是心靈的漫遊、身體的放鬆，不見得要遠走他鄉，藉由生活而延伸旅行的意義，故旅行書寫呈現旅人的「內心風景」。[164]對於具有地方感的人來說，家鄉是個有親切感、安全感、混合記憶、生活和情感的地方。《臺灣文藝叢誌》及《詩報》收錄諸多在地文人於臺灣島內的短篇遊記，且各具地方感。本節以此類遊記為研究素材，這些以自然風景為題材的內容，作者聚焦於書寫哪些風景？他們大多留心哪些自然意象與人文風景？這些作品又隱含作者何種視域？以下將舉若干篇目加以詮釋。

北部文人李碩卿所發表〈鷹石記〉及〈海外洞天記〉兩篇遊記，與所居地樹林、基隆相關。他在〈鷹石記〉開頭先敘述鶯歌地名來由，指出鶯歌因有石形似鷹而得名，並與三峽鳶山相峙，這樣的描述引導讀者想像兩禽各據山頭對望的情景，亦由對命名的詮釋賦予地景意義。此文又進一步描寫鷹石的形象，作者形容「勢若犄角，風風雨雨，不知幾億萬年，不飛不鳴，不能言，不點首。」[165]這般巨鷹久棲的樣貌，透過活化非生物的石類而蘊含生命力。鶯歌石聲名遠播，許多騷人墨客皆以此石為歌詠的對象，此鷹理應自鳴得意；然而此鷹選擇靜棲山林，飢食山果、渴飲湧泉，韜光養晦儲備自身靈氣，待時機而一飛衝天、一鳴驚人。李碩卿以石擬鷹，再以鷹喻人，藉由描寫鷹

---

164 鍾怡雯：〈旅行中的書寫：一個次文類的成立〉，《臺北大學中文學報》第4期（2008年3月），頁48。

165 李碩卿：〈鷹石記〉，《臺灣文藝叢誌》第3年第1號，1921年1月，頁3。

石闡述為人之道。他認為人應如同此鷹，不汲汲於眼前的名利，而是專注在自身的修養與磨練，靜待一展長才的機會。結尾再以地方父老之傳說強調鷹石的靈性，說明此文目的在於使後來的遊客不致輕藐鷹石，並提醒後人勿看輕任何人或物。此位日治時期臺灣北部名儒，於遊記中不忘機會教育，深具勉勵後進之意。文中對於地名之探源、故事之記敘，不僅是地景的描繪，且是再現對地方關懷的表述意義。

1922（大正十一）年李碩卿再於《文藝旬報》發表〈海外洞天記〉，所謂海外洞天即現今基隆市仙洞巖，李碩卿為基隆人，此文相較於〈鷹石記〉具更詳細的地景描述。其篇章結構先就仙洞得名的緣由加以陳述，另一部分則由兩次實地造訪的記錄組成。「仙洞聽濤」為基門八景之一，李碩卿先形容此地濤聲如在風雨中聽雷，晨夕之際又如聞鐘鼓；接著再寫望月聽風、溽暑乘涼之趣，並指出這些千變萬化的景象皆出此洞，稱之「仙洞」為名副其實。作者第一次實地探訪後，記錄仙洞深不可探，曲身進入約百餘步後，聽到泉水聲並有冷風，內部岩壁或寬或狹無法探盡。洞中石壁上留有騷人墨客的筆跡，欲提燭火照明觀之，卻驚見洞中蝙蝠成群飛出。李碩卿以蝙蝠與遊客的反應，突顯原先洞穴內的靜謐，以蒼龍破壁形容蝙蝠群飛之姿，使讀者有如臨現場的震撼。他又遊左洞，指出左洞洞口狹小，洞內卻寬敞，洞中奇石形如盤如席，奧不可言；然因洞口狹小，至左洞的遊客較少。[166]早在1916（大正五）年夏天李碩卿與黃純青即曾遊歷仙洞，提到多數遊客皆知主洞而不知尚有左洞，再次強調左洞的隱密。鄉人告知洞內祀奉之佛陀甚靈，李碩卿初不以為然，認為石洞之仙佛皆可人造。不料，卻恍惚耳聞洞中傳出「仙在咫尺，應誠心禮佛」的回音。李碩卿由原先的不信仙，轉變為感嘆自己因為俗人而無法遇仙，

166 現仙洞巖共有主洞、左洞、右洞，李碩卿於此文所記為主洞與左洞。

呈現他來到仙洞前後的心境轉變，並以陶淵明對桃源洞的欣羨對照自己對仙洞的追尋。文中引用古籍比喻參照，除有桃源洞之外，又以「蓬萊」、「員嶠」等修辭描繪仙境場景。此文引用《後漢書》典故，如相傳海中有神山：「一曰『岱輿』，二曰『員嶠』，三曰『方壺』，四曰『瀛洲』，五曰『蓬萊』。」[167]這些古代傳說東方海上的仙島，正是文人遊記所隱喻的人間仙境。

臺中文人林旭初則藉由〈萊園春遊賦〉抒發個人情志，所謂「慷慨悲歌，感念今昔。」他聯想到王羲之蘭亭宴及阮籍竹林七賢的文人聚會，感嘆「雖極當時之暫歡」，卻隱含內心亙古的憂愁。又以「海山兮蒼蒼，禾黍兮油油，孰知我悲兮，請與吾子同憂。」[168]以比興的手法，象徵殖民地民眾如鳥久困而悲戚的心境，並以「寧歌采薇」表現世變下的抉擇。人文主義地理學著重以有關存在空間的角度，析論如何在其所建構的園林裡實踐主體意識，使山水木石、樓臺亭閣，因存在經驗的投射，共同構成一個蘊含主題價值的空間。任何人觀看世界，都能看到不同人群與不同習俗、信仰構成的巨幅拼貼，地景本身就是一套由人群的活力與實踐所塑造、具有象徵意涵的系統。地景可以解讀為文本，闡述人群的信念，並表達社會的意識形態，意識形態又因地景的支持而不朽。[169]文化地景的想像透露出深刻的時間意識，文人透過書寫個人的觀看，不僅創造出文學地景，也因作者在地景上活動而顯現其人文意義。萊園為霧峰林家的宅第，亦是臺灣文化協會會員集聚的人文空間。此文貌似敘春天遊園之趣，實則暗含文協成員內心的苦悶，並透露欲寄託鬱結之氣於山林的情懷。

167《新校本後漢書並附編十三種》（臺北市：鼎文書局，1991年），頁13-42。

168 林旭初：〈萊園春遊賦〉，《臺灣文藝叢誌》第1年第2號，1919年2月10日，頁2。

169 Mike Chang著，王志弘等譯：《文化地理學》（臺北市：巨流圖書公司，2003年），頁35，另參頁17-18、35-36。

至於洪棄生〈遊珠潭記〉、〈紀遊雞籠〉兩篇遊記，於寫景的表現手法上頗具特色。就日月潭這個臺灣著名的地景而言，洪棄生在〈遊珠潭記〉開首以福建武夷山九曲溪的三十六峰，或甘肅仇池盤三十六回相比較，突顯珠潭風景的獨特性，闡述堪稱勝景的緣由。此文記敘自二坪山、土地公祠到抵達水沙連（日月潭）的過程，並以對仗工整的四六文句，細膩描繪明潭風光。以引用漢籍典故作為表現手法，如「塵客入之，胡麻失天臺之路；居人聚者，侏离雞犬同武陵之風。」[170]不僅論及武陵桃花源意象，又以天臺山胡麻飯的故事相參照。胡麻飯的典故出自《太平廣記》及《幽明錄》，載劉晨、阮肇到天臺山採藥，沿溪中所見的胡麻飯而前行，無意間竟到達仙境而得與二位仙女結為夫妻。在此歷經半年，人間卻已過第七世（晋太元八年，西元388年），且遍尋不著當初到天臺山的路。洪棄生除了引用漢籍典故之外，又羅列與珠潭相關的文獻，如臺灣方志、藍鼎元的文集，呈現歷時性的記載。所謂「憶在曩初，此為蠻窟。」溯源此地為原住民的居處，又羅列文獻所載「蓋郡志所謂珠潭、縣志所謂日月潭、國初藍鹿洲所謂水沙連——彷彿桃源者，即此也耶。」以排比的修辭手法，呈現歷來日月潭地名變化。地名的更迭說明地誌是一種空間的文本，提供不斷解讀、詮釋，乃至於重構。地理空間不僅是一種物質性的地景存有，更是一種人文心靈的存有。[171]珠潭在洪棄生的筆下，彷如傳說中的桃源仙境，但同時也是真實存在的觀光勝地。另一篇關於珠潭的文本為《詩報》所載朱啟南〈遊日月潭記〉，此文亦

---

170 洪棄生：〈遊珠潭記〉，《臺灣文藝叢誌》第5年第3號，1923年3月25日，頁3-4。洪棄生：〈紀遊雞籠〉，《臺灣文藝叢誌》第5年第5號，1923年5月25日，頁2。

171 林淑貞：〈地景臨現——六朝志怪「地誌書寫」範式與文化意蘊〉，《政大中文學報》第12期（2009年12月），頁159-194。

以桃花源比擬日月潭。[172]朱啟南不僅以日月潭為地景，並記錄此處原住民風俗因土地的開發而迅速變遷，隱晦批判日本殖民政府過於追求現代化，忽略對傳統文化的保存。吳德功〈珠潭浮嶼水分二色魚二種說〉則仿效宋人格物致知的精神，因好奇潭水有青淺二色，且有淡水魚、鹹水魚並生潭中的現象，而以考察的方式觀察此地景。洪棄生〈紀遊雞籠〉提到:「古之雞籠，遠峙海隩；今之雞籠，近倚山扁。」及「古以山著，今以港名」，其寫景以古今參照的手法，記錄從山到港的地理環境變遷。同時又結合臺灣歷史事件，如以虎井嶼為例，此地為施琅駐兵所在；又描繪獅球嶺地景，想像此處為中法戰地，因而賦予地景與時空意義。遊記又蘊含與外界交流的軌跡，如回溯明朝時基隆因地理優勢之便，吸引寇盜前往；鄭氏時期貿易的場景，與清治時期福州人移民來臺所居住的街景，今皆已成為廢墟。遊記中所書寫的同一個地景，因積累長時間歷史感受，而於不同時代中賦予新的意義。《臺灣文藝叢誌》又收錄洪棄生〈遊關嶺記〉及〈遊關嶺溫泉記〉，前者較關注沿途地勢及景物描繪；後者則將描繪重心集中於溫泉，並就關嶺溫泉與南淡水、北淡水及中國福州溫泉，在水質色澤、地理環境上的異同進行比較。兩文中皆就感官體驗加以鋪陳，如將青蒼的苔點喻為遠方叢林，以白虹擬仿溪水於谷間曲折的樣貌，並用青碧、黃、白等色描繪山巒，呈現鮮明視覺意象；並以火穴、熱流及溫泉自泉眼湧現時「水出如沸」的景象，顯現泉水溫度之高，在關嶺所聞的鐘聲、鶯啼、蟬語，都屬微小聲響，表現山中的空幽靜謐。

彰化鹿港人蔡世賢所撰〈遊務滋園記〉，提到受務滋園主人林耀亭所邀而參加聚會，並細述召開擊缽吟會命題、撰詩及評詩等過程

---

[172] 朱啟南：〈遊日月潭記〉，《詩報》第57號，1933年4月15日，頁4。

的情景。[173]林耀亭為臺中廳藍興堡樹仔腳庄（今臺中市）人，其居第名「樹德堂」，東側有庭園名為「務滋園」，乃採左傳「樹德務滋」之義。巴舍拉於《空間詩學》提到：「當我們與空間取得親密與私密感，無論這種感受是真實、想像的，都會將這樣的感受加以命名與詮釋，賦予該空間意義。」[174]「樹仔腳」即今臺中市南區樹德、樹義里之舊稱。當年市郊田野樹林叢生，為炎夏乘涼好去處。林氏天性誠樸，平易近人，所居處築有「務滋園」大宅院，每年舉辦懇談會，與佃戶相處的情形為在地人士所稱道。[175]「樹德務滋」的原意為務求更多德政能施行，以此為園林命名，可說是人際網絡形象的再現，同時也表現一種歸屬感，一種在地的認同。

擔任臺南廳臺南女子公學校訓導的許子文，所撰〈訪夢蝶園故址賦〉為遊訪夢蝶園的敘事。他目睹此園故址，那種「況黍離之抱痛，最愛瀛洲仙島，好為世外桃源。」的感觸油然而生。此遊記亦抒發「樂好山兮遊好水，盡日流連；對古蹟兮憶古人，終身景慕」的心境。[176]此處所指仰慕的人物為李茂春，此人年少勤奮，力求功名，但

---

173 蔡世賢：〈遊務滋園記〉，《臺灣文藝叢誌》第5年第5號，1923年5月，頁10。

174 法．巴舍拉：《空間詩學》（臺北市：張老師文化事業公司，2003年），頁23-80。

175 林耀亭（1868-1936），名炳煌，一名聯輝，字耀亭，號守拙，署名樹德居士。臺中廳藍興堡樹仔腳庄（今臺中市）人，庠生。自幼即於務滋園中家塾「松月書室」從江登階、賴石村讀。賦性聰明，才質卓異，文藝試帖皆大有可觀。1893（光緒十九）年取進臺灣縣學生員，並任藍興堡聯甲分局董事。日治至戰後，歷任臺中辦務署參事（1897）、臺中廳樹子腳區庄長（1900）、臺中區長（1917）、臺中興業信用組合理事、臺中市協議員等職。林氏善屬文，1920（大正九）年加入櫟社為會員。參考鷹取田一郎：《臺灣列紳傳》（臺北市：臺灣總督府，1916年4月），頁183；陳清池：《林耀亭翁の面影》（臺中市：耀亭翁遺德刊行會發行，1938年12月）；張子文等：《臺灣歷史人物小傳：明清暨日據時期》（臺北市：國家圖書館，2003年12月），頁286。

176 許子文：〈訪夢蝶園故址賦〉，《臺灣文藝叢誌》第1年第11號，1919年11月15日，頁5。

遭逢明清政治動盪，投奔明室卻不時為清軍所迫。李氏隨鄭經渡臺，居天興州東南邑郊永康里，築草廬，種植梅竹、草藥花卉，每日念佛經自娛。好友陳永華為其寓居取名為「夢蝶處」，並曾撰〈夢蝶園記〉一文，夢蝶園後經改建又稱為「法華寺」。[177]此文以「何必夢何必非夢，應知色相皆空。可為蝶亦可為周，早識化機之故。」文學具有表意作用，文學作品不只是對客觀地理進行深情的描寫，也提供認識世界的不同方法，並廣泛展示各類地理景觀。[178]因李茂春好佛，夢蝶園流露禪意，此園後來改建為佛寺，許子文受地景氛圍影響，流露遊記的儒、釋、道思想。

《詩報》所載張篁川〈讀鳳凰山石碑記〉，記載藉由觀賞南投鳳凰山碑文而感懷歷史事蹟。根據鄉親父老所言，此古碑為前清總兵吳光亮開山鑿險時由某軍門所寫的。這些耆老的傳說可信度極高，因鳳凰山古為南亞加萬蕃社的隘道，為原住民所居地，清治時期總兵吳光亮率隊「開山撫番」。[179]此文為張篁川因感後人逐漸遺忘歷史事件而作。上述兩篇遊記，即是以歷史地景的感染力，強調文化資產保存的重要性。人文地理學者艾倫．普列德（Allan Pred）提到：「地方感」概念的形成，須經由人的居住，以及某地經常性活動的涉入。經

---

[177] 此園的改名非源於知府蔣毓英之改建，而是由鳳山縣知縣宋永清將夢蝶園改建後的準提庵稱為「法華寺」，並增「火神廟」。1720（康熙五十九）年陳文達編纂《臺灣縣志．雜記志．寺廟記》提到：法華寺：在東安坊，偽時漳人李茂春搆茅亭以居，名夢蝶處；後僧人鳩眾易以瓦，供準提佛於中，改名法華寺。康熙四十七年鳳山知縣宋永清建前殿一座，以祀火神，匾曰離德昭明；殿後左右，建樓二座，前後曠地，遍蒔花果。又建茅亭於鼓樓之後，匾曰息機；自公退食之暇，時憩焉。盧嘉興：〈夢蝶園改稱法華寺年代考〉，《中國佛教史論集（八）——臺灣佛教篇》，頁321-327。

[178] 邁克．克朗（Mike Crang）著，楊淑華，宋慧敏譯：《文化地理學》（南京市：南京大學出版社，2005版，2007年4月重印），頁52。

[179] 張篁川：〈讀鳳凰山石碑記〉，《詩報》第166號，1941年12月6日，頁22。

由親密性及記憶的積累過程，經由意象、觀念及符號等意義的給予；經由充滿意義的「真實的」經驗或動人事件，以及個體或社區的認同感、安全感及關懷（concern）的建立，才有可能由空間轉型為「地方」。[180]「空間」與「地方」是兩個不同的概念，透過書寫模式討論作者是以「空間」或是以「地方」的概念作為書寫的起點。臺灣多處景點常為旅人書寫的對象，如北部著名的景點碧潭，《詩報》所載蘇鏡瀾〈碧潭遊記〉，即是作者書寫故鄉新店的地景。新店於日治時期歸屬文山郡所，為庄役場的所在地及官衙會社之駐在，而碧潭為臺灣八景十二勝之一，有人以日本嵐山名勝相參照。[181]“ *The Art of Memory*”一書提到：記憶是榮耀而美好的天賦，我們靠它憶起過往的事物，擁抱現在的事物，以過往事物的相似性思考未來的事物。[182]碧潭遊記的作者望著碧潭的水，雖然有時潭面清澈、有時混濁，但憶起父親所言此水可以洗滌纓與足，因而頓悟若安貧知命，最終生命將得以徜徉。[183]蘇鏡瀾的旅行敘事，不僅描繪地景特色，亦混雜關於以往父親話語的記憶，並省思未來應世之道。

又如獅頭山為臺灣十二名勝之首，歷來探訪者眾多，除《詩報》刊載鄭鷹秋〈獅山遊記〉之外，邱仙樓〈獅山勸化堂記〉則同時刊載於《風月報》及《詩報》。竹南鄭鷹秋〈獅山遊記〉詳列勸化堂的祀奉狀況，所謂：「中央乃玉清宮，祀關聖帝君；右為大成殿，祀孔夫子；左為雷音殿，祀觀音菩薩。」所描繪的地景著重儒、釋、道混雜的情境。另一篇為苗栗銅鑼邱仙樓〈獅山勸化堂記〉，他從勸化堂命

---

180 Allan Pred 著，許坤榮譯：〈結構歷程和地方——地方感和感覺結構的形成過程〉，收錄於《空間的文化形式與社會理論讀本》（臺北市：明文書局，1993年3月），頁86。

181 蘇鏡瀾：〈碧潭遊記（上）〉《詩報》第19號，1935年9月4日，頁14。

182 Frances A.Yate, *The Art of Memory*（Chicago: The University of Chicago,1974）, p.33.

183 蘇鏡瀾：〈碧潭遊記（下）〉《詩報》第20號，1935年9月15日，頁20。

名的由來，強調寺廟的教化功能。文中的論述提到：這座明似聖廟，卻不稱為「廟」，而稱「堂」；又加上勸化為名，得知其中存有深刻意涵。文中藉景而傳達儒學的論述：

> 蓋德教衰微，民忘禮義；詩書廢棄，士昧綱常。有心人因鑒及此，乃經之、營之，藉神道以設教耳。蓋儒林趨慕，乃名勝有以致之；文運衰頹，則有此堂以振之。二者相需，儼若同心而合德也。[184]

強調有心人士因感道德衰微，而欲藉此堂倡禮義、振儒學，闡述獅頭山勸化堂地景的象徵意義。獅頭山為一單面山地形，由於其形狀儼如獅頭，因此得名。自清代以來即為臺灣重要的宗教據點，最早約於嘉慶年間已有漢人進入該地開墾，而到了1895（光緒二十一）年桃園人邱大公發現獅巖洞，開始在此集資興建佛寺，成為獅頭山佛教聖地開山的第一人。自此之後，獅頭山地區便以宗教聞名全臺，1927（昭和二）年《臺灣日日新報》票選列入「臺灣十二勝」之一。在共同的地方經驗上，宗教勝地給予居民一種「超俗」的環境感受，獅頭山即是因佛寺林立，而成為遊客眼中的「聖境」。[185]遊記具體描寫地方景觀，幫助我們認識、愛護、標榜、建構一個地方的特殊風土景觀及其歷史，並產生地域情感和認同，增進社區以至於族群的共同意識。[186]這兩篇關於獅頭山的遊記，即是經由文人持續書寫，而彰顯其他地景意義，並透露地景與宗教所寄託教化的關聯。

---

184 邱仙樓：〈獅山勸化堂記〉，《詩報》第271號，1942年5月6日，頁20。

185 黃禮強，張長義：〈宗教勝地居民地方感之研究——以苗栗獅頭山為例〉，《都市與計畫》第35卷第3期（2008年），頁227-251。

186 吳潛誠：〈地誌書寫，城鄉想像：楊牧與陳黎〉，《島嶼巡航：黑倪和臺灣作家的介入詩學》（臺北市：立緒文化事業公司，1999年11月），頁80、83。

有別於一般訪山踏水的遊記，《詩報》刊載許丙丁實地至臺南各寺廟抄錄碑文而寫下〈臺南寺廟楹聯碑文採集記〉六篇。此文提到臺南廟宇，大多創自鄭氏時代，後經名紳巨賈重修建築，至今已二百餘年，其間歷經浩劫、震災，毀壞多次。其楹聯碑文皆是出自名人巨儒的手筆，作者認為若聽其湮沒無聞，實屬可惜。所以忙中偷閒親自到當地抄錄，並公開刊登於在《詩報》上，以與同好共享。[187]《詩報》亦收錄張篁川〈讀鳳凰山石碑記〉，作者因觀南投鳳凰山碑文而撰作此文。鳳凰山為原住民所居地，清治時期總兵吳光亮率隊「開山撫番」，碑文記錄相關事蹟，張篁川因感後人逐漸遺忘而再現歷史，流露漢人觀看此事件的視角。這些印刻於寺廟的楹聯或留存地方的碑文，記載當地的歷史和人文風景；又因凝聚人與地景的記憶，而使其成為一個具有意義的地景。

為彙整在地遊記的地景及其分布區域，並比較其表現策略，故先羅列篇目並舉例於表3-3：

表3-3 《臺灣文藝叢誌》、《詩報》遊記地景及表現策略舉隅

作者姓名	篇名	刊名	地景	區域	表現策略
李碩卿	〈鷹石記〉	《臺灣文藝叢誌》	鶯歌石	北部-鶯歌	託景詠物
	〈海外洞天記〉	《文藝旬報》	仙洞巖	北部-基隆	挪用典故
蘇鏡瀾	〈碧潭遊記〉	《詩報》	碧潭	北部-新店	觸景生情
鄭鷹秋	〈獅山遊記〉	《詩報》	獅頭山	中部-苗栗	直敘地景
邱仙樓	〈獅山勸化堂記〉	《詩報》	獅頭山	中部-苗栗	託景教化

[187] 綠珊盦：〈臺南寺廟楹聯碑文採集記〉，《詩報》第276號，1946年7月24日，頁11。

作者姓名	篇名	刊名	地景	區域	表現策略
蔡世賢	〈遊務茲園記〉	《臺灣文藝叢誌》	務茲園	中部-臺中	託景喻人
林旭初	〈萊園春遊賦〉	《臺灣文藝叢誌》	林家萊園	中部-霧峰	觸景生情
洪棄生	〈遊珠潭記〉	《臺灣文藝叢誌》	日月潭	中部-南投	挪用典故
朱啟南	〈遊日月潭記〉	《詩報》	日月潭	中部-南投	挪用典故
張篁川	〈讀鳳凰山石碑記〉	《詩報》	鳳凰山	中部-南投	史料再現
許子文	〈訪夢蝶園故址賦〉	《臺灣文藝叢誌》	夢蝶園	南部-臺南	託景喻人
許丙丁	〈臺南寺廟楹聯碑文採集記〉	《詩報》	寺廟	南部-臺南	史料再現

資料來源：歸納自《臺灣文藝叢誌》及《詩報》遊記篇目並分類

又為呈現《臺灣文藝叢誌》及《詩報》在地遊記的空間位置，並標示地景所屬的區域，故繪製地景的分布於圖3-1：

圖3-1的遊記所描繪的島內區域大多以中部為主，包括苗栗、臺中、南投等地，南部則以臺南為主。彙整在地遊記的表現策略，常見下列幾種方法：「託景喻人」的篇章，如：〈遊務茲園記〉、〈訪夢蝶園故址賦〉。「史料再現」的篇目有〈讀鳳凰山石碑記〉及〈臺南寺廟楹聯碑文採集記〉。至於「挪用典故」的則有〈海外洞天記〉、〈遊珠潭記〉、〈遊日月潭記〉等篇。臺灣日治時期報刊作為具歷史意義的文字記錄，所載遊記說明哪些景點為當時作者心中嚮往之地。如日月潭為日治時期全臺八景之一、碧潭與獅頭山為全臺十二勝、仙洞巖則名列基隆八景，因此在當時的雜誌中出現以這些地景為題材的遊

圖3-1 《臺灣文藝叢誌》、《詩報》在地遊記地景圖

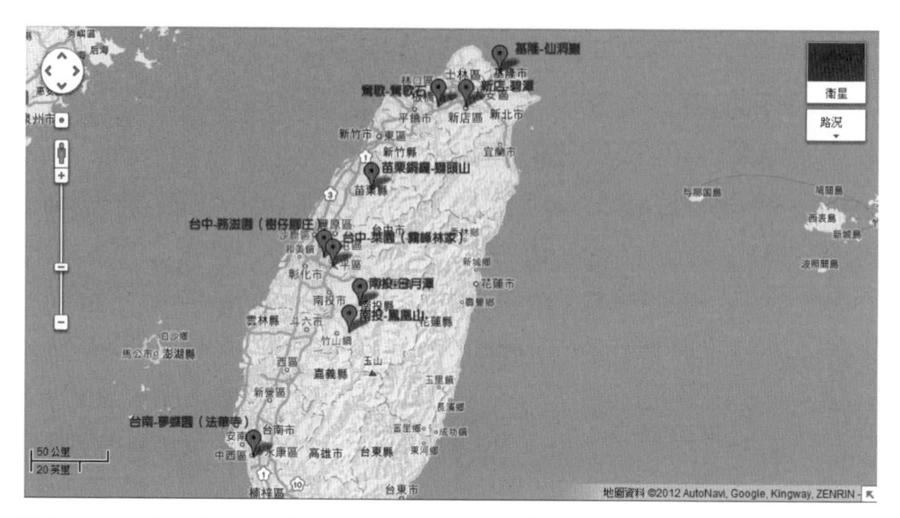

資料來源：整理歸納自《臺灣文藝叢誌》及《詩報》篇章內容所提及的地景

記。人文地理學者段義孚最先提出地方感這個概念，他認為地方感包含兩個涵義：「地方自身固有的屬性（地方性），和人們對這個地方的依附感（地方依附）」。他主張當人們把情感或審美識別應用於地點或區位時，即顯示出地方感。[188]《臺灣文藝叢誌》與《詩報》這兩刊物所登載的遊記，多書寫所熟悉臺灣各區域的地景，且因作者對於地方的依附，而使得遊記多流露地方感。

《臺灣文藝叢誌》遊記除了描寫自然景觀外，蔡世賢與林旭初另以園林景觀為題材，呈現中部文人詩文結社的交誼情形及文風鼎盛的現象。臺南為臺灣開發較早的地區，儒學與傳統宗教於此蓬勃發展，從許子文與許丙丁的遊記可見寺廟在儒學教化上的影響力。《臺灣文

---

[188] Tuan, Y.F., "Humanistic Geography". *Annals of the Association of American Geographers 66*（1976）: pp.266-276; Tuan Y.F, *Topophilia –a Study of Environment Perception, Attitudes, and Values*（New Jersey : Englewood Cliffs,1974）, p. 235.

藝叢誌》收錄在地遊記，多以「園」或「名勝」為主，作者不以感嘆園林的興廢為主軸，而是強調園林的歷史厚度及與人物的互動。[189]園林地景為儒者建構的文化空間，文人寄情於此，並以其主體性價值觀的投射，於造形為園林進行多重造境。如此以園林寄託文人情志的題材，較少見於《詩報》中。在表現策略方面，由於《臺灣文藝叢誌》與《詩報》的作者群在漢學造詣上皆有一定水準，因此典故的挪用於遊記相當常見。這些典故或用以形容地景的樣貌，或用以寄託作者的自我心境，如洪棄生藉由典故描寫日月潭景觀，李碩卿則以蓬萊、員嶠比喻所居地，臺灣彷如是人間仙境。遊記是作者觀看地景後心境的映照，並運用直述地景、挪用典故，或是託景以喻人、詠物或教化，以及觸景生情等表現方式。綜觀《臺灣文藝叢誌》與《詩報》刊載的在地遊記，多展現人生觀與地景間的相互映照，透露殖民地知識分子的憂心，或對於文化保存的關切。

四　旅外遊記再現文化差異

對於處在殖民地的文人而言，赴日本與中國旅遊是特殊空間的移動經驗，此類的遊記常以時空變遷的影響及個人情感結構，於私人的論述中流露作者對旅行與回憶複雜互動的思索過程。究竟這些日治時期文人藉由行旅經驗的書寫，抒發哪些對於異地哪些面向的觀察、批判，或是幽微的內在情緒？這些遊記多以到日本、中國為主，透露傳

---

[189] 漢籍中園林書寫的廢園題材，文人感慨園林的變易幻化，牽動了人事無常、生命短暫的悲傷。但是文人卻能正視並注意它，以開放型態的生命系統來面對這個亙古不變的憂傷事實。他們在園林詩文的創作中發現一些超越性的特質，足以彌補園林幻化的缺憾，從而對治也轉化幻化的悲傷。侯迺慧：〈物境、藝境、道境──白居易履道園水景的多重造境美學〉，《清華中文學報》第41卷第3期（2011年9月），頁445-416。

統文人空間移動的主要範圍，以下將舉例分析探討。

《臺灣文藝叢誌》刊載嘉義文人林一〈東瀛旅行記．橫濱看美人〉，描繪在日本與外籍女子相處的經驗，呈現臺灣日治時期男性對西洋女性形象的好奇心。不僅描繪衣飾色調、髮型樣式、鼻樑高度、皮膚與眼珠的顏色、鞋帽等容貌及裝扮，且巧妙運用「美人」雙關修辭形容美國人。他強調「執筆以記其事實，不敢增一毫之誇張，及作無稽之語也。」所以又詳盡敘說另一位婦人的故事。此位法蘭西婦人跟隨丈夫到日本從商，丈夫被徵召回國轉赴歐洲戰場，已過年餘卻消息全無，生死未卜。林一不禁為美人的境遇發出感嘆：歐洲大戰將近五年，犧牲無數的生命與金錢，所爭的目的只為各自力圖民族的幸福，而不顧眼前受多大的犧牲，他認為這即是歐洲列強所以蒸蒸日上的原因。作者繼而發出一段評論：

> 若以冷眼觀之，必笑其何苦徒耗生命金錢，以自招其破敗也。雖然破敗亦有之，若其奮鬥之精神不消滅，終能必達其目的。不觀夫非洲之黑人乎，彼之所圖者衣食耳；捨衣食之外，則任人牛馬。概所弗恤也，豈不哀哉。[190]

此處藉由女子的故事，不僅透露對戰爭的反諷，更思索非洲族群受到殖民統治的壓制。同時隱喻民眾若無主體意識，將長期受到奴役，呈顯作者藉由遊記發表論述與文化省思。

1918（大正七）年夏天，林一避暑於東京巢鴨別莊，結識英語教師羅斯。這位英國蘇格蘭籍的教師，因父曾至濠州經商而於當地誕生。後隨父到日本東京留學，專攻醫學院課程，當時羅斯日本五十音

---

[190] 目前存見林一：〈東瀛旅行記．橫濱看美人（一）、（二）、（三）、（四）〉，《臺灣文藝叢誌》第2年第4號、第5號、第6號，1920（大正九）年9月15日、10月15日，第3年第1號，1921年1月15日。

及漢字一字不識。林一深覺怪異而詢問為何能畢業，羅斯回答於醫學院就讀時，皆讀德文及英文原書，故無識日文之必要。他日語的口說能力甚精熟，當初學日語亦以二十六音代五十音。作者提到「英人善利用自己之文明，不肯浪費時間，以學將來無用之物。」流露英國人重實務的功利性格與語言的優越感，同時亦反映日本明治維新後，以英文作為醫學課程主要教學語言的現象。此外，在習俗的觀察方面，林一記載曾聞新渡戶稻造博士評論日本人缺乏公德心，與歐美等國的民眾相較，差別甚大。[191]新渡戶博士曾在北海道見一塊朽木置於路中，來往之人皆跨而過之，竟無一人肯費舉手之勞將它移置路旁，以免妨礙行人。後來終於見到一位美國人，不惜沾汙雙手竭力除去這個路障。林一觀察身旁的羅斯，愈相信新渡戶稻造博士所言甚為貼切。他於遊記提出省思：

> 若夫我臺人之無公德心也，不但不肯為眾除害，反以害眾為當然。若欲盡舉其事，則更僕難數。今吾人不欲求進步則已，苟欲求進步，必先以培養公德心始，庶幾得以合群力，而堅固團体焉。[192]

作者林一到異地觀察風俗，比較各族群的公德心素養後，更具體舉出

---

191 新渡戶十歲進入原屬南部蕃的「共慣義塾」就讀，該塾相當重視英語教育，乃於十四歲進入「東京英語學校」。1887年，新渡戶入札幌農學校，二十二歲渡美，又遠赴德國波昂大學鑽研農業經濟學。學成歸國後擔任札幌農學校教授（1891-1897）、臺灣總督府民政部殖產局長（1901-1903）兼京都帝國大學教授（1903）、第一高等學校校長（1906-1916）兼東京帝國大學農學部教授、東京貿易殖民學校校長（1916）、東京女子大學校長（1918-1920）、國際聯盟事務次長（1920-1926）、貴族會議員等職務。張崑將：〈從前近代到近代的武士道與商人道之轉變〉，《臺灣東亞文明研究學刊》第7卷第2期（2010年12月），頁178。

192 林一：〈東瀛旅行記．橫濱看美人（四）〉，《臺灣文藝叢誌》第3年第1號，1921年1月15日。

實例，如「以藥粕或以草人置諸路中，使他人不小心踐踏，則謂必能代其病，此為一種迷信。雖未必能代其病，而其存心不仁。」藉此事蹟論述公德心的差異性，透過異文化的比較，強調民眾具有公德心為文明進步的象徵，並闡發凝聚民族團體的密切關連。透過敘述者的眼睛，看到另一個社會與本地的人文自然景觀差異，藉由比較、重溫的省察，進一步瞭解本身的問題。[193]〈東瀛旅行記〉先以迻譯轉化日本新渡戶稻造博士的話語，又與臺灣的情境相互參照比較，皆是應用敘事手法的表現。

《臺灣文藝叢誌》收錄至中國的遊記，如棠雲閣主〈西湖遊記〉、仲麟〈孤山探梅記〉等，為文人探訪蘇州名勝西湖的感景抒懷之作。棠雲閣主於春季前往西湖，漫遊雷峰塔、湖心亭、小曲園諸景，且因天候乍變，得見西湖晴雨皆宜的山色湖光。他沿途觀覽諸多史蹟及岳飛、秋瑾等人的墓塚，得以緬懷先烈氣節。相較於棠雲閣主的懷古情調，仲麟不選擇遊人如織的蘇堤，卻於冬天與友人同遊林和靖曾隱居、紅顏馮小青埋身的孤山。途經白堤的楊柳衰草，憶起昔日與同好所見草長鶯飛的春景，更流露景物依舊、人事已非的感嘆。不同於此類以寫景為主的遊記，刊載於《詩報》的中國見聞，則呈現另一種風格。如嘉義人蘇鴻飛曾遊覽中國各地，除一系列行旅詩之外，尚撰有〈揚州隋代遺跡〉。此文不僅描繪所見歷史遺址，更著重於寄寓褒貶等敘事手法。如作者以隋煬帝到揚州看瓊花為例，連結隋代興衰之由：「沿途徵發人民為種種之苦役，而激起民怨，卒至亡國，被弒於揚州。」又見隋葬宮人之處，抒發「徒令人生不盡美人黃土之感。」更進一步記載當地的傳說：「相傳隋煬帝崩後，卜葬於此。未

---

[193] 廖炳惠：《臺灣與世界文學的匯流》（臺北市：聯合文學出版社，2006年），頁180-181。

數日忽有暴雨般雷，將棺拔出墓外，三葬三拔，乃成此三塘。後移葬於石佛寺佛度下乃免，人謂隋帝弒父殺兄，故死後遭此天譴也。」地理景觀不僅是個體特徵，並反映社會或是文化的信仰、實踐和技術。[194]遊記中的地景亦映照作者對歷史文化的觀點，這些以古蹟為題材的遊記，多以文字寄寓對歷史人物的褒貶，也隱含作為當今借鑑的用意。

洪棄生《八州遊記》為日治時期旅中遊記代表作之一，內容篇幅甚長，《臺灣文藝叢誌》未刊登全文。此書序文〈八州遊記序略〉，為理解作者寫作背景及動機的重要篇目，然此篇自序竟未收錄於《八州遊記》內，今幸從刊登於《臺灣文藝月刊》得見此單篇論述。作者洪棄生於1922（大正十一）年9月6日前往嚮往已久的中國遊覽，他的旅遊動機包括：實現孺慕文化中國的夙願、抒發日本統治下的抑鬱之氣、驗證讀萬卷書行萬里路、與老友會面及實現個人心願等面向。[195]北遊八州指的是「揚荊豫冀徐袞青，為禹貢七州；合舜典幽州，是為八州。」他的遊蹤遍及十省，《八州遊記》是他將旅途所見所聞，以日記體撰寫而成，長達二十一萬餘字。文學研究者認為旅遊書寫與作者的習性關係密切，人文地理學者也留意旅行家所看到與所聽到的事物，在很大程度上決定於他個性的面向。[196]洪棄生遊記與此

194 邁克·克朗（Mike Crang）著，楊淑華、宋慧敏譯：《文化地理學》（南京市：南京大學出版社，2007年4月），頁15。

195 參考程玉凰：《洪棄生的旅遊文學——《八州遊記》研究》（臺北市：文津出版社公司，2011年9月），頁78-84。有關洪棄生的相關研究可參考程玉凰：《洪棄生的旅遊文學——《八州遊記》研究》一書，該著作主要在探討洪棄生壯遊中華的動機、目的與收穫，並分析《八州遊記》的體式、版本與寫作方法，同時詮釋洪棄生思想、人格特質與內心世界。

196 Alfred Hettner著，王蘭生譯：《地理學：它的歷史、性質與方法》（臺北市：商務印書館，1997年），頁441。

說頗為相映，例如〈八州遊記序略〉提到北京有許多適宜遊玩之處，但他特別著重有關典禮的地景：「南郊若圜丘，北郊若方澤。祈雨若雩壇，國祀若社稷。親耕若先農，親桑若先蠶，朝夕若日月之壇」。他明白告知讀者，為何選擇以此方式撰寫遊記，只因「當禮崩樂壞之世，苟余不訪，恐二十年後無跡矣。」[197]人類古早即認為萬物皆有神靈，且遍及天地四方，為表達崇敬而產生祭禮儀式。祭典即是面對自然現象變化時，產生想像與理解，甚至透過思維演繹，感知天地萬物而創發泛靈論，形成自然崇拜。另一深層意義是因祭祀常具備君權神授、德配天地的象徵意涵，故為歷代統治者所重視與利用。洪棄生有感於近年來許多古蹟被挪為他用，原先由祭祀儀式場域所象徵的宗法、禮樂意義蕩然無存，他個人對於這些蘊含禮儀意義的歷史遺跡，深具保存文化資產的使命感，所以決心實地踏訪並加以記錄。

洪棄生除了記錄祭典的地景之外，另書寫歷代著名的古蹟，如雍和宮、明十三陵等具有官方空間權力之處；或是葛嶺為葛洪仙源王廟墓，孤山林逋鶴亭等具有人文內涵的古蹟。同時，他也描繪諸多自然景觀，如「北塞之山，連峰矗天，不知所止。反似臺灣高山，連二千里，為中原所無。」以參照比較的手法分析所見之景。另一方面形容眺望長城為「如虎圈，如常山蛇，如障海金。」則是以譬喻的修辭生動描繪地景，且加上「余親遇之焉」強調目睹及親身經歷。他所採取的寫作方式為「純記山水景物，閒以考古，不著閑語雜記體也。」洪棄生的遊記展現出馳騁想像，不僅尋找古老地景的新意，同時也探索現世地景的精神面貌。遊記須掌握地景內在精神，也要講求文字的表現，為理性、核實的態度，這種理性背後並不掩藏曾對地誌文本的感動。讀者宜覺知作者在現地的心情，領會他們透過書寫與地景所產生

[197] 洪棄生：〈八州遊記序略〉，《臺灣文藝月刊》第6年第5號，1924年6月15日，頁1。

的對話。洪棄生於此文篇末發表一段論述：認為司馬遷縱有壯遊，但未遠遊至海外；又舉蘇軾雖有跨越海峽遭貶謫到海南島的際遇，但不如他從臺中到上海等地的漫長遼闊旅程。洪棄生自認為如此的壯遊早已超越古人的格局，細觀作者的這篇自序，實具有為此趟遠遊及其著述自我定位的功能。

《臺灣日日新報》刊登日治初期諸多文人到日本觀光的遊記，然《詩報》所載文人到日本旅遊的經歷多以行旅詩為主，遊記只見以澎湖人陳夢華〈東遊紀畧〉為代表作。[198]此連載的長篇遊記為陳瑾堂所選錄的先哲遺稿，為作者陳夢華於1903（明治三十六）年旅日的遊記。[199]從陳夢華〈東遊紀畧〉推測其旅日路線為：馬關→九州四國（瀨戶）→宇品港→神戶→大阪→臺灣協會支部會館→淀川吉岡西本願寺→京都清水寺→清閑寺（歌山）→八坂神社→華頂山→吉水園→石山寺→琵琶湖→神戶→西山→楠正成廟→神戶→門司港→馬關春帆樓。（參見圖3-2：陳夢華〈東遊紀略〉旅日主要路線圖）

從圖3-2為陳夢華旅日的主要路線，得知他曾到過的處所不少。但文本中卻多以提及途經的地名及概述旅程所見，除將參觀博覽會及特殊地景詳加記錄之外，較不著墨於深入描寫地景或發抒個人觀感。在參觀博覽會方面，他曾列舉世界各國舉辦博覽會的情形，如法國巴黎、奧地利及美國亦曾召開萬國博覽會等訊息。又詳述日本曾於東京召開三回，京都召開一回，以及此次1903（明治三十六）年於大阪召開第五回勸業博覽會的例子。他提出「將以人之所巧者，而補乎我之所拙；且將以人之所短者，而貽以我之所長。相勸相成，以益於己者益於人，而後不負斯會之旨焉。」如此以觀摩學習的心態，具有闡

198 臺灣總督府編：《臺灣列紳傳》（臺北市：臺灣總督府，1898年），頁358。

199 陳瑾堂，高雄人。曾參與旗津吟社、鼓山吟社。

圖3-2 陳夢華《東遊紀略》旅日主要路線圖

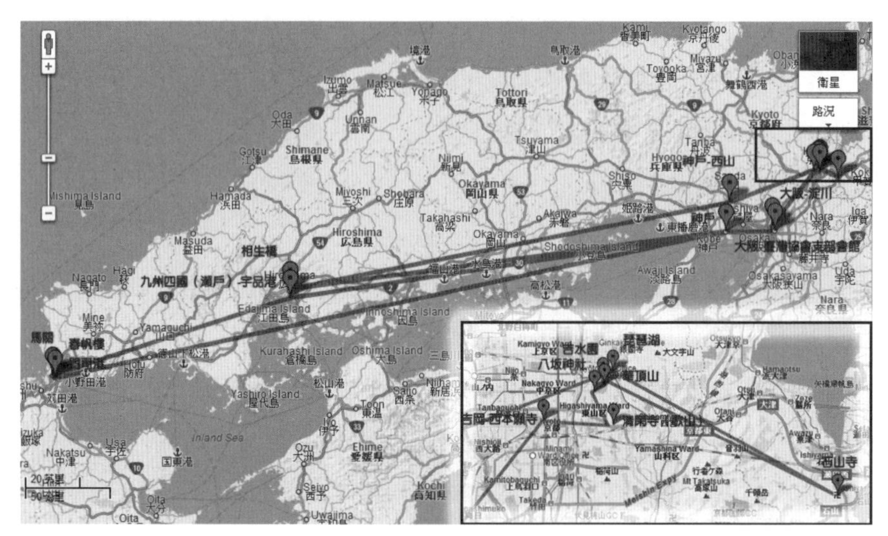

資料來源：整理歸納自《東遊紀略》篇章內容所提及的地景

發博覽會的功能。作者又強調「審時而度勢，舍舊而圖新」[200]透露宣揚審視實際時勢，革除過去舊習的理念。所以他的遊記擇取參觀現代化設施的見聞，如在燐寸機械局（火柴工廠）提到：「聞近有一種製造新法，不用人工而專用機器者。」或是：「全府中所有鐵路等交通工具、電灯、紡織、袛織，一切工廠，皆資其電力。」[201]這些實地親身體驗的記錄，為傳統文人感受都會物質文明的另類風景。尤其勸業博覽會更是集農工業成果之大成，作者記錄的層面包括：「自農業、藝林業、水產、採鑛、冶金、化學、染織、製造等。」不僅這些農業館、教育館、林業館的展覽品甚為可觀，更從教育的相關展覽中呈顯其價值：「觀教授諸物之燦陳，而令人念菁莪棫樸之治者，教育

200 陳桂屏：〈勸業博覽會序〉，《詩報》第25號，1931年12月1日，頁13。

201 陳夢華：〈東遊紀略（四）〉，《詩報》第11號，1931年5月1日，頁14；陳夢華：〈東遊紀略（九）〉，《詩報》第17號，1931年8月1日，頁13。

館也。」[202]菁莪為樂於培育英材，棫樸為比喻賢才眾多，顯示參觀者對於教育設備及治理政策實施成果的注重。另在工藝及機器教育、學術、衛生、理財、美術等層面，亦呈現日本國內多方的實力。

陳夢華又於參觀展示各民族的人種時提到：「若夫人類館之印度人、爪哇人、亞細亞、土耳其以及生蕃之男女，以錢購而非囚者。（聞一月身價有多至六十元以上者）人觀我而我亦觀人，似得矣。」[203]他親見真人進入櫃中作為展覽品，但因館方付給月工資，所以不認為這是囚禁的行為，呈現他參觀此館的另類觀看視角。當時日本於大阪舉行第五回勸業博覽會，原本展示包括中國、韓國、琉球與臺灣在內的人種。在中國與韓國的抗議之下，撤銷展出，但已成為日本殖民地的琉球與臺灣原住民仍繼續展出。儘管學術人類館的展出引發許多爭議，認為不受尊重，不過該類型的展出卻成為後來日本帝國殖民地的主要樣態。[204]此勸業博覽會中的臺灣館，正是統治臺灣八年之後，各種調查、統計、測繪的成果展示，以及照片、圖表、蠟像、標本提供觀者凝視監看臺灣的觀景框架。[205]大阪博覽會開會之時，日本仍籠罩在甲午戰爭與義和團事變勝利的氣氛之中，這兩場戰役使日本人相信自己已躋身於世界列強之林。因此如何展現這個亞洲帝國的榮光，是大阪博覽會與前四次勸業博覽會展示設計截然不同的思考重點，誇耀富庶與強盛於是成了這場博覽會的特色之一。不僅比在京都舉辦的第

202 陳夢華：〈東遊紀略（五）〉，《詩報》第13號，1931年6月1日，頁12。

203 陳夢華：〈東遊紀略（六）〉，《詩報》第14號，1931年6月15日，頁14。

204 李政亮：〈帝國、殖民與展示：以1903年日本勸業博覽會「學術人類館事件」為例〉，《博物館學季刊》第20卷第2期，頁31-46。

205 大阪博覽會比在京都舉辦的第四回內國勸業博覽會會場面積大2.3倍，陳列館擴增為14館，參展品數因此多了1.6倍，觀眾人數也多4.7倍。呂紹理：〈展示臺灣：一九〇三年大阪內國勸業博覽會臺灣館之研究〉，《臺灣史研究》第9卷第2期（2002年12月），頁138。

四回內國勸業博覽會規模大，參展數及觀眾也倍增，且實體的展示也需呈顯日本這個新進帝國主義國家的特色。呈顯的方法之一，就是仿效法國1867（同治六）年巴黎博覽會的做法，將世界「落後民族」集結展示，於是教育學術館內安排展出北海道愛奴人、臺灣高山原住民、琉球、中國、印度、爪哇、土耳其和非洲土著等。[206]陳夢華的遊記並非以批判的視角觀察如此展示原住民的方式，而是流露受到日本殖民所影響的價值觀。

陳夢華自言赴日本首先受到的文化衝擊為：「余輩到處婦孺走相告視者，意以我之衣冠為希耳。」由異地居民好奇旅人服飾的不同，而映照自我與他者的外在差異。至於遊記中有關歷史記憶的感受，如以「古今無限傷心事，回首中原哭不來。」即是發抒對於割日事件的心境。又如形容大阪博覽會場展示的情境「ハノラマ臺之上，七大國之兵馬逼野漫山。義和團之強民，奔狼鬥虎。城上則礮煙四起，有天皆紅。河畔半人馬橫尸、無水不赤。天昏地慘，日月無光；河山慘裂，古今同哭」。此處特別標記「舊曆三十年七月十四日列國聯合軍天津佔領庚子天津之大戰場，不圖今日而恍惚遇之也。」提供讀者理解展示的場景，並感嘆天津遭列強佔領，如今造訪此地，因跨越時空而感受戰亂後的荒涼。他將地景視為一個可供解讀的文本，描繪神戶、門司港、馬關、春帆樓等處，並為此地所發生的歷史事件做註腳，所謂「明治二十八年三月十九日李鴻章來議和，即在此樓之東」。又於春帆樓發出感嘆：「沉霧淒風景寂寥，春帆樓外雨瀟

---

206 此博覽會真正能突顯日本帝國榮光的，應該是將日本在新領土「臺灣」的統治成效呈現大眾眼前，一方面滿足日本成為帝國的願望，另一方面則可化解日本國內政界對臺灣總督權力過大的疑慮。呂紹理：《展示臺灣：權力、空間與殖民統治的形象表述》（臺北市：麥田出版公司，2005年），頁113-193。

瀟。都將今古無窮恨，分付關門上下潮。」[207]這些地景皆與割臺事件相關，已成為文人的集體記憶，亦隱含歷史創傷。《詩報》所載此篇旅日遊記，作者在欣羨海外各項現代化事物之餘，另感受地景的歷史傷痕意象，進而反思紀念景物與遺跡的特殊質性。

為歸納旅外遊記空間場景與人物心境的關聯，故整理各篇目於表3-4：

表3-4　《臺灣文藝叢誌》、《詩報》遊記地景與人物心境比較

刊名	作者	篇目	地景	人物心境
《臺灣文藝叢誌》	棠雲閣主	〈西湖遊記〉	岳王祠、秋瑾墓	勉懷先烈
	仲麟	〈孤山探梅記〉	孤山、白堤	景物依舊、人事已非
	洪棄生	〈八州遊記序略〉	與典禮相關的地景	憂心禮樂崩壞
《詩報》	陳夢華	〈東遊紀略〉	門司港、馬關、春帆樓	勾起割臺傷痛
	蘇鴻飛	〈揚州隋代遺跡〉	揚州隋煬帝觀瓊花處、隋代葬宮人處	感歎隋代興衰

表3-4所列遊記地景多以古蹟為主，這些篇目的相關性在於不僅蘊含歷史記憶，且作者心境透露儒學社群價值觀及集體意識。一個地理空間（包括各式建築或不同地域）可以是某種意象化的形式，而人們正是藉助於在一定程度上共通的意象，來「看到」這個空間或發展

[207] 陳夢華：〈東遊紀略（十四）〉，《詩報》第23號，1931年11月1日，頁14。

出對於這空間的感知。[208]遊客在一趟旅程中走訪許多景點，其內心的抉擇反映在遊記的寫作上。《臺灣文藝叢誌》遊記多帶有懷舊風格，如棠雲閣主〈西湖遊記〉遊覽諸多西湖景點，對於岳王祠、秋瑾墓有較多的敘述；且結合作者對英雄與烈士的崇拜，呈現出懷古的心境。仲麟〈孤山探梅記〉則藉景抒發人事變遷甚為劇烈。洪棄生遊覽八州眾多景點，由於對於禮樂制度的崩壞深感憂心，在造訪北京時特別強調與典禮相關的地景，並多就這些地景進行論述。至於《詩報》所載陳夢華書寫日本馬關及春帆樓等地景，此為歷史記憶的再現，亦象徵割臺的悲傷。作者以「霧沉重」、「風淒冷」、「寂寥雨瀟」、「潮起潮落」等外在自然意象的修辭，映照作者內在的風景心境。至於蘇鴻飛〈揚州隋代遺跡〉亦以遺跡地景，烘托作者沉浸於歷史興替的氛圍。綜觀這兩刊物遊記地景，多與懷古意識相映，此為儒學社群的共通心境。為比較這些遊記敘事的特色，茲再舉數篇遊記為例，分將旅遊動機、旅行過程到回歸後的論述列於表3-5：

表3-5　《臺灣文藝叢誌》、《詩報》遊記敘事分析比較舉隅

刊名	遊記篇名	旅遊動機	旅行過程	回歸後的論述
《臺灣文藝叢誌》	〈東瀛旅行記・橫濱看美人〉	於東京巢鴨別莊避暑	與法國婦人互動	批判戰爭
			觀察英人羅斯	提及公德心的重要性
	〈西湖遊記〉	親身接觸前人所述之中國	謁岳王祠	忠奸之辨，自在人心
			謁秋瑾墓	期許女性效法秋瑾精神

[208] 鄭毓瑜：《文本風景——自我與空間的相互定義》（臺北市：麥田出版公司，2005年），頁16-18。

刊名	遊記篇名	旅遊動機	旅行過程	回歸後的論述
《詩報》	〈東遊紀略〉	參觀第五回大阪勸業博覽會	觀現代化建設	期勉捨舊而圖新
	〈揚州隋代遺跡〉	體驗歷史場景氛圍	參觀歷史遺跡	以隋煬帝失德而亡朝為殷鑑

表3-5所列刊登於《詩報》的〈東遊紀略〉，為陳夢華早在1903（明治三十六）年至日本旅遊的敘事，此篇遊記多著墨於參觀第五回大阪勸業博覽會及現代化建設，顯示日治初期文人欣羨日本物質文明的視角。至於《臺灣文藝叢誌》所刊載的旅外遊記，則觸及國際互動及現代社會情境。如〈東瀛旅行記〉不僅呈現傳統文人的跨界足跡範疇，並蘊含公德心、戰爭批判及主體性等論述。如此探討現代性的敘事，與刊登於《詩報》的〈東遊紀略〉相較，雖然兩篇皆是旅日遊記，但觀看日本的視角不盡相同。敘事作為探索的對象，多是以討論特定敘事的性質、形成脈絡，以及個人或集體生活中的作用；以敘事學來探索文本，則是將其視為理解和接近世界的手段。敘事學不只關切形式，也處理意義、修辭、歷史生產情境等問題；不只研究文本結構組織，也顧及整體與局部的關係和細節的安排。[209]遊記中的敘事從開頭的旅遊動機，到旅行過程中與人物的互動或景點的擇選，為敘事中間發展的結構。至於結尾為回歸後的感受與論述，流露作者從離到返的思路歷程。關於這兩部雜誌所收錄旅外遊記的敘事，如旅中遊記的題材，由於臺灣與漢文化的關聯性，遊記的地景與歷史相對話，呈顯古今參照的反思。而旅日遊記〈東遊紀略〉關於文明的論述，透露割捨過去而趨新的理念，呈現儒學社群以日新的價值觀應世。雖與〈東瀛旅行記〉因觀看視角的不同而形成論述的差異，然皆流露儒學

[209] 翁振盛：《敘事學》（臺北市：行政院文化建設委員會，2010年1月），頁92-93。

社群從傳統社會過渡到現代社會的肆應。

五　結語

因空間移動所觀察的文化差異，為研究旅遊書寫的核心層面。臺灣文社的成立與《臺灣文藝叢誌》的創刊，為古典文學作者提供發表的場域；《詩報》亦提供傳統文人分享作品及創作經驗，並具維繫漢文化的功能，實有助於日治時期漢詩文的保存。此兩部臺灣日治時期發行長久的漢文文藝刊物，所刊登的遊記中的思辨議論，是作者抵抗文學想像於地景上消褪的可能，故具有召喚地景氛圍與記憶的作用。

本節透過探究《臺灣文藝叢誌》及《詩報》所刊載遊記的詮釋，以呈顯文人在地與跨界的行旅記憶。除了從居住地觀看文人與地景的關係外，這些遊記的作者曾受傳統儒學的薰陶，多與詩社間互動頻繁，且擔任詩社負責人與刊物編輯。從作者社群的寫作習性看來，多見引用典故入文，字裡行間透露其歷史感。文中對於地名的探索和旅遊的敘事，不僅是對地景的描繪，且流露對地方的關懷。《臺灣文藝叢誌》所收錄的在地遊記，多以「園」或「名勝」為主，作者強調園林的歷史厚度及與人物的互動。文化地景的想像蘊含深刻的時間意識，如萊園不僅為霧峰林家的宅第，亦是臺灣文化協會會員聚集的人文空間，透露寄託鬱結之氣於園林的情懷。又如「務茲園」原意是指務求施行更多德政，園林以此命名，表現在地的認同感及歸屬感，此類題材《詩報》較少觸及。此外，文人藉由書寫珠潭等地景，將長時間積累的歷史感受，因不同時代的變遷而賦予新的意義。在表現策略方面，由於《臺灣文藝叢誌》與《詩報》的作者群多具漢學素養，因此遊記多挪用典故，藉以形容地景的樣貌，或用以寄託作者的自我心境。如以桃花源、蓬萊及員嶠比喻所居地，臺灣彷如是人間仙境。綜觀這些在地遊記，或展現作者的人生觀與地景間的相互映照，或透露殖民地知識分子的憂心，及對於文化保存的關切。

《臺灣文藝叢誌》及《詩報》所載旅外遊記，多以日本與中國為主要場景。日本的遊記如〈東瀛旅行記〉作者藉由遊記透露對戰爭的反諷，並思索族群受到殖民統治的壓制，民眾必須具有主體意識的重要性。從遊記所描寫作者與不同國籍或不同性別人士的交流，反映臺灣文人於新舊時代過渡期的反思；作者與法蘭西婦人和英國蘇格蘭人羅斯的互動，即是再現明治維新之後，外籍人士於日本境內的多元生活方式。而〈東遊紀略〉則著墨於博覽會及參觀現代化設施的見聞，顯示欣羨日本物質文明的心態，並感受都會的人文風景。從有關大阪勸業博覽會的記錄，得見作者的視角受到日本殖民所影響；而馬關以及春帆樓等地則與割臺事件有關，隱含文人的歷史創傷，成為集體記憶的地景。關於中國的遊記，如以隋煬帝到揚州賞瓊花為例，探討隋代衰亡的原因，並以文字寄寓對歷史人物的褒貶，隱含借鑒的用意。洪棄生遊記的自序則流露作者具有保存文化資產的使命感，所以決心親自實地踏訪與典禮相關的地景，以發掘此類歷史遺跡所蘊含的儀節意義。

臺灣日治時期漢文遊記牽涉文化觀察及風景心境，這些作品透過社群刊物的登載，而流傳於識字階層。《臺灣文藝叢誌》、《詩報》皆以維持漢學於不墜為發刊宗旨，在臺灣文學場域上頗具代表性。兩刊物所登載的多篇遊記，敘事範疇涵括臺灣在地及跨界至中國、日本等地，具共性亦有殊性，多蘊含行旅記憶及地景意象。這些遊記常流露旅人從出發、行旅過程到回歸的體驗，並蘊含挪用典故、參照比較、觸景生情、迻譯轉化等表現策略。遊記提供分析作者的旅途經驗的研究素材，並得以探索因空間移動而省思的心靈活動。本節應用記憶、地景、敘事、再現、論述等概念，詮釋遊記的文化意涵。分從儒學社群文藝刊物所載遊記的場域意義、在地遊記的自我觀看及地方感、旅外遊記再現文化差異等面向加以探究，期望能呈現儒學社群所撰遊記豐盈的地景意象。

——「神州行旅：《臺灣日日新報》旅中敘事」修改自原題〈神州行旅：《臺灣日日新報》旅中時尚敘事與文化體驗〉，發表於「第二屆古典與現代文化表現學術研討會：時尚文化的新觀照」，逢甲大學中文系主辦，2011年4月。後收錄於《時尚文化的新觀照：第二屆古典與現代學術研討會論文集》。臺北市：里仁書局，頁183-211，2012年3月。

——「閩南文化的承襲與衍異：《臺灣教育會雜誌》的空間意象」修改自原題〈文化的承襲與衍異——《臺灣教育會雜誌》的空間意象〉，發表於「2012閩南文化國際學術研討會」，國立成功大學閩南文化研究中心、人文社會科學中心主辦，2012年4月。後收錄於《2012閩南文化國際學術研討會論文集》，國立成功大學閩南文化研究中心、人文社會科學中心，頁377-394，2012年11月。

——「儒學社群遊記的意象：《臺灣文藝叢誌》與《詩報》的地景書寫」修改自原題〈臺灣日治時期遊記的地景意象：以《臺灣文藝叢誌》與《詩報》為例〉，發表於「2012年國際研討會——地景、海景與空間想像」，中山大學人文研究中心主辦，2012年11月。刊登於《臺灣文學研究學報》第17期，頁103-141，2013年10月。

第四章
旅遊書寫的現代性

旅遊經驗使人的意識有所轉變，常因觀察異地都會的發展而對現代性進行反思。泰勒（Charles Taylor）認為現代性是一個內向的轉折（inward turn），基本上為了搭配現代化的發展，在社會的變化之外，人其實形成了許多文化想像，並與這個現代化的過程產生互動。這些現代文化想像包括個人主義、自由經濟市場、市民社會以及公共領域等面向。[1]本章以顏國年、雞籠生的旅遊散文，及回憶錄中的留日記憶為例，詮釋這些旅遊書寫的現代性主題。臺灣日治時期最早的長篇歐美遊記為顏國年《最近歐美旅行記》，作者透過比較歐美社會與本地的差異，而再現異國都會文化的諸多面向。故第一節藉由此位日治時期實業家如何觀摩產業實況並影響其產業經營的方式等面向，分析遊記所蘊藏的現代性主題。第二節以刊登於《臺灣新民報》雞籠生《海外見聞錄》及上海系列為研究範疇，分從知識菁英的空間移動經驗、歐美見聞的比較文化觀、文明與黑暗對比的上海意象等層面，論述於公共領域的傳播意義。第三節則以楊肇嘉、杜聰明、張深切、陳逸松、劉捷、巫永福、吳新榮等人的回憶錄為研究素材，分析從殖民地臺灣到日本留學的經驗書寫，透露於他者的想像中發現彼此的差異而影響心理的轉折。以作者的敘事位置、形構留日的校園經驗、再現文化差異為切入點，釐析文本隱喻臺灣處於殖民地下發展的侷限、現

1　廖炳惠：〈異國記憶與另類現代性：試探吳濁流的《南京雜感》〉，《另類現代情》（臺北市：允晨文化實業有限公司，2001年），頁21。

代性及衍生認同議題的意義。綜觀這些知識菁英旅遊目的性不一，但多藉由離開家園的親身體驗，試圖以臺灣為參照面向，或考察產業實務、或觀看習俗風尚，以尋覓臺灣未來的發展方向，故本章藉由這些文本，探討日治時期異地記憶與現代性的對話。

第一節　實業家的行旅：顏國年《最近歐美旅行記》的現代性體驗

一　前言

旅人透過異地的經驗形塑其文學想像，並從他者見到自我的侷限。旅遊為體驗異地文化的良機，若將遠離家園的感知書寫成旅外遊記，不僅於歸返後留下雪泥鴻爪，亦提供讀者進一步理解作者的現代文學想像。日治時期的旅遊活動，多以臨近臺灣的區域為主；[2] 目前所見載於刊物的遊記，多以日本、中國及東南亞等地為場景。至於涉及跨越歐美等國且具代表性的著作，除了《臺灣民報》長期連載林獻堂〈環球一周遊記〉之外，另一部為同刊於此報的黃朝琴〈遊美日記〉。黃朝琴於1923（大正十二）年赴美國伊利諾大學深造，此為作者畢業後的旅遊見聞，是目前所見報刊登載早期旅美遊記之一。[3] 此外，臺灣在地文人第一部長篇遠赴歐美的遊記為顏國年《最近歐美旅行記》，今幸得見此日治時期難得留存的長篇旅外遊記。因日治時期

---

2 葉龍彥：〈日治時期臺灣觀光行程之研究〉，《臺北文獻》第145期（2003年9月），頁91-95。

3 此篇為作者1926（昭和元）年取得政治科碩士學位離開美國前的遊記，時間起自當年的7月11日，直到8月29日止，分八次刊載。黃朝琴：《朝琴回憶錄——臺灣政界耆宿黃朝琴》（臺北縣：龍文出版社公司，2001年），頁24。

遠至歐美各國的遊記較為有限，此《最近歐美旅行記》跨越的空間甚廣，蘊含諸多值得探索的議題。若細加爬梳文本並對照史料，將能詮釋作者的旅遊書寫所蘊含現代性相關的主題。

為瞭解顏國年經歷與遊記的寫作背景，先廣泛蒐集相關史料，再從遊記中詮釋這位臺灣日治時期實業家的理念。有關顏國年《最近歐美旅行記》的研究，目前僅見許雪姬（2011）的研究成果。此文先分析林獻堂與顏國年兩位作者社經地位與旅遊行程安排，又論作者文化資本與環境交織之結合。於寫作風格方面，分析顏國年的遊記多為簡潔直接的筆法，林獻堂則為幽默多思的風格。兩部遊記題材內容亦有所不同：顏國年評議經濟工業等歐美現代性的物質發展，描述其進步與生產效率；林獻堂則著重闡述歐美現代性的平等與自由的內涵。[4]此篇論文多方比較林獻堂與顏國年海外旅行記錄的差異，提供後續研究者參考；但因目前以顏國年遊記為研究素材的學術論文有限，此遊記的篇幅長、記錄的層面廣，尚存諸多待探討的議題。至於旅遊文學與文化的探究，學界已積累許多成果，激盪研究旅遊多元面向的靈感。本節將分析日治時期知識菁英顏國年的歐美見聞，詮釋作者的實業觀察與文化省思。

有關作者顏國年（1886-1937）生平經歷，日文版的《臺灣人士鑑》如此評介：出生於1886（明治十九）年6月12日基隆郡瑞芳庄，為日治時期聞名的富豪之一。年少曾受漢學教育的薰陶，不僅具識見及商業才華，且日語亦流暢。因投入公共事業而獲頒褒章、日本紅十字社功勳章，並曾任基隆市協議會員、總督府評議會員等職務。年輕時盡心輔助其兄雲年，於兄長過世後又獨自全力擔負家業，而使顏家

4　許雪姬：〈林獻堂《環球遊記》與顏國年《最近歐美旅行記》的比較〉，《臺灣文獻》第62卷第4期（2011年12月），頁161-219。

投資事業日益發展。他因貢獻於社會教化、救濟貧民等公共事業，再加上身為事業家的實力及名望，而獲基隆民眾尊敬。曾於1925（大正十四）年3月到歐美視察，10月回國。[5]除了《臺灣人士鑑》多以正向評價顏國年的經歷之外，關於顏氏傳記相關資料，如長濱實編《顏国年君小伝》（1939）亦提供理解顏國年生平背景。又如探討顏家的產業發展婚姻網絡或是與地方社會的關係等文獻，則可參考關口剛司（2002）分析三井公司等資料。為得知作者更多的經歷，可參考訪談顏國年媳婦施素筠的記錄，以助於理解顏國年的人格特質。本節以探討其海外的見聞為主，輔以閱讀與作者有關的作品，呈現其學養及人脈。其中由顏國年發行之《環鏡樓唱和集》一書的兄長顏雲年為慶賀歷時二年、費金八萬自宅「環鏡樓」落成，廣邀南社、櫟社、竹社、淡社共一百一十名詩人擊鉢吟唱，得詩兩百二十多首。隨後顏國年於1920（大正九）年彙集這些詩友吟唱的成果，得見顏國年的交遊網絡。[6]基隆顏家為臺灣大家族，相關的史料如陳慈玉《臺灣礦業史上的第一家族——基隆顏家研究》等探討婚姻網絡或是與地方社會的關係等文獻亦為研究的參考。

「現代性」的特色為隨著工業革命及經濟社會文化的變遷，而使人以追求進步為目標之一。敘事學可應用於分析離與返的辯證，以及

---

5 此書又形容顏國年個性精明且活力充沛，具膽量而圓融；且其學習慾望強，常以果決的態度處理事務。臺灣新民報社編：《臺灣人士鑑》（臺北市：臺灣新民報社，1934年），頁82。

6 此樓取「環山鏡海」之意，落成時許南英、許梓桑、李碩卿、戴還浦、鄭幼香、王了庵等文人群至致賀；事後編成的《環鏡樓唱和集》收錄瀛社社長洪以南、櫟社長「鶴亭主人」傅錫祺、竹社王石鵬、林湘沅、魏潤菴、黃純青等人作序，張鏡村、張純甫、林述三等人題詞，並由李碩卿題跋，顯見顏家與文壇之聯繫緊密又由封面得知，顏雲年於1920（大正九）年十二月十日將此書贈交總督府典藏，今臺灣讀書館已將此唱和集全文掃描成電子書。劉澤民，林文龍：《百年風華：臺灣五大家族特展》（南投市：臺灣文獻館，2011年7月），頁47。

因旅行而重新思索自身位置的省思。作者的旅遊動機與目的為何？有哪些具目的性的考察及現代性的體驗？這些遊記觀察哪些文化差異？藉由書寫海外意象透露怎樣的世界觀？本節就日治時期曾旅遊多國的知識菁英顏國年，以其歐美見聞為研究文本，探討跨界行旅敘事的特色。擬從出發、旅遊過程與回歸等面向，期望透過旅遊見聞梳理作者日治時期旅外書寫所傳達的現代性。

二　再現歐美旅行見聞

敘事學的發展逐漸多元，不僅常見於歷史敘事、新聞敘事等層面，並已廣泛應用在神話、詩歌、戲劇、傳奇、寓言、小說、傳記、遊記等面向的分析。[7]許多敘事的展開與人物生命歷程重疊，為作者仔細記錄所行經旅遊的路徑而成。透過遊記議題及敘事策略的詮釋，呈現處於殖民地知識菁英觀察到歐美不同都會的文化差異。為探討顏國年如何再現歐美見聞，以下將分析其旅遊敘事的特色：

（一）旅遊動機

就遊記的撰寫背景而言，包括文人的學養、文化資本與旅遊動機及目的，透顯其特殊的敘事視角。從《最近歐美旅行記》所提供的訊息，推測顏國年於1925（大正十四）年至歐美等地的旅遊動機如下：

1. 旅中經驗促發立志遠行：在前往歐美考察礦業前，顏國年曾於1924（大正十三）年4月24日到中國華北，進行由三井物產株式會社安排的七十六天旅程，主要目的為參觀當地礦業。[8]1926（大正十五）

[7] 翁振盛：《敘事學》，頁28。

[8] 陳慈玉：《臺灣礦業史上的第一家族——基隆顏家研究》（基隆市：基隆市立文化中心，1999年），頁65。

年刊印的〈最近歐美旅行記自敘〉提到：「前歲乘探礦之機先，遊禹州，自江浙而魯直，而豫晉，以至關外，雖行程草草，不惶領略真趣，而過眼飛霞亦足盪胸振氣，歸後復夢想歐美之行。」[9]此次的中國行雖匆匆趁探礦而遊歷中國南北，卻也因此開拓眼界，而促發立志至歐美旅行。

2. 考察歐美等國三井支部的實況：三井為戰前日本代表性的財閥，長期與日本官方關係良好。1876（明治九）年三井進行改組成立「三井物產」，同年與工務省締結合約，取得官營三池煤田的獨家販售權，也承辦唐津、高島、築前等地煤礦出口，並透過煤炭出口拓展海外市場。除了出口至上海外，亦將經營地點拓展至香港、新加坡、汕頭等地。此外，三井亦於倫敦、紐約、巴黎等地設置分店，除了經營生意的目的外，並具學習西洋先進事物的意圖。[10]顏國年此趟旅遊的規劃，大部分的行程藉助於三井居中聯繫，所以能於歐美各地順利進行考察之旅。

3. 觀摹歐美文明：顏國年遊歷歐美二二一天，除了觀覽各地名勝古蹟，主要目的仍在於取法現代的實業經驗。他訪查先進國家煤礦場油井、電動屠宰場、電機製造廠、肥皂製造廠、碼頭、印刷廠等，嘆服於各工廠電氣化的程度。[11]在這次旅程中觀察的焦點之一為科學發展的現況，呈現實業家的積極觀摩態度；同時亦從參觀博物館等文化地景，而親身體驗精神文明。

---

[9] 〈最近歐美旅行記自敘〉原收錄於《最近歐美旅行記》，首頁1。《張純甫全集》亦收錄此文，並署名為代顏國年作。此位代筆人張漢，字純甫，新竹人。臺北瀛社、星社詩人，新舊文學論戰期間，曾參加基隆孔教會。有關張純輔的資料，參見黃美娥主編：《張純甫全集》（新竹市：新竹市政府，1998年）。

[10] 關口剛司：《三井財閥與日據時期臺灣之關係》（臺南市：國立成功大學歷史研究所碩士論文，2003年），頁17-24。

[11] 陳慈玉：《臺灣礦業史上的第一家族——基隆顏家研究》，頁97-98。

4. 完成親人的夢想：兄長顏雲年生前抱憾之一就是未能周遊列國，並考察先進國家的設施。為代兄長完成其念茲在茲的心願，引發顏國年暫擱下繁雜的家族事務，而遠赴各國壯遊。另一個實際的目的是順道安排後代的進修事宜，親送長女梅子赴東京女子高等師範學校就學。[12]顏國年於1925（大正十四）年成行，歷訪歐美等地並將其觀察所得詳實記錄。

從報刊資料得知，因當年顏國年曾贊助瀛社文人，故他們於江山樓為顏氏餞行。[13]席間小松吉久、林夢梅等分贈詩與顏國年，後皆刊於《臺灣日日新報》。[14]僧人釋善慧、釋善明亦曾以詩祝顏國年旅途順利，並祈福早日平安歸來。[15]這些報導顯示顏國年於藝文界人脈的廣闊情況，也呈現其壯年時期的交遊網絡。

（二）旅程安排

旅遊過程包括行程設計、參觀地景、與當地人的互動等層面。與行程有關的社群不僅是本地或外地支援旅行的網路，並涵括友朋贊助者、旅行所引發的公關及旅行概念。旅行所涉及的科學社群，包括出

12　顏國年：《最近歐美旅行記》，頁1。顏梅與八田與一的夫人外代樹為好友，其夫婿為鹿港望族丁瑞鉠。曾在大同工學院教授日文，以日文發表短歌集《運命》於東京發行。顏國年長女為顏梅，曾就讀臺北州立第一高等女學校。1922（大正十一）年起表面上開放「日臺共學」，實則臺籍女子人數僅佔鳳毛麟角，恰與招收臺籍生為主的「第三高女」相對。總計終戰前該校的臺籍畢業生僅有45名，多為各界名流或顯貴的掌上明珠，資質極為優秀，如顏梅及杜聰明之女杜淑純等人即是。

13　〈創鵬遊館〉，《臺灣日日新報》夕刊第4版，1925年3月17日。

14　天籟，小松吉久：〈江山樓席上送顏國年君之歐美〉，《臺灣日日新報》夕刊第4版，1925年3月14日；林夢梅：〈席上贈顏國年先生之歐美〉，《臺灣日日新報》日刊第4版，1925年3月19日。

15　釋善慧、釋善明：〈題贈顏國年居士遊覽歐美為留別紀念〉，《臺灣日日新報》夕刊第4版，1925年3月17日。

發前對於已到過當地的旅遊者所提供的線索，同行者激發旅遊中的互動而引發不同的體驗，皆使個人的旅行經驗更加錯綜立體。《臺灣日日新報》報導顏國年深知通譯之重要，因此邀請基隆炭礦株式會社礦物主任尾家重治擔任通譯，此位畢業於日本熊本高工的同行者，除協力安排旅途及處理瑣事外，並協助考察有關實業、礦業等事務。[16]顏國年於遊記感謝旅途中三井物產社員工的協助，而能「視察各地方，不勝欣喜滿足之至。」另如「克訥群島」會社會員，亦曾親切招待引導顏氏參觀炭坑[17]，這些同行者皆影響作者對於旅遊地的理解。從有關顏國年的報導及其著作中的旅遊路線，推測其歐美主要行程於圖4-1。

圖4-1　顏國年歐美旅遊主要行程圖

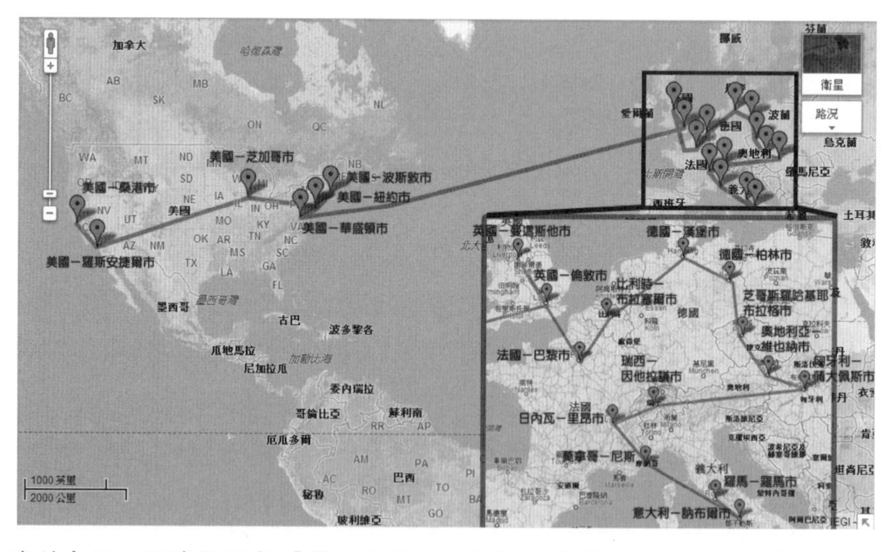

資料來源：根據顏國年《最近歐美旅行記》所敘景點加以編繪而成。

16 〈顏國年氏：英美佛獨ヘ洋行〉，《臺灣日日新報》第2版，1925年2月5日。

17 顏國年：《最近歐美旅行記》，頁112、182。

顏國年旅程中行經的國家包括：日本、美國、英國、法國、比利時、荷蘭、德國、奧地利亞、匈牙利、瑞西、日內瓦、莫拿哥（摩納哥）、意大利、羅馬、星加坡（新加坡）、香港等。《最近歐美旅行記》書前頁所附世界周遊地圖，記錄1925（大正十四）年的航行路徑，得知他搭乘北野丸、蓬萊丸、天洋丸等輪船。遊記以行程安排以觀摩產業為重要面向，包括：礦業、農產、屠宰業、酒業等，並仔細記錄炭坑的勞動時間、人員組織等層面。顏氏的旅遊經驗與後續遊記的撰寫，可藉由布迪厄（Pierre Bourdieu）論及「社會資本」、「經濟資本」、「文化資本」、「象徵資本」四層面加以詮釋。[18]就顏國年的家世背景而言，因顏氏擁有比一般人優渥的「經濟資本」，故能籌措大筆經費到歐美壯遊。顏氏與三井企業的密切往來關係，此即是他與歐美實業界廣闊人脈的「社會資本」，因而得以於海外暢行。再加上他自幼於私塾所受的教育，長期在儒師薰陶下所培養漢文素養與寫作能力，此種「文化資本」使他能以文字記錄所聞；並引用漢文典籍，傳達對異國的觀察與理解。又此段旅程因費時長久、路途遙遠，更成為日後顏國年於臺灣社會「象徵資本」的積累成果。

當時《臺灣日日新報》多篇關於顏國年旅外的報導，與旅遊行程直接相關者如〈顏君二日渡美〉提到：「顏國年君欲漫游歐美，前月束裝晉京，勾當諸務。附輪渡美與文副主筆大澤貞吉同船，仙旅同舟，他鄉故知。」[19]即是記錄巧遇大澤貞吉的情形。另一篇〈顏氏遊歷消息〉則報導：「顏國年氏寄書來，五月十九日，經各地方參觀炭坑其他工場。六月一日再歸紐育，訂六月十三日渡西洋經倫敦，按九

---

18 Bourdieu Pierre, *The Field of Cultural Production*（Columbia University Press, 1993）, pp.1-8.

19 〈顏君二日渡美〉，《臺灣日日新報》刊別夕刊，版次4，1925年4月4日。

月二十日往馬耳塞，乘北野丸歸臺，大約十月可抵家。」[20]此二篇報導顏氏訪美參觀礦坑、遊歷紐約後，欲橫渡大西洋到英國倫敦及法國馬賽。〈國年氏旅歐消息〉又提到：「顏國年氏於七月七日自巴里寄到葉書，謂英國旅程如所預定告終，七月十六日到巴里，有萬國博覽會及名勝，由白耳義、和蘭，經德國，在瑞西，旅程告終，將由馬爾塞乘船，由香港歸臺。」[21]另一篇報導言及顏氏自英國倫敦遊畢，至巴黎參觀博覽會及名勝，後至比利時、荷蘭、德國、瑞士遊覽，再從馬賽經香港歸臺。除上述著重於報導旅遊主要的行徑國家外，另一篇〈國年氏旅行消息〉則詳細報導顏氏又至柏林、墺太利（奧地利）、洪牙利（匈牙利）、伊太利（意大利）等地。[22]至於〈顏氏歐美視察談〉則提及顏國年「自出北美至歐洲之地，凡遊十五國，歷二百二十餘日，視察美英法德比各國名炭坑九處，製造工場三十處。」[23]則更詳細點明參觀處所及遊歷時間、地點。從這些報導，得知顏氏常傳回旅遊現況，報導中多明寫其旅遊地、交通工具及目的，且言及歸國時間。從臺灣第一大報長期報導，亦顯現其歐美之行受到官方及民間關注的情形。如此長途旅行，若因見與故鄉相仿的景象，則易引起感懷。顏國年自言：「自余歐美旅行以來，未曾見過水田；今日至此始見之，未免遇景生情，稍萌思鄉之念。」[24]見熟悉景象所流露旅外思鄉之情，亦反映空間與人物心境的關係。顏氏此行遊歷美國，經大西洋往英國、歐洲各國，空間移動的範圍甚廣；他以礦業實業家身分，參訪各國炭坑、工廠以作為經營事業參考，更顯現此趟旅遊的實用性。

---

20 〈顏氏遊歷消息〉，《臺灣日日新報》版次4，1925年6月28日。

21 〈國年氏旅歐消息〉，《臺灣日日新報》版次4，1925年8月31日。

22 〈國年氏旅行消息〉，《臺灣日日新報》版次4，1925年9月12日。

23 〈顏氏歐美視察談〉，《臺灣日日新報》版次4，1925年10月28日。

24 顏國年：《最近歐美旅行記》，頁152。

（三）回歸

旅遊回歸的面向，涉及旅遊書寫、旅遊影響實踐、文化批判與省思等層面。例如顏國年歷訪美國、英國、法國、比利時、德國、匈牙利、瑞士、義大利、新加坡、香港等地，回國後所撰《最近歐美旅行記》即是將其觀察所得詳實記錄。此書選擇某些地景，留存旅遊的空間記憶。依照旅遊行程的時間呈現旅人行經的國家與城市，茲整理顏國年《最近歐美旅行記》地景一覽表於表4-1：

表4-1　顏國年《最近歐美旅行記》地景一覽表

國家	城市	地景	出處頁碼
美國	桑港市	金門公園、加州大學、斯坦夫奧大學、約塞彌底公園、兵營、博物館、動物園、水浴場	9-11
	羅斯安捷爾市	鱷魚園	13
	格蘭迦里恩市	大巖窟	14
	芝加哥市	屠獸場、博物館、百貨店、公園	16、17
	紐約市	河岸住宅、格蘭將軍墳墓、紐約美術館	26
	波斯敦市	美國獨立戰爭紀念塔、波斯敦美術館	28
	紐約市	紐約博物館中央公園、紐約水族館、圖書館、亞斯伯利巴克海岸	32、47、48、50
	華盛頓市	華盛頓軍縮會議所、上下院議事堂、大統領官邸	34、35、37
	來牙拉市	來牙拉瀑布	43

國家	城市	地景	出處頁碼
英國	倫敦市	倫敦塔、倫敦橋、市會議事堂、哈伊得公園、國會議事堂、倫敦教會、立智蒙公園、刑事裁判所、高等法院、圖書館、植物園、威因查城、國有美術館、博物館、動物剝製品陳列場、機械模型陳列場、加多利訥湖、羅蒙得湖	52-56、65、74
	曼這斯他市	石鹼製造工廠	67
法國	巴黎市	巴黎萬國博覽會、三克爾公園、北魯細由宮殿、厄夫挨爾塔、北魯塔戰蹟、伊多爾坦教會、魯克三母魯烏公園、布羅尼公園、不惜蒙公園、魯烏母魯美術館、亞捷麥這機械館、母烏捷格勒邦美術館、克爾尼古物陳列場	79-82、86、90、91
比利時	布拉塞爾市	裁判所、斯丁城、朗三砲臺、安士港	93、95、96
荷蘭	黑伊格市	和平宮、植物園	101
德國	漢堡市	動物園、東洋紡績所、河底隧道、植物園、古家屋	103、104
	柏林市	支爾公園、美術館、百貨店、舊皇宮、動物園	113、115、117
芝哥斯羅哈基耶	布拉格市	大統領衙門、國立博物館	121
奧地利亞	維也納市	得拿烏河水浴場、生布輪植物園及公園、普拉他公園、維也納市機械館、米幼亨大工業館、新舊美術館	122、123、130、132
匈牙利	蒲大佩斯市	蒲達佩斯博物館、馬爾牙勒島、匈牙利國會議事堂	126-128

國家	城市	地景	出處頁碼
瑞西	因他拉謙市	幼痕峨夫拉烏高山	138
日內瓦	伯安市	伯亞格湖水及公園、博物館	141
	里昂市	教堂、里昂博物館	144、145
莫拿哥	尼斯	海水浴場、公園、教堂、博物館	147、149
意大利	彌伊丹市	教堂、公園、凱旋門、動物園	152-154
	伯尼斯市	牙爾達湖、聖多馬爾哥寺院、及幼加爾政事堂、薩爾特聖多華拉利教堂、羅奧母多寺院、三羅奧安左寺院、三馬利耶諾伯拉寺院、巴勒斯庇智美術館、牙亞羅利烏非及美術館、王宮	155-169
	庇查市	教堂斜塔、古物館	162
	訥布爾市	訥布爾港、龐培古都、維厄斯庇亞斯噴火山、訥布爾博物館	175-177、181
羅馬	羅馬市	聖伯提羅寺院、安伯耶多公園、聖治約亞里拉提拉諾寺院、加拉加拉大浴場、哥爾修母大演武場、古羅馬王宮舊蹟、英傑招魂堂、基督教展覽會、宗教博物館、美術館、教堂、羅馬公園	164-174
星加坡		教堂、柔佛王王宮	188
香港		域多利亞山峰	190

他於歐美旅遊之際，曾利用乘船所需較長的交通時間，隨筆記下所見所聞。此書曾三次提到他整理日誌的時間點，例如：九月三十日船入印度洋後，接續五天的航行時間，第一次提到：「在閒暇無事之

餘，或讀書或整理日誌。」又在此書出現第二次自言：當船抵達錫蘭島後，也利用閒暇時間「整理日誌」。第三次則於十月十四日記載船隻往香港出發時，利用四天在船無事閒暇時光「整理日誌」。[25]從這三次「整理日誌」的記錄，得知顏國年常於旅途中先隨手筆記後，回臺再經歸納始成《最近歐美旅行記》。書末提到遊覽的時間有限，「恰如走馬看花，見聞恐蒙管窺之譏。」又說：「言文不通，前述各事，難免有多少誤謬」。[26]作者自謙之詞透露他原未計畫將遊記大量刊印出版，而僅以書稿交付印刷場的方式流傳於親友間，或捐贈臺灣總督府圖書館等處典藏。

旅行通常是玩樂以及工作並行，許多關於旅行的書寫，皆透露玩樂的愉悅以及工作的苦頭，兩者為必要存在的一種拮抗辯證關係；一如工作這樣的概念，可使人產生轉變，到了遠方才能更瞭解自己，也是一個經常被提及的悖論關係（Paradox）。[27]度假時能夠享受到的最自由，透過遠離工作來再造自我，同時可以在旅遊時光中發揮創意，更可以脫離歷史對人們的苛求。知識菁英顏國年此趟歐美之旅除了考察及觀摩學習之外，亦為一種脫離時間束縛的永恆體驗。

三　觀摩產業實況

顏國年於1925（大正十四）年3月21日到10月27日，以二二一天時間考察歐美十六國。[28]主要參觀各國煤礦場、油井、電動屠宰

---

25 顏國年：《最近歐美旅行記》，頁185、186、189。

26 顏國年：《最近歐美旅行記》，頁195。

27 Curtis Barry and Claire Pajaczkowska, "Getting there" : Travel, Time, and Narrative". George Robertson, Melinda Mash and et al. Eds, *Traveller's Tales: Narratives of Home and Displacement.*（London: Routledge, 1994）, pp. 199-215.

28 顏國年：《最近歐美旅行記》，頁194、195。

場、製造廠、碼頭、印刷場等，對於各工廠電氣化程度十分讚嘆，並將參訪所得記錄於《最近歐美旅行記》。陳慈玉的研究指出，顏國年這些「百聞不如一見」的見識，自然影響往後對礦場設備的改善，和對臺灣工業化之道的省思。[29]以下從工業為主的考察之旅、產業實務的現代性兩層面加以論析。

（一）以工業為主的考察之旅

旅遊研究者Kristi Siegel 提到男性知識分子的旅遊書寫，通常較為直接，且具有目的性或是較為功利導向，同時對於地方、事物的關注也多於「人」。[30]顏國年身為家族中的男性核心成員，又是實業家，旅遊的目的性及功能性常顯現於字裡行間。他記錄現代化對於產業的影響，至美國馬利奧多炭坑曾觀察到「一日勞動八時間，一星期僅勞動其四日而已，掘炭使用截炭機，節省坑夫人力。」「馬利奧多」炭坑不僅使用專門的機械，且人事極為精簡，而無使用冗員之弊。他至太陽炭坑會社所經營之炭礦坑參訪，觀察「坑外捲揚機之原動力，一坑使用蒸氣、一坑使用電氣」後，每日僅消耗石炭燃料四十噸，相較於使用雙蒸氣動力的三百五十噸，排水的效能大幅提升。[31]他又遠赴「利巴匏爾」（利物浦，當時英國第三大都市），參觀「利巴」兄弟會社石鹼（肥皂）工廠，其規模之大、獲利頗豐；又述及員工所得薪資、配股皆優渥，並提供會社以社費協助員工加入保險，著重員工福利。顏國年也觀察到社員的組成女性的比例高，「取其性馴而溫柔，且能耐於勞苦也」，記錄女性員工的特質及晉用人力的考量。

29 陳慈玉：《臺灣礦業史上的第一家族——基隆顏家研究》，頁97、98。

30 Siegel, Kristi, "Intersections: Women's Travel and Theory". In Kristi Siegel Eds, *Gender, Genre, and Identity in Women's Travel Writing*（New York: Peter Lang2004）, pp. 1-11.

31 顏國年：《最近歐美旅行記》，頁58-59。

顏國年指出德國的勞工政策，除了工時限定外，並記錄此地雇主亦具有為勞工投保等觀念。於德國柏林市「三井柏林出張所」聽聞該市勞動環境近況，得知德國人當時工時定為九小時，以及各行業大約收入、家庭或單身支出情形；當時的德國傷害保險及失職保險，均由資方代納，可知作者對勞動環境的關注。[32]許多臺灣日治時期旅外散文，只著眼於參觀工業技術所引起的驚奇感，卻較少如顏國年細述現代化設備改革後的效能。更特別的是關於現代經營所著重的員工福利，此書亦於多處強調，呈現與其他旅人觀察面向的差異。此外，當作者參訪紐約市時，先至位於當時世界第一高樓的「烏魯烏奧斯」商會；又至世界第一大商會及「厄魁達布爾」銀行，商會內社員約三萬人，每日書信約五百萬通，顏國年以此二事評論美國人欲爭佔世界第一的企圖心。[33]如此的評論，已由產業而延伸觀察其國民性的特質。

收錄在長濱實所編《顏国年君小伝》中的〈北支旅行記〉，記載顏國年搭乘津浦線至北京、大連、旅順、天津等地的見聞，沿路詳細記錄各站轉運的石炭量，及他和山西省議會議長談論炭礦經營等內容。[34]因參觀炭坑為歐美之行的重點，《最近歐美旅行記》較〈北支旅行記〉記錄更詳細的炭業資料，茲整理歸納參觀炭坑的要項於表4-2：

---

32 顏國年：《最近歐美旅行記》，頁113。

33 顏國年：《最近歐美旅行記》，頁27。

34 顏國年提到底層人物的貧窮、乞食的狀況，另一方面亦看到頤和園的榮華，及堪稱世界第一的庭園景觀。除了礦業、人文風景觀察外，他同時記錄所見士紳，如絲業大亨趙先生，讚賞其事業版圖多元，投資金額龐大；另與軍閥吳佩孚見面，誇他是不平凡人物，並詳述人格特質，為「不愛錢、不惜命」，生活樸素且喜好蘭花，未納妾有別於當時的「支那人」。顏國年：〈北支の旅行記〉，收錄於長濱實編，《顏国年君小伝》（臺北市：臺灣日日新報社，1939年），頁87-100。

表4-2　顏國年《最近歐美旅行記》參觀炭坑一覽表

炭坑名稱	所屬國家	設備	人力	作業流程	產量	獲利	頁碼
馬利奧多炭坑	美國	✓	✓	✓	✓	✓	19-21
斯坦打石油會社之炭坑	美國	✓	✓	✓	✓		22-23
拔黎姜布會社——金羅克炭坑第四斜坑	美國	✓	✓	✓	✓		38-40
保厄爾底佛廉炭坑	英國	✓	✓	✓	✓		62-63
捷母斯林莫會社所屬炭坑	英國	✓	✓	✓	✓		73-74
塞爾安格利埃智炭坑	比利時	✓	✓	✓			97-98
漢尼拔爾會社所屬炭坑第一坑	德國	✓	✓	✓			108-109
漢尼拔爾會社所屬炭坑第二坑	德國	✓	✓	✓		✓	111-112

從表4-2得知此遊記多以直敘手法，鋪陳各炭坑的種種資訊。參觀的國家包括日本、美國、英國、比利時、德國等地，記錄的層面以設備、人力、作業流程為主，產量與獲利為輔。此外，又以比較的方式呈現，如：「美國每年五一萬噸，英國有二億五千萬噸。」分析炭各地產量不同的詳細數據。從遊記所載炭坑的內容，得知顏國年對於產業環境觀察甚為細心，這些記載呈現作者對於歐美工業文化等層面的瞭解。[35]另於書寫「斯坦打石油會社」炭坑以及「金羅克炭坑第四

35　有關此遊記炭礦的比較，詳細記載另可參考之分析。許雪姬：〈林獻堂《環球遊

斜坑」時，均提出美國政府的炭坑政策，記錄聽聞「美國有保護地上權之規則」。[36]顏國年細述當年經營炭坑者皆知必須殘留若干炭柱，地表淺薄者則不能全掘，以鞏固岩盤、防止地層下陷；如有違規而使地表陷落者，必罰以重金，因此美國炭坑掘出炭量不過五、六成。[37]如此顯示顏國年至美國參訪後，方知該國對地上權的嚴格限制情況，他認為：「其餘皆棄之於坑內，誠為可惜」，又言：「雖云可惜，然亦勢不得已也」。不但透露美國重視環境的維護，且以國家力量設限採炭，防止因商業利益考量而破壞環境；另一方面，亦隱含當時臺灣對礦坑災害及地層下陷仍未設法防範，以致顏國年為未完全開採深掘炭坑而惋惜。但當他參觀美國礦主守法狀況，且理解立法背後緣由後，得知美國保護環境的決策勢必在行，此為因實際參訪後，而改變原先理念的實例。

當顏國年前往汽車城底特律參觀自動車製造工廠，親見平均一分鐘能產一輛汽車的能力及技巧。先記述驚嘆的感受，接著又寫出工廠主人「夫奧得」氏（Ford，福特）的故事，夫奧得原為一職工，三十年後有多間工廠，成為世界自動車王，財力與勢力皆雄厚，具備美國總統候補者實力。顏國年讚嘆這位未滿六十歲便從職工躍升為美國第

記》與顏國年《最近歐美旅行記》的比較〉，《臺灣文獻》第62卷第4期（2011年12月），頁183-186。

[36] 目前對於地上權的定義，如：「謂以在他人土地之上下有建築物或其他工作物為目的而使用其土地之權。」相較於美國對於地上權的保護，臺灣則因潛在地下不為人知的空間分布、廢礦多年，歷史記載資訊的不足、曾參與礦工及耆老不願提及過往、土地利用資訊不足等等潛在問題，使廢棄礦坑有地盤下陷的危險。魏稽生，嚴治明：〈臺灣礦業的一大問題——廢棄礦坑地盤下陷的安全評估〉，《鑛冶》第53卷第1期（2009年3月），頁27-37。

[37] 據顏國年之觀察，當時美政府嚴格規定，採礦過程不可造成地上的損害，否則將重罰；如此一來，則無法開採部分礦產。顏國年：《最近歐美旅行記》，頁23、39。

一富豪的實力，不禁稱其為「人傑」。[38]從這些奮鬥歷程的敘事流露作者對此人物的高度評價，欽佩其投身於實務的成果。

顏國年此趟旅遊的重點為觀摩產業，為了呈現觀察所得，而以參照方式將各國與臺灣的農產或景觀並列，如：「海威夷群島火奴魯魯港，同島所出產物，第一為鳳梨，第二為砂糖，其他如青果及各種植物，殆與臺灣相同，蓋氣候與臺灣相同故也。」又如：「海威夷群島栽培熱帶地方各種奇異植物，不計其數；故如臺灣之植物，故不足為奇也。」[39]此為遠在外地所見類似的景象，而引起的熟悉感。如此亦是以參照的方法以呈現與臺灣的類同性。

（二）產業實務的現代性

與顏國年搭乘同一班船的大澤貞吉自橫濱前往美國，回臺後，又與顏君於「洗垢會」回憶旅程的經驗。他注意顏君對新發明的機械、工廠的設施及經營方面的事務特別感興趣；又具數字敏銳度，故應用從美國或日本取得的數據等。[40]從《最近歐美旅行記》所提供的發電工程資訊，得知臺灣與美國的水利發展現況：「美國『亞米利加』瀑布匯各湖流之水，其落差約三百英尺，且水量非常強大，故設置八處發電所，計二百萬馬力。我臺灣日月潭十三萬『基羅瓦多』電力，即謂之大工事，若與此處較之，真不啻天壤之別。」[41]此類書寫呈現顏國年認為數字、統計為科學的表達工具，故經常以此方法記錄觀察所得；另一方面，為強化美國此發電所的功能，故以對比的方式，顯現日本

38　顏國年：《最近歐美旅行記》，頁42。

39　顏國年：《最近歐美旅行記》，頁4。

40　大澤貞吉：〈福德、圓満の人海外旅行中の國年氏〉，收錄於長濱實編，《顏国年君小伝》，頁260-261。

41　「亞米利加瀑布」即「美國瀑布」，為尼加拉瓜瀑布在美國境內的部分。顏國年：《最近歐美旅行記》，頁44。

口中所謂「大工程」，實為誇大殖民成果的修辭。又以比較方式觀察美國與臺灣的現代化建設，透露美國此發電所與日本殖民者刻意誇耀的大工程實相差懸殊。

臺灣日治時期的衛生事業，與日本的現代化建設息息相關。日本帝國在擴張的的過程中，也連帶將西方現代的衛生觀念傳播至殖民地，臺灣在此背景之下也受到影響。日本統治臺灣時的新式衛生觀念，同時也是一種統治策略。衛生觀念、醫療觀念的移植，代表殖民母國與殖民地之間的互動關係。[42]由於日本著力於宣揚象徵進步的衛生政策，所以殖民地臺灣的知識分子對衛生議題更為敏感。因此除了前述這些產業的物質資訊之外，顏國年此部遊記多處著重於描述有關清潔、衛生的議題。如在英國「保厄爾底佛廉炭坑」提出該處環境不甚清潔；於比利時「塞爾安格利埃智炭坑」則提及公共安全、盥洗設施的完善，另記述當地人習慣淋浴的現象。至德國「漢尼拔爾」會社所屬第一坑之坑夫浴場，又記錄「設備頗周，但不用浴櫃，只用溫湯由頭上傾下，然後以石鹼洗滌其垢汗而已。此處炭坑，凡來客入坑所用之衣服及出坑時所用浴槽等，皆另具特別清潔之物。」[43]顏國年對於環境的觀察記錄，往往關注衛生層面，如：利物浦「利巴」兄弟會社石鹼（肥皂）工廠的敘事多見「工場食堂，非常清潔」、「各處場所，掃除清潔」等描述。目前學界關於潔淨的探討，涉及歷史學、殖民論述、民族學及文化研究等面向。[44]從有關日治時期衛生議題的研究成果得知，縱然對殖民政府在衛生行政上諸多手段有所不滿，臺灣

---

[42] 鈴木哲造：〈日治初年臺灣總督府——衛生行政制度之形成〉，《師大臺灣史學報》第4期（2011年9月），頁129-160。

[43] 顏國年：《最近歐美旅行記》，頁63、98、109。

[44] 林富士：〈「潔淨」的歷史〉，《古今論衡》第2期（1999年6月），頁77-88。

社會的菁英階層，大抵接受日本的健康觀與衛生論。[45]顏國年受到殖民政府同化的影響，於產業的觀摩過程中，特別留意觀察歐美炭坑的衛生條件，流露被殖民者價值觀。

在批判或效法方面，如英國「加的夫」港（Cardiff Bay）的煤炭輸出港不設貯炭場，而是將全部石炭皆貯於貨車，故僅需負擔貨車之使用費。他認為此法頗妙，所以建議臺灣今後亦應效法。[46]煤炭輸出港直接以貨車的方式運送，省卻貯存貨品的空間，頗具實務改革的眼光。在農產經銷方面，記錄三井支店生絲部及賣茶部銷售臺灣茶三十五萬，即一千五百萬磅，並具體提出種種改良的措施：「余以為臺灣政府，宜講究獎勵及宣傳之法。即如對內，則改良品質、修整包裝，並獎勵生產之加增；對外則須努力於宣傳，以期美國人盡知臺灣茶之優秀，漸次趨向於臺灣茶。誠能如是，則今後臺灣茶之前途，有莫大希望焉。」[47]不僅以參照或比較的手法，呈現英美各國產業的現況；並具體於產業結構、倉儲或運輸、茶葉品質、獎勵量產及銷售方式等面向，提出改良的方案。

究竟此趟旅遊對於顏國年可能產生何種影響？若從長濱實所編《顏国年君小傳》收錄臺日友人懷念的文章，如陳佛齋直述此段旅程歷時二百二十一天，主要目的在於觀看歐美文物[48]，此行有助開拓視野且對顏國年的一生具有深刻的意義；張錦燦[49]言及1925（大正十四）

---

45 劉士永：〈「清潔」、「衛生」與「保健」——日治時期臺灣社會公共衛生觀念之轉變〉，《臺灣史研究》第8卷第1期（2001年6月），頁41-88。

46 顏國年：《最近歐美旅行記》，頁61-62。

47 顏國年：《最近歐美旅行記》，頁48。

48 陳佛齋：〈弔辭〉，收錄於長濱實編，《顏国年君小伝》，頁168。

49 張錦燦為嘉義醫生，李德和之夫。李德和活躍詩壇時結識顏國年，婚後所生次女嫁給顏國年長子顏滄海，於是與顏氏結為親家。陳慈玉：〈日治時期顏家的產業與婚姻網絡〉，《臺灣文獻》第64卷第4期（2011年11月），頁34-35。

年夏天顏君親赴歐美市場考察的評介，在觀摩各國工業考察、港口交通、風俗等面向後，回臺發揮考察的影響，展現其歐風事業經營的樣式。[50]井本定祐則提到與顏君赴歐美視察七個月吸收新知，往後多運用於改良設施等層面。[51]在《顏国年君小伝》收錄多篇〈弔辭〉、〈弔電〉及懷念顏國年的文章，除了敘述與顏國年的交情及行誼之外，有時亦提及他赴中國及歐美旅行的影響。[52]如顏國年於評議會時提出有關臺灣工業發展的觀點，1929（昭和四）年對於工業發展方案、日月潭水力發電的建設計畫應加速進行，並分析一旦電力充沛，則肥料工廠、紡織廠、製紙工廠、水泥工廠、煉炭業等，皆可因而蓬勃發展。他又力主推動製茶業的機械化，並組織製茶團體，獎勵鳳梨罐頭事業、養豬事業，以充分利用臺灣的特殊條件。此外，他也建議基隆港應擴建成可停泊萬噸級以上的碼頭。[53]從這些建議可看出顏國年留心治世，以及此趟歐美之旅對他日後行事的可能性影響。

巴蘿（Tani Barlow）提出「殖民現代性」（Colonial Modernity）的概念，討論東亞的中國、日本、沖繩、朝鮮等區域，在殖民主義與現代性矛盾與共犯關係下，建構在地自我與民族認同的複雜歷史過程，同時表示「殖民主義與現代性是工業資本主義兩個不可分割的特徵」。[54]「殖民現代性」以戰前日本統治的殖民地臺灣、朝鮮，或者滿

---

50 長濱實編：《顏国年君小伝》，頁331。

51 井本定祐：〈故顏國年氏と基隆炭礦〉，長濱實編，《顏国年君小伝》，頁296、301。

52 如平塚廣義及魏清德皆提到顏國年視察中國北部炭坑的狀況，以及對該地礦產資源的重視。平塚廣義：〈注意力と研究心とは感嘆せしむ〉；魏清德：〈天真爛漫福德圓滿なる面目〉，收錄於長濱實編，《顏国年君小伝》，頁227、323。

53 長濱實編：《顏国年君小伝》，頁64。

54 Tani E. Barlow, "Introduction: On 'Colonial Modernity'," in *Formations of Colonial Modernity in East Asia*, ed. Tani E. Barlow (Durham; London: Duke University Press, 1997).

洲等地之社會變遷作為研究對象，強調該社會形成「殖民地性」和「現代性」並存狀態，探討其間多樣的關聯性和相互作用，企圖多元歸納殖民地時期研究成果。[55]引進具有「近代性」的各種制度與技術至殖民地時，實際普及與受控制而未普及的事物之間，存在著極大的不平衡，這種不平衡本身即標誌了「殖民地近代性」的特徵。從顏國年的遊記中，時可見殖民現代性對於臺灣知識分子的衝擊。

四　文化論述與儒教價值觀

顏國年此趟旅程，除走訪產業重要據點外，也觀看歐美各國歷史、文化、國民特性，並與自身文化作比較。他常記錄物質文化與國民性的關聯，並於參觀博物館及重要史蹟後，多以儒教的視角評論所見。本節就物質文化與國民性的關聯、以儒教的視角觀看西方文化展示兩面向加以詮釋。

（一）物質文化與國民性的關聯

顏國年記錄物質文化的見聞，包括食、衣、住、行等層面，多為基本生活所需。為呈現作者觀察物質文化的視角，歸納於表4-3：

---

55 駒込武：〈臺灣的「殖民地近代性」〉，若林正丈、吳密察主編：《跨界的臺灣史研究——與東亞史的交錯》（臺北市：播種者文化有限公司，2004年4月），頁161-170。

表4-3　顏國年《最近歐美旅行記》物質文化敘事一覽表

國別 類別	德國	英國	美國	日本
飲食文化	啤酒廠共飲 →貴賤不分			
衣著儀態		甚少紅皮鞋 →樸實、靜而穩重	較為輕躁 →奢侈	
官邸建設			各級官邸不華麗宏大 →大統領簡樸、上下一德、先鋪路、後造屋 →重視規劃	小而舊式 →無價值 先建屋後造路 →未先規劃
自動車			紐約運轉手及行人 →技術熟練、守規矩，故甚少意外	

在飲食文化的觀察方面，顏國年到德國「米幼亨」市內的國立麥酒廠，描繪試飲麥酒的方式，或沉浸於音樂與佳麗的氛圍。同時以「紳士與勞働者，共飲於一處」、「所謂官民共樂，貴賤不分」[56]的修辭，透露其著重觀察不分階級共處同樂的面向。敘事強調場景襯托人物的作用，場景的功能之一即為形塑小說的氣氛，反映人物的心境。人物的行為舉止與情感，亦在精心建構的場景與物件襯托下，恰適地

56　顏國年：《最近歐美旅行記》，頁131。

浮現。[57]作者營造麥酒廠的廠景氛圍，並運用酒的物件加以襯托，泯除人際界線而共享飲食產業成果。

顏國年亦從衣著、儀態方面推測其國民性，於倫敦市與當地人接觸後，先觀察再評論英國人：「一般人士年中皆戴黑色禮帽，且穿紅皮鞋者極少，亦足證明英國人之樸實也。」又將英、美國民的生活習性、儀態與風俗作比較：「英國人男女皆素性樸實，不若美國人之奢侈；且其一般人民之動作，頗為沉靜而穩重，不若美國人之輕躁。據聞英國人風俗純厚，平素行事極其親切，對我日本人感情頗佳。」[58]如此由外在衣著儀態分析國民性，流露作者印象式的批評，及以第一人稱指涉對日本的認同。關於衣飾文化的資料，如施素筠曾於2001年2月15日〈夫家成員的穿著〉口述訪談中，如此描述顏國年：「公公個人相當重視服飾穿著，認為體面的穿著能表徵一個人的社會地位。顏國年為家族中男性對穿著最考究者，還曾到歐洲考察時帶回好幾大箱的西裝禮服、皮鞋、禮帽。」[59]從其對穿著的注重，得知顏國年留心物質文化的象徵意義。

於住的層面，顏國年則著眼於道路屋舍及官方建築，並延伸詮釋國民性的差異。他於美國華盛頓參觀總統及大臣官邸後，抒發個人感受及評價，由建築物的規模及質樸風格，分析總統個人節儉的特質，且因親身踐行而影響其他大臣官邸。他又舉日本大使館的現況：「惟現今市最不雅觀者，乃日北大使館；聞該館係於明治二十八落成，當時不過以紅磚築之而已，規模既小又屬舊式，毫無價值可言。」隱含

---

57 Shlomith Rimmon-Kenan, *Narrative Fiction: Contemporary Poetics*（London and New York: Routledge, 2002, 2nd edition）, p.138.

58 顏國年：《最近歐美旅行記》，頁53。

59 葉立誠：《臺灣顏、施兩大家族成員服飾穿著現象與意涵之研究：以施素筠老師的生命史為例（1910-1960年代）》（臺北市：秀威資訊科技公司，2010年5月），頁206。

批評日本忽視大使館為外交門面的重要性。又如當他參觀市內德國皇帝之宮殿時提到：「其規模之大、裝飾之美，余亦不能以言語形容之。」[60]以外在的建築規模，以及內在裝潢的華麗，使從未見如此景觀的顏國年，處於失聲狀態。在交通方面，顏國年於紐約觀察到國外自動車運轉手十分熟練，而行人亦知避險之法，故罕有誤傷事件。他又進一步評論道：「由是想及我臺灣現狀，以少數之自動車誤傷事件，時有所聞」[61]此處顏國年提出造成臺灣自動車事故之原因：一為駕駛訓練不足，二為行人不守交通規矩，三是警察對於違規取締不嚴。藉由臺灣與美國汽車交通事故的比較，省思「行」的現代性議題。

除食衣住行等物質文化面向外，顏國年也從公德心、商人良心、移民制度等觀察西方的國民性。如在芝加哥參觀「薩利邦造截炭機」會社後，於附近公園觀察到雖然遊客眾多，「並無人敢折其一枝半朵者，美國人深有公德心。」[62]從這些親眼所見的風俗，分析美國國民性的特質。作者於埃及坡西土市（今譯塞得港）時，遇商人狡詐求賞、強賣物品；以此現象評論埃及在歷史上雖為古國，但一般人品卑劣，官吏又放任人民恣意作為、糾纏旅客，反使觀光客生畏且不敢久留。[63]從民眾與官員的行為連結社會風氣，反映作者的觀察面向。至於他入境舊金山時提到：「美國調查移民所關事件，極其嚴酷」。他認為因應之道為：「在移民官之前，最宜謹慎，言語不可過多，蓋恐言多必失。此島中設有移民本局之留置場，殆無異於一種監獄。」[64]藉由描述移民政策的嚴苛，顯現美國人對於外來者的戒慎，暗批早期排

60 顏國年：《最近歐美旅行記》，頁13、36、114。

61 顏國年：《最近歐美旅行記》，頁30。

62 顏國年：《最近歐美旅行記》，頁17。

63 顏國年：《最近歐美旅行記》，頁184。

64 顏國年：《最近歐美旅行記》，頁6-7。

外的國民性。

臺灣日治時期的清潔、衛生與健康之間的觀念，不但呼應了日本國內的主流，同時也與當時關注公共衛生觀的世界潮流相映。[65]顏國年透過《最近歐美旅行記》與世界各國比較後，而對國民性有所省思。顏國年遊記中多處呈現衛生、潔淨方面的敘事，又透過「論述」的方式，將衛生／不衛生、潔淨／不潔淨加以區隔，如此落伍／文明的二元論，隱含被殖民者所同化而形塑的價值觀。他到廣東市遊覽時，見「其街市只正面一部分之家屋稍清潔可觀，其他各處皆污穢至極。」又如船入古倫母港市中，「除一小部分清潔街市外，其餘皆印度人居住，故其街市頗不清潔。」至馬來半島教堂則提到建築物雖不甚大，但「各處掃除得十分清潔。」作者形容教堂清潔莊嚴，且遊客需於堂前浴場洗浴，始能入堂內參拜。此外，他到鼓浪嶼各國共同租界處，其道路及住宅「頗清潔可觀」；對照之下，廈門街市「則極其狹隘且極污穢。」[66]這些敘事皆呈現作者已領受殖民者所強調的衛生觀的影響，重視外在環境的衛生及個人潔淨的樣態。顏國年於五月二日至芝加哥參觀屠宰場，聽聞獸隻的宰殺過程，「號呼悲哀之聲，慘不可言。故其後余於數日間，不欲食肉。聖人云：『聞其聲，不忍食其肉』[67]，余前尚未深信，今日身歷其境、親見其事，方信其言不謬也。」[68]如此的敘事，亦見於林獻堂《環球遊記》中，他們皆受儒家思想影響，以迻譯手法抒發感受。他於此處覺察臭味觸鼻，顯露其對於

---

65 劉士永：〈「清潔」、「衛生」與「保健」——日治時期臺灣社會公共衛生觀念之轉變〉《臺灣史研究》第8卷1期（2001年10月），頁41-88。

66 顏國年：《最近歐美旅行記》，頁191、186、188、193。

67 原文出自於《孟子．梁惠王》：「君子之於禽獸也，見其生，不忍見其死；聞其聲，不忍食其肉。是以君子遠庖廚也。」〔清〕阮元審定：《重刊宋本十三經注疏附校勘記》（〔清〕南昌府學刊本，1815年），頁22-1。

68 顏國年：《最近歐美旅行記》，頁18。

環境衛生的強烈意識。關於清潔面向的論述，又如「訥布爾」市附近的環境為：「無處不有火山灰，加以不甚掃除，故各處汙穢之極。其住民等，素不清潔，男女跣足而行者甚多，且晝夜火山灰濛濛，陸續飛來，是以街市愈增汙濁。路旁乞丐成群，一般人民，品行卑劣。意大利第一良港，狀況如此，有損意大利一等國之名譽。」[69]他另記錄海岸一部分稱旅館村，街路整潔，有幽雅小公園及花草樹木；除此之外，市內僅有表面大馬路可觀，其他皆非常污穢。如此對比的敘事，亦是透露書寫空間與國民性的關聯，並顯現敘事者關注衛生議題的心境。

根據敘事學理論，第一人稱敘事者不可能事必躬親，也不可能一切盡收眼簾，當敘述超越實際所見所聞，有些為聽聞而得，為記錄他人告知的一切。[70]顏國年除了實地記錄之外，亦將聽聞所得納於遊記中，如參觀匈牙利國會議事堂時，形容其國雖小，而議事堂格外宏大美麗，建造時間長達十七年。關於此資料的來源，遊記中提到：「據言此處為世界第一華麗之議事堂。」世上議事堂甚多，難以一一查訪、較量，敘事者以「據言」擴大敘述範圍，提供讀者更多想像空間。又如在德國萊茵河畔，作者見後方山上葡萄園皆施以階段栽培法，言及「『據聞』德國數十年前已施行此法」，對比臺灣茶園剛嘗試用階段栽培法的情形。[71]此處又是以「據聞」比較德國與臺灣農業發展的情況。

（二）以儒教視角觀看西方文化展示

為呈現顏國年觀看歷史古蹟及場景，或歷史紀念物、藝術品的視

---

69 顏國年：《最近歐美旅行記》，頁178-179。

70 翁振盛：《敘事學》，頁31。

71 顏國年：《最近歐美旅行記》，頁100。

角，故將文本中場景與空間心境的關聯，羅列於表4-4：

表4-4　顏國年《最近歐美旅行記》空間心境的關聯場景

類別	場景	空間心境
歷史古蹟及場景	義大利「及幼加爾」政事堂的大會議室及審判室 義大利羅馬「哥爾修母」大演武場	→見到室內保存議員選舉制度之記錄，得知為羅馬最先實行的遺跡 →反思君王殘暴，流露出人道關懷
歷史紀念物	德國「俾斯麥」宰相之銅像 德國「頌德塔」	→儀容嚴肅，令人起敬 →立塔感念普魯士路易斯皇后。作者質疑皇后不貞節，且影響當地的風氣。
藝術品	匈牙利美術館參觀「巴諾拿馬」 義大利龐培城壁畫（春宮畫、裸體畫） 義大利羅馬基督教博覽會展之畫 瑞士日內瓦博物館	→九百餘年前「匈牙利」被外國征伐慘澹之狀況，令人不忍終觀。 →淫風極盛、風紀衰頹，故遭受火山灰滅城之禍 →早年宣教，種種迫害情形，不可言狀 →裸體畫、裸體雕刻物皆類似春畫，「豈文明人獨不慮風俗紊亂耶？」

敘事者常針對歷史事件、地理環境、政治體制、社會制度、風土民情、生活型態、建築風格、飲食服飾等議題發表看法；並透過文化符碼傳遞其知識及世界觀，或以格言及道德教育的形式表現，進而影

響讀者看法。[72]顏國年遊記所載參觀博物館的經驗，流露儒者的價值觀，如「不惟不弔其被禍之慘，好淫不道，當受天罰」等話語警惕世人，隱含他欲透過文化論述影響讀者。

許多藝術作品深植於其生產的歷史情境，充塞著相當多指涉（reference）意義，顏國年在接觸古蹟、歷史地景、藝術品後有所省思，並以旅遊散文發表論述。論述是人類歷史文化的種種建制、觀念、實踐等構成或過程，使我們瞭解文本的意義是針對某一特定情境的姿態與反應，而文本的分析是為了瞭解社會關係的重要方式。顏國年於日內瓦參觀博物館，稱讚這些繪畫雕刻精細巧妙，不遜於現代美術。但當他觀賞此館的裸體畫、裸體雕刻物，以為此展示物頗似春畫，認為如此公然陳列於博物館，「豈文明人獨不慮風俗紊亂耶？」此外，在義大利又看到龐培城壁畫，亦有種種春宮畫、裸體畫，作者直言因淫風極盛、風紀衰頹，方使龐培遭受火山灰滅城之禍。[73]透過書寫見聞，顏國年的遊記顯露儒家重風俗教化的價值觀。文學分析的工作首先是在文學作品中找出那個地理的一些徵象，及對它的一些指涉。[74]他又參觀古羅馬遺址「哥爾修母」大演武場（今「羅馬競技場」），想像當時「暴君無道，異想天開」，竟使無罪民眾與猛獸格鬥，使猛獸與人皆亡；或是捆縛少婦，塗抹馬油於其身，並燃之代蠟等不人道行徑。另一方面，畫中又顯現使人民各執凶器（刀鎗等）互相格鬥，無辜小民或死或傷慘不可言。顏國年認為：「如斯種種殘忍酷毒之行為，當時皇帝竟視之為一種娛樂。」且暴君准許一般人民入場同觀這類景象，從此凡遇國家慶典吉日，皆進行這類殘酷的節目。

---

72 翁振盛：《敘事學》，頁37-38。

73 顏國年：《最近歐美旅行記》，頁142、167、178。

74 薩依德作，高莉．薇思瓦納珊編，單德興譯：《權力、政治與文化——薩依德訪談集》（臺北市：麥田出版公司，2005年2月），頁290。

他有感而發：「人民何罪？既為自己娛樂而殺之，又為國家慶典而殺之，誠不知彼專制之暴君。」因為風景、建物代表人物的心理，隱含事件的發展。換言之，風景象徵過去、現在或未來，並不只是框架、布景，聊備一格而已。空間描述與人物心境相互映照，地景亦襯托人物的感覺、情緒或思維。從顏國年的論述，得知他欲藉由遺跡表達對於弱勢民眾的人道關懷，並批判統治者不重視人民安危的心態。

於匈牙利市內美術館參觀時瞥見「巴諾拿馬」畫，此為記錄九百餘年前「匈牙利」遭外國侵略之狀況，「當時所用戰器及其交通所用車輛等似皆粗陋，而其民衣軍服等，亦甚醜觀。當時匈國男女慘遭敵軍虐殺，同時牛馬家畜之類，死者不計其數，其光景慘憺，令人不忍終觀。」[75]不僅是匈牙利，他於羅馬基督教博覽會參訪中，透過繪畫想像三四百年前，「印度支那及其他未開化地方，因布教之故，每受其地方官反對。其種種迫害情形，不可言狀，是以各館中，多有陳列此種繪畫。」[76]從這些繪畫所蘊含的歷史厚度，涉及民眾遭壓制的困境，亦隱含作者追求人權、宗教自由等面向。當他到義大利「及幼加爾」政事堂的大會議室及審判室時，見到室內保存議員選舉制度之記錄，如此的遺跡為羅馬最先實行此制度作見證。[77]在遊歷匈牙利期間，親眼見到匈國雖小，但議事堂及王宮之建築精緻且富美感，他認為「誠可謂出類拔萃者矣」。[78]顏國年所參觀的建築與政治息息相關，但多僅就其外觀與陳設進行描寫，未著力於深入瞭解其議事運作或制度沿革等面向。他也藉由紀念物或歷史場景，表達對於事件意義的關注。當參觀波斯敦市（今稱為波士頓市）特別留心美國獨立戰爭紀念塔，

---

75 顏國年：《最近歐美旅行記》，頁129。

76 顏國年：《最近歐美旅行記》，頁129、170。

77 顏國年：《最近歐美旅行記》，頁156。

78 顏國年：《最近歐美旅行記》，頁129。

「高兩百二十九英尺，自獨立至今，已經一百五十年之久，依然聳立於市中。」又提及「布利莫斯」海岸（Plymouth，今譯作普利茅斯）附近石碑為紀念英國移民一百零五人之中，遭寒氣酷烈凍死的五十餘人，當地保存移民之際所使用的帆船及器具。[79]這些紀念物保存空間移動的歷史記憶，亦呈現作者對於獨立戰爭及移民艱辛過程記錄的重視。

關於歷史人物的評論，顏國年在桑港（今舊金山）用餐時，恰巧到一家名為頤和園的餐廳而抒發歷史的感懷。他見此命名不禁回想當年清廷西太后，「彼以一婦人，深居頤和園，權傾朝野，震於中外，亦不過一場之春夢耳。」[80]就歷史事實而言，西太后慈禧在位四十八年，親歷第二次鴉片戰爭、太平天國運動、中法戰爭、中日戰爭、戊戌變法、義和團運動、清末新政、籌備立憲；亦經歷英法聯軍侵華焚毀圓明園、八國聯軍屠掠北京城等事件。[81]慈禧實際統治約達半世紀，經歷時代的變局，顏國年感嘆世事變換，權勢終究非長久，此亦是聯想的表現手法。又藉由紀念物引發他評論世界史上的女性，例如他見到皇宮前的頌德塔，提出對於人物的褒貶：「該后有功於民，固應頌德；但恨其身居皇后尊位，為一國之主母，尚不能守其貞操，何以責小民乎？至今德國民間婦女，皆鮮有貞操觀念者，乃后之過也。」[82]班雅明〈講故事的人〉提到故事多具實用性，並以道德教訓等方式呈現。無論是哪種形式，常見說故事者對讀者有所教導，彷如是

---

79 十七世紀初，部分英國清教徒因不滿詹姆士一世（King James I）無心宗教改革，在得到皇室許可下，集體到美國建立屯墾地，但所到之地氣候嚴峻，造成相當多傷亡，此即顏國年所述事件的場景。顏國年：《最近歐美旅行記》，頁28、29。

80 顏國年：《最近歐美旅行記》，頁10。

81 徐徹：《慈禧大傳》（臺北市：風雲時代出版公司，1997年3月）。

82 顏國年：《最近歐美旅行記》，頁120。

導師或智者的身分。[83]路易斯皇后（Louise of Mecklenburg-Strelitz）此種行為在敘說旅行故事的顏國年眼中，卻是不貞的行為，並且認為造成當地風氣的有不良影響。如此評論歷史人物，使說故事者兼具教化者的角色。

在敘事者功能方面，敘事者可品評人物、甚至好惡分明，他的判斷不僅彌補讀者的知識不足，更可能左右讀者對人物的認同與投射。[84]顏國年認為歷史人物如「俾斯麥」，是德國有名的鐵血宰相，大有功績於國家，故特建此像以為紀念。他所見「俾斯麥」宰相之銅像，「儀容嚴肅，令人起敬。」[85]關於俾斯麥的研究成果，多強調他為十九世紀德國史上不容忽略的人物，因縱橫德國政壇近三十年而被譽為英雄，他的行動風格強烈，曾不顧憲法、無視國會、非法課稅，執意進行軍事改革，一手造成日耳曼的統一與普魯士的霸權地位。但為維繫自身權勢所採用的政治權術，卻也讓他背負德國未能在1918（大正七）年走上民主、自由的禍首惡名。[86]又如他對於「『哥倫氏』發現亞米利加大陸（現稱為「美洲大陸」），雖途中屢遭危難，終不屈不撓，苦心搜索，遂立空前絕後之大功。故其事蹟於各國歷史皆有記載，而其姓名亦流芳千古云。」[87]就歷史人物而言，研究者曾提出美洲人譴責哥倫布是個狂熱、不學無術、種族歧視，並壓榨勞力的人；並引進各種各樣的傳染病，使美洲人原本未經歷練的免疫系統崩潰。[88]

---

83 華特．班雅明著：〈講故事的人〉，收錄於漢娜．阿倫特編，張旭東，王斑譯：《啟迪：本雅明文選》（香港：牛津大學出版社香港分部，2008年），頁80。

84 翁振盛：《敘事學》，頁36。

85 顏國年：《最近歐美旅行記》，頁106、114。

86 林恩．艾布拉姆著，鄭明萱譯：《俾斯麥與德意志帝國》（臺北市：麥田出版公司，2000年），頁15-18、48。

87 顏國年：《最近歐美旅行記》，頁151。

88 江漢聲：〈梅毒．哥倫布．1493〉，《歷史月刊》第226期（2006年11月），頁4-12。

對於歷史人物的定位，常隨時代而有不同的變化。顏國年對於俾斯麥及哥倫布的評價，顯現知識分子於時代侷限下的理解。

五　結語

透過臺灣日治時期旅遊敘事文本的詮釋，呈現處於殖民地知識菁英由於社會地位、學識背景等因素，而觀察到歐美不同都會的文化差異。本節以顏國年《最近歐美旅行記》為研究素材，並參考相關傳記或顏家產業發展與人際網絡等資料，以發掘此部遊記的特殊質性。從顏氏的學養、經歷及人脈，理解其旅遊出發前的文化資本，並透過梳理日治時期海外旅遊的思維，分析作者所傳達的文化省思。作者此次旅遊的動機，包括先前查訪中國的經驗，再加上完成兄長夢想及安排子弟進修的需求；又因實業家的企圖心，而立下遠行海外的宏願，故以觀摩歐美各地三井支部等產業為旅遊的重要面向。從旅遊動機、旅程安排以及回歸後的反思，探討作者彙錄歐美旅行見聞的敘事性。因顏國年的實業家身分，故分從工業為主的考察之旅、產業實務的現代性，分析其觀摩海外產業實況。此外，於文化論述與儒教價值觀方面，則從物質文化與國民性的關聯、以儒教視角觀看西方文化展示兩層面加以詮釋。

顏國年書寫物質文化的見聞，呈顯對於飲食、衣著儀態、道路屋舍及交通等層面的觀察及象徵意義。他以各國衣飾、建築物規模及風格與臺灣相比較；更由環境衛生及個人潔淨的層面，或是從公德心、商人良心、移民制度等分析國民性。從參觀古蹟、文化地景及博物館而有所省思，並藉由文本發表論述，流露儒者重風俗教化的價值觀。這些文本是敘事者藉由參照、比較或批判的省察，進一步理解本身境遇，並改變自我的視域。知識菁英顏國年從臺灣出發到異地，再返回臺灣的家，在離與返之間，書寫歸家之後思想上的衝擊與省悟。因此能在異文化參照下有所批判，並思索自我的位置，流露旅行書寫的內在意義。

散文（prose）有別於韻文（verse），許多散文以推理或論述的形式，拓展到外在世界的「實踐」或「行動」，以及社會活動或個人的思想。[89]旅遊散文的特色主要以日記體的形式，但又因公開給親友而具聽述的對象。如此的作品是敘事者敘述自己目睹、參與或經歷的故事，敘事者本身就在他所敘述的故事之內。因旅遊書寫蘊含作者個人的跨界經驗，透過此類文本的詮釋，將有助於理解知識分子的內在意識。敘事者可品評人物、甚至好惡分明，他的判斷不僅彌補讀者的知識不足，更可能左右讀者對人物的認同與投射。知識菁英旅遊的目的性不一，在離與返的辯證中，不僅體會彼此的外在差異，旅遊見聞錄亦流露思索臺灣與歐美文明的本質差異。從安排的行程，不似臺灣總督府排定的東遊旅程，或「上國觀光」般的刻板模式，而是在礦產實務或是習俗風尚的觀看中，尋覓臺灣未來的發展方向。在與異國接觸的過程中，顏國年經歷的不只是文化上的衝擊，亦以儒學價值觀評論風俗；同時再現旅行的經驗，藉以拓展視野，並思索實業的發展面向。

89　諾思洛普·弗萊著，陳慧、袁實軍、吳傳仁譯：《批評的解剖》（天津市：百花文藝出版社，2006年5月），頁387- 486。

第二節　文化變遷的再現：雞籠生的旅遊書寫

一　前言

因遷徙所產生的旅遊散文與記憶書寫有所關聯，海外見聞呈現作者與空間情境的互動。臺灣知識菁英陳炳煌（1903-2000）在日治時期的遷徙經驗頗為頻繁，且於報刊雜誌發表諸多旅外觀察及批判，因而具研究價值。陳炳煌於1903（明治三十六）年12月20日出生基隆市，故以「雞籠生」為別號。因父親經商的緣故，幼年跟隨他至安南、星島、爪哇、婆羅洲、蘇門答臘等地長期旅行。他曾於上海聖約翰大學就讀，後於美國攻讀碩士學位，畢業後曾於歐洲各國旅行，再至上海工作。[90]曾任上海會計師公會會員，德國製藥公司廣告部主任，並經營上海日新行。1931（昭和六）年擔任《臺灣新民報》上海支局長，使他有機會親炙臺灣民族運動領袖林獻堂的言行，並長期在《臺灣新民報》的文藝版發表一系列作品，後來集結成《海外見聞錄》各篇章。1935（昭和十）年出版《雞籠生漫畫》，因恐日本當局以藉畫諷今為由進行干涉，僅印行五〇〇冊。戰後，陳炳煌回臺擔任交通處專門委員，負責接收日人船隻的工作，並因籌備「臺灣航業公司」而受到重用。1950（民國三十九）年參加第一屆基隆民選市長的選舉落選，後於美國大使館臺北新聞處與農復會服務。他於1951-1963年擔任農復會所創辦的《豐年》農業雜誌的編輯工作，以「豐年社」副社長的職務卸職。退休後轉任「榮星保齡球館」及「臺灣旅行社」總經理，其後移居美國。擔任「南加州長輩會」的常務理事，經常來往

90　王嵐渝、李榮聰：〈《雞籠生漫畫集》第二集介紹〉，《悅讀館藏檔案與舊籍1》（南投市：國史館臺灣文獻館，2009年），頁219-228。

美、臺兩地，與臺灣藝文界老朋友相聚。九十高齡時依舊環遊世界，仍作畫不倦。[91]

雞籠生集結成書的著作有《海外見聞錄》（1935）、《雞籠生漫畫集》（1935）、《大上海》（1942）、《百貨店》（1959）、《傻瓜集》（1962）等。[92]《百貨店》的初集是在1935（昭和十）年發行，包含各地風光、蜜月旅行記、小說、隨筆、漫談及笑話等。出版於1954（民國四十三）年的第二集則是將作者在《自由談》和《豐年報》等刊物，所發表過零碎的篇章集結，附上插畫或照片後，編輯為《百貨店》第二集。陳炳煌曾擔任上海《臺灣新民報》支局長，於《臺灣新民報》專欄「麵店」發表遊記、隨筆、散文。題材多以海外的遊歷為主軸，不僅描繪各地風情，並在副刊登載不少親筆所畫的漫畫。[93]他是漫畫家，也是一位旅行家，且特別喜好蒐集「名人簽名」，亦即除了畫名人肖像之外，必請求簽名留念，而累積上百幅以上的世界名人畫作，如卓別林和尼克遜簽名真跡便收錄於《雞籠生漫畫集》。[94]1935年自費出版的《雞籠生漫畫集》是其代表作，也是臺灣的第一本漫畫作品集，內容包含「大都會」、「古詩今畫」、「四季畫」、「俗語漫畫」、

---

91 陳青松、許梅貞：《基隆第一：人物篇》（基隆市：基隆市立文化中心，2004年），頁83-84。

92 《雞籠生漫畫集》第二集出版於1943年；《傻瓜集》第二集出版於1974年。

93 第二集包含遊記、小說、劇本等，其中滑稽劇如〈濶嘴七仔自傳〉、〈月明之夜〉，或專為農友寫的閩南農村小說，如〈山花〉、〈先知〉等；或敘述戰後日本風光的散文，如〈銀座之夜〉等。第二集其中之一〈簽名紀念冊〉篇，提及簽名（Autographs）之風氣起源及歐美社會熱衷蒐集簽名，如集郵般盛行，作者本身亦熱衷此道。內容包羅萬象、詼諧有趣，是作者多年來之心血結晶，機智與幽默。國家圖書館特藏組編輯：《臺灣歷史人物小傳——明清暨日據時期》（臺北市：國家圖書館，2003年），頁518-519。

94 陳青松、許梅貞：《基隆第一：人物篇》（基隆市：基隆市立文化中心，2004年），頁83。

「時事漫畫」、「異地風光」、「社會漫畫」、「漫畫漫談」、「雜錦漫畫」等；表現簡潔、樸拙的風格，直到1954年《雞籠生漫畫集》才出版第二集。[95]雞籠生筆耕不綴，且漫畫藝術多樣化。目前所見有關雞籠生的研究成果，多著重其生平經歷的介紹。如陳青松、許梅貞《基隆第一：人物篇》（2004），強調他是臺灣第一位漫畫家；又如許雪姬〈1937-1947年在上海的臺灣人〉（2006）參考島津長次郎《支那在留邦人人名錄》，羅列雞籠生於上海經商的範疇，包括開設新興公司、貨幣兌換、代管不動產、汽車出租及貿易商等。[96]王嵐渝、李榮聰〈《雞籠生漫畫集》第二集介紹〉（2009）以及李詮林〈雞籠生與臺灣日據時期的漫畫藝術〉（2012）分析其漫畫藝術內容與形式的多樣性。此外，王琨、張羽〈日據末期《風月報》作者群筆下的大陸地景研究〉，則提到雞籠生於《風月報》所載中國作品的特色。這些文獻多著墨於雞籠生的經歷及作品，為提供理解其生平背景及創作的參考。

本節擇取雞籠生《海外見聞錄》及發表於《風月報》有關上海的專欄為文本，並著重於歐美見聞的比較文化觀及上海意象的建構。這些文本記錄何種跨界經驗？作者到歐美旅遊，再現哪些文化差異的觀察議題？雞籠生藉由書寫上海意象透露怎樣的文化批判？然目前學界尚未針對雞籠生旅行書寫的議題作論述，故以其歐美及上海見聞為研究素材，藉以探討其跨界行旅敘事的特色。

二　知識菁英的空間移動經驗

就廣義的旅遊動機而言，出外遊歷的原因雖然各有差異，包括高

95　李詮林：〈雞籠生與臺灣日據時期的漫畫藝術〉，《裝飾雜誌》第6期（2012年）。

96　島津長次郎：《支那在留邦人人名錄》（上海市：金風社，1940年），頁475。

度的自我實踐及個人的利益；或為了政治性的、意識型態的、智慧性的本質，甚至於經濟的利益。這些旅遊的因素之所以會不同，通常取決於不同社會的環境，以及所反映的經濟和政治層面。為探討跨界敘事策略及行旅論述，擬從出發、旅遊過程與回歸等面向，呈顯行旅過程因文化差異而形成的批判與省思。敘事關注於事件開頭、中間及結尾的序列安排，使之具有「情節」，此為敘事研究重要的特徵。擬以敘事概念，分析臺灣日治時期知識菁英雞籠生的歐美見聞。

（一）旅遊出發前

就旅行敘事的背景而言，多關注於文人的學養、文化資本與旅遊動機與目的，呈現其旅遊敘事的位置。本節所探討的知識分子雞籠生，其遷徙的原因與家世背景及求學經歷有所關聯。他的父親陳德慶經營煤礦業，長年遠居廈門；其母陳連番婆為基隆早期名商人連金房的長女。陳炳煌年幼時，皆受其母之教誨。1916（大正五）年跟隨經商的父親到中國福州，進鶴齡英華書院就讀，兩年後轉學到香港拔萃書院；在尚未完成學業前又曾與父親到安南、星島、爪哇、婆羅洲、蘇門答臘東南亞等地長期旅行。1920（大正九）年於上海就學時，先進聖約翰附中，繼入聖約翰大學。二年級時發生五卅慘案，而轉到「光華大學」，1927（昭和二）年畢業，取得商學士學位。旋即到美國，先於費城的U.P.大學研究所（賓夕法尼亞大學）（University of Pennsylvania）研習交通管理，1929（昭和四）年再至紐約大學攻讀一般商業管理法。雞籠生於1930（昭和五）年獲碩士學位後，當年取道歐洲漫遊。[97]

---

[97] 張炳楠監修，李汝和主修，廖漢臣纂修：《臺灣省通志卷六．學藝志．藝文篇》（臺中市：臺灣省文獻委員會，1971年），頁80。

應用馬斯洛的需求層次論旅遊的功能，得見旅遊活動可滿足人們社交、尊重和自我完善的需求。透過旅遊可以結交新朋友，得到接納、愛和友情，從而滿足個人對歸屬和愛的需求。一些旅遊形式，如到國外某地去旅遊，這種活動本身就成為個人取得成功與成就的象徵，並可獲得獨立感、優越感、自信心和自我舒適感。[98]雞籠生首次將此歐美遊歷經驗向大眾分享，可推溯發表於《臺灣日日新報》漢文版1931（昭和六）年3月10號的〈歐美漫遊雜記〉，他在此文分析自己的性格：「余性好動，留美兩年，尤酷好旅行。所以遇學校春季遠足，及畢業旅行之舉皆向前加入。」[99]除了好遊的天性之外，他深知透過旅遊活動可開拓眼界的積極功能。以其學養觀看旅程中的事物，有助於他更瞭解所生活的世界，從中增長認知與審美能力，滿足美與學習的需求。如此的生平背景及學養，透露此位知識分子於日治時期的文化資本，並隱含旅遊動機與目的，呈現其特殊的旅遊敘事位置。

（二）旅遊過程

旅遊過程包括行程設計、參觀地景與當地人的互動等層面。雞籠生回臺後於1931（昭和六）年3月10日《臺灣日日新報》漢文版發表的〈歐美漫遊雜記〉，為雞籠生首次將歐美遊歷經驗向大眾分享。文中表示：「余居美兩年，經過二十二洲，到過十八個都市，其中在紐約時間最久。」當時留美學生回國的路線有兩條，依據留學的地區有所不同，有些西岸留美學生多從太平洋直接返回；而於東岸的留學生，多數從歐洲回歸，雖然旅費較高，但藉機增廣不少知識。[100]從〈歐美漫遊雜記〉得知旅遊時間順序，主要行程依次為：美國紐約→英國

---

98 劉純：《旅遊心理學》（臺北市：揚智文化事業公司，2002年），頁103。

99 雞籠生：〈歐美漫遊雜記〉（一），《臺灣日日新報》漢文版，1931年3月10日。

100 雞籠生：《海外見聞錄》，頁1。

倫敦→法國巴黎→德國柏林→法國馬賽→新嘉坡（新加坡）→西貢→香港→上海。此趟旅行的時間從1930（昭和五）年6月6日離開紐約，7月9日返回上海。為理解雞籠生此次歐美之行的路線，故繪出主要參觀的城市於圖4-2。

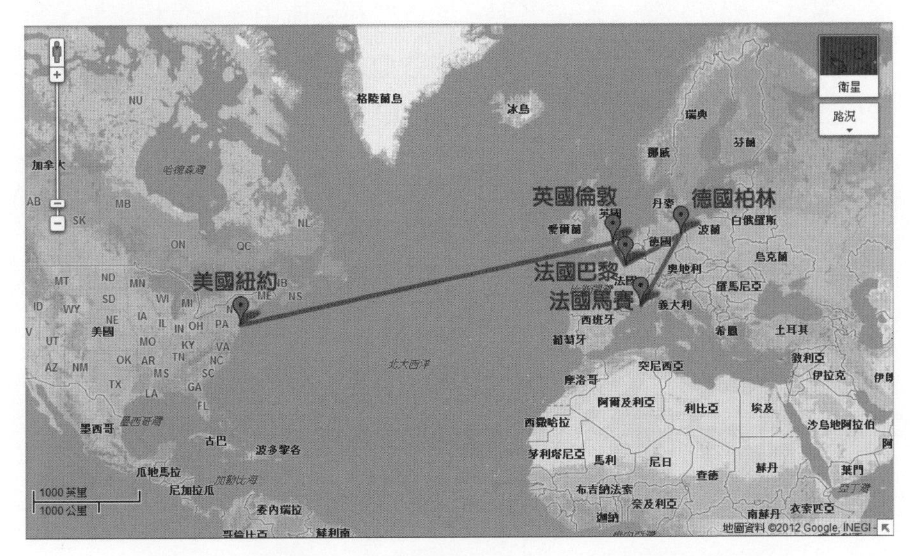

圖4-2　雞籠生日治時期歐美之旅主要參觀城市圖

綜觀雞籠生《海外見聞錄》的內容，可知其主要觀察的國家為美國，以及返國時造訪的英國、法國與德國等。雞籠生認為留學生應藉旅遊開拓視野，此位從美國東岸畢業的研究生，選擇從歐洲返回的路線，因此日後得以「我在現場」書寫親身見聞，回歸後並發表文化觀察與批判等議題。

（三）回歸

旅遊的回歸包括旅遊書寫、旅遊影響實踐、文化批判與省思等層面。推溯於1931（昭和六）年3月10日《臺灣日日新報》漢文版的〈歐美漫遊雜記〉，為雞籠生首次將歐美遊歷經驗向大眾分享。此文提及當年2月19日世界周遊團來臺，時人多以為旅費盤纏耗財甚鉅，認為海外之旅難以成行；但雞籠生根據個人經驗表示，在五個月期間遨遊世界之旅費，其實金額一萬元便足。通過旅遊，文化得以傳播、擴散，相互影響，旅遊者與當地民眾在交流中完成這種影響。旅遊者回到本地後，將其看到、聽到的各種有關目的地信息，通過文字或口頭傳播的方式擴散給身邊親友與閱聽眾。一般旅遊者多將自己旅遊的見聞講述給親戚朋友聽，展示他們從目的地帶回的文化，比如照片、工藝品、特產等。[101]雞籠生除了將旅外經驗分享給親友及刊物上不特定的讀者之外，更具體提到：「根據個人經驗，作〈歐美漫遊雜記〉。志在喚吾臺有志人士，出洋思想」。[102]如此以自身壯遊歐美以增廣見聞的經驗，廣納各國的知識與文化，藉之鼓吹臺人多出洋，吸取更多不同以往的新知，又發表其論述以達拋磚引玉的行動力。

雞籠生的海外見聞先於《臺灣新民報》發表，其中一篇〈自剖〉先刊登於1933（昭和八）年6月10日，後收錄於《臺灣新民報》，此文提到：「我將來的事業不外在實業與美術二方面追求，其目的是為人類造一點小小的幸福。」[103]得知他個人的興趣與人生終極目標，在刊物發表旅外言論，是期望為群眾謀幸福。關於《臺灣新民報》的歷史定位，從1932（昭和七）年4月15日發行日刊首號（總號第411號）之時，宣告臺灣日刊新聞市場正式邁入競爭化的階段。此報成為「臺灣人唯一之日刊新聞」，如吳三連所言，日刊發行是「在『不可輸給日本人』一念下」迅速完成。在日後具體的競爭中，《臺灣新民報》規模的擴大與成長，被認為是一種尋求殖民地體制下臺灣人自尊

---

101 謝元魯：《旅遊文化學》（北京市：北京大學出版社，2007年），頁134。

102 雞籠生：〈歐美漫遊雜記〉（一），《漢文臺灣日日新報》，1931年3月10號。

103 雞籠生：《海外見聞錄》，頁73。

的方法。[104]雞籠生刊登於此報的一系列海外見聞錄，不僅回憶他個人於美國留學的經驗及1930（昭和五）年歐美之旅，同時亦透過報刊的傳播而與想像的讀者分享所見所聞。

雞籠生為《臺灣新民報》社員，從林獻堂於霧峰萊園五桂樓為《海外見聞錄》所題的序文中，得知他與作者原不熟識[105]；但時常在《臺灣新民報》讀到署名雞籠生的作品，欽佩其見聞廣博且善於敘事。不僅驚歎他對事物的觀察細微，並推崇此書為近來少有的佳作，於是不吝讚賞道：

> 君遊歐美列邦，而獻亦曾一臨其地，君著《海外見聞錄》，而獻亦有《環球遊記》之作；然而一經相形，自覺迂闊，終不若君之博洽而雋永也。夫吾人知遊歐美者大抵為留學與遊歷，故一到其地，縱不埋頭於攻究學術，亦必注心於搜求史蹟；否則留戀於山川之風景，醉迷於都市之繁華，使有所述，總數膚淺浮辭，從莫能探為索隱，以其流風習俗，餉於吾人之前者。而君獨能留心毫末，詳人之所忽。[106]

林獻堂不僅大肆宣揚此書的特色，又提到：「迥異於尋常著作，無怪

104 李承機：〈殖民地臺灣「輿論戰線」之變遷──〈輿論〉兩義性的矛盾與「臺灣人唯一之言論機關」的困境〉，《六然居存：日刊臺灣新民報社說輯錄1932～1935》（臺南市：國立臺灣歷史博物館，2009年12月），2-29頁。

105 林獻堂於1932（昭和七）年率領「臺灣新民報社」同仁組織「祖國觀光團」，雞籠生也以社員身分參加，並擔任北京語的翻譯官，遊歷東南沿海各省。由於林氏在上海說了一句「我歸祖國」，返臺後繼遭日人操縱輿論攻擊及毆辱，這次「祖國事件」引起雞籠生無限感慨。陳青松，許梅貞：《基隆第一：人物篇》（基隆市：基隆市立文化中心，2004年），頁82-83；此口述資料為陳青松訪問莊永明有關雞籠生的事蹟所得。

106 林獻堂：〈海外見聞錄序〉，收錄於雞籠生《海外見聞錄》（臺北市：臺灣新民報社，1935年）。

乎一篇既出，輒為閱者所爭先快覩，大有洛陽紙貴之概焉。」從林獻堂的序言，得知雞籠生與林獻堂紙上神交的因緣；亦顯現將旅外書寫連載於報刊所引人矚目的效果。另一位許迺蘭亦為《海外見聞錄》題序，他以孔子周遊列國作春秋為例，提及旅遊見聞對充實自我學識的重要性。推崇雞籠生遊學歐美諸邦閱歷多年的經驗，並慫恿將這些見聞蒐集成篇，供欲增廣見聞的同好參考。至於1934（昭和九）年孟夏雞籠生〈自序〉撰寫見聞錄的目的，言「秀才不出門，能知天下事」，這些以記憶所追述的見聞全為「在海外時親眼所見，親耳所聞的風土人情和著者自己的感想」，原於《臺灣新民報》發表，應許多朋友、讀者的要求方集印成書。

回顧《臺灣新民報》的發行史，1932（昭和七）年1月獲准發行日刊，4月15日正式發行，以中文為主體、日文佔三分之一。報社總部設於臺北市，另在東京、大阪、上海、廈門及臺灣東、西部城市設立十三個分社。日刊發行最初，編輯局下分設整理、政治、經濟、通信、學藝、調查六部，在第七或八版設置中文文藝欄，第六版設置日文文藝欄。[107]日文欄連載楊逵〈新聞配達夫〉（〈送報伕〉等文，因題材涉及社會主義思想而遭禁。文藝欄須回應島內讀者與知識社群的期待，又面對警務局透過檢閱制度的警告，可謂腹背受敵。1935（昭和十）年漢文欄出現長篇小說，學藝部記者徐坤泉《暗礁》、《可愛的仇人》、《靈肉之道》連載終了後隨即以臺灣新民報社小說的招牌，發行單行本；包括膾炙人口的專欄作品，文藝欄作品圖書化以後，在新民報社印刷局發行、販賣部經銷下，和該社主編的《臺灣人士鑑》、《改正地方制度法規》等人名錄、地方自治圖書一起流通，影

---

107 當時學藝部長由整理部長黃周兼任，下設林攀龍、賴和、陳滿盈、謝星樓四位編輯員。該刊在1940年1月1日以前散佚嚴重，文藝欄僅存1932、1933年日刊初期數個月份。

響層面更為擴大。《臺灣新民報》每日發行二三〇〇〇部左右，1934（昭和九）年突破三〇〇〇〇部。相較於當時只發行數百到一、二千部的新文學雜誌，日刊的影響力勝之千里。[108]這些臺灣新民報出版的暢銷書，包括雞籠生《海外見聞錄》、《漫畫集》、《百貨店》等。可知其旅外作品令識字階層爭先閱讀，透過公共媒體產生傳播影響力。

班納迪克・安德森（Benedict Richard Anderson）認為報紙是書籍的一種「極端的形式」，一種大規模販售，但只是短暫流行。如此容易作廢的本質特性，創造一個超乎尋常的群眾儀式：即對於刊載作品的報紙幾乎分秒不差的同時消費「想像」。印刷品——商品（print-as-commodity）是孕生全新同時性觀念的關鍵，以往手稿傳遞的知識是稀少而神秘的學問，但印刷出來的知識卻存在可複製性及傳播，印刷術已經改變這個世界的面貌和狀態。[109]日治時期報紙使臺人能接觸到外在世界，同時習得現代的語言用字。1920（大正九）年以前已經有不少反映社會現況的文學作品在《臺灣新民報》等刊載，同時學校及公共場合也成為這些刊物流通的主要場域。儘管受到日人對刊物的審查以及查禁，但臺灣在1930（昭和五）年代的識字率僅次於日本也是個事實，且為大量的文學提供刊載的空間。[110]此外，從旅遊場域來看，包括行動者、資本、權力和慣習等關鍵性要素，其重要資本是一

---

108 柳書琴：〈《臺灣新民報》向右轉：賴慶與新民報日刊初期摩登化的文藝欄〉，《臺灣文學研究集刊》第12期（2012年8月），頁1-40。

109 班納迪克・安德森（Benedict Richard O'Gorman Anderson）著，吳叡人譯：《想像的共同體：民族主義的起源與散布》（臺北市：時報文化出版企業公司，1999年），頁49。

110 Liao, Ping-hui, "Print Culture and the Emergent Public Sphere in Colonial Taiwan, 1895-1945" In David De-wei Wang and Ping-hui Liao Eds, *Taiwan Under Japanese Rule, 1895-1945. history,culture,memory*,（New York: Columbia University Press, 2006）, pp. 78-94.

種符號資本或象徵資本，而各種位置的行動者的功能或作用，與其權力（或資本）是密切相關的。[111]雞籠生將遊歷見聞登載於報刊，不僅透露作者跨界的思維，並藉由漢字符號資本傳達文化省思；且海外見聞亦成為其象徵資本，又因旅外而感受與歐美文化的差異，並重新思索自身的處境。

三　歐美見聞的比較文化觀

從以「社會史」或「民眾史」為名的新研究取向，可觀察到新史家不再著眼於考察社會頂端顯貴名流的活動，改而將重心置於觀察底層大眾的日常生活與問題。[112]雞籠生《海外見聞錄》的內容多以與民眾相關的日常生活題材為主，為分析此書旅外書寫的類別，故重新歸類目錄，依序羅列於表4-5：

表4-5　《海外見聞錄》目錄類別

類別	目錄
場景	回國、美洲、紐約、倫敦、巴黎、印度、爪哇、安南、星洲
人物與身體	偉人、聖人、文人、大王、猶太、華僑、勞僕、男性、女性、乳房、鬍鬚、婦女、美女、選美、妓女、禁娼、博士、乞丐、裸體、球迷

111 慣習（或習性）作為「場域理論」中的重要概念，主要是指一種明確的建構和理解具有其特定「邏輯」的實踐活動的方法。張曉萍主編：《民族旅遊的人類學透視》（昆明市：雲南大學，2009年），頁91。

112 韋思諦（Stephen Averill），吳哲和、孫慧敏譯，江政寬校譯：〈中國與「非西方」世界的歷史研究之若干新趨勢〉，《新史學》第11卷第3期（2000年9月），頁157-194。

類別	目錄
物質文化	發明、汽車、服裝、擦粉、理髮、煙草、酒話、賭博、跳舞、雜菜、咖啡、廁所
社群文化	婚姻、夫婦、禮儀、新年、吉日、嘉年
表達文化	電影、新聞、雜志、筆耕
現代性與價值觀	時間、投機、金錢、生活、失業、自剖、性教、貞節、接吻、運動、迷信、珍聞、嗜好、摩登

從表4-5所羅列的目錄，多是以可觀察的民眾日常生活文化為主，亦包含文化的觀念及價值體系。此書旅行敘事的場景主要以紐約、倫敦、巴黎等都會為主，除了以歐美作為文化批評的主要觀察場景之外，亦擴及亞洲等地。人物則包括偉人、聖人的界定及典範意義、或族群、階級、性別，並涉及身體觀等相關議題。物質文化以衣、食、住、行等生活所需的技術，如服裝、雜菜、廁所、汽車等。社群文化則包括婚姻、禮儀、吉日、嘉年等風俗，或社群組織的典章制度。表達文化則如電影、新聞、雜誌、筆耕等藝術所蘊涵的精神文化。此外，於現代性與價值觀方面，涉及對現代意識的覺悟，如時間或迷信等，這些類別既包含對歷史事實的陳述，又具價值訴求和規範意義。

影響文化變遷主要的因素，包括科技的發明、文化傳播、理念和意識型態、集體行動、地理與氣候等條件。[113]舉例而言，科技的發展是隨著發明而日新月異，《海外見聞錄》於現代化設備方面，提到電話是近代交通的利器，美國幾乎家家戶戶皆裝電話，公共電話也到處可見。無線電話在歐美各國都能通話，他認為將來全球各國都有通話

---

[113] 洪鎌德：《人文思想與現代社會》（臺北市：揚智文化事業公司，2000年），頁101-103。

的可能性。[114]歐美的物質文明與精神文明密切相關，科學和技術不只是物質主義，亦是高度理想主義，是利用人類智慧改善種種生活條件的文明。[115]雞籠生所提電話等通信設備，改變了人與人溝通的方式，亦是科技影響生活品質的發明。另一影響文化變遷的因素為新理念及意識形態，如每一社群都因特殊時空、人事的因素而發展出獨特的文化，其中包含對新事象（價值、規範、方式等）的看法與想法。雞籠生關於教育制度的考察，即是舉出新理念影響文化變遷的另一因素。他在旅途中造訪各級學校，如在英國實地考察並比較牛津大學與劍橋大學的不同。到巴黎時則至美術學校參訪，認為巴黎是美術的大本營，觀察該校教師五十餘人，學生兩千餘人，並聚集各國人種；且該校收藏甚為豐富，提供學生參考。又提到德國為工業國家，機器極精、化學產業發達，所以當時中國的留德學生學習這兩科的人最多；至於美國的大學所研習的領域，則以工程化學、電氣、航空、軍事為大宗。[116]帝國主義使中國文明的優越感與自信幻滅，因而使知識分子對傳統文化的藐視。傳統菁英階層的崩解及相關知識秩序的敗壞，早已廣泛引起知識分子的憂患意識與強烈的危機感。此一殘酷的歷史經驗，促使他們吸收並接受西方現代科學及哲學。[117]雞籠生記錄有關英國、法國、德國以及美國的學校及留學生專攻領域的議題，他深知教育為人類形成新理念的方式之一，因此重視留學教育所可能產生深遠影響的力量，並為文宣揚種種新理念。

---

114 雞籠生：《海外見聞錄》，頁40。

115 泓峻：〈東方文化視界中的美國與西方文化視界中的中國——胡適遭遇的解釋學困境及其原型意義〉，《河南師範大學學報（哲學社會科學版）》第31卷2期（2004年3月），頁111-114。

116 雞籠生：《海外見聞錄》，頁4-12。

117 何乏筆：〈跨文化批判與中國現代性之哲學反思〉，《文化研究》第8期（2009年6月11日），頁129-130。

雞籠生於《海外見聞錄》多次提及交通工具的變遷，可見他將交通視為社會重要的實體建設。從陸上交通分析至空中運輸，雞籠生認為文明的國家交通事業必定發達，如歐美諸國交通多極為便利。同時批評中國自革命以來，「所有鐵路不但未曾加長一寸，每次內亂，反常常炸斷鐵橋、掘壞軌道，可嘆！」如此嚴厲批判中國長期處於動亂時期，無法顧及與民生密切相關的交通建設。又言：「小車、帆船、轎子，是現代交通落伍的代步物，文明的國家裡已不常見，可是中國內地還是很普遍。中國郵票仍用帆船為記，可見中國交通的幼稚。」此為從交通工具論及文明與落後的區別。針對當時福州仍有女轎夫一事，他以比較的方式論及：「昔時的歐洲、日本各處皆有轎子，但未聞有女轎夫者；但是福州地方，現時仍有婦女抬轎，真是無人道中的無人道。」他除了以人道的立場提出批判之外，並藉由觀摩美國物質文化「行」的面向，反思中國交通迫切面臨需改革的問題。他又積極提出呼籲，若要製造汽車，「在中國應當先開採油礦、建築道路！」他雖觀察到「美國的汽車最多，平均每四人半有一輛。」另一方面，也批判許多美國富翁不願坐本國自製的汽車，而坐陳舊不堪的歐洲製汽車以誇示其奢豪。[118]就日治時期日本學者小川嘉一的研究，1930（昭和五）年美國的自動車總數有兩千六百五十二萬三千臺，平均四．六人就有一臺自動車，普及率遠高於世界各國。[119]從這個研究資料得知，雞籠生於日治時期所提出的觀察敘事，與統計數據吻合度極高。他分析航空事業的發展，提及飛機在歐洲大陸已成為旅行的工具，且認為將來航空業之發達不可預料。[120]藉由交通工具及都市建設

---

118 雞籠生：《海外見聞錄》，頁47。

119 小川嘉一：〈鐵道自動車將來〉，《臺灣經濟叢書》第二卌（臺北市：臺灣經濟研究會，1934年），頁124。

120 雞籠生：《海外見聞錄》，頁7-8。

的比較，不僅直言批判中國現代化的步調及方向，並提出解決問題之道，或評論美國的消費風氣。雞籠生曾留學美國就讀交通管理研究所，此種學歷亦為其文化資本，顯現關注此類議題及觀看事物的視角。又因他研讀交通管理課程的緣故，發表觀察後的文化評論，多呈現此類議題的獨特見解。

由於雞籠生留學美國，因此《海外見聞錄》多記載對美國的觀察，並常以美國與中國進行比較。例如：都市建設與現代化設備皆是關注之處，他形容美國市政建設，「進步之速，一日千里！柏油廣路中，更點綴以叢林美艷的花，電影戲院和民眾圖書館，每街均得一所；至於鄉村的建設，更令人生羨，一草一木，無不利用天然美景，如世外桃源。」相對於休閒設施及圖書館林立，或是鄉村順應大自然所營造的居住環境，他批判中國各地多見田園荒蕪，荊棘載道之景，生活品質狀況亟待改良。此類以桃花源的意象對比荒蕪荊棘的表現方式，隱含期待改革之意。又論及兩國企業家，雞籠生稱美國是大王的出產地，世界上的大王多半在美國，如汽油大王、汽車大王、鋼鐵大王、銀行大王、番薯大王、發明大王、網球大王等不勝枚舉，並認為美國的政治與此類大王的勢力有密切的關係。至於中國則未出現資本家，所以無堪稱大王的人。其次，論及生活品質方面，他分析生活程度最低的國家是中國，最富的國家是美國。然而，他亦留意當時美國的經濟問題，指出美國雖擁有世界半數黃金為繁榮的基礎，久為人所崇仰；但在目前經濟恐慌的壓迫下，漸有渙敗之兆，銀行倒閉、工人失業，金融家與政治家頗為焦慮。在世界經濟不景氣之下，歐美各國失業人口攀升，他分析歐美不傳財產給子孫，所以盡量花費且重視個人享受，父不依子、子不依父，個人經濟獨立，一旦失業即乞借無門，坐而待斃；反觀中國則重視家庭經濟，即便失業尚有親人可依，呈現歐美與中國對於失業後境遇的差異。

任何一個城市似乎都有一個共同的意象，它是由許多個別的意象重疊而成；或是由一套連續性的共同意象，受到許多市民的擁護而產生。分析其效能，僅限於具有實際存在的物體，其他影響成分，諸如某地域的社會意識、組織、歷史，甚至涉及其名稱。[121]例如雞籠生到柏林，見歐戰後德國民眾負擔極重，卻不斷持續努力，不久便恢復原有勢力，故以沉毅可敬形容此城市的特色。[122]除了形塑德國城市的意象之外，當雞籠生到法國，親身體驗法國對於不同種族的態度，又分析：「多數到過法國的人，只在巴黎遊玩幾天而已，因此大家以巴黎代表法國。看見巴黎的繁華、婦人的奢侈，就評論法國為奢華無用的國家，其實大不然，這種視察真是大錯特錯！要到法國的鄉下，才能看出純粹的法國生活。」[123]如此的觀察方式，彷彿身為一位導覽員，引領讀者感受法國都會與鄉村迥異的空間意象。至於倫敦的意象，他先以一般人認為英國的帝國主義色彩濃厚，然而踏入倫敦即有不同的感受。他擇取眼見的畫面：「倫敦海泊公園中每天公開演講，印度獨立、共產主義、打倒英國帝國主義等，不動武就無人來干涉。」[124]此種描述與林獻堂於《臺灣民報》刊載《環球一周記》的敘事相似，皆以言論自由的現象，形塑公共領域開放的氛圍，這些敘事皆是於倫敦海泊公園民主思潮的實踐。

就人物的刻劃而言，雞籠生舉印度史上代表性人物為例，以「救星」形容甘地，認為「他是印度的革命家、是無抵抗主義的首倡者、是弱小民族的領袖。」因其勇敢，連強硬的英國也被他軟化。[125]若以

---

121 Kevin Lynch著，宋伯欽譯：《都市意象》（臺北市：臺隆書店，1994年），頁46。

122 雞籠生：《海外見聞錄》，頁8。

123 雞籠生：《海外見聞錄》，頁15-16。

124 雞籠生：《海外見聞錄》，頁15。

125 雞籠生：《海外見聞錄》，頁17-18。

敘事學家查特曼（Rimmon-Kenan）分析故事中的人物，是由讀者從零星分佈於文本的諸多訊息／指標中，重新組合建構而來。人物通常是以他們的行動、話語、感情來進一步界定、分類。通常我們所指認的人物，指涉的其實就是人物特質。人物特質比較固定、不變，是由情節中的一系列事件來暗示。[126]甘地的哲學充滿實踐智慧的色彩，其核心概念為真理的堅持、自我受難及大同的理想，實現於政治運動上則呈顯於非暴力、不抵抗、不殺生的恪守；他不以惡對惡，而以善和服從對峙邪惡和暴力。[127]雞籠生以行動及特質，評價單一歷史人物。此外，他亦對某一族群加以評論：「猶太人極其聰敏，他們雖沒有國家，但是他們的人們到處奮鬥，在所到的地方上都能得到很大的勢力，尤其是經濟上的勢力，好比在東方的上海、美洲的紐約，他們都有操縱金融的能力。」[128]雞籠生以當時歐美各國的大政治家、文學家、富豪多數是猶太人為例，藉由敘事情節的鋪陳，形塑人物的集體特質。

雞籠生在比較種族差異的觀察方面，體會到雖然當時世界各地種族歧視現象仍極普遍，但相較之下法國在這方面要比美國、英國和善得多。雞籠生認為：「巴黎的人種，極為複雜，惟待外國人很平等，中西一律，不像美國之輕視華人。」[129]旅遊過程中人與人之間的互動與觀察為重要的環節，旅人以閱讀經驗加上造訪後的接觸而形成對當地的評價。例如他對倫敦的批評表現在敘事中，認為：「未到過英國的人，必定很羨慕倫敦，其實倫敦論衛生不及柏林，論美麗不及巴

---

[126] Shlomith Rimmon-Kenan, *Narrative Fiction: Contemporary Poetics*（London and New York: Routledge , 2nd edition, 2002）.pp. 36-37.

[127] 柳書琴：〈反現代與反殖民論述的演繹：王白淵的泰戈論與甘地論〉，《成大歷史學報》第28號（2004年6月），頁148。

[128] 雞籠生：《海外見聞錄》，頁34-35。

[129] 雞籠生：《海外見聞錄》，頁7。

黎，論繁華不及紐約。英人性守舊，首都倫敦雖有整頓卻不思改良，所以至今的倫敦仍是數百年前的倫敦。」為比較雞籠生對於各都會文化的觀感，故將《海外見聞錄》所敘都會比較文化羅列於表4-6：

表4-6　《海外見聞錄》都會比較文化舉隅

	美國紐約	英國倫敦	法國巴黎	德國柏林
都會意象	繁華	守舊	美麗	衛生
國民性	敏捷	傲慢	神秘（浪漫）	沈毅（沈毅可敬）
對待外國人態度	輕視華人		待外國人平等	沈毅

表4-6所列為雞籠生旅遊至歐美都會的印象，透露他觀看、認識和理解世界的方式。自十八世紀晚期以來，歐洲人一方面為自己在世界上的統治地位感到自負，另一方面又企圖探索一條能加快自己發展的道路，所以他們著手研究比較各個民族的文化，希望從中得到找出自己成功的秘訣及其他民族落後的原因。[130]從十九世紀歐洲種族主義國家理論看來，當時國民性概念曾經十分盛行。其特點是將種族和民族國家的範疇作為理解人類差異的首要準則，以幫助歐洲建立其種族和文化優勢，為西方征服東方提供進化論的理論依據。[131]雞籠生有別於歐美人士書寫的民族性或國民性，他以一位旅人身分的文化觀察，呈現另一種視角。如他直言道：「紐約的敏捷實足以欽仰，英倫的傲慢反令人輕鄙，巴黎的神祕都被我窺破，柏林的沉毅在在可效法。」

---

[130] 鮑紹霖：〈歐洲、日本、中國的國民性研究：西學東漸的三部曲〉，《近代史研究》（北京市：中國社會科學院，1992年），頁37。

[131] 劉禾，宋偉杰等譯：《跨語際實踐——文學，民族文化與被譯介的現代性（中國，1900-1937）》（北京市：生活．讀書．新知三聯書店，2002年），頁76。

旅人若將世界上某個他區視為人與環境豐富且複雜的相互影響，這些場景即不單是指世界事物的特性，且是選擇思考某個特定地的面向。雞籠生至歐美都會旅遊，故以他者的視角評論各國文化，如：「法人每談起戰爭二字，無不心寒。所以不要有兒女，因此法國的生產額日少，前途甚危。貞潔淫惡，在浪漫的法國人腦海裡，絕無這四字。年輕之人到此，墮落者不知多少。」[132]雞籠生不僅強調批判都會的改革面向，並涉及對國民性的評論，於褒貶中透露認識各國的方式及價值觀。

在時代背景與文化脈絡方面，當《臺灣青年》改刊為《臺灣民報》、《臺灣新民報》，自我定位也由「我島的言論機關」轉變成「民眾的言論機關」。周馥儀的研究則分析這種由「我島」到「民眾」的轉變，突顯出知識分子的論述對象，已從「泛臺灣」的範疇具體化為「民眾」的範疇。[133]若以此現象運用於雞籠生的旅行見聞，在日治唯一百分之百臺灣人資本所創設並經營的日刊《臺灣新民報》刊載，具有於識字階層傳播的意義。綜觀知識菁英旅遊的目的性不一，然皆是遠赴歐美各國親身體驗、親眼觀看，並試圖建立與臺灣參照的面向。在離與返的辯證中，不僅體會彼此的外在差異，旅遊見聞錄亦流露思索歐美文明的本質差異。在自我安排的行程中，不似臺灣總督府排定的東遊則傚旅程或「上國觀光」般的刻板模式，而是在都會文化、或是習俗風尚的觀看中，進行文化批判與省思。不論是從日常生活展演到人權、科學、體制等層面，這些旅遊見聞因知識菁英的發聲位置，而具公領域的影響力。

文學創作是爭取文學場域中的「位置」（position），而創立風格

---

132 雞籠生：《海外見聞錄》，頁9-14。

133 周馥儀：〈開展公共領域·裂解殖民現代性：論1920年代臺灣知識分子的啟蒙實踐〉。發表於2007臺灣社會學年會，頁17-18。

與特色是場域內「佔位」（position-taking）的策略與爭奪象徵資本（symbolic capital）的手段。[134]對臺人來說，大多數報紙早期都是日人所辦，透過具有世界性的報章雜誌，而取得現代化的知識。同時，透過報紙也將殖民地與世界其他各地的疆界模糊化；發生在一個殖民地的事件，當中的主角在世界各地也會得到不同的評價。日治時期包括報紙、圖書館館藏等出版品，顯露跨國性、世界主義，縱使對臺人來說依舊不是一個可能完全自由表達言論的媒體，但仍對現代性有相當的貢獻。[135]雞籠生《海外見聞錄》記錄歐美民眾的生活與文化變遷，雖多實地見聞之作，然亦流露民族或性別論述的主觀性。他運用臺灣日治時期報刊的資源連載旅外見聞，不僅增加其知名度及象徵資本，亦於比較文化的論述中，傳播其世界觀。

四　文明與黑暗對比的上海意象

上海自從外國租界嵌入、切割、重組城市後，空間權力被逐一瓦解，租界成為城市中心。[136]1937（昭和十二）年末的上海，除了外國租界，其餘皆已是日本的勢力範圍，1940年4月以後則在汪氏國民政府統治之下。當年八月日本首相提出「大東亞共榮圈」的名稱，

---

[134] Pierre Bourdieu,ed.and intr.by Randal Johnson, *The Field of Cultural Production:Essays on Art and Literature*（Cambridge:Polity Press,1993）, pp.1-73；王瓊玲：〈「重寫文學史」導論——「經典性」重構與中國文學之新詮釋〉，《漢學研究》第29卷第2期（2011年6月），頁1-17。

[135] Liao Ping-hui, "Print Culture and the Emergent Public Sphere in Colonial Taiwan, 1895-1945" *Taiwan under Japanese colonial rule,1895-1945:history,culture,memory*, ed. Liao Ping-hui and David Der-wei Wang（New York:Columia University Press, 2006）, pp.78-94.

[136] 李永東：〈上海租界的空間權力與文學書寫〉，《西南大學學報》第39卷2期（重慶市：西南大學，2013年3月），頁1。

意在團結大東亞，將英、美、荷等西方勢力逐出亞洲。1941（昭和十六）年12月8日因日本發動珍珠港事件，英美對日宣戰後，太平洋戰爭就此展開。[137]當中國中央政府被迫西遷重慶後，上海需人孔亟，於是更多的日本人、臺灣人進入上海。上海是日治時期除廈門、汕頭等城市外，臺人最多的城市。在上海的臺人除了經商、擔任醫生之外，另有情報工作人員、汪政權任官及被日本政府調來的通譯或酒保等軍屬。[138]1931（昭和六）年的上海人口超過三百三十萬，早已躋身為亞洲第一大都會。[139]因日治時期臺灣就業機會不平等，許多臺灣知識分子至海外發展時，為減輕語言和文化上的調適問題而選擇至上海就業。此外，太平洋戰爭爆發後日軍接收上海租界，隨後上海為汪政權管轄，臺灣籍民在上海可利用其身分擁有治外法權，故行事較為便利，這些皆成為臺灣青年奔赴上海的動因。

《風月報》長期連載雞籠生「大上海」專欄，吳漫沙曾於〈編輯的話〉提到雞籠生以此目睹耳聞和實地體驗所撰寫的散文，後來編成單行本交由南方雜誌社出版，時間點正是「在今日帝國發動大東亞戰爭的時候來出版」。此段寫於1942（昭和十七）年八月十二日的編輯札記，有助於理解此書出版的緣由，及其出版時間點的意義。雞籠生曾於上海求學，前後僑居數十年，對於上海街道、市井生活、風俗人情等諳熟於心，此系列作品曾發表於《風月報》及《南方》的「咖啡館」和「大上海」專欄，1943（昭和十八）年後匯成《大上海》一書

137 林明德：《日本近代史》（臺北市：三民出版社，2005年），頁158-236。

138 有關在上海臺灣人的資料，首推日本外務省外交史料館的臺灣人旅券資料，島津長次郎編的《支那在留邦人人名 》、《臺灣總督府警察沿革誌》、《滿華職員錄》、《臺灣日日新報》、《臺灣新報》、《興南新聞》，《臺灣人士鑑》所刊載的旅滬經歷。許雪姬：〈1937-1947年在上海的臺灣人〉，《臺灣學研究》第13期（2006年6月），頁1-32。

139 王德威：《如何現代，怎樣文學？十九、二十世紀中文小說新論》（臺北市：麥田出版公司，1998年），頁269。

出版。長期介紹上海的近況，自第七九期始，連載至第一五七期，為《風月報》系列刊物連載最長篇幅的專欄。雞籠生的作品何以長期刊登於此？他曾於「咖啡館」專欄自言：「在這『日華親善』，『長期建設』的時候，很多的人們，希望要到大陸去發揮，那麼，對於上海的近況就有不少的人要知道了。」[140]正說明這一系列文章發行時機的背景。《風月報》「咖啡館」的命名具有歐式休閒氣息，屬於介紹上海散文小品的專欄，既豐富編者稿源，又滿足讀者的閱讀需求。[141]在日本大東亞共榮圈的氛圍下，雞籠生專欄能達到為上海都會宣傳的效果。

上海居民對十九世紀中葉湧入的西方物質文明一開始持懷疑態度，但很快租界內完善的公共設施和井然有序的管理方式征服本地人。較之殘破的廣大中國內地，租界確實提供一扇中國人藉之感受先進文明的窗口。在二十世紀二〇年代末和三〇年代初，無論租界和華人圈，上海的城市發展都達到一個新高度，在兩次世界大戰之間，上海是整個亞洲最繁華和國際化的大都會。上海的顯赫不僅在於國際金融和貿易，在藝術和文化領域也遠居亞洲城市之上。上海的世界性魅力使得生活於此的人將對於現代文明的嚮往，轉化到生活方式。那些由新造的摩天大廈、百貨大樓、電影院、咖啡館和舞廳所構成的城市景觀，成為都市頹廢人文想像力的場所。[142]雞籠生專欄對淪陷期上海的「孤島」景象所涉甚少，多介紹上海景點、歷史、馬路地名的由來，如南京路、曹家渡、租界、上海史、城隍廟等，並傳授初來乍

140 雞籠生：〈月下小語〉，《風月報》第79期，1939年2月1日，頁36。

141 王琨、張羽：〈日據末期《風月報》作者群筆下的大陸地景研究〉，《臺灣研究集刊》第1期（2011年），頁30-38。

142 杜心源：〈現代文學中的「頹廢」與後五四時代的都市想像〉，《浙江社會科學》第4期（2008年4月15日），頁94-99。

到之人防騙術，呼籲提防假車夫、黃包車、青紅幫，且介紹上海的野雞巢、女嚮導、女相士，滿足讀者之「獵奇欲」和「窺視欲」。《風月報》「咖啡館」專欄介紹上海的散文小品更被喻為「咖啡牛奶、西點紅茶等東西」。此一專欄既因應作者的「地利之便」，豐富編者稿源，又滿足讀者的閱讀需求。這些文章並非設定在「定點、圓周式」，而是構建出「動點、流動式」的時空類型。敘述者的世界並不侷限於某一靜止、封閉性的空間，而是具有更多變化和流動性，「出入大陸」就是其重要表現。[143]雞籠生所描寫的上海較忽略政治環境的面向，而將焦點著力於上海物質文化或是休閒娛樂等消費場所；然而，如此的書寫策略，正適宜刊登於《風月報》與《南方》通俗雜誌，且具吸引臺灣青年前往上海的效果。

中日知識分子、作家與學生頻繁出現在上海，又因與國際人士接觸的機會增多，而使上海於1930年代形成一個世界主義城市。[144]黃浦灘上的銀行，以外國銀行佔多數，包括日商、英商、法商、比商、荷商等，呈現國際商業活動的熱絡情形。除了國際貿易建物的類型之外，路上聳立的和平神像為1918（大正七）年歐洲停戰後所塑建，凌虛張舉仁愛慈祥的雙翼，象徵祈禱世界早日恢復和平面目。[145]不同於世界性的金融網絡實用建築，此類和平神像等紀念物具保存歷史記憶的功能。一般而言，使人感到滿意的城市環境，通常都是經過長時間緩慢發展而成的，並且傳達合乎美學形式，進而形成具有獨特的地方感（Sense of place）或地方性（Locality）。[146]上海如何形成其地方

---

143 王琨、張羽：〈日據末期《風月報》作者群筆下的大陸地景研究〉，《臺灣研究集刊》第1期總第113期（2011年），頁30-38。

144 李歐梵：〈上海的世界主義〉，《西南大學學報（社會科學版）》第39卷第2期（2013年5月），頁43。

145 雞籠生：〈大上海．洋涇濱〉，《風月報》第128期，1941年5月1日，頁4。

146 夏鑄九、葉庭芬：〈臺北地區都市意象之研究〉，《國立臺灣大學建築與城鄉研究學

性？主要可從生活史加以觀察，並具體展現於食衣住行等物質文化的面向。在飲食方面，《風月報．珈琲館》所載有關飲食文化的篇章，如〈寧波館〉、〈常熟館〉、〈教門館〉、〈蔬食處〉、〈點心店〉、〈紹酒棧〉、〈粵菜館〉、〈川菜館〉、〈京菜館〉。其中〈教門館〉即〈南京館〉，得名是因「回教嫉惡豬肉，所以教門館裡的食品，全以牛羊肉為主」。[147]在衣飾方面，包括〈百貨店〉、〈金銀樓〉、〈成衣舖〉、〈綢緞店〉、〈洋服店〉、〈女鞋莊〉等篇章。此外，〈擦鞋店〉一章中提到：擦鞋店高朋滿座的景象，「也許是當時繁榮的一種現象，反映出孤島人仕安於逸樂，連擦皮鞋小事，也要大做特做。」[148]在住的層面，如〈寄宿舍〉敘述其功能專為一般正當商人或學生團體提供一個適當的住宿場所，以解決在外洽公辦事時的不便；而〈小客棧〉、〈大旅社〉則形容是「上海的魔窟，社會罪惡的製造場。」在行的方面，如〈搬場車〉、〈汽車行〉、〈黃包車〉等篇皆是因上海經濟蓬勃發展的關係，搬場車成為一種新興行業，提供上海人因生意成敗而遷徙住所的方式，民眾無論搬家或搬送嫁妝皆需倚賴此服務。日常生活為實踐各種機能活動，而展出有意義的時空路徑，此由許多人習慣性時空路徑共同會合交織而成，形成有意義的滯留點。[149]上海都會的滯留點多與休閒層面相關，如〈跳舞場〉、〈影戲院〉、〈新劇社〉、〈說書場〉、〈遊戲場〉、〈嚮導社〉、〈按摩院〉等，皆可看出當時的娛樂事業已蓬勃發展，不僅滿足眾人的各種休閒欲望，同時提供放鬆身心的場所。在禮俗方面，如婚嫁為人生大事，上海人則稱之為〈做喜

報》第1卷第1期（1981年），頁49-102。

[147] 雞籠生：〈大上海．教門館〉，《南方》第150期，1942年4月15日，頁25。

[148] 雞籠生：〈大上海．擦鞋店〉，《南方》第138期，1941年9月15日，頁13-14。

[149] Seamon,D. Humamnistic and Phenomenological Advances in Enviormantal Design, *The Humanistic Psychologist*，2000年，頁17。

事〉。另外，由於上海是寸金地，為解決喪事所需的偌大空間，出賃禮堂即專供喪家舉辦追悼法會，這些皆是與生命禮俗過渡儀式有關的表達文化。

雞籠生的遷徙經驗，促使他常關注於都會現代性背後所衍生的問題。關於都會的風氣習尚，他評論道：「上海在表面上看來，似乎是個現代文明的都市，上海是二十世紀物質聞名世界中的一個摩登大都會。你如果一旦深入其間，作一番細密的觀察，你便可以發見竊盜、欺騙、綁票、搶奴、強姦、暗殺，一切罪惡的魔影。」[150]以摩登與罪惡相對立，分析都會的黑暗面。如此批評上海人的心理狀態為：「祇知享樂發財，對於國家漠不關心。上海人為甚麼不把寶貴的金錢費在建起國家事業，謀大眾福利的路上去？為甚麼津津於滿足自己無意識的胃口呢？這種心理是環境所造成，也就是租界所造成的。上海人的心理，是好奇，闊氣，考究，摩登，歐化，奢侈，故上海的事業是日新月異，為迎合這種心理而轉移的。」[151]又直率指出〈小癟三〉：「無家可歸的游民，各都會裡都有這種人，不過沒有像上海這樣多！」[152]如此兼顧雙面的觀照，顯現其文化批判的視角。上海通商口岸的開放加速促進文化的交流，也刺激中國近代化的進程。又因上海為文化薈萃之地，又是充滿衝突的城市，如此的地方極具戲劇性，促使雞籠生不斷探索與記錄。

雞籠生一方面分析上海都會性格，同時發掘都會文明的多重面向：「你一旦深入其間，又會發現其實上海市是富人的天堂，也是窮人的地獄。上海，素稱遍地黃金的東方巴黎，然而就其實在，那是天堂與地獄並存的地方。上海是個金錢的世界，上海更是一個萬惡的貯

---

[150] 雞籠生：〈大上海．上海灘〉，《南方》第133期，1941年7月1日，頁29-30。

[151] 雞籠生：〈大上海．上海人〉，《南方》第133期，1941年5月15日，頁3-5。

[152] 雞籠生：〈大上海．小癟三〉，《風月報》第125期，1941年3月3日，頁3-4。

藏所（實際上，世界各大都會，豈不是這樣嗎？）」[153]以天堂與地獄的二元對比，揭露貧富差距的懸殊性。他不僅提出觀察所得，亦探究社會問題產生的原因，如關於交通的問題：「黃包車夫的可惡，一半是因為車夫本身無教育，一半是沒有規定的車資所致。」[154]呈現其分析此類陋習形成的背後因素，並呼籲建立制度重要性的面向。他又以教育資源為例，列舉上海的學校如：交通大學、聖約翰大學、光華大學、震旦大學、滬江大學、東吳法學院，或是復旦大學，持志大學，暨南大學，大廈大學，中國公學等課程規劃用心，且設備周到，皆是著名的學府。函授學校如萬國函授學校、商務函授學社及醫藥函授學校等；此外，又有暑期學校、夜校等。[155]在正規教育體制外的彈性課程，提供失學青年業餘的求學機會，呈現各級學校種類的多樣化。他又肯定圖書館的功能，雖然上海為文化匯集之都會，圖書館與市民人數比，數量仍需擴增。[156]雞籠生客觀分析文化資源與人口是否相應的議題，透露文化批評者的角度。

科學的世界文化和背後的精神文明是現世的趨勢，此為比較文化研究的關注面向。[157]如在公共衛生方面，雞籠生認為：「鄙意要改良中國人的生活，應當首先改良中國的便所，勿論是公眾的或是私有的。」[158]此為受到衛生觀念影響下現代醫學的關注面。在媒體傳播方面，如〈新聞業〉一文提出：「報紙為宣傳文化的利器，代表人民的喉舌，具監督政府及指導社會的二大使命，歐美各邦國勢所以稱雄，全因新聞事業發達所致。他又探討中國新聞事業所以落後的原因：

---

153 雞籠生：〈大上海．上海灘〉，《南方》第133期，1941年7月1日，頁29。

154 雞籠生：〈珈琲館．黃包車〉，《風月報》第115期，1940年8月15日，頁9。

155 雞籠生：〈大上海．教育界〉，《南方》第134期，1941年7月15日，頁18-19。

156 雞籠生：〈咖啡館．圖書館〉，《風月報》第116期，1940年9月1日，頁9-10。

157 許蘇民：《比較文化研究史》（昆明市：雲南人民出版社，1992年），頁695-696。

158 雞籠生：〈珈琲館．便所〉，《風月報》第81期，1939年3月1日，頁13。

「國民程度太幼稚，教育不太普及，閱報的人不多，銷路因此不廣」；又因「資本過少，人才既缺乏，環境又不良，且言論束縛，故奄無生氣、失了民眾的信仰。」他認為華文報紙以往的作用僅為一黨一派說話，失卻新聞業神聖的操守、輿論公允的精神，所以除了申報和新聞報始終保持其營業方針之外；其他的報紙多因時局與政治影響而封閉或解散，流露公共輿論受侷限的情形。[159]又評論小報紙的特色及經營的方式：「小報紙的資力有限，辦報的祇擔負編輯上的職務，印刷發行皆不勞煩自己操心，且小報在今日的地位，社會人士已一致公認，有相當價值。」[160]從這些論述中得知，他肯定報紙於新聞傳播及文化批判的功能，並區隔報紙與小報的差異，更省思公共媒體所應擔負的社會責任。

上海由於世界主義的瀰漫，加上中日保守的民族主義，使得反日本亞洲帝國主義與反歐洲法西斯主義的思想不斷成長。[161]雞籠生的專欄亦著力於文化批判，有時以呼告式的修辭，直言指責當時租界及領事裁判權存在的不合理，如：「住在上海的中國人們快醒吧！大眾趕快聯合起來，打倒西洋人在租界裏的惡勢力，收回租界，同時廢除他們的領事裁判權。」[162]他呼籲上海人爭取居住的權利，敦促公民意識的覺醒。關於族群的議題，又提到：「猶太難民初到上海時，面色都很沉著，講話不多，顯露著他們內心的愴痛是多麼的難受，無祖國的痛苦的確是痛苦呀！」[163]他又舉出僑居上海的猶太巨商「沙遜」爵士，捐了一百五十萬元救濟避難來滬的猶太同胞事蹟，並慨嘆惋惜中

---

159 雞籠生：〈大上海．小報紙〉，《風月報》第124期，1941年2月15日，頁6-7。

160 雞籠生：〈大上海．小報紙〉，《風月報》第124期，1941年2月15日，頁6-7。

161 李永東：〈上海租界的空間權力與文學書寫〉，《西南大學學報（社會科學版）》第39卷2期（2013年5月），頁50。

162 雞籠生：〈大上海．西洋人〉，《南方》第133期，1941年5月15日，頁3-5。

163 雞籠生：〈珈琲館．猶太人〉，《風月報》第82．83期，1939年3月31日，頁9。

國無「沙遜」爵士富翁或像他一樣慷慨之人。[164]英美人在上海享領事裁判權，不受中國法律所束縛，「但是俄國人就沒有這種權利，他們要是犯了案子，都是照著中國的法律而處罰治罪的。」[165]呈現不同族群於上海的人權概況，及處境不一樣的情形。

關於女性的議題，雞籠生〈珈琲館〉提到女子在都會工作的性質，又如〈嚮導社〉一文敘述：「因為生活問題，許多受過高等教育的女子和從鄉下避難來的千金，也來參與嚮導員的工作。她們陪著旅客吃飯、喝酒、跳舞、看戲等，確是旅客們的臨時伴侶，靈肉的安慰者，大都會裡不能缺少的份子。」〈女相士〉一文提到：「相士是用術字來博取酬勞的，為何廣告上不說藝術高明，反著眼在色字上呢？這不是不可思議，當然是別有作用的！」[166]批判其不以「相術」為宣傳的焦點，隱喻忽略女性的專業能力。又如〈野雞巢〉描述受鴇母的毒打，「真是慘無人道」過著「非人類的生活。」[167]表達他同情於風月場所工作者的困境。至於〈兔子窟〉則描寫：「幼年時家貧而買，或被拐墜落，永無出頭之日，真極人世悲慘的事了，這種違反生理，敗壞風化勾當，願負地方行政風化責任者，有以糾察取締才是。」[168]雞籠生批判造成此弱勢族群的原因，並提出行政單位應介入管制的必要性。

在休閒生活方面，他強調博物館在社會教育上的重要：「博物院在教育上的價值，並不亞於圖書館。但他惋惜道：「博物院在中國，因民眾無相當的認識，未能普遍，所以在上海，雖也有兩所完善的博物院存在，然而大多數的人們，仍未能予以利用。」反映他對於博

164 雞籠生：〈咖啡館．猶太人〉，《風月報》第82．83期，1939年3月13日，頁9。

165 上海人稱俄國人為「羅宋人」。雞籠生：〈大上海．羅宋人〉，《南方》第133期，1941年5月15日，頁3-5。

166 雞籠生：〈咖啡廳．女相士〉，《風月報》第89期，1939年7月7日，頁14。

167 雞籠生：〈咖啡廳．野雞巢〉，《風月報》第93期，1939年8月15日，頁19。

168 雞籠生：〈大上海．兔子窟〉，《南方》第157期，1942年8月1日，頁11。

物館的展示及文化的功能有所認知。如「上海的舞業，可以說已達最高峰了，這種奇形的發達，是社會的怪現象，前途未必樂觀。」[169]除了見到繁華的面向，並發掘時尚文化變遷的負面影響。又如〈跑馬廳〉原是一種運動以及提供眾人休閒育樂的場所，但隨著渴望發財的慾望，又加上香檳票的銷路既廣且快，跑馬廳逐漸已變成一種賭博，使人們過著紙醉金迷的生活。[170]〈跑狗場〉則描述此看似遊藝，但實質是變相的賭博。跑狗場的賽期每星期有兩三次，其收入可觀，獲利愈多的同時，也荼毒更多人的生活環境。[171]〈游泳池〉則描述中國因地理環境的因素，除非居住在沿海的省分，不然住在內地的人大多不會游泳，也幾乎不曾看過海水。因此每到夏天，游泳池業者生意興隆，但為限制人數的關係，游泳池開始商業化，票價不斷調高，結果窮人祇能望池門而興歎，變相成為一般公子哥和摩登小姐們的專有品。[172]富人將至游泳池當作是娛樂交際的場所，而非休閒運動之地，突顯社會公共設施未能供一般大眾普遍使用的缺失。

五　結語

因空間移動而觀察到文化差異，又書寫歸家之後思想上的衝擊與省悟，故能在異文化參照下有所批判，並思索自我的位置，此為研究旅遊書寫的核心層面。遷徙所產生的旅遊散文與記憶書寫有所關聯，海外見聞即呈現作者與跨界移動情境的關聯。臺灣知識菁英雞籠生的遷徙經驗頗為頻繁，且發表諸多旅外觀察及批判，本節以雞籠生原連

---

[169] 雞籠生，〈珈琲館．跳舞場〉，《風月報》第80期，1939年2月15日，頁7。
[170] 雞籠生：〈大上海．跑狗場〉，《風月報》第126號，1941年3月15日，頁3-4。
[171] 雞籠生：〈大上海．跑狗場〉，《風月報》第126號，1941年3月15日，頁3-4。
[172] 雞籠生：〈大上海．游泳池〉，《南方》第135號，1941年8月1日，頁10-11。

載於報刊的旅遊散文，後集結成《海外見聞錄》、《大上海》專書為研究素材，探討作者對於文化差異的觀察或批判。分從知識菁英的空間移動經驗、歐美見聞的比較文化觀、文明與黑暗對比的上海意象等面向加以論述。

為探討雞籠生跨界敘事策略及行旅論述，故從出發、旅遊過程與回歸等面向，呈顯行旅過程因文化差異而形成的批判與省思。就遊記的撰寫背景而言，多關注於作者的學養、文化資本與旅遊動機與目的，呈現其旅遊敘事的位置。知識分子雞籠生其遷徙經驗，與家世背景及求學經歷有所關聯。他自言具酷好旅行的天性，其行旅的目的不在享受，而是鼓勵臺灣有志人士多出國遊歷觀摩。刊載於《臺灣新民報》反映社會現況的文學作品，流通於學校及公共場所，並在當時識字率僅次於日本的臺灣社會，培養了閱讀群眾。誠如林獻堂所言，雞籠生得助於此大眾媒體的傳播，而影響讀者對世界的想像。

曾留美就讀交通管理研究所的雞籠生，在其著作中多處提及物質文化中「行」的面向，並認為文明與交通具關聯性。他觀察歐美的現況後，批判中國現代化的不足並提出具體的改革方向。至於《海外見聞錄》分析經濟問題所衍生的社會現象，如歐美與中國在面臨經濟蕭條時，前者著重個人經濟的獨立，反觀後者則倚賴家庭經濟的援助，因而指出民族的差異性造成不同的社會現況，以及經濟恐慌下美國面臨的困境。雞籠生觀察到法國人較無種族歧視的問題，並對於戰爭、生育、貞節等議題有其獨特的看法。旅遊過程中人與人之間的互動與觀察為重要的環節，旅人以閱讀經驗加上親身造訪，重整自我對於當地所認知的新風貌。雞籠生藉由觀看、體驗和理解等方式，流露對歐美各國的印象並提出具體建議。例如：對倫敦的批評表現在敘事中，不僅強調都會的改革面向，並涉及對國民性的評論，於褒貶中透露作者認識地方的方式及價值觀。「都會意象」一詞泛指對某城市的主觀意識所引起的圖像。如一般人多以巴黎代表法國，評論法國為奢華無用的國家；然而到法國的鄉下，才能看出純粹的法國生活。論及倫敦民主思潮的意象，海泊公園中每天公開演講有關印度獨立、共產主義、打倒英國帝國主義等，多直言對英國民主社會的實質觀察。雞籠生亦重視中國社會改革，其中教育是影響深遠的力量。他在旅途中造訪各級學校，如在英國實地考察並比較牛津大學與劍橋大學的不同。到巴黎時則至美術學校參訪，認為巴黎是美術的大本營，觀察該校聚集各國人種且收藏甚為豐富，提供學生參考；又提到美國大學所研習的領域，則以工程化學、電氣、航空、軍事為大宗。

太平洋戰爭爆發後，日軍接收上海租界，隨後上海為汪政權管轄，臺灣籍民在上海可利用其身分擁有治外法權，故行事較為便利，這些都成為臺灣青年奔赴上海的動因。雞籠生於《風月報》以專欄長期介紹上海的近況，為《風月報》系列刊物連載最長篇幅的專欄。他因遷徙經驗而常關注於都會現代性背後所衍生的問題，如此兼顧雙面的觀照，顯現其文化批判的視角。他亦探究陋習形成的背後原因、分析建立制度的重要性，並肯定報紙於新聞傳播及文化批判的功能，更省思公共媒體所應擔負的社會責任。至於文化批判的方法，或直言批判當時租界及領事裁判權存在的不合理等情況，此為記錄繁華的面向之外，另發掘時尚文化變遷的負面影響。

在時代背景與文化脈絡方面，《臺灣新民報》在殖民統治後期已自我定位為「民眾的言論機關」，雞籠生的旅行見聞具有於識字階層傳播的意義。綜觀知識菁英旅遊的目的性不一，然皆是遠赴海外親身體驗、親眼觀看，並試圖建立參照的面向。在離與返的辯證中，不僅體會彼此的外在差異，旅遊見聞錄亦流露思索歐美與上海文明的本質差異。在自我安排的行程中，於都會文化、或是習俗風尚的觀看之後，進行文化批判與省思。不論是從日常生活展演到人權、科學等層面，這些旅遊見聞因知識菁英的發聲位置，而具公領域的影響力。

第三節　留日敘事的自我建構：臺灣日治時期回憶錄的現代性

一　前言

留學使個人生命經驗更為豐富，留學生文學則反映作者主觀的求知感受及體驗文化差異的方式。至於回憶錄為反芻生活歷程的記錄，亦是作者內心思索沉澱後的作品；這些經過時間淬煉的記憶，若牽涉到空間移動的議題，則又別具意義。臺灣知識分子的回憶錄常提及日治時期留日經驗，涉及甚多文化議題，具有值得開拓的研究空間。人若離開家園，易察覺周遭的異質性，所以必須改變自身的對應方式，也呈現新的世界觀。舉例而言，日治時期留學生及知識分子於現代思想的衝擊下，回憶錄蘊含受到世界思潮與跨領域新知的影響，或是宣揚自由民主及人權等普世價值。故以這些回憶錄作為研究素材，探討留學生的自我建構與文化論述，將有助於理解作者觀看日本文化的視角，並釐析他們於帝國／殖民地空間跨界後糾葛的心理意識。

研究留學生文學的學位論文多以小說為研究素材，尤其旅美文學的研究曾多就認同及情感意識為主題加以詮釋。[173]然而，回憶錄中有

---

[173] 研究留學生文學的學位論文多以小說為研究素材，如：蔡雅薰：《從留學生到移民——臺灣旅美作家之小說析論1960~1999》（臺北市：萬卷樓圖書公司，2001年12月）。周倩鳳：〈七〇年代臺灣留學生小說的國／家認同——以外省籍留美青年為例〉（臺北市：國立臺灣師範大學臺灣文化及語言文學研究所碩士論文，2008年）。陳大道：《留美「親情」「愛情」的小說主題情節研究 以1960、70年代《皇冠》、《現代文學》、《純文學月刊》短篇小說為核心》（新北市：淡江大學出版中心，2011年9月）。

關臺灣日治時期留日敘事，不僅是作者個人的回憶而已，也牽涉空間移動、風土再現、記憶及認同等概念，透露留學生社群跨界的心理機制及比較文化觀，故為不容忽視的研究素材。本節藉由回憶錄的留日敘事特色，從置身於學校教育及社團組織環境，或與日人接觸的親身體驗，探討其複雜心境。臺灣留學生的活動兼具現代性與殖民性，留日敘事因而饒富文化意義。此類議題因涉及如何再現記憶，故可參照記憶研究的成果，如王明珂〈誰的歷史：自傳、傳記與口述歷史的社會記憶本質〉，以自傳、傳記及口述歷史等史料，探究記憶與人之間的影響、互滲的論述過程，並分析個人記憶與社會記憶間的關係，再歸納其對社會本質的看法。[174]在專書論著方面，如柳書琴《荊棘之道：旅日青年的文學活動與文化抗爭》，以1933（昭和八）年成立的「臺灣藝術研究會」及其機關誌《福爾摩沙》為研究素材。在東京以留學生為主的臺灣文學運動，可上溯到1920年代初期謝春木、王白淵等人以反殖鬥爭為標的，在《福爾摩沙》時期播下的文學種子。到「文聯東京支部」時期在跨域文化運動中盛開，其充滿能動性的文藝精神延續到戰爭時期。本書從旅日作家的精神系譜、跨國左翼文藝活動之交流、戰時體制下的國族寓言等面向，考究《福爾摩沙》系列作家發展的蛻變。Frances A. Yates所著“*The Art of Memory*”探討記憶法在西方文明中的地位、發展歷程及其影響。另一本研究集體記憶“*On Collective Memory*”提到：集體記憶總是有選擇性的，各類人群有其與眾不同的集體記憶，因而導致彼此互異的行為模式。在此過程中，眾人選擇他們的記憶，而這種選擇又將反過來形塑那些作出選擇的人們的觀念和行動。[175]這些記憶的研究成果，提供探討相關議題的

---

[174] 王明珂：〈誰的歷史：自傳、傳記與口述歷史的社會記憶本質〉，《思與言》第34卷3期（1996年9月），頁147-183。

[175] Maurice Halbwachs，華然、郭金華譯：《論集體記憶》（上海市：上海人民出版

靈感，也啟發分析眾多回憶錄中的留日敘事視角。

本節將從日治時期回憶錄中擇取有關留日經驗的文本，並著重於自我建構的認同敘事以及跨界意識。若將敘事研究應用於分析回憶錄，在選擇、重組或化約的過程中，文本的內容與表現形式又傳達作者何種敘事位置？這些回憶錄形構何種留日的校園經驗？作者至日本留學，再現哪些文化差異的觀察議題？這些敘事方式與認同議題密切相關，故以留日的場域為主要研究範疇，詮釋回憶錄的話語意義。

二　作者的敘事位置

回憶錄是文學表達形式之一，這些或為個人自身經驗，或為家庭、社區、族群的記憶，呈現個人性或集體性的特色。過去的記憶形成個人心理上的一種構圖（schemata），左右個人經驗與回憶活動的心理結構，為許多過去記憶與經驗的集結。文學研究受心理分析學的影響，也討論文本中的「自我呈現」問題、文本的虛構性，或因修辭而產生的意義。回憶錄所提到的「過去」，是作者認知在社會的自我形象（self-image）下，刻意選擇、組合「過去」，以陳述他對社會的影響，或合理化他當前所享有的聲譽與地位，或辯述他目前有爭論的社會評價。如此的寫作經常是讀者取向、現實取向的；它不是為作者保留「過去」，更像是為「讀者」解釋「現實」。[176]這些作者在撰寫時，通常具有會被閱讀與預設讀者的意識，並表達出對自我及他者的觀感。

筆者從國立臺灣圖書館（原日治時期總督府圖書館）搜尋到

社，2002年）。

[176] 王明珂：〈誰的歷史：自傳、傳記與口述歷史的社會記憶本質〉，《思與言》第34卷第3期（1996年9月），頁147-183。

1941（昭和十六）年《臺灣歐美同學會名簿》，此書為杜聰明所編，所列實際留學歐美等國的名單約有五三人，以赴美國的留學生較多。書中除標示留學生學位與學科領域，另詳列留學年次、職業及住址，並附錄「臺灣歐美同學會」年會及例會的開會記事等。另據《臺灣總督府學事年報》1922（大正十一）年到1937（昭和十二）年的資料顯示，留日學生大多集中在東京及京都兩地，尤其是東京留學生佔70%-90%。[177]臺灣赴日本留學始於1895（明治二十八）年11月，臺灣總督府學務部長伊澤修二投入相當多的心力於教化上，並鼓勵臺灣人將子弟送至日本求學。目的是試圖使臺灣人看到日本文明實際之樣態，其政治意圖顯而易見。臺灣上層階級將子弟送往日本留學的風潮，從1906（明治三十六）年留學生數僅三六名，至1921（大正十）年已增至六九九名，太平洋戰爭爆發後的1942（昭和十七）年已有七〇九一名。[178]從日治初期至末期臺灣留學日本人數的增加，可見赴日留學逐漸盛行的趨勢。茲整理回憶錄中所提及日治時期留日的生活經驗，羅列相關資料於表4-7：

表4-7　日治時期回憶錄留日相關資料

作者	出生地	年代	書名	留學地點	出版時間
楊肇嘉	臺中清水	1892-1976	《楊肇嘉回憶錄》	東京市黑田高等小學校、東京京華商業學校、早稻田大學政治經濟系	三民（1967）

[177] 臺灣總督府警務局編著：《臺灣總督府警察沿革誌（三）》（臺北市：南天書局公司，1995年），頁23-25。

[178] 卞鳳奎：〈日據時代臺籍留日學生的民族主義活動〉，《海洋文化》第6期（2009年6月），頁1-30。

作者	出生地	年代	書名	留學地點	出版時間
杜聰明	臺北淡水	1893-1986	《回憶錄之臺灣首位醫學博士：杜聰明》	京都帝國大學醫學部	龍文（2001）
張深切	南投草屯	1904-1965	《里程碑》	礫川小學校、豐山中學、東京府立化學工業學校、青山中學中等部	聖工（1961）
吳新榮	臺南將軍	1906-1967	《吳新榮回憶錄：清白交代的臺灣人家族史》	岡山金川中學、東京醫學專門學校	前衛（1989）
陳逸松	宜蘭羅東	1907-1999	《陳逸松回憶錄》	岡山師範附小、岡山二中、岡山第六高等學校、東京帝國大學政治科	前衛（1994）
劉捷	屏東萬丹	1911-2004	《我的懺悔錄》	目白商業學校	農牧旬刊社（1994）
巫永福	南投埔里	1913-2008	《我的風霜歲月——巫永福回憶錄》	熱田中學明治大學文藝科	望春風（2010）

資料來源：筆者整理歸納自各回憶錄出版事項所得。

表4-7所列回憶錄的作者為不同背景的知識分子，如出身於醫科教育系統的杜聰明、吳新榮，以及攻讀政商科系背景的楊肇嘉、陳逸松、劉捷，或曾有機會跨領域學習的張深切，與受文藝薰陶教育的巫永福等人，他們皆有留日經驗的共同回憶。為呈現表4-7回憶錄作者

留日學校的位置，故將校址分布列於圖4-3：

圖4-3　日治時期回憶錄留日學生學校分布圖

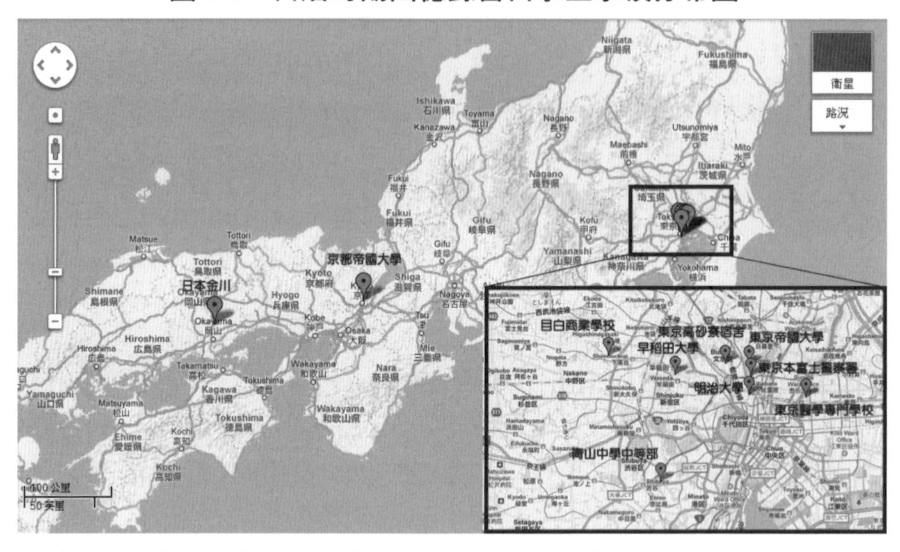

資料出處：筆者參考日治時期回憶錄加以編繪而成。

就醫學領域而言，臺灣首位獲得醫學博士的杜聰明為臺灣淡水人，1915（大正四）年赴日本京都帝國大學留學，就學期間曾加入中華革命黨。1921（大正十）年獲得京都帝大醫學博士學位，返臺隔年升為臺北醫專教授，重要職位包括臺灣大學醫學院院長兼教務長、高雄醫學院院長，作育英才無數，影響醫學教育甚鉅。[179]另一位醫科畢業的臺南人吳新榮，於1925（大正十四）年赴日本金川中學就讀，又於1928（昭和三）年考進東京醫學專門學校，並於1929（昭和四）年

[179] 杜聰明：《回憶錄：臺灣首位醫學博士杜聰明》（臺北縣：龍文出版社公司，2001年），頁17-22。

二月獲選為改組後的「臺灣青年會」幹部。[180]因日治後期臺灣總督府對文藝的諸多限制，促使吳新榮轉而投入對臺灣民俗的調查與保存，曾發表多篇有關臺灣文化的隨筆，並利用餘暇撰寫日記、手札、新詩、散文及回憶錄，留下為數可觀的文字記錄。[181]此兩位文人不僅完成留日醫學教育，且曾於就學期間積極參與政治性社團或文化活動。

在法商領域方面，政治社會運動者楊肇嘉出生於臺中牛罵頭牛埔子，他於1908（明治四十一）年負笈日本，進入東京華商學校求學。1920（大正九）年實行地方改制，楊肇嘉曾擔任清水街長，並於任職期間爭取海縣鐵路經過清水、沙鹿，以利地方經濟。1925（大正十四）年辭去街長職務，再進入早稻田大學攻讀政治經濟。[182]楊肇嘉進入東京早稻田大學唸書時，以「精研學術，保持以往榮譽；確立志節，服務臺灣人民」為座右銘，這是他的治學與修養的目標，以作為勉勵與警惕作用。1929（昭和四）年楊肇嘉即將畢業之際，除了準備畢業論文外，也對寫作產生濃厚的興趣。不僅因各報章雜誌的邀約而撰寫許多論述，且著有於東京發行的「新民會文存第二輯」。[183]楊肇嘉的文采不僅受人矚目，並在課餘投身社會活動的參與。另一位東渡日本求學的陳逸松，於1925（大正十四）年日本岡山二中畢業後，又於1928（昭和三）年至岡山第六高等學校進修，1931（昭和六）年自東

---

180 吳新榮：《吳新榮回憶錄：清白交代的臺灣人家族史》（臺北市：前衛出版社，1989年），頁114-115。

181 吳新榮曾主編《臺南縣志稿》、《南瀛文獻》等刊物，《臺南縣志稿》創有〈醫政篇〉，在臺灣志書中極具特色。他實地走訪勘查臺南縣的山川古蹟並記錄人文風俗，匯集成《南臺灣采風錄》、《震瀛採訪錄》等書，這也是他在二二八事件之後，繼續為浩大的文化工程，長期踏實積累的點滴成果。

182 王一剛：〈故楊肇嘉先生生平事跡〉，《臺灣風物》第27卷第2期（1977年6月），頁22-24。

183 楊肇嘉：《楊肇嘉回憶錄．下》（臺北市：三民書局公司，1967年），頁244-245。

京帝國大學法學部政治學科畢業。他曾為了團結留日學生，於在學期間籌組「岡山臺灣同鄉會」，並獲選為會長。[184]此兩位具法商學養背景的知識分子，皆用心投入於課程專業學習，同時因留日而結識不少日本政界人士及學者，有助於未來從事的職務。

另一位前往日本短期進修的劉捷，1911（明治四十四）年出生於屏東縣萬丹鄉廣安村，曾擔任《臺灣新聞》、《臺灣新民報》記者。1928（昭和三）年赴日工讀時賃居於東京神田區，後來插班進入五年制的目白商業學校三年級，並在此完成中等教育。劉捷原先計畫進入神田的明治大學法科專門部，然而他對研究法律缺乏興趣，故轉入新聞科，並以購書自修作為主要的學習方式。[185]至於南投草屯出生的張深切，1917（大正六）年進入東京的礫川小學，1919（大正八）年就讀豐山中學，後又有機會轉學至東京府立化學工業學校，之後，於1922（大正十一）年插班基督教學校青山學院三年級。他自就讀化學工業學校起，即遷入高砂寮的宿舍，與更多人密切互動，因而奠定投身政治運動的基礎。[186]作家巫永福曾對張深切有所評論，認為他集作家、思想家、政治社會運動家於一身，同時也是臺灣新文學運動重要的人物；又讚揚他曾留學日本與中國，而成為能寫中、日文的時代見證人。張深切的一生，除擔任臺中師範教務主任及北京的教職、《中國文藝》主編外，並多投入創作著述或參與文化活動。[187]另一位南投埔里人巫永福，年輕時即以文藝為志向，1932（昭和七）年明治大學

---

184 陳逸松口述，林忠勝撰述：《陳逸松回憶錄》（臺北市：前衛出版社，1994年），頁1-7。

185 李貞蓉：〈劉捷及其作品研究〉（桃園縣：國立中央大學中國文學系研究所碩士論文，2007年），頁15-17。

186 黃英哲：〈孤獨的野人〉，《臺灣近代名人誌》第2冊（臺北市：自立晚報，1987年），頁193。

187 巫永福：〈《張深切全集》序〉，收於《巫永福精選集——評論卷》，頁175-176。

創設文藝科時擔任初代科長，1935（昭和十）年畢業於明治大學文藝科。曾於1933（昭和八）年3月與蘇維熊、張文環、王白淵等人，以「圖謀臺灣新文藝之向上發展」為宗旨，在東京成立「臺灣藝術研究會」，同年7月15日發行機關雜誌《福爾摩沙》，後來為雜誌《臺灣文藝》的發行人、笠詩社成員。[188]劉捷、張深切、巫永福這三位知識分子的回憶錄，多記錄留學日本所受到文化衝擊的影響，他們一生文哲方面的著作，已成為臺灣文化史上的資產。除了個人學科領域不同影響留日環境與經驗，時代不同亦造成留日經驗的差異。如吳新榮與巫永福留日期間，正值日本共產黨肅清大檢舉時期，因時勢所趨，他們也難以規避而捲入牢獄之災。這些皆是因歷史境遇的不同，而造成留日經驗差異性的例子。

回憶錄是撰寫者抽取生命經驗中最為重要、或記憶甚為深刻之事物。他們在自身的心理構圖與現實人際關係交匯而成的個人認同體系中，選擇部分的記憶以建立、強化、維護或辯解自己的社會價值。回憶錄出版後成為一種社會記憶，因此被視為個人經歷、記憶與社會間的一種對話。換句話說，回憶錄是作者個人的社會認知，同時也是群體社會記憶的縮影。日治時期文人的留日歷程，在撰寫成回憶錄之後，表述的是擇取式的經驗與感受，兼具個人色彩與時代氛圍等雙重意義。如此的文本不僅透露作者本身的認知與情感，同時也能傳達當時日本對臺灣同化的過程中，臺灣人是抵抗、接受或兩難等各種可能的姿態。這些識字階層為當時臺灣的菁英份子，他們所處的位置與脈絡，正顯示此社群在政治、醫學、商業與文藝的背景及社經地位。解嚴後臺灣歷史需要重新被認知，或重新找回以往清理殖民地經驗而消

---

[188] 趙天儀：〈臺灣文學評論的推手——巫永福的生平及文藝生涯〉，《文訊》第276期（2008年10月），頁44-46。

失的記憶。如今重溫這些人的回憶錄，提供理解知識分子如何形構個人留日的校園經驗，同時也有助於探索那時代的留學生親歷文化活動的情形。

三　形構留日的校園經驗

個人對於過去的記憶並非是一連串「事實」的組合，而是選擇、重組或遺忘一些過去，以符合某種社會群體的認同，或作為適存於現實社會的策略。[189]楊肇嘉等人在日治時期參與公眾事務，在某種程度上，他們回憶的片段與以往描繪日本時代充斥殖民者蠻橫、抗日血淚和臺灣社會痛苦不堪等印象有所出入。[190]在這些日治時期的敘事中，時而指出如何受到日本學生嘲笑以及與他們打架的經驗；但當回憶對於日本教師的觀感時，卻滿懷感激之情。當時臺灣一般人的心理以為有機會到東京求學，即可傲視儕輩，大有不可一世之慨。楊肇嘉回憶獲知養父允諾他可至東京留學時，心情甚為興奮。首要原因是自此將離開那遭受歧視與被冷落的養父之家。其次是將到繁華的東京去求知，第三個原因則是可印證校長岡村常談論的三島風光與新穎的東瀛。楊肇嘉未赴日前曾在心中臆測：「火車到底是什麼樣子的呢？據說輪船要比我們的房屋還大，這樣大的東西，怎麼能浮在海上走呢？坐在輪船裡浮在海上搖蕩，不知道是些什麼滋味？」當時年輕的楊肇嘉，流露第一次至海外旅行的好奇與期待，他曾自述留學所見新事物、接觸新思想，為平淡孤陋的生活經驗帶來轉機。關於以往一度想

189 王明珂：〈過去的結構——關於族群本質與認同變遷的探討〉，《新史學》第5卷3期（1994年9月），頁119-140。

190 陳柔縉：〈從回憶錄讀日治史——終戰六十年的回顧〉，《財訊》第282期（2005年9月），頁298-299。

戴官帽、配腰刀的幼稚念頭，早已消逝得無影無蹤，深覺人生在世還有許多比虛飾更重要的事物，因而潛心埋首尋覓人生的真諦。[191] 楊肇嘉於1908（明治四十一）年赴日，當時臺北鐵路與輪船等島內與對外交通建設尚未普及，原住在臺中的他，尚未有長途旅行的機會。此離鄉經驗使他脫離傳統封建家庭制度束縛的「前現代性」，並體驗日本都會文明而大開眼界。

在醫學領域的回憶錄中，杜聰明詳盡提到在京都帝大留學（1915-1921）的學習狀況，對於當時的醫制及研究皆有所著墨。他回憶從臺灣總督府醫學校畢業後，校長兼研究所衛生部長的堀內先生的種種提攜之情，如指導研究工作、介紹留學的學校等。堀內先生曾說：「年輕人將來雖不為臨床家，但研究、二年內科，亦有一定用處矣。」[192] 除分析當時日本研究所的概況外，更勸說杜聰明從事研究及積累二年內科經驗。杜聰明因此受到堀內先生的影響，帶著介紹信前往京都大學。日清戰爭結束後，日本政府曾用中國戰敗的賠償金創立京都帝國大學。該校的校風自由民主，在初創期間，選用優秀醫學專門學校的畢業生擔任各科助手；又聘請京都大學的優秀學者為教授，以擴充師資陣容。當時京都帝大醫科師資皆以高標準遴選，該校的醫科畢業生亦多於日本當地受到重視與尊敬。杜聰明記述：日、德醫學學制的狀況，日本醫學當時專採德國醫學為模範，若非在德國所撰的論文，難以取得博士學位；後來經森島庫太教授等人倡議在日本完成的論文，亦可提出學位申請。京都大學創設研究科生制度，收容醫專卒業生，藉以提升大學學術研究風氣。若是研究生進入京都帝國大學附屬病院的內科研究，每日皆須出席聆聽內科學講義、臨床講義、迴診見學及

191 楊肇嘉：《楊肇嘉回憶錄．上》（臺北市：三民書局公司，1967年），頁34。

192 杜聰明：《回憶錄：臺灣首位醫學博士杜聰明（上）》（臺北縣：龍文出版社公司，2001年），頁68。

從事檢驗等工作，可見校方對於研究生理論與實務的紮實要求。

杜聰明在學習上得心應手，師生也相處融洽，對於醫科養成教育的過程記憶深刻。舉例而言，各主治醫生對過往病例極為熟悉，亦詳細檢查現有抽驗物，又選擇具學術研究價值的病人作為實地教學病例。如此實事求是的學習態度，奠定杜聰明內科知識的基礎。在內科修業期滿後，他轉而成為醫學部研究科生專入藥物學教室，除研究化學基礎知識，也善用時間學習德文、英文和法文。他自述：「筆者自外地來留學，受森島先生、尾崎助教授及教室員雅意歡迎，毫無人種差別，每日愉快從事實驗工作。」杜聰明感懷師生情誼，因這些教授的引導而成就他日後於醫學界的地位。[193]Frances A.Yate於"*The Art of Memory*"提到：記憶是榮耀而美好的天賦，我們靠它憶起過往的事物，擁抱現在的事物，以過往事物的相似性思考未來的事物。[194]杜聰明的回憶錄，不僅記錄當時赴日學習的經歷，且詳實記述日本醫科的教育體制、學習氛圍與醫學價值觀等面向，同時對於日籍教授提拔之情充滿感激。這些敘事透露他赴日深造的難忘記憶，因日籍教授的提攜及嚴謹的要求，不但連繫他對於日本的情感，也隱含說明年輕時所紮下厚實專業學養的基礎，始能有日後的成就。

另一位積極參與文化活動的吳新榮考取東京醫專後，除努力不懈準備學期考試外，大部分的時間多花在閱讀課外書籍及參與校外的活動。他認為醫學的課程只有外科和兒科的學習符合他的性格，因外科是徹底的治療法，非姑息法，是屬於創造性的而非改良性的；兒科主旨是採取積極療法，是進步性的而不是保守性的，他的思想也受到此

---

[193] 杜聰明：《回憶錄：臺灣首位醫學博士杜聰明（上）》，頁68-71。

[194] Frances A.Yate, *The Art of Memory*（Chicago: The University of Chicago Press, 1974）, p.33.

類課程的啟發。[195]由於在日本帝國統治下的臺灣，唯有醫師或律師等自由職業者，才能與支配者平等應酬或對談。吳新榮因而在殖民地教育問題叢生的環境下，遠至東京求學而深受刺激，甚至影響其一生的行事。他回憶初到金川時因異國風俗習慣的差異，雖然感到落寞而生鄉愁，但也體驗到此地的日本人與臺灣的日本人不同。當地的日本人沒有統治者的傲慢態度，亦無支配者鄙視臺灣人的眼光，而是流露農民的素樸人情。吳新榮於東京醫學專門學校期間，曾閱讀許多左翼雜誌，如：《改造》、《大眾》、《中央公論》、《文藝戰線》、《勞農》、《勞動者》、《大左派》、《農民運動》、《臺灣大眾時報》等刊物，因而增強他對弱勢族群關懷的信念。

吳新榮於1928（昭和三）年在東京參加「臺灣青年會」與「臺灣學術研究會」，他與陳逸松分別擔任「臺灣學術研究會」東京醫專與東京帝大的負責人，且曾主張組織「拾仁會」。因觀察到有些臺灣人在敗頹的日本社會裡，整日沉醉於打麻將、跳舞場、茶館；他不僅嚴加批判，且不願久留於此類場合，所以積極參加「蒼海」、「南瀛」、「里門」等文藝性雜誌的活動。當時在東京的臺灣人有二個團體，一是「東京青年會」，二為「東京臺灣社會科理研究會」，前者為同鄉會性質的親睦機關，後者為思想研究的學術組織。這兩個團體為培育臺灣政治運動的搖籃，如蔡培火、吳三連皆為當時的幹部成員。由於吳新榮擔任過「東醫南瀛會」、「東經里門會」的負責人，所以他於1929（昭和四）年獲選為青年會的委員。[196]後來受到日本共產黨「四一六事件」的波及，許多臺灣青年會的重要幹部都遭到警視廳拘捕。他也被拘提到淀橋警察署而初次嚐到監禁的滋味，自此成為日本政府

195 吳新榮：《吳新榮回憶錄：清白交代的臺灣人家族史》（臺北市：前衛出版社，1989年），頁113。

196 吳新榮：《吳新榮回憶錄：清白交代的臺灣人家族史》，頁113-115。

注意的人物，隨時監視他的行動。[197]吳新榮被捕時，身邊所有的印刷物皆被沒收，那五、六本日記更成為官憲的蒐證材料。在〈敗北〉一文中，他也透露知識分子受捕後的感受，「那前天我還是個勇敢而大膽的，但自那瞬間之後我已變成個怯懦而又自卑的人了。」他在文中挖掘內心的無奈：「最初，我連人面也畏於相見，而忽然感覺人世的可怕，像我所有的進路都被遮塞了，又像我可進的路是一條非常狹小的孔道。」[198]此文表達他備嘗苦痛與恥辱之後，不免產生「迷惑、停頓、動搖」心情。當時一些留學生從求學所在的大都會回到殖民地家園，陸續展開反殖民的行動。若回顧吳新榮一生的經歷，此次入獄並未使他放棄對人文的關懷。他因結識從事文化運動人士，逐漸認知殖民者如何透過象徵或制度壓抑被殖民者應有的人權，因而促使他返居家鄉行醫之餘，依然參與諸多文化活動。

當時金川中學的校長服部純雄是一位受到美國自由主義影響極深的教育家，同時也是具有遠見的辯論家、詩文並茂的文學家。由於服部校長對於臺灣學生別有好感，吳新榮與同儕經常和校長對談，並十分景仰校長。他回憶在日本的學習是令人感到愉悅的，因這裡的日本人性情樸實敦厚，故易於與他們建立深厚情誼，不似在臺日人具有優越感及征服感的驕傲。[199]曾經，吳新榮違反「學生不得聽取政談」的禁忌，自行喬裝成農村青年前往聆聽鶴見祐輔於戲院的演說。此位講者與服部校長同樣具推崇威爾遜「新自由主義」的理念，但在那次的演講中，吳新榮卻親聞鶴見祐輔對日本民眾公然宣稱：「不久

[197] 吳新榮：《吳新榮回憶錄：清白交代的臺灣人家族史》，頁114-115。

[198] 吳新榮：〈敗北〉，《吳新榮全集1》，頁83。

[199] 戴明福：〈回憶——我奇遇了吳新榮君〉，收於《震瀛追思錄》（臺南市：琑琅山房，1997年3月），頁52。

的將來，日本在滿州要再演一回的流血！[200]」致使吳新榮對這位日本政客徹底失望。吳新榮覺悟這些人假借新自由主義之名，而行帝國主義之實。當下發現真相，使他感受現實的無奈，這些以往的天真想像及遭遇統治者壓迫的回憶，無形中造成內在的創傷。記憶是意識存在的結構性基礎，也是殖民主義與文化身分問題之間的橋樑。記憶絕不是靜態的內省或回溯行為，它是一個痛苦的組合，是把被肢解的過去（dismembered past）組合起來，以便理解今天的創傷。與他者發生關聯時，自我因他者的衝擊、甚至內化了他者而發的蛻變再生，與他者之間彼此混血交錯之後，我雖還是我，但已非原來的我，而是再生、創新的我；與他者的文化混血，是自我創造性轉化的不可或缺因素。[201]就醫學領域而言，杜聰明與吳新榮的回憶錄皆蘊含一些人物類型，茲將形象塑造、行動/事件及表現策略的分析結果，羅列於表4-8：

表4-8　醫學領域回憶錄的人物類型及表現策略

作者	人物身分	與作者關係	形象塑造	行動／事件	表現策略
杜聰明	堀內（臺灣總督府醫學校校長兼研究所衛生部長）	師生	提攜後進	指引生涯規劃、推薦留日的學校	重複
	京都帝國大學醫學部教職員	師生	熱心助人	指導研究、協助實驗	類比

[200] 施懿琳：《吳新榮傳》（南投市：臺灣省文獻委員會，1999年6月），頁22。
[201] Bhabha, Homi, *The Location of Culture*（London : Routledge,1994）, pp.63-64.

吳新榮	留學生	同儕	消極墮落 v.s 積極進取	沉迷麻將、跳舞、喫茶 v.s 參與東醫南瀛會、東經里門會、青年會等社團	對比
	鶴見祐輔	演講者	新自由主義思想	演講時透露其帝國主義思想	暗示

資料來源：杜聰明，《回憶錄：臺灣首位醫學博士杜聰明（上）》。吳新榮，《吳新榮回憶錄：清白交代的臺灣人家族史》。敘事理論人物塑造表現策略分析，參考Shlomith Rimmon-Kenan, *Narrative Fiction: Contemporary Poetics*, (London and New York: Routledge, 2002）。

表4-8所列呈現作者的人際網絡，並藉由人物的行動或核心事件，以塑造人物形象。就敘事學研究者西摩．查特曼（Shlomith Rimmon-Kenan）所歸納人物塑造的策略，可分成重複、類比、對比、暗示四種，其主要特色為：（1）重複：如果相同的行為一再重複敷衍，即可將它視為人物的性格特徵。（2）類比：相似的行為在不同的場合中一再出現。（3）對比：從相對的兩種類型來推衍人物的性格特徵。（4）暗示：包括心理與生理屬性的暗示。[202]從杜聰明詳述堀內等教師不吝鼓勵後進的敘事，字裡行間令人感受溫馨的師生之情；他所運用重複或類比的表現手法，呈現師生的關係已超越種族的藩籬。至於吳新榮觀察留學生迷失於享樂的情境，以對比的表現策略突顯自己求知態度的用心。此外，又藉由旁聽鶴見祐輔的演講，從中感受到演講者內在隱含富侵略性的心理屬性。

[202] Shlomith Rimmon-Kenan, *Narrative Fiction: Contemporary Poetics*（London and New York: Routledge, 2002）, pp.39-40.

在選擇就學的領域方面，張深切即是鮮明的例子。他於《里程碑》回憶考取東京府立化學工業學校時，父親卻不支持他就學，要求不得轉入該校，否則不供應學費。但張深切認為：「要救國家民族，須先振興科學，沒有科學的國家，絕對不能復興，也不能立國。」[203]於是他不管父親的贊成與否，堅持選擇自己所不喜歡的科學，並搬進高砂寮寄宿。張深切的回憶錄除了體現臺灣人在日本的活動之外，也敘述對於科學的重視；他曾勸許多朋友研究科學，並自告奮勇投考所澤航空學校。一般留學生多以醫學和法律為主要的志願，他們認為習醫易於致富；至於就讀法律領域，若日後通過「高文」（即高考）則有機會任律師或司法官，而得以保持優越獨立的生活，因此願意投入科學部門者較少。[204]張深切卻認為科學教育關係到國家興盛與否，所以應列為優先發展，呈現與眾不同的見解，表達出主張教育影響富強的論述。

關於留學生居住的「高砂寮」，創建的緣由為臺灣總督府1907（明治四十）年決定於東京建宿舍，要求留學生住在寮中，以免受日本自由開放的思潮所影響。[205]田中敬一〈東京臺灣留學生狀況〉提到當時在東京的臺灣留學生共有七十名，又以就讀小學校者居多，其次為中學校。他建議關注留學生的生活狀況：「若輩為外界誘惑，時注意監督之，或使數人合處，營共同之生活。」[206]以關心臺人子弟求學狀況為由，請求上級需加強防範留日學生的管理或監控。此建物於1912（大正元）年落成，為臺灣總督府自臺人的捐款中，撥出部分

203 張深切：《里程碑（上）》（臺北市：文經社，1998年），頁172-173。

204 張深切：《里程碑（上）》，頁182-183。

205 臺灣教育會，《臺灣教育沿革誌》（臺北市：臺灣教育會，1939年），頁74。

206 田中敬一：〈東京臺灣留學生狀況〉，《臺灣教育會雜誌》第109號（1911年4月30日），頁19。

經費興建而成，以收容臺灣留學生為主要功能。[207]高砂寮雖為臺灣總督府附設的留學生宿舍，名為便利學生的寄宿，事實上卻有蒐集情報的使命，但對學生的運動卻未實際干涉。寄宿生常談論臺灣的時事問題，當時最活躍的學生如彭華英、范本梁、林呈祿、蔡培火、羅萬俥、陳炘、黃呈聰、蔡式穀等。社會人士林獻堂、蔡惠如、陳瀼澄、連雅堂等人有時至高砂寮探訪學生，藉由聚會向學生演講，並從事啟蒙運動。所以張深切認為：「這裏可以說是學生運動的最好去處，也可以說是臺灣文化運動的搖籃。」[208]臺灣留學生因學校的地理位置而分散各處，高砂寮為留學生最集中的場所，凡至東京的學生，總會來此地寄足。

就留日的學科而言，專門研讀文學的人較為有限，所以巫永福的留學領域更顯特殊。巫永福從名古屋五中畢業後，進入東京明治大學文藝科，潛心研究日本文學。因為學校的國語課本都是明治、大正、昭和時代名作家的文章，日本文學自然成為巫永福的觀摩對象。日本雖有二千年歷史，但在明治維新以前的作品並不多，如《古事記》、《日本書紀》、《平家物語》，以及女作家紫式部的《源氏物語》、清少納言的《徒然草》、《枕草子》，本居宣長的文章，或是西鶴的《八犬傳》、松尾芭蕉的《奧之細道》、《萬葉集》、賴山陽的詩文等。[209]經明治維新山田美妙及夏目漱石、芥川龍之介、佐藤春夫等人的提倡，口語文日漸盛行。巫永福對於夏目漱石與川端康成的作品相當推崇，他不僅深受日本文學、俳句、和歌的啟發，並嘗試創作，作品流露纖細多感的風格。巫永福回憶當時日本文藝科部長由知名小說家山本有三

---

207 臺灣總督府警務局編：《臺灣總督府警察沿革誌（三）》，頁24。

208 張深切：《里程碑（上）》，頁173。

209 巫永福：《我的風霜歲月——巫永福回憶錄》（臺北市：巫永福文化基金會，2010年12月），頁46-47。

擔任，同時聘請許多著名的師資，如法國文學的辰野隆教授、露西亞文學的米川正夫教授、德國文學的茅野教授、英國文學的吉田教授等。[210]他具體敘述當時東京明治大學課程內容豐富，且重視教學品質的實際狀態。

雖然明治大學文藝科提供如此多采的文學課程及學習資源，卻未能擁有言論自由的環境。巫永福回憶在東京時常被警察署特務跟蹤，在他的印象裡，其中一位姓六車的特務時而要求巫永福接受質詢。[211]這些敘事透露於日本的特務及警察系統監控體系下，知識分子的行動與言論自由如何受限的情形。他回臺期間曾探望埔里小學的同窗好友花岡二郎[212]，此人自埔里小學高等科二年級畢業後就不再升學，而至霧社警察室擔任警丁的職務。巫永福向他說明在名古屋求學的情形，花岡二郎回應道：「巫君，你去日本留學當然是恭喜的事，但你不要認為比人高一等。」[213]此話令巫永福印象深刻，並省思再三，提醒他於日本殖民下勿喪失主體意識。此外，巫永福的回憶錄常述及知識分子間的文化活動或交流，1927（昭和二）年他進入臺中一中就學，當時張深切已是一名青年政治社會運動家，曾參與「廣東臺灣革命青年團」，高舉臺灣獨立革命運動的旗幟。同年四月張深切從廣州返臺，五月正逢臺中一中學生罷課事件，日本認為張深切策動參與，他因而遭到逮捕入獄。1950（民國三十九）年末期楊肇嘉就任民政廳長後，曾舉行省議員、縣市長、縣市議員的普選，他出任市政府秘書及督學

210 巫永福：《巫永福精選集——評論卷》，頁58。

211 巫永福：《巫永福精選集——評論卷》，頁60。

212 花岡二郎為賽德克族荷戈社人，日治時期警察兼「蕃童教育所」的教師，於1930年霧社事件時選擇賽德克族傳統上吊方式自殺。

213 巫永福：《我的風霜歲月——巫永福回憶錄》（臺北市：望春風出版社，2003年），頁49。

時，張深切常適時向他提供市政的建言。[214]巫永福與張深切皆關注臺灣政治社會情勢的發展狀況，兩人也彼此相互影響。

陳逸松於回憶錄記述日本的教育體制與教學思維：日本高等學校非常重視語文教育，其教學方式不以會話為主，而是要培養學生的閱讀能力以理解外國的思想，因而學生的文學素養頗高。以他在岡山第六高等學校主修的德文為例，每週安排十八小時的德文課程，分別由四到五位老師任教，其中配有一位德國籍的老師；此外，還有英文、歷史、簡易高等數學、物理和化學等課程，因無升學壓力，所以不太注重學校的課業。當他閱讀能力逐漸提升的時候，即浸淫在德國文學的瀚海，廣為涉獵歌德、海涅等人的作品，儼然就像專攻德國文學，即使已過半個多世紀，他對這些作品依然保有一些記憶。[215]陳逸松一邊回溯幼時受同儕嘲笑的心理創傷，又深記兒島老師公正不偏袒的態度，影響他對於日本文化有所改觀。之後，他詳細記錄岡山第六高等學校紮實的語文課程，及廣泛閱讀的情境，再現日本培育學生文化素養的過程與成果。綜觀杜聰明、楊肇嘉與巫永福於留學的過程中，即使主修學科領域不同，但皆重視語言及文學的相關課程，呈現他們能廣博涉獵語言及文學，提升自我的人文素養。

四　再現文化差異

回憶錄透露一些過去的事件，這些研究素材不僅呈現個人參與社會的經歷，亦蘊含文化價值觀及認同等議題，值得後人再加探索。日治時期回憶錄除了描述校園生活外，也記載他們到日本各地參觀的敘

---

214 巫永福：〈《張深切全集》序〉，收於《巫永福精選集——評論卷》，頁171-176。

215 陳逸松口述，林忠勝撰述：《陳逸松回憶錄》，頁83。

事。如杜聰明早在入京都帝大之前，於1914（大正三）年4月曾與廈門臺灣公會會長及臺北茶行實業家之弟，一同前往東京參觀博覽會。隔年四月抵達京都時，巧遇嵐山電車的開通儀式，並觀看投宿旅館周遭的店舖、劇場和影戲館，體驗交通頗為方便的都會風情。他回憶與其他學生過著合宿的生活，不論是日籍房東或傭人，親切的情誼令他念念不忘。[216]張深切抵達東京宮城二重橋，欣賞城池的佈置，及城內的老松翠柏與粉白城樓相互輝映，也留意空間所構成的典雅氛圍，顯現皇居的神祕與莊嚴。[217]從這些旅遊參觀活動的風潮，或是古蹟建築的描寫，多蘊含知識分子感受到的人文空間。

將敘事視為「以具有清楚開頭、中間、結尾的序列次序來安排事件（events）的一種論述形式」，這也是大多數研究者所認為的敘事或故事的基本特質。[218]茲舉楊肇嘉與張深切的回憶錄為例，以敘事的開頭起始、中間發展與結尾，分析敘事的情節於表4-9：

表4-9　回憶錄敘事情節分析舉隅

敘事者	開頭	中間發展	結尾
楊肇嘉	高沙國想像	接觸中介者說明	異族地位平等
張深切	風俗高尚想像	由他人之口得之日本治安真實面	對日人評價的轉折（敬佩→輕侮）

資料來源：楊肇嘉，《楊肇嘉回憶錄》（上）（臺北市：三民書局公司，1967年），頁47；張深切，《里程碑》（上）（臺北市：文經社，1998年），頁172-173。

216 杜聰明：《回憶錄：臺灣首位醫學博士杜聰明（上）》，頁76。

217 張深切：《里程碑（上）》，頁131。

218 Hinchman, Lewis P.,and Sandra K. Hinchman, "*Memory, Identity, Community: The Idea of Narrative in the Human Sciences*", edited by Eric Hobsbawm and Terence Ranger. Cambridge, U.K. Cambridge University Introduction1997. p: xv.

表4-9所列楊肇嘉與張深切回憶錄的敘事，觀察到兩者的敘事皆以想像做開頭，接著中間發展皆藉由中介者校長詳細說解實情，或由他人轉述。然而，兩人回憶錄的結尾卻大不相同，一是以地位平等做結，另一則是於對於日人由敬佩到輕侮的評價。敘事概念在分析人類生命存在的基本性質、自我與認同建構的動態，以及社會生活經驗的方式上，為一種有效的分析工具，而不是只用來描述再現過去、鋪陳資料的方式。回憶錄記載諸多文人旅日時親身體驗文化差異的敘事，以楊肇嘉回憶錄時序的安排為例，開頭先提到日本人向來將臺灣稱為高砂國，他們以為「高砂國的住民皆是高砂族（即生蕃，愛割人腦袋的）」。並鋪陳此種觀念一直延續至今尚未改變，當岡村校長的鄰居見這些從臺灣來的孩子，引發楊肇嘉內心的猜測：「他們來看我們時，一定存有一種既好奇又懼怕的心理，和從小就被『番仔（指日本人）來了！來抓小孩了！』等語受盡驚嚇的我們一樣。」接著，中間的敘事又詳細描述事件轉折的經過：日人經過岡村校長的說明，得知這群臺灣來的學生不會割人腦袋，日本鄰居因而較為放心；同時，從臺灣來的留學生也感受這些人並不像在臺多數日人那般以優越感與狂妄自居。最後結尾以論述的方式，分析當時楊肇嘉心中的見解：「我們都覺得雖然相互間的民族不同，還是可以做朋友的，在那種場合，已毫無統治者與被統治者、侵略者與被侵略者的主奴關係，我們是完全平等的。」[219]種族、階級、性別、地理位置都會影響「身分」的形成，具體的歷史過程、特定的社會、文化、政治語境，也會對於「身分」和「認同」發生決定性的作用。「身分」可以作為一種表述的策略，用來拓展新的發言渠道，而作為後殖民主體，必須不斷地重新定

---

219 楊肇嘉：《楊肇嘉回憶錄．上》，頁40。

位，尋找自己的位置。[220]楊肇嘉等人旅居日本後，對於日本人的想法有所改觀，他們經過內心糾葛交混的過程，反芻種種回憶，逐漸理解自己的認同受到留學經驗的影響。

敘事不只是一種認知工具，更構成我們存在的本身，是我們存在與建構自己的基本方式。人們訴說的故事與他們對一連串和自我存在與自我實現相關的問題，包括：「我（們）是誰？」、「我（們）要成為怎樣的人？」、「什麼是有意義的生活？」、「我（們）應該怎樣追求這種生活？」、「我（們）的生活目的與利益何在？」，也就是敘事與認同之間的關係等議題。[221]舉例而言，陳逸松於回憶錄中記述其求學的經歷，回溯於日治時期就讀岡山師範附小時，同儕岡崎曾對他大聲罵道：「你是清國奴，誰要跟你玩？」此話結束後，岡崎便顯露一副不理人的態度。此事使他的內心倍感刺激：「想到自己是臺灣人，和他們不同，也想到臺灣淪為日本殖民地的悲哀。不論校長怎樣在朝會上強調叮嚀，不論在課業上的表現比這些日本孩子有多傑出，但還是有這種自視甚高、深植狹隘種族觀念的孩子。於是一股淒涼的滋味，不禁湧上心頭。」[222]此種鬱悶與無奈，正是殖民者差別待遇所造成的寫照。陳逸松於回憶錄中不僅驚覺「我是誰？」的身分問題，也由他者的眼中，看到自己的困境。又有一次，陳逸松與安本久米雄同學發生口角爭執，所幸兒島老師出面處理的方式得宜，適時化解學童間的衝突，使他心生敬佩與感動。陳逸松回溯自身的經驗，表達被殖民者弱勢的處境，省思臺日不平等地位的實情；如此的敘事，不限於

---

[220] Robert J. C. Young著，周素鳳、陳巨擘譯：《後殖民主義》（臺北市：巨流圖書公司，2006年），頁355-357。

[221] 蕭阿勤：《回歸現實：臺灣1970年代的戰後世代與文化政治變遷》（臺北市：中央研究院社會學研究所），頁40。

[222] 陳逸松口述，林忠勝撰述：《陳逸松回憶錄》（臺北市：前衛出版社，1994年），頁44-47。

再現的作用，且思考社會生活就是以故事的方式瞭解自我本體。茲將楊肇嘉與陳逸松回憶錄的認同敘事以圖4-4表示：

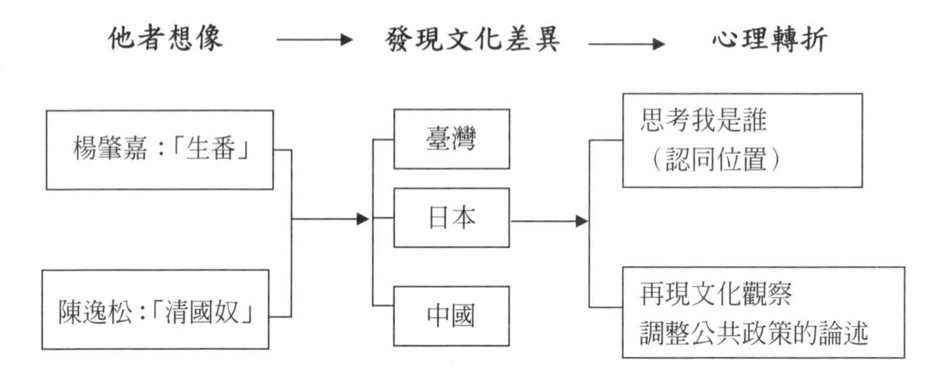

圖4-4　回憶錄認同敘事舉隅

楊肇嘉初至日本時被想像為所謂的「生蕃」、陳逸松被譏嘲為清國奴等。他們皆經由外在物質條件與內在心理層面的衝擊而察覺人我差異之後，便開始思考「我們是誰」，而衍生認同的問題。有些留學生回臺後，不僅以文字再現文化觀察，更進一步調整公共政策的論述。同時後他者想像中，發現文化的差異，心理因此有所轉折甚而影響日後的行動。

旅者親至當地遊覽時常聽聞關於風俗的論述，如張深切前往赤坂區得知剛發生鬧賊事件，他大感意外地說道：「什麼？日本人也會做賊？」又聽說後來「霧社事件」的首領莫那魯道曾於明治末期至東京觀光，當時日警向他探問到東京的感受，莫那魯道回應：「大是大，不是好地方！」又陳述：「這裡沒有我們山裡的安靜，盜賊太多，天天互相殘殺，沒有一天安寧。」日本警察聽其言後，斷定他是一名「不馴服的頑番」，需加以注意監視與管控。張深切聆聽盜賊的故事後，認為自己與莫那魯道的感受相似：「對日人起了輕侮之心，不再懼怕他們、尊敬他們。」[223]1930（昭和五）年賽德克族莫那魯道領導原住民和日軍展開猛烈的戰鬥，此為知名的「霧社事件」，國際社會同聲譴責日本殖民者的作為。就「歷史記憶」與「自傳記憶」的差別而言，前者為通過書寫而觸及社會行動者，或通過紀念活動、法定節日而存續；後者則是針對我們於過去親身經歷事件的記憶。然而，隨著時間的流逝，自傳記憶會趨於淡化，除非通過與具有共同過去經歷的人相接觸，週期性地強化此記憶。在歷史記憶中，個人並非直接去回憶此事件，只有通過閱讀或聆聽他人講述，或在紀念活動的場合中，眾人聚集一處，共同回憶長期分離群體成員的事跡與成就時，此種記憶才能被間接激發出來。「集體記憶」具有確保文化連續性的功能，且可視作對過去的一種累積性建構，所以在本質上是立足現在而對過去的一種「重構」。[224]張深切回憶錄中描述原住民莫那魯道對文化差異的觀察，翻轉日本殖民者推行所謂安排招待「番人觀光」的成效。在社會道德與公平正義的層面，回憶錄的作者能透過這種寫作方式為社會創造新的記憶，為受迫害、被忽略的社會人群爭取他們應得的注意與尊重。[225]張深切的回憶錄為被忽略的原住民發聲，不僅書寫歷史記憶的詮釋，更於字裡行間透露對殖民者的批判，呈現他思想轉折的軌跡。

赴日的臺灣留學人數不斷增加，且逐漸集中於某一地區後，開始出現組織社團的聲音與主張。如1920（大正九）年前留學人數已有六〇〇人左右，其中以旅居東京者為多，共估計有四五〇人以上。[226]

---

223 張深切：《里程碑（上）》，頁131-132。

224 Maurice Halbwachs著，華然、郭金華譯：《論集體記憶》（上海市：上海人民出版社，2002年），頁42-43、58-60。

225 王明珂：〈誰的歷史：自傳、傳記與口述歷史的社會記憶本質〉，頁178。

226 以留學日本的大學而言，包括帝國大學、商科大學、醫科大學、藝術大學及應慶、早稻田、日本、明治等校為主；至於日本的小學校、中學校皆有臺灣的留學生。東雖然1915（大正四）年東京的臺灣留學生曾成立「高砂青年會」，其後改名稱為「臺灣青年會」，1920（大正九）年該青年會發行「臺灣青年」雜誌。自臺灣同鄉會於各地逐漸成立後，開始出現以移出地為社團組織的名稱，如臺南師範學校出身的留學生，在東京組成「南盟會」。[227]透露於日本的臺灣人，追尋自我意識的趨勢。臺灣人菁英與殖民者日本人置身於同一個帝國底下，卻因移動方向的不同，以及殖民地身分的不同，使得他們的帝都之旅以及回歸故鄉的定居，展現出截然不同的旅／居關係以及現代性體驗。[228]張深切於回憶錄中提到：除了在臺灣的日本人外，鮮少見日本國內發生輕蔑臺人事件，臺灣人也成為頗受歡迎的外地人。因日本認為赴日留學的臺灣人，多是來自通過高門檻的知識分子，無論於人情、風俗與習慣等各方面，易於與他們融合。但日本人卻不歡迎朝鮮人和中國人，所以他們多居住在旅社，如果要租房是很不容易的事。張深切對此現象感到疑惑：「中國人和臺灣人本來是同族，為什麼他們偏加以歧視呢？」當地的居民回應：「支那人第一沒衛生，第二語言習慣不同，第三性格不合。」日人因瞧不起動亂的中國，連帶看輕中國人，又加上當時留日的中國學生語言不通，沒有任何的成就和可觀的成績，使日人無法扭轉對中國的形象。[229]張深切的敘事牽涉到臺灣和中國的文化差異及現代性的議題。有些知識分子從小身處殖民現代性的環境，許多生活習性及語言

洋協會調查部編纂：《大正九年現在の台灣》（東京都：東洋協會，1920年），頁316-317；上沼八郎：〈日本統治下における台灣留學生——同化政策と留學生問題の展望〉，《國立教育研究所紀要》第94集（1978年3月），頁133-157。

227 吳三連口述，吳豐山撰記：《吳三連回憶錄》（臺北市：自立晚報，1992年），頁52-53。

228 朱惠足：〈空間置換與故鄉喪失的現代性經驗〉，《「現代」的移植與翻譯——日治時期臺灣小說的後殖民思考》（臺北市：麥田出版公司，2009年），頁152-187。

229 張深切：《里程碑（上）》，頁141。

模式受日本影響，赴日旅居較易為當地人所接受，與中國文化的差異也日漸明顯。

劉捷回憶在當年夏天風浪甚高之時，搭乘一艘六千多噸的貨船，從高雄港出發，經過三晝夜的航程到達日本橫濱港。他上岸後所見的日本男女服裝都很整齊，於是感嘆為何他們如此富有？又在橫濱的櫻木火車站，因為一件棉被以報紙包裝而遭站員扔到地上；不得已在華僑街尋找半天，好不容易才買到一張草席以解決寄貨手續問題，此事經過半世紀以上，在劉捷的心中仍留有深刻的記憶。日後為了因應高等文官考試，劉捷進入神田的明治大學法科專門部；不過因為對於研究法律的興趣不高，加上目睹日本社會的不景氣而改變心意，決定回復從事原來新聞記者的行業，所以他又轉入該校的新聞科。同時，他認為聽講不如自修，因日本出版界非常的興旺，在街頭能買到便宜的舊書，收購舊書成為劉捷最快樂的事。[230]他談及當時的留學生，尤其是修文學這一門的人，因為目的不在文憑學歷，目標盡在強化寫作實力，以登上日本文壇並成名於世，劉捷受到如此風氣的影響，所以四處聽講，並體驗自由學習的氛圍。因是現職記者具有赴日進修的使命，故常到《東京朝日新聞》、《每日新聞》、《讀賣新聞》、《時事新聞》報社觀摩學習，幸而那時受到《東京朝日新聞》賴貴富、《時事新聞》謝國成等人照顧而獲益良多。劉捷當時赴日主要目的為學習「速記」，但有機會每日和「福爾摩沙」同仁一起談論、讀書、聽講及逛書店購買舊書。這一年的日本已經侵佔中國東北成立「滿州國」，但東京依舊繁榮，不失為文化學術的世界大都會。他雖然想長住於此地學習，以滿足自己的求知慾；但因報社催促早日回到工作崗

---

230 劉捷：《我的懺悔錄》（臺北市：九歌出版社公司，1998年），頁35-38。

位，因此不滿一年即回臺。[231]他回憶當時從臺灣赴日不需任何的證件手續，從屏東購買一張「聯絡券」約十三元五角左右就可以到達東京（包括火車屏東到基隆，船資基隆至下關，三天的伙食及下關至東京的火車費）。[232]由於火車、船隻等現代化工具，民眾於殖民地與帝國內部多方向的移動，不僅為帝國擴張與同化的重要過程之一，也是跨文化的現代性經驗。

劉捷在日治時期曾數次赴東京，第一次是赴日留學，第二次是為職務的需求到日本東京學速記，第三次是為發行刊物，後兩次都是以記者身分到日本。1933（昭和八）年11月《臺灣新民報》在東京設支局，劉捷受派到東京分社，二度赴日。他透過一位《臺灣新聞》速記記者的介紹，獲得前往日本貴族院速記練習所的進修機會，其餘時間皆與臺灣藝術研究會的成員在一起，參與各種有關文學、藝術的集會。《我的懺悔錄》中寫道：「我形式上白天在東京分社上班，夜間學速記術，實際上大部分的時間是訪友，隨從那些大學生前往各大學聽講，或到處聽取有關文學的講演。……另外是利用圖書館借讀市面所無的書籍。上野國立圖書館、東大及大橋圖書館即是我常去的場所。」[233]當時東京時常有名人演講、座談會，各大學、圖書館每日都有各式的免費演講會，劉捷最常前往的大學是東京帝大、明治大學、法政大學，因為在這幾所大學裡講學的，很多是當時日本文壇著名的學者、評論家、作者。除了校園以外，大師常在「喫茶店」談論文學，東京市內到處有文化人開的「喫茶店」，點購十元一杯的咖啡，即可欣賞音樂或與文人作家同坐交談。劉捷提到：「我的記憶中最深的是俄羅斯文學的大家秋田雨雀，他當時已經是八十多歲的銀髮

231 劉捷：《我的懺悔錄》，頁54。

232 劉捷：《我的懺悔錄》，頁65。

233 劉捷：《我的懺悔錄》，頁46。

作家，但毫無『年老』的感覺，滔滔不絕，邊喝咖啡，邊與我們數位青年人談笑風生，不知時刻已晚矣！」「喫茶店」是作家的休憩所，更是當地學生的集會所。他因吳坤煌等人的介紹認識秋田雨雀、中野重治等左翼文化運動知名人士。也由其他朋友的介紹與當時的評論家大宅壯一、森山啟等相識。[234]這些喫茶店為東京頗具代表性的文化場域，不僅是知名文人的交流空間，亦是提供學生或社會人士感染文化氣息的所在，所以令劉捷記憶猶新。

劉捷的回憶錄再現1932（昭和七）年東京市警視廳鎮壓日本的左派人民戰線運動，當時逮捕各大學知名的教授、學者與新聞記者、出版業者，也趁此壓制朝鮮、臺灣的民族運動反日份子。關於日本警務系統剝奪群眾自由的情形，劉捷《我的懺悔錄》提到日本特務對待臺灣知識分子的囂張跋扈作風：「小島特務（此人平時假仁假義照顧臺灣人）先到文環兄之家，搜查一番之後，到我住的湯島公寓，把我僅有的兩三本雜誌一同帶走，原來是有一位叫做淺野某發行一本薄薄的《拓荒》。文環兄是他的同仁，我是在飯田橋的三一書局購買，小島看到我也有《拓荒》之時……就把我們兩人帶到所在地的本富士警察署，鋃鐺關入拘留所。」[235]日本特務根本不提供臺灣留學生澄清事實經過的機會，致使他們慘遭牢獄之災。他又敘及本富士警察署位於日本帝國大學的附近，故夜間經常有大學生酒醉被捕而遭拘留，這些皆是日本警察監視控管學生的例證。表4-10分就吳新榮、劉捷與張深切三位敘事者的回憶錄，分析他們如何藉由空間場景表達人物的內心感受。

---

[234] 劉捷：《我的懺悔錄》，頁77。

[235] 劉捷：《我的懺悔錄》，頁69-70。

表4-10　回憶錄空間場景所呈現的人物心境

敘述者	空間場景	人物心境
吳新榮	日本金川	寂寞鄉愁→ 感受日本內地農民的素樸
	日本監獄	積極自信→怯懦自卑
劉捷	日本東京市區→ 東京本富士警察署	沉浸文學與文化氛圍的喜悅→ 被迫入拘留所的無辜
張深切	東京高砂寮宿舍	管制封閉→集聚開放
	臺灣山林 v.s. 日本東京	（轉述莫那魯道心境） 純樸而安全 v.s. 繁華卻犯罪率高

資料來源：吳新榮：《吳新榮回憶錄：清白交代的臺灣人家族史》。劉捷：《我的懺悔錄》，頁69-70。張深切：《里程碑（上）》。

表4-10歸納空間與人物心境的關聯，如吳新榮初抵日本的金川，原本離開臺灣家鄉油然而生的寂寞感，後來因與日本當地農民相處而體驗他們素樸真誠的相待。另一方面，當初隻身前往日本留學積極自信的心境，卻因入獄而轉成怯弱自卑的無奈心態。若瀏覽劉捷的回憶錄則得想見他本以雀躍的心情赴日進修，並沉浸於東京人文薈萃的氛圍；後竟被迫至本富士警察署，而苦陷於拘留所，以對比的手法再現人物無辜困境。至於在張深切的回憶錄中，則敘述東京高砂寮宿舍的功能，原為日本監督管制留學生的封閉空間；後因聚集眾多知識菁英，而漸形成高談闊論公共議題的開放場域。他又藉由轉述莫那魯道被安排到日本觀光的心得，比較日本東京繁華卻犯罪率高，不如臺灣山林純樸而安全的生活環境，呈現相異於一般人的旅日感受。此外，高砂寮的特殊性、喫茶店的現代性空間及東京各書局提供現代知

識的空間場景，亦是回憶錄中人物空間關聯的例子。這些不同敘事場景的變換，因人物心境隨空間移動而有所轉化，也蘊含空間場景與權力的隱喻。

五　結語

臺灣日治時期所引進的現代化，是與殖民接觸交混而不均的認同結構，且與在他人身上發現自我的矛盾結構息息相關。[236]本節從日治時期的回憶錄爬梳留日學生如何從他者的想像中，發現文化的差異，進而自我建構。記憶是人們自我的認同形成的一個核心要素，認同與記憶都應該被看成是不斷進行的「過程」，而不應該被當成個人或團體擁有的「物品」。[237]上述的回憶錄流露作者所擇取旅日過程的美好片段，或再現日本帝國試圖超越種族文化差異，建立與殖民地一體的假象。臺灣錯綜的歷史背景，使知識分子在對照日本殖民與戰後戒嚴的處境下，藉由書寫留日經驗重新回味日本文化的遺溫。臺灣的歷史特殊性與文化的構成密切相關，在文化領受上變得比較雜揉，所以宜培養臺灣各階層與族群之間的共通情感架構。[238]回憶錄流露日治時期留日的共通情感，也形塑本地與殖民文化之間的互動關係，豐富臺灣文化的多元性。臺灣政府及民間機構應多鼓勵出版回憶錄，或將這些回憶錄細緻地拍攝成影片，以公共媒體或網際網路的方式傳播，使文化進入日常生活之中，如此將更能理解臺灣文化的脈絡。

---

[236] 廖炳惠：《回顧現代》（臺北市：麥田出版公司，1994年9月），頁162。

[237] 蕭阿勤：〈民族主義與臺灣一九七〇年的「鄉土文學」〉，《臺灣史研究》第6卷第2期（1999年12月），頁80。

[238] Robert J. C. Young著，周素鳳、陳巨擘譯：《後殖民主義》（臺北市：巨流圖書公司，2006年），頁355-357。

回憶錄是個體生命的表述，作者在回憶裡再現生命歷程。臺灣日治時期回憶錄裡的留日敘事，詮釋知識分子在殖民現代性發展情境下的掙扎。留學不只是求學於外而已，且是一條探索自我、建構自我的道路。年輕學子出國學習現代的知識與科技，並試圖形塑自我成為未來改革臺灣社會的領導階層。從這些回憶錄裡得知赴日本求學是他們的人生中一件值得回味的事。有些人到達殖民母國日本後為日本推行的現代化政策所說服，而進入了模稜的狀態。走入這樣的情境，最主要是發現「差異」的所在。日治時期的知識分子逐漸浮現臺灣意識，因族群的差異性而產生排除與納入的過程；同時也思考如何書寫他人，並從身分的流動中建構互動關係。這些作者在日本接受留學教育後影響他們的認同取向，並成為他們回憶錄裡一段深刻的記憶。

留日的經歷使有些人產生新的文化觀，他們提出臺日文化差異、人權訴求與政治自主的理念，對官方論述產生拒抗。許多回憶錄敘述日本境內教育普及、學術深化及自由開放的學風，用來與殖民地臺灣的教育問題作對照，突顯差別待遇、高等教育資源的匱乏與推行同化政策強橫等困境。這些隱喻與所使用的批判詞彙，對於臺灣主體性的發展，有相當的奠基作用。因此，透過對這些回憶錄的重新閱讀，將明瞭留日不只是求學階段的回憶而已，就文化主體而言，更有其歷史背景的存在意義。留學不但是空間的移動，更可能撼動個人固有的知識體系或思考模式。在過程中將重新認識自我、反省自我，不同社會文化背景的人也因此有機會相互接觸。文化差異為留日過程中的直接感受，亦為回憶錄中留日敘事的重點。在抵抗與嚮往現代性的交混氛圍裡，留學生的回憶錄蘊含研究自我建構的素材。本節所探討臺灣日治時期知識分子所追溯的旅日回憶，皆為個人生命經驗的反芻，亦為保存臺灣個別與集體記憶的文化資產。

——「文化變遷的再現：雞籠生的旅遊書寫」修改自原題〈文化變遷的記憶與再現：臺灣日治時期知識菁英的遷徙敘事〉，發表於「2013遷徙與記憶國際研討會」，中山大學人文研究中心、文學院主辦，2013年10月。後以〈文化變遷的記憶與再現：雞籠生的旅遊敘事〉，收錄於劉石吉等主編《遷徙與記憶》，高雄市：國立中山大學人文研究中心、文學院，頁19-42，2013年12月。

——「留日敘事的自我建構：臺灣日治時期回憶錄的跨界意識」修改自原題〈反芻回憶錄：臺灣日治時期的文人旅日敘事〉，發表於「第七屆臺灣文化國際學術研討會」，國立臺灣師範大學臺灣語文學系、長榮大學臺灣研究所主辦，2011年9月。後修改題目及內容成〈留日敘事的自我建構：臺灣日治時期回憶錄的跨界意識〉，刊登於《臺灣國際研究季刊》第8卷第4期冬季號，頁161-190，2012年12月。

第五章
旅遊書寫的文化迻譯

旅行不只是蒐集異國記憶與當地器物，藉此締建自我指涉的科學知識，而是以翻譯與比較方式，讓雙方形成新的知識，擴大視野，彼此切入對方，產生更多的張力。[1]旅遊具擴展文化視角或世界觀的功能，若將旅外散文登載於報刊等傳播媒體，則能彰顯文化迻譯的作用。本章分析旅遊散文如何藉由迻譯的方式，將旅遊過程的所見所聞，再現於報刊雜誌上，或呈現歸返後的論述。例如第一節《臺灣教育會雜誌》漢文報所刊載日本文人至臺灣的旅遊敘事，多以漢文為載體，企圖連結漢文化；或以文王的恩澤迻譯日本天皇的恩德，或強調鄭成功的忠義精神。有時則藉由漢籍「桃源」或「武陵源之思」典故的意象，以原始性修辭表達對原住民純真生活的嚮往，並以匱乏式修辭強化落伍的生活環境。第二節以謝雪漁的旅遊散文為例，參照經歷殖民時期的菲律賓與臺灣，另比較西班牙官員咪牙蘭與荷蘭總督揆一，呈現殖民者侵占原住民土地的慣用手法。又引《左傳》子產的話語作為文化迻譯的媒介，隱喻作者對於美國殖民菲律賓方式的批判。第三節則論及林獻堂亦善用文化迻譯的表現方式，例如以拿破崙與項羽相類比，並擷取古籍詩句融入歷史場景的鋪敘，道出兩位「亂世英雄」相似的成敗之跡。當他參觀貝多芬故居後，則聯想到伯牙與貝多芬的音樂境界。另引用《孟子．告子》延伸闡釋美國處於英國的殖民壓制，因產生反抗之心而得以生存的狀態。同時以埃及金字塔迻譯秦

1　廖炳惠：《另類現代情》（臺北市：允晨文化實業公司，2001年），頁20。

始皇與隋煬帝倡建的長城、大運河，以論述空間權力對民眾生活的衝擊。旅遊敘事與文化迻譯的關係密切，本節詮釋作者如何藉由文化迻譯的方式，以助於讀者理解各類旅遊敘事的關聯性及隱含的深意，或發抒於日本殖民統治下生存處境的感觸。

第一節　跨界的迻譯：以《臺灣教育會雜誌》漢文報為探討範疇

一　前言

旅人在從事長期或短期的跨界活動後，其行旅敘事常蘊含關於異地的自然與人文意象，並流露風景心境。就與臺灣有關的旅遊書寫而言，若瀏覽臺灣在地文人的旅外詩文，或世界各地來臺人士的旅遊作品，多蘊含作者跨界後的文化比較觀。綜觀臺灣日治時期報刊所載旅遊書寫各具風格，至於以雜誌形態流傳的平面媒體，亦收錄諸多與旅遊有關的研究素材。日治時期雜誌多以日文書寫，以漢文為傳播媒介者較為有限。其中《臺灣教育會雜誌》所刊載的遊記或與修學旅行有關，或為日本漢學者旅臺的見聞，於文化場域上頗具意義。有關臺灣日治時期旅遊書寫的研究，學界已積累相當的成果；但目前較少見以單一雜誌為範疇，論析刊登於特定文化場域中的旅行文本。這部機關誌發行的目的為教育與傳播之用，本論文擇取登載其中的漢文遊記為研究議題，主要因這些文本不僅記錄空間移動的經驗，且是藉由外在世界的刺激而產生，多透露殖民地雙向觀看視域的學術價值。

此雜誌漢文報發行的時間較早，且因是殖民機關的刊物而具特殊的傳播作用。馮祺婷（2009）探討此誌多篇觀光的報導，呈現取法日本文明為主軸的面向，蘊藏日本同化手段的資料，透過博覽會的炫奇以及都市的繁榮，使臺人感受現代文明；然此文多以短篇的赴日新聞報導為主，未著重全面蒐集各類遊記或詮釋其中不同聲音，且未評論修學旅行參觀學校教育等面向所引起的反思。綜觀《臺灣教育會雜誌》所載觀光的報導雖有前行研究，但因刊物不僅刊登新聞且發行的時間長，文本內容多元，仍有諸多議題尚待詮釋。這些臺人赴日的修學旅行或日人來臺的作品，為雙向移動後接觸他者的省思，故分別以這兩類空間移動的文本作為研究範疇。至於空間與文學的議題，范銘如（2008）為長期耕耘的專著，所分析的文本以小說為主；又如顏娟英（2000）、林開世（2003）、林玫君（2004）等論文，多探討有關旅遊書寫中的風景心境、詮釋文本與治理政策的關聯，或是敘事的多重面向。遊記比行旅詩的篇幅長，且不受格律拘束，敘事性更為鮮明，且易於論述。這些牽涉移動所引發的文化差異觀察，藉由雜誌的刊載，而得以傳播至知識分子階層，故具研究的價值。

日本廣為推動的「修學旅行」，亦在殖民地臺灣實施，為新式教育的重要關鍵政策。由於日本統治臺灣的殖民策略中，教育是甚為重要的一環，旅遊活動在此背景下，多帶有殖民性與現代性的色彩，遊記因而饒具文化意義上的多重面向。本節試圖透過漢文報的遊記，梳理旅人於日治時期的思維，分析所隱含的教化意識。至於文本的敘事方式、殖民地雙向觀看或是牽涉的權力運作，亦為關注的焦點。故分析所刊載的旅行作品又具哪些特性？臺人至日本修學旅行有何體驗與反思？而日人來臺的遊記又傳達何種視界，並蘊含哪些人文意象？擬討論國語學校師生赴日修學遊記的教化意義，同時分析日人旅臺遊記的意象，呈現旅人跨界書寫的特色。

為分析跨界的視域，本節以《臺灣教育會雜誌》漢文報為例，擬從幾個面向加以論述，茲以圖5-1呈現分析的架構：

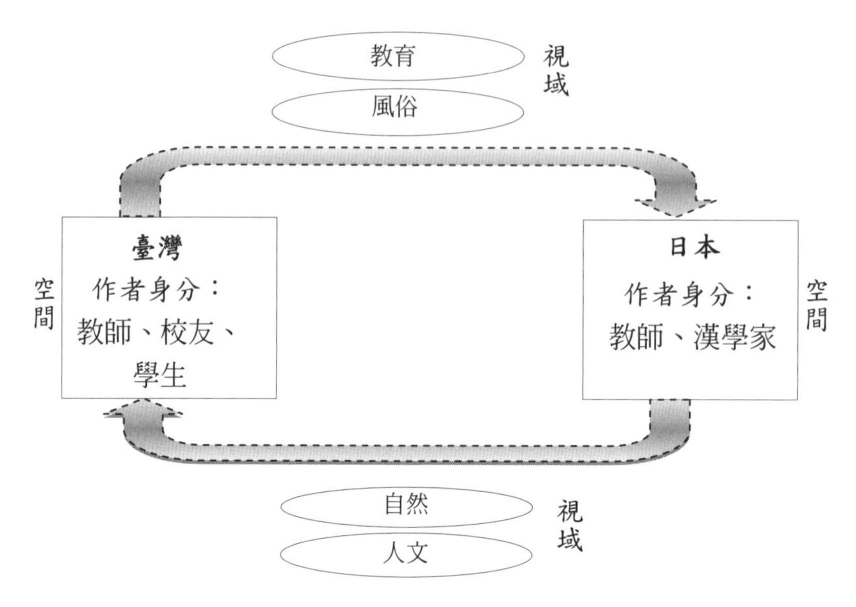

圖5-1 《臺灣教育會雜誌》漢文報跨界視域架構圖

從《臺灣教育會雜誌》漢文報每期的目錄，得知所刊登漢文遊記的旅遊地點多以臺灣與日本為主。透過日本與臺灣兩大空間，分析臺人赴日修學旅行及日人來臺的雙向移動經驗。就此雜誌漢文報所收錄遊記而言，歸納旅人的身分多為校友、教師及學生，日人的身分則多是具有漢學素養的教師、漢學家。瀏覽這些國語學校師生所撰遊記，將發現作者的視角多關注教育及風俗的面向；日人漢文遊記則以呈現臺灣自然與人文意象為主軸，以下將分節探討跨界的視域。

二 赴日修學旅行遊記的教化意義

此雜誌漢文報刊登諸多臺人赴日修學旅行的文本，一方面敘述修學旅行的目的、內容與意義；另一方面也藉由旅行書寫的傳播，達到宣揚效果。以表5-1羅列刊登於此誌漢文報的臺人旅日遊記篇目：

表5-1　《臺灣教育會雜誌》漢文報臺人旅日遊記篇目一覽表

作者	身分	篇名	發表時間	刊登卷期	期刊頁碼
王名受	國語學校校友；桃仔園廳樹林公學校訓導	本國旅行日誌	1903（明治三十六）年6月25日	第15號	17-19
		本國旅行日誌	1903（明治三十六）年8月25日	第17號	16-19
		本國旅行日誌	1903（明治三十六）年10月25日	第19號	18-20
吳文藻	國語學校校友；國語學校第二附屬學校雇員	本國旅行紀要	1903（明治三十六）年9月25日	第18號	16-20
林呈祿	國語學校學生	東遊日誌（一）序	1908（明治四十一年）2月25日	第71號	13-14
劉泉源 吳海凉 李 生 黃奕明	國語學校學生	東遊日誌（一）	1908（明治四十一）年2月25日	第71號	14-18
林阿仁 郭泉興 王望祥 陳調元	國語學校學生	東遊日誌（二）	1908（明治四十一）年3月25日	第72號	14-20

作者	身分	篇名	發表時間	刊登卷期	期刊頁碼
莊垂裕 劉阿旺 余逢時 陳茂如 黃大成	國語學校學生	東遊日誌（三）	1908（明治四十一）年4月25日	第73號	13-16
邱定	國語學校學生	東遊日誌（四）	1908（明治四十一）年5月25日	第74號	15-16
陳炳俊	國語學校學生	旅行日誌	1908（明治四十一）年5月25日	第74號	16-18
戴鳳倚	國語學校學生	東遊日誌	1908（明治四十一）年6月25日	第75號	16-17
劉克明	國語學校教師	東行所感	1914（大正三）年8月1日	第148號	1
		東行隨筆（一）	1914（大正三）年9月1日	第149號	6-7
		東行隨筆（二）	1914（大正三）年10月1日	第150號	6-7
		東行隨筆（三）	1914（大正三）年12月1日	第152號	10-11
		東行隨筆（四）	1915（大正四）年2月1日	第154號	10-11
		東行隨筆（五）	1915（大正四）年3月1日	第155號	8-9
		東行隨筆（六）	1915（大正四）年4月1日	第156號	4-5

作者	身分	篇名	發表時間	刊登卷期	期刊頁碼
		東行隨筆（七）	1915（大正四）年5月1日	第157號	3-5

由表5-1得知所列遊記作者多為國語學校的師生，發表時間主要集中於1903-1915年，遊記篇名也多以東遊或東行為題。

綜觀這些作者為臺籍教師劉克明、校友王名受，學生則包括林呈祿、劉泉源、莊垂裕及戴鳳倚等人。校友王名受曾於1905（明治三十八）年與黃純青、王百祿、王少濤及劉克明創立「詠霓詩社」。[2]在學生方面較具代表性者為林呈祿，號慈舟，桃園人。1905年考取國語學校，曾擔任公學校教職，1910（明治四十三）年以榜首考取普通文官考試，1914（大正三）年赴日本明治大學法律科進修。前後任職銀行、法院及教授；1918（大正七）年參加林獻堂的啟發會，後任《臺灣青年》、《臺灣民報》系列總編輯，《臺灣新生報》董事、東方出版社社長及董事等。[3]本節所引〈東遊日誌序〉，得見他年輕時於國語學校受殖民教化影響下的見解。

三屋大五郎刊載於此雜誌的作品如〈生蕃歌〉、〈圓山八景〉、〈芝山例祭，賽遭難之氏之廟〉、〈鼻頭角放歌〉、〈登觀音山〉、〈南臺唱和七首〉等詩文，皆是他移居臺時的作品。另一位日本作家中村櫻溪（1852～1921）本名忠誠，字伯實，號櫻溪，東京人。曾以「櫻溪子」、「櫻溪釣徒」、「櫻溪逸人」為別名，著作多匯集為《涉濤集》

2　此社因會員散處四方，聚會不易，只維持了一年便宣告終止，1910（明治四十三）年再與黃純青等人另組「瀛東小社」〈詩社復興〉，《臺灣日日新報》第3571號，1910（明治四十三）年3月26日。

3　《臺灣歷史人物小傳——明清暨日據時期》（臺北市：國家圖書館，2003年12月），頁243-244。

等書。[4]《漢文臺灣日日新報》報導他於國語學校任職的情形：1906（明治三十九）年9月4日圖畫教師森川梅屋辭職歸返東京，於是國語學校的圖畫科改由須賀蓬城、習字科則由中村櫻溪兩人分別擔任新職。[5]另從莊龍〈讀涉濤集題後并呈中村櫻溪先生〉或是館森鴻〈悼中村櫻溪先生〉等文中，亦可得知友人對其生平事蹟的敘述。[6]中村櫻溪刊載於此雜誌的作品，多以至臺北郊外山川行旅經驗為主，如〈再登觀音山記〉、〈後山坡記〉、〈重登七星墩山記〉、〈外溪瀑記〉、〈遊平頂記〉、〈登大屯山記〉等數篇遊記，皆記述其遊覽過程及感受。

此誌所刊載的旅行題材以修學旅行為主要特色，如國語學校師範部乙科生及國語部四年生，共計八十八名學生，由老師帶領前往日本參訪，回臺後所撰的〈東遊日誌〉系列即登載於此誌。當時就讀國語部四年級的林呈祿，曾為連載於1908（明治四十一）年的遊記撰寫〈東遊日誌序〉，他自稱身為「本島人」，因未能至所謂「上國」遊覽而內心感到惆悵。此文提到：

> 獨恨未稔世界之大觀，仍是管窺蠡測之見，則眼界猶未開也，爰是奮然有遠遊之志焉。第遠遊必由本國始，故東洋之講習道德，遠勝泰西之專攻藝術，欲觀文明之化者，總難舍此一遊也，但在修學中有不可多得之期耳。

林呈祿雖於就讀國語學校時期受到殖民教化的影響，然此文流露

4 中村櫻溪有關著作的分析，可參見廖振富：〈中村櫻溪北臺灣山水遊記的心境映現與創作美學〉，收入東海大學中文學系編：《臺灣古典散文學術研討會論文集》（臺中市：東海大學中文學系，2009年12月），頁209-232。

5 〈學校消息〉，《漢文臺灣日日新報》第2506號，1909（明治三十九）年9月5日。

6 莊龍：〈讀涉濤集題後并呈中村櫻溪先生〉，《臺灣教育會雜誌》第33號，1904（明治三十七）年12月25日，頁13。館森鴻：〈悼中村櫻溪先生〉，《臺灣日日新報》第7830號，1911（明治四十四）年1月26日。

欲藉由旅遊而拓展識見的企圖心。他比較日本與西方的文化差異，並認為赴日修學旅行可觀摩文明的成果，除了觀察現代化的層面，亦不忽略民眾的道德教養。此外，他又闡揚修學旅行參觀東京博覽會的活動，具有「真足以恢見聞而廣智識」的功能。他一方面讚許校方規劃學生赴日旅遊活動，強調「昔日百聞，不如今日一見」的效用；另一方面則以「同勵臺人漸進於文明」，表達激勵致力為臺灣文明的期盼。[7]同樣就讀國語學校四年級的學生劉泉源〈東遊日誌〉則表現對日本修學旅行期待已久的心境。[8]這一系列作品大多是以學生的身分記錄修學旅行的見聞，以及至殖民母國所受到的文明衝擊。

若參照耆老的回憶，從臺灣日治時期有關修學旅行的口述歷史中，得知許多學校的學生自第一學期起得自籌旅費基金，以儲備未來畢業修學旅行所需的經費。[9]關於學校推動修學旅行的情況，此雜誌曾刊登江夏蒲化詳細記錄修學旅行實施的辦法。[10]他提到修學旅行舉辦的目的是強調求學階段的學生應實踐身體力行，以達到「敦以修德、導以啟智」的學習功效。另一方面，對於未參與修學旅行者則發出警語：其個人的視野與觀念將流於「以管窺豹」或「井底之蛙」的後果，以這些可能受到的侷限作為訓誡之辭。然而，他也憂心忡忡提出：指導修學旅行的老師若是不關注並督促學生，則可能會造成他們耗費錢財、勞其筋骨或竭盡心智，而不能達成預期的成效。江夏蒲

7　林呈祿：〈東遊日誌（一）〉，《臺灣教育會雜誌》第71號，1908（明治四十一）年2月25日，頁13-14。

8　劉泉源：〈東遊日誌（一）〉，頁14-15。

9　鄭麗玲、楊麗祝編：《臺北工業生的回憶》（臺北市：國立臺北科技大學，2009年），頁36-37、99、167-168。

10　文中舉出之辦法，如年少兒童智識仍停留於懵懂幼稚，觀察力尚未健全發展，所以在參考修學年限的考量下，修學旅行的次數以一年一次、或卒業前一次以上為適切。另外，學童在修業年限過三分之一時，則提供獎勵貯金作為因應不時之需。

化建議在修學旅行出發前應充分準備，並事前告知「欲行的地點」、「通過的途次」、「何者為名區」、「何者為古蹟」、「何物應留意」、「何事宜關心」等準則。他也提醒督導者在旅行的過程中，應提供給學生鉛筆與筆記，以便記錄書寫；歸校後則應檢閱並參酌他們的作品內容後留存，以備來日不忘，且可提供他人觀閱。[11]江夏蒲化此文層次分明，分析修學旅行實施的細則、功能、重要性以及成效；並善用孔子周遊的敘事，迻譯修學旅行的重要性，以增強臺人的參與度，為敘事與論述兼具的作品。

《臺灣教育會雜誌》漢文報所刊登旅日遊記，除觀摩文化差異外，大多關注教育的重要性。如士林人吳文藻曾於1903（明治三十六）年七月十日由基隆出海，直抵東京，至八月七日歸臺，途中與柯秋潔、柯秋金二兄弟及艋舺楊潤波同行。回臺後所撰〈本國旅行紀要〉強調藉由臺日文化參照比較，省思積極推動家庭、學校、社會教育的重要性。他首先強調欲將所學融會貫通，首先要充實智識，並藉助旅行以擴充親身經驗。他憶及自己當年在校時，老師常以「百聞不如一見」，鼓勵學子多出外參觀以增廣見聞。前往東京遊覽時，除欣賞奇峰峻嶺、森林青翠等名勝風光外，特別留心觀摩日本學生學習態度，如:「內地生徒，冒雨往學，非父兄責督有方，師長教育有法。焉能若是之好學不厭也，誠可喜也。」以目睹風雨無阻的具體實況，感悟日本學童於親人與師長嚴謹督促要求下，培養出積極的學習態度；同時，也透露因家庭與學校教育相輔相成，而激起學生的求知慾。此外，在參觀博覽會場中的教育館時，見館內陳列各府縣廳實業

---

11 江夏蒲化舉出魯國孔子曾周遊列國以增廣見聞的例子，藉以告知門下修學旅行的重要性。他並宣揚修學旅行帶來的實質助益，如：強健身體、通達歷史、珍奇見聞，以及明瞭工藝的高超精進與具備理科的研究能力等。江夏蒲化：〈就修學旅行而言〉，《臺灣教育會雜誌》第93號，1909（明治四十二）年12月25日，頁1-3。

學校學生的工藝品多精巧奪目，不禁讚嘆這些學以致用的教育成果。在生活習慣方面則細述：「觀其授業成績、設施、整頓，各有方法次序。一遇參觀客至，諸女生徒各起行禮，無少隕越。此非平日之善受師訓者，不能如此彬雅。」於是他更深沉感慨臺灣學生家長的態度。遊記又具體列出在籍的男同學六三二名，女同學五三二名，共計一一六六名學生，在六月底的調查中，每日出席率的平均人數為一一五二人。吳文藻詢問那些學生的缺席理由：

> 據校長岡村君云，除病氣及家族人死亡以外，無有託故缺席者。有之，則父兄必嚴督責，決不任其自由。承教之餘，自揆臺島生徒之父兄，不特任其自理，反謂今日不學尚有明日，今年不學尚有餘年，以此溺愛不明之語，而冷子弟之心者，殊屬不少。可憾！可憾！[12]

日人三屋清陰曾於此文篇末提到：「通篇不作虛空之說，事事著實，簡而頗得其要，成可謂有益之文矣。」[13]這些論述呈現對於思考教育改革議題的期盼。旅行書寫除了記錄旅途的經驗表象，更因空間移動而發表省思評論。[14]吳文藻曾對纏足的風俗提出批判，遊記描述所見日人「男女皆一樣勤勞，真所謂夫唱婦隨也」，但對照臺灣婦女卻是不一樣的情況，所謂:「執守陋習，僅能纏小足，自以為美觀；傲守深閨，自以為尊貴。」犀利評論纏足的婦女「究之不知書，不識理；上不能佐夫旺家，下不能教子立志。是舍大用而求小用，何其

12　吳文藻：〈本國旅行紀要〉，《臺灣教育會雜誌》第18號，1903（明治三十六）年9月25日，頁18-20。

13　吳文藻：〈本國旅行紀要〉，《臺灣教育會雜誌》第18號，1903（明治三十六）年9月25日，頁18-20。

14　胡錦媛：〈遠足離家，迷路回家〉，收入胡錦媛編：《臺灣當代旅行文選》（臺北市：二魚事業公司，2004年），頁9。

自誤乃爾。」流露以實用觀批判纏足的心態。旅行者離家在外，跨入「他者」的地理與文化版圖，產生一種追尋理想生活的欲求。吳文藻提出「所願目今以往，革命洗新，得以本國互相媲美，斯為大幸。」[15]這種欲求兼含對本土現況的不滿，以及對制度的想像建構，所以不僅指出臺灣現有風俗的缺失，也積極發表風俗改革的建議。

其中王名受不僅具國語學校校友身分，且於1903（明治三十六）年擔任桃仔園廳樹林公學校訓導。另一位國語學校校友吳文藻，於當年擔任國語學校第二附屬學校雇員。[16]本節從現代文明衝擊下的教育反思、異地文化的比較及修學旅行的地景記憶，先探討赴日修學旅行的教化意義。

（一）現代文明衝擊下的教育反思

日本明治維新後，亟欲擺脫過去的閉鎖形象，並以海外拓殖躋身世界列強；因此除了尋求外部的認可外，身為殖民母國的日本，也努力將國內進步文明展現於殖民地面前，以證明自己是殖民地人民必須高高仰望的母國。對日本而言，自甲午戰爭後領有臺灣，成為日本第一個海外殖民地，臺灣的形象不僅攸關統治成效，也關注殖民地認同政權的情況。於是殖民政府藉由教育進行思想的控制，自1887（明治二十）年以後，修學旅行成為日本各級學校的既定活動，甚至納入課程安排。臺灣日治初期的修學旅行是以見學、見聞，鍛鍊身體為目的而展開的徒步旅行，此種模式與日本明治維新後富國強兵的政策有高度相關性。從文化霸權的概念來看，在帝國文化霸權的形成過程中，

---

[15] 吳文藻：〈本國旅行紀要〉，《臺灣教育會雜誌》第18號，1903（明治三十六）年9月25日，頁16-20。

[16] 臺灣總督府編：《臺灣總督府職員錄》（臺北市：臺灣總督府，1898年），頁83、147。

教師有時成為協力同化的份子之一。[17]當時團體的修學旅行以師範學校為主，此因師範生未來須肩負國民教育的人才，所以將「修學旅行」視作新興教育學科，以鍛鍊身心為目的。當師範生成為教師後，常是傳播同化政策的重要成員，因此更須灌輸強健體魄為必要活動的觀念。這些學生在校方刻意規劃下所參觀的事物，包括軍事設施、官廳衙設、農業及教育機構、博覽會與共進會等項目，透顯日人欲藉由現代文明的展示教化臺灣學生，使他們認同、服膺於日本統治的合理性。[18]日治時期旅遊書寫的敘述立場表達對帝國的觀感，刊登在此雜誌的諸多修學旅行文本，其敘事模式隱含作者如何再現的觀點。

將敘事作為探索的對象，多是以討論特定敘事的性質、形成脈絡，以及在個人或集體生活中的作用。舉例而言，畢業於國語學校的王名受於1903（明治三十六）年與母校的師生一同前往日本，觀摩第五回勸業博覽會。這位校友在〈本國旅行日誌〉中不僅回憶以往就讀國語學校旅行的情景，又抒發今日與國語學校學生同行的感觸。[19]此文的敘事結構先提及出發前的背景等內容，中間為旅行過程見聞的描述，最後為回歸後影響的論述。他認為智識涵養是藉由多見聞而增長，強調「百聞不如一見」的重要性，並體認凡是旅途所經歷的事物，皆對學問有所助益。王名受一行人抵達東京後，在昔日導師齋藤時之助的帶領下，先後參觀東京帝國大學、女子高等師範學校及盲啞學校。在東京帝國大學參觀法、醫、文、工、理、農各學院時，深為校園內教室的設備以及師生授課情景所震懾，因而驚歎：「予輩生長

---

17 波寇克著，田心喻譯：《文化霸權》（臺北市：遠流出版公司，1991年），頁47。

18 鄭政誠：《認識他者的天空：日治時期臺灣原住民的觀光行旅》（臺北市：博揚文化事業公司，2005年），頁234-235。

19 王名受：〈本國旅行日誌〉，《臺灣教育會雜誌》第15號，1903（明治三十六）年6月25日，頁17-19。

於臺灣，莫覩文明之盛；今也觀光戾止，則我國之文明，豈不昭人耳目哉。」[20]所以詳述日本各大學將現代化知識，依照本質及應用層面分門別類，學生順其興趣選擇相關領域研讀精攻，以培養國家所需的人才。

王名受觀摩日本女子高等學校各領域的教學，如裁縫教授投入於指導手工技藝，博物教授傳授鯉魚解剖的技術，親身體驗該校重視實驗的學習氛圍。另外，他參觀體育、化學、物理、美術與作文課程設計的實施情形後，不禁感嘆道：「此雖女兒之輩，而學業精通如此。」並反思當時臺灣雖設有一百四十多間公學校，男學生表現反而不及日本女子高校的學生。他認為教育是培養民眾素質的有效方式，透過這些詳細規劃的課程，使幼兒能在「不識不知之間，養全天稟之資，實可為養家庭之孝子、育國家忠臣之園也。」[21]此類論述著重基礎教育，強調幼兒的可塑性及宣揚幼教的價值。至於觀察盲啞學校的教育方面，除了對學生授以普通科目外，也分別培養視障與喑啞學生的技藝能力，突顯特殊教育的實用功能性。至於黃大成的遊記則以參觀東京帝國大學附屬植物園為主，當時臺灣尚不見溫室，但日本已發展溫室技術，成為集結栽培熱帶植物的場所。作者提及日本亦產芭蕉、鳳梨，卻因氣候風土因素不能結實，以申論溫室技術重要性。黃大成未到日本前百般推想溫室為何物，遊記形容以往只聞東京溫室培育熱帶植物，原想像此火坑火炭於室內烘培「及今觀之，始知皆無有也。所謂溫室，乃以玻璃構造四壁而成屋舍，使日光曬之，而室內則自生溫暖。雖至嚴冬日力減少之時，而室內亦備溫室之機械，以助日力之不足，故不待熾炭。」作者細述在何動機之下建構溫室，接著以比較的

[20] 王名受：〈本國旅行日誌〉，《臺灣教育會雜誌》第29號，1904（明治三十七）年8月25日，頁17-19。

[21] 作者詳加記述當時觀摩溫雅嫻靜的日本女教師，帶領四、五歲兒童進行唱歌、遊戲、體操、手藝等活動，如同家庭中母親與孩童一起嬉戲。

手法，將赴日前溫室想像，對比旅日後實際所見的差異。[22]從實際參訪得以親眼目睹溫室實體，並知悉其功能，為修學旅行增廣見聞的論述加強說服力。

將個人經驗定位在歷史結構中，使個體困境成為社會結構裡的公共議題，而能從個人傳記與歷史結構的交錯互滲中，深刻理解到個人經驗書寫的傳播意義。[23]旅行的經歷常成為敘說故事的題材，若將個人的故事集合起來，便能呈現出不同的觀看、思考和存在的方式。王名受這趟旅程之後所撰的遊記，不僅是個人經歷的敘事，也反映那時代知識分子對人才培育問題憂心忡忡，故發表重視教育等公共論述。他在〈本國旅行日誌〉文末提到：

> 本島人之頑固，往往見小利而失大事，貪目前之微利；全不關乎子弟之如何，有用之成材，反為無用之物，終身惟屈於人下。若不能迅速維新，則我島二百餘萬之人，亦難免終無進取之日。[24]

敘事研究在認識論層次上，主張社會認同和行動都是透過故事來建構的；在政治層次上，認為敘事本身具有顛覆和改造社會的潛力。[25]王名受因跨界移動而產生的論述，透露對於幼兒教育與形塑忠臣國民性的關聯。本是單純知識及生活技能的傳授，作者卻將幼兒教

22　黃大成：〈東遊日誌（三）〉，《臺灣教育會雜誌》第73號，1908（明治四十一）年4月25日，頁16。

23　C. Wright Mills著，張君玫、劉鈐佑譯：《社會學的想像》（臺北市：巨流圖書公司，1995年），頁34-38。

24　王名受：〈本國旅行日誌〉，《臺灣教育會雜誌》第15號，1903（明治三十六）年6月25日，頁17-19。

25　Ewick Patricia & Susan S. Silbey, Subversive Stories and Hegemonic Tales: Toward a Sociology of　Narrative, *Law& Society Review* 29.2（1995）, pp.197-226.

育賦予國民性的功能。至於觀摩各級學校後，更論述臺灣人忽視教育問題而隱含改造現況的省思。

修學旅行成為拓展學生視野的新興校外活動，亦是殖民當局貫徹其同化策略的工具。此活動已成為現代學校既定行事，具有引導學生將文明的嚮往，轉化為對殖民者認同的效用。校外教學具潛移默化的功能，與殖民當局關係密切的教育會機關誌刊載此類遊記，並使其成為公共論述，藉以企圖強化殖民教育的影響。若以敘事學來探索文本，則是將其視為理解和接近世界的手段，或是將研究的過程和結果以敘事的方式呈現。透過閱讀遊記，讀者在過程中感受被賦予意義的地景，或是以文字建構日本文明先進、社會繁榮的景象，進而形塑作者對殖民母國接觸後的理解。

（二）異地文化的比較

歷史與作品是相互的投射或重現，歷史也是經由作品銘刻、轉譯、再思與重塑的過程。為了認識整體環境對作品的影響，經驗不僅需要被瞭解，更需要連同作品本身被解讀。日治時期總督府常藉由學校活動集體動員學童，向學童展示文明及殖產興業的象徵，實行體能及智能方面的訓練，或具體規訓學童，使之成為符合帝國需求的國民。[26]在修學旅行的歷史脈絡與遊記的對話方面，總督府除了以各種政策推動社會教化外，也積極利用體制內的教育資源，規劃「參觀見習」與「修學旅行」等活動，此為日人訴諸同化政策的要項之一。此雜誌漢文報所載臺人重遊日本的例子，以劉克明的系列遊記篇幅較長。他於1905（明治三十八）年曾遊訪日本，又在1914（大正三）年因緣際會奉命與志保田教授、西山助教授及學生共七三人赴日，回臺

---

26 許佩賢：《殖民地臺灣的近代學校》（臺北市：遠流出版公司，2005年），頁300。

後發表〈東行所感〉一篇及〈東行隨筆〉七篇。劉克明於〈東行所感〉以「鳳闕御陵」、「忠君愛國」、「崇拜偉人」、「禮讓」、「活動勤勉」、「清潔雅趣」為標題簡要記錄風俗，概論旅日所思所感，流露觀看的視角。另一系列的〈東行隨筆〉則更以工筆分述旅遊的動機、行前的準備等，接著則逐日詳細記錄行程，保存當時修學旅行的實況。[27]為比較臺人赴日修學旅行敘事的特色，故列舉數例列於表5-2：

表5-2　《臺灣教育會雜誌》臺人赴日修學旅行敘事特色舉隅

敘事者	篇名	遊記所載的主要活動	回歸後的感想
王名受	〈本國旅行日誌〉	參觀各級學校的教學活動	批判臺灣輕忽教育議題及重要性
黃大成	〈東遊日誌〉	參觀校園附屬植物園中的溫室	想像與實際觀察的差異
劉克明	〈東行隨筆〉	參觀神社、大成殿及商品陳列所等	重新省思孔廟的祭祀及功能

表5-2呈現校友王名受、學生黃大成、教師劉克明所撰遊記的觀察重點，及回歸後的感想。他們在修學旅行過程中參觀的行程相似，但遊記所擇取的敘事焦點卻不盡相同，且影響到論述方向的差異。王名受著墨於各級學校的制度、教學活動及學生之學習狀態，所以在回歸後的論述中，強力批判臺灣輕忽教育的重要性等議題。劉克明因是第二次至日本旅遊，故其觀察面向極為廣泛，其論述集中於觀察日本的風俗文化及省思地景的文化意義，同時點出臺灣應重新關注孔廟的祭祀功能。至於學生黃大成等人，大多描述參觀後的感想，較少大篇

---

27 如文中提到旅行所攜帶物品為「草箱一箇，古詩幾卷，梅干肉脯少許」，並且保管學生「寄金千六百餘元」。

幅批判文化的面向。劉克明〈東行隨筆〉詳細刻劃行旅過程的所見所聞，如在行程方面，先記錄他們從臺北出發的途中不忘遙拜臺灣神社，抵達東京後又前往京都參拜明治天皇御陵及昭憲皇太后御陵。至於前往桃山兩御陵、伊勢大廟時，見成千成百的參訪者絡繹不絕地湧入，更有「村夫野老不憚跋涉、千里而來」，透露民眾虔誠的心意。他面對此場景，認為神社不只是「官紳學生」宜時常參拜，即使是「肩挑背負之輩，此亦當表敬意而後過也。」[28]此文具體指出臺灣民眾也應效法日本人常至神社參拜，並體驗神社神聖空間的不可侵犯性。就神社與治理的關係而言，日本神道制度是明治政府為建立近代國家而制定，後漸成為統治的工具。[29]遊記以文字形容臺人遠赴神社參拜而心生崇敬的感受，如此校外教學活動亦透露日人形塑國民性的企圖。

劉克明除了觀摩日式建築與街景外，也參觀祭祀孔子的大成殿。他見日本崇敬孔子的情景，不禁發出感嘆：「內地人士之敬孔聖猶若是，而臺灣首都之臺北，既無其廟，又絕其祭，殊為遺憾，有心者蹶起其何人乎。」[30]表面上讚賞日本人尊孔，然事實上卻暗喻臺北受限於殖民統治的環境，而未能發展儒學。[31]若就儒學對於臺灣的影響而言，此雜誌刊登的遊記，透露儒家教化於日本及臺灣的流衍情形。

---

[28] 劉克明：〈東行所感〉，《臺灣教育》第148號，1914（大正三）年8月1日，頁1。

[29] Helen Hardacre著，李明峻譯：《1868~1988神道與國家──日本政府與神道的關係》（臺北市：金禾出版社，1995年），頁175；葉渭渠主編：《日本文明》（福州市：福建教育出版社，2008年），頁241-242。

[30] 篁村生：〈東行隨筆（五）〉，《臺灣教育》第155號，1915（大正四）年3月1日，頁8-9。

[31] 當代日本學者子安宣邦主張儒學在歷史上對東亞的影響，應將其置於歷史與空間的座標軸來思考，以橫坐標當作儒學的中心對周邊影響的空間軸，而與此垂直的縱座標軸則是時間軸，表示從儒學之成立到衰微的歷史過程。子安宣邦著，陳瑋芬譯：《東亞儒學批判與方法》（臺北市：臺灣大學出版中心，2004年6月），頁1-18。

如：劉克明參觀孔廟的行旅敘事，顯現知識分子藉由祭孔場所的荒廢，或典禮消逝沒落的憂心，期望喚起重振儒教的功能。

劉克明一行人又參觀商品陳列所，此為紀念日俄戰爭而設，所花費的財力及建築規模都極為浩大。[32]這些陳列品大多展示日本的產業技術與國力，使劉克明產生一種既敬畏又崇仰的心態。至於在日常生活方面，旅者常書寫風俗的特性，如劉克明觀看搭乘電車情形，常見民眾讓位給老弱者優先乘坐，而禮讓者以軍士為多數。此處除了肯定日本為好禮的君子之邦外，又隱含對軍人紀律的讚許。在交通方面，他觀摩都市的電車網絡密布便捷，馬車、人力車、汽車、腳踏車於道路川流不息，對於現代化城市的繁榮景象印象深刻。劉克明又以寓居東京的中國人仍未養成現代化生活習慣為例，詳列其衛生習慣不佳、所居住房舍多生床蝨，日人因而衍生以「南京蟲」作為稱呼「床蝨」的諷語。他描述由於中國人骯髒不潔的習性，日人不願將新建的房屋租售予中國人，但擔心造成族群的對立隔閡而不直言，所以在門口貼示「限租日本人」。從中國人與臺灣人在清潔衛生習慣的差異，論及中國在現代化的進展上不如臺灣，臺灣不及日本，進而不禁感慨道：「我臺人須知前車可鑒」。[33]就臺灣公共衛生史的脈絡看來，1899（明治三十二）年日本組成「臺灣地方病及傳染病調查委員會」，由各府立醫院院長及醫學校的校長提議組成，專門以研究臺灣地方病、傳染病及鴉片癮治療法為主要目的。[34]臺灣總督府藉由加強近代醫學的組織

---

[32] 商品陳列所主要業務為陳列京都市內的重要商品和標本、蒐集國內外參考品、備置商業和美術工藝書籍和圖畫，以及調查國內外工商業狀況並鑑定商品。同時需回覆問題、介紹商品並考究販路擴張及發展、刊行商品的介紹說明書等。篁村生：〈東行隨筆（三）〉，《臺灣教育》第152號，1914（大正三）年12月1日，頁10-11。

[33] 劉克明：〈東行所感〉，《臺灣教育》第148號，1914（大正三）年8月1日，頁1。

[34] 〈地方病及傳染病調查委員會規程〉，《臺灣總督府職員錄》（臺北市：臺灣總督府，1917年），頁60。

與建制，以現代性包裝殖民政策，使臺人在殖民統治的支配下，間接合理化其統治行為。劉克明的敘述正呈現中日文化差異的比較，同時也顯露日本殖民者在臺灣宣揚衛生觀及推行政策，對於知識分子所造成的影響。

劉克明在這趟京都之旅中，亦參觀當地的教育設施，如盲、聾啞特殊教育學校等。他觀察到這些學校除一般課程外，又傳授種種技藝，使學生日後得以獨立生活；雖然臺南亦設立盲學校，但規模遠遠不及日本。如此以殖民母國與殖民地比較的手法，突顯特殊教育僅在日本內地受到關注；而臺灣的相關制度和設施，相較之下便顯得不盡完善。他同時也至高砂寮留學生的收容所，見支那留學生隨性趴坐在地上讀書，聯想到以往聽聞留學生學習的態度，稱「朝鮮人最勤，臺灣人次之，支那人又其次之」。[35]劉克明的旅日敘事提到各國留學生文化習性的不同，如今得以親眼見證。從《臺灣教育會雜誌》漢文報所載遊記看來，有些作者因此藉機回顧臺灣的教育等議題，有些學生不僅欣羨日本各項現代化事物，亦感受日本傳統文化的氛圍，無形中對日本產生認同，這也是殖民政府安排修學旅行的教化用意之一。

（三）修學旅行的地景記憶

哈布瓦赫（Maurice Halbwachs）於《論集體記憶》中談到「記憶」常透過兩種形式呈現：一是個人生命歷程的記憶，產生於親身經歷過的各種事件；另一是歷史性的記憶，則透過書寫或照片等具體記錄、以及慶典節日等社會活動來儲存。這些記憶只有從心靈中的回憶被喚起才有關聯性，這是因為一些記憶會讓另一些記憶得以重建，

---

[35] 篁村生：〈東行隨筆（五）〉，《臺灣教育會雜誌》，頁8-9。

所以記憶事實上是以系統的形式出現。[36]修學旅行是個人親身經歷的記憶，同時也因參訪帝國的古蹟及紀念物，而喚起於臺灣學校或社會教育所形塑的日本文化記憶。有關日治時期至日本修學旅行的遊記，作者所書寫的地景，蘊含殖民母國的權力象徵及帝國文明的表象，也流露誇耀強盛國力的涵義。劉克明〈東行所感〉提及率領學生前往日本修學旅行，主要參訪地點為宮城、神社等[37]，校方安排參觀這些古蹟，具有宣揚忠君觀念的目的。如此的安排與民族性有關，日本民族意識和民族性格的核心是「忠」，在信奉日本是神國的思想基礎上，絕對服從國家、天皇與主人。這種意識形態的形成，受到島國地形和統治集團的政治、經濟利益所影響，更直接取決於日本儒學的長期薰染。[38]若檢視此誌漢文報的〈東行所感〉等篇遊記，亦為臺人透過參拜以產生敬仰的心理機制，更藉由體驗異文化而感受日本的優越地位。

從此誌所載赴日修學旅行的遊記中，常見參觀神社與寺廟的敘述，歸納這些主要地景於圖5-2：

赴日修學旅行的參觀重點之一為神社與寺廟，圖5-2顯示分布情形多集中於關西地方，包括京都的平安神宮、智恩院、清水寺、桃山御陵，奈良的東大寺、春日神社，大阪的天王寺及三重的伊勢神宮等，另有東京靖國神社等。這些地景多蘊含文化意義，如：劉克明因

36 Maurice Halbwachs著，畢然、郭金華譯：《論集體記憶》（上海市：上海人民出版社，2002年），頁81-94。

37 劉克明：〈東行所感〉，《臺灣教育》第148號，1914（大正三）年8月1日，頁1。

38 至於忠的根據是天皇乃國家的代表，鄰里、父母也為自己的成長提供條件，這些皆是有恩於己，但相對於國家都是小恩。統治者刻意灌輸如果有恩不報，為天地所不容，是人生的莫大恥辱。透過這樣的思維模式，使日本德川時代保持社會的相對安定性，明治時代則發展具高效率且現代化的社會，及至戰時與戰後困難時期，社會秩序亦能呈現穩定狀態。錢佳燮：〈日本儒學與日本民族性格〉，《孔孟月刊》第41卷第12期（2003年8月），頁41-47。

圖5-2 《臺灣教育會雜誌》赴日參觀神社與寺廟圖

親睹宮城建築，而體驗皇恩的「格外」關照，故發出「我島民將何以報聖恩於萬一也」之語。日本經常透過臺人觀摩富麗堂皇的建築，塑造帝國的威嚴與神聖的特性，並結合宗教儀式與膜拜，以建立居高臨下的權威掌控為主要目的。神社御陵旁的紀念館陳列偉人遺物及戰爭文物，劉克明於〈東行所感〉陳述展示的意義，透過瀏覽展品，培養愛國與武勇的崇尚態度，並宣揚武士道精神。[39]如此的展示，具有建立民族記憶的作用，使參觀者對忠臣義士及烈女節婦產生崇敬之意。修學旅行後的見聞書寫，有些流露受到日本教化的影響；藉由旅行中的文化景點與神社參拜活動，提醒臺灣民眾忠君愛國的對象，應轉化為日本天皇及日本帝國。

關於東京以外的參訪活動，如國語學校的學生戴鳳倚〈東遊日

---

39 劉在館中見到乃木希典的遺物，如切腹的匕首仍光芒凜凜、或沾染血跡的遺衣，而聯想乃木為天皇殉死的壯烈英姿。此館亦陳列經歷各期戰爭的兵器、文物或戰利品，如懸掛元寇襲來、或西南之戰、日清、日露兩戰役等相關圖畫供人觀覽。

誌〉敘述至名古屋參觀的經過，並聽聞導覽者述說城樓金鯱的形制及功能。[40]他又至古都奈良參觀春日神社及東大寺，並記錄博物館內美術工藝具有「頗益世人」的價值。[41]他登高描述大阪的市況「煙筒如林、濃煙滿天，雖日光最炎之日，亦似曇天。」[42]大阪的居民百萬餘人、屋舍密集，且為日本工業重鎮，商業發展不亞於東京。戴鳳倚以詳盡的數據，細膩記錄古蹟的質材、規模及形制等，又描述現代都會的環境，呈現歷史脈絡及文化資產的意義。

劉克明〈東行隨筆〉記錄一行人整冠禮拜的情形，如當地小學校長所形容：「學校生徒之參拜，如此靜肅，如此盡誠，未嘗見也。」[43]神情肅穆的態度更勝當地日本學生。日本殖民對臺灣教化的影響，不時浮現於此文，刻劃參觀宮城時戰戰兢兢，如覺作夢一般；在車站適逢皇太子的車隊經過，認為是畢生難忘的榮譽。就讀國語學校四年級的莊垂裕，於遊記形容遇到天皇巡行的情景，在這難得一見的場合中皆脫帽表示恭敬之意。同是四年級陳茂如所撰遊記，也提到對於靖國神社地景的認知：「故無論軍民遺族，無一不致禮於本社，以慰國家忠勇之靈。[44]不但每年舉辦祭典，亦藉由安排神社、皇居拜

40　金鯱由高度九尺且鱗為1940片的金板鑄成，價值832,000餘圓。此處已作為天皇離宮，雖不見當年金鯱的風采，其形象卻烙印人心。

41　此城佛教盛行之時曾建造許多寺廟，其中藤原氏所創立的春日神社為官幣大社，宮殿建築宏壯雄偉。由於春日神社建成年代已久，所陳燈籠材質各異，共計有998盞金屬製、石製1789盞，神社內擺設2897盞燈籠。東大寺宮殿高十五丈六尺、東西向為二十九丈及南北向十九丈；佛像高度五丈三尺，用白錫、銅、金共同鑄造而成。戴鳳倚觀賞聖武天皇所建造的東大寺，此帝室博物館為1892（明治二十五）年創立，用以保存各項物品，及其他各社或名家收藏古代名畫、雕刻品等。

42　戴鳳倚：〈東遊日誌〉，《臺灣教育會雜誌》第75號，1908（明治四十一）年6月25日，頁16-17。

43　篁村生：〈東行隨筆（二）〉，《臺灣教育》第150號，1914（大正三）年10月1日，頁6-7。

44　陳茂如：〈東遊日誌（三）〉，《臺灣教育會雜誌》第73號，1908（明治四十一）年

觀等活動，殖民者將意識形態化作表徵符號，企圖在潛移默化的過程中，加強學生對日本統治的認同。在參觀寺廟方面，另包括清水寺，智恩院、太極殿或奉祀桓武天皇的平安神宮、除了祭祀陣亡將士的靖國神社之外，對於明治維新時期志士西鄉隆盛之碑，亦多流露恭敬的態度。研究展示功能的學者提到：當旅人面對「聖境」時，自然產生憧憬與仰慕的朝聖情愫；而這樣經由自身參與體現、對物象的感知，對於非例常事物超越精神的追尋，常有啟示性。[45]此雜誌所登載的遊記，除了教師劉克明之外，校友王名受及學生戴鳳倚等人的旅行敘事中，亦看出這些修學旅行者皆曾到日本神社參訪。藉由再現參訪這些神格化地景，赴日修學旅行的教化意義因而更加明顯。

三　日人眼中的臺灣意象及其視域

日治初期關於殖民地臺灣的書寫，多出自甲午戰爭的參與者或前往接收臺灣的軍隊、探險隊，或調查隊的成員之手，這些紀行、探險記錄或關於臺灣地理、人種、風俗的調查記錄，報導性質重於文學價值。至於二十世紀初期日本文人至臺灣從事長期或短期的旅行，有些具漢學素養的日人作者，行旅敘事常蘊含自然與人文意象，反映觀看臺灣的風景心境。為了詮釋刊登於此雜誌漢文報的日人遊記，故先依發表時間為序，歸納相關資料於表5-3：

4月25日，頁16。

[45] 張世龍：〈展示中的教化〉，《博物館學季刊》第17卷第4期（2003年10月），頁11。

表5-3　《臺灣教育會雜誌》漢文報日人旅臺遊記篇目一覽表

作者	篇名	發表時間	刊登卷期	期刊頁碼
中村櫻溪	遊屈尺記	1901（明治三十四）年7月20日	第1號	78-79
三屋清陰	芝山例祭，賽遭難之氏之廟	1903（明治三十六）年3月25日	第12號	9
中村櫻溪	登大屯山記	1903（明治三十六）年2月25日	第11號	10-12
三屋清陰	登觀音山	1903（明治三十六）年8月25日	第17號	10
籾山逸也	普泉記	1903（明治三十六）年9月25日	第18號	11-12
中村櫻溪	再登觀音山記	1904（明治三十七）年4月25日	第11號	9-10
中村櫻溪	重登七星墩山記	1905（明治三十八）年3月25日	第36號	11-12
中村櫻溪	遊平頂記	1904（明治三十七）年5月25日	第26號	3
永澤定一	南遊談片	1904（明治三十七）年8月25日	第29號	3-8
中村櫻溪	外溪瀑記	1908（明治四十一）年8月25日	第77號	9
館森鴻	游屈尺記	1909（明治四十二）年1月25日	第82號	8-9
野崎巽堂	觀覽共進會之記	1916（大正五）年3月1日	第166號	8-9

本節以此雜誌漢文報所收錄的日人旅臺遊記為範疇，從觀看南國的自然意象、帝國視角下的人文意象，探討日人眼中的臺灣意象及其

視域。

（一）觀看南國的自然意象

風景像是一面鏡子，在觀看的過程中，我們不斷辨識出自己熟悉與不熟悉的景物，並且隨著每個人的解讀能力與當時的心性，風景展現出不同的面貌，這也就是「境由心造」的意思。顏娟英《風景心境——臺灣近代美術文獻導讀》收錄翻譯日治時期日人來臺的旅行書寫，文本範圍自早期日本人類學者探勘山區的原住民調查報告，到中晚期的旅遊經驗，可見旅者與異地異境的對話及自我反省思考的結果。[46]日治時期美術創作者的風景論述頗受關注，以漢文為體裁的來臺日人作品，亦值得學界探究。這些以自然風景為題材的內容，作者在辨識的過程裡，哪些風景被辨識者所書寫？他們大多留心哪些自然意象？這些作品又隱含作者何種視域？不僅文學研究者認為旅遊書寫與作者的習性關係密切，人文地理學者也留意旅行家所看到與所聽到的事物，在很大程度上決定於他的個性。[47]若探討這些作者在當時文化場域所佔的特殊位置，與他們的經歷、學養以及寫作特質，將有助於文本的理解。本節就此雜誌所收錄遊記為例，舉中村櫻溪、三屋清陰及永澤定一等日人的作品加以詮釋。

踏訪異鄉山水，常著重尋訪未嘗目睹的新事物，如中村櫻溪〈再登觀音山記〉描述他渡淡水至八里坌，在村落中遇及狀如鶺鴒的鳥，見人不驚且其外表色蒼而頭白，臺人稱此鳥為「白頭翁」的情景。[48]

---

46 顏娟英：〈境由心造——〈臺灣的山水〉兩篇〉，《古今論衡》第5期（2000年12月），頁112-122。有關日人對於臺灣風景的觀感，可參考《風景心境——臺灣近代美術文獻導讀（上）、（下）》（臺北市：雄獅圖書公司，2001年）所收錄的論述。

47 Alfred Hettner著，王蘭生譯：《地理學：它的歷史、性質與方法》（臺北市：臺灣商務印書館，1997年），頁441。

48 中村櫻溪：〈再登觀音山記〉，《臺灣教育會雜誌》第11號，1904（明治三十七）年至於〈外溪瀑記〉則提及觀覽瀑布時，於溪谷間見許多劇毒的青竹絲，所以建議讀者慎選季節出遊，以避開蛇蟲出沒。[49]這些敘事出自身長於東京都會的中村櫻溪之手，由於他以往較無機會接觸溫暖地區的生態，而對南國生物與環境的互動感到好奇。日本外地文學的特色，主要呈現帝國人民如何瞭解域外殖民地的情況；而日人來臺的遊記，多是描繪親歷殖民地風土的經驗，或想像異域的情況。另一篇〈重登七星墩山記〉則提及國語學校兩百多名學生共登七星墩山的經歷。[50]由於中村櫻溪登至主峰，各方位的風景皆飽覽眼底，所以可睥睨誇飾其山勢。此類以集體登山為題材，隱喻群體鍛鍊、精神陶鑄的形塑過程，欲使臺灣學生的身體符合日本殖民政府期待的國民身體。臺灣日治時期的學校體育是以體操課為主體，但因正課時間有限，學校又增設其他運動項目以補充正課不足；登山便在此脈絡下進入學校體制中，成為課外活動甚或全校性活動的一環，且被殖民當局列為教育民眾的重要題材。當時課外活動包括「遠足」、「修學旅行」、「行軍」及「登山項目」等。登山的空間轉移是向上、往高處的，而非一般平面的移動，這是登山與其他步行運動最為不同的元素。[51]日治初

4月25日，頁9-10。

49 中村櫻溪：〈外溪瀑記〉，《臺灣教育會雜誌》第77號，頁9。

50 中村描繪從竹仔湖東面向上攀爬，沿途路徑蜿蜒如長蛇，強風吹拂下，整座山的草如波濤般搖曳。並述說此山的地形樣貌，進一步比較北及中峰的特色：如上峰為北山最高，海拔高度三百餘丈，且因山峰參差而呈現北斗的形狀，故有七星之名。中三峰較為險峻，又由於四處皆有硫坑，旅者經過此地便能嗅到硫磺刺鼻氣味，此即為舊志所言的「大磺山」。至於七星墩山的地勢為東連雞籠、西接滬尾，主峰海拔1120公尺，視野頗佳。中村櫻溪：〈重登七星墩山記〉，《臺灣教育會雜誌》第36號，1905（明治三十八）年3月25日，頁11-12。今日的說法是認為七星山的山頂為七座山頭組成，林煙庭：《臺灣古道特輯》（臺北市：國民旅遊出版社，1999年），頁42。

51 日本政府提倡登山活動雖早在1870（明治三）年在教育單位陸續展開，但學校的課外活動，其內容和次數乃是因校而異，並無硬性的規定。林玫君：〈日治時期臺灣

期旅行書寫多是對探勘結果的記載，以「我到現場」的方式，鉅細靡遺報導地理環境及自然生態；若是日本教師帶領學生大規模至野外的修學旅行，則更具強健國民體魄的目的。

文人藉由遊記反映心境，並隱喻個人的遭遇。如中村櫻溪〈遊平頂記〉陳述與永澤定一、渡部春藏等文人，赴平頂（今外雙溪坪頂，也就是平等里一帶）採摘蘭花的歷程。[52]途中見到「纍纍岸石如牛背、如廈屋或 几床簀」的奇石橫臥水面或潭間。三屋清陰曾評此文：「記溪記山，無不入妙。文亦甚似柳記。」[53]他藉遊記讚賞山水景色，流露以採蘭寄情於自然的情致，聯想到被貶謫的柳宗元筆下的永州風光。另一篇〈登大屯山記〉記錄作者因神社宮司的山口君與禰宜磯田松雨邀約共登，於是與館森子漸等人同行攬勝。他自言居住臺北四年，為體驗山中之奇，共遊覽大屯山六至七次，因此熟悉山中路徑。在自然地景的描寫方面，他們觀覽松濤園內的樓亭雅潔，故類比於日本的「函根鹽原」。中村櫻溪描繪大屯山與大小紗帽山的形勢、雲霧的風光，以及附近硫穴旁聞名遐邇的溫泉，並登高俯瞰臺北平原，北投竹仔下里的各庄盡在腳下，農舍樵屋亦歷歷可指；同時，也敘述登高環顧四週山勢的特色。[54]如此相對位置的敘事，為從大屯山

女學生的登山活動——以攀登「新高山」為例〉，《人文社會學報》第3期（2004年12月），頁199-224。

52 中村櫻溪等人從青礐山沿內溪上溯，河谷因山勢而險峻，沿途流水撞擊岸石，發出環珮相叩的悅耳鳴聲。從溪旁小徑爬上坪頂庄後，只見四周「群峰環立」，山巒迭起，採得數種蘭花後由陡坡下山。

53 中村櫻溪：〈遊平頂記〉，《臺灣教育會雜誌》第26號，1904（明治三十七）年5月25日，頁3。

54 中村櫻溪：〈登大屯山記〉，《臺灣教育會雜誌》第11號，1903（明治三十六）年2月25日，頁10-12。「七星墩山聳左，與競高峻；觀音山在右，瞠然覓讓數仞。北則積水千里，蒼波無垠；南通福州廈門，西則墘沙百里，灣汀廻曲，連接竹塹。東南遠眺草嶺三貂獅球諸嶺，南遙望番境蘭界，眾峰群巒，蒼茫重疊，如萬頃之

遙望的視角。大屯山主峰其林相有暖、溫帶闊葉林與亞熱帶雨林，四季風貌各有千秋。[55]這樣富變化的自然生態也是作者為體驗山中之奇，遊覽大屯山多次的主因。若就遊記的寫作手法而言，此種文體的重心在空間結構的安排，文人將紛雜多端的景物，提綱挈領呈現精髓。[56]中村櫻溪於此篇〈登大屯山記〉不只記錄風景，並以「巍然」、「瞠然」、「蒼波無垠」、「萬頃之渡」的修辭，形容對於自然風景的讚嘆。中村櫻溪的散文風格受到柳宗元等人的影響，流露其漢文素養及寄託山水的風格。[57]敘事是人類對時間性的經驗與行動賦予意義的一種架構，以隱喻方式的指涉，能呈現更真實的人類生命存在情境與生活經驗。中村櫻溪於〈去臺自述〉一文，提及離臺前與館森袖海、安江五溪、尾崎白水、謝雪漁等文友道別，並傾訴因不甘被貶為囑員而去職的心情，自言：「士固伸於知己，而屈於不知己。屈己以苟容，古人之所恥，櫻溪子亦以為辱焉。」[58]文人剛介耿直的性格由此可見。又從他感歎「官路蹉跌、歸況淒慘」等自述，流露數度被貶官的哀感。

《臺灣教育會雜誌》所刊載日人漢文遊記，多以臺北都會近郊外

渡。」

55 林煙庭：《臺灣古道特輯》（臺北市：國民旅遊出版社，1999年），頁43。

56 其中「秩序」與「層次」是不可忽視的原則，同樣描寫登臨峰頂、縱目眺望所見壯闊之景，他能掌握秩序與層次的原則，使景物井然有序，氣韻神足完整呈現地景的風貌。廖振富：〈中村櫻溪北臺灣山水遊記的心境映現與創作美學〉，收入東海大學中文學系編：《臺灣古典散文學術研討會論文集》（臺中市：東海大學中文學系，2009年12月），頁223。

57 中村櫻溪也受到陶淵明等人的影響，試圖在異鄉尋覓桃花源記夢土，並營造類似空間感；試圖在生命的孤單與困頓中，找到心靈夢土，顯現縱情山水、與自然冥合的情態。李展平：〈擬古的異鄉情懷——試論中村櫻溪旅臺山水遊記〉，《臺灣文獻》第61卷第2期（2010年6月），頁402、422。

58 中村櫻溪：〈去臺自述〉，《臺灣教育會雜誌》第68號，1907（明治四十）年11月25日，頁16-17。

遠負盛名的景點為主，如大屯山、外雙溪、圓山八景等。三屋清陰曾在1903（明治三十六）年與籾山衣洲等文人共遊臺北觀音山，攀登的過程中以「蜀道難」比擬山路崎嶇的樣態，臺灣有如此陡峻的山是他始料未及的。他以「神劖鬼刻鬪怪奇，觀音彌勒默拱立」，形容山勢跌宕起伏，登至山巔時，觀雲霧翻騰變化，美不勝收。作者即景生情，從描寫觀音山景色轉向個人心境的開展，如「雲海浩浩，滌盪胸懷」等句，所以籾山衣洲於詩末評為：「有憑虛御風之慨」。[59]除了著重觀覽自然風景之外，作者的風景心境隱藏在感性的字裡行間；另外，也以知性手法表現於野外考察後所撰的遊記中，文本因而深具教育意義。關於知性之旅遊記的作者永澤定一，其生平事蹟見於《臺灣日日新報》所刊載〈永澤定一氏〉的報導，指出他擔任過國語學校的教授且兼任舍監。[60]此外，從報上所刊登的講習會訊息，得知曾兼任教員講習會的講師。[61]他發表於《臺灣教育會雜誌》上的〈南遊談片〉、〈新高山探險談〉等作品，多著重於地質考察、野外標本採集等面向。這些作品多記錄田野調查的結果，或繪製登山路徑圖，或以實際數據分析臺灣各地山巒的高度。[62]永澤定一在〈南遊談片〉自述

59 三屋清陰：〈登觀音山〉，《臺灣教育會雜誌》第17號，1903（明治三十六）年8月25日，頁10。

60 國語學校的博物科吉原教授過世後，由宮城縣師範學校的教授永澤定一接任。〈永澤定一氏〉：《臺灣日日新報》第1416號，1903（明治三十六）年1月22日。

61 小學校、公學校的教員講習會由國語學校教授石田新太郎、鈴江團吉、渡部春藏、和田彰楠正與永澤定一等六人講師所接任。〈教員講習會講師〉，《臺灣日日新報》第2437號，1906（明治三十九）年6月16日。

62 永澤定一：〈南遊談片〉、〈新高山探險談〉，《臺灣教育會雜誌》第45號，1905（明治三十八）年12月25日，頁8-13（附新高登山行路略圖、新高登山行路高度表）；《臺灣教育會雜誌》第29號，1904（昭和三十七）年8月25日，頁3-8。另有日文遊記〈新高山の構成について〉，《臺灣教育會雜誌》第49號，1906（明治三十九）年4月25日，頁10-14；〈植物採集につきて〉，《臺灣教育會雜誌》第27號，1904（明治三十七）年6月25日，頁21-28。

帶領國語學校師範部的學生前往臺南、高雄修學旅行的經歷，主要以地質考察及辨識植物等層面，作為行旅見聞的記錄內容。

〈南遊談片〉描述地景時，先形容苗栗火炎山的外觀，又分析因土含鐵量較多而呈紅褐色；但其中含有輝石、長石粉末，故與土壤沖積層的頁岩成分相似，而與時人所認知的火山不同。他描述臺灣特殊地景，如在臺南安平親睹「有路則砂塵沒鞋，細塵蔽身，濛濛如在霧中」的風景，親身體驗當地砂塵為「名產」的傳聞。又分析安平至臺南一帶的平原，是由曾文溪、鹽水溪、二層行溪與阿公店溪等河流的搬運、沖積砂礫所形成，故只要起風便砂石飛揚。若與臺北的黏土相較，呈現南北兩大都會，因地理環境不同而土質殊異的情況。在河川方面，先說明濁水溪的地理位置，並分析遇大雨即氾濫的現況，同時論及此溪的兩大源頭：雪山、丹大山、秀姑巒山以及玉山、阿里山的山勢，皆極為險峻的狀況。如此的山間河川挾帶著豐沛水源及黏土，匯流後便由溪谷俯衝而下，溪水因而渾濁。他歸納「山高故河大，河大故野廣」的關係，山脈高聳不僅造成溪谷深狹、川流急促，也使得溪水含砂量大，只要瞬間落下較大雨勢便會氾濫，如此河流湍急的自然環境為日人進行造橋、開設鐵道等交通建設時所無法克服的難題。在植物觀察方面，永澤定一羅列於臺中、高雄等處所見的草木外觀，並描述不同的名稱、實際用處等項目。他搭乘小船到旗後，在淺灘處見到茄苳樹林，樹身高出水面四、五尺，葉形肥厚如山茶，根如章魚足腕，分成四、五莖插入泥沼中。[63]他於臺灣見到無法生長於日本的亞熱帶或熱帶植物，如茄苳、檳榔、棕櫚等樹種。從分析地質、地

---

63 又以大甲溪為例，描繪萬壑爭流、溪水沖刷力道強勁，以致河中礫石「大者如鼓，小者如拳」的情景。夏秋之際則水量充沛，川流湍急而難以橫渡，故民間流傳「此中必有蛟龍蟄」的說法。永澤定一：〈南遊談片〉，《臺灣教育會雜誌》第29號，1904（明治三十九）年4月25日，頁3-4。

景、河川、植物作為遊記敘事的核心，透露作者觀看臺灣風土時的迻譯方式，不論是山脈土質或河川地形等方面的敘述，皆以旅行考察報導具體舉例說明。他評論因見臺灣河流水力強大，卻無法實際應用於建設而發出感歎，如此的遊記論述則透顯關注水利的實用觀。

（二）帝國視角下的人文意象

范銘如於《文學地理：臺灣小說的空間閱讀》歸納新空間理論的特色為：詮釋空間與歷史皆不是靜態的、自然的現象，而是持續或間斷的建構變動。既是社會文化的產物，也是社會文化實踐過程中不可或缺的向度。不同尺度的空間範疇提供身體活動的場所，同時影響我們的言行舉止和思維感知，甚至牽動我們對空間的再造與再現。空間從比喻、象徵、規畫、想像或意義的賦予，多具審美創造的面向，與主導的象徵體系或文化論述亦有深層細密的關聯。[64]刊登於此雜誌的旅遊書寫，除蘊含自然風情外，與日人故鄉相異的人文景觀亦是他們關注的焦點。以兩篇日人至屈尺的遊記為例，比較作品的敘述結構於表5-4：

表5-4 《臺灣教育會雜誌》屈尺遊記的敘事結構比較

敘事者	開頭	中間發展	結尾
中村櫻溪〈遊屈尺記〉	引用漢典籍「桃源」	日人竺紹珉教化原住民	殖民者治理原住民的成效
館森鴻〈游屈尺記〉	引用漢典籍「武陵源之思」	日人土倉龍開發原住民部落山林資源	馴服原住民的成果

---

64 范銘如：《文學地理：臺灣小說的空間閱讀》（臺北市：麥田出版公司，2008年），頁16-17。

中村櫻溪〈遊屈尺記〉為作者隨長官及同僚前往臺灣北部屈尺的記錄，其敘事結構為：開首先以「桃源」引用漢籍典故的意象，中間的敘事發展運用所見所聞，誇讚日人竺紹珉成為原住民頭目女婿後，因盡力馴化原住民而呈現「旁近諸番能聽命，不敢逞兇」的成效。結尾則言及他們一行人能至此「豪遊」，皆是因這些殖民者戮力治理的功勞。[65]另一篇描寫相同地點的〈游屈尺記〉，則是另一位作者館森鴻伴隨長官後藤新平前往臺北郊區的遊記。屈尺是原住民部落的所在地，所謂「在番境」形容館森鴻與總督府民政長官後藤新平從臺北跨境進入原住民區域。開首館森鴻於此遊記的篇首中稱「武陵源之思」，亦以此原住民居處的自然景觀，聯想漢籍傳說中與世隔絕的幽境。中間敘事則發展後藤新平與原住民會面時，仍以「長官召見父老」的敘事視角呈現統治者位尊的姿態，同時又記述日人土倉龍於原住民部落開發山林資源的細節。結尾則盛讚土倉龍因「苦心在撫番」，終有「番民馴服，來助其業」的成果。[66]兩篇以屈尺命名的遊記，皆引陶淵明〈桃花源記〉的典故，卻隱含帝國之眼的敘事視角，顯露日人著重於殖民治理及經濟利益的觀點。

因三屋清陰曾任《臺灣教育會雜誌》的編輯主任，且在其任內倡議增設漢文報，如此因應時勢的需求再加上新的編輯理念，使此誌收錄許多在臺日人的漢文作品，故於臺灣文化場域上別具意義。這些在臺日人漢文遊記的地景，除了上述屈尺一地之外，又曾書寫旅臺的哪些地景？茲將主要的分布情形，標示於圖5-3。

65　中村櫻溪：〈遊屈尺記〉，《臺灣教育會雜誌》第1號，1901（明治三十四）年7月20日，頁78-79。

66　館森鴻：〈游屈尺記〉，《臺灣教育會雜誌》第82號，1909（明治四十二）年1月25日，頁8-9。

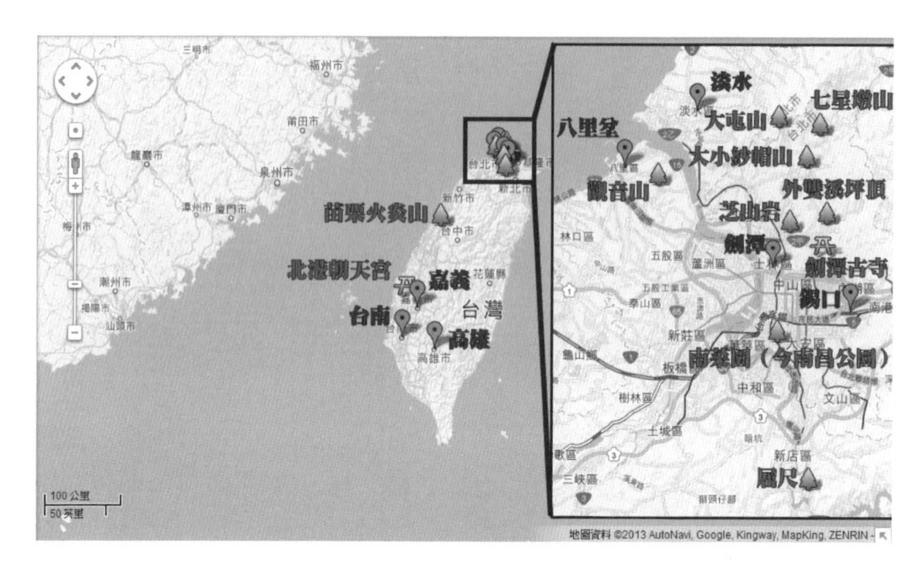

圖5-3 《臺灣教育會雜誌》遊記所載日人旅臺主要地景圖

從圖5-3《臺灣教育會雜誌》所載日人遊記主要地景，多為北部的郊山、古寺或是文人聚會的場所。至於三屋清陰的詩作，則多描繪參觀劍潭古寺，目睹歷經滄桑的古廟，遙想鄭成功擲劍平妖的傳說及人物形象。[67]日本利用鄭氏的符碼，強調與日本之間的關連，形塑鄭成功是一位遠征臺灣的日本人後裔，將鄭氏「日本化」而成為日本的歷史人物。另一首描述至臺灣神社祭拜的人文風景詩，不僅正向評價為接收臺灣而犧牲的日本將士，並祈求處在異地臺灣的英魂能守護遠方的日本。類似的思想，在他隔年的詩作〈芝山例祭，賽遭難之氏之廟〉同樣可見。此詩為紀念六君子而作，日治初期六名傳習所的教職人員為臺人所弒，芝山岩精神原指六君子為殖民地日語教育而犧牲奉

[67] 三屋清陰也受到八景詩創作的風潮，1902（明治三十五）年為圓山八景撰寫一系列詩作。他內文除風景的描述外，也表達對歷史的感懷。

獻的精神，隨時代風潮演變及詮釋角度的不同，芝山岩精神的內涵又被擴充，而有新的外延意義。學者曾以符號學的概念論述芝山岩的精神，提到伊澤修二身為臺灣第一任教育首長，關切教育於殖民政策的重要性，便將六位教師之死歸因於臺灣民眾未曾接受忠君的教育，因而做出違背大義的行為，所以賦予「普及日語」及「忠君愛國」的內涵。[68]三屋清陰盛讚六君子不遺餘力推廣現代教育的理念，並修築學館教化人民，為臺灣教育立下無可磨滅的功績；對於殺害教員的臺灣人，他沿用紀念碑上的文字，稱臺人為「土匪」。[69]此段敘述流露日人以殖民帝國的觀點，將六君子廟列為圓山八景，使該廟成為富含紀念意義的人文地景，藉由對六君子為教育殉難的感懷、悼念，納入殖民教育的脈絡中，將教師之死賦予為因奉獻於教育而犧牲的崇高精神。

另一篇有關鄭成功敘事的遊記，為中村櫻溪率領學生至後山坡等地修學旅行而撰的〈後山坡記〉。此文描述臺北城東邊十餘里的錫口附近鄭姓地主，自稱為延平郡王的後裔，搬至後山坡已有百年。因巧聞當年劉銘傳治臺時，常攜賓客或官僚於此遊憩，遙想「置酒高會、泛舟賞月、妓樂歌舞」的盛況，因而發出英雄離去後，此處已為遺跡的感嘆。中村櫻溪認為今日臺灣山川已收歸皇土，延平廟雖隱於畎畝之間，但族裔遍及全島且受百世供奉，所謂「人猶慕之，忠義而不可磨」。[70]歷來各界以不同立場對鄭成功的存在意義作歷史評價，因詮釋觀點相異，鄭成功的形象亦有多重面向：清廷側重其忠君護國，故籌建延平郡王祠加以祭拜；日治時期則因其母為日人，故將延平郡王祠

68　方孝謙：〈「內涵化」與日據芝山岩精神的論述——符號學概念的試用與評估〉，《臺灣史研究》第1卷第1期（1994年6月），頁102-103。

69　三屋清陰：〈芝山例祭，賽遭難之氏之廟〉，《臺灣教育會雜誌》第12號，1903（明治三十六）年3月25日，頁9。

70　中村櫻溪：〈後山坡記〉，《臺灣教育會雜誌》第27號，1904（明治三十七）年6月25日，頁8-9。

改為開山神社，企圖以臺灣民眾對鄭成功的崇拜納入殖民統治的脈絡中。[71]歷史學者周婉窈認為，鄭成功與生俱來的血緣與地緣，皆具備難以定義於特定政權或單一地域的混雜性，實與流動變化之東亞海洋的關係更為密切。[72]中村櫻溪於遊記中再現鄭成功傳世的形象，此段敘事藉由強調鄭氏的忠義精神，拉近日本與臺灣的距離。

敘事權力的形成與發展，對文化與帝國主義頗為重要；文化或帝國皆不是靜止，作為歷史經驗的關聯是動態且複雜的。文明秩序的產生卻不是單純由政府官僚系統主導，而是必須透過許多具有某些開放性、創造性的文字象徵系統去形塑、建構一些主體位置。[73]從敘事權力這個面向重新閱讀遊記，將發掘臺灣日治時期遊記背後多涉入殖民者意識形態的痕跡。此雜誌漢文報所載臺灣原住民的敘事，如三屋清陰在〈生蕃歌〉中詳細描繪原住民的生活情境。記述「番社」位於巨木蔭濃、草藤環繞的深山中，房舍以蕉葉與蘆草蓋成，居住於此的原住民黥面紋身、以男獵女耕為職，過著以物易物、自給自足的生活。作者將「番人」馘首而歌的情形視為奇象，詢問原住民後始知自從漢人入境開墾，屢遭漢人欺騙、強佔土地，因而被迫遷移至更荒僻的深山，艱辛求生且困頓不堪，獵首習俗展現男子勇武的精神，且成為抵禦外敵的機制之一。此外，也敘述原住民乘船渡海至臺的遷徙傳說，認為原住民以往未受開化而過著原始生活。又強調現今為日本所統治教化，故以「困頓愚且貧」、「聖朝恩德及禽獸」等語句，以漢籍文

---

71 江仁傑：《解構鄭成功——英雄、神話與形象的歷史》（臺北市：三民書局公司，2006年），頁19、168-174；石原道博：《國姓爺》（東京都：吉川弘文館，1967年）中皆有提及對鄭成功的諸多歷史評價。

72 周婉窈：《面向過去而生——芬陀利室散文集》（臺北市：允晨文化實業公司，2009年），頁409-419。

73 林開世：〈風景的形成和文明的建立——十九世紀宜蘭的個案〉，《臺灣人類學刊》第1卷第2期（2003年12月），頁1-38。

王的恩澤迻譯日本天皇的恩德。此種以原始性修辭形容對於原住民純真生活的嚮往，同時又以匱乏式修辭強化落伍的生活環境。無論關於居民性格或居處的敘事，皆以原始性與匱乏性修辭交相併用的敘事模式，突顯日本殖民者的迻譯的心態。[74]此篇後附有中村櫻溪的詩評，他認為在臺詩人大多縱情山水，能像三屋清陰如此著重人情風俗的作品，實在是難能可貴。[75]從三屋清陰的〈生蕃歌〉與中村櫻溪的詩評中，多呈現以帝國為主體中心凝視「他者」的視角。

日人善用漢文發揮「同化」的功能，如籾山逸也（即籾山衣洲）在1903（明治三十六）年寫下〈普泉記〉，以南菜園的一口井為題材，記錄南菜園主人第四任總督兒玉源太郎認為泉水應普及於民，故有「普泉」的命名。作者籾山衣洲從歷史角度出發，記載臺灣從鄭成功開墾到劉銘傳興建鐵路時期，皆只停留在掘泉的階段。日本殖民之後各大城市水井雖已普及，但城外和偏僻地帶的民眾依舊是掘泉水維生，如今普泉一井的開鑿造福當地許多人民，所以比附孟子所說「與民偕樂，故能樂也」的精神。[76]綜觀有些日人的寫作，運用日本與殖民地人民之間的刻意聯繫，並以「同文」的口號召喚，將種族與文化類同性的論述整合到「同化」的整體論述中。[77]中村櫻溪、三屋清陰、籾山衣洲皆以漢文字為載體，並以文王、孟子為例，企圖與漢

74　有關原始性修辭和匱乏性修辭分析的靈感得自 Teng Emma Jinhua, *Taiwan's Imagined Geography: Chinese Colonial Travel Writing and Pictures,1683-1895*（Cambridge: Harvard University Press）, pp. 60-80.

75　三屋清陰：〈生蕃歌〉，《臺灣教育會雜誌》第46號，1906（昭和三十九）年1月25日，頁16-20。

76　籾山逸也：〈普泉記〉，《臺灣教育會雜誌》第18號，1903（明治三十六）年9月25日，頁11-12。

77　荊子馨著，鄭力軒譯：《成為「日本人」：殖民地臺灣與認同政治》（臺北市：麥田出版公司，2006年），頁48。

文化結合以達到「同文」的假象。劉克明在日本參觀大成殿祭祀的事例，亦可看出殖民政府藉日本文化早已與儒家文化結合的事實，而與「同文」的政策作連接。此外，具有日本血統的鄭成功亦與臺灣相關聯，所以在臺日本文人的作品中，常見以鄭成功為懷古對象。

另一位漢文遊記作者野崎巽堂於1916（大正五）年前往嘉義觀覽共進會，他先參觀衛生展覽會，親見人體解剖模型、病毒傳播圖解、醫療機械與防疫救護要具，以及電火機具以及水源設備模型。就醫療史而言，日本之所以重視衛生防疫方面的建設工程，是因臺灣處於傳染病肆虐的環境。1915（大正四）年臺灣瘧疾傳染病大肆爆發，因感染死亡人數達一三三五〇人，若以當時臺灣總人口三三一九三〇〇推算，死亡率高達4.02%；同年，罹患腸傷寒者持續居高不下，死亡人數也達到一九七人。[78]除瘧疾、腸傷寒外，從《臺灣省總督府事務成績提要》得知臺灣也曾流行鼠疫、腥紅熱、赤痢等傳染病。[79]因此這些衛生展覽會展示日本亟需改善臺灣的衛生環境，以控管確保各類疾病不致蔓延。野崎巽堂不僅前往西門公學校，參觀教育品展覽會，且於農業工產館觀摩，而得見「粳糯麥菽麻棉」等多項農作物品種。這個農業工產館也從事製糖錬菓、芳油純酒的製造，並有豐富蔬果產品、耕耨工具與蠶絲器物，呈現農業發展種類的多樣性。他又詳實描繪植物的外型，如變葉樹特徵的敘述透顯對自然物的敏銳觀察力。他又為植物的外型作分類描繪，如圓圓如鏡者、毿毿如綵者、有如朝陽者、有如弦月者；或以動物形象比擬植物的外表，如獅耳虎尾者、如龍而騰、如鳳而翅、或麋角牛蹄、或鴻嘴鳧蹼等修辭的應用。在植

---

[78] 行政院衛生署：《臺灣地區公共衛生發展史（一）》（臺北市：行政院衛生署，1995年），頁174-175、216。

[79] 臺灣總督府編：《臺灣省總督府事務成績提要》（臺北市：成文出版社公司，1985年），第35編，頁386。

物外觀色彩方面，則應用桃之紅、楓之錦等文學意象，透露記者會場內花卉爭豔的奇觀現象。野崎巽堂進入工業館參觀，此館共分七個展示區域，他見北港朝天宮的神輿而發出「真稀世之珍也」，表達他對神器的讚嘆並欣賞這座神輿鏤刻精緻細膩，需以「加工三載工資三千金」才得以完成。[80]野崎巽堂的描述突顯神輿十分耗時費力的製作過程，也呈現他對於臺灣宗教工藝品的觀看視角。

旅遊散文再觀共進會的展示，蘊含作者對殖民地人文風景認知的方式。博覽會異文化展示運用的元素，都經過「去脈絡化」的過程，而脫離原有的社會文化情境；這些元素移轉到博覽會場後，透過不同的組合方式，安排出一套新的再現脈絡，形成觀看者動態建構「他者」意象的基礎。人類學者指出，博覽會中關於意象的再現，主要是透過空間和物質要素的陳列擺設所塑造形成。其中具有影響力的視覺元素，不單只是展示品的挑選、分類、組合與擺放而已，甚至還包括更大範圍的建築和周遭環境的結合。[81]透過展示這些醫療與衛生器材、學校教育、農業作物與製品等面向，向世人展現在日本統治下的臺灣已成為「各方建設完備、井然有序、產業蓬勃發展」的地方。[82]日本於臺灣舉行博覽會、共進會，不僅可宣揚帝國殖民臺灣的成就，亦包括現代化事物進入日常生活當中，或是如醫院、學校等現代化機構的成立。同時，殖民成果除了展示臺灣的物產豐盛之外，亦藉由展覽衛生設備以告知日本商人，臺灣已是個適合居住的地方，期望吸引日本商人來臺居住投資。

---

80 野崎巽堂：〈觀覽共進會之記〉，《臺灣教育》第166號，1916（大正五）年3月1日，頁8-9。

81 胡家瑜：〈博覽會與臺灣原住民：殖民時期的展示政治與「他者」意象〉，《國立臺灣大學考古人類學刊》第62期（2004年6月），頁11-12。

82 〈臺灣勸業共進會趣旨〉，《臺灣時報》第72號，1915（大正四）年9月，頁1。

四　結語

《臺灣教育會雜誌》屬教育性質的機關誌，刊載的文章流通於從事教育的相關社群，在傳播上具有實質的效益。不論是臺灣師生到日本，或是日人來臺的旅行，皆因空間移動而感受文化差異。正因這些空間移動的作品皆具有體驗文化差異的共性，再加上此雜誌以漢文報發行，故以此雜誌所刊登的遊記為主要的研究素材。如以1903（明治三十六）年「大阪第五回內國勸業博覽會」為例，因那是日本殖民政府首次將統治臺灣的成果於日本國內展示，所以不僅在會場內興建臺灣館，並以優惠券的方式大力招攬臺灣民眾前往日本參加博覽會，且鼓勵民眾遊歷大阪、名古屋、京都、東京等城市。[83]當時國語學校校友王名受等人曾赴日旅遊，並參訪此次博覽會，回臺後將旅日心得發表於《臺灣教育會雜誌》漢文報。這些已受新知洗禮的教師及學生的旅日敘事，常關注教育及社會風氣的議題，並對於加強臺灣教育的重要性有所認知。

隨著新式教育政策引進臺灣，修學旅行為主政者所倡導，一方面代表推廣近代遊憩理念，有助於調劑學生在校生活，並促進個人身心健康或社交能力等方面的提升；另一方面則兼具教化的實質意涵，透過觀賞近代建設，或參拜日本神社，增加學生對殖民母國的向心力，或培養學生忠君愛國的精神。修學旅行使學生的身體成為殖民者期待的國民類型，有些則於神格化地景的凝視中逐漸萌生日本認同。國語學校的師生從臺灣出發到日本，再返回臺灣的家，在離與返之間，書寫歸家之後思想上的衝擊與省悟。

---

[83] 呂紹理：《展示臺灣：權力、空間與殖民統治的形象表述》（臺北市：麥田出版公司，2005年），頁113-152。第三章第二節關於大阪博覽會的討論。

刊登於此雜誌漢文報的日人旅臺書寫，多見以集體登山為題材，顯現國語學校教員對於戶外活動的重視。他們的自然風景敘事不僅以典故迻譯漢籍中的意象，也表現對漢文熟稔的程度。有些遊記擇取具有南國特色的物種，或分析地景生成的原因，展現具科學素養的知性書寫，也流露異國風情的視域。日人旅臺遊記的人文意象，一方面形容原住民部落如古代神話中無為而治的理想境界；另一方面，認為臺灣仍屬蠻荒之地，以貶抑原住民的形象或強調教化的合理性。如此以帝國之眼的敘事視角，顯露日人著重於殖民治理及經濟利益的觀點。

《臺灣教育會雜誌》中所載臺人旅日以觀摩教育場所為主，間雜參觀日本歷史地景；至於日人旅臺的主要地景，多為北部的郊山、古寺或文人聚會場所。

在時間層面上，臺人多為短暫修學旅行的觀察，日人則多是一段時間居住於臺灣。本節從分析文本的表現策略及旅人所傳達的文化論述，試圖透過刊載旅行作品的功能、赴日修學旅行的教化意義，並探討日人眼中的臺灣意象及其視域，以詮釋以修學旅行為主的遊記敘事策略的意義。

第二節　東亞行旅再現：謝雪漁的文化迻譯策略

一　前言

臺灣日治時期文人藉由旅遊親身體驗異地文化，透過他們歸返後所撰旅遊散文，有助於理解這些作者的世界觀。至於臺灣日治時期島內旅遊散文，則多透露地方感，並隱含殖民地知識分子自我觀看的視角。其中跨時代的文人謝雪漁（1871-1953），曾撰寫數篇旅遊散文，並連載於公共媒體刊物。此位臺南文人於日本治臺後遷居臺北，為第一位具秀才身分而入臺灣總督府國語學校的知識分子。後任職於總督府學務課，又任教於警察官吏練習所。曾擔任《臺灣日日新報》記者，並主編該報漢文欄，後赴南洋任馬尼拉埠《公理報》記者，返臺後又接任《昭和新報》、《風月報》之主筆。1909（明治四十一）年與洪以南等人倡設瀛社，並繼洪氏之後成為第二任社長，戰後任臺灣省通志館顧問委員會委員。[84]綜觀他於日治時期的學經歷，不僅兼具新舊學的文化素養，又因曾擔任臺灣及海外記者，而有機會擴展見聞並累積文化資本。他更將島內及海外的旅遊經驗及文化差異的觀察，撰寫成數篇旅遊散文。

謝雪漁任職菲律賓《公理報》記者後，歸返回臺所撰〈遊岷里刺紀略〉，刊登於《臺灣日日新報》1913（大正二）年1月3日，記錄關於菲律賓被殖民史及自然與人文景觀。此外，〈內地遊記〉則於此報1922（大正十一）年至1923（大正十二）年間刊載，共長達七五篇，詳記赴日參加祭孔典禮及遊覽日本的所見所聞。除了旅外遊記，他至臺灣南部旅遊後所撰的〈南歸誌感〉，於1906（明治三十九）年4月13日至24日共連載六回，記錄嘉義大地震後的觀察。〈角板山遊記〉則於1915（大正四）年2月24日起至3月10日，共分六篇，記錄1907（明治三十九）年枕頭山之役、大豹社事件始末，並詳細記載日治時期角板山的樟腦、造林等產業活動，及原住民受到所謂「文明教育」的影響。綜觀這些旅遊散文，不僅著墨於山林景色及旅遊經驗，更蘊含作者個人的論述，又因刊登於公共媒體，故頗具研究的價值。

地理空間可以是某種意象化的形式，作者藉助於在一定程度上共通的意象，來「看到」這個空間或發展出對於這空間的感知。回顧相

---

84 蘇碩斌：〈日治時期的臺北都市觀光：殖民與本地的交會〉，收錄於蘇碩斌編：《旅行的視線——近代中國與臺灣的觀光文化》（臺北市：國立陽明大學人文與社會科學院，2012年7月），頁277-302。

關研究成果，如王瓊玲主編《空間與文化場域：空間移動之文化詮釋》（2009），論及空間移動議題研究關注的幾個面向，包括由人對自己時空位置的認識，或是展現主體與客體世界的對應、互動或對立；以外，亦涉及跨界意識、行為與世界經驗的轉變等。范宜如《行旅．地誌．社會記憶：王士性紀遊書寫探論》（2011）則認為行旅記事既有地誌書寫的面向，書寫行旅經驗亦為社會記憶之積累。蘇碩斌編《旅行的視線——近代中國與臺灣的觀光文化》（2012）收錄九名學者討論旅行、觀光的論文，這些論文皆是以主體及被觀看的「視線」作為建構社會關係的論點，呈現身體移動潮流下的旅行活動之時代意義。研究的地域及族群包括中國、日本、臺灣及原住民族群，每篇各具成果且彼此相互對話，是兼具學術理論與歷史書寫的論文集。蘇碩斌以「早熟式現代觀光」來指稱殖民打造、本地享受的複合意義，點出臺灣的觀光有別於西方模式，透顯「殖民統治」作用於觀光的社會意義。[85]這些論文提供探索臺灣日治時期旅人在空間移動的過程中，親身體驗到各地的文化差異，以及其所省思的批判及改革面向的詮釋。

有關謝雪漁的前行研究成果，如林以衡（2009）從謝雪漁的歷史小說〈新蕩寇志〉分析此部刊登於1936（昭和十一）年《臺灣日日新報》的作品，與俞萬春《蕩寇志》的續衍關係。[86]吳毓琪（2010）以

85　蘇碩斌：〈日治時期的臺北都市觀光：殖民與本地的交會〉，收錄於蘇碩斌編：《旅行的視線——近代中國與臺灣的觀光文化》（臺北市：國立陽明大學人文與社會科學院，2012年7月），頁277-302。

86　作者借用《蕩寇志》維護皇權、剿滅盜匪的信念，卻以「元軍侵日」的歷史事件，將對中國帝王的皇權維護改為效忠日本天皇的皇權，同時摻雜更多對於日本神國思想的想像和宣揚。以「反幕」、「尊君」及提倡「國體」精神的政治觀念，並藉由歷史的錯置、想像，作為配合昭和年間、日本軍國主義對外侵略時，皇國自尊精神的培養。林以衡：〈「蕩寇」新解：〈新蕩寇志〉對日本「國體」、「神風」思想的

跨越南社、瀛社的謝雪漁為例，從詩中映現臺南故舊親友的身影，而這「傳統性」的血液隱隱伏流在謝雪漁身上。之後他移居臺北，「現代性」的訊息刺激他的學習動力，也開拓他的文化視野。[87]除了以小說與詩為研究素材，分析認同等主題之外，黃美娥（2010）則將其作品置於臺灣日治時期漢語文言小說脈絡來看。文人移植、傳播或譯介、改寫日本文學的經驗，非唯開啟臺人對於小說文類知識及文體書寫範式的想像與認知，進而體會、濡染日式的創作美學風格。又因為相關作品連帶移入日本民族文化與國民性，如「忠」、「孝」、「尚武」與「復仇」觀念，遂使得這段日本文學的跨界行旅，成了日本「國體」的展演與滲透。再者，由於受到日本文學的刺激與影響，臺人作家如謝雪漁等人出現複雜的美學反應與肆應路徑，甚至引發書寫錯置的主體裂變情形，但也因此豐富了殖民地時期臺灣漢文小說的多元、重層創作風貌。[88]此外，林芳玫（2013）不以認同的立場討論謝雪漁小說，而是從跨文化性（transculturality）概念加以詮釋。跨文化性指文化本身就內鍵了差異，不同文化之間也形成動態的網路。塑造個人身分認同越來越像是把不同文化的組成要素經由選取、刪除、排列組合而編輯成符合當下需要的「佈局」（configuration）。透過跨文化想像，最終並非朝向一個穩定的模式，也不是另一種新模式的發展取

闡發及作者謝雪漁的政治理想〉，《嘉大中文學報》第2期（2009年9月1日），頁169-203。

[87] 從參與詩社的情形而觀，南北兩大詩社瀛社與南社，面對新、舊文化交鋒的局勢，各自選擇的文化取向：瀛社接受新文明的態度較開放，南社則趨於傳統而守舊。吳毓琪：〈比較南社與瀛社面對新、舊文化交鋒的抉擇與取向——兼論謝雪漁對自我認同鏡像的建構〉，《臺灣文學研究集刊》第7期（2010年2月1日），頁83-124。

[88] 黃美娥：〈「文體」與「國體」——日本文學在日治時期臺灣漢語文言小說中的跨界行旅、文化翻譯與書寫錯置〉，《漢學研究》第28卷第2期（2010年6月1日），頁363-369。其他相關研究請參見《重層現代性鏡像》（臺北市：麥田出版公司，2004年）。

徑，而是在其內部繼續地複雜化下去。[89]回顧目前關於謝雪漁的前行研究，多集中以小說與詩為研究素材，已積累可觀的成果；然而，旅遊散文蘊含作者對空間移動的感受，卻較少為學界所重視，尚留諸多學術空白。不僅是謝雪漁的小說主題蘊含跨文化性，其旅遊散文於跨文化的時代情境中所透顯的複雜性亦值得探究。

本節以臺灣日治時期謝雪漁旅遊散文為研究素材，探討其如何以歷史敘事與迻譯的方式，傳達對於菲律賓歷史的認知？又如何敘述發生於角板山的歷史事件？究竟其島內旅遊散文是如何觀看自我？旅外遊記的作者顯露何種他者的視角？又再現哪些跨界文化的比較？當作者因旅遊而開擴其文化視角及世界觀，並將見聞刊登於報刊等傳播媒體時，如此的文本具有何種文化迻譯及論述的功能？為探討這些關於表現策略及文化批判等議題，將分歷史敘事與迻譯、再現海外旅遊、跨文化性的論述三層面加以詮釋。

二　歷史敘事與迻譯

敘事是串聯人類整體生活事件的意義架構，人類也需透過敘事認知自身經驗以外的世界，及自我與人際間的關係。旅行書寫若視為是敘事行動後的記錄，故將觀察範疇設定於呈現旅行故事所運用的敘事結構，則探討的焦點多是關切如何操作情節、事件、場景、角色與主題等敘事單位。此外，又著重於探析旅者如何重整旅行之零碎經驗與資訊成可敘述、可閱讀的故事，以及各單位間彼此影響，並相互組成有邏輯與組織的敘事。以謝雪漁海外旅遊散文為例，其中〈遊岷里剌

89　林芳玫：〈謝雪漁通俗書寫的跨文化身分編輯：探討《日華英雄傳》的性別與國族寓言〉，發表於「大眾文學與文化研討會」（臺中市：靜宜大學臺灣文學系主辦，2013年5月25-26日）。

紀略〉為記錄至菲律賓首都馬尼拉的見聞，不僅分述菲律賓的地勢、港灣、市街、交通、氣候、行政、人口、產業等地理面向，且詳細敘述當地的歷史沿革。如此的旅遊敘事，牽涉作者如何書寫他者的歷史，字裡行間亦隱含融合文獻及旅遊見聞的視角。茲舉〈遊岷里刺紀略〉與〈角板山遊記〉的歷史敘事為例，歸納開頭、中間發展與結尾，分析敘事的情節於表5-5：

表5-5　謝雪漁旅遊散文歷史敘事舉隅

篇目	開頭	發展	結尾
〈遊岷里刺紀略〉	西班牙殖民手段	立薩領導革命	殖民者易為美國
〈角板山遊記〉	原住民與日軍衝突	大豹社反抗	鎮壓後隘勇線佈滿電流鐵條網

從表5-5所列謝雪漁旅遊散文歷史敘事著重於殖民的關鍵細節，如關於菲律賓的殖民敘事，〈遊岷里刺紀略〉如此描述：「西班牙國臣子咪牙蘭駕巨艦東來，因剪牛皮相續為四圍，求地稱是，月納稅銀，番王已許之，不復較。遂築城立營，猝以礮火攻呂宋。殺番王，滅其國。西班牙鎮以大將，漸徙國人實其地。（是說與言荷蘭揆一王當年據我臺灣，對於土番所施詭計相同，將荷蘭之對臺灣番事為確歟，抑歐洲人之據人土地，慣用此狡獪伎倆歟？均不可知）。」[90]如此以參照的方式，將經歷殖民時期的菲律賓與臺灣並論，又將西班牙官員咪牙蘭與荷蘭總督揆一相比，呈現殖民者侵佔原住民土地的慣用手法。

〈遊岷里刺紀略〉敘及西班牙的殖民統治策略，如：「西班牙人

90　謝雪漁：〈遊岷里刺紀略〉，《臺灣日日新報》第4521號（1913年1月3日），4版。

待菲人頗酷，不施教化，以聚歛為事，菲人無如之何。」[91]作者分析西班牙殖民時期，關於菲律賓遭經濟剝削，及民眾反抗後軍事鎮壓等敘事。在人物方面，則擇取代表性的反抗者並敘述其行誼：「先是菲人名立薩者，赴新嘉坡學醫。業成既歸，憤西人之壓制，潛謀革命，人多附之，後為西國司警者捕殺。然其黨羽已眾，至是揭竿俱起。」[92]為理解旅遊散文的人物角色，故蒐羅相關歷史文獻作為詮釋的參考，如閱覽菲律賓史，將發現此關鍵的人物於歷史脈絡的意義。立薩原為專業的眼科醫生，1889年1月12日在馬德里和西班牙聯合組織「西班牙人和菲人協會」，1892年7月3日立薩組織「菲律賓聯盟」。但西班牙當局懷疑它是一個顛覆組織，當年立即逮捕他，並於12月30日在倫禮沓公園執行死刑。當地人為了感念立薩的義行，尊為菲國國父。[93]謝雪漁的歷史敘事，突顯反抗型人物於情節推進的積極作用。

此篇旅遊散文又提到菲律賓與美國的關聯：「菲人誤以美國為重人道特來助己，而不知其別有機謀，頗為歡迎。菲美兩軍合力攻城，城陷。西軍降及美西和議告成，以菲島統治權讓美國，美國遂據而有之。菲人大失所望，復與美軍戰。然其軍器不如美國之多且利，力屈遂降。」[94]此處以「機謀」形容美軍的殖民心態。若與現實的歷史相對照：菲律賓當年只有形式上擁有立法權，殖民總督和「菲律賓委員會」對它的決議有批評和否決權，美國國會更有權改變、補充和取消它通過的任何法律。1902年法案規定，菲律賓最高法院的法官由美國總統任命，經美國參議院批准，法院中美國人佔多數，美國最高法

91 謝雪漁：〈遊岷里刺紀略〉，《臺灣日日新報》第4521號（1913年1月3日），4版。

92 謝雪漁：〈遊岷里刺紀略〉，《臺灣日日新報》第4521號（1913年1月3日），4版。

93 金應熙主編：《菲律賓史》（臺北市：三民書局公司，1990年），頁441-460；陳鴻瑜：《菲律賓史：東西文明交會的島國》（臺北市：三民書局公司，2003年），頁58-60。

94 謝雪漁：〈遊岷里刺紀略〉，《臺灣日日新報》第4521號（1913年1月3日），4版。

院擁有複審權，它有權審查、修正、補充和取消菲律賓各級法院的任何判決。雖然1946年7月4日舉行菲律賓獨立和菲律賓共和國成立的儀式，但如何敘事這段歷史，亦為後殖民研究的主題。謝雪漁於1913（大正二）年1月3日所發表的旅外散文中，記錄菲律賓這些代表性的歷史人物與事件，並刊登於報刊而於識字階層傳播，流露於大正時期風潮影響下的世界觀。

又因殖民時期的政治制度與現代性密切相關，謝雪漁的敘事關注於菲律賓的施政方針未能發揮實際的功能。他認為「菲律賓人學識之程度尚低，而於政治亦握有重權。」檢視其議會為立法之機關，岷里刺雖設立此類機構，但受到殖民者的各種侷限，例如：任用菲人擔任議員並使其具有參與政治之權利，但其各行政官署之長官，則皆由美國人派任，因此其部屬菲人多於美人。謝雪漁另提出個人見解：「就外容觀之，似乎殖民地民之幸福，莫有愈於菲人者；然實如子產所云：有美錦而使人學製也。惟權力如此，而義務亦不輕。」[95]本處引《左傳・襄公三十一年》所言：「子有美錦，不使人學製焉。」[96]原文指春秋時鄭國子皮欲重用年輕、閱歷淺的尹何為邑大夫，使其從中學習治國方法。但子產反對，以捨不得將美麗錦繡作為學習裁剪的質料作比喻，形容這些大官職、大封邑比起美錦貴重得多，藉此批評晉用才淺初學者治理邑都極為不當。他認為一般都是先學好本領才參與管理政事，卻未聞將執掌政事作為一種學習；比喻將權力授予才能、經歷薄弱者，必招致失敗。謝雪漁以漢籍作為文化迻譯的媒介，隱含作者對於美國殖民菲律賓方式的批判。如此表面看似賦予菲律賓民眾幸福的統治政策，實則再現被殖民者需繳納重稅等負荷及自治的限制，作

95 謝雪漁：〈遊岷里刺紀略〉，《臺灣日日新報》第4531號（1913年1月14日），6版。

96 〔晉〕杜預注、（唐）孔穎達疏、（清）阮元審定：《十三經注疏・左傳註疏》（臺北市：藝文印書館，1965年，影印清嘉慶二十年江西南昌府學刊本），頁689。

者藉此揭露暗藏諸多「機謀」的殖民手段。

除了有關菲律賓被殖民史的歷史敘事外，謝雪漁另一篇島內旅遊散文〈角板山遊記〉，包含描寫有關北部原住民抵抗日軍等情節。此篇登載於1915（大正四）年2月24日起至3月10日共分六篇，同時也記載1907（明治三十九）年枕頭山之役始末，並詳細記載日治時期角板山的樟腦、造林等產業活動，及原住民受到所謂「文明教育」的影響。遊記作為漢語散文的一個門類，是地理與文學的結合體。具體地說，遊記是以描摹山水名勝、記錄遊蹤風情為內容的散文。[97] 此文敘事結構從開首先點明旅遊的緣起，謝雪漁等人於1915（大正四）年2月27日登桃園沿大嵙崁支岳角板山，此為北部原住民的居住範疇，因距臺北近，所以來自日本官紳渡臺觀察者，「靡不足履，以考撫墾成效。」但臺人除了於墾荒或製樟腦者外，到此處的人甚少。謝雪漁推測主要是因為路途艱辛，再加上非許可不得進入原住民區域，在地遊客因厭煩申請手續的繁瑣，故較少至此旅遊。[98] 此文的中間敘事則詳細說明旅遊過程，包括因見特殊地景而分析當時林家遷至板橋林本源故居的緣由，林家祖先遷臺初期曾到角板山區域從事墾荒，並且攏絡原住民而得到不少土地與利益。但因察覺原住民善變的天性，認為無法在此久居，故僅設立辦事處，原本居住的房子失修坍塌，今昔對比之下使謝雪漁心生感嘆。[99] 至於當時的政經狀態，謝雪漁認為原住民領地的屯墾、樟腦事業的開發，主要由三派人馬把持，分別為本島人派、內地人派以及混合派。當時的桃園廳長西美波氏，較立於本島人的立場，同時倡導「以公濟公，不欲利益為私人獨佔」，並且陳

97　梟新、沈新林：〈古代遊記發展初探〉，《蘇州大學學報》（哲學社會科學版）第4期（1998年），頁63。

98　謝雪漁：〈角板山遊記〉，《臺灣日日新報》第5274號（1915年2月24日），6版。

99　謝雪漁：〈角板山遊記〉，《臺灣日日新報》第5280號（1915年3月2日），6版。

情總督府，建議設置桃園墾荒製腦事務所。他又任命當地公正紳士為董事，每年將部分獲利挪為桃園公廳公學校的教育基金，謝雪漁讚賞「苟各廳胥以地方有利之事業，不付於個人，而付於公共，則民人當得減輕許多負擔也。」其後經營者不負廳長的美意，累積可供桃園廳各校的基金達兩萬一千餘元。[100]此外，描寫日人的教化功效，以「俯首行禮」、「口操國語」、「路人答禮」等修辭，[101]形容這群皆為入學校受文明教育的學生，顯示當時日人所推行的教化成效。

〈角板山遊記〉歷史敘事的特色，顯現於詳細描繪角板山原住民與日軍之間由衝突、反抗到鎮壓的過程。1900（明治三十三）年8月原住民起兵欲將樟腦製造公司驅逐到領地外，攻擊各個樟腦工廠。日人率兵鎮壓反被襲擊，造成相當死傷，也使日軍防衛行動暫時中斷，直到九月二日與臺北援軍會合後才又繼續。隨後原住民再次襲擊角板山附近樟腦工廠，日軍雖加強火力，但仍無法逼退原住民，故採取消極策略不再推進，僅配置少數隘勇於角牛湳。1906（明治三十九）年9月，日軍繼續將隘勇線前推到大豹社。大豹社原住民則與周圍部落聯合，與日軍交戰五晝夜、大小戰役十數次，雙方皆有相當死傷。最後原住民受日軍所制，簽訂條約界定「桃園廳阿姆坪經枕頭山，橫斷插天山，包容大豹社及大嵙崁。」[102]當地民眾曾與大豹社頭目聯合反抗，1912（明治四十五）年5月5日警部編列九百名成員出兵，分從阿姆坪向枕頭山、黎毛眼向插天山，雙方交戰超過三個月，日方一直到8月19日才取得優勢，擴大新隘勇線範圍；但有些部落反對隘勇線的劃定，常與民眾相謀伺機反抗。[103]謝雪漁於此文篇末提及最

[100] 謝雪漁：〈角板山遊記〉，《臺灣日日新報》第5280號（1915年3月2日），6版。
[101] 謝雪漁：〈角板山遊記〉，《臺灣日日新報》第5281號（1915年3月3日），5版。
[102] 謝雪漁：〈角板山遊記〉，《臺灣日日新報》第5284號（1915年3月6日），5版。
[103] 謝雪漁：〈角板山遊記〉，《臺灣日日新報》第5284號（1915年3月6日），5版。

後如何以激烈的方式，記錄日軍「往後全線皆設有電流鐵條網」[104]，警官並沿線頻繁巡邏，為此事件留下歷史的記錄。直到1910（明治四十三）年11月，熬眼蕃隘勇線完成，從插天山到枕頭山一帶皆包括在隘勇線內，並馴服大多數原住民。遊記由「遊」而「記」、以「記」記「遊」的文體特點，遊蹤構成遊記的重要要素，這是遊記區別於其他文學樣式的基本特徵，是「遊」的體現。[105]謝雪漁於此文不僅記錄遊蹤，且感嘆今日能夠到此旅行：「一觀風景，念當年死辜者之功，不禁深為同情也。」[106]又回溯過往歷史：「前清時代以曾派遣軍隊，撫蕃到此，為蕃族包圍、糧食俱盡；而以溺為飲，迨圍解，而死者過半矣。」[107]如此的歷史敘事，不僅呈現從清治到日治的歷時性，更以明確數據記錄雙方交鋒的日期、戰役的次數、軍隊動員的數量、雙方傷亡的情形等。這些數據及文字使交戰具象化，使讀者如臨現場，卻未批判征伐者，隱含對過程中陣亡人士的同情，透露其觸景而生的感懷。

三　再現海外旅遊

旅行自古即存在至今，為追求完整個性的自我挑戰，且具苦痛折磨的意涵；而觀光則是伴隨現代社會而生，是集體性的生產與消費活動，帶有歡愉享樂的意涵。由兩字在西方的字源得悉其差異：旅行（travel）源自中世紀英文*travelen*，與現代法文的*travail*、*travailler*（勞動、工作）同源，意指為了職業需要而在各地移動，其拉丁文字

104《臺灣日日新報》曾登載日人設置隘勇線之記錄，如〈反抗蕃人數〉，《臺灣日日新報》第2746號（1907年6月30日），2版。

105 王立群：《中國古代山水遊記研究》（北京市：中國社會科學出版社，2008年），頁13-18。

106 謝雪漁：〈角板山遊記〉，《臺灣日日新報》第5284號（1915年3月6日），5版。

107 謝雪漁：〈角板山遊記〉，《臺灣日日新報》第5286號（1915年3月8日），4版。

根亦蘊含酷刑工具、折磨筋骨之義。而相對的，觀光（tourism）字源*tour*來自拉丁文的*tornus*（turn，返回），意指從一個地方去而復返，現代英文衍義則為由家中出發度假再返回。[108]散文可以毫無限制地應用在政治、經濟、日常生活等各方面，它所反映生活的廣度與適應性是詩歌與詞曲等文體根本無法比擬的。正是因為如此，所以散文的數量自然遠較詩歌與詞曲要多得多。[109]旅遊散文歸屬於散文的次文類（sub-genre），臺灣日治時期旅外散文所蘊含的異地記憶，有助於理解作者對於文化差異的評論。在文學敘事表現的意義上，「再現」往往和意象與模式有關，多是以文字來表現世界所發生的事。這些親履其地的旅遊書寫，多顯示作者如何再現或迻譯文化的觀察。[110]謝雪漁兩部旅外散文〈遊岷里刺紀略〉及〈內地遊記〉，是以何種方式再現？本節將舉例加以分析。

先將謝雪漁〈遊岷里刺紀略〉菲律賓之旅主要路線，繪於圖5-4：

從圖5-4得知〈遊岷里刺紀略〉記錄旅遊主要路線為：基隆→香港→馬尼拉→香港→基隆。此文篇首即提到：「因氣候不適，又逢鬼蜮人情」，他以不適應當地氣候及怪異風土民情，表現個人旅菲感受。此文常出現以參照的敘事方式，連結異地與本土的相似性或相關

---

[108] 蘇碩斌：〈日治時期的臺北都市觀光：殖民與本地的交會〉，收錄於蘇碩斌編：《旅行的視線——近代中國與臺灣的觀光文化》（臺北市：國立陽明大學人文與社會科學院，2012年7月），頁277-302。

[109] 王立群：《中國古代山水遊記研究》（開封市：河南大學出版社，1996年），頁2。

[110] 另有些遊記未親履其地，而是自己想像所見用文字描繪出來、有情景細節的作品，此類作品稱之為「臥遊文學」。按照想像成分的多寡再分成兩種：一種是依據文獻記載努力組織其想像所得，力求符合現實；一種重點在任其想像力馳騁，以達到臥遊的最大滿足。葉國良：〈中國文學中的臥遊：想像中的山水〉，《政大中文學報》第13期（2010年），頁177-194。

圖5-4　謝雪漁〈遊岷里刺紀略〉菲律賓之旅主要路線圖

性。如與交通相關的例子：作者提到自香港或廈門港口到岷里刺，均須渡過大海溝，所以形容：「謂即與我臺渡廈之所謂澎湖溝者同。」[111]如此的參照方式，使讀者易於得知地理特徵與相對位置的功能。又說明「汽車以哩計，其貲與我臺略同。該市雖道路縱橫如矢，幅與我臺之改正市區路相等。」[112]為使讀者理解菲律賓具體的計量單位或道路建設概況，所以舉出與臺灣市區改正後的情形相參照。在電器設備方面如：「電燈所用電球，皆此時我臺之所謂新式者，為費極華。」[113]除此類現代化生活消費情形的例子之外，更以原住民是否已受教化而加以分類：「有沾西班牙教澤者，如我臺之熟番；而尚有僻處山間，不與外人交接，與禽獸為群，如我臺之生蕃者。」[114]這些例子多是以菲律賓與臺灣參照的手法，企圖達到再現的目的，且於字裡行間流露族

---

[111] 謝雪漁：〈遊岷里刺紀略〉，《臺灣日日新報》第4522號（1913年1月5日），6版。
[112] 謝雪漁：〈遊岷里刺紀略〉，《臺灣日日新報》第4525號（1913年1月8日），6版。
[113] 謝雪漁：〈遊岷里刺紀略〉，《臺灣日日新報》第4525號（1913年1月8日），6版。
[114] 謝雪漁：〈遊岷里刺紀略〉，《臺灣日日新報》第4532號（1913年1月15日），6版。

群偏見的價值觀。遊記文本的生產過程一定包含著這樣的一套運作秩序：作者在觀光或遊歷後要有所選擇地編織，不可能漫無邊際記述，而是將眼光聚在某個焦點，進行著看似漫遊實則帶著作者主體思維、個人趣味或審美的寫作。[115]旅遊散文為作者將旅途的記憶編織而成的作品，如羅班．玖納森（Raban, Jonathan）所言：「記憶是開啟旅行書寫的軸輪」[116]，作者喚起旅行的種種記憶，以再現個人主觀的情緒。謝雪漁雖親履其地記錄現場見聞，回歸後仍須透過想像，回憶個人對異地的感受。

為呈現兩地的文化差異，旅遊散文又運用比較手法，茲列舉〈遊岷里剌紀略〉為例。如在氣候方面菲律賓與臺灣的比較：「真個四時皆是夏，荷花度臘菊迎年，為我臺氣候之殊而咏也。然我臺屬熱帶圈之南部，尚有涼時；菲島則全在熱帶圈內，除降雨而外，暑氣常蒸，謂其四時皆夏尤當也。然時沛時霽，絕類我臺之西北雨。」[117]不僅比較自然環境，於物質文化亦比較差異度，如在交通方面，則提到「御者皆為菲律賓人，他國人不營此業，以其賤也。又美國人重人道，以牛馬之力代人力，不以人而做牛馬之用，故無人力車。」[118]除了與美國的比較之外，又提出與臺灣的不同，如：「市內運河貫通，小舟泛流。水陸交通，皆極便利。我臺北首府之區，以交通機關，尚瞠乎其後也，何況其他。」[119]「水道之水不如我臺之清。」[120]則隱含肯定日本殖

115 夏菁：《慾望與思考之旅：中國現代作家的南洋與英美遊記研究》（臺北市：文史哲出版社公司，2010年），頁76。

116 Raban Jonathan, *Arabia: Through the Looking Glass*（London: William Collins&Sons, 1979）, p. 247

117 謝雪漁：〈遊岷里剌紀略〉，《臺灣日日新報》第4531號（1913年1月14日），6版。

118 謝雪漁：〈遊岷里剌紀略〉，《臺灣日日新報》第4525號（1913年1月8日），6版。

119 謝雪漁：〈遊岷里剌紀略〉，《臺灣日日新報》第4525號（1913年1月8日），6版。

120 謝雪漁：〈遊岷里剌紀略〉，《臺灣日日新報》第4522號（1913年1月5日），6版。

民者落實推動衛生政策的成效。旅行文學的時／空間的轉移和變化，極易產生自我／他者的身分意識和歷史的比照玄想，所以，現代性問題便不可避免。現代性體驗就是對陌生的社會和文化的體驗，或對自己歷史傳統的再次體認，以及對自我的反思和批判。[121]謝雪漁不僅比較物質層面的條件，亦提出現代性的思考，如「蔬菜果物絕少，不似我臺之豐富。蓋產業比諸我臺，尚遠不及之也。」[122]則是提及有關物產的資源及農業產銷等面向的成果。從行政方面分析，如：「其所設各種行政機關，與我臺大同小異；惟其施政方針，似多未合實際。菲律賓人學識之程度尚低，而於政治亦握有重權。」[123]如此據實的比較，雖呈現主觀的漢人優越感；但同時隱喻臺灣知識分子即使具高深的學識涵養，卻未如菲律賓所擁有的行政權。

就殖民統治政治而言，旅行是促使臺人觀看日本近代性重要的管道，也是促使日人及全世界看到日本統治臺灣成功的管道，因此殖民政府花了不少力量建構各種有利旅行的條件，製造許多促成旅行的活動。[124]〈內地遊記〉則詳細記載作者赴日旅行之主要路線於圖5-5。

從圖5-5得知旅遊路線依序為：基隆→門司下關→神戶→京都→東京→京都→神戶→門司下關→基隆。至於臺日文化差異的比較，則於謝雪漁〈內地遊記〉多處顯現：此部長篇旅遊散文提到初次赴日的緣由，是因參加1922（大正十一）年於東京湯島聖堂所舉行孔子二千四百年追遠祭祀。湯島聖堂雖不如臺南聖廟宏壯，但其禮器及樂器

121 周憲：〈旅行者的眼光——從近代遊記文學看現代性〉，劉昭銘主編：《旅行與文藝國際會議論文集》（臺北市：書林出版公司，2001年），頁405-407。

122 謝雪漁：〈遊岷里刺紀略〉，《臺灣日日新報》第4532號（1913年1月15日），6版。

123 謝雪漁：〈遊岷里刺紀略〉，《臺灣日日新報》第4531號（1913年1月14日），6版。

124 呂紹理：〈日治時期臺灣旅遊活動與地理現象的建構〉，蘇碩斌編：《旅行的視線——近代中國與臺灣的觀光文化》（臺北市：國立陽明大學人文與社會科學院，2012年7月），頁231-276。

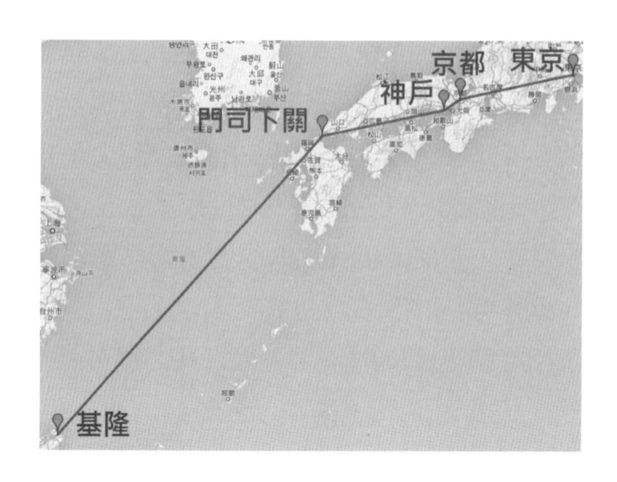

圖5-5　謝雪漁〈內地遊記〉旅日主要路線圖

皆相當完備，是座建於德川幕府時代的三百年歷史建築。此堂為日本儒道的重要聖地，又合併儒教及漢學關係諸學會而成為財團法人斯文會，自此便承擔祭孔大事。「斯文」之名取自《論語》子罕篇：「子畏於匡。曰，文王既沒，文不在茲乎。天之將喪斯文也，後死者不得於斯文也。天之未喪斯文也。匡人其如予何？」文字確切地傳達他們強烈的危機感與使命感。這樣的感受來自於他們認為以儒學思想為基礎的社會秩序面臨崩壞，自覺負有安定國家的責任。斯文學會在1880（明治十三）年6月6日，於神田學習院舉行成立大會，當時正值自由民權運動的全盛期。此會〈設立趣意書〉揭示：明治維新西洋文化傳入後，國民的知識技能的確有所進步，但相反的其「精神文明」面則遭到忽視。在湯島聖堂舉行盛大的孔祭，強調他們對孔子的尊敬與崇拜，同時也發行《正平版論語》、《袖珍論語》、《聖堂略志》以及《斯文》月刊等，向社會宣揚他們的理念。

謝雪漁詳細記錄此祭典的緣由及過程，並提到能參與此盛會而甚感光榮。此次旅遊同行者為許廷光等人，他們皆具參與祭孔典禮的經驗。[125]謝雪漁原為臺北崇聖會祭孔的籌辦人，此次赴日參加斯文會所舉辦孔子初次釋奠大典；日人課長提到僅有兩位朝鮮人代表念祝文，臺人無代表。作者奮力與之交涉，曰「同是殖民地，同是代表者，鮮人有祝文，臺人無祝文，處置殊缺公平。」[126]建議應撤一位朝鮮人，由臺灣人取代。日方採納此建議，決定由朝鮮代表朴箕陽及臺灣代表許廷光擔任。此一爭取代表的成功與否，作者認為是「攸關臺人全體面目」[127]，故詳加鋪敘交涉的過程及準備恭擬祭聖祝文的用心。此次於1922（大正十一）年「湯島聖堂」所舉辦的活動，在日本孔教發展上具有重要地位。「斯文會」自改組為「財團法人斯文會」後，由德川幕府後代德川家達任會長後，其活動更為頻繁。臺北人士謝雪漁、李種玉及臺南許廷光等三人，即赴此祭孔盛典。[128]

1922（大正十一）年適值孔子逝世二千四百年，更舉辦盛大的「孔子卒後二千四百年追遠記念祭」。[129]謝雪漁詳細記錄儀式順序為：一、奏樂。二、迎神式、奏樂。三、奠幣。四、奠撰、奏樂。五、祭主祝文捧讀。六、閑院宮、山階宮、賀陽宮殿下御拜。七、朝鮮人奉

---

125 臺南於1918（大正七）年祭孔典禮時，本以漢士紳為主，設一位正獻員、及六位分獻員；1921（大正十）年至1929（昭和四）年間改由日籍州知事主祭、市尹及士紳許廷光陪祭。臺籍士紳許廷光及陳鴻鳴於1935（昭和十）年則擔任終獻。山田孝使：《臺南聖廟考》（臺南市：高昌怡三郎，1918年），頁25；〈臺南文廟春季祭典〉，《臺灣日日新報》，1935（昭和十）年3月14日。

126 謝雪漁：〈內地遊記（十二）〉，《臺灣日日新報》第8100號（1922年12月13日），6版。

127 謝雪漁：〈內地遊記（十二）〉，《臺灣日日新報》第8100號（1922年12月13日），6版。

128 許廷光曾獲紳章、臺南縣参事、區長、藍綬褒章；李種玉亦曾獲紳章、臨時保甲局長、臺北縣師範學校教師、臺灣總督府國語學校教授。臺灣總督府：《臺灣列紳傳》（臺北市：臺灣總督府，1916年），頁291、34。

129 陳瑋芬：《近代日本漢學的「關鍵詞」研究：儒學及相關概念的嬗變》（臺北市：臺大出版中心，2005年），頁321。

告文。八、臺灣人奉告文。九、舞樂。十、撤幣饌。十一、送神式、奏集。十二、奏樂。此次孔祭相較於前代祭典，略有不同，在「釋奠」之前先舉行「迎神式」，而在「拜廟」之後再舉行「送神式」儀式，可說是一種神儒混合的祭儀。[130]在「斯文會」重組後，成為推廣儒教的重心，甚至成為日本作為殖民者用來吸收知識分子、運用儒教作為文化統合工具一個實質上和精神上的象徵。[131]「斯文學會」面對維新後的西化政策、「斯文會」面對二十世紀初高漲的漢學無用論、廢漢學論，他們試圖證明儒學可以與日本道德及語言互相融合，儒學內容可以適度調整，符合社會所需。同時主動配合家族性國家觀、國民道德鼓吹運動的推行，宣傳日本的「綜合家族制度」將「孝」與「忠」作了忠孝一致的結合。謝雪漁關注祭孔儀式，卻因斯文會強調應用忠孝於統治論，易為殖民者轉移其論述而為文化統合所用。

除了祭孔等禮儀大典之外，謝雪漁更運用比較的手法，再現海外所見的民間文化特色。如具體以飲食文化層面加以比較，他舉日本「精養軒餐廳」一如臺北「新公園的獅子館」為例；或是如交通層面：「蓋神戶雖為貿易港，然港內之設備，尚不及於吾臺之基隆、高雄二港也。」[132]又提到乘人力車前往支那街，「不料拐彎抹角才數十步

---

130 中日祭孔最大的不同，是中國的釋奠幾乎都由皇帝親自擔任主祭，日本雖然天皇或將軍會列席，主祭卻幾乎由特別設置的祭官擔任。相對於中國以皇帝為儀禮秩序下的一員，日本無法接受這種執政者也受到儀禮規範的思考模式，認為禮是執政者規制臣下的法。有關日本近代的祭孔活動，參見陳瑋芬：〈近代日本漢學的庶民性特徵——漢學私塾、漢學社群與民間祭孔活動〉，《成大宗教與文化學報》第4期（2004年12月），頁251-286。日治時期魏清德1935（昭和十）年參加財團法人斯文會於湯島聖堂所舉辦的祭孔大典。

131 斯文會編：〈斯文會成立趣意書〉，《斯文六十年史：創立五十年記念》（東京都：斯文會，1929年），頁317。

132 謝雪漁：〈內地遊記（五）〉，《臺灣日日新報》第8087號（1922年11月30日），6版。

便到，被索取乘費三十錢，覺比臺貴了一倍。」[133]至於東京動物園比圓山動物園規模大、物數較多，則是關於休閒文化方面的比較。關於具代表性的地景春帆樓，許多臺灣文人至此多賦詩寄慨，然謝雪漁卻於〈內地遊記〉提出不同的見解：「吾臺灣之歸帝國版圖，則自此春帆樓之和約始也。支那人偶經此地，多有追思往事、慷慨悲歌，引以為辱者。斯樓是亦礙支那感情之一物者，雖云保存故跡，然欲兩國融和，凡有阻礙事務，悉撤棄之、俾泯其跡。且帝國非必以此乃可誇戰功者，吾為此語，尚冀其或作芻蕘之採也。」[134]地景蘊含歷史記憶，但謝雪漁反而欲撤棄或泯滅遺跡，轉移這些敘史記憶，顯露其提倡日華親善的意圖。

四　跨文化性的論述

日治時期多位具有漢學素養的文人擔任記者，且以致力啟蒙大眾文明為要務。[135]謝雪漁於1905（明治三十八）年進入臺灣日日新報社工作，這位兼具傳統儒學與現代知識涵養的文人，曾於〈記者論〉中自述：「余為記者之主義，在乎文明事物，已略有所知者，為紹介於社會同胞，稍盡幾分義務，不在於責善。」流露其對於記者職業的使命感。[136]謝雪漁認為此職務應具「竭其精神、揮其手腕，以採取材料，凡關係於社會者，悉搜羅之。」[137]他不只擔任相關新聞材料的挑選、編輯而已，並從事「言論報導」，或在所編文字內容寫上簡短評

---

133 謝雪漁：〈內地遊記（五）〉，《臺灣日日新報》第8087號（1922年11月30日），6版。

134 謝雪漁：〈內地遊記（六七）〉，《臺灣日日新報》第8180號（1923年3月3日），5版。

135《臺灣日日新報》曾聘任謝雪漁、魏清德、黃植亭、林湘沅、李逸濤、楊仲佐等人為記者。

136《臺灣日日新報》第2051號（1905年3月7日）。

137《漢文臺灣日日新報》第2925號（1908年2月2日）。

論，或參與論說文字及社論的撰述，因此頗具開發文明、寄寓啟蒙的角色作用，而此與日本大報之記者較近似。[138]身為記者的謝雪漁深知自己所擔負的任務，所以他撰寫〈南歸誌感〉島內旅遊散文，以敘事手法表達對於南部近幾年變遷的觀察，並以文明教化者的口吻提出個人的論述，也呈現其思想的跨文化性。

臺灣日治時期的島內旅行需空間移動的載具，所以與交通的關聯密切。交通工具敘事所連結的功能，包括展示物質條件如何參與城市流動空間的書寫，也隱含現代日常生活形態與公共空間／時間秩序的塑造。〈南歸誌感〉描繪當時鐵道貫通，並配合搭乘汽車，「南北已可朝發夕至，省下遠路寄宿盤纏，又減受許多困苦。」[139]形容交通往復之便利與昔日相比為天地之別。在旅遊文學敘事中，這些旅行的工具為作品情節的關鍵點，密切參與生活與文明的結構，並影響視覺經驗的更新。交通工具不僅是物質的外在條件，亦影響臺人重組現代生活秩序，與對自我的認知。謝雪漁又針對新式交通的諸多面向提出建議與批評，如提到政府在鐵路設施上投資頗豐，鐵道的鋪設不僅象徵科技的進步，也應提升文化層次：作者見各站對待旅客的態度猶如僕役者，非但不甚親切且大聲咆哮；推車苦力者亦以輕狂舉動凌辱旅客，如橫眉怒眼、盛氣凌人及高聲謾罵等方式。他更具體指出「惟目前之鐵道，尚有遺憾，而望其速為改良者。」作者思及交通制度的諸多不合理之處：如列車之三等客座不限人數，有時車內滿載，沒有座位及立處，仍舊催客登車。故乘客時常抱怨：「鐵道視人如貨，客車有如貨車，橫堆縱積。似此，在寒冷之際，猶能忍耐；若在溽暑之

138 黃美娥：〈當「舊報紙」遇上「官報紙」：以《臺灣日日新報》李逸濤新聞小說〈蠻花記〉為分析場域〉，《臺灣文學學報》第20期（2012年），頁1-46。

139 謝雪漁：〈南歸誌感（一）〉，《漢文臺灣日日新報》第2382號（1906年4月13日），5版。

時，其何以堪。」[140]嚴厲批判雖有現代化的硬體建設，卻無現代性的觀念，故管理制度疏失甚多。

作者常藉由島內旅遊散文記錄觀察所得，且發抒個人對於衛生、公德心、秩序等現代性的論述。舉例而言，關於衛生的理念，〈南歸誌感〉提到作者於車廂內見到口涎鼻涕亂唾亂塗，「其有害於衛生也。」他對此現象感到憎惡，並「建議滿身汗穢、兩腳泥塗」、「臭氣薰蒸令人難耐」的勞力者在欲乘車之時，應以停車場附近的水洗濯乾淨，以維護其他乘客的權益。[141]作者又提及雖然火車上設有大小便所，但只許行駛時使用，停車之時則不許用；此因停車時使用，將積穢於停車場。許多臺灣民眾不理解此事，故常犯鐵道之禁例，而遭嚴厲斥責。[142]作者眼見此種現象，藉旅遊散文宣揚總督府衛生概念，期許國人提升素質才能使日人尊重，呈現於殖民教育影響下的價值觀。又提及臺南之鼠疫時恆猖獗，其他惡病亦往往隨之發生，這是因臺灣往昔衛生思想仍屬「幼穉」，而不講衛生之法。日人治臺後，臺人對衛生方法略能講究，「道路無塵芥、溝渠無污水，人家之內外亦洒掃潔淨、無有穢氣。」並懂得清理環境，使蚊、鼠無棲處，此後無鼠疫之流行，並能斷慢性瘧疾根株。[143]根據臺灣醫學史料得知，1901（明治三十四）年總督府聘請高木友枝來臺主持鼠疫防治大計，確立以撲滅病媒之老鼠為主要之防治策略；並設置權宜的專門防治機構，全面

140 謝雪漁：〈南歸誌感（一）〉，《漢文臺灣日日新報》第2382號（1906年4月13日），5版。

141 謝雪漁：〈南歸誌感（二）〉，《漢文臺灣日日新報》第2383號（1906年4月14日），4版。

142 謝雪漁：〈南歸誌感（二）〉，《漢文臺灣日日新報》第2383號（1906年4月14日），4版。

143 謝雪漁：〈南歸誌感（四）〉，《漢文臺灣日日新報》第2387號（1906年4月19日），5版。

展開鼠疫防治措施。當時，鼠疫防治以衛生監測與檢查為主，與先前的政治鎮壓有一貫之處，也具加強社會控制的作用。[144]謝雪漁於旅遊散文中所揭露關於清潔的觀念，正與日本殖民者的衛生政策密切相關。

現代性從理念上來說，是以理性和進步為核心，和啟蒙運動關係密切。[145]謝雪漁對現代性的態度，從其旅遊散文中的教化論述可得知。舉例而言，他認為不宜只關注個人的利益，而「不計他人之利」等說法，處處強調公德心的重要性。又如鐵道各驛待旅客不親切，作者將原因歸在臺人不諳乘車法，因此受日人輕蔑。他認為：「倘我仍以非法行，誠無怪彼之無禮相加也。予不能為鐵道掩其過，又安能為島人隱其惡乎。」[146]他期望臺人應行事得宜，以提高民眾素質及規範。當觀察臺南民眾多知西藥的效驗而趨之若騖的現象後，因而強力批評「惜乎其知擇藥而不知擇醫。」他認為西醫應思生命攸關，進而研究高深的醫術，以增進同胞的幸福，且應自覺責任日益加重。他一方面對於交通的便利、西藥的普及深有所感；同時批判相關設備的缺失，或醫學專業仍有多處待改善的情形。另一方面，對於民眾的公德心、服務態度或是過度迷信盲從等風俗作出直接的批判，再現文明與粗鄙兩相對比的面向。

此趟南歸又觀察嘉義地震災情的慘重，謝雪漁以細描大莆林及

---

144 范燕秋：〈新醫學在臺灣的實踐——從後藤新平「國家衛生原理」談起〉，《新史學》第9期（1998年），頁72-74；鈴木哲造：〈日治初年臺灣總督府衛生行政制度之形成——與近代日本衛生行政制度比較考察〉，《師大臺灣史學報》第4期（2011年9月），頁129-160。

145 萬胥亭等著：《現代性、後現代性、全球化》（臺北市：左岸文化事業公司，2002年），頁6-7。

146 謝雪漁：〈南歸誌感（二）〉，《漢文臺灣日日新報》第2383號（1906年4月14日），4版。

打貓兩村的實際狀況為例，所謂「敗瓦頹垣，入於耳者，盡是泣親哭子。」又形容屋宇全壞或半壞，大破與小破者，縱橫狼藉，比比皆是，不得以架小屋以暫時棲息居住。至於收容所重傷者，多「破頭爛額，折臂損足。呻吟牀褥。」據地震史料得知1906（明治三十九）年3月17日嘉義廳打貓支廳（今嘉義縣民雄鄉）與梅仔坑支廳（今嘉義縣梅山鄉）附近發生芮氏地震規模（ML）7.1的強烈災害地震。整個梅山地震系列共造成一二七五人死亡、七五九人重傷、一七二一人輕傷，現住民房全倒七三六一戶、半倒五三七七戶、大破六四二五戶、破損一一〇一四戶、燒燬三戶，其他非現住民房全倒一三〇二棟、半倒五一一棟、大破七〇八棟、破損一〇三二棟。[147]他亦談到許多關於地震發生原因的傳說皆是虛妄，「然愚而無識者，皆信以為真，可笑亦可憐也。」又提到地震而先有聲，為自然現象，不足為怪。[148]至於在地方政策的觀察方面：「島內之治安，則為開闢二百餘年來，所得未曾有。固當歸功於警察，與保甲制度之妙。」[149]又如「今則物遺於道，無有敢拾取之者，即此一端。可知地方之靜謐，已達何等之程度也。」如此對於警察及保甲制度所採肯定的態度，亦隱含他讚許殖民統治的視角。在臺南教育的觀察方面，他批評臺南富家子弟嬌生慣養，顧忌參與學校諸種運動，家長又恐學生群聚爭鬥，與貧家子弟把握就讀機會的情況迥異。可惜許多學生公學校畢業後，欲北上入國語學校或醫學校以研究高深學術者，寥寥有限。從種種現象加以觀察，

---

147 鄭世楠、葉永田：〈梅山地震歷史回顧〉，發表於1906（明治三十九）年梅山地震百週年紀念研討會，國立中正大學地震研究所，2006年3月16至18日。

148 謝雪漁：〈南歸誌感（三）〉，《漢文臺灣日日新報》第2386號（1906年4月18日），5版。

149 謝雪漁：〈南歸誌感〉（四）〉，《漢文臺灣日日新報》第2387號（1906年4月19日），5版。

他認為臺南的高等教育人才落後於臺灣其他各廳。[150]當時臺南教育已漸普及，此種敘事流露謝雪漁對於家鄉期許甚深。敘事只是手段，論述才是目的。過去的敘事之所以有意義，主要是因為它契合現在的論述。[151]綜觀謝雪漁於島內旅遊散文，不僅為觀察臺灣南部的敘事，多著墨於教育、公共建設等面向，亦批評某些制度、風俗，或推崇總督府地方治理的成效，並同時論述臺人諸多需改善之處。

瀏覽臺灣日治時期眾多旅遊散文，常見作者因旅遊活動而思索自己的認同位置。當謝雪漁旅日返臺後，〈內地遊記〉篇末分成「人煙之稠密、風俗之質樸、宗教之信奉、人情之優美、種族之自尊、教育之整備、衛生之周到、交通之便利、林木之暢茂、海產之豐富」等十項，洋洋灑灑鋪陳回歸後的論述。在海外殖民論述方面，他於〈人煙之稠密〉一節提出人口為國家活動之基礎，且展現國家之實力。正因人口消長牽涉國力之盛衰，於是不得不廣求殖民地以進行移民政策。日本當時所得殖民地，只有朝鮮、關東、樺太（今庫頁島）及臺灣而已。他又舉各國移民到他處的可能性：「美國加州移民，頻為北州民之排斥，藤葛纏綿，正未可以久居；南洋肥沃之地，又多為歐人所取，託足為難，故帝國之殖民政策，殊多棘手。疆土密邇，同種之隣邦支那，地大物博，現又感情不妙；不然入居其境，營商工等業，如僦屋然，為寄居之計，亦無不可，是又未能也。」[152]表面上分析難以移民至美國加州、南洋及中國等地的原因，實則以人口問題為日本海外殖民的行為確立正當性，且為此帝國尋找殖民地構思合理的藉口。

---

[150] 李有成：〈鮑爾溫的自傳行為〉，《踰越：非裔美國文學與文化批評》（臺北市：允晨文化實業公司，2007年），頁52-53。

[151] 謝雪漁：〈南歸誌感（六）〉，《漢文臺灣日日新報》第2391號（1906年4月23日），5版。

[152] 謝雪漁：〈內地遊記（七十）〉，《臺灣日日新報》第8184號（1923年3月7日），6版。

在國民性的比較與分析方面，謝雪漁認為：「日本人之性質傲慢，復仇之念不淺。其評為傲慢者，想亦因其氣骨稜稜，大和魂之不可屈者歟。所居之地規模狹小，乏雄壯遠大之謀，與大陸居民之氣概異，是其缺點。蓋彼等愛戀鄉關，無到處青山好埋骨之想；故政府苦心籌畫、取而得之之殖民地，多置之不聞不見。如吾臺之為何疆土？居民之為何種族？知者卒鮮。余曰：『吾等臺灣人，非朝鮮人。』渠乃知有誤，頻言失禮，面赤而去，即此可知其餘也。」[153]不僅大肆評論日本國民性的缺點，同時批判日人對各殖民地的理解不足，無法分辨殖民地臺灣及朝鮮的差異。如此藉由旅外散文建構日本國民性的過程中，也同時區隔自我／他者之別。此外，在〈種族之自尊〉一節中提到對待新住民的方式：「維新之後，階級破棄，編為新平民。納租稅，服兵役，與國人一例。其有才學者，亦採用為官。在政府視之，固無差別；而國人囿於習俗，穢多二字，尚存胸次。交際聯婚二者，則猶如前之隔絕也。似此同處一疆土，生聚千餘年，而嫉視如此，殊不可解。夫河海不擇細流，所以成其大；帝國將執東亞牛耳，國人之態度，實不可不豹變。」[154]作者批判日人擯斥少數族群，不與交際，不與聯婚，且稱為「穢多」，流露歧視的心態；他藉此期許日本人應擴大胸襟，包容接納新移民，以樹立帝國風範。

在宣揚儒教宗旨方面，於〈教育之整備〉強調帝國得以成為列強，是因得力於教育；但只著重於智能的培訓，而忽略德育的涵養。當時風行國家主義、儒教主義、泰西主義，派別多樣且道德無一定衡量的標準，知識分子崇尚社會主義，思想因而激變，故謝雪漁期

153 謝雪漁：〈內地遊記（七十二）〉，《臺灣日日新報》第8187號（1923年3月10日），6版。

154 謝雪漁：〈內地遊記（七十二）〉，《臺灣日日新報》第8187號（1923年3月10日），6版。

望藉由提倡儒教主義，以力挽狂瀾。此次孔聖紀念祭，即具有「復興漢學，挽回既墜之道德」的意義。他又提到1890（明治二十三）年10月教育大詔所言：「定君臣之分，又為父子兄弟夫婦朋友，垂訓其所應為，確定道德基礎。」[155]此大詔即包括儒教之精義，負教育之責者，宜各闡明詔義，躬行實踐。此處所言〈教育勅語〉是明治天皇當年10月30日所頒佈，內容以儒家五倫的家族主義為基礎，強調教育的本質應著重於「忠君愛國」、「忠孝一致」。一旦國家有難，必須「義勇奉公，以扶翼天壤無窮的皇運」，以此種國家主義式的詔令，作為戰前日本帝國及其殖民地的最高教育目標。[156]他希冀日本藉由復興儒教，加強道德教化的效果；但統治者利用移孝作忠的方式，無形中具鞏固統治者權威的功效。除了篇末的論述之外，謝雪漁亦於〈內地遊記〉的大段敘事後，發表相關的論述，如他曾具體提到：「現時東方局勢，非日華親善，則中華永無富強之日。日本所處地位，必益見其艱難。中國人之對吾臺人視為臺灣華僑，為兩國親善之結合樞紐者，舍臺人莫屬也。吾臺人不可不思自奮。」[157]並以對話方式宣揚同化政策：「某氏云：『朝鮮臺灣俱屬中國，可謂舊同胞，應相提攜。』余對以『日本民族，亦有來自中國者，彼此無分畛域、同心協力。』」[158]如此的立論拓展華人文化的範疇，視日本、朝鮮及臺灣的起源皆與華人的關係密切。其目的是為了強調臺灣處於日華親善的關鍵位置，更藉由旅遊散文廣為傳播大東亞共榮圈的理念。

---

155 謝雪漁：〈內地遊記（七十三）〉，《臺灣日日新報》第8188號（1923年3月11日），5版。

156 蔡錦堂：《戰爭體制下的臺灣》（臺北市：日創社文化事業公司，2006年），頁78。

157 謝雪漁：〈內地遊記（十二）〉，《臺灣日日新報》第8100號（1922年12月13日），6版。

158 謝雪漁：〈內地遊記（十二）〉，《臺灣日日新報》第8100號（1922年12月13日），6版。

五　結語

十九世紀末的旅行寫作以客觀描述為主，及至現代轉而突顯旅行的論述性質，其中筆法的暗伏或直陳，非單純報導所見聞。藉由分析旅遊散文作者評論文化差異的心理機制，有助於掌握臺灣二十世紀上半葉旅遊文學與文化的發展。因旅遊散文為作者再現空間移動的經驗所得，此類敘事隱含其價值觀。以日治初期的知識分子謝雪漁為例，他兼具傳統漢學的薰陶與新式教育的洗禮，其旅遊散文多涉及有關東亞再現的相關議題。本節蒐羅刊登於《漢文臺灣日日新報》、《臺灣日日新報》的臺灣島內旅遊散文如〈南歸誌感〉、〈角板山遊記〉，及赴東南亞菲律賓及東北亞日本旅遊後，所撰寫的〈遊岷里刺紀略〉、〈內地遊記〉等長篇旅遊散文為研究素材。分從歷史敘事與迻譯、再現海外旅遊、跨文化性的論述等面向，探討作者「自我主體」與「他者」之間的對話交鋒。從知識分子觀看文化的視角，理解作者現代性體驗及文化觀複雜糾葛的面向，並藉以掌握臺灣日治時期旅遊文學與東亞關聯的特殊質性。

從〈遊岷里刺紀略〉得知謝雪漁如何書寫他者的歷史，並以曾經歷殖民時期的菲律賓與臺灣相參照，呈現殖民者侵佔原住民土地的慣用手法。作者分析菲律賓於西班牙殖民時期遭經濟剝削等敘事，突顯反抗型人物於情節推進的積極作用。他又以漢籍作為文化迻譯的媒介，剖析美國殖民菲律賓的背後意圖。島內旅遊散文則描寫原住民與日軍從衝突、反抗到遭受鎮壓的過程，並以明確數據使征戰具象化而增加臨場感。謝雪漁又以參照的敘事方式，連結異地與本土的相似性或相關性，使讀者易於得知地理特徵與相對位置的功能；或以比較手法呈現兩地氣候、物產、行政及文化差異。至於再現海外旅遊的層面，謝雪漁於〈內地遊記〉提到旅日緣由為參加東京湯島聖堂所舉行祭孔典禮，自覺身負推廣儒教的使命。此次活動由「斯文會」所主辦為殖民者用來運用儒教作為文化統合的工具，實質上與精神上的象徵。此外，他旅日親見春帆樓有感而發，主張撤棄泯滅此與戰爭相關的地景，如此轉移歷史記憶的立論，流露其提倡日華親善的觀點。

身為記者的謝雪漁撰寫〈南歸誌感〉島內旅遊散文，表達對南部變遷的觀察，並以文明教化者的姿態，提出個人的評論。他嚴厲批判雖具現代化的鐵路硬體建設，卻缺乏現代性的觀念，故管理制度疏失甚多；又藉此宣揚總督府衛生概念，而與日本殖民者的衛生政策相呼應。他直接批判有些醫生專業能力不足、民眾欠缺公德心、服務態度不佳及過度迷信盲從等現象。至於觀察嘉義地震災情後，論及地震發生原因的傳說多為虛妄，其對警察及保甲制度的態度，亦隱含他肯定殖民者統治的視角。綜觀謝雪漁常藉島內旅遊散文發抒對於衛生、公德心、秩序等現代性的理念，並檢視總督府的治理政策，並在教育、公共建設等面向有所著墨，更汲汲於強調臺人需改善的缺失。至於〈內地遊記〉的論述則以人口問題為日本海外殖民的行為確立正當性，又為尋找殖民地構思合理的藉口。他一方面評論日本國民性的缺點，批判日本對於各殖民地的理解不足，又對其他種族有所歧視；同時更期許日本人能擴大胸襟，廣為接納新移民，以樹立帝國風範。他希冀日本藉由復興儒教，加強道德教化的效果，然此行為可能導致鞏固統治者權威的功能。

旅遊散文的表現手法與小說或詩多有不同，此文類是以敘事表達行旅經驗或異地想像，並蘊含作者的文化論述，反映其學養及價值觀。藉由臺灣日治時期的旅遊散文，能進一步探析他們處於殖民地的錯綜心理情緒，有助於理解知識分子觀看文化的視角。旅遊使一個人的生命經驗更為豐富，透過謝雪漁旅遊散文的詮釋，有助於理解其現代性體驗及文化認同複雜糾葛的面向。這些旅遊散文或以現代文明的建設及教化，肯定日本殖民的成效；或以批判日人國民性的缺陷，突顯臺日的文化差異，並區隔殖民者與被殖民者身分之別。尤其謝雪漁兼具傳統儒學與現代知識的涵養，顯現跨時代文人於新舊思潮衝擊下所消化、重組、迻譯的文化觀，及此類知識社群所撰旅遊散文所隱含跨文化性的心態。

第三節　史蹟與現代空間的迻譯：林獻堂《環球遊記》的都會意象

一　前言

跨界旅遊開擴知識分子的文化視角及世界觀，臺灣日治時期旅遊多國的人極為有限，林獻堂（1881-1956）因得力於霧峰林家的財富優勢，故能從事遠赴各國的文化之旅。在林獻堂決定出遊之時，騎驢意外摔傷手臂，休養多日才得以啟程。幾經波折後，林獻堂認為機會稍縱即逝，其出遊的心意便更為堅定。[159]於是他從臺灣文化團體紛擾中暫時抽身，並以遊記表達自己觀摩世界城市的思考，字裡行間亦流露處於殖民之下的深刻感受。林獻堂〈環球一週遊記〉連載時即相當受歡迎，且讀者眾多。如《灌園先生日記》1931（昭和六）年三月十一日提到鳳山齒科醫生黃招養與林獻堂會面時告知：「〈環球遊記〉無一篇不讀，甚讚美文字之佳，材料豐富。」[160]文稿中除旅遊生活的實錄之外，也包括異地風情、政治經濟、民生議題等內容。由於林獻堂個人的文化素養，使其遊記迥異於當時報紙所載浮光掠影的旅

159 林獻堂：《環球遊記》，頁1。

160 林獻堂著，許雪姬等註解：《灌園先生日記（四）》（臺北市：中研院臺史所籌備處，2003年），頁83。

外短篇報導。另一方面，《環球遊記》的完稿刊登，其子女、婿及秘書皆曾參與協助抄寫。[161]日記中常敘及許多友人敦促林獻堂應出版此遊記的單行本，但他因不斷修改而遲未定稿。[162]當時正處二次世界大戰期間，英國為日本敵國，而1942（昭和十七）年《南方》雜誌重刊該作，其中一句「將來君主國的壽命之最長者，其英國乎！」的言論事涉敏感，遂為有心人士所乘而遭檢舉，引起日本當局不滿並加強干預。戰後《環球遊記》能集結出版，得力於葉榮鐘抄錄自林獻堂的備忘錄，另一部分則由《臺灣民報》歸納而得，此單行本後來收錄於《林獻堂先生紀念集》系列。[163]這部遊記不論是登載於日治時期報刊雜誌，或戰後的刊行本，皆呈現林獻堂歐美現代性體驗之旅的傳播意義，此趟旅程豐富作品的文化迻譯功能，並提升他在臺灣文化界的象徵性地位。

對於林獻堂的研究，較多關注他參與政治社會運動、詩歌的成就或日記及相關歷史背景的研究。就《環球遊記》的研究成果來看，多討論遊記出版禁制的情形，以及所蘊藏的現代性、認同、國族論述等議題。[164]近幾年有關林獻堂的研究，已累積一些具體成果；但因

---

[161] 由《灌園先生日記》諸多記載得知親友協助抄寫的情形。參見林獻堂著，許雪姬等註解：《灌園先生日記（二）》（臺北市：中研院臺史所籌備處，2000年），1929年5月10日、7月29日、8月19日，頁138、208、226；及第三冊1930年1月5日、1月19日、8月12日、11月10日，頁6、22、270、377的日記資料。

[162] 林獻堂日記中提到友朋催促出版單行本的例子。林獻堂著，許雪姬等註解：《灌園先生日記（五）》1932年2月25日、10月1日、10月20日，頁90、402、427的日記資料。

[163] 許雪姬：〈林獻堂著《環球遊記》研究〉，《臺灣文獻》第49卷第2期（1998年6月），頁1-33。

[164] 有關林獻堂的研究成果的回顧，請參閱林淑慧：〈世界文化的觀摩之旅：林獻堂1927日記及《環球遊記》的文化意義〉，收錄於《禮俗．記憶與啟蒙——臺灣文獻的文化論述及數位典藏》，頁267-270。

他是日本殖民時期首位遠至歐美多國旅遊的臺灣知識分子，遊記所錄旅途時間之長、空間移動之廣，更增添他的旅遊書寫所蘊藏的學術研究價值。《環球遊記》所記載的歐美國家包含英、美、法、義、德、丹麥、荷蘭、比利時、西班牙、瑞士等國，這些旅遊經驗長期刊登於日治時期的報刊雜誌，其文化迻譯的影響力不容小覷。「意象」（image）是文學作品中的重要質素，指心靈上較具體的形象，有如經驗的再生，由任何一種感覺印象勾起過去經驗的再現時，即開始意象的活動。遊記蘊含作者對空間移動的細膩經驗及地景意象，目前有關林獻堂《環球遊記》的探究，較少針對空間詮釋或殖民現代性等城市意象做深入探討[165]，故文本內容尚留許多待爬梳與詮釋之處。例如：當他參觀各地的紀念物、歷史場景後，引發詮釋哪些普世價值？他又是如何迻譯於這些城市的旅遊體驗？遊記呈顯何種現代地景及空間建構？作者又是如何因旅遊而反思日本殖民下臺灣的生存處境？故本節擬以林獻堂《環球遊記》為文本，參考旅行、空間等理論概念，分析此書透露城市都會意象所蘊含的相關主題，以期呈現於臺灣旅遊書寫領域的研究價值，及其於日治時期文化迻譯的學術意義。

二　以古鑑今：從史蹟詮釋普世價值

林獻堂於《環球遊記》擇取各地最具代表性的地點、建築或歷史人物，透過文字勾勒出都會的特色，使讀者留下鮮明的印象。他認為各城市的古蹟，皆與歷史有所關聯，足以引人深思。就迻譯的面向而

---

165 美國亞洲研究學者Tani Barlow提出「殖民現代性」（colonial modernity）概念，重新檢視現代性一詞在東亞歷史經驗中的具體意涵，並強調殖民主義在現代性引介過程的重要。Tani E Barlow, *Formations of Colonial Modernity in East Asia*, ed.（Durham：Duke University Press,1997）.

言，如何將旅遊所見的外來事物，移植到臺灣，首先必須經過翻譯的程序，轉化為在地民眾能理解、接受的語言與文化。[166]以下將分成紀念物的象徵、歷史場景的詮釋等面向，探討此遊記如何藉由書寫史蹟反思普世價值。

（一）紀念物的象徵

林獻堂於旅遊過程中常興起懷舊（Nostalgia）的情緒，在他參觀古蹟、歷史場景後，將典故、歷史情節融入旅行書寫之中，使得遊記不僅是走馬看花的流水帳而已，更蘊含歷史厚度與空間意義。例如〈法國見聞錄〉記載偉人廟中阿克如安四福（聖女貞德）的壁畫，一幅為少女在曠野上牧羊，再者是她從容指揮勇士擊敗英軍，三則是在克復里姆斯城迎接法蘭西斯王在此加冕，最後她被布艮第軍隊所擄後出售予英軍，不幸於1431年被焚而亡。[167]聖女貞德的犧牲激發法國人，1436年法王查理七世奪回巴黎，1453年法國所失領土終於全數收回。[168]在歷史記憶裡，個人並非直接去回憶事件，而是通過閱讀、或聆聽講述、參與紀念活動，這種經強化的記憶，才能被間接的組構出來。所以，「過去」往往是透過社會機制存儲與解釋，而人們對於歷史或英雄人物的記憶，則必須視為建構的過程（constructive process），而不是恢復的過程（retrieval process）。[169]《環球遊記》所載

---

166 這樣的「翻譯」過程同時包含字義的「語言學上的翻譯」（將外國語彙轉化為相當的本地語彙），以及廣義的文化人類學意涵的「文化翻譯」（將不同種族的文化邏輯與實踐，轉換成自我種族可以理解的文化系統）。朱惠足：《「現代」的移植語翻譯：日治時期臺灣小說的後殖民思考》（臺北市：麥田出版公司，2009年），頁275。

167 林獻堂：《環球遊記》，頁46-48。

168 吳圳義：《法國史》（臺北市：三民書局公司，1995年），頁128-130。

169 王璦玲：〈「實踐的過去」——論清初劇作中之末世書寫與遺民情節〉發表於「行

的偉人廟具敘事意義的壁畫展示，即藉由歷史人物的事蹟建構法國的集體記憶。

此遊記有許多關於「雕像」的書寫，如葛爾諾廣場（今共同國廣場）立一女神銅像作為共和紀念，前世紀末大統領噶爾諾到里昂，被無政府黨所暗殺，故以其名作為紀念。他又敘及日美庭廣場（今勝利廣場）立有路易十四世騎馬銅像，1792年法國大革命時王黨以此為根據地，反對共和革命黨出師討伐。此市遂變為戰場，死傷者不可勝數，最後王黨之力不支，遂被革命軍所佔領，林獻堂認為此專制極權者的銅像能保存至今可謂僥倖。[170]就紀念物所發揮的社會功能而言，雕像是塑造君主形象的方法之一，《製作路易十四》一書中論及當時臣民如何藉由石雕、銅像、油畫甚至蠟像等方式，再現路易十四這位君主的形象。同時也分析詩、戲劇和歷史等文字典籍對路易十四的描述，與此君王有關的媒體也列入討論的範圍，譬如芭蕾、歌劇、宮中儀式和其他表演，這些藝術與權力的展演，多與「偉人塑造」的行銷手法有關。[171]此廣場周圍有八尊女神像用來代表斯特拉斯堡、里爾、波爾多、南特、盧昂、布勒斯特、馬耳賽、里昂等八市。其中代表斯特拉斯堡的女神像曾以黑紗覆蓋，因1870年的普法戰爭中，割讓亞爾賽斯、洛林兩州予德國，斯特拉斯堡為亞爾塞斯的首都，其市民以黑紗覆蓋女神像的方式，為斯特拉斯堡服喪。直到1918年大戰結束，亞、洛兩州歸還法國，女神像終能脫下喪服，換置成花環圍繞其中。[172]任何一座城市的建立都是複雜的過程，是歷史醞釀的結果，而

旅、離亂、貶謫與明清文學」學術研討會，中央研究院中國文哲研究所主辦，2009年12月3日，頁8。

170 林獻堂：《環球遊記》，頁65。

171 Peter Burke著，許綬南譯：《製作路易十四》（臺北市：麥田出版公司，2005年），頁3-5。

172 林獻堂：《環球遊記》，頁44。

結果不是簡單地找一個地方或套用一種模式就可以完成的。[173]法國城市中各種雕像為具代表性的紀念物，象徵帝國積累的歷史遺蹟，保存在民眾心中神聖或俗世的文化感受。

林獻堂至德國法蘭克福望見俾斯麥的銅像，其左手按劍，右手指馬前進，使人聯想鐵血宰相昔日的威風。[174]從史料得知，俾斯麥因善用外交手段，以及個人堅強的意志，而成為歐洲政治舞臺上的重要人物。如1859年俾斯麥出使俄國，主張聯俄或親俄以牽制法國，此行動在歐洲的外交史佔重要的一頁。[175]史家評論俾斯麥或與日耳曼的統一以及普魯士的霸權地位有關，但他既施行國會制，又不放棄君主制度，為影響德國未能及時實行民主、自由的人物之一。[176]林獻堂又於〈義大利見聞錄〉提到加里波的將軍（Garibaldi）曾放棄一切，奮不顧身投入義大利的統一運動，「查尼邱蘭圻」上立了將軍俯視羅馬的銅像，以紀念其壯志豪情與革命精神。林獻堂描述羅馬紀念物後曾有感而發：「國家的獨立與否，應先視其國民有無獨立之精神；如羅馬雖亡但仍能一統為義大利，而猶太人無獨立精神，則永遠臣服於他人。」[177]他又引「人皆立於所欲立之地」的哲語，暗寓土地與認同實為國家組成的要件。歷史人物雕像的公開陳列彷如空間展演，再配合西洋哲語有關國民意識的詮釋，亦為另類的文化迻譯。至於林獻堂參觀美國著名的古蹟如紐約朱美爾館（Jumel Maision），此館陳列華盛頓於獨立戰爭時所留下的相關物品，亦展示獨立軍紀念物、拿

---

173 孫遜、楊劍龍：〈城市的觀念〉，《都市、帝國與先知》（上海市：上海書局公司，2006年），頁28。

174 林獻堂：《環球遊記》，頁97。

175 沙比羅著：《歐洲近代現代史（上）》（臺北市：世界書局公司，1965年），頁266。

176 Lynn Abrams著，鄭明萱譯：《俾斯麥與德意志帝國》（臺北市：麥田出版公司，2000年），頁15-17、138。

177 林獻堂：《環球遊記》，頁74。

破崙的座椅，呈顯共和民主總統與專制國家君主的差別。[178]他瀏覽美國代表性人物的紀念物後，曾結合閱讀《林肯傳》的心得，陳述這位於1809年出生自窮鄉僻壤農家的事蹟，並讚揚道：「以成解之黑奴統一南北之大功者，無他，亦其責任心與進取心之過人而已。」[179]此即是將閱讀與旅遊經驗化為對歷史人物的理解，亦是文化迻譯的方式之一。1860年林肯以共和黨領袖成為總統，「吾人應行其良知所信之義務，到底不懈。」[180]具體以林肯的人格特質，勉勵臺灣民眾應堅持理想。同時他也以華盛頓、林肯、格蘭特、法蘭克林等人的遺物，觀摩美國展演現代國家紀念歷史人物的方式。

歷史事實的描述，除作為「記史文本」的特殊性外，亦帶有一般「敘事文本」的基本特質。在「拿破崙之墓」一節裡，林獻堂認為法人崇拜拿破崙，與英人崇拜惠靈谷、納爾遜，德人崇拜維廉一世、俾斯麥的心態相似。他詳細回顧拿破崙當年以軍官的身分，一躍而為大將，團結國民以禦外敵，戰勝攻克威震全歐的事蹟。並以拿破崙與項羽作一類比參照，其文化迻譯的方法為擷取古籍中的詩句，融入歷史場景的鋪敘，道出兩位「亂世英雄」相似的成敗之跡。他比較拿破崙與項羽皆是亂世英雄，項羽號稱西楚霸王，然而垓下之戰一敗不可收拾；至於拿破崙逢法國內憂外患之際禦外敵，卻敗於俄普奧聯軍，三敗於英。林獻堂又分析兩人相異之處為：拿破崙能統一法國橫行歐洲大陸，項羽僅能打倒暴秦無法一統中國，顯現拿破崙優於項羽的面向。另一方面，項羽於烏江戰敗後，無顏面見江東父兄而自刎，此舉使漢王放棄原將屠殺其他群眾的打算，紛擾多時的楚漢之爭

178 林獻堂：《環球遊記》，頁152。
179 林獻堂：《環球遊記》，頁157。
180 林獻堂：《環球遊記》，頁158。

終告結束。[181]拿破崙囚於孤島抑鬱而死，林獻堂認為這是項羽勝過拿破崙之處。他又於遊記中詳述當地所見拿破崙紀念物與法國日常生活相關的情景：「寓於巴黎之人，每日出門，罕有不遇著拿破崙的紀念物，如凱旋門、馬羅輦寺，如百四十三呎高的銅柱上手托地球之像，又如各大馬路用其當日戰勝的地名，或其將軍之名以名之，此就其大者而言，若其小者如照相，如銅鑄的小像，如電影演映其當日戰勝的情形，此就余所知者而言，若所未知者又不知多少也。」[182]拿破崙以專制獨裁的方式統御法國，奠下行政、財政和司法的組織體系；又曾實行監禁教宗、控制報章雜誌評論，以及提高徵稅與徵兵制度等措施。然於1812年俄國戰役失利，而後更在滑鐵盧之役面臨囚禁的命運。[183]拿破崙傳奇的一生使他成為法國具代表性的人物，儘管後人對他各有不同的評價，但其所涵攝的歷史圖像，卻已是法國集體記憶中不可忽視的一部分。

林獻堂又對另一個歷史場景「凱旋門」多有詮釋，拿破崙當日建此門是為紀念自己的武功，豈知尚未落成，卻已被放逐於孤島中，直到一千八百年後路易腓力（Louis-Philippe）才完成此建築。林獻堂仔細觀看凱旋門的雕刻，包括拿破崙參與的一七二回大大小小戰役，及三八六位將軍的姓名；但他對於這些霸業的圖像與文字記錄，卻有不同的觀照。他主張「戰爭需紀念戰敗，不可紀念戰勝。」因為紀念戰勝，其國民必驕矜自滿，以為天下無敵，如此反而更容易招致失敗，凱旋門即是一個顯明的例證。相對的，林獻堂認為戰敗更需要被紀念，民眾才會臥薪嚐膽、同仇敵愾，國家才有轉敗為勝的一日，就如

[181] 柯慶明：〈論項羽本紀的悲劇精神〉，收錄於《文學美綜論》（臺北市：長安出版社，1986年），頁317-318。

[182] 林獻堂：《環球遊記》，頁47-48。

[183] 吳圳義：《法國史》，頁245-265。

同協和廣場女神服喪的例子。[184]凱旋門又有1921年1月28日建立的戰亡者之墓，其碑偃臥地上，並無墳墓之形式。碑文提到此為國家所戰亡的一個無名兵士，大戰時死者有數百萬人，但今此墓僅葬一人作為代表。碑頭有一圓孔，晝夜噴火不熄，以表示死者之愛國，如火之熱、如火之明，以為後人永久紀念。[185]凱旋門的戰爭紀念館運用大量的真實物件，如戰爭前的背景、戰爭爆發的過程以及戰爭相關的文書、照片等，以激起參觀者對戰爭的臨場感與省思。

林獻堂不僅書寫有關政治人物的紀念物，也於〈美國見聞錄〉提到費城附近的大榆樹地景，威廉濱曾於此與印地安人訂定和平約束，雙方互重而相談甚歡，且以公正的價格向印地安人買下土地。之後，十三州傳出與印地安人的衝突事件，只有費城倖免於外[186]，榆樹自此成為和平的象徵。就城市意象而言，城市非常需要舊建築，否則難以發展出有活力的街道和地區。[187]林獻堂留意到不同類型的舊居，他曾參觀藝術工作者的故宅，如大詩人歌德（Goethe）的舊居、音樂家貝多芬（Beethoven）、文學家安徒生（Andersen）之故宅、畫家林布蘭（Remfbrund）故居。[188]他具體舉樂聖貝多芬的故宅為例，不僅描繪其創作過程的艱辛及毅力，並聯想伯牙學鼓琴的經驗，詳述不只需「情志專一」，且需感應「天籟妙理」。[189]在詮釋貝多芬與伯牙的音樂境界的同時，也引發他對人生的哲思：若受到外界的衝擊，需獨處靜觀，自我才能清朗可見。此為藉藝術家紀念物而詮釋其象徵的深意，亦是

---

[184] 林獻堂：《環球遊記》，頁43-45。

[185] 林獻堂：《環球遊記》，頁45。

[186] 林獻堂：《環球遊記》，頁162。

[187] Jane Jacobs著，吳鄭重譯注：《偉大城市的誕生與衰亡：美國都市街道生活的啟發》（臺北市：聯經出版事業公司，2007年），頁201。

[188] 林獻堂：《環球遊記》，頁98、99、117、122。

[189] 林獻堂：《環球遊記》，頁99-100。

文化迻譯的表現方式。

（二）歷史場景的詮釋

林獻堂旅遊至歷史場景，常觸景抒發對歷史事件的感懷。例如他曾描述全盛時期「世界之首都」羅馬，在此「永久之都城」的命名下，感嘆「欲亡一國家，非一朝一夕之事；然欲建設一國家，又豈是一朝一夕之事哉？」當他至奧古斯德宮參觀此羅馬文明的發源地，引發對昔日羅馬大國盛衰興亡的感慨。[190]參觀羅馬的元老院後，林獻堂認為今日各國議會制度，起源於羅馬元老院的組織法。[191]元老院為羅馬人反對帝國主義的大本營，尤其就西班牙戰爭而言，元老院不贊成、甚至完全反對使用武力去占領外國領土。[192]羅馬廣場為古羅馬人民集會的場所，林獻堂認為當時人民享有集會及言論的自由。他又參觀龐貝古城的遺址，得知在火山爆發前，城中即將舉行選舉。[193]此歷史場景顯現當時的選舉觀念與制度所發展的程度。

他又鋪陳關於法國大革命的敘事：1789年7月14日，巴黎市民暴動衝破巴士提爾（巴士底）監獄，為法蘭西革命之始，今猶以此日為共和國的紀念日。監獄遺址立一自由女神的銅像，左手執火以表示光明啓發，右手提劍以表示驅逐惡魔。林獻堂在此歷史場景感慨道：「當日革命流血的淒慘，所以造成今日的法蘭西。」[194]流露他對法國大革命慘烈情況的震撼與後續影響的評論。他在「康科特廣場」（又名協和廣場）一節中，想像當年路易十六上斷頭臺之時，仍神色不變高

---

[190] 林獻堂：《環球遊記》，頁85-86。

[191] 林獻堂：《環球遊記》，頁87。

[192] 騰尼．費蘭克（Frank, Tenney）著，宮秀華譯：〈元老院的「不干涉政策」〉，《羅馬帝國主義》（上海市：上海三聯書店，2008年），頁267。

[193] 林獻堂：《環球遊記》，頁90。

[194] 林獻堂：《環球遊記》，頁42。

呼「法民聽朕言，朕今無罪就死」的模樣。感嘆路易十六非昏庸無道的君主，然亦不免一死，實見民眾厭惡專制虐政的侵擾，非始自革命之日。林獻堂因敘述執政者長期漠視人權與民間疾苦，其後革命黨人互相殘害，領袖人物羅蘭夫人也走上臨刑末路，死前道出「自由！自由！世間借汝之名以行罪惡，正不知多少也」的悲傷情緒。廣場中的噴水池，在林獻堂眼中是無數志士仁人的沸騰熱血，噴之不盡，呈現他對恐怖法蘭西統治時代的不勝唏噓。11月11日是平和紀念日，法國自大統領以下皆來參拜，林獻堂在漫遊歐洲後及時參觀此典禮。這些儀式甚為莊嚴，軍隊排列兩行，以二百五十枝軍旗圍繞其墓，號炮一聲，演奏悲哀軍樂，於冷雨寒風之中，參觀者感染沉重哀淒的氣氛。他在這些古蹟紀念物以及紀念儀式中，感受法國追求自由、和平的歷史軌跡，亦觸動他對文明的另類思考。旅行引發認同的危機以及文化都會觀，使我們透過比較、參考與學習過程中，修正自己文化中的缺點，進而擴充自己的視野。[195]臺灣屬於文化文流領域相當特殊場域，處於日本殖民時期的林獻堂，長期關注臺灣的社會文化現象，此次環遊世界的旅程更促使他開拓書寫迻譯文化的面向。

對於都市記號學而言，物質是涵義的承載與傳播媒介，因此，象徵行為總是涉及一些物質的東西，以及附於其上的社會論述。而這些物質的東西皆為都市空間的元素，如：步道、廣場、建築物及其立面。[196]林獻堂於〈法國見聞錄〉中曾提到市政廳廣場的歷史：1572年慘殺新教徒事件，巴黎一夜之中男婦老幼數千人死亡，其領袖被擒者不立即殺死，皆懸在此鐵柱上，名曰「吊燈」，其虐刑較之馘

---

195 廖炳惠：〈旅行、記憶與認同〉，《當代》第175期（2003年），頁89-91。

196 M. Gottdiener and Alexandros ph. Lagopoulos著，吳瓊芬等譯：〈城市與符號〉，收錄於夏鑄九編：《空間的文化形式與社會理論讀本》（臺北市：明文書局公司，1988年），頁237。

首尤甚。1789年大革命時，路易十六時期的大藏大臣及其子亦在此吊燈。由帝制而共和，由共和而帝制，因這個地方為巴黎之中心，又是市政的所在，凡有集合會議皆在此，所以特別具有歷史意義。1870年普法戰爭，巴黎陷落，市民憤慨政府無能，遂把市廳焚毀；至1874年在此舊址興工建築，其外形為法蘭西文藝復興式。[197]市政廳廣場在法國抗爭史上有其重要性，它記錄法國整體社會結構的重大變化。從法律的制定、判決與執行，最終形成一套中央集權的系統，涵蓋法國人民生活的各層面。[198]法國大革命是在啟蒙主義引導下的具體呈現，革命初期自由平等原理取代中世紀以來的身分支配原理；但另一方面，國家由資產階級掌握，而此階級又是以經濟生活為範疇的市民社會的一環，國家與市民社會反而以經濟生活為媒介結成一體。[199]市政廳與廣場正見證了國家與市民空間，或衝突、或調適的緊密關聯。

林獻堂抵達埃及首都開羅後，前往金字塔參觀的記錄，蘊含作者對於空間詮釋的資料。他記述金字塔建造過程相傳是由三十萬名的壯丁，從七百哩遠的尼羅河上游，搬運每塊約兩千噸的石材三百三十萬塊，歷經五十五年的時間才完工，於是評論道：「當時埃及人民因建造金字塔而受的勞役與苛稅，應不減於秦始皇與隋煬帝的長城、大運河。但相較之下，金字塔的興建除了供後人憑弔外，對人民似無益處。」[200]林獻堂以金字塔與長城、大運河等建築與民眾生活的關聯等迻譯的手法，論述空間權力對民眾的衝擊。

在記錄美國的歷史場景方面，林獻堂參觀位於波士頓的革命議事

---

197 林獻堂：《環球遊記》，頁45-46。

198 Charles Tilly著，劉絮愷譯：《法國人民抗爭史：四個世紀／五個地區（上）》（臺北市：麥田出版公司、城邦文化事業公司發行，1999年），頁116-117。

199 李永熾：〈市民社會與國家〉，《當代》第47期（1990年3月），頁36。

200 林獻堂：《環球遊記》，頁9-10。

堂，敘述這個原為革命時民黨屢次集議的禮拜堂，故此場所又有「獨立之搖籃」的稱呼。另外，波士頓市區街角牆上嵌一銅碑，銘曰「一七七四年拋棄英茶處」。因英國曾在殖民地苛徵雜稅，後雖廢印紙稅，但改徵茶、紙、玻璃等稅，導致民眾負擔過重而憤起抵制英國商品，並將英國商船中的茶盡投入海，此次抗爭激怒英軍而展開大肆殺戮行動。林獻堂不僅記錄獨立戰爭的導火線，也關照美國殖民地時期的社會背景。[201] 美國獨立的開端多發源於波士頓，故有關獨立的遺跡也較多。他在分析美國獨立戰爭過程中，歸納以下四大原因：一、英國殖民者雖擁有土地所有權，然而自治權仍握在英王手中，故官吏皆由英國政府分派，殖民者不得任官。二、殖民者的所得賦稅必須全繳交給英國政府，殖民地貧富差距所造成的不平等情形嚴重，一般平民基本生活常遭富者剝削。三、英國政府因恐殖民者具有學識後要求獨立，故在殖民地採愚民政策，而不設立高等教育學校。四、頒布航海條令，規定殖民地物資只能供給英國市場，而嚴禁轉賣他國。又受英法戰爭的影響，殖民者的稅金負擔年年加重；戰後，英國商人亦恃其職位任意殺價，使殖民者生計更加困窘。以上四點呈顯富有自由思想與自治能力的被殖民者，對於各種政策與統治手段深感不滿。林獻堂認為若非英王對殖民地實行高壓統治，美國今必仍安於不識不知，其獨立思想也將不會出現。他引用《孟子・告子》所言：「生於憂患，而死於安樂」，說明人在憂患中能發憤圖強而得以生存，處於順境易沉湎於安樂而招致滅亡。又延伸闡釋：「生於壓制，死於噢咻也。」[202] 意為人處於壓制的狀態下易有反抗之心而得以生存，若只發出呻吟則徒陷於哀傷而終至衰亡。此種引用漢籍中的格言，並配合現實環境再

---

201 林獻堂：《環球遊記》，頁165。

202 林獻堂：《環球遊記》，頁166。

轉化以啟蒙世人，亦是林獻堂所採取的文化迻譯的方式之一。

三　觀摩現代：空間建構與生存處境的反思

臺灣受日本殖民統治引進現代性所影響，但與同時期歐美現代文化的發展相較，臺灣社會的現代性是壓縮的。林獻堂於1920年代後期至世界各地觀摩這些現代空間後，如何描述城市地景與生活藝術？又如何反思日本殖民下臺灣的生存處境？本節將就這些面向探討《環球遊記》呈現有關現代性的議題。

（一）城市地景的建構與生活藝術

日本透過對臺灣的殖民統治，向西方國家宣示其現代化治理能力。鐵道、港灣、都市、下水道等現代化計畫，或原住民、慣習、地質、生物等學術調查，以及人口、戶籍、教育、衛生、警察等制度的建立，甚至糖業、樟腦葉、稻米等產業開發，在世界殖民地少見如此全面性的實驗。《環球遊記》記載當身處現代化社會的林獻堂抵達廈門時，眼見街道非常狹窄且髒亂。廈門當局計畫拓寬道路並築水溝以利衛生，但民房卻遭到拆毀，市民權益因而受損。於是他有感而發：「街道改善實為必要，極注重人民損失之補償亦不可全無。」[203] 呈現林獻堂同時關注公共衛生與民眾生存權益等面向。就現實面而言，廈門與臺灣的生活品質到日治後期差距，如中國文人江亢虎曾於1934（昭和九）年8月訪臺所描繪：從廈門到基隆登岸後讚嘆臺灣，「交通、教育、衛生、慈善種種設備，應有盡有。由廈到此，一水之隔，一夜

---

203 林獻堂：《環球遊記》，頁2。

之程，頓覺氣象不同。」[204]臺灣的現代化與時俱進，顯現與廈門不同的氣象及文化落差。在公共衛生方面，林獻堂此次途經香港，登上太平山最高峰，見山上樓屋十年內未大幅增加，當時香港為英國殖民統治，英國政府認為華人不乾淨又喧鬧，因此禁止華人住在海拔七百公尺以上，林獻堂發出「人必自侮，然後人侮之」的慨嘆。他偶至倫敦組織協會的所在地，協會提供初到香港且還未找到工作的人先到此寄宿，並協助找尋職缺；屆時若尋得工作，薪水一部分再償還食宿費。林獻堂認為：「此法甚善，我臺人若欲發展於南洋，此法不可不學，以行互助之精神」。[205]林獻堂不只記錄有形的地景，亦觀摩英國殖民下香港的社會制度，流露欲建立更理想社會的心境。

十九及二十世紀之交的國際文學藝術界，對於巴黎的稱呼層出不窮，如：「太陽城」、「世界之城」、「萬城之城」等。此時巴黎另有「光明之城」（La Ville-lumiere）的稱名，並成為歐洲多數大城市於社會及精神生活層面的參照典範。[206]林獻堂參觀世界各大都會後，對於巴黎情有獨鍾，他多次出入巴黎，於遊記寫下個人對此城市的感受。「光明之巴黎」一語，係十九世紀小說家囂俄Hugo之言，他所謂光明者，不僅物質美麗而已，科學文藝種種亦莫不由巴黎而出，如光月照遍世界。[207]他欣賞巴黎這一國際都會具藝術精神，故市民生活有變化性。如商店常見同一櫥窗時常更換其裝飾，而店員亦費心研究顧客的心理，並互相討論批評。顧客與店員間的溝通，就宛如創造一個藝術品。[208]林獻堂在旅遊過程中，不僅觀察都會空間建構，同時也

204 江亢虎：《臺游追記》（上海市：中華書局，1935年），頁7。

205 林獻堂：《環球遊記》，頁3。

206 Jacques Dugast著，黃艷紅譯：《19世紀和20世紀之交的歐洲文化生活》（北京市：中國人民大學出版社，2007年），頁98-99。

207 林獻堂：《環球遊記》，頁42。

208 林獻堂：《環球遊記》，頁56。

評論各國國民的生活品味。巴黎自十二世紀學術興盛，許多國家的人多來此留學；而各國王侯的宮室、衣服、飲食亦莫不學於此，故巴黎的一舉一動影響全歐，國際都會的稱名始於此。羅蘭・巴特（Roland Barthes）提及高聳建築物的存在是為了讓觀光客人潮形成一道風景，使城市成為人類好奇心所嚮往的壯麗風光之一，並置身建築物當中來觀看事物，讓人類活動與特殊的自然現象相聯結，同時也頌讚人定勝天的信念。[209]大眾文化及休閒的主要影響為增加國民的同質性，漸趨同質化的人民是平等主義成果的表徵，這是法國大革命以來民主人士所夢寐以求的。普遍性的大眾文化與享受文化的閒暇息息相關，閒暇時間原是富人的專利，至一次大戰末期西歐與北歐的工人或上班族已普遍一天工作八小時，故大部分民眾有時間進行休閒活動。[210]喝咖啡為當時歐洲流行的休閒活動之一。林獻堂提到在巴黎鐵塔附近品飲咖啡的感受：「塞納河左岸有一鐵塔高一千呎，若坐在咖啡店中飲咖啡，看此好看的燈光變幻，亦是一有趣之事也」。[211]在十九世紀末咖啡館日益明顯取代中產階級以上的沙龍。這些咖啡館是一種公共場所，沒有任何入門條件或社會身分，亦不需要屬於某種階級與領域。所以，咖啡館很快成為各種不同階層的聚會場所，形成文化同質性的特殊空間。歐洲各大城市在都市化發展及工業化的影響下，中產階級以下的勞工，經常性的娛樂活動開始取代宗教活動，這些娛樂活動便是現代生活文化的標誌。

多數歐洲國家的首都與城市，都以大量的公共建設來展現他們的

---

[209] John Urry，葉浩譯：《觀光客的凝視》（臺北市：紅螞蟻圖書公司，2007年），頁69。

[210] Robert O. Paxton著，李孝悌等譯：《二十世紀歐洲史》（臺北市：黎明文化事業公司，1984年），頁374-381。

[211] 林獻堂：《環球遊記》，頁54-55。

富庶。各國的展覽場館、出版機構與劇院漸多，市民的知識與文化生活在這些地方展現。[212]林獻堂參觀多所開放給一般民眾的博物館及美術館，這些館藏展現國家實力與文化資產，也成為現代城市的代表性地景。如盧甫耳舊宮殿（羅浮宮）原意為獵狐集會所的意思，十二世紀末腓力大王曾在此地築城以為守備，經拿破崙時期大加修繕後，其崇閎偉麗實冠絕歐洲，成為法國專制君主政體發展過程中的標誌。第三次共和之後，便將其中一部分設置為美術館，林獻堂自言多次造訪，仍覺意猶未盡，由此可見羅浮宮館藏美術品豐富的程度。羅浮宮蒐羅各國名家傑作，義大利雷溫哈特（達文西）、米開朗基羅、拉斐爾，法國的馬內、摩內（莫內）、彌列（米勒）等，其中以人物居多，且大都與宗教有關。林獻堂除了觀賞羅浮宮鎮館三寶之一，達文西所畫的半身美人（蒙娜麗莎的微笑）外，也留意馬內、莫內等印象派畫家所使用的顏色與光線，與以往傳統繪畫有不同的表現方式。又如米勒擅長描繪農人情狀，所畫的晚鐘（晚禱）描繪農人夫婦辛勤於繁忙的農事，夕陽將落，忽聞寺裡的鐘聲，夫婦二人放下笨鍤俯首祈禱，以表達感謝上天之意，林獻堂特別欣賞畫中人物的神情。[213]有些都會空間原專供上層社會使用，如今已轉化為博物館，並開放給大眾參觀，此古蹟新用為現代空間展演的方式。遊記中詳述路易十四所建的維爾賽宮（凡爾賽宮），當時曾花費五億萬法郎，徵調民工三萬六千人，馬六千匹，以築地基、鑿水道、開道路直達巴黎，歷經數年才完工。林獻堂認為「此宮規模之大，費用之多，人民之苦痛，蓋此宮時大有關係法蘭西的盛衰」。路易十四橫徵暴歛，使國家財政陷於困窮，引起人民怨憤，因而釀成法國大革命，凡爾賽宮亦是當時革命的

212 Jacques Dugast著，黃艷紅譯：《19世紀和20世紀之交的歐洲文化生活》（北京市：中國人民大學出版社，2007年），頁12-26；106-107。

213 林獻堂：《環球遊記》，頁49-51。

導火線之一。[214]如此有關凡爾賽市及宮殿的建構經過，呈現林獻堂對於空間權力論述的觀點。

遊記常蘊含旅人的情感結構，諸如懷舊（nostalgia）或異國情調的記憶（exotic memories）等。造訪其他國度引發旅行者的懷舊感，被認為是由於旅人記憶中的故鄉或某種異國情調，強化刻板印象之後所留下的記憶，例如旅遊書寫常將巴黎與文化藝術聯結在一起。[215]在表演藝術空間方面，《巴黎見聞錄》描寫到：「歌劇場美麗稱為世界第一，而歌劇場前諸街的建築亦堪稱為巴黎市中心的第一。有歌劇場之美麗若無周圍之美麗與之調和，雖美麗猶未可云為全璧，今歌劇場可云全璧矣。」[216]巴黎大歌劇場內外有十幾尊各國古今詩人、音樂家、小說家、建築家等石像，屋脊上雕有希臘詩神阿波羅抱琴像，這些雕刻皆為當時名家的創作。林獻堂描述歌劇院周遭的景觀建築與街道頗為搭調，具有設計的美感。

（二）現代性與生存處境

城市具備三項普遍功能，包括提供精神道德領導、保障基本安全的權力組織、商業交易運作與經濟發展。其中精神與道德是城市文明興衰的關鍵。鋼筋水泥大廈並無法提供往日城市具有的神聖歸屬感，興建大樓的根本目的在於交易，甚少有歷久不衰的道德觀或是社會正義可為支撐。[217]又如十九世紀中葉的巴黎，因都市人口倍增，伴隨著交通、公共衛生、居住品質等問題，而開啟城市整頓計畫。1853年

---

[214] 林獻堂：《環球遊記》，頁58。

[215] 廖炳惠：〈旅行、記憶與認同〉，頁85-86。

[216] 林獻堂：《環球遊記》，頁42-43。

[217] Joel Kotkin著，謝佩妏譯：《城市的歷史》（臺北市：左岸文化事業公司，2006年），頁133-137。

拿破崙三世任命奧斯曼（Haussmann）推動街道網絡的建立，他對道路空間布局有對稱性的偏好，且採大尺度的方式規劃。如厄圖瓦勒廣場是一個直徑二四〇公尺的圓形廣場，匯集十二條放射狀的林蔭大道，不僅建立巴黎西區的交通樞紐，更發展成上層人士文化生活的新中心。自然、健康的綠地設施向來是巴黎市區所欠缺的，奧斯曼利用樹木區隔街道空間的功能性，使車道與人行道分明。市民可在人行道上從事各種休閒活動，也因此建立商業的功能，成為社會各階層與行業交流、活動的最佳場所。[218]林獻堂於遊記中常表達欣賞巴黎景觀改造的情形[219]，如此重新規劃開闢道路，牽動巴黎新舊市區的各個角落，解決交通、公共衛生、市容美觀等問題，亦奠定此城市在近代歐洲發展史上的地位。林區（Kevin Lynch）在其《都市意象》（*The Image of the City*）指出高度「意象化」的城市，形態鮮明，清晰悅目，具備「可讀性」（legibility）[220]。一般人常透過通道和地標等基本地理視覺元素，來認識周遭的都市空間。[221]旅遊書寫是作者見景抒情的表現，林獻堂漫步巴黎街道眺望景觀，並以其藝術素養細述各地的城市意象，隱含他對生活品質的欲求。

林獻堂在遊記中曾提及有關公園的設置，如評論巴黎市中心的公園，不及倫敦市公園多，因為巴黎的街道寬敞，兩旁皆有樹木，已足夠作為市民的散步用途，較無廣設公園的必要。如宋最利最街

---

218 洪傳祥：〈巴黎的近代化改造（1853-1870）——從近代城市建設典範初探臺灣城市的形成〉，《建築學報》第16期（1996年3月），頁94-108。

219〈法國見聞錄〉提到：「凱旋門放射十二大街，其眺望隨各地點而有無限的變化，自一大街望其正面，自他大街觀其側面，而所得的景色各有不同。蓋因諸大街多有種植美麗的樹木，隨四季循環變化不定，故其市街的光線色彩，亦因之而受其影響。」林獻堂：《環球遊記》，頁56。

220 Lynch Kevin, *The Image of City*（Cambridge, MA:MIT,1960）, p 9; pp. 46-83.

221 Jacques Dugast著，黃艷紅譯：《19世紀和20世紀之交的歐洲文化生活》，頁105。

（香榭麗舍大道）寬約四〇〇呎，並廣植樹木，時常有民眾於道路旁休憩。[222]然而，哈維《巴黎，現代性之都》卻從另類觀點批評奧斯曼大刀闊斧改造巴黎景觀的行為。[223]當林獻堂到紐約市街五十八層高樓，曾形容乘昇降機的過程，他以「飄飄然如列子御風而行，冷然善也。」的迻譯方式書寫其現代性體驗。又描繪直達頂端，俯視街上人如蟻陣，車若蟬聯，遙望自由女神像，不禁寫出「心曠神怡，飄然欲仙，視世間之事如塵芥，無一物足以滯於胸中也」的哲理感受。[224]也提到紐約市空中電車及地下電車，終日殷殷隆隆而使人耳聾，然交通甚為利便，諸如此類皆是林獻堂分享個人於現代都會旅遊的實際經歷與體悟。在現代性的空間下生存，民眾意識影響國家未來的發展。他觀察德國雄偉建築物、壯麗市街，及工商業與科學的進步，皆在普法戰爭之後的四十餘年突飛發展。林獻堂眼見德國雖為戰敗國，卻未嘗小挫，不禁感慨：凡國家受異族壓迫，若國民精神萎靡不振，則其國家無振興之日；若再接再厲，勇往直前，現在雖處於失敗地位，未來必有復興之日，德國國民精神即是如此，所以將來發展未可限量。[225]如此書寫都會現代空間與國民精神的關聯性，呈現其分析比較生存處境的觀點。

林獻堂參觀各國的現代空間後，不僅關注文明化的建築，也留意整體環境與民眾生存處境的關係。例如他提及「摩納哥公國」的景觀：「其市街整齊清潔無齷齪危險之家屋，無衣服襤褸失業之遊民，其能治理若是，真是使人欽佩不置。」摩納哥為僅次於梵蒂岡的世界

---

[222] 林獻堂：《環球遊記》，頁51。

[223] 大衛·維哈著，黃譯文譯：〈作為現代性的神話——創造性的破壞〉，《巴黎，現代性之都》，頁1-3。

[224] 林獻堂：《環球遊記》，頁147-148。

[225] 林獻堂：《環球遊記》，頁105。

第二小國家，地處法國南部，除了靠地中海的南部海岸線之外，全境北、西、東三面皆由法國包圍。林獻堂又評論道：「其土地之小，其人民之寡，其出產之悉微，竟能治理其國家若是，可見世界尚無一土地、無一民族不可獨立的，唯視其自治能力何如呢。若其民族沒有自治的能力，如印度之大，沃野千里，稱為天府之國，徒供人家作殖民地罷了，豈不可哀嗎？」[226]此段敘事，蘊藏林獻堂於日本殖民下內心深沈的悲哀，及其對獨立自治條件的思考。他又於〈義大利見聞錄〉論及：「國家的獨立與否，應先視其國民有無獨立之精神；如羅馬雖亡，但仍能一統為意大利，而猶太人無獨立精神，則永遠臣服於他人。」[227]他記錄昔稱歐陸戰場的比利時，曾經歷西班牙、奧地利、荷蘭及法國的殖民統治，到後來民眾群起反抗宣言獨立，1839年遂成為永久中立國家。[228]林獻堂曾以「有志者事竟成」比利時等國的民眾群起自覺，記下一積極的註腳。當林獻堂參觀白宮後，認為此建築不及臺灣總督官邸美麗宏大，並評論道：「共和國之元首，自居為國民公僕，不敢絲毫自侈，以示尊嚴，有此美德，令人不得不歎羨平民政治樸素之風。其所謂平等，真乃實行而非徒作美名也。」[229]如此以白宮與臺灣總督府建築物外觀的比較，藉由空間迻譯思考所謂平等的普世價值。

為了抵抗日本殖民支配對臺灣人的人格、尊嚴與文化認同的集體剝奪與扭曲，臺灣民族運動者從自由的概念尋求助力，試圖從心理層面到政治層面，全面重建臺灣人的人格、尊嚴與集體認同。[230]當林獻

226 林獻堂：《環球遊記》，頁70-72。

227 林獻堂：《環球遊記》，頁74。

228 林獻堂：《環球遊記》，頁125。

229 林獻堂：《環球遊記》，頁156。

230 吳叡人著：〈自由的兩個概念：戰前臺灣民族運動與戰後「自由中國」集團政治論述中關於「自由」之理念的初步比較〉，收錄於殷海光基金會主編：《自由主義與

堂到美國參觀市政廳內懸掛的自由鐘，細述此鐘因1777年英軍直攻費城，市民怕此鐘落入敵人之手，沉入河中，要一直到費府恢復後才重見光明，「一鐘之微，尚且要經過許多折磨，方得如意，更何況人乎」。[231]隱喻追求自由實為不易，應耐心接受考驗。他又曾至自由女神像前，此女神是美國獨立時法國贈之以為紀念，其像高數丈，左手執圖，右手舉火，以表示光明之意。[232]這些城市意象引起林獻堂對嚮往自由的共鳴，並反思自己生活環境於某些普世價值追求上的匱乏。他參觀加州大學校園並登高西望太平洋，遙憶與諸親朋分離將近一年，即將歸鄉，內心應感到欣喜；然而，遊記卻流露他深沉的感慨：「繼思在此自由天地，無束縛，無壓迫。『我無汝詐，汝無我虞』，得以共享自由之幸福，不亦樂乎？然匆匆竟欲捨此以去，而即樊籠。期故何哉？言念及此，不禁憂從中來不可斷絕矣。」藉由這個臨近太平洋畔的都會空間，以自由與樊籠象徵性對比的描寫，反思臺灣於日本殖民下的生存處境。從制度面來看，臺灣總督府設計一系列用於鎮壓所謂「土匪」的政治反抗者，施行匪徒刑罰令的結果，以無數臺灣人的生命為慘痛代價，結束長達約二十年的武裝抗日。臺灣從清朝統治以來「武力抗官」的傳統，幾乎就此畫下休止符，臺灣社會漸被近代社會型國家權威所「馴服」。日本殖民統治當局就是靠著法院制度、犯罪即決制、浮浪者取締等所構成的「犯罪控制體制」處理清朝統治所遺留的治安問題。佔少數的重罪由法院審理、佔多數的輕罪通常由警察即決，有犯罪之虞者由警察強制收容。其結果，臺灣已改善社會治安，然是以不完全採用近代型法律、刻意漠視人權作為代價所換得

新世紀臺灣》（臺北市：允晨文化實業公司，2007年）頁56。

231 林獻堂：《環球遊記》，頁162。

232 林獻堂：《環球遊記》，頁146。

的。[233]1920年代知識菁英多以文化運動取代武裝抗日活動，其中林獻堂是文化界的代表人物，他早在1907（明治四十）年於日本奈良旅行時，即曾向中國維新運動人士梁啟超請益，梁啟超建議他參考愛爾蘭爭取自治的過程，以議會路線進行臺灣的民族運動。1921（大正十）年一月起林獻堂開始向日本國會提出設立臺灣議會的要求，此為第一次臺灣議會設置請願運動，1921（大正十）年十月臺灣文化協會成立。數年後，林獻堂從臺灣文化團體紛擾中暫時抽身至異地旅遊，並以遊記表達自己的所思所感，也開擴他的文化視角及世界觀，無形中化為他日後持續從事文化啟蒙的動力。[234]

四　結語

臺灣文學的古典作品，有些在精神意識上具有臺灣的主體性，而創作手法上，也表現出世人共通的人性真實和人生經驗，亦即同時具有臺灣主體意識的特殊性及藝術處理人性的普遍性。[235]以都會為題材的作品是臺灣文學的重要類型，尤其旅外遊記所展現的都會意象，深具作者的個人風格。林獻堂處於日本殖民時期的臺灣，於這趟文化旅程後藉由書寫再現異國都會文化。林獻堂遊記的敘事模式為鋪陳對世界都會空間的讚嘆與批評，以及對歷史人物形象的評論，透露出他個

---

233 王泰升：〈臺灣法的近代性與日本殖民統治〉，收錄於《臺灣社會與文化》（臺北市：稻鄉出版社，2005年），頁65-68。

234 林獻堂此行開闊其視野，使他堅定行走於務實的政治改革路途上，後來召回楊肇嘉，在1930（昭和五）年籌組臺灣地方自治聯盟，林獻堂則擔任顧問一職。參考林獻堂：《林獻堂先生紀念集．年譜》（臺中市：林獻堂先生紀念集編纂委員會，1974年）。

235 杜國清：〈超越中國？翻譯臺灣！〉，*Taiwan Studies Series* Vol.2（2005）: pp. 226-231.

人的思想與價值觀。葉榮鐘在《環球遊記》的校訂後記形容林獻堂於日治時期的心情:「五十年間，不卑不亢，周旋於異族之間，其委曲求全、逆來順受之用心，亦云苦矣。故吾人讀先生遊記於山水勝蹟、名城古都之外，可以知先生之心志也。」[236]林獻堂長期與一群有志之士從事文化啟蒙的運動，他在遊記中流露對於參觀古蹟、歷史場景的感受，以及駐足體驗現代城市空間建構及生存處境的反思，使其所撰《環球遊記》於臺灣旅遊書寫史上別具代表性。

日治時期臺灣城市是以統治者的理念來形塑，林獻堂生活在臺灣傳統文化與殖民現代性並存的社會，這些日常的經驗皆是他觀摩都會的文化資本。在他環遊世界的過程中，參觀的地點及風景的書寫，皆是主觀擇取的結果。「地點」被視為一個有意義（meanings）、意向（intentions）或有感覺價值（value）的中心。透過記憶的累積，意象、觀念及符號的給予，真實的經驗與認同感的建立，空間的實質特徵便轉型為地點。地點感可分為兩種形成模式，一是透過視覺而聞名的地點，二是經由長期的接觸及經驗而聞名的地點。前者的感受導源於外在的知識，使人看到物體的高度可意象性，以及洞悉「美」或是具有「公共符號的意義」，是具公眾象徵感的地方。就後者而言，導源於內在熟悉的知識，如人與人之間情感網路的建立，是具個人或更小區域情感經驗的地方。[237]林獻堂與各國城市的關聯，非長期移居在此，而是短期的旅遊停駐點；但因他對這些城市實體的古蹟與文化印象深刻，故於遊記中表達歷史滄桑感。本節分從「以古鑑今：從史蹟詮釋普世價值」與「觀摩現代：從都會空間反思生存處境」等兩個主題面向詮釋，以期呈現此遊記所蘊含城市豐盈的空間意象。

---

236 葉榮鐘：〈環球遊記校訂後記〉，林獻堂：《環球遊記》，頁187。

237 Allan Pred著，許坤榮譯：〈結構化歷程和地方——地方感和結構的形成過程〉，收錄於《空間的文化形式與社會理論讀本》，頁120。

《環球遊記》所載紀念物的象徵，如拿破崙之墓、偉人廟、聖女貞德壁畫、女神雕像及路易十四銅像等紀念物，保存帝國積累於民眾心中神聖或俗世的文化感受。從分析法國市政廳廣場、凱旋門、協和廣場等歷史場景，到論及羅馬元老院、龐貝古城，或是與美國獨立有關的波士頓紀念銅碑、象徵和平的費城大榆樹，以及紐約自由女神像等地的歷史脈絡。此外，因路易十四所建的凡爾賽宮或埃及金字塔，多使人民受到繁重的勞役與苛刻的賦稅，故探討林獻堂旅遊過程中所親見的公共建築或歷史遺跡，以及引發他如何思索人民應享有集會和言論自由等普世價值。另一方面，遊記透露林獻堂對這些遙遠城市的記憶，他曾於報刊、書籍，或是康有為與梁啟超的遊記中想像，如今，他在各個景點閒逛，體驗各國文化的氛圍。本節參考旅遊、空間等概念，試圖詮釋林獻堂因觀摩世界城市的現代空間，而抒發於日本殖民統治下生存處境的感懷，並透露出其對社會的終極關懷。例如將白宮與臺灣總督府相類比，並以迻譯的手法論述空間權力對民眾的衝擊。此部遊記中的敘事，字裡行間蘊藏日本殖民下知識分子內心深沈的悲哀；同時，林獻堂也理性提出獨立自治的條件，反思自由、人權等生存處境的意義，並透露欲藉由遊記喚醒民眾自覺的內在意識。空間與文學的關係密切，《環球遊記》所書寫的是林獻堂的意識空間，呈現作者於殖民現代性薰陶下的文化想像。藉由報刊分享觀摩都會意象的文化迻譯方式，不僅顯現臺灣這塊土地所孕育的知識分子的文化素養，也是將其對世界觀點與旅遊活動相印證的結果。如此的跨界觀看，在勉勵從事文化運動者堅持理想的同時，更流露作者對形塑臺灣集體意識的期盼。

——「跨界的迻譯：以《臺灣教育會雜誌》漢文報為探討範疇」

修改自原題〈旅人跨界的視域：《臺灣教育會雜誌》漢文報的旅行敘事〉，發表於「東亞學術現代化國際研討會」，國立政治大學文學院、日本同志社大學主辦，2011年11月。

——「東亞行旅再現：謝雪漁的文化迻譯策略」修改自原題〈東亞行旅再現：以謝雪漁旅遊散文為例〉，發表於「東亞近代化與臺灣社會變遷」國際學術研討會，臺灣歷史學會、日本臺灣史研究會主辦，2013年9月。

——「史蹟與現代空間的迻譯：林獻堂《環球遊記》的都會意象」修改自原題〈史蹟與現代空間的移譯：林獻堂《環球遊記》的都會意象〉，發表於2010年臺灣研究國際研討會，The Center for Taiwan Studies, University of California, Santa Barbara. 2010年6月。後收錄於Taiwan Under Japanese Rule:Culture Translation and Colonial Modernity《2010年臺灣研究國際研討會論文集》，CA: The Center for Taiwan Studies, University of California, Santa Barbara, 2011, pp.175-190.

第六章
結論

臺灣日治時期在地與海外旅遊敘事，隱含主體與他者互動的經驗，且從反饋中省思自我的處境，因而近來漸引起研究者的關注。綜觀日治時期報刊雜誌所登載的旅遊散文、單本遊記，或是文集及回憶錄中的旅遊敘事，皆蘊含臺灣旅遊文學與文化豐盈的研究素材。這些文本牽涉旅遊的動機、規劃的路線與行旅過程，及回歸後的影響，故具敘事的特性。旅遊散文為作者擇選、編織、重組旅遊經驗所得，此類研究與如何再現記憶有關。除了「再現」觀察所得之外，亦經由文中或篇末的「論述」，使人認知世界並產生意義。「再現」比較強調個人和社群，「論述」則不只是個人的面向。例如將旅遊散文刊登在報章雜誌，常見藉由論述表達抗拒的理念，或流露受到殖民勢力與權力影響的痕跡。旅遊具空間移動的特性，各時代旅遊散文呈現作者與時空情境的關聯。本書先從時間與空間著手，探討時空流轉下各類旅遊書寫的視角與場景意象。又因現代性為臺灣日治時期旅遊散文的核心概念，且文化迻譯為旅遊散文的表現策略，故列舉若干文本為例加以詮釋。

臺灣日治時期旅遊書寫視角的變遷，與歷史文化脈絡的關聯密切，故第二章先以時間為軸，擇選各時期不同刊物所載旅遊散文為研究素材，分析各階段敘事視角的轉變。於《臺灣日日新報》日治初期所載旅日遊記，多呈現士紳博覽與則傚的視角。於博覽方面：臺灣協會針對臺人旅日士紳，提供統一性的觀光路線及參訪地點的建議，著重參觀各行政官署、公營機械器具場及民間各種產業製造所。多透過馬關等歷史事件的重要場景，或京都等富有文化縱深的地景，再現旅人對殖民母國地景的集體記憶，並藉由報刊的傳播而形塑空間想像，使大眾對日本心生嚮往，且同時因參照比較而流露深刻的省思。在則傚的層面，臺灣士紳赴日考察體驗現代文明的多重面向；他們建議臺灣應積極學習日本的交通設施、工商經營及農業政策，並謀求改進之道。於觀察日本學校的實務教學之後，提出臺灣應參考日本的模式，鼓勵產學合作；同時留心特殊教育的成果，呼籲效法日本教育的普及與落實男女平等的理念。從參訪博覽會，以開化臺人智識，到獎勵殖產改良並促進商業發展，皆透過中心與邊陲的對照，加深對文明認知後的心生效法。

《臺灣日日新報》所載日治初期遊記的作者多為地方士紳，曾擔任保甲局長、街庄區長及參事等職，他們雖然權力有限，但因身在鄉里而與居民的關係密切，故具有相當的影響力。許多士紳旅行出發前需向總督府官員報備，回臺後更藉由殖民行政機構的安排，於家鄉參與回歸後的座談會或演講，或於報刊上發表歸返後的論述。當作者奉命或受邀前往日本，返臺後的遊記登載於報刊，將能形成宣揚文明的傳播效果，故具有實用目的性。他們以參觀共進會或勸業博覽會的方式集體旅日，其考察流露對殖民母國文明新奇的感受，回臺後紛紛發表改革地方的策略。旅日過程著重參觀殖民母國的行政與建設，使臺人瞭解日本的組織及功能，有助於回臺後配合實業調查與殖產開發，並引發傾慕殖民母國的宣傳效果。當他們親見割臺的紀念地景，僅以感慨的方式呈顯世變的傷痛，而未能嚴詞批判殖民者武力侵臺的不當，與新文學家對殖民差別待遇的批判性有所區隔。然而，旅日文人透過觀察日本的現代教育，將這些觀察體驗與臺灣教育發展作對照。表面上看似不遺餘力宣揚殖民母國的教育成效，但同時也反映殖民地教育資源遠不如日本的困境。

臺灣日治中期遊記拓展讀者對於人類文明以及世界地理的認知與想像，此類因「空間移動」而產生的文本，所承載同時代的歷史文化內涵，值得細加分析與詮釋。《臺灣民報》所載多篇海外遊記，涉及旅遊之所以發生的原因、性質、過程、影響與意義的探索等議題。當臺灣日治中期知識分子思考社會改革時，曾企圖取法世界各國的發展經驗，登載於《臺灣民報》的旅外遊記，即成為他們觀摩現代制度參考的來源之一。本書詮釋這些旅外遊記時，著重作者與時代脈絡的關聯，他們的時代、背景、思想、社會位置、旅遊目的及地點不盡相同；但這些旅外遊記多蘊含跨界文化的比較與批判，展現此報刊的敘事策略。遊記的作者多為日治時期知識分子，他們時而以象徵的意符，流露身處不公社會的心境，同時也評析各國現代化城市的生活品質。如〈環球一週遊記〉透露林獻堂眼中的巴黎是光明的，亦是人文薈萃的國際都會，吸引各地藝術創作者或旅遊者齊聚於此。許多遊記的作者比較世界各城市的現代空間，並論述統治者權力對民眾所造成的衝擊。林獻堂從觀摩及比較各國文化後，省思臺灣於教育、經濟、政治上的處境，並傳達欲藉由遊記喚醒民眾自覺的內在意識。

《臺灣民報》所載遊記浮現的都市意象，流露對於遙遠城市的記憶；敘事模式鋪陳對世界都會的讚嘆與批評，透露個人的思想與價值觀。例如，黃朝琴記錄各國大使館空間建築的沿革之餘，也思考美國大使館所隱含以民為主的象徵意義。當他到馬來半島旅行後，不僅記錄於各城市的所見所聞，並反思造成華僑獨佔地方經濟大餅的諸多因素。雖然他對於印度人、馬來人與華僑的比較觀察，流露以漢文化為中心的視角；但遊記也反映作者批判當地由英國官方掌控政治勢力，居民淪為馬來半島奴隸，以及政經層面受到多重壓迫的人文關懷。又如郭戊己對南洋各地殖民政策進行比較，包括政治掌控、經濟剝削及產業經營等面向，呈現歷時性與共時性的觀察記錄。歷史事件的發生地常成為旅遊的重要景點，具有超越時間的「神聖性」，使人永遠記憶這些場景。《臺灣民報》刊載黃朝琴與林獻堂的歐美遊記，兩人所書寫的古戰場、紀念館及紀念物，蘊含民眾追求自由的意象。至於陳後生及郭戊己的遊記，除了分析東亞政治及經濟等困境之外，亦省思臺灣現代教育的缺失，並積極謀求改進之道。從取法現代政經制度、跨界觀摩休閒品質、或是文化參照的反思與借鏡等面向，皆可見旅外遊記的敘事策略。旅人從臺灣出發，至東亞或遠赴歐美旅遊，即是期望擴展對異地的認知。刊載於《臺灣民報》旅外遊記的作者，長途跋涉或歷經身體不適，最後又歸回所屬的家園。這些知識分子在離與返的辯證中，表達對世界各地人權、政經等層面的觀察，或是對於休閒品質的欲求，以及文化參照的反思與借鏡等面向。《臺灣民報》所載旅外遊記字裡行間所隱含改革臺灣制度的使命感，與啟蒙大眾的理念，呈顯此類文本所具公共領域論述功能的特質。

至於日治後期《三六九小報》及《風月報》所登載的旅遊散文，迥異於大敘事的內容，其類型多以訪友、賞景及休閒等活動為主。《三六九小報》與《風月報》的文本除了臺灣北、中、南及東部等在地旅遊散文之外，跨界海外的旅遊散文則多以日本為主。文體為作者表現自我的方式，瀏覽登載於這些系列刊物的在地旅遊散文，多以感官意象再現空間移動的經驗。此類文本將地景轉化為文字而流露地方感，雖引用漢籍典故所隱含的文化意象，卻藉由具體刻劃臺灣的山水，而巧妙為在地的風景發聲。

《三六九小報》及《風月報》發行於日治後期，所刊載的旅外散文如王開運《東游日記》與蘇有章《內地漫遊記》，描述旅日消費社會的觀察與感受。這些細描風月場所女子的際遇，或現代女子於職場上的各種形象，反映男性作者群以感官窺探的視角。此外，有些旅遊敘事隱含日人對原住民同化政策及現代的深層介入。旅遊散文亦刻劃日治時期女性識字階層的形象，呈現她們對於旅遊意義的理解。《風月報》系列雜誌不僅見證臺灣社會邁向現代化的變遷，也保留日治後期大眾消費文化的資料，可說是特定時空下的文化產物。刊物主編藉由訪問島內會員的論述，傳達臺灣文化界人士的自我定位。因感官⟷記憶⟷藝術創作之間有所關聯，故應用此概念詮釋旅遊散文，以理解臺灣日治後期的作者如何藉由文本再現感官經驗，綜觀這些旅遊散文多流露地方感，或文化接觸後的批判，並保存旅人於特定時空情境的記憶。

第三章就空間性而言，地景意象反映旅遊散文作者的風景心境，藉由書寫擇選的地景建構個人或集體記憶。回顧臺灣日治時期的旅遊敘事多以在地及東亞為主，海外較常書寫的地景多為中國與日本等處，這些文本蘊含作者的空間意識與世界經驗轉變的文化語境。處在日本殖民統治下的文人，當他們至中國旅行時，因空間移動而產生不同的觀察角度與文化批判；且由於敘事者歷史意識及感知的差異，而呈現種特色的見聞與衝擊。神州為中國的代稱，楊仲佐以〈神州遊記〉為題，透露穿越時空的想像，也反映二十世紀初期旅中文人的時代感懷。雖然臺灣於種族、文化、習俗皆與中國的關係密切，但現實中國非作者成長或長期居住之處，所以踏上那塊土地後，不免產生錯綜的情感。他看到中國在戰亂之後，整個文化與社會紛亂的現象，於是將種種都會意象化為求好心切的具體建議，在批判之餘，隱藏對祖國的期許。楊仲佐藉由上海已經是中國現代的城市，映襯其他地區更為混亂與不足之處。黃朝琴〈上海遊記〉也批判上海的自主權、經濟發展情況與消費的文化等面向，從觀摩此都會文化來思考中國現代性形成的因素。他理解到上海的發展與臺灣或東京的差異，比較現代都市的消費、娛樂、文化等面向。從對照至上海旅行與留學東京的生活體驗，提出文化批判及個人觀感，也流露臺灣知識分子觀看中國現代文化的視角。

臺灣日治時期旅中遊記作者受到殖民現代性的影響，多重視公共衛生、教育的層面，及其與富強的關聯性。他們瞭解到統治政策是一個龐大的機制，若無嚴密的治理政策與國民意識的提倡，難有大幅的改革。楊仲佐所描繪上海都會文化的性消費產業或娛樂文化，是旅途中所觀察或聽聞的文化現況；但他內心所掛念的仍是有關神州的圖強改造或是對未來的期望，而非時尚文化的興致。上海為他們旅中遊記的共同意象，呈現殖民地知識分子看待異地文化的多樣性。這些旅中遊記從國民意識、教育、衛生、農工商業等面向提出富強論述，字裡行間流露對中國的批判及深切期許。作者為成長於總督府統治下臺灣的菁英家庭，多關注二十世紀初中國富強等議題；且這兩位男性旅行者常描述有關都會風月的種種面向，呈現物化女性的心態。他們一為傳統詩社的文人，一是留日的學生，但皆著重工商發展的層面，並運用直敘、參照、比較、批判等表現手法。因文人長久以來接觸古籍或傳統教育的薰陶，以及從長輩口述中原風土的種種，在文人心中早已形塑關於漢文化的想像。然而，當一但踏上中國的土地，親身的見聞與想像之間有莫大落差，因此發展出臺灣日治時期旅中遊記論述的特色。

臺灣日治時期刊物所載作品蘊含各地的空間意象，其中，由於自閩南來臺的移民眾多，有些文本保存與閩南文化互動的軌跡。《臺灣教育會雜誌》屬臺灣教育會的機關誌，刊載的文章具教育與傳播的實質效益。此誌的作者群多是臺灣總督府國語學校的師生，尤其此誌漢文報所收錄的文本蘊含地景意象的承襲、空間文化的衍異等議題。就空間意象而言，此誌所收錄多篇在地文人的遊記，流露對家鄉景觀的親切感與在地認同，並呈現文化承襲及衍異的現象。至於許多文本中的地景隱含作者的空間意識，例如有些文本陳述香火鼎盛的原因，並追溯寺廟的源流與沿革，流露出寺廟的獨特意象。或描述移民來臺的守護神與閩南信仰文化的關聯，透顯形成臺灣在地祭祀圈的元素；作者在敘述臺灣民間信仰受功利性影響之餘，也藉由廟宇所供奉神靈的事蹟，闡揚道德教化的義蘊。臺灣各地寺廟的建築樣式、神靈信仰，或是文人的八景書寫模式，多呈現閩南文化對於臺灣移民社會的影響。此外，日治時期臺灣總督府透過神社等空間的詮釋，以達到形塑國民性的目的；又藉由修學旅行地景的安排，或是參觀共進會的展覽等面向，暗藏殖民者利用學校及社會教化的企圖心。從這些統治者權力介入空間的實例，透露日人刻意並強化空間的功能展示在臺殖民的影響力。

在日本殖民治理政策的影響下，地景的書寫日漸與以往有所差別。如開山神社為日人抵臺後於臺灣建立的第一座神社，之後，全臺各地的神社也陸續興建。旅遊敘事中的神社或是相關的論述，多透顯出執政者欲以實體的建築物影響殖民地的信仰，並與殖民母國的文化有所聯繫。又如芝山神社的地景則是日人以殖民者的觀點再現歷史事件，強調日籍教師為了教化新附民不畏犧牲的風範，且以如此主觀誇飾的手法，鋪陳建構臺灣教育精神象徵的文化論述。此外，在修學旅行的教化目的方面，這種校外活動使學生的身體成為殖民者期待的國民類型。例如，學校的師生至臺南參觀寧靖王祠與五妃廟，感受朱術桂的忠烈和五妃的貞烈，因而使修學旅行別具教化的意義。至於共進會的參觀記錄，則是總督府對臺灣這塊殖民地統治成果的公開展示，也反映知識分子受到當時氛圍的影響，流露對現代文明的強烈渴望。

臺灣日治時期漢文文藝刊物刊登的遊記，是作者將凝視時的地景保存於文本的創作，故具有召喚地景氛圍與記憶的作用。例如《臺灣文藝叢誌》與《詩報》提供傳統文人分享作品及創作經驗，並具維繫漢文化的功能，實有助於日治時期漢詩文的保存。除了從居住地觀看文人與地景的關係外，這些遊記的作者曾受傳統儒學的薰陶，多與詩社互動頻繁，且擔任詩社負責人與刊物編輯。又從作者社群的寫作習性，多見引用典故入文，字裡行間顯現其歷史感。文中對於地名的探索和旅遊的敘事，不僅是細膩描繪地景，且流露對地方的關懷。《臺灣文藝叢誌》所收錄的島在地遊記，多以「園」或「名勝」為主，作者強調園林的歷史厚度及與人物的互動。文化地景的想像蘊含深刻的時空意識，如萊園不僅為霧峰林家的宅第，亦是臺灣文化協會會員聚集的人文空間，展現寄託鬱結之氣於園林的情懷。又如「務茲園」原意是指務求施行更多德政，園林以此意涵命名，表現在地的認同感及歸屬感。此外，文人藉由書寫珠潭等地景，將長時間積累的歷史感受，隨不同時代的變遷而賦予新的意義。在表現策略方面，由於《臺灣文藝叢誌》與《詩報》的作者群多具漢學素養，因此遊記多挪用典故，藉以形容地景的樣貌，或寄託作者的自我心境。如以「桃花源」、「蓬萊」及「員嶠」比喻所居地，臺灣彷如是人間仙境。綜觀這些在地遊記，或展現作者的人生觀與地景間的相互映照，或透露殖民地知識分子的憂心，及關切文化保存的主題。

就旅外散文的地景而言，《臺灣文藝叢誌》及《詩報》所載旅外遊記，多以日本與中國為主要場景。日本的遊記如〈東瀛旅行記〉透露對戰爭的反諷，並思索族群受到殖民統治的壓制，民眾須具有主體意識的重要性。從遊記所描寫作者與不同國籍人士的交流，反映臺灣文人於新舊時代過渡期的反思；作者與法蘭西婦人和英國蘇格蘭人羅斯的互動，即是再現明治維新之後，外籍人士於日本境內的多元生活方式。而〈東遊紀略〉則著墨於博覽會及參觀現代化設施的見聞，顯示欣羡日本物質文明的心態，並感受都會的人文風景。從有關大阪勸業博覽會的記錄，得見作者的視角受到日本殖民所影響；而馬關以及春帆樓等地則與割臺事件有關，因隱含文人的歷史創傷，而成為集體記憶的地景。關於至中國遊記，有的以隋煬帝到揚州賞瓊花為例，探討隋代衰亡的原因，並以文字寄寓對歷史人物的褒貶，隱含借鑒的用意。而洪棄生遊記的自序則流露作者具有保存文化資產的使命感，所以決心親自實地踏訪與典禮相關的地景，以發掘此類歷史遺跡所蘊含的儀節意義。兩刊物所登載的多篇遊記，敘事範疇涵括臺灣在地及跨界至中國、日本等地，得以探索因空間移動而省思的心靈活動。故探究儒學社群文藝刊物所載遊記的場域意義、在地遊記的自我觀看及地方感、旅外遊記再現文化差異等面向，呈現儒學社群所撰遊記豐盈的地景意象。

就旅遊敘事的主題而言，第四章探討臺灣旅遊散文所蘊含現代性主題，不僅記錄旅人意識的轉變，且常因觀察異地都會的發展而對現代性進行反思。處於殖民地的知識菁英由於社會地位、學識背景等因素的不同，其旅遊敘事所觀察歐美現代性的面向亦不盡相同。以顏國年《最近歐美旅行記》為例，從顏氏的學養、經歷及人脈，理解其旅遊出發前的文化資本，並透過梳理日治時期海外旅遊的思維，分析作者所傳達的文化觀。同時參考產業發展、人際網絡與相關傳記等資料，以助於發掘遊記的特殊質性。顏國年旅遊的動機，包括先前查訪中國的經驗、完成兄長夢想、安排子弟進修及實業家的企圖心，而立下遠行海外的宏願。本書以顏國年觀摩歐美各地三井支部等產業為旅遊的主軸，分從旅遊動機、旅程安排以及回歸後的反思，探討作者彙錄歐美旅行見聞的敘事性。顏國年的實業家身分，著重於觀摩海外產業實況並體驗現代性；在文化論述與儒教價值觀方面，則從儒教視角觀看西方文化展示，及詮釋物質文化和國民性的關聯。

顏國年《最近歐美旅行記》書寫物質文化的見聞，表達對於飲食、衣著儀態、道路屋舍及交通等層面的觀察及象徵意義。從各國衣飾、建築物規模及風格與臺灣相比較，更由環境衛生及個人潔淨的層面，或從公德心、商人良心、移民制度等分析文本中所詮釋的國民性。藉由參觀古蹟、文化地景及博物館後所發表的論述，流露儒者重風俗教化的價值觀。顏國年的旅遊散文再現作者個人的跨界經驗，透過分析此類文本以助於理解知識分子如何思索臺灣與歐美文明的本質差異，並隱含受到殖民者強化衛生觀的影響。從顏國年與三井公司所安排的行程加以觀察，不似臺灣總督府排定的東遊旅程，或「上國觀光」般的刻板模式，而是在礦產實務或是習俗風尚的觀看中，尋覓臺灣未來的發展方向。此趟旅程不僅深具拓展視野的意義，並引發思索實業的面向；在與異國接觸的過程中，呈現以儒學價值觀評論異地風俗及現代性的衝擊。

現代性與啟蒙有密切關聯，臺灣日治時期的報刊常傳播擺脫落後的過去，邁向開放的未來。刊載於《臺灣新民報》的旅遊散文，在當時流通於學校及公共場所，並在識字率僅次於日本的臺灣社會，培養了閱讀群眾。臺灣知識菁英雞籠生曾於此報刊發表諸多蘊含現代性主題的旅遊散文，這些旅外觀察及批判的連載作品，後集結成《海外見聞錄》及《大上海》。雞籠生好旅行的天性促使他書寫跨界的見聞，且因得助於大眾媒體的傳播，而影響讀者對世界的想像。由於他留美就讀交通管理研究所，所以著作多處提及文明與交通的關聯性，並於觀察歐美的現況後，批判中國交通現代化的不足而提出具體的改革方向。雞籠生藉由觀看、體驗和理解等方式，書寫關於歐美各國的印象，並提出對中國社會改革的建言。他認為教育是具影響深遠的力量，所以專程造訪各級學校：如在英國實地考察時，並比較牛津大學與劍橋大學的不同；到巴黎時則至美術學校參訪，巴黎是美術的大本營，並觀察該校聚集各國人，提供學生參考的收藏品甚為豐富。又記錄法國人較無種族歧視的問題，並對戰爭、生育、貞節等議題有其獨特看法。

雞籠生常關注都會的發展與所衍生的問題，如此兼顧雙面的觀照，顯現其文化批判的視角。他在《風月報》長期介紹上海的近況，為此系列刊物連載最長篇幅的專欄。太平洋戰爭爆發後，日軍接收上海租界，臺灣青年紛紛奔赴上海。雞籠生不僅提出觀察上海所得，亦探究陋習形成的背後原因，分析建立制度的重要性。在報紙的評論方面，他肯定新聞傳播及文化批判的功能，亦省思公共媒體所應擔負的社會責任。在記錄上海繁華的面向之外，又直言批判當時租界及領事裁判權存在的不合理，發掘時尚文化變遷的負面影響。雞籠生對倫敦的批評表現於強調都會的改革面向，並於褒貶中透露作者的價值觀。在都會意象方面，一般人多以巴黎代表法國，進而評論法國為奢華無用的國家；然而到法國的鄉下，才能看出純粹的法國生活。他又論及倫敦民主思潮的意象，海泊公園每天公開演講有關印度獨立、共產主義、打倒英國帝國主義等議題，呈現對英國民主社會的實質觀察。雞籠生的旅行見聞發表於《臺灣新民報》，該報於殖民統治後期已自我定位為「民眾的言論機關」，刊載的內容多為大眾發聲且具傳播新知的特質。雞籠生的旅遊見聞於觀看都會文化與習俗風尚後，流露思索歐美與上海文明的本質差異。自我安排的行程的文化批判與省思，涵括從日常生活展演到人權、科學等層面，多具公領域的傳播作用。

回憶錄中亦隱藏旅遊經驗的敘事，臺灣日治時期回憶錄裡留學日本的敘事，蘊藏知識分子在殖民現代性發展情境下的掙扎。如此的生命書寫不只是求學於外而已，且是一種認同，一條探索自我、建構自我的道路。從日治時期的回憶錄爬梳留日學生如何從他者的想像中，發現文化差異，與自我建構的歷程。回憶錄流露作者所擇取旅日過程的美好片段，或再現日本帝國試圖超越種族文化差異，建立與殖民地一體的假象。臺灣錯綜的歷史背景，使知識分子在比較日本殖民與戰後戒嚴的處境下，藉由書寫留日經驗重新回味日本文化的遺溫。這些回憶錄透露年輕學子出國學習現代的知識與科技，並試圖期許自我成為未來改革臺灣社會的領導階層。其中有些人到達殖民母國日本後為現代化政策所說服，而進入了模稜的狀態；分析走入這樣的情境，最主要是因發現「差異」的所在。回憶錄的旅日敘事即呈現知識分子面對殖民現代性的種種反思。

日治時期的知識分子逐漸浮現臺灣意識，且因族群的差異性而產生排除與納入的過程；同時也思考如何書寫他者，並從身分的流動中建構互動關係。這些作者在日本接受留學教育後影響其認同取向，並成為他們回憶錄裡一段深刻的記憶。留日的經歷使某些人產生新的文化觀，他們提出臺日文化差異、人權訴求與政治自主的理念，因而對官方論述產生抗拒。許多回憶錄敘述日本境內教育普及、學術深化及自由開放的學風，若與殖民地臺灣的教育問題作對照，突顯差別待遇、高等教育資源的匱乏，亦涉及與推行同化政策的強橫手段等困境。這些隱喻與作者所使用的批判詞彙，對於臺灣主體性的發展，具相當的奠基作用。因此，透過對這些回憶錄的重新閱讀，將明瞭留日不只是求學階段的回憶而已，就文化主體而言，更有其歷史背景的存在意義。留學可能撼動個人固有的知識體系或思考模式，在過程中將重新認識自我、反省自我，不同社會文化背景的人也因此有機會相互接觸。文化差異為留日過程中的直接感受，亦為回憶錄留日敘事的重點。在抵抗與嚮往現代文明的交混氛圍裡，留學生的回憶錄蘊含研究自我建構的素材。探討臺灣日治時期知識分子的回憶錄，有助於詮釋個人生命經驗的反芻，亦為理解臺灣個別與集體記憶裡殖民現代性的影響。

第五章著重於旅遊書寫的表現策略，因臺灣日治時期旅遊散文時而透過迻譯的方式，表達跨界移動的異文化觀察，藉此傳播文化理念以及風景心境，亦是一種再教育的方式。如《臺灣教育會雜誌》所刊載的旅遊散文，不論是臺灣師生到日本，或是日人來臺的旅行，皆因空間移動而感受到文化差異。其中一系列修學旅行的遊記與「大阪第五回內國勸業博覽會」有關。當時國語學校校友王名受等人曾赴日參訪此次博覽會，回臺後將旅日心得發表於《臺灣教育會雜誌》漢文報。這些受新知洗禮的教師及學生的旅日敘事，常關注教育及社會風氣的議題，並認知到加強臺灣教育的重要性。殖民者利用修學旅行使學生身體成為理想的國民類型，於部分遊記中透露學生從神格化地景的凝視萌生日本認同。有些則藉由書寫修學旅行而表達對臺灣教育的憂心，期望透過此反思之文的刊登，提醒民眾關注教育對於改造社會的意義。國語學校的師生從臺灣出發到日本，再返回臺灣的家，在異文化參照下有所批判，並思索自我的位置，流露旅行書寫的內在意義。另一方面，從現代文明衝擊下的教育反思及修學旅行的地景記憶等，皆呈現赴日修學旅行的教化意義。

《臺灣教育會雜誌》漢文報所刊登的日人旅臺散文，有些以集體登山為題材，顯現國語學校教員對於戶外活動的重視。他們的自然風景敘事多善用典故，並迻譯漢籍的意象，表現對漢文熟稔的程度。另一類流露異國風情的旅遊散文，則為作者擇取具有南國特色的物種，或分析地景生成的原因，展現具科學素養知性的迻譯風格。有些日人旅遊散文的風景意象，隱含帝國之眼的敘事視角，或流露著重殖民治理及經濟利益的觀點。日人旅臺敘事中所蘊藏的人文意象，則將原住民部落形容為漢籍古代社會「無為而治」的理想境界；另一方面又認為臺灣仍屬蠻荒之地，以貶抑原住民或強調教化的合理性。日本文人或以文王的恩澤迻譯日本天皇的恩德，或強調鄭成功的忠義精神。有時則藉由漢籍「桃源」或「武陵源之思」典故的意象，以原始性修辭表達對原住民純真生活的嚮往，並以匱乏式修辭強化落伍的生活環境。他們皆以漢文為載體，企圖以迻譯的方式連結漢文化，呈現日人旅臺遊記的敘事策略。

再觀第一位具秀才身分而入臺灣總督府國語學校謝雪漁，兼具傳統漢學的薰陶與新式教育的洗禮，其旅遊散文多涉及有關東亞再現的相關議題。謝雪漁於《漢文臺灣日日新報》與《臺灣日日新報》發表臺灣本地旅遊散文，以及赴東南亞菲律賓與東北亞日本後所撰寫的長篇旅外散文。從歷史敘事與文化迻譯等角度觀察，作者的旅行書寫表現「自我主體」與「他者」之間的對話交鋒。謝雪漁旅遊散文所反映的現代性體驗及文化觀察，隱含臺灣日治時期旅遊文學與東亞關聯的特殊質性。他藉由〈遊岷里刺紀略〉書寫菲律賓的歷史，並參照菲律賓與臺灣的被殖民情境，將西班牙官員咪牙蘭與荷蘭總督揆一相比，且揭露西班牙及荷蘭殖民者侵佔原住民土地的慣用手法。又分析菲律賓於西班牙殖民時期遭經濟剝削等敘事，突顯反抗型人物於情節推進的積極作用。同時又引《左傳》子產的話語作為文化迻譯的媒介，剖析美國殖民菲律賓的背後意圖，隱喻作者對於美國殖民菲律賓方式的批判。他所撰寫〈角板山遊記〉的臺灣本地旅遊散文，則記錄原住民與日軍從衝突、反抗到遭受鎮壓等過程，又以明確數據使征戰具象化而增加臨場感。謝雪漁以參照的敘事方式，連結異地與本土的相似性或相關性，使讀者易於得知地理特徵與相對位置的功能；或以比較的表現手法，呈現兩地氣候、物產、行政及文化差異。

謝雪漁又因曾擔任臺灣及海外記者，而有機會擴展見聞並累積文化資本。〈內地遊記〉以文化迻譯的方式再現海外旅遊，此文提到旅日緣由為參加東京湯島聖堂所舉行的祭孔典禮，而自覺身負推廣儒教的使命。此次活動由「斯文會」所主辦為殖民者用來運用儒教作為文化統合的工具，實質上與精神上的象徵。當他旅日親見春帆樓不禁有感而發，主張撤棄泯滅此與戰爭相關的地景，如此轉移歷史記憶的立論，流露其提倡日華親善的觀點。謝雪漁又以人口問題為日本海外殖民的行為確立正當性，並為尋找殖民地構思合理的藉口。他一方面評論日本國民性的缺點，批判日本對於各殖民地的理解不足，又對其他種族有所歧視；同時更期許日本人能擴大胸襟，廣為接納新移民，以樹立帝國風範。他希冀日本藉由復興儒教，加強道德教化的效果，然而此行為同時可能導致鞏固統治者的權威。〈南歸誌感〉則以記者的身分報導對南部變遷的觀察，並以文明教化者的姿態，提出個人的評論。他嚴厲批判雖具現代化的鐵路硬體建設，卻缺乏現代性的觀念，故管理制度疏失甚多；又藉此宣揚總督府衛生概念，而與日本殖民者的衛生政策相呼應。他直接批判有些醫生專業能力不足、民眾欠缺公德心、服務態度不佳及過度迷信盲從等現象。至於觀察嘉義地震災情後，論及地震發生原因的傳說多為虛妄，其對警察及保甲制度的態度，亦隱含他肯定殖民者統治的視角。綜觀謝雪漁藉在地旅遊散文發抒對於衛生、公德心、秩序等現代性的理念，檢視總督府的治理政策，並在教育、公共建設等面向有所著墨，強調臺人需改善的缺失。

林獻堂亦擅長文化迻譯的表現方式，例如以拿破崙與項羽相類比，並擷取古籍詩句融入歷史場景的鋪敘，道出兩位「亂世英雄」相似的成敗之跡。當他參觀貝多芬故居後，則以伯牙相參照而詮釋貝多芬的音樂境界。另引用《孟子‧告子》延伸闡釋殖民地美國處於英國壓制的狀態下，產生反抗之心而得以生存。又以埃及金字塔與秦始皇與隋煬帝的長城、大運河相迻譯的手法，論述空間權力對民眾生活的衝擊。藉由報刊分享觀摩都會意象的文化迻譯方式，顯現臺灣這塊土地所孕育的知識分子的文化素養，亦是其世界觀與旅遊活動相印證的結果。林獻堂對歷史人物形象的評論，透露出他個人的思想與價值觀。他長期與有志之士從事文化啟蒙運動，在遊記中流露對於參觀古蹟、歷史場景的感受，以及駐足體驗現代城市空間建構及生存處境的反思，而使其所撰《環球遊記》於臺灣旅遊書寫史上別具代表性。日治時期總督府介入臺灣城市的規畫，林獻堂生活在臺灣傳統文化與殖民現代性並存的社會，這些日常的經驗皆是他觀摩都會的文化資本。遊記透露林獻堂對這些遙遠城市的記憶，例如因路易十四所建的凡爾賽宮或埃及金字塔，多使人民受到繁重的勞役與苛刻的賦稅，引發他思索人民應享有集會和言論自由等普世價值。又將白宮與臺灣總督府相類比，並以迻譯的手法論述空間權力對民眾的衝擊。《環球遊記》蘊藏日本殖民下知識分子內心深沈的悲哀，作者理性提出獨立自治的條件，並反思自由、人權等生存處境的意義，透露欲藉由遊記喚醒民眾自覺的內在意識。

新歷史主義著重探討文學與歷史之間是一種循環、交流和協商的關係，而不是一種指涉或反映的關係。十七世紀以來的旅遊文學種類紛繁多樣，這些作品雖非直接指涉或反映歷史事件，卻有助於理解文本與歷史時間脈絡交會的複雜意義。如此看來，文本不再只是旅遊者記錄個人生命經驗，更蘊涵文學與歷史敘事的多重對話。旅遊敘事策略的分析不僅著眼於表面上的反映現實，並重新審視於時代脈絡中，隱含哪些經作者選擇、重組後的成果；或是刊物編輯、甚至官檢等機制影響所生產的文本。因空間移動所觀察的文化差異，為研究旅遊書寫的核心層面，本書應用再現、論述、記憶、地景、感覺結構等概念，詮釋旅遊文學與文化的意涵。臺灣的歷史特殊性與文化的構成密切相關，在文化領受上變得比較雜揉，所以宜培養臺灣各階層與族群之間的共通情感，而閱讀旅遊散文即是理解時代情感結構的方法之一。旅遊散文為透過敘事者見到另一個社會與本地的自然與人文意象的差異，藉由比較而理解本身，並改變自我的視界。臺灣日治時期旅遊散文表現特定時空的思想、情感與生活方式，在相關的情感結構下，透過論述在離與返之間激盪思索未來的方向。這些旅人皆跨越傳統與現代，但由於社會地位、學識背景等因素的不同，所觀察到各地文化的視角亦有所差異。這些旅遊敘事蘊含各類題材的豐盈面向，為旅人於特定時期的記憶，流露地方感及文化批判也隱含於殖民體制下的領受與抗拒的糾葛，實為臺灣文學與文化的資產，值得學界持續發掘及詮釋。

附錄一
臺灣日治時期漢文遊記篇目一覽表

作者	篇名或書名	刊登年代	刊登日期	刊物名稱
李春生	東遊六十四日隨筆	1896(明治二十九)	6月17日	臺灣新報
李春生	東遊六十四日隨筆	1896(明治二十九)	8月6日	臺灣新報
李春生	東遊六十四日隨筆	1896(明治二十九)	8月16日	臺灣新報
李春生	東遊六十四日隨筆	1896(明治二十九)	8月24日	臺灣新報
李春生	東遊六十四日隨筆	1896(明治二十九)	8月28日	臺灣新報
李春生	東遊六十四日隨筆	1896(明治二十九)	9月13日	臺灣新報
李春生	東遊六十四日隨筆	1896(明治二十九)	9月17日	臺灣新報
李春生	東遊六十四日隨筆	1896(明治二十九)	9月19日	臺灣新報
李春生	東遊六十四日隨筆	1896(明治二十九)	9月23日	臺灣新報
李春生	東遊六十四日隨筆	1896(明治二十九)	9月25日	臺灣新報
李春生	東遊六十四日隨筆	1896(明治二十九)	10月2日	臺灣新報
李春生	東遊六十四日隨筆	1896(明治二十九)	10月4日	臺灣新報
李春生	東遊六十四日隨筆	1896(明治二十九)	10月6日	臺灣新報
李春生	東遊六十四日隨筆	1896(明治二十九)	10月10日	臺灣新報
李春生	東遊六十四日隨筆	1896(明治二十九)	10月13日	臺灣新報
李春生	東遊六十四日隨筆	1896(明治二十九)	10月14日	臺灣新報
李春生	東遊六十四日隨筆	1896(明治二十九)	10月15日	臺灣新報
李春生	東遊六十四日隨筆	1896(明治二十九)	10月16日	臺灣新報
李春生	東遊六十四日隨筆	1896(明治二十九)	10月17日	臺灣新報

作者	篇名或書名	刊登年代	刊登日期	刊物名稱
李春生	東遊六十四日隨筆	1896（明治二十九）	10月20日	臺灣新報
李春生	東遊六十四日隨筆	1896（明治二十九）	10月21日	臺灣新報
李春生	東遊六十四日隨筆	1896（明治二十九）	10月23日	臺灣新報
吳土星	觀光紀程	1899（明治三十二）	7月19日	臺灣日日新報
吳土星	觀光紀程	1899（明治三十二）	7月20日	臺灣日日新報
林希張	東遊日記	1899（明治三十二）	10月24日	臺灣日日新報
林希張	東遊日記	1899（明治三十二）	10月26日	臺灣日日新報
林希張	東遊日記	1899（明治三十二）	10月28日	臺灣日日新報
林希張	東遊日記	1899（明治三十二）	10月31日	臺灣日日新報
林希張	東遊日記	1899（明治三十二）	11月3日	臺灣日日新報
林希張	東遊日記	1899（明治三十二）	11月7日	臺灣日日新報
林希張	東遊日記	1899（明治三十二）	11月9日	臺灣日日新報
林希張	東遊日記	1899（明治三十二）	11月11日	臺灣日日新報
林希張	東遊日記	1899（明治三十二）	11月14日	臺灣日日新報
林希張	東遊日記	1899（明治三十二）	11月16日	臺灣日日新報
林希張	東遊日記	1899（明治三十二）	11月21日	臺灣日日新報
林希張	東遊日記	1899（明治三十二）	11月22日	臺灣日日新報
林希張	東遊日記	1899（明治三十二）	11月23日	臺灣日日新報
林希張	東遊日記	1899（明治三十二）	11月26日	臺灣日日新報
林希張	東遊日記	1899（明治三十二）	11月29日	臺灣日日新報
林希張	東遊日記	1899（明治三十二）	12月1日	臺灣日日新報
林希張	東遊日記	1899（明治三十二）	12月3日	臺灣日日新報
林希張	東遊日記	1899（明治三十二）	12月5日	臺灣日日新報
林希張	東遊日記	1899（明治三十二）	12月6日	臺灣日日新報
林希張	東遊日記	1899（明治三十二）	12月7日	臺灣日日新報

作者	篇名或書名	刊登年代	刊登日期	刊物名稱
林希張	東遊日記	1899(明治三十二)	12月8日	臺灣日日新報
許又銘	東游日記	1900(明治三十三)	1月5日	臺灣日日新報
許又銘	東游日記	1900(明治三十三)	1月7日	臺灣日日新報
許又銘	東游日記	1900(明治三十三)	1月9日	臺灣日日新報
許又銘	東游日記	1900(明治三十三)	1月10日	臺灣日日新報
許又銘	東游日記	1900(明治三十三)	1月11日	臺灣日日新報
許又銘	東游日記	1900(明治三十三)	1月12日	臺灣日日新報
許又銘	東游日記	1900(明治三十三)	1月13日	臺灣日日新報
許又銘	東游日記	1900(明治三十三)	1月14日	臺灣日日新報
葉文暉	東游日記	1900(明治三十三)	2月14日	臺灣日日新報
葉文暉	東游日記	1900(明治三十三)	2月15日	臺灣日日新報
葉文暉	東游日記	1900(明治三十三)	2月16日	臺灣日日新報
葉文暉	東游日記	1900(明治三十三)	2月17日	臺灣日日新報
葉文暉	東游日記	1900(明治三十三)	2月18日	臺灣日日新報
葉文暉	東游日記	1900(明治三十三)	2月20日	臺灣日日新報
葉文暉	東游日記	1900(明治三十三)	2月21日	臺灣日日新報
葉文暉	東游日記	1900(明治三十三)	2月22日	臺灣日日新報
葉文暉	東游日記	1900(明治三十三)	2月23日	臺灣日日新報
葉文暉	東游日記	1900(明治三十三)	2月24日	臺灣日日新報
葉文暉	東游日記	1900(明治三十三)	2月25日	臺灣日日新報
葉文暉	東游日記	1900(明治三十三)	2月27日	臺灣日日新報
葉文暉	東游日記	1900(明治三十三)	2月28日	臺灣日日新報
葉文暉	東游日記	1900(明治三十三)	3月1日	臺灣日日新報
葉文暉	東游日記	1900(明治三十三)	3月2日	臺灣日日新報
葉文暉	東游日記	1900(明治三十三)	3月4日	臺灣日日新報

作者	篇名或書名	刊登年代	刊登日期	刊物名稱
葉文暉	東游日記	1900(明治三十三)	3月6日	臺灣日日新報
葉文暉	東游日記	1900(明治三十三)	3月7日	臺灣日日新報
葉文暉	東游日記	1900(明治三十三)	3月8日	臺灣日日新報
葉文暉	東游日記	1900(明治三十三)	3月9日	臺灣日日新報
葉文暉	東游日記	1900(明治三十三)	3月10日	臺灣日日新報
葉文暉	東游日記	1900(明治三十三)	3月11日	臺灣日日新報
葉文暉	東游日記	1900(明治三十三)	3月13日	臺灣日日新報
澄心廬主人	星岡小記	1900(明治三十三)	5月29日	臺灣日日新報
澄心廬主人	星岡小記第二	1900(明治三十三)	5月30日	臺灣日日新報
澄心廬主人	星岡小記第三	1900(明治三十三)	5月29日	臺灣日日新報
澄心廬主人	星岡小記第三	1900(明治三十三)	6月1日	臺灣日日新報
木村芥舟	游鹽原記	1900(明治三十三)	6月3日	臺灣日日新報
澄心廬主人	登仙亭記	1900(明治三十三)	6月24日	臺灣日日新報
木村芥舟	游鹽原記	1901(明治三十四)	4月26日	臺灣日日新報
木村芥舟	游鹽原記	1901(明治三十四)	4月27日	臺灣日日新報
楊鏡湖	修學旅行記	1901(明治三十四)	4月27日	臺灣日日新報
楊鏡湖	修學旅行記	1901(明治三十四)	4月30日	臺灣日日新報
楊鏡湖	修學旅行記	1901(明治三十四)	5月1日	臺灣日日新報
楊鏡湖	修學旅行記	1901(明治三十四)	5月2日	臺灣日日新報
楊鏡湖	修學旅行記	1901(明治三十四)	5月3日	臺灣日日新報
汪式金	內地觀光日記	1901(明治三十四)	5月24日	臺灣日日新報
汪式金	內地觀光日記	1901(明治三十四)	5月25日	臺灣日日新報
汪式金	內地觀光日記	1901(明治三十四)	5月26日	臺灣日日新報
汪式金	內地觀光日記	1901(明治三十四)	5月28日	臺灣日日新報
汪式金	內地觀光日記	1901(明治三十四)	5月29日	臺灣日日新報

作者	篇名或書名	刊登年代	刊登日期	刊物名稱
汪式金	內地觀光日記	1901(明治三十四)	5月30日	臺灣日日新報
汪式金	內地觀光日記	1901(明治三十四)	5月31日	臺灣日日新報
蔡九群	觀光日誌	1901(明治三十四)	6月27日	臺灣日日新報
蔡九群	觀光日誌	1901(明治三十四)	6月28日	臺灣日日新報
蔡九群	東游日誌	1901(明治三十四)	6月29日	臺灣日日新報
蔡九群	東游日誌	1901(明治三十四)	6月30日	臺灣日日新報
蔡九群	東游日誌	1901(明治三十四)	7月2日	臺灣日日新報
蔡九群	東游日誌	1901(明治三十四)	7月3日	臺灣日日新報
蔡九群	東游日誌	1901(明治三十四)	7月4日	臺灣日日新報
中村櫻溪	遊屈尺記	1901(明治三十四)	7月20日	臺灣教育會雜誌
古望林	恭頌臺灣神社祭典	1901(明治三十四)	10月28日	臺灣日日新報
恕軒學人	雲根窟記	1901(明治三十四)	12月21日	臺灣日日新報
游世清	觀光日誌(一)深坑	1902(明治三十五)	2月26日	臺灣日日新報
游世清	觀光日誌(二)深坑	1902(明治三十五)	2月27日	臺灣日日新報
游世清	觀光日誌(三)深坑	1902(明治三十五)	2月28日	臺灣日日新報
游世清	觀光日誌(四)深坑	1902(明治三十五)	3月1日	臺灣日日新報
游世清	觀光日誌(四)深坑	1902(明治三十五)	3月2日	臺灣日日新報
游世清	觀光日誌(五)深坑	1902(明治三十五)	3月4日	臺灣日日新報
游世清	觀光日誌(六)深坑	1902(明治三十五)	3月5日	臺灣日日新報
游世清	觀光日誌(七)深坑	1902(明治三十五)	3月6日	臺灣日日新報
游世清	觀光日誌(八)深坑	1902(明治三十五)	3月7日	臺灣日日新報
游世清	觀光日誌(九)深坑	1902(明治三十五)	3月8日	臺灣日日新報
游世清	觀光日誌(十)深坑	1902(明治三十五)	3月9日	臺灣日日新報
游世清	觀光日誌(十一)深坑	1902(明治三十五)	3月11日	臺灣日日新報
游世清	游土倉君殖林業序	1902(明治三十五)	3月12日	臺灣日日新報

作者	篇名或書名	刊登年代	刊登日期	刊物名稱
三屋清陰	修學旅行(一)	1902(明治三十五)	3月13日	臺灣日日新報
三屋清陰	修學旅行(二)	1902(明治三十五)	3月14日	臺灣日日新報
三屋清陰	修學旅行(三)	1902(明治三十五)	3月15日	臺灣日日新報
三屋清陰	修學旅行(四)	1902(明治三十五)	3月16日	臺灣日日新報
三屋清陰	修學旅行(五)	1902(明治三十五)	3月18日	臺灣日日新報
三屋清陰	修學旅行(六)	1902(明治三十五)	3月19日	臺灣日日新報
中村櫻溪	登大屯山記	1903(明治三十六)	2月25日	臺灣教育會雜誌
三屋清陰	芝山例祭，賽遭難之氏之廟	1903(明治三十六)	3月25日	臺灣教育會雜誌
吳汝祥	上阪觀光	1903(明治三十六)	4月2日	臺灣日日新報
呂鷹揚	觀光記事(一)	1903(明治三十六)	4月3日	臺灣日日新報
呂鷹揚	觀光記事(二)	1903(明治三十六)	4月5日	臺灣日日新報
呂鷹揚	觀光記事(三)	1903(明治三十六)	4月7日	臺灣日日新報
呂鷹揚	觀光記事(四)	1903(明治三十六)	4月8日	臺灣日日新報
呂鷹揚	觀光記事(五)	1903(明治三十六)	4月9日	臺灣日日新報
呂鷹揚	觀光記事(六)	1903(明治三十六)	4月10日	臺灣日日新報
呂鷹揚	觀光記事(七)	1903(明治三十六)	4月12日	臺灣日日新報
呂鷹揚	觀光記事(八)	1903(明治三十六)	4月18日	臺灣日日新報
呂鷹揚	觀光記事(九)	1903(明治三十六)	4月22日	臺灣日日新報
呂鷹揚	觀光記事(十)	1903(明治三十六)	4月23日	臺灣日日新報
黃純青	觀光記事	1903(明治三十六)	4月26日	臺灣日日新報
黃純青	觀光記事	1903(明治三十六)	4月28日	臺灣日日新報
黃純青	觀光記事	1903(明治三十六)	4月30日	臺灣日日新報
黃純青	觀光記事	1903(明治三十六)	5月1日	臺灣日日新報
呂鷹揚	記觀光所感	1903(明治三十六)	5月2日	臺灣日日新報

作者	篇名或書名	刊登年代	刊登日期	刊物名稱
逸名氏	觀光記事	1903(明治三十六)	5月8日	臺灣日日新報
劉鴻光	東遊日記	1903(明治三十六)	6月19日	臺灣日日新報
劉鴻光	東遊日記	1903(明治三十六)	6月20日	臺灣日日新報
劉鴻光	東遊日記	1903(明治三十六)	6月21日	臺灣日日新報
王名受	本國旅行日誌	1903(明治三十六)	6月25日	臺灣教育會雜誌
古望林	觀光日記(一)	1903(明治三十六)	7月1日	臺灣日日新報
古望林	觀光日記(二)	1903(明治三十六)	7月2日	臺灣日日新報
古望林	觀光日記(二)	1903(明治三十六)	7月3日	臺灣日日新報
古望林	觀光日記(四)	1903(明治三十六)	7月5日	臺灣日日新報
劉仁超 劉如棟	東遊誌(一)	1903(明治三十六)	7月10日	臺灣日日新報
劉仁超 劉如棟	東遊誌(二)	190(明治三十六)	7月11日	臺灣日日新報
劉仁超 劉如棟	東遊誌(三)	1903(明治三十六)	7月12日	臺灣日日新報
翁煌南	觀博覽會並至東京有感	1903(明治三十六)	7月24日	臺灣日日新報
范獻廷 張采香	東遊觀光日記(一)	1903(明治三十六)	8月6日	臺灣日日新報
范獻廷 張采香	東遊觀光日記(二)	1903(明治三十六)	8月8日	臺灣日日新報
范獻廷 張采香	東遊觀光日記(二)	1903(明治三十六)	8月8日	臺灣日日新報
范獻廷 張采香	東遊觀光日記(三)	1903(明治三十六)	8月9日	臺灣日日新報
范獻廷 張采香	東遊觀光日記(四)	1903(明治三十六)	8月11日	臺灣日日新報

作者	篇名或書名	刊登年代	刊登日期	刊物名稱
范獻廷 張采香	東遊觀光日記(五)	1903(明治三十六)	8月12日	臺灣日日新報
范獻廷 張采香	東遊觀光日記(六)	1903(明治三十六)	8月13日	臺灣日日新報
范獻廷 張采香	東遊觀光日記(七)	1903(明治三十六)	8月14日	臺灣日日新報
張達源	東遊記	1903(明治三十六)	8月15日	臺灣日日新報
三屋清陰	登觀音山	1903(明治三十六)	8月25日	臺灣教育會雜誌
王名受	本國旅行日誌	1903(明治三十六)	8月25日	臺灣教育會雜誌
籾山逸也	普泉記	1903(明治三十六)	9月25日	臺灣教育會雜誌
吳文藻	本國旅行紀要	1903(明治三十六)	9月25日	臺灣教育會雜誌
王名受	本國旅行日誌	1903(明治三十六)	10月25日	臺灣教育會雜誌
中村櫻溪	再登觀音山記	1904(明治三十七)	4月25日	臺灣教育會雜誌
中村櫻溪	遊平頂記	1904(明治三十七)	5月25日	臺灣教育會雜誌
中村櫻溪	後山坡記	1904(明治三十七)	6月25日	臺灣教育會雜誌
永澤定一	南遊談片	1904(明治三十七)	8月25日	臺灣教育會雜誌
王石鵬	遊獅頭山記	1904(明治三十七)	9月3日	臺灣日日新報
王石鵬	遊獅頭山記	1904(明治三十七)	9月6日	臺灣日日新報
中村櫻溪	重登七星墩山記	1905(明治三十八)	3月25日	臺灣教育會雜誌
吳立軒	遊碧山巖記	1905(明治三十八)	3月25日	臺灣教育會雜誌
蕉麓	途次紀聞錄(一)	1905(明治三十八)	10月4日	漢文臺灣日日新報
蕉麓	途次紀聞錄(二)	1905(明治三十八)	10月5日	漢文臺灣日日新報
蕉麓	途次紀聞錄(三)	1905(明治三十八)	10月15日	漢文臺灣日日新報
蕉麓	途次紀聞錄(四)	1905(明治三十八)	10月19日	漢文臺灣日日新報
蕉麓	途次紀聞錄(六)	1905(明治三十八)	10月22日	漢文臺灣日日新報

作者	篇名或書名	刊登年代	刊登日期	刊物名稱
蕉麓	途次紀聞錄(七)	1905(明治三十八)	10月25日	漢文臺灣日日新報
曾遠堂	北遊日記	1905(明治三十八)	10月28日	漢文臺灣日日新報
最不羈生	旅行紀略	1906(明治三十九)	1月29日	漢文臺灣日日新報
陳梅峰	遊劍潭	1906(明治三十九)	1月20日	漢文臺灣日日新報
大東生	南遊見聞錄(二)	1906(明治三十九)	3月11日	漢文臺灣日日新報
大東生	南遊見聞錄(三)	1906(明治三十九)	3月14日	漢文臺灣日日新報
大東生	南遊見聞錄(四)	1906(明治三十九)	3月15日	漢文臺灣日日新報
大東生	南遊見聞錄(五)	1906(明治三十九)	3月16日	漢文臺灣日日新報
大東生	南遊見聞錄(六)	1906(明治三十九)	3月17日	漢文臺灣日日新報
大東生	南遊見聞錄(七)	1906(明治三十九)	3月18日	漢文臺灣日日新報
大東生	南遊見聞錄(八)	1906(明治三十九)	3月20日	漢文臺灣日日新報
大東生	南遊見聞錄(九)	1906(明治三十九)	3月21日	漢文臺灣日日新報
大東生	南遊見聞錄(十)	1906(明治三十九)	3月24日	漢文臺灣日日新報
謝雪漁	南歸誌感(一)	1906(明治三十九)	4月13日	漢文臺灣日日新報
謝雪漁	南歸誌感(二)	1906(明治三十九)	4月14日	漢文臺灣日日新報
謝雪漁	南歸誌感(三)	1906(明治三十九)	4月18日	漢文臺灣日日新報
謝雪漁	南歸誌感(四)	1906(明治三十九)	4月19日	漢文臺灣日日新報
謝雪漁	南歸誌感(五)	1906(明治三十九)	4月21日	漢文臺灣日日新報
謝雪漁	南歸誌感(六)	1906(明治三十九)	4月24日	漢文臺灣日日新報
大東生	清韓漫遊所見(一)	1906(明治三十九)	7月26日	漢文臺灣日日新報
大東生	清韓漫遊所見(二)	1906(明治三十九)	7月29日	漢文臺灣日日新報
大東生	清韓漫遊所見(三)	1906(明治三十九)	7月31日	漢文臺灣日日新報
大東生	清韓漫遊所見(四)	1906(明治三十九)	8月2日	漢文臺灣日日新報
大東生	清韓漫遊所見(五)	1906(明治三十九)	8月3日	漢文臺灣日日新報
大東生	清韓漫遊所見(六)	1906(明治三十九)	8月4日	漢文臺灣日日新報

作者	篇名或書名	刊登年代	刊登日期	刊物名稱
大東生	清韓漫遊所見(七)	1906(明治三十九)	8月5日	漢文臺灣日日新報
大東生	清韓漫遊所見(八)	1906(明治三十九)	8月8日	漢文臺灣日日新報
大東生	清韓漫遊所見(九)	1906(明治三十九)	8月9日	漢文臺灣日日新報
大東生	清韓漫遊所見(十)	1906(明治三十九)	8月10日	漢文臺灣日日新報
大東生	清韓漫遊所見(十一)	1906(明治三十九)	8月12日	漢文臺灣日日新報
大東生	清韓漫遊所見(十二)	1906(明治三十九)	8月14日	漢文臺灣日日新報
大東生	清韓漫遊所見(十三)	1906(明治三十九)	8月16日	漢文臺灣日日報
鷺洲逸民	廈門名勝	1906(明治三十九)	11月3日	漢文臺灣日日報
莫水生	漫遊蒙古瞥見(一)	1907(明治四十)	5月16日	漢文臺灣日日新報
莫水生	漫遊蒙古瞥見(二)	1907(明治四十)	5月17日	漢文臺灣日日新報
江健臣	觀光記錄(一)	1907(明治四十)	8月8日	漢文臺灣日日新報
江健臣	觀光記錄(二)	1907(明治四十)	8月9日	漢文臺灣日日新報
張簡忠	觀光紀略(一)	1907(明治四十)	8月29日	漢文臺灣日日新報
羅依卓	快遊地之日本(上)	1907(明治四十)	8月29日	漢文臺灣日日新報
張簡忠	觀光紀略(二)	1907(明治四十)	8月30日	漢文臺灣日日新報
羅依卓	快遊地之日本(下)	1907(明治四十)	8月30日	漢文臺灣日日新報
張簡忠	觀光紀略(三)	1907(明治四十)	9月1日	漢文臺灣日日新報
張簡忠	觀光紀略(四)	1907(明治四十)	9月7日	漢文臺灣日日新報
林維朝	東遊紀略(一)	1907(明治四十)	10月26日	漢文臺灣日日新報
林維朝	東遊紀略(二)	1907(明治四十)	10月27日	漢文臺灣日日新報
林維朝	東遊紀略(三)	1907(明治四十)	10月28日	漢文臺灣日日新報
林維朝	東遊紀略(四)	1907(明治四十)	10月30日	漢文臺灣日日新報
林維朝	東遊紀略(五)	1907(明治四十)	10月31日	漢文臺灣日日新報
林維朝	東遊紀略(六)	1907明治四十)	11月1日	漢文臺灣日日新報
張癸壬	東遊日誌(一)	1907(明治四十)	11月12日	漢文臺灣日日新報

作者	篇名或書名	刊登年代	刊登日期	刊物名稱
張癸壬	東遊日誌(二)	1907(明治四十)	11月13日	漢文臺灣日日新報
張癸壬	東遊日誌(三)	1907(明治四十)	11月15日	漢文臺灣日日新報
中村櫻溪	去臺自述	1907(明治四十)	11月25日	臺灣教育會雜誌
蔡啟華	海內十洲記錄	1907(明治四十)	11月25日	臺灣教育會雜誌
明川生	隨轅日記(一)	1907(明治四十)	12月21日	漢文臺灣日日新報
明川生	隨轅日記(二)	1907(明治四十)	12月22日	漢文臺灣日日新報
明川生	隨轅日記(三)	1907(明治四十)	12月25日	漢文臺灣日日新報
明川生	隨轅日記(四)	1907(明治四十)	12月26日	漢文臺灣日日新報
明川生	隨轅日記(五)	1907(明治四十)	12月27日	漢文臺灣日日新報
明川生	隨轅日記(六)	1907(名治四十)	12月28日	漢文臺灣日日新報
明川生	隨轅日記(七)	1907(名治四十)	12月31日	漢文臺灣日日新報
佐倉孫山	遊黃檗山記	1908(明治四十)	1月7日	漢文臺灣日日新報
佐倉孫山	遊黃檗山記	1908(明治四十)	1月8日	漢文臺灣日日新報
佐倉孫山	遊黃檗山記	1908(明治四十)	1月9日	漢文臺灣日日報
佐倉孫山	遊黃檗山記	1908(明治四十)	1月10日	漢文臺灣日日新報
林呈祿	東遊日誌(一)	1908(明治四十一)	2月25日	臺灣教育會雜誌
劉泉源、吳海涼、李讚生、黃奕明	東遊日誌(一)	1908(明治四十一)	2月25日	臺灣教育會雜誌
林阿仁、郭泉興、王望祥、陳調元	東遊日誌(二)	1908(明治四十一)	3月25日	臺灣教育會雜誌

作者	篇名或書名	刊登年代	刊登日期	刊物名稱
莊垂裕、劉阿旺、余逢時、陳茂如、黃大成	東遊日誌(三)	1908(明治四十一)	4月25日	臺灣教育會雜誌
三好重彥談	馬尼剌雜觀(上)	1908(明治四十)	5月17日	漢文臺灣日日新報
三好重彥談	馬尼剌雜觀(下)	1908(明治四十)	5月19日	漢文臺灣日日新報
邱定	東遊日誌(四)	1908(明治四十一)	5月25日	臺灣教育會雜誌
陳炳俊	旅行日誌	1908(明治四十一)	5月25日	臺灣教育會雜誌
戴鳳倚	東遊日誌	1908(明治四十一)	6月25日	臺灣教育會雜誌
中村櫻溪	外溪瀑記	1908(明治四十一)	6月25日	臺灣教育會雜誌
劉篁村	遊古奇峰記	1909(明治四十二)	1月5日	臺灣教育會雜誌
館森鴻	游屈尺記	1909(明治四十二)	1月25日	臺灣教育會雜誌
廖希珍	崁津公園記	1909(明治四十二)	9月5日	臺灣教育會雜誌
雲	休暇二日間紀行雜	1910(明治四十三)	3月29日	漢文臺灣日日新報
雲	休暇二日間紀行雜	1910(明治四十三)	3月30日	漢文臺灣日日新報
崖	基隆觀感記(上)	1910(明治四十三)	4月16日	漢文臺灣日日新報
崖	基隆觀感記(下)	1910(明治四十三)	4月20日	漢文臺灣日日新報
神州山人	遊錫倫島	1910(明治四十三)	11月18日	漢文臺灣日日新報
蔡啟華	遊圓山記	1910(明治四十三)	12月31日	漢文臺灣日日新報
儀	巴黎紀遊(一)	1911(明治四十四)	1月1日	漢文臺灣日日新報
儀	巴黎紀遊(二)	1911(明治四十四)	1月3日	漢文臺灣日日新報
小浪僊	石壁潭捕魚記	1911(明治四十四)	1月5日	漢文臺灣日日新報
儀	巴黎紀遊(三)	1911(明治四十四)	1月6日	漢文臺灣日日新報
儀	巴黎紀遊(四)	1911(明治四十四)	1月7日	漢文臺灣日日新報
儀	巴黎紀遊(五)	1911(明治四十四)	1月8日	漢文臺灣日日新報

作者	篇名或書名	刊登年代	刊登日期	刊物名稱
清人某	環遊瑣譚	1911(明治四十四)	1月9日	漢文臺灣日日新報
儀	巴黎紀遊(六)	1911(明治四十四)	1月10日	漢文臺灣日日新報
儀	倫敦紀遊(一)	1911(明治四十四)	1月13日	漢文臺灣日日新報
儀	倫敦紀遊(二)	1911(明治四十四)	1月15日	漢文臺灣日日新報
潤菴生(魏清德)	南清遊覽記錄(一)	1911(明治四十四)	1月15日	漢文臺灣日日新報
潤菴生	南清遊覽記錄(二)	1911(明治四十四)	1月16日	漢文臺灣日日新報
儀	倫敦紀遊(三)	1911(明治四十四)	1月17日	漢文臺灣日日新報
潤菴生	南清遊覽記錄(三)	1911(明治四十四)	1月17日	漢文臺灣日日新報
儀	倫敦紀遊(四)	1911(明治四十四)	1月19日	漢文臺灣日日新報
潤菴生	南清遊覽記錄(四)	1911(明治四十四)	1月19日	漢文臺灣日日新報
潤菴生	南清遊覽記錄(五)	1911(明治四十四)	1月21日	漢文臺灣日日新報
潤菴生	南清遊覽記錄(六)	1911(明治四十四)	1月23日	漢文臺灣日日新報
儀	倫敦紀遊(五)	1911(明治四十四)	1月25日	漢文臺灣日日新報
潤菴生	南清遊覽記錄(七)	1911(明治四十四)	1月26日	漢文臺灣日日新報
潤菴生	南清遊覽記錄(八)	1911(明治四十四)	1月27日	漢文臺灣日日新報
潤菴生	南清遊覽記錄(九)	1911(明治四十四)	1月28日	漢文臺灣日日新報
潤菴生	南清遊覽記錄(十)	1911(明治四十四)	1月29日	漢文臺灣日日新報
潤菴生	南清遊覽記錄(十一)	1911(明治四十四)	1月30日	漢文臺灣日日新報
劍花室主	鰲峰遊記	1911(明治四十四)	1月30日	漢文臺灣日日新報
劍花室主	鰲峰遊記	1911(明治四十四)	2月1日	漢文臺灣日日新報
潤菴生	南清遊覽記錄(十二)	1911(明治四十四)	2月3日	漢文臺灣日日新報
潤菴生	南清遊覽記錄(十三)	1911(明治四十四)	2月4日	漢文臺灣日日新報
潤菴生	南清遊覽記錄(十四)	1911(明治四十四)	2月5日	漢文臺灣日日新報
潤菴生	南清遊覽記錄(十五)	1911(明治四十四)	2月6日	漢文臺灣日日新報

作者	篇名或書名	刊登年代	刊登日期	刊物名稱
潤菴生	南清遊覽記錄(十六)	1911(明治四十四)	2月7日	漢文臺灣日日新報
潤菴生	南清遊覽記錄(十七)	1911(明治四十四)	2月11日	漢文臺灣日日新報
潤菴生	南清遊覽記錄(十八)	1911(明治四十四)	2月14日	漢文臺灣日日新報
潤菴生	南清遊覽記錄(十九)	1911(明治四十四)	2月15日	漢文臺灣日日新報
潤菴生	南清遊覽記錄(二十)	1911(明治四十四)	2月17日	漢文臺灣日日新報
潤菴生	南清遊覽記錄(二二)	1911(明治四十四)	2月22日	漢文臺灣日日新報
曹賜瑩	永福觀桃記	1911(明治四十四)	3月31日	臺灣教育會雜誌
小野真感	艋津江畔觀櫻花記	1911(明治四十四)	4月18日	漢文臺灣日日新報
雲嵐生	賞青廬記	1911(明治四十四)	5月27日	漢文臺灣日日新報
楊蘇菴	天臺攬勝圖記	1911(明治四十四)	6月9日	漢文臺灣日日新報
楊蘇菴	天臺攬勝圖記	1911(明治四十四)	6月11日	漢文臺灣日日新報
楊蘇菴	天臺攬勝圖記	1911(明治四十四)	6月14日	漢文臺灣日日新報
邱有福	夏暑中遊雙溪記	1911(明治四十四)	6月30日	臺灣教育會雜誌
佐倉達山	聽月樓記	1911(明治四十四)	8月7日	漢文臺灣日日新報
佐倉達山	對星山房記	1911(明治四十四)	8月11日	漢文臺灣日日新報
退庵	旅滬日記	1911(明治四十四)	10月26日	漢文臺灣日日新報
退庵	旅滬日記	1911(明治四十四)	10月28日	漢文臺灣日日新報
退庵	旅滬日記	1911(明治四十四)	10月30日	漢文臺灣日日新報
退庵	旅滬日記	1911(明治四十四)	11月1日	漢文臺灣日日新報
退庵	旅滬日記	1911(明治四十四)	11月2日	漢文臺灣日日新報
王自新	月眉山靈泉寺遊記	1911(明治四十四)	11月2日	漢文臺灣日日新報
退庵	旅滬日記	1911(明治四十四)	11月7日	漢文臺灣日日新報
退庵	旅滬日記	1911(明治四十四)	11月9日	漢文臺灣日日新報
退庵	旅滬日記	1911(明治四十四)	11月12日	漢文臺灣日日新報
退庵	旅滬日記	1911(明治四十四)	11月17日	漢文臺灣日日新報

作者	篇名或書名	刊登年代	刊登日期	刊物名稱
白水	東遊小稿(一)	1912(明治四十五)	3月14日	臺灣日日新報
白水	東遊小稿(二)	1912(明治四十五)	3月16日	臺灣日日新報
白水	東遊小稿(三)	1912(明治四十五)	3月17日	臺灣日日新報
白水	東遊小稿(四)	1912(明治四十五)	3月20日	臺灣日日新報
駱玉堂	遊永福庄觀桃花記	1912(明治四十五)	4月1日	臺灣教育會雜誌
嘯霞(楊仲佐)	神州遊記(一)	1912(明治四十五)	6月28日	臺灣日日新報
嘯霞	神州遊記(二)	1912(明治四十五)	6月29日	臺灣日日新報
嘯霞	神州遊記(三)	1912(明治四十五)	7月1日	臺灣日日新報
嘯霞	神州遊記(四)	1912(明治四十五)	7月2日	臺灣日日新報
嘯霞	神州遊記(五)	1912(明治四十五)	7月3日	臺灣日日新報
嘯霞	神州遊記(六)	1912(明治四十五)	7月4日	臺灣日日新報
嘯霞	神州遊記(七)	1912(明治四十五)	7月6日	臺灣日日新報
嘯霞	神州遊記(八)	1912(明治四十五)	7月7日	臺灣日日新報
嘯霞	神州遊記(九)	1912(明治四十五)	7月8日	臺灣日日新報
嘯霞	神州遊記(十)	1912(明治四十五)	7月9日	臺灣日日新報
嘯霞	神州遊記(十一)	1912(明治四十五)	7月11日	臺灣日日新報
嘯霞	神州遊記(十二)	1912(明治四十五)	7月12日	臺灣日日新報
嘯霞	神州遊記(十三)	1912(明治四十五)	7月15日	臺灣日日新報
嘯霞	神州遊記(十四)	1912(明治四十五)	7月19日	臺灣日日新報
嘯霞	神州遊記(十五)	1912(明治四十五)	7月22日	臺灣日日新報
嘯霞	神州遊記(十六)	1912(明治四十五)	7月23日	臺灣日日新報
嘯霞	神州遊記(十七)	1912(明治四十五)	7月24日	臺灣日日新報
嘯霞	神州遊記(十八)	1912(明治四十五)	7月26日	臺灣日日新報
嘯霞	神州遊記(十九)	1912(明治四十五)	7月30日	臺灣日日新報

作者	篇名或書名	刊登年代	刊登日期	刊物名稱
嘯霞	神州遊記(二十)	1912(明治四十五)	8月5日	臺灣日日新報
楊基印	遊北庄記	1912(明治四十五)	7月1日	臺灣教育會雜誌
謝雪漁	遊岷里剌紀略	1913(大正二)	1月3日	臺灣日日新報
謝雪漁	遊岷里剌紀略	1913(大正二)	1月5日	臺灣日日新報
謝雪漁	遊岷里剌紀略	1913(大正二)	1月8日	臺灣日日新報
謝雪漁	遊岷里剌紀略	1913(大正二)	1月14日	臺灣日日新報
謝雪漁	遊岷里剌紀略	1913(大正二)	1月15日	臺灣日日新報
佁儗子(魏清德)	東遊見聞錄(一)	1913(大正二)	4月23日	臺灣日日新報
佁儗子	東遊見聞錄(二)	1913(大正二)	4月24日	臺灣日日新報
佁儗子	東遊見聞錄(三)	1913(大正二)	5月3日	臺灣日日新報
佁儗子	東遊見聞錄(四)	1913(大正二)	5月4日	臺灣日日新報
佁儗子	東遊見聞錄(五)	1913(大正二)	5月5日	臺灣日日新報
佁儗子	東遊見聞錄(六)	1913(大正二)	5月6日	臺灣日日新報
佁儗子	東遊見聞錄(七)	1913(大正二)	5月7日	臺灣日日新報
佁儗子	東遊見聞錄(八)	1913(大正二)	5月8日	臺灣日日新報
佁儗子	東遊見聞錄(十二)	1913(大正二)	5月12日	臺灣日日新報
佁儗子	東遊見聞錄(十三)	1913(大正二)	5月13日	臺灣日日新報
佁儗子	東遊見聞錄(十四)	1913(大正二)	5月14日	臺灣日日新報
佁儗子	東遊見聞錄(十五)	1913(大正二)	5月15日	臺灣日日新報
佁儗子	東遊見聞錄(十六)	1913(大正二)	5月16日	臺灣日日新報
佁儗子	東遊見聞錄(十七)	1913(大正二)	5月17日	臺灣日日新報
佁儗子	東遊見聞錄(十八)	1913(大正二)	5月18日	臺灣日日新報
佁儗子	東遊見聞錄(十九)	1913(大正二)	5月19日	臺灣日日新報
佁儗子	東遊見聞錄(二〇)	1913(大正二)	5月20日	臺灣日日新報

作者	篇名或書名	刊登年代	刊登日期	刊物名稱
佁儗子	東遊見聞錄(二一)	1913(大正二)	5月21日	臺灣日日新報
佁儗子	東遊見聞錄(二二)	1913(大正二)	5月22日	臺灣日日新報
佁儗子	東遊見聞錄(二三)	1913(大正二)	5月23日	臺灣日日新報
佁儗子	東遊見聞錄(二四)	1913(大正二)	5月24日	臺灣日日新報
佁儗子	東遊見聞錄(二五)	1913(大正二)	5月25日	臺灣日日新報
佁儗子	東遊見聞錄(二六)	1913(大正二)	5月26日	臺灣日日新報
佁儗子	東遊見聞錄(二七)	1913(大正二)	5月27日	臺灣日日新報
佁儗子	東遊見聞錄(二八)	1913(大正二)	5月28日	臺灣日日新報
佁儗子	東遊見聞錄(二九)	1913(大正二)	5月29日	臺灣日日新報
佁儗子	東遊見聞錄(三十)	1913(大正二)	5月30日	臺灣日日新報
佁儗子	東遊見聞錄(卅一)	1913(大正二)	5月31日	臺灣日日新報
佁儗子	東遊見聞錄(卅二)	1913(大正二)	6月1日	臺灣日日新報
佁儗子	東遊見聞錄(卅三)	1913(大正二)	6月2日	臺灣日日新報
賴金鐘	遊錫口記	1913(大正二)	11月1日	臺灣教育會雜誌
楊基印	村外夜遊記	1913(大正二)	11月1日	臺灣教育會雜誌
賴佐臣	遊劍潭山寺記	1914(大正三)	1月1日	臺灣教育會雜誌
林繼興	三灣公學校記	1914(大正三)	1月1日	臺灣教育會雜誌
楊基印	遊彰化公園記	1914(大正三)	4月1日	臺灣教育會雜誌
幼香(鄭神寶)	東游隨筆	1914(大正三)	5月26日	臺灣日日新報
幼香	東游隨筆	1914(大正三)	6月16日	臺灣日日新報
幼香	東游隨筆	1914(大正三)	6月24日	臺灣日日新報
幼香	東游隨筆	1914(大正三)	6月28日	臺灣日日新報
幼香	東游隨筆	1914(大正三)	6月29日	臺灣日日新報
幼香	東游隨筆	1914(大正三)	6月30日	臺灣日日新報

作者	篇名或書名	刊登年代	刊登日期	刊物名稱
黃亞心	遊竹溪寺記	1914(大正三)	7月1日	臺灣教育會雜誌
幼香	東游隨筆	1914(大正三)	7月5日	臺灣日日新報
幼香	東游隨筆	1914(大正三)	7月20日	臺灣日日新報
劉克明 (篁村生)	東行所感	1914(大正三)	8月1日	臺灣教育會雜誌
幼香	東游隨筆	1914(大正三)	8月6日	臺灣日日新報
幼香	東游隨筆	1914(大正三)	8月19日	臺灣日日新報
劉克明	東行隨筆(一)	1914(大正三)	9月1日	臺灣教育會雜誌
幼香	東游隨筆	1914(大正三)	9月10日	臺灣日日新報
幼香	東游隨筆	1914(大正三)	9月13日	臺灣日日新報
楊基印	臺北公園記	1914(大正三)	10月1日	臺灣教育會雜誌
劉克明	東行隨筆(三)	1914(大正三)	12月1日	臺灣教育會雜誌
劉克明	東行隨筆(四)	1915(大正四)	2月1日	臺灣教育會雜誌
謝雪漁	角板山遊記	1915(大正四)	2月24日	臺灣日日新報
劉克明	東行隨筆(五)	1915(大正四)	3月1日	臺灣教育會雜誌
謝雪漁	角板山遊記	1915(大正四)	3月2日	臺灣日日新報
謝雪漁	角板山遊記	1915(大正四)	3月3日	臺灣日日新報
謝雪漁	角板山遊記	1915(大正四)	3月6日	臺灣日日新報
謝雪漁	角板山遊記	1915(大正四)	3月8日	臺灣日日新報
謝雪漁	角板山遊記	1915(大正四)	3月10日	臺灣日日新報
石盧	閩中遊草(一)序	1915(大正四)	3月14日	臺灣日日新報
石盧	閩中遊草(二)	1915(大正四)	3月17日	臺灣日日新報
石崖	閩中遊草(三)	1915(大正四)	3月19日	臺灣日日新報
石崖	閩中遊草(四)	1915(大正四)	3月21日	臺灣日日新報
劉克明	東行隨筆(六)	1915(大正四)	4月1日	臺灣教育會雜誌

作者	篇名或書名	刊登年代	刊登日期	刊物名稱
石崖	閩中遊草(五)	1915(大正四)	4月9日	臺灣日日新報
石崖	閩中遊草(六)	1915(大正四)	4月11日	臺灣日日新報
石崖	閩中遊草(七)	1915(大正四)	4月13日	臺灣日日新報
石崖	閩中遊草(八)	1915(大正四)	4月21日	臺灣日日新報
石崖	閩中遊草(九)	1915(大正四)	4月23日	臺灣日日新報
劉克明	東行隨筆(七)	1915(大正四)	5月1日	三六九小報
施至善	遊虎山岩記	1915(大正四)	9月1日	臺灣教育會雜誌
王敏川	遊虎山岩記	1915(大正四)	9月1日	臺灣教育會雜誌
笑生	撮合山遊記	1915(大正四)	9月26日	臺灣日日新報
潤庵生(魏清德)	鼓山遊記	1915(大正四)	9月30日	臺灣日日新報
倪炳煌	東北京畿遊記(一)	1915(大正四)	11月23日	臺灣日日新報
倪炳煌	東北京畿遊記(二)	1915(大正四)	11月24日	臺灣日日新報
倪炳煌	東北京畿遊記(三)	1915(大正四)	11月25日	臺灣日日新報
潤庵生	旅閩雜感(一)	1916(大正五)	1月29日	臺灣日日新報
潤庵生	旅閩雜感(二)	1916(大正五)	1月30日	臺灣日日新報
潤庵生	旅閩雜感(三)	1916(大正五)	1月31日	臺灣日日新報
潤庵生	旅閩雜感(四)	1916(大正五)	2月1日	臺灣日日新報
潤庵生	旅閩雜感(五)	1916(大正五)	2月5日	臺灣日日新報
潤庵生	旅閩雜感(六)	1916(大正五)	2月7日	臺灣日日新報
潤庵生	旅閩雜感(七)	1916(大正五)	2月8日	臺灣日日新報
潤庵生	旅閩雜感(八)	1916(大正五)	2月9日	臺灣日日新報
潤庵生	旅閩雜感(九)	1916(大正五)	2月10日	臺灣日日新報
潤庵生	旅閩雜感(十)	1916(大正五)	2月11日	臺灣日日新報
潤庵生	旅閩雜感(十一)	1916(大正五)	2月13日	臺灣日日新報

作者	篇名或書名	刊登年代	刊登日期	刊物名稱
潤庵生	旅閩雜感(十二)	1916(大正五)	2月15日	臺灣日日新報
潤庵生	旅閩雜感(十三)	1916(大正五)	2月16日	臺灣日日新報
潤庵生	旅閩雜感(十四)	1916(大正五)	2月18日	臺灣日日新報
潤庵生	旅閩雜感(十五)	1916(大正五)	2月19日	臺灣日日新報
潤庵生	旅閩雜感(十六)	1916(大正五)	2月20日	臺灣日日新報
潤庵生	旅閩雜感(十七)	1916(大正五)	2月21日	臺灣日日新報
潤庵生	旅閩雜感(十八)	1916(大正五)	2月22日	臺灣日日新報
潤庵生	旅閩雜感(十九)	1916(大正五)	2月24日	臺灣日日新報
潤庵生	旅閩雜感(二十)	1916(大正五)	2月25日	臺灣日日新報
潤庵生	旅閩雜感(二一)	1916(大正五)	2月27日	臺灣日日新報
潤庵生	旅閩雜感(二二)	1916(大正五)	2月28日	臺灣日日新報
野崎巽堂	觀覽共進會之記	1916(大正五)	3月1日	臺灣教育會雜誌
潤庵生	旅閩雜感(二三)	1916(大正五)	3月1日	臺灣日日新報
潤庵生	旅閩雜感(二四)	1916(大正五)	3月3日	臺灣日日新報
潤庵生	旅閩雜感(二五)	1916(大正五)	3月4日	臺灣日日新報
潤庵生	旅閩雜感(二六)	1916(大正五)	3月5日	臺灣日日新報
潤庵生	旅閩雜感(二七)	1916(大正五)	3月7日	臺灣日日新報
潤庵生	旅閩雜感(二八)	1916(大正五)	3月8日	臺灣日日新報
張淑子	共進會觀覽日記	1916(大正五)	9月1日	臺灣教育會雜誌
吳易白	登鯉魚山	1917(大正六)	5月1日	臺灣教育會雜誌
甫山漁史	南洋見聞錄	1918(大正六)	9月15日	臺灣水產雜誌
甫山漁史	南洋見聞錄	1918(大正六)	10月15日	臺灣水產雜誌
甫山漁史	南洋見聞錄	1918(大正六)	11月15日	臺灣水產雜誌
林旭初	萊園春遊賦	1919(大正八)	2月10日	臺灣文藝叢誌
甫山漁史	南洋見聞錄	1919(大正八)	2月15日	臺灣水產雜誌

作者	篇名或書名	刊登年代	刊登日期	刊物名稱
甫山漁史	南洋見聞錄	1919(大正八)	3月15日	臺灣水產雜誌
甫山漁史	南洋見聞錄	1919(大正八)	4月15日	臺灣水產雜誌
甫山漁史	南洋見聞錄	1919(大正八)	5月15日	臺灣水產雜誌
甫山漁史	南洋見聞錄	1919(大正八)	6月15日	臺灣水產雜誌
許子文	訪夢蝶園故址賦	1919(大正八)	11月15日	臺灣文藝叢誌
安特路司	蒙古旅行見聞錄(上)	1920(大正九)	8月12日	臺灣日日新報
安特路司	蒙古旅行見聞錄(下)	1920(大正九)	8月13日	臺灣日日新報
林一	東瀛旅行記 橫濱看美人(一)	1920(大正九)	8月15日	臺灣文藝叢誌
旅行生	旅行聞見錄	1920(大正九)	8月24日	臺灣日日新報
林一	東瀛旅行記 橫濱看美人(二)	1920(大正九)	9月15日	臺灣文藝叢誌
林一	東瀛旅行記 橫濱看美人(三)	1920(大正九)	10月15日	臺灣文藝叢誌
崔仲薌	水月庵遊記	1920(大正九)	10月29日	臺灣日日新報
黃朝琴	上海遊記(一)	1920(大正九)	12月1日	臺灣日日新報
黃朝琴	上海遊記(二)	1920(大正九)	12月4日	臺灣日日新報
黃朝琴	上海遊記(三)	1920(大正九)	12月8日	臺灣日日新報
黃朝琴	上海遊記(四)	1920(大正九)	12月13日	臺灣日日新報
黃朝琴	上海遊記(五)	1920(大正九)	12月23日	臺灣日日新報
黃朝琴	上海遊記(六)	1921(大正十)	1月6日	臺灣日日新報
林一	東瀛旅行記 橫濱看美人(四)	1921(大正十)	1月15日	臺灣文藝叢誌
李碩卿	鷹石記	1921(大正十)	1月15日	臺灣文藝叢誌
定洋	招寶山望海賦	1921(大正十)	8月15日	臺灣文藝叢誌
棠雲閣主	西湖遊記	1921(大正十)	8月15日	臺灣文藝叢誌

作者	篇名或書名	刊登年代	刊登日期	刊物名稱
施炳訓	南支旅行見聞錄(上)	1921(大正十)	9月27日	臺灣日日新報
施炳訓	南支旅行見聞錄(中)	1921(大正十)	9月30日	臺灣日日新報
施炳訓	南支旅行見聞錄(下)	1921(大正十)	10月2日	臺灣日日新報
潤 (魏清德)	日月潭遊記(一)	1922(大正十一)	10月14日	臺灣日日新報
潤	日月潭遊記(二)	1922(大正十一)	10月16日	臺灣日日新報
劉明錄	平溪游記	1922(大正十一)	10月28日	臺灣日日新報
謝雪漁	內地遊記(一)	1922(大正十一)	11月25日	臺灣日日新報
謝雪漁	內地遊記(二)	1922(大正十一)	11月27日	臺灣日日新報
謝雪漁	內地遊記(三)	1922(大正十一)	11月29日	臺灣日日新報
謝雪漁	內地遊記(四)	1922(大正十一)	11月30日	臺灣日日新報
謝雪漁	內地遊記(五)	1922(大正十一)	12月1日	臺灣日日新報
謝雪漁	內地遊記(六)	1922(大正十一)	12月3日	臺灣日日新報
謝雪漁	內地遊記(七)	1922(大正十一)	12月5日	臺灣日日新報
謝雪漁	內地遊記(八)	1922(大正十一)	12月6日	臺灣日日新報
謝雪漁	內地遊記(九)	1922(大正十一)	12月8日	臺灣日日新報
謝雪漁	內地遊記(十)	1922(大正十一)	12月10日	臺灣日日新報
謝雪漁	內地遊記(十一)	1922(大正十一)	12月11日	臺灣日日新報
謝雪漁	內地遊記(十二)	1922(大正十一)	12月13日	臺灣日日新報
謝雪漁	內地遊記(十三)	1922(大正十一)	12月14日	臺灣日日新報
謝雪漁	內地遊記(十四)	1922(大正十一)	12月15日	臺灣日日新報
謝雪漁	內地遊記(十五)	1922(大正十一)	12月17日	臺灣日日新報
謝雪漁	內地遊記(十六)	1922(大正十一)	12月18日	臺灣日日新報
謝雪漁	內地遊記(十七)	1922(大正十一)	12月19日	臺灣日日新報
謝雪漁	內地遊記(十八)	1922(大正十一)	12月20日	臺灣日日新報

作者	篇名或書名	刊登年代	刊登日期	刊物名稱
謝雪漁	內地遊記(十九)	1922(大正十一)	12月22日	臺灣日日新報
謝雪漁	內地遊記(二十)	1922(大正十一)	12月23日	臺灣日日新報
謝雪漁	內地遊記(二一)	1922(大正十一)	12月24日	臺灣日日新報
謝雪漁	內地遊記(二二)	1922(大正十一)	12月25日	臺灣日日新報
謝雪漁	內地遊記(二三)	1922(大正十一)	12月27日	臺灣日日新報
謝雪漁	內地遊記(二四)	1922(大正十一)	12月28日	臺灣日日新報
謝雪漁	內地遊記(二五)	1922(大正十一)	12月29日	臺灣日日新報
李碩卿	海外洞天記	1922(大正十一)	12月30日	臺灣文藝叢誌
謝雪漁	內地遊記(二六)	1922(大正十一)	12月31日	臺灣日日新報
謝雪漁	內地遊記(二七)	1923(大正十二)	1月1日	臺灣日日新報
謝雪漁	內地遊記(二八)	1923(大正十二)	1月6日	臺灣日日新報
謝雪漁	內地遊記(二九)	1923(大正十二)	1月7日	臺灣日日新報
謝雪漁	內地遊記(三十)	1923(大正十二)	1月9日	臺灣日日新報
謝雪漁	內地遊記(三一)	1923(大正十二)	1月10日	臺灣日日新報
謝雪漁	內地遊記(三二)	1923(大正十二)	1月11日	臺灣日日新報
謝雪漁	內地遊記(三三)	1923(大正十二)	1月12日	臺灣日日新報
謝雪漁	內地遊記(三四)	1923(大正十二)	1月13日	臺灣日日新報
謝雪漁	內地遊記(三五)	1923(大正十二)	1月14日	臺灣日日新報
謝雪漁	內地遊記(三六)	1923(大正十二)	1月16日	臺灣日日新報
謝雪漁	內地遊記(三七)	1923(大正十二)	1月17日	臺灣日日新報
謝雪漁	內地遊記(三八)	1923(大正十二)	1月18日	臺灣日日新報
謝雪漁	內地遊記(三九)	1923(大正十二)	1月20日	臺灣日日新報
謝雪漁	內地遊記(四十)	1923(大正十二)	1月21日	臺灣日日新報
謝雪漁	內地遊記(四一)	1923(大正十二)	1月23日	臺灣日日新報
謝雪漁	內地遊記(四二)	1923(大正十二)	1月25日	臺灣日日新報

作者	篇名或書名	刊登年代	刊登日期	刊物名稱
謝雪漁	內地遊記(四三)	1923(大正十二)	1月28日	臺灣日日新報
謝雪漁	內地遊記(四四)	1923(大正十二)	1月31日	臺灣日日新報
謝雪漁	內地遊記(四五)	1923(大正十二)	2月1日	臺灣日日新報
謝雪漁	內地遊記(四六)	1923(大正十二)	2月3日	臺灣日日新報
謝雪漁	內地遊記(四七)	1923(大正十二)	2月4日	臺灣日日新報
謝雪漁	內地遊記(四八)	1923(大正十二)	2月7日	臺灣日日新報
謝雪漁	內地遊記(四九)	1923(大正十二)	2月8日	臺灣日日新報
謝雪漁	內地遊記(五十)	1923(大正十二)	2月9日	臺灣日日新報
謝雪漁	內地遊記(五一)	1923(大正十二)	2月10日	臺灣日日新報
謝雪漁	內地遊記(五二)	1923(大正十二)	2月11日	臺灣日日新報
謝雪漁	內地遊記(五三)	1923(大正十二)	2月13日	臺灣日日新報
謝雪漁	內地遊記(五四)	1923(大正十二)	2月15日	臺灣日日新報
謝雪漁	內地遊記(五五)	1923(大正十二)	2月17日	臺灣日日新報
謝雪漁	內地遊記(五六)	1923(大正十二)	2月18日	臺灣日日新報
謝雪漁	內地遊記(五七)	1923(大正十二)	2月19日	臺灣日日新報
謝雪漁	內地遊記(五八)	1923(大正十二)	2月20日	臺灣日日新報
謝雪漁	內地遊記(五九)	1923(大正十二)	2月21日	臺灣日日新報
謝雪漁	內地遊記(六十)	1923(大正十二)	2月22日	臺灣日日新報
謝雪漁	內地遊記(六一)	1923(大正十二)	2月23日	臺灣日日新報
謝雪漁	內地遊記(六二)	1923(大正十二)	2月24日	臺灣日日新報
謝雪漁	內地遊記(六三)	1923(大正十二)	2月25日	臺灣日日新報
謝雪漁	內地遊記(六四)	1923(大正十二)	2月27日	臺灣日日新報
謝雪漁	內地遊記(六五)	1923(大正十二)	2月28日	臺灣日日新報
謝雪漁	內地遊記(六六)	1923(大正十二)	3月1日	臺灣日日新報
謝雪漁	內地遊記(六七)	1923(大正十二)	3月3日	臺灣日日新報

作者	篇名或書名	刊登年代	刊登日期	刊物名稱
謝雪漁	內地遊記(六八)	1923(大正十二)	3月4日	臺灣日日新報
謝雪漁	內地遊記(六九)	1923(大正十二)	3月6日	臺灣日日新報
謝雪漁	內地遊記(七十)	1923(大正十二)	3月7日	臺灣日日新報
謝雪漁	內地遊記(七一)	1923(大正十二)	3月9日	臺灣日日新報
謝雪漁	內地遊記(七二)	1923(大正十二)	3月10日	臺灣日日新報
謝雪漁	內地遊記(七三)	1923(大正十二)	3月11日	臺灣日日新報
謝雪漁	內地遊記(七四)	1923(大正十二)	3月14日	臺灣日日新報
謝雪漁	內地遊記(七五)	1923(大正十二)	3月15日	臺灣日日新報
蔡子昭	遊務茲園記	1923(大正十二)	5月25日	臺灣文藝叢誌
夏虫	公園遊記	1923(大正十二)	6月25日	臺灣文藝叢誌
元徵	遊玄武湖記	1923(大正十二)	6月25日	臺灣文藝叢誌
劍亭	碧潭遊記	1923(大正十二)	8月14日	臺灣日日新報
洪棄生	八州遊記序略(三)	1924(大正十三)	6月15日	詩報
羅秀惠	草山溫泉記	1926(昭和一)	2月28日	臺灣日日新報
石崖生	內地漫遊感想	1926(昭和一)	4月14日	臺灣日日新報
石崖生	內地漫遊感想(二)	1926(昭和一)	4月16日	臺灣日日新報
石崖生	內地漫遊感想(三)	1926(昭和一)	4月18日	臺灣日日新報
石崖生	內地漫遊感想(四)	1926(昭和一)	4月20日	臺灣日日新報
石崖生	內地漫遊感想(七)	1926(昭和一)	4月22日	臺灣日日新報
石崖生	內地漫遊感想(六)	1926(昭和一)	4月24日	臺灣日日新報
王少滔	東山別墅記	1926(昭和一)	4月27日	臺灣日日新報
石崖生	內地漫遊感想(七)	1926(昭和一)	4月28日	臺灣日日新報
石崖生	內地漫遊感想(八)	1926(昭和一)	4月30日	臺灣日日新報
石崖生	內地漫遊感想(九)	1926(昭和一)	5月2日	臺灣日日新報
石崖生	內地漫遊感想(十)	1926(昭和一)	5月4日	臺灣日日新報

作者	篇名或書名	刊登年代	刊登日期	刊物名稱
石崖生	內地漫遊感想(十一)	1926(昭和一)	5月7日	臺灣日日新報
石崖生	內地漫遊感想(十三)	1926(昭和一)	5月11日	臺灣日日新報
石崖生	內地漫遊感想(十四)	1926(昭和一)	5月13日	臺灣日日新報
石崖生	內地漫遊感想(十五)	1926(昭和一)	5月15日	臺灣日日新報
石崖生	內地漫游感想(十六)	1926(昭和一)	5月18日	臺灣日日新報
石崖生	內地漫遊感想(十七)	1926(昭和一)	5月21日	臺灣日日新報
石崖生	內地漫遊感想(十八)	1926(昭和一)	5月22日	臺灣日日新報
石崖生	內地漫遊感想(十九)	1926(昭和一)	5月26日	臺灣日日新報
石崖生	內地漫遊感想(二十)	1926(昭和一)	5月31日	臺灣日日新報
石崖生	內地漫遊感想(廿一)	1926(昭和一)	6月1日	臺灣日日新報
石崖生	內地漫遊感想(廿二)	1926(昭和一)	6月6日	臺灣日日新報
劉承幹	嘉業藏書樓記(上)	1926(昭和一)	9月28日	臺灣日日新報
劉承幹	嘉業藏書樓記(下)	1926(昭和一)	10月2日	臺灣日日新報
張耀堂	訪網溪別墅記(上)	1926(昭和一)	11月27日	臺灣日日新報
張耀堂	訪網溪別墅記(下)	1926(昭和一)	11月29日	臺灣日日新報
施文杞	臺灣漫遊記略	1927(昭和二)	3月7日	臺灣日日新報
江鳳程	東遊日記	1927(昭和二)	6月21日	臺灣日日新報
江鳳程	東遊日記(二)	1927(昭和二)	6月25日	臺灣日日新報
江鳳程	東遊日記(三)	1927(昭和二)	6月28日	臺灣日日新報
江鳳程	東遊日記(四)	1927(昭和二)	7月1日	臺灣日日新報
潤菴 (魏清德)	阿里山遊記(上)	1928(昭和三)	4月9日	臺灣日日新報
潤菴	阿里山遊記(中)	1928(昭和三)	4月10日	臺灣日日新報
潤菴	阿里山遊記(下)	1928(昭和三)	4月11日	臺灣日日新報
謝生	南部紀行(下)	1929(昭和四)	10月2日	臺灣日日新報

作者	篇名或書名	刊登年代	刊登日期	刊物名稱
謝生	南部紀行(上)	1929(昭和四)	9月26日	臺灣日日新報
謝生	南部紀行(中)	1929(昭和四)	9月28日	臺灣日日新報
謝生	南部紀行(下)	1929(昭和四)	10月2日	臺灣日日新報
謝生	南部紀行	1929(昭和四)	10月3日	臺灣日日新報
謝生	南部紀行	1929(昭和四)	10月5日	臺灣日日新報
謝生	南部紀行	1929(昭和四)	10月8日	臺灣日日新報
玉峰鶴	觀音山遊記(上)	1929(昭和四)	10月11日	臺灣日日新報
玉峰鶴	觀音山遊記(中)	1929(昭和四)	10月12日	臺灣日日新報
玉峰鶴	觀音山遊記(下)	1929(昭和四)	10月14日	臺灣日日新報
謝生	南部紀行	1929(昭和四)	10月15日	臺灣日日新報
石厓生	角板山遊記	1930(昭和五)	9月10日	臺灣日日新報
石厓生	嘉南遊草(一)	1930(昭和五)	12月1日	臺灣日日新報
石厓生	嘉南遊草(二)	1930(昭和五)	12月3日	臺灣日日新報
石厓生	嘉南遊草(三)	1930(昭和五)	12月7日	臺灣日日新報
石厓生	嘉南遊草(三)	1930(昭和五)	12月9日	臺灣日日新報
石厓生	嘉南遊草(五)	1930(昭和五)	12月17日	臺灣日日新報
石厓生	嘉南遊草(六)	1930(昭和五)	12月19日	臺灣日日新報
雞籠生(陳炳煌)	歐美漫遊雜記(一)	1931(昭和六)	3月10日	臺灣日日新報
雞籠生	歐美漫遊雜記(二)	1931(昭和六)	3月13日	臺灣日日新報
雞籠生	歐美漫遊雜記(三)	1931(昭和六)	3月16日	臺灣日日新報
雞籠生	歐美漫遊雜記(四)	1931(昭和六)	3月18日	臺灣日日新報
雞籠生	歐美漫遊雜記(五)	1931(昭和六)	3月23日	臺灣日日新報
劍亭	寶塚遊記	1932(昭和七)	1月5日	臺灣日日新報
黃欣	滿州視察談(一)	1932(昭和七)	8月10日	臺灣日日新報

作者	篇名或書名	刊登年代	刊登日期	刊物名稱
黃欣	滿州視察談(二)	1932(昭和七)	8月11日	臺灣日日新報
黃欣	滿州視察談(三)	1932(昭和七)	8月12日	臺灣日日新報
黃欣	滿州視察談(其一)	1932(昭和七)	8月14日	臺灣日日新報
黃欣	滿州視察談(其二)	1932(昭和七)	8月15日	臺灣日日新報
黃欣	滿州視察談(其三)	1932(昭和七)	8月20日	臺灣日日新報
黃欣	滿州視察談(其四)	1932(昭和七)	8月23日	臺灣日日新報
黃欣	滿州視察談(其五)	1932(昭和七)	9月16日	臺灣日日新報
黃欣	滿州視察談(其六)	1932(昭和七)	9月17日	臺灣日日新報
黃欣	滿州視察談(其七)	1932(昭和七)	9月21日	臺灣日日新報
黃欣	滿州視察談(其八)	1932(昭和七)	9月29日	臺灣日日新報
杏菴(王開運)	東游日記(一)	1933(昭和八)	5月14日	三六九小報
杏菴	東游日記(二)	1933(昭和八)	5月16日	三六九小報
杏菴	東游日記(三)	1933(昭和八)	5月19日	三六九小報
杏菴	東游日記(四)	1933(昭和八)	5月23日	三六九小報
杏菴	東游日記(五)	1933(昭和八)	5月26日	三六九小報
杏菴	東游日記(六)	1933(昭和八)	5月29日	三六九小報
杏菴	東游日記(七)	1933(昭和八)	6月3日	三六九小報
杏菴	東游日記(八)	1933(昭和八)	6月6日	三六九小報
杏菴	東游日記(九)	1933(昭和八)	6月9日	三六九小報
杏菴	東游日記(十)	1933(昭和八)	6月13日	三六九小報
杏菴	東游日記(十一)	1933(昭和八)	6月16日	三六九小報
杏菴	東游日記(十二)	1933(昭和八)	6月19日	三六九小報
杏菴	東游日記(十三)	1933(昭和八)	6月23日	三六九小報
杏菴	東游日記(十四)	1933(昭和八)	6月26日	三六九小報

作者	篇名或書名	刊登年代	刊登日期	刊物名稱
杏菴	東游日記(十五)	1933(昭和八)	6月29日	三六九小報
杏菴	東游日記(十六)	1933(昭和八)	7月3日	三六九小報
杏菴	東游日記(十七)	1933(昭和八)	7月6日	三六九小報
杏菴	東游日記(十八)	1933(昭和八)	7月9日	三六九小報
杏菴	東游日記(十九)	1933(昭和八)	7月13日	三六九小報
杏菴	東游日記(二十)	1933(昭和八)	7月16日	三六九小報
杏菴	東游日記(二一)	1933(昭和八)	7月19日	三六九小報
杏菴	東游日記(二二)	1933(昭和八)	7月23日	三六九小報
杏菴	東游日記(二三)	1933(昭和八)	7月26日	三六九小報
杏菴	東游日記(二四)	1933(昭和八)	7月29日	三六九小報
杏菴	東游日記(二五)	1933(昭和八)	8月3日	三六九小報
杏菴	東游日記(二六)	1933(昭和八)	8月6日	三六九小報
杏菴	東游日記(二七)	1933(昭和八)	8月9日	三六九小報
張篁川	淡路島遊記	1933(昭和八)	8月13日	三六九小報
杏菴	東游日記(二八)	1933(昭和八)	8月13日	三六九小報
文淵生	烏來遊記	1934(昭和九)	1月30日	臺灣日日新報
杏菴	東游日記(二九)	1934(昭和九)	2月23日	三六九小報
杏菴	東游日記(三十)	1934(昭和九)	2月28日	三六九小報
王德欽	高遼遊記(上)	1934(昭和九)	8月4日	臺灣日日新報
王德欽	高遼遊記(下)	1934(昭和九)	8月5日	臺灣日日新報
林家柱	福建遊記(上)	1934(昭和九)	10月6日	臺灣日日新報
林家柱	福建遊記(二)	1934(昭和九)	10月7日	臺灣日日新報
林家柱	福建遊記(三)	1934(昭和九)	10月9日	臺灣日日新報
林家柱	福建遊記(四)	1934(昭和九)	10月11日	臺灣日日新報
林家柱	福建遊記(五)	1934(昭和九)	10月16日	臺灣日日新報

作者	篇名或書名	刊登年代	刊登日期	刊物名稱
林家柱	福建遊記(六)	1934(昭和九)	10月18日	臺灣日日新報
林家柱	福建遊記(七)	1934(昭和九)	10月23日	臺灣日日新報
林家柱	福建遊記(八)	1934(昭和九)	10月25日	臺灣日日新報
林家柱	福建遊記(九)	1934(昭和九)	10月29日	臺灣日日新報
黃凝香	浴佛日遊開元寺記	1935(昭和十)	5月23日	三六九小報
潤	東遊紀略其一	1935(昭和十)	5月31日	臺灣日日新報
潤	東遊紀略其二	1935(昭和十)	6月1日	臺灣日日新報
潤	東遊紀略其三	1935(昭和十)	6月2日	臺灣日日新報
潤	東遊紀略其四	1935(昭和十)	6月4日	臺灣日日新報
潤	東遊紀略其五	1935(昭和十)	6月5日	臺灣日日新報
潤	東遊紀略其六	1935(昭和十)	6月6日	臺灣日日新報
潤	東遊紀略其七	1935(昭和十)	6月7日	臺灣日日新報
潤	東遊紀略其八	1935(昭和十)	6月8日	臺灣日日新報
潤	東遊紀略其九	1935(昭和十)	6月13日	臺灣日日新報
潤	東遊紀略其十	1935(昭和十)	6月19日	臺灣日日新報
吳萱草	遊二八花園小記	1936(昭和十一)	1月13日	風月報
潤	滿鮮遊記其一	1936(昭和十一)	6月2日	臺灣日日新報
潤	滿鮮遊記其二	1936(昭和十一)	6月3日	臺灣日日新報
潤	滿鮮遊記其三	1936(昭和十一)	6月4日	臺灣日日新報
潤	滿鮮遊記其四	1936(昭和十一)	6月5日	臺灣日日新報
潤	滿鮮遊記其五	1936(昭和十一)	6月6日	臺灣日日新報
潤	滿鮮遊記其六	1936(昭和十一)	6月7日	臺灣日日新報
潤	滿鮮遊記其七	1936(昭和十一)	6月8日	臺灣日日新報
潤	滿鮮遊記其八	1936(昭和十一)	6月9日	臺灣日日新報
潤	滿鮮遊記其九	1936(昭和十一)	6月10日	臺灣日日新報

作者	篇名或書名	刊登年代	刊登日期	刊物名稱
潤	滿鮮遊記其十	1936(昭和十一)	6月11日	臺灣日日新報
潤	滿鮮遊記其十一	1936(昭和十一)	6月12日	臺灣日日新報
潤	滿鮮遊記其十二	1936(昭和十一)	6月13日	臺灣日日新報
潤	滿鮮遊記其十三	1936(昭和十一)	6月14日	臺灣日日新報
潤	滿鮮遊記其十四	1936(昭和十一)	6月16日	臺灣日日新報
潤	滿鮮遊記其十五	1936(昭和十一)	6月17日	臺灣日日新報
潤	滿鮮遊記其十六	1936(昭和十一)	6月18日	臺灣日日新報
潤	滿鮮遊記其十七	1936(昭和十一)	6月20日	臺灣日日新報
潤	滿鮮遊記其十八	1936(昭和十一)	6月22日	臺灣日日新報
潤	滿鮮遊記其十九	1936(昭和十一)	6月24日	臺灣日日新報
潤	滿鮮遊記其二十	1936(昭和十一)	6月25日	臺灣日日新報
潤	滿鮮遊記其二一	1936(昭和十一)	6月27日	臺灣日日新報
潤	滿鮮遊記其二二	1936(昭和十一)	6月28日	臺灣日日新報
潤	滿鮮遊記其二三	1936(昭和十一)	6月29日	臺灣日日新報
潤	滿鮮遊記其二四	1936(昭和十一)	7月1日	臺灣日日新報
潤	滿鮮遊記其二五	1936(昭和十一)	7月3日	臺灣日日新報
潤	滿鮮遊記其二六	1936(昭和十一)	7月5日	臺灣日日新報
高文淵	遊關子嶺記	1937(昭和十二)	8月10日	風月報
高文淵	登紗帽山記	1938(昭和十三)	1月1日	風月報
石生	碧潭遊記	1938(昭和十三)	1月1日	風月報
石生	猴山指南山遊記	1938(昭和十三)	1月16日	風月報
林玉山	和樂園遊記	1938(昭和十三)	4月1日	風月報
李文在	寒溪觀光	1938(昭和十三)	4月1日	風月報
高文淵	清明前二日遊菜公坑記	1938(昭和十三)	5月1日	風月報

作者	篇名或書名	刊登年代	刊登日期	刊物名稱
高文淵	遊臨海道路記	1938(昭和十三)	5月17日	風月報
雞籠生	珈琲館・跳舞場	1939(昭和十四)	2月15日	風月報
雞籠生	珈琲館・便所	1939(昭和十四)	3月1日	風月報
雞籠生	珈琲館・猶太人	1939(昭和十四)	3月31日	風月報
雞籠生	珈琲館・南京路	1939(昭和十四)	3月31日	風月報
雞籠生	珈琲館・曹家渡之由來	1939(昭和十四)	5月14日	風月報
雞籠生	珈琲館・嚮導社	1939(昭和十四)	6月1日	風月報
雞籠生	珈琲館・遊戲場(娛樂圈)	1939(昭和十四)	6月17日	風月報
雞籠生	珈琲館・女相士	1939(昭和十四)	7月7日	風月報
簡荷生	旅中隨筆	1939(昭和十四)	7月7日	風月報
高文淵	阿里山遊記	1939(昭和十四)	7月7日	風月報
雞籠生	珈琲館・成衣鋪	1939(昭和十四)	7月24日	風月報
雞籠生	珈琲館・假車伕	1939(昭和十四)	7月24日	風月報
雞籠生	珈琲館・野雞巢	1939(昭和十四)	8月15日	風月報
高文淵	登祝山記	1939(昭和十四)	8月15日	風月報
林錫牙	北投淨蓮院遊記	1939(昭和十四)	9月28日	風月報
雞籠生	珈琲館・租借考	1939(昭和十四)	10月16日	風月報
雞籠生	珈琲館・殯儀館	1939(昭和十四)	11月6日	風月報
雞籠生	珈琲館・大京班	1939(昭和十五)	8月1日	風月報
雞籠生	珈琲館・黃包車	1939(昭和十五)	8月15日	風月報
雞籠生	珈琲館・圖書館	1939(昭和十五)	9月1日	風月報
雞籠生	珈琲館・博物院	1939(昭和十五)	9月17日	風月報
雞籠生	珈琲館・行路難	1939(昭和十五)	10月1日	風月報

作者	篇名或書名	刊登年代	刊登日期	刊物名稱
吳漫沙	雪後記遊	1940（昭和十五）	2月17日	風月報
簡荷生	臺中新高會館參觀記	1940（昭和十五）	2月17日	風月報
東方散人	玉里之遊	1940（昭和十五）	3月4日	風月報
陳蟾魂	獅頭山遊記（上）	1940（昭和十五）	3月15日	風月報
陳蟾魂	獅頭山遊記（下）	1940（昭和十五）	4月1日	風月報
簡荷生	竹塹訪友	1940（昭和十五）	4月15日	風月報
簡荷生	中南部訪問記	1940（昭和十六）	6月15日	風月報
雞籠生	珈琲館・汽車行	1940（昭和十五）	11月15日	風月報
簡荷生	新劇比賽參觀記	1940（昭和十五）	11月15日	風月報
雞籠生	大上海・百貨店・搬場車	1941（昭和十六）	1月1日	風月報
雞籠生	大上海・綢緞店・洋服店	1941（昭和十六）	1月16日	風月報
雞籠生	大上海・上海史・特別市	1941（昭和十六）	2月1日	風月報
雞籠生	大上海・新聞業・小報紙・新劇社・說書場	1941（昭和十六）	2月15日	風月報
雞籠生	大上海・青紅幫・拆白黨・仙人跳・小癟三	1941（昭和十六）	3月3日	風月報
林超群	西園記	1941（昭和十六）	3月3日	風月報
雞籠生	大上海・輪盤賭・跑馬廳・跑狗場・回力球	1941（昭和十六）	3月15日	風月報
雞籠生	大上海・龍華寺・城隍廟	1941（昭和十六）	4月2日	風月報

作者	篇名或書名	刊登年代	刊登日期	刊物名稱
雞籠生	大上海・半淞園・大公園	1941（昭和十六）	4月15日	風月報
雞籠生	大上海・黃浦灘・洋涇濱	1941（昭和十六）	5月1日	風月報
雞籠生	大上海・上海話・上海人・西洋人・羅宋人	1941（昭和十六）	5月15日	風月報
雞籠生	大上海・煙紙店・紹酒棧・	1941（昭和十六）	6月1日	南方
雞籠生	大上海・上海灘・南京路霞飛路・福州路	1941（昭和十六）	7月1日	南方
雞籠生	大上海・教育界・越界路	1941（昭和十六）	7月15日	南方
雞籠生	大上海・游泳池・溜冰場・愛儷園・寄宿舍	1941（昭和十六）	8月1日	南方
蘇有章	內地漫遊記	1941（昭和十六）	8月1日	南方
雞籠生	大上海・影戲院・播音臺	1941（昭和十六）	8月15日	南方
雞籠生	大上海・上海居・亭子間・大旅社・小客棧	1941（昭和十六）	9月1日	南方
蘇有章	內地漫遊記	1941（昭和十六）	9月15日	南方
雞籠生	大上海・大藥房・擦鞋店・典當業・虞洽卿	1941（昭和十六）	9月15日	南方
雞籠生	大上粵菜館	1941（昭和十六）	10月1日	南方
蘇有章	內地漫遊記	1941（昭和十六）	10月1日	南方

作者	篇名或書名	刊登年代	刊登日期	刊物名稱
蘇有章	內地漫遊記	1941(昭和十六)	10月15日	南方
雞籠生	大上海・川菜館・京菜館・蔬食處・點心店	1941(昭和十六)	11月1日	南方
雞籠生	大上海・西菜社	1941(昭和十六)	11月15日	南方
東方散人	東遊散記	1941(昭和十六)	11月15日	南方
雞籠生	大上海・京蘇館・鎮江館	1941(昭和十六)	12月1日	南方
程萬里	北投觀月記	1941(昭和十六)	12月1日	南方
雞籠生	大上海・郵政局・金銀樓・做喜事	1941(昭和十七)	1月1日	南方
雞籠生	大上海・菜館店	1941(昭和十七)	2月1日	南方
雞籠生	大上海・薦頭店	1941(昭和十七)	3月1日	南方
王養源	南迴散記	1942(昭和十七)	3月1日	南方
雞籠生	大上海・北京路・福建路・老虎灶・女鞋莊	1942(昭和十七)	3月15日	南方
李瑞超	蘆溪記	1942(昭和十七)	3月15日	南方
鷺村生	日誌兩節	1942(昭和十七)	3月15日	風月報
雞籠生	大上海・寧波館・教門	1942(昭和十七)	4月15日	南方
雞籠生	大上海・常熟館・殯儀館	1942(昭和十七)	5月1日	南方
雞籠生	大上海・大螃蟹・做檯子	1942(昭和十七)	7月1日	南方
雞籠生	大上海・做檯子・按摩院	1942(昭和十七)	7月15日	南方

作者	篇名或書名	刊登年代	刊登日期	刊物名稱
雞籠生	大上海・兔子窟・花柳病	1942(昭和十七)	8月1日	南方
吳萱草	遊鴛鴦湖隨筆	1942(昭和十七)	8月15日	南方
吳漫沙	東南浪跡一	1942(昭和十七)	10月1日	南方
雞籠生	大上海・大國手・歌劇場	1942(昭和十七)	11月1日	南方
吳漫沙	東南浪跡二	1942(昭和十七)	11月1日	南方
吳漫沙	東南浪跡三	1942(昭和十七)	11月15日	南方
吳漫沙	東南浪跡四	1942(昭和十七)	12月1日	南方
黃文虎	花蓮鱗爪記	1943(昭和十八)	2月1日	南方
黃文虎	花蓮鱗爪記	1943(昭和十八)	2月15日	南方
邱仙樓	獅山勸化堂	1943(昭和十八)	4月1日	南方
李學樵	詩瓢日記	1943(昭和十八)	6月1日	南方
張瀛州	水濂洞遊記	1943(昭和十八)	12月1日	南方
吳德功	觀光日記	1900(明治三十三)		觀光日記
連雅堂	大陸游記	1914(大正三)		臺南新報
吳德功	遊碧山巖記	1916(大正五)		瑞桃齋文稿
吳德功	日月潭記	1916(大正五)		瑞桃齋文稿
吳德功	遊湖水坑記	1916(大正五)		瑞桃齋文稿
吳德功	觀榕根井記	1916(大正五)		瑞桃齋文稿
吳德功	遊龍目井記	1916(大正五)		瑞桃齋文稿
吳德功	紀海上曉景	1916(大正五)		瑞桃齋文稿
洪棄生	遊珠潭記	1922(大正十一)		寄鶴齋駢文集
洪棄生	遊淡水記	1922(大正十一)		寄鶴齋駢文集
洪棄生	紀遊滬尾	1922(大正十一)		寄鶴齋駢文集

作者	篇名或書名	刊登年代	刊登日期	刊物名稱
洪棄生	紀遊雞籠	1922(大正十一)		寄鶴齋駢文集
洪棄生	遊關嶺溫泉	1922(大正十一)		寄鶴齋駢文集
洪棄生	關嶺歸途瑣記	1922(大正十一)		寄鶴齋駢文集
黃臥松	遊新竹洲下苑里加東湖山	1930(昭和五)		鳴鼓集
連雅堂	過居記	1964		雅堂文集
連雅堂	瑞軒記	1964		雅堂文集
連雅堂	萬梅崦記	1964		雅堂文集
連雅堂	重修五妃廟	1964		雅堂文集
連雅堂	大陸游記	1974		雅堂文集
釋華佑	釋華佑遊記	1976		臺灣詩薈雜文鈔
連雅堂	大陸游記	1992		雅堂先生餘集
黃朝琴	遊美日記(一)	1926(大正十五)	7月11日	臺灣民報
黃朝琴	遊美日記(二)	1926(大正十五)	7月18日	臺灣民報
黃朝琴	遊美日記(三)	1926(大正十五)	7月25日	臺灣民報
黃朝琴	遊美日記(四)	1926(大正十五)	8月1日	臺灣民報
黃朝琴	遊美日記(五)	1926(大正十五)	8月8日	臺灣民報
黃朝琴	遊美日記(六)	1926(大正十五)	8月15日	臺灣民報
黃朝琴	遊美日記(七)	1926(大正十五)	8月22日	臺灣民報
黃朝琴	遊美日記(八)	1926(大正十五)	8月29日	臺灣民報
陳後生	遊朝鮮所感	1926(大正十五)	11月21日	臺灣民報
郭戊己	南洋見聞記(一)	1928(昭和三)	7月8日	臺灣民報
郭戊己	南洋見聞記(二)	1928(昭和三)	7月15日	臺灣民報
郭戊己	南洋見聞記(三)	1928(昭和三)	7月29日	臺灣民報
郭戊己	南洋見聞記(四)	1928(昭和三)	8月5日	臺灣民報

作者	篇名或書名	刊登年代	刊登日期	刊物名稱
郭戊己	南洋見聞記(五)	1928(昭和三)	8月12日	臺灣民報
林獻堂	環球一週遊記(一)	1927(昭和二)	8月28日	臺灣民報
林獻堂	環球一週遊記(二)	1927(昭和二)	9月4日	臺灣民報
林獻堂	環球一週遊記(三)	1927(昭和二)	9月11日	臺灣民報
林獻堂	環球一週遊記(四)	1927(昭和二)	9月18日	臺灣民報
林獻堂	環球遊記(五)	1927(昭和二)	11月6日	臺灣民報
林獻堂	環球遊記(六)	1927(昭和二)	11月13日	臺灣民報
林獻堂	環球遊記(七)	1927(昭和二)	11月2日	臺灣民報
林獻堂	環球遊記(八)	1927(昭和二)	11月27日	臺灣民報
林獻堂	環球遊記(九)	1927(昭和二)	12月4日	臺灣民報
林獻堂	環球遊記(十)	1928(昭和三)	1月5日	臺灣民報
林獻堂	環球遊記(十一)	1928(昭和三)	1月22日	臺灣民報
林獻堂	環球遊記(十二)	1928(昭和三)	1月29日	臺灣民報
林獻堂	環球遊記(十三)	1928(昭和三)	2月5日	臺灣民報
林獻堂	環球遊記(十四)	1928(昭和三)	2月1日	臺灣民報
林獻堂	環球遊記(十五)	1928(昭和三)	2月19日	臺灣民報
林獻堂	環球遊記(十六)	1928(昭和三)	2月26日	臺灣民報
林獻堂	環球遊記(十七)	1928(昭和三)	3月4日	臺灣民報
林獻堂	環球遊記(十八)	1928(昭和三)	3月11日	臺灣民報
林獻堂	環球遊記(十九)	1928(昭和三)	3月18日	臺灣民報
林獻堂	環球遊記(二十)	1928(昭和三)	3月25日	臺灣民報
林獻堂	環球遊記(二一)	1928(昭和三)	4月1日	臺灣民報
林獻堂	環球遊記(二二)	1928(昭和三)	4月8日	臺灣民報
林獻堂	環球遊記(二三)	1928(昭和三)	4月15日	臺灣民報
林獻堂	環球遊記(二四)	1928(昭和三)	4月22日	臺灣民報

作者	篇名或書名	刊登年代	刊登日期	刊物名稱
林獻堂	環球遊記(二五)	1928(昭和三)	4月29日	臺灣民報
林獻堂	環球遊記(二六)	1928(昭和三)	5月6日	臺灣民報
林獻堂	環球遊記(二七)	1929(昭和四)	1月1日	臺灣民報
林獻堂	環球遊記(二八)	1929(昭和四)	1月8日	臺灣民報
林獻堂	環球遊記(二九)	1929(昭和四)	1月13日	臺灣民報
林獻堂	環球遊記(三〇)	1929(昭和四)	1月27日	臺灣民報
林獻堂	環球遊記(三一)	1929(昭和四)	2月1日	臺灣民報
林獻堂	環球遊記(三二)	1929(昭和四)	2月17日	臺灣民報
林獻堂	環球遊記(三三)	1929(昭和四)	2月24日	臺灣民報
林獻堂	環球遊記(三四)	1929(昭和四)	3月3日	臺灣民報
林獻堂	環球遊記(三五)	1929(昭和四)	3月1日	臺灣民報
林獻堂	環球遊記(三六)	1929(昭和四)	3月17日	臺灣民報
林獻堂	環球遊記(三七)	1929(昭和四)	3月24日	臺灣民報
林獻堂	環球遊記(三八)	1929(昭和四)	3月31日	臺灣民報
林獻堂	環球遊記(三九)	1929(昭和四)	5月26日	臺灣民報
林獻堂	環球遊記(四〇)	1929(昭和四)	6月2日	臺灣民報
林獻堂	環球遊記(四一)	1929(昭和四)	6月9日	臺灣民報
林獻堂	環球遊記(四二)	1929(昭和四)	6月16日	臺灣民報
林獻堂	環球遊記(四三)	1929(昭和四)	6月23日	臺灣民報
林獻堂	環球遊記(四四)	1929(昭和四)	6月3日	臺灣民報
林獻堂	環球遊記(四五)	1929(昭和四)	7月7日	臺灣民報
林獻堂	環球遊記(四六)	1929(昭和四)	7月21日	臺灣民報
林獻堂	環球遊記(四六)	1929(昭和四)	7月28日	臺灣民報
林獻堂	環球遊記(四七)	1929(昭和四)	8月4日	臺灣民報
林獻堂	環球遊記(四八)	1929(昭和四)	8月11日	臺灣民報

作者	篇名或書名	刊登年代	刊登日期	刊物名稱
林獻堂	環球遊記(四九)	1929(昭和四)	8月18日	臺灣民報
林獻堂	環球遊記(五〇)	1929(昭和四)	8月25日	臺灣民報
林獻堂	環球遊記(五一)	1929(昭和四)	9月1日	臺灣民報
林獻堂	環球遊記(五二)	1929(昭和四)	9月8日	臺灣民報
林獻堂	環球遊記(五三)	1929(昭和四)	9月15日	臺灣民報
林獻堂	環球遊記(五三)	1929(昭和四)	9月22日	臺灣民報
林獻堂	環球遊記(五四)	1929(昭和四)	9月29日	臺灣民報
林獻堂	環球遊記(五五)	1929(昭和四)	10月6日	臺灣民報
林獻堂	環球遊記(五六)	1929(昭和四)	10月13日	臺灣民報
林獻堂	環球遊記(五七)	1929(昭和四)	10月2日	臺灣民報
林獻堂	環球遊記(五八)	1929(昭和四)	11月3日	臺灣民報
林獻堂	環球遊記(五九)	1929(昭和四)	11月1日	臺灣民報
林獻堂	環球遊記(六〇)	1929(昭和四)	11月17日	臺灣民報
林獻堂	環球遊記(六一)	1929(昭和四)	11月24日	臺灣民報
林獻堂	環球遊記(六二)	1929(昭和四)	12月1日	臺灣民報
林獻堂	環球遊記(六三)	1929(昭和四)	12月8日	臺灣民報
林獻堂	環球遊記(六四)	1929(昭和四)	12月15日	臺灣民報
林獻堂	環球遊記(六五)	1929(昭和四)	12月22日	臺灣民報
林獻堂	環球遊記(六六)	1929(昭和四)	12月29日	臺灣民報
林獻堂	環球遊記(六七)	1930(昭和五)	1月11日	臺灣民報
林獻堂	環球遊記(六八)	1930(昭和五)	1月18日	臺灣民報
林獻堂	環球遊記(六九)	1930(昭和五)	1月25日	臺灣民報
林獻堂	環球遊記(七〇)	1930(昭和五)	1月29日	臺灣民報
林獻堂	環球遊記(七一)	1930(昭和五)	2月8日	臺灣民報
林獻堂	環球遊記(七二)	1930(昭和五)	2月15日	臺灣民報

作者	篇名或書名	刊登年代	刊登日期	刊物名稱
林獻堂	環球遊記(七三)	1930(昭和五)	2月22日	臺灣民報
林獻堂	環球遊記(七四)	1930(昭和五)	3月1日	臺灣民報
林獻堂	環球遊記(七五)	1930(昭和五)	3月8日	臺灣民報
林獻堂	環球遊記(七六)	1930(昭和五)	3月15日	臺灣民報
林獻堂	環球遊記(七七)	1930(昭和五)	3月22日	臺灣民報
林獻堂	環球遊記(七八)	1930(昭和五)	3月29日	臺灣民報
林獻堂	環球遊記(七九)	1930(昭和五)	4月5日	臺灣民報
林獻堂	環球遊記(八〇)	1930(昭和五)	4月12日	臺灣民報
林獻堂	環球遊記(八一)	1930(昭和五)	4月19日	臺灣民報
林獻堂	環球遊記(八二)	1930(昭和五)	4月29日	臺灣民報
林獻堂	環球遊記(八三)	1930(昭和五)	5月3日	臺灣民報
林獻堂	環球遊記(八四)	1930(昭和五)	5月1日	臺灣民報
林獻堂	環球遊記(八五)	1930(昭和五)	5月17日	臺灣民報
林獻堂	環球遊記(八六)	1930(昭和五)	5月24日	臺灣民報
林獻堂	環球遊記(八七)	1930(昭和五)	5月31日	臺灣民報
林獻堂	環球遊記(八八)	1930(昭和五)	6月7日	臺灣民報
林獻堂	環球遊記(八九)	1930(昭和五)	6月14日	臺灣民報
林獻堂	環球遊記(九〇)	1930(昭和五)	6月28日	臺灣民報
林獻堂	環球遊記(九一)	1930(昭和五)	7月5日	臺灣民報
林獻堂	環球遊記(九二)	1930(昭和五)	7月12日	臺灣民報
林獻堂	環球遊記(九三)	1930(昭和五)	7月26日	臺灣民報
林獻堂	環球遊記(九四)	1930(昭和五)	8月9日	臺灣民報
林獻堂	環球遊記(九五)	1930(昭和五)	8月16日	臺灣民報
林獻堂	環球遊記(九六)	1930(昭和五)	8月23日	臺灣民報
林獻堂	環球遊記(九七)	1930(昭和五)	8月3日	臺灣民報

作者	篇名或書名	刊登年代	刊登日期	刊物名稱
林獻堂	環球遊記(九八)	1930(昭和五)	9月6日	臺灣民報
林獻堂	環球遊記(九九)	1930(昭和五)	9月13日	臺灣民報
林獻堂	環球遊記(一〇〇)	1930(昭和五)	9月2日	臺灣民報
林獻堂	環球遊記(一〇一)	1930(昭和五)	9月27日	臺灣民報
林獻堂	環球遊記(一〇二)	1930(昭和五)	10月11日	臺灣民報
林獻堂	環球遊記(一〇三)	1930(昭和五)	10月18日	臺灣民報
林獻堂	環球遊記(一〇四)	1930(昭和五)	10月25日	臺灣民報
林獻堂	環球遊記(一〇五)	1930(昭和五)	11月1日	臺灣民報
林獻堂	環球遊記(一〇六)	1930(昭和五)	11月8日	臺灣民報
林獻堂	環球遊記(一〇七)	1930(昭和五)	11月15日	臺灣民報
林獻堂	環球遊記(一〇八)	1930(昭和五)	11月22日	臺灣民報
林獻堂	環球遊記(一〇九)	1930(昭和五)	11月29日	臺灣民報
林獻堂	環球遊記(一一〇)	1930(昭和五)	12月6日	臺灣民報
林獻堂	環球遊記(一一一)	1930(昭和五)	12月13日	臺灣民報
林獻堂	環球遊記(一一二)	1930(昭和五)	12月2日	臺灣民報
林獻堂	環球遊記(一一三)	1931(昭和六)	1月1日	臺灣民報
林獻堂	環球遊記(一一四)	1931(昭和六)	1月17日	臺灣民報
林獻堂	環球遊記(一一五)	1931(昭和六)	1月24日	臺灣民報
林獻堂	環球遊記(一一七)	1931(昭和六)	1月31日	臺灣民報
林獻堂	環球遊記(一一八)	1931(昭和六)	2月7日	臺灣民報
林獻堂	環球遊記(一一九)	1931(昭和六)	2月14日	臺灣民報
林獻堂	環球遊記(一二〇)	1931(昭和六)	2月21日	臺灣民報
林獻堂	環球遊記(一二一)	1931(昭和六)	2月28日	臺灣民報
林獻堂	環球遊記(一二二)	1931(昭和六)	3月7日	臺灣民報
林獻堂	環球遊記(一二三)	1931(昭和六)	3月14日	臺灣民報

作者	篇名或書名	刊登年代	刊登日期	刊物名稱
林獻堂	環球遊記(一二四)	1931(昭和六)	3月21日	臺灣民報
林獻堂	環球遊記(一二五)	1931(昭和六)	3月28日	臺灣民報
林獻堂	環球遊記(一二六)	1931(昭和六)	4月4日	臺灣民報
林獻堂	環球遊記(一二七)	1931(昭和六)	4月11日	臺灣民報
林獻堂	環球遊記(一二八)	1931(昭和六)	4月18日	臺灣民報
林獻堂	環球遊記(一二九)	1931(昭和六)	4月25日	臺灣民報
林獻堂	環球遊記(一三〇)	1931(昭和六)	5月2日	臺灣民報
林獻堂	環球遊記(一三一)	1931(昭和六)	5月9日	臺灣民報
林獻堂	環球遊記(一三二)	1931(昭和六)	5月16日	臺灣民報
林獻堂	環球遊記(一三二)	1931(昭和六)	5月23日	臺灣民報
林獻堂	環球遊記(一三三)	1931(昭和六)	5月3日	臺灣民報
林獻堂	環球遊記(一三四)	1931(昭和六)	6月6日	臺灣民報
林獻堂	環球遊記(一三五)	1931(昭和六)	6月13日	臺灣民報
林獻堂	環球遊記(一三六)	1931(昭和六)	6月2日	臺灣民報
林獻堂	環球遊記(一三八)	1931(昭和六)	6月27日	臺灣民報
林獻堂	環球遊記(一三九)	1931(昭和六)	7月4日	臺灣民報
林獻堂	環球遊記(一四〇)	1931(昭和六)	7月11日	臺灣民報
林獻堂	環球遊記(一四一)	1931(昭和六)	7月18日	臺灣民報
林獻堂	環球遊記(一四二)	1931(昭和六)	7月25日	臺灣民報
林獻堂	環球遊記(一四三)	1931(昭和六)	8月1日	臺灣民報
林獻堂	環球遊記(一四四)	1931(昭和六)	8月8日	臺灣民報
林獻堂	環球遊記(一四五)	1931(昭和六)	8月15日	臺灣民報
林獻堂	環球遊記(一四六)	1931(昭和六)	8月22日	臺灣民報
林獻堂	環球遊記(一四七)	1931(昭和六)	8月22日	臺灣民報
林獻堂	環球遊記(一四八)	1931(昭和六)	9月7日	臺灣民報

作者	篇名或書名	刊登年代	刊登日期	刊物名稱
林獻堂	環球遊記(一四九)	1931(昭和六)	9月12日	臺灣民報
林獻堂	環球遊記(一五〇)	1931(昭和六)	9月19日	臺灣民報
林獻堂	環球遊記(一五一)	1931(昭和六)	9月26日	臺灣民報
林獻堂	環球遊記(一五二)	1931(昭和六)	10月3日	臺灣民報
黃朝琴	馬來半島的印象	1930年(昭和五)	1月1日	臺灣民報
王添灯	南洋遊記(一)	(未見)	(未見)	臺灣民報
王添灯	南洋遊記(二)	1933(昭和八)	5月11日	臺灣民報
王添灯	南洋遊記(三)	1933(昭和八)	5月14日	臺灣民報
王添灯	南洋遊記(四)	1933(昭和八)	5月15日	臺灣民報
王添灯	南洋遊記(五)	1933(昭和八)	5月16日	臺灣民報
王添灯	南洋遊記(六)	1933(昭和八)	5月17日	臺灣民報
王添灯	南洋遊記(七)	1933(昭和八)	5月18日	臺灣民報
王添灯	南洋遊記(八)	1933(昭和八)	5月20日	臺灣民報
王添灯	南洋遊記(九)	1933(昭和八)	5月21日	臺灣民報
王添灯	南洋遊記(十)	1933(昭和八)	5月22日	臺灣民報
王添灯	南洋遊記(十一)	1933(昭和八)	5月23日	臺灣民報
王添灯	南洋遊記(十二)	1933(昭和八)	5月25日	臺灣民報
王添灯	南洋遊記(完)	1933(昭和八)	5月29日	臺灣民報
陳夢華	東遊紀略(四)	1931(昭和六)	5月1日	詩報
陳夢華	東遊紀略(五)	1931(昭和六)	6月1日	詩報
陳夢華	東遊紀略(六)	1931(昭和六)	6月15	詩報
陳夢華	東遊紀略(七)	1931(昭和六)	7月1日	詩報
陳夢華	東遊紀略(八)	1931(昭和六)	7月15日	詩報
陳夢華	東遊紀略(九)	1931(昭和六)	8月1日	詩報
陳夢華	東遊紀略(十)	1931(昭和六)	8月15日	詩報

作者	篇名或書名	刊登年代	刊登日期	刊物名稱
陳夢華	東遊紀略（十一）	1931（昭和六）	9月1日	詩報
蘇鏡瀾	碧潭遊記（上）	1931（昭和六）	9月1日	詩報
蘇鏡瀾	碧潭遊記（下）	1931（昭和六）	9月15日	詩報
陳夢華	東遊紀略（十二）	1931（昭和六）	9月15日	詩報
陳夢華	東遊紀略（十三）	1931（昭和六）	10月15日	詩報
陳夢華	東遊紀略（十四）	1931（昭和六）	11月1日	詩報
陳夢華	東遊紀略（十五）	1931（昭和六）	11月15日	詩報
陳夢華	勸業博覽會序	1931（昭和六）	12月1日	詩報
姜丹書	雷峰塔磚鎸硯記	1934（昭和九）	8月1日	詩報
李喬	昆明的翠湖	1935（昭和十）	1月1日	詩報
鄭鷹秋	獅山遊記	1937（昭和十二）	5月11日	詩報
梁月初	遊萬松山記	1937（昭和十二）	12月6日	詩報
張篁川	讀鳳凰山石碑記	1937（昭和十二）	12月6日	詩報
杜仰山	東臺吟草序	1939（昭和十四）	11月17日	詩報
蘇鴻飛	揚州隋代遺跡	1941（昭和十六）	11月1日	詩報
邱仙樓	獅山勸化堂記	1942（昭和十七）	5月6日	詩報
綠珊盦（許丙丁）	臺南寺廟楹聯碑文採集記（一）	1942（昭和十七）	7月24日	詩報
綠珊盦	臺南寺廟楹聯碑文採集記（二）	1942（昭和十七）	8月5日	詩報
綠珊盦	臺南寺廟楹聯碑文採集記（三）	1942（昭和十七）	8月18日	詩報
綠珊盦	臺南寺廟楹聯碑文採集記（四）	1942（昭和十七）	9月1日	詩報
綠珊盦	臺南寺廟楹碑文採集記（五）	1942（昭和十七）	9月15日	詩報

作者	篇名或書名	刊登年代	刊登日期	刊物名稱
綠珊盦	臺南寺廟聯碑文採集(六)	1942(昭和十七)	10月10日	詩報

附錄二
索引

人名

二劃

三劃

四劃

六劃

七劃

八劃

九劃

十劃

十一劃

十二劃

十三劃

八劃

九劃

十劃

十二劃

十三劃

十四劃

十七劃

十九劃

關鍵詞

二劃

三劃

四劃

五劃

六劃

七劃

八劃

九劃

十劃

十一劃

十二劃

十三劃

十四劃

十五劃

十六劃

十九劃

二十一劃

二十二劃

參考文獻

一　古籍與史料

〔漢〕趙歧注、〔晉〕孫奭疏、〔清〕阮元審定

1965 《十三經注疏・孟子注疏》，臺北市：藝文印書館，影印清嘉慶二十年江西南昌府學刊本。

〔晉〕杜預注、〔唐〕孔穎達疏、〔清〕阮元審定

1965 《十三經注疏・左傳注疏》，臺北市：藝文印書館，影印清嘉慶二十年江西南昌府學刊本。

〔南朝宋〕范曄撰，〔唐〕李賢等注

1991 《新校本後漢書並附編十三種》，臺北市：鼎文書局。

〔清〕高拱乾

1960 《臺灣府志》，臺北市：臺灣銀行經濟研究室。

〔清〕陳培桂

1963 《淡水廳志》，臺北市：臺灣銀行經濟研究室。

三六九小報社編

1930-1935 《三六九小報》，臺北市：成文出版社公司。

江亢虎

1935 《臺游追記》，上海市：中華書局。

杜聰明編

1941 《臺灣歐美同學會名簿》，臺北市：臺灣歐美同學會。

林品桐譯著

2001 《臺灣總督府公文類纂教育史料彙編與研究》，南投市：國史館臺灣文獻館。

林進發

1932 《臺灣官紳年鑑》，臺北市：民眾公論社。

林獻堂

1974 《林獻堂先生紀念集・年譜》，臺中市：林獻堂先生紀念集編纂委員會。

1956 《環球遊記》，臺中市：林獻堂先生紀念集編纂委員會。

林獻堂著、許雪姬等註

2000-2003 《灌園先生日記（二）~（五）》，臺北市：中央研究院臺灣史研究所籌備處。

河原功主編

2001 《風月・風月報・南方・南方詩集》影印復刊本，臺北市：南天書局公司。

長濱實編

1939 《顏国年君小伝：顏国年》，臺北市：臺灣日日新報社，收錄於谷ヶ城秀吉編。

2009 《植民地帝国人物叢書・台湾編19》，東京都：ゆまに書房。

張炳楠監修、李汝和主修、廖漢臣纂修

1971 《臺灣省通志卷六・學藝志・藝文篇》，臺中市：臺灣省文獻委員會。

張深切

1998 《張深切全集（卷一）里程碑——又名《黑色的太陽》（上）、（下）》，臺北市：文經出版公司。

傅錫祺編

1931 《櫟社沿革志略》，臺中市：櫟社。

1963 《櫟社沿革志略．大正七年》【臺灣文獻叢刊170種】，臺北市：臺灣銀行經濟研究室。

斯文會編

1929 《斯文六十年史：創立五十年記念》，東京都：斯文會。

新高出版社編

1937 《臺灣紳士名鑑》，臺北市：新高出版社。

虞淵

1926.01 〈檄日本留學生創設言論機關〉，《臺灣民報》第88號。

臺南新報社編

1907 《南部臺灣紳士錄》，臺南市：臺南新報社。

臺灣日日新報社

1905-1911 《漢文臺灣日日新報》，臺北市：臺灣日日新報社。

1898-1944 《臺灣日日新報》，臺北市：臺灣日日新報社。

臺灣教育會

1912-1943 《臺灣教育》，臺北市：臺灣教育會。

1939 《臺灣教育沿革誌》，臺北市：臺灣教育會。

1901-1943 《臺灣教育會雜誌》、《臺灣教育》，臺北市：臺灣教育會。

臺灣新民報社調查部編

1934 《臺灣人士鑑》，臺北市：臺灣新民報社。

1971 《臺灣時報》，臺北市：東洋協會臺灣支部。

臺灣總督府編

1898 《臺灣總督府職員錄》，臺北：臺灣總督府。

1898 《臺灣總督府報》，臺北：臺灣總督府。

1917 《臺灣總督府職員錄》，臺北：臺灣總督府。

1917 《臺灣總督府職員錄》，臺北：臺灣總督府。

1916 《臺灣列紳傳》，臺北：臺灣總督府。

1985 《臺灣省總督府事務成績提要》第35編，臺北市：成文出版社公司。
臺灣總督府警務局編
1995 《臺灣總督府警察沿革誌》影印復刊本，臺北市：南天書局公司。
臺灣雜誌社
1912 《臺灣實業家名鑑》，臺北：臺灣雜誌社。
東京臺灣協會
1898 《臺灣協會會報》，東京都：臺灣協會。
鄭汝南、蔡子昭等編
1919-1924 《臺灣文藝叢誌》，臺中：臺灣文社。
謝雪漁
1992 《雪漁詩集》，臺北縣：龍文出版社公司。
雞籠生
1935 《海外見聞錄》，臺北：臺灣新民報社。
1939-1940 〈珈琲館〉，《風月報》影印復刊本，臺北市：南天出版公司。
1941-1942 〈大上海〉，《風月・南方》，臺北市：南天出版公司。
1959 《百貨店》，臺北市：陳炳煌。
顏國年
1920 《環鏡樓唱和集》，基隆：顏國年自印。
1926 《最近歐美旅行記》，基隆：顏國年自印。
又吉盛清等編
1996 《臺灣教育會雜誌》別卷，那霸市：沖繩社ひるぎ。
東洋協會調查部編纂
1920 《大正九年現在の台灣》，東京都：東洋協會。
陳清池編

1938 《林耀亭翁の面影》，臺中：耀亭翁遺德刊行會發行。

（二）現代學者專書

于醒民、唐繼無

1991 《從閉鎖到開放》，上海市：學林出版社。

方孝謙

2001 《殖民地臺灣的認同摸索》，臺北市：巨流圖書公司。

王榮國

2004 《中國思想與文化》，長沙市：岳麓書社。

王立群

2008 《中國古代山水遊記研究》，北京市：中國社會學出版社。

王泰升

2005 〈臺灣法的近代性與日本殖民統治〉，《臺灣社會與文化》，臺北市：稻鄉出版社。

王嵐渝、李榮聰

2009 《悅讀館藏檔案與舊籍1》，南投市：國史館臺灣文獻館。

王夢鷗

1982 《文學概論》，臺北市：藝文印書館。

王德威

1998 《如何現代，怎樣文學？十九、二十世紀中文小說新論》，臺北市：麥田出版公司。

王璦玲編

2009 《空間與文化場域：空間移動之文化詮釋》，臺北市：國家圖書館漢學研究中心。

石守謙

2012 《移動的桃花源——東亞世界中的山水畫》，臺北市：允晨文化實業公司。

朱惠足

2009 《「現代」的移植與翻譯——日治時期臺灣小說的後殖民思考》，臺北市：麥田出版公司。

江仁傑

2006 《解構鄭成功——英雄、神話與形象的歷史》，臺北市：三民書局公司。

行政院衛生署

1995 《臺灣地區公共衛生發展史（一）》，臺北市：行政院衛生署。

汪民安，陳永國，馬海良主編

2008 《城市文化讀本》，北京市：北京大學出版社。

吳三連口述、吳豐山撰記

1992 《吳三連回憶錄》，臺北市：自立晚報社文化出版部。

吳文星

1992 《日據時期臺灣社會領導階層之研究》，臺北市：正中書局公司。

吳圳義

1995 《法國史》，臺北市：三民書局公司。

吳新榮

1977 《震瀛追思錄》，臺南市：佳里琅山房。

1989 《吳新榮回憶錄：清白交代的臺灣人家族史》，臺北市：前衛出版社。

吳新榮著，張良澤主編

1981 《吳新榮全集（1-8）》，臺北市：遠景出版事業公司。

吳潛誠

1999 《島嶼巡航：黑倪和臺灣作家的介入詩學》，臺北市：立緒文化事業公司。

吳叡人

2007 〈自由的兩個概念：戰前臺灣民族運動與戰後「自由中國」集團政治論述中關於「自由」之理念的初步比較〉，收入《自由主義與新世紀臺灣》，臺北市：允晨文化實業公司。

呂紹理

2005 《展示臺灣：權力、空間與殖民統治的形象表述》，臺北市：麥田出版公司。

呂興昌編

1998 《吳新榮選集（1-3卷）》，臺南市：臺南縣立文化中心。

巫永福

2003 《我的風霜歲月——巫永福回憶錄》，臺北市：望春風文化事業公司。

2010 《巫永福精選集——評論卷》，臺北市：巫永福文化基金會。

李天綱

2001 〈1927年：上海市民自治運動的終結〉，收入汪暉、余國良編：《上海市：城市、社會與文化》，香港：香港中文大學。

李歐梵

2001 〈「批評空間」的開創——從《申報》「自由談」談起〉，收入汪暉、余國良編：《上海市：城市、社會與文化》，香港：香港中文大學。

李歐梵著，毛尖譯

2008 《上海摩登：一種新都市文化在中國1930-1945》，上海市：上海三聯書店。

李有成

2007 《踰越：非裔美國文學與文化批評》，臺北市：允晨文化實業公司。

李怡

2005 《日本體驗與中國現代文學的發生》，臺北市：秀威資訊科技公司。

李承機

2006 〈從清治到日治時期的「紙虎」變遷史〉，收入《後殖民的東亞在地化思考：臺灣文學場域》，臺南市：國家臺灣文學館。

2009 《六然居存日刊臺灣新民報社說輯錄1932～1935》，臺南市：國立臺灣歷史博物館。

李盈慧、王宏仁編

2009 《東南亞概論：臺灣的視角》，臺北市：五南圖書出版公司。

李歐梵

1994 《現代性的追求》，臺北市：麥田出版公司。

李毅

2003 《馬來西亞工業化進程中的技術學習與技術進步》，廈門市：廈門大學出版社。

李豐楙、劉苑如主編

2002 《空間、地域與文化》，臺北市：中央研究院中國文哲研究所。

杜聰明

2001 《回憶錄：臺灣首位醫學博士杜聰明（上）、（下）》，臺北市：龍文出版社公司。

沙比羅

1965 《歐洲近代現代史（上）》，臺北市：世界書局公司。

周婉窈

2009 《面向過去而生——芬陀利室散文集》，臺北市：允晨文化實業公司。

周宗賢

1994 《黃朝琴傳》，南投市：臺灣省文獻委員會。

岳雯

2008 〈上海傳奇的另一種寫法——論虹影小說中的都市空間想像〉，收入孫遜、楊劍龍主編：《都市空間與文化想像》，上海市：上海三聯書店。

林文月

2007 《京都一年》，臺北市：三民書局公司。

林明德

1996 《日本近代史》，臺北市：三民書局公司。

林品桐譯著

2001 《臺灣總督府公文類纂教育史料彙編與研究》，南投市：國史館臺灣文獻館。

林恩．艾布拉姆著，鄭明萱譯

2000 《俾斯麥與德意志帝國》，臺北市：麥田出版公司。

林淑慧

2009 《禮俗．記憶與啟蒙：臺灣文獻的文化論述及數位典藏》，臺北市：臺灣學生書局。

林煙庭

1999 《臺灣古道特輯》，臺北市：國民旅遊出版社。

林鎮山

2006 《離散．家園．敘述——當代臺灣小說論述》，臺北市：前衛出版社。

邱旭伶

1999 《臺灣藝旦風華》，臺北市：玉山社出版事業公司。

法．巴舍拉

2003 《空間詩學》，臺北市：張老師文化事業公司。

金應熙主編

1990 《菲律賓史》，臺北市：三民書局公司。

俞旦初

1996 《愛國主義與中國近代史學》，北京市：中國社會科學出版社。

南博、社會心理研究所編

1990 《續・昭和文化（1945-1989）》，東京都：勁草書房。

哈伯瑪斯（J. Habermas, 1929-）著，曹衛東等譯

2002 《公共領域的結構轉型》，臺北市：聯經出版事業公司。

查爾斯・泰勒（Charles Taylor），李尚遠譯

2008 《現代性中的社會想像》，臺北市：商周出版公司。

柯志明

2003 《米糖相剋》，臺北市：群學出版公司。

柯慶明

1986 《文學美綜論》，臺北市：長安出版社。

柳書琴

2009 《荊棘之道：旅日青年的文學活動與文化抗爭》，臺北市：聯經出版事業公司。

洪致文

2010 《臺灣漢詩人洪以南的現代文明旅遊足跡》，臺北市：國立臺灣師範大學地理系。

洪鎌德

2000 《人文思想與現代社會》，臺北市：揚智文化事業公司。

胡錦媛

2004 《臺灣當代旅行文選》，臺北市：二魚出版社。

2006 〈臺灣當代旅行文學〉，收入《20世紀臺灣文學專題II：創作類型與主題》，臺北市：萬卷樓圖書公司。

若林正丈、吳密察主編

2000 《臺灣重層近代化論文集》，臺北市：播種者出版公司。

范宜如

2011 《行旅・地誌・社會記憶：王士性紀遊書寫探論》，臺北市：萬卷樓圖書公司。

范銘如

2008 《文學地理：臺灣小說的空間閱讀》，臺北市：麥田出版公司。

唐振常

1993 《近代上海繁華錄》，臺北市：臺灣商務印書館。

2001 〈市民意識與上海社會〉，收入汪暉、余國良編：《上海市：城市、社會與文化》，香港：香港中文大學。

夏菁

2010 《慾望與思考之旅：中國現代作家的南洋與英美遊記研究》，臺北市：文史哲出版社。

孫遜、楊劍龍

2006 《都市、帝國與先知》，上海市：上海三聯書局。

翁振盛

2010 《敘事學》，臺北市：行政院文化建設委員會。

荊子馨著，鄭力軒譯

2006 《成為「日本人」：殖民地臺灣與認同政治》，臺北市：麥田出版公司。

張小虹

1996 〈女同志理論：性／別與性慾取向〉，收錄魚顧燕翎編：收入《女性主義理論與流派》，臺北市：女書文化事業公司。

張玉法

1986 《中國現代史》（上冊），臺北市：臺灣東華書局公司。

張仲禮

1990 《近代上海城市研究》，上海市：上海人民出版社。

張子文等

2003 《臺灣歷史人物小傳：明清暨日據時期》，臺北市：國家圖書館。

張定河

1998 《美國政治制度的起源與演變》，北京市：中國社會科學出版社。

張炎憲、李筱峰、莊永明編

1987 《臺灣近代名人誌（第2冊）》，臺北市：自立晚報。

張誦聖

2001 《文學場域的變遷》，臺北市：聯合文學出版公司。

張曉萍

2009 《民族旅遊的人類學透視》，昆明市：雲南大學出版社。

張簡慶和、張簡褘貞

1997 《拷潭寮百年溯源——張簡族譜的故事》，高雄市：張簡秋風社會福利慈善事業基金會。

章陸

1999 《日本的政治·金錢·文化》，臺北市：正中書局公司。

許秦蓁

2005 《戰後臺北的上海記憶與上海經驗》，臺北市：大安出版社。

許佩賢

2005 《殖民地臺灣的近代學校》，臺北市：遠流出版公司。

許雪姬

2009 《杜香國文書資料彙編目錄》，臺北市：中央研究院臺灣史研究所。

許蘇民

1992 《比較文化研究史》，昆明市：雲南人民出版社。

連心豪、鄭志明主編

2008 《閩南民間信仰》，福州市：福建人民出版社。

陳勝昆

1981 《中國疾病史》，臺北市：自然科學文化事業公司。

陳平原主講，梅家玲編訂

2005 《晚清文學教室：從北大到臺大》，臺北市：麥田出版公司。

陳昌明

2005 《沉迷與超越：六朝文學之感官辯證》，臺北市：里仁書局。

陳青松、許梅貞

2004 《基隆第一：人物篇》，基隆市：基隆市立文化中心。

陳浩然

2006 〈清水祖師本傳〉，收入《安溪清水岩志》，揚州市：廣陵書社公司。

陳培豐

2006 《同化的同床異夢：日治時期臺灣的語言政策、近代化與認同》，臺北市：麥田出版公司。

陳逸松口述，林忠勝撰述

1994 《陳逸松回憶錄》，臺北市：前衛出版社。

陳慈玉

1999 《臺灣礦業史上的第一家族——基隆顏家研究》，基隆市：基隆市立文化中心。

陳瑋芬

2005 《近代日本漢學的「關鍵詞」研究：儒學及相關概念的嬗變》，臺北市：國立臺灣大學出版中心。

陳鴻瑜

2003 《菲律賓史：東西文明交會的島國》，臺北市：三民書局公司。

傅朝卿

2001 《臺南市古蹟與歷史建築總覽》，臺南市：臺灣建築與文化資產出版社。

陳明珠

2006 《身體傳播：一個女性身體論述的研究實踐》，臺中市：五南文化事業機構。

程玉凰

2011 《洪棄生的旅遊文學——《八州遊記》研究》，臺北市：文津出版社公司。

華特．班雅明著，漢娜．阿倫特編，張旭東、王斑譯

2008 〈講故事的人〉，收入《啟迪：本雅明文選》，香港：牛津大學出版社香港分部。

賀蕭

2005 《危險的逸樂（上）二十世紀上海的娼妓與現代性》，臺北市：時英出版社。

黃秀政

1987 《臺灣民報與近代臺灣民族運動（1920-1932）》，臺北市：現代潮出版社。

黃美娥

2004 《重層現代性鏡像：日治時代臺灣傳統文人的文化視域與文學想像》，臺北市：麥田出版公司。

黃美娥主編

1998 《張純甫全集》，新竹市：新竹市政府。

黃崇憲

2010 《帝國邊緣：臺灣現代性的考察》，臺北市：群學出版公司。

黃朝琴

2001 《朝琴回憶錄——臺灣政界耆宿黃朝琴》，臺北縣：龍文出版社公司。

楊明賢

2010《旅遊文化》，臺北市：揚智文化事業公司。

楊碧川

1987 《臺灣近代名人誌（第三冊）》，臺北市：自立晚報。

楊肇嘉

1967 《楊肇嘉回憶錄．上、下》，臺北市：三民書局公司。

溫振華

1996 〈清代臺灣漢人的企業精神〉，收入《臺灣史論文精選》，臺北市：玉山社出版公司。

萬胥亭等著

2002 《現代性、後現代性、全球化》，臺北市：左岸文化事業公司。

葉文心著，王琴、劉潤堂譯

2010 《上海繁華：都會經濟倫理與近代中國》，臺北市：時報文化出版企業公司。

葉立誠

2010 《臺灣顏、施兩大家族成員服飾穿著現象與意涵之研究：以施素筠老師的生命史為例（1910-1960年代）》，臺北市：秀威資訊科技公司。

葉偉忠

2010 《敘事學》，臺北市：文化建設委員會。

葉渭渠主編

2008 《日本文明》，福州市：福建教育出版社。

董芳苑

1980 《臺灣民間宗教信仰》，臺北市：長青文化事業公司。

團紀彥等編

2008 《東京論：東京的建築與城市》，臺北市：田園城市文化事業公司。

廖炳惠

1994 《回顧現代：後現代與後殖民論述論文集》，臺北市：麥田出版公司。

2001 《另類現代情》，臺北市：允晨文化實業公司。

2006 《臺灣與世界文學的匯流》，臺北市：聯合文學出版社公司。

廖肇亨

2009 〈瓊浦曼陀羅——中國詩人在長崎〉，收入《空間與文化場域：空間移動之文化詮釋》，臺北市：國家圖書館。

劉禾、宋偉杰等譯

2002 《跨語際實踐——文學，民族文化與被譯介的現代性（中國，1900-1937）》，北京市：生活．讀書．新知三聯書店。

劉純

2002 《旅遊心理學》，臺北市：揚智文化事業公司。

劉捷

1998 《我的懺悔錄》，臺北市：九歌出版公司。

歐麗娟

2000 《唐詩的樂園意識》，臺北市：里仁書局。

蔡東杰

2002 《臺灣與墨西哥民主化之比較》，臺北市：風雲論壇出版社公司。

蔡相煇

2002 〈臺灣的關帝信仰及其教化功能〉，《關羽、關公和關聖》，北京市：社會科學文獻出版社。

蔡錦堂

2006 《戰爭體制下的臺灣》，臺北市：日創社文化事業公司。

蔣勁松

1992 《美國國會史》，海口市：海南出版社公司。

鄭明娳

1978 《現代散文類型論》，臺北市：大安出版社。

鄭政誠

2005 《認識他者的天空：日治時期臺灣原住民的觀光行旅》，臺北市：博揚文化事業公司。

鄭毓瑜

2005 《文本風景——自我與空間的相互定義》，臺北市：麥田出版公司。

鄭麗玲、楊麗祝編

2009 《臺北工業生的回憶》，臺北市：國立臺北科技大學。

盧嘉興

1978 〈夢蝶園改稱法華寺年代考〉，收入《中國佛教史論集（八）——臺灣佛教篇》，臺北市：大乘文化出版社。

蕭阿勤

2008 《回歸現實：臺灣1970年代的戰後世代與文化政治變遷》，臺北市：中央研究院社會學研究所。

諾思洛普．弗萊著，陳慧、袁實軍、吳傳仁譯

2006 《批評的解剖》，天津市：百花文藝出版社。

賴孝和著，黃景自譯

1979 《剖析日本人》，臺北市：金文圖書公司。

謝元魯

2007 《旅遊文化學》，北京市：北京大學出版社。

邁克．克朗（Mike Crang）著，楊淑華、宋慧敏譯

2005 《文化地理學》，南京市：南京大學出版社。
顏娟英
2001 《風景心境——臺灣近代美術文獻導讀（上）、（下）》，臺北市：雄獅圖書公司。
蘇碩斌編
2012 《旅行的視線——近代中國與臺灣的觀光文化》，臺北市：國立陽明大學人文與社會科學院。
騰尼・費蘭克（Frank, Tenney）著，宮秀華譯
2008 〈元老院的「不干涉政策」〉，《羅馬帝國主義》，上海市：上海三聯書店。
子安宣邦著，陳瑋芬譯
2004 《東亞儒學批判與方法》，臺北市：臺灣大學出版中心。
Alfred Hettner著，王蘭生譯
1997 《地理學：它的歷史、性質與方法》，臺北市：臺灣商務印書館。
Allan Pred著，許坤榮譯
2002 〈結構歷程和地方——地方感和感覺結構的形成過程〉，收入《空間的文化形式與社會理論讀本》，臺北市：明文書局公司。
Betty J・Lofland
1996 〈上海市：海盜與貿易〉，收入丁乃時主編：《上海的發展及其對中國現代化的影響》，澳門：澳門大學、澳門基金會。
Bocock, Robert著，田心喻譯
1991 《文化霸權》，臺北市：遠流出版事業公司。
C・Wright Mills著，張君玫、劉鈐佑譯
1995 《社會學的想像》，臺北市：巨流圖書公司。
Charles Tilly著，劉絮愷譯
1999 《法國人民抗爭史：四個世紀／五個地區（上）》，臺北市：麥

田出版公司。
Edward Said著，單德興譯
2004 《知識分子論》，臺北市：麥田出版公司。
Hardacre, Helen著，李明峻譯
1995 《1868~1988神道與國家——日本政府與神道的關係》，臺北市：金禾出版社。
Jacques Dugast著，黃艷紅譯
2007 《19世紀和20世紀之交的歐洲文化生活》，北京市：中國人民大學出版社。
Jane Jacobs著，吳鄭重譯注
2007 《偉大城市的誕生與衰亡：美國都市街道生活的啟發》，臺北市：聯經出版事業公司。
Joel Kotkin著，謝佩妏譯
2006 《城市的歷史》，臺北市：左岸文化事業公司。
John Urry，葉浩譯
2007 《觀光客的凝視》，臺北市：書林出版公司。
Jonatban Culler，李平譯
1988 《文學理論》，香港：牛津大學出版社。
Jurgen Habermas，曹衛東等譯
2002 《公共領域的結構轉型》，臺北市：聯經出版事業公司。
Kevin Lynch，宋伯欽譯
1994 《都市意象》，臺北市：臺隆書店。
Levi-Strauss著；王志明譯
1989 《憂鬱的熱帶》，臺北市：聯經出版事業公司。
Lynn Abrams著，鄭明萱譯
2000 《俾斯麥與德意志帝國》，臺北市：麥田出版公司。

M. Gottdiener and Alexandros ph. Lagopoulos，吳瓊芬等譯
1998 〈城市與符號〉《空間的文化形式與社會理論讀本》，臺北市：明文書局公司。
Maurice Halbwachs著，畢然、郭金華譯
2002 《論集體記憶》，上海市：上海人民出版社。
Maurice MerleauPonty著，姜志輝譯
2001 《知覺現象學》，北京市：商務印書館。
Mike Chang著，王志弘等譯
2003 《文化地理學》臺北市：巨流圖書公司。
Page, S. J. 、Connell, J. 著，尹駿、章澤儀譯
2009 《現代觀光：綜合論述與分析》，臺北市：鼎茂圖書出版公司。
Patricia E. Tsurumi著，林正芳譯
1999 《日治時期臺灣教育史》，宜蘭縣：仰山文教基金會。
Peter Burke著，許綬南譯
2005 《製作路易十四》，臺北市：麥田出版公司。
Robert J. C. Young著，周素鳳、陳巨擘譯
2006 《後殖民主義》，臺北市：巨流圖書公司。
Robert O. Paxton著，李孝悌等譯
1984 《二十世紀歐洲史》，臺北市：黎明文化事業公司。
Ruth Rogaski著，向磊譯
2007 《衛生的現代性：中國通商口岸衛生與疾病的含義》，南京市：江蘇人民出版社。
Stephen L. J. Smith著，吳必虎等譯
1996 《遊憩地理學——理論與方法》，臺北市：田園城市文化事業公司。
Tim Cresswell著，徐苔玲、王志弘譯

2006 《地方:記憶、想像與認同》，臺北市：群學出版公司。

Yi-Fu Tuan著，潘桂成譯

1998 《經驗透視中的空間和地方》，臺北市：國立編譯館。

大衛・哈維著，黃譯文譯

2007 〈作為現代性的神話——創造性的破壞〉，《巴黎，現代性之都》，臺北市：群學出版公司。

山下晋司

2007 《 光文化学》，東京都：新曜社。

山田孝使

1918 《臺南聖廟考》，臺南市：高昌怡三郎。

山室信一等

2006 〈空間認識の視角と空間の生產〉，收入《岩波講座「帝国」日本の學知第8卷——空間形成と世界認識》，東京都：岩波書店株式會社。

石井寬治著，黃紹恆譯

2008 《日本經濟史》，臺北市：五南圖書出版公司。

石原道博

1967 《國姓爺》，東京都：吉川弘文館株式會社。

西川幸治、高橋徹著，高嘉蓮譯

2007 《京都千二百年：從平安京到庶民之城（上）》，臺北市：馬可孛羅文化事業公司。

曾山毅

2003 《植民地臺湾と近代ツーリズム》，東京都：青弓社。

遠藤英樹

2007 《ガイドブック的！ 光社会学の歩き方》，横濱市：春風社。

廣田昌希

1985 〈對外政策と脫亞意識〉，收入《講座日本歷史（7）近代1》，東京都：東京大學出版會。

蔡茂豐

1997 《中國人に對する日本語教育の史的研究：臺湾を中心に》，臺北市：撰者印行。

班納迪克・安德森（Benedict Richard O' Gorman Anderson）著，吳叡人譯

2010 《想像的共同體：民族主義的起源與散布》，二版，臺北市：時報文化出版企業公司。

Bal Mieke

1997 *Narratology: Introduction to the Theory of Narrative* , Buffalo：University of Toronto Press.

Benedict Anderson

1991 *Imagined Communities: Reflections on the Origin and Spread of Nationalism*, New York：Verso.

Bill Ashcroft et al

1989 *The Empire Writes Back: Theory and Practice in Post-colonial Literatures* , New York: Routledge.

Blanton C

2002 *Travel Writing: the Self and the World*, New York: Routledge.

Bourdieu Pierre

1993 *The Field of Cultural Production*, New York: Columbia University Press.

Curtis, Barry and Claire Pajaczkowska

1994 Getting *there: Travel, Time, and Narrative*. George Robertson, Melinda Mash and et al. Eds, *Traveller's Tales: Narratives of Home and Displacement*, London: Routledge.

David Arnold

1993 *Colonzing the body: Sate Medicine and Epidemic Disease in Nineteenth-Century India*,Berkeley: University of California Press.

Dean MacCannell

1999 *The Tourist: A New Theory of the Leisure Class*,Berkeley: University of California Press.

Fong, Shiaw-Chian,

2006 *Hegemony and Identity in the Colonial Experience of Taiwan, 1895-1945*. David De-wei Wang and Ping-hui Liao Eds, *Taiwan Under Japanese Rule, 1895-1945* ,New York: Columbia University Press.

Frances A. Yate

1974 *The Art of Memory*, Chicago: The University of Chicago.

Hinchman Lewis P & Sandra K. Hinchman

1997 *Introduction in Memory, Identity, Community: The Idea of Narrative in the Human Sciences*（New York: State University of New York Press.

Kristi Siegel Eds

2004 *Gender, Genre, and Identity in Women's Travel Writing*,New York: Peter Lang.

La Capra, Dominick

2001 *Writing History, Writing Trauma* ,Baltimore: Johns Hopkins University Press.

Liao, Ping-hui

1993 *Print Culture and the Emergent Public Sphere in Colonial Taiwan,*

1895-1945. David De-wei Wang and Ping-hui Liao Eds, *Taiwan Under* Michael Hanne Eds, *Literature and Travel*, Amsterdam: Rodopi.

Lynch, Kevin

1960 *The Image of City*, Cambridge, MA: MIT.

Raban, Jonathan

1979 *Arabia: Through the Looking Glass*, London: William Collins&Sons.

Ricooeur Paul

2004 *Memory, History, Forgetting*, Chicago: University of Chicago Press.

Shlomith Rimmon-Kenan

2002 *Narrative Fiction: Contemporary Poetics*, London and New York: Routledge.

Steven Feld

2005 *Place Senses, Sense Placed: Toward a Sensuous Epistemology of Environment*. David Howes, ed. *Empire of the Senses: The Sensual Cultural Reader*, Oxford: Berg.

Susan Stewart

2005 *Remembering the* Senses. David Howes, ed. *Empire of the Senses: The Sensual Cultural Reader*,Oxford: Berg.

Tani E. Barlow

1997 *Introduction: On* ‘Colonial *Modernity' in Formations of Colonial Modernity in East Asia*, Durham; London: Duke University Press.

Teng, Emma Jinhua

2006 *Taiwan's Imagined* Geography：*Chinese Colonial Travel Writing and Pictures, 1683-1895*,Cambridge: Harvard University Press.

Williams Raymond

1980 *Problems in Materialism and Culture*, London: Verso.

（三）論文

1 期刊論文

又吉盛清著、潘淑慧譯

1996.12 〈臺灣教育會雜誌──再版記及內容介紹 - 上〉，《國立中央圖書館臺灣分館館刊》第3卷第2期，頁67-88。

1997.03 〈臺灣教育會雜誌──再版記及內容介紹 - 下〉，《國立中央圖書館臺灣分館館刊》第3卷第3期，頁76-90。

中村孝志，李玉珍、卞鳳奎譯

2000.06 〈大正南進期與臺灣〉，《臺北文獻直字》第132期，頁195-263。

卞鳳奎

2009.06 〈日據時代臺籍留日學生的民族主義活動〉，《海洋文化》第6期，頁1-30。

孔新人

2007.09 〈「遊記」的歷史分類〉，《中國文學研究》第3期，頁52-56。

方孝謙

1994.06 〈「內涵化」與日據芝山岩精神的論述──符號學概念的試用與評估〉，《臺灣史研究》第1卷第1期，頁97-116。

毛文芳

2004.12 〈情慾、瑣屑與詼諧──《三六九小報》的書寫視界〉，《中央研究院近代史研究所集刊》第46期，頁159-222。
王一剛
1977.06 〈故楊肇嘉先生生平事跡〉，《臺灣風物》第27卷第2期，頁22-24。
王明珂
1994.09 〈過去的結構——關於族群本質與認同變遷的探討〉，《新史學》第5卷第3期，頁119-140。
1996.09 〈誰的歷史：自傳、傳記與口述歷史的社會記憶本質〉，《思與言》第34卷第3期，頁147-183。
王琨、張羽
2011.02 〈日據末期《風月報》作者群筆下的大陸地景研究〉，《臺灣研究集刊》第1期（總第113期），頁33-41。
王璦玲
2011.06 〈「重寫文學史」導論——「經典性」重構與中國文學之新詮釋〉，《漢學研究》第29卷第2期，頁1-17。
朱惠足
2005.04 〈帝國主義、國族主義、「現代」的移植與翻譯西川滿《臺灣縱貫鐵道》與朱點人〈秋信〉〉，《中外文學》第395期，頁111-140。
江漢聲
2006.11 〈梅毒・哥倫布・1493〉，《歷史月刊》第226期，頁4-12。
江寶釵
2004.06 〈臺灣漢詩言說現地的建構與離散〉，《國文學誌》第8期，頁117-134。
衣若芬
2002.09 〈漂流與回歸：宋代題「瀟湘」山水畫詩之抒情底蘊〉，《中國文哲研究集刊》第21期，頁1-42。

2003.09 〈「江山如畫」與「畫裡江山」：宋元題「瀟湘」山水畫詩之比較〉，《中國文哲研究集刊》第23期，頁33-70。

2011.06 〈無邊剎境入毫端：玉澗及其「瀟湘八景圖」詩畫〉，《東華漢學》第13期，頁79-113。

何乏筆

2009.06 〈跨文化批判與中國現代性之哲學反思〉，《文化研究》第8期，頁125-147。

余育婷

2010.06 〈從詩歌移植與傳播看清代臺灣古典詩的一個生成面向〉，《臺灣古典文學研究集刊》第3號，頁341-374。

吳毓琪、施懿琳

2006.12 〈康熙年間「臺灣八景詩」：首創之作的空間感探討〉，《國文學報》第5期，頁35-55。

吳毓琪

2010.02 〈比較南社與瀛社面對新、舊文化交鋒的抉擇與取向——兼論謝雪漁對自我認同鏡像的建構〉，《臺灣文學研究集刊》第7期，頁83-122。

吳榮發

2005.03 〈1931年高雄港勢展覽會概述〉，《高市文獻》第18卷第1期，頁1-28。

呂紹理

2002.12 〈展示臺灣：一九〇三年大阪內國勸業博覽會臺灣館之研究〉，《臺灣史研究》第9卷第2期，頁103-144。

呂文翠

2006.02 〈晚清上海的跨文化行旅：談王韜與袁祖志的泰西遊記〉，

《中外文學》第34卷第9期，頁5-47。

李永熾

1990.03　〈市民社會與國家〉，《當代》第47期，頁29-38。

李光中

2009.07　〈文化地景與社區發展〉，《科學教育》第439期，頁38-45。

李政亮

2006.04　〈帝國、殖民與展示：以1903年日本勸業博覽會「學術人類館事件」為例〉，《博物館學季刊》第20卷第2期，頁31-46。

李展平

2010.06〈擬古的異鄉情懷——試論中村櫻溪旅臺山水遊記〉，《臺灣文獻》第61卷第2期，頁396-424。

李詮林

2012.06　〈雞籠生與臺灣日據時期的漫畫藝術〉，《裝飾雜誌》第6期。

杜心源

2008.04　〈現代文學中的「頹廢」與後五四時代的都市想像〉，《浙江社會科學》第4期，頁94-99。

杜國清

2005　〈超越中國？翻譯臺灣！〉，*Taiwan Studies Series, Vol.2*, pp.226-231.

沈松僑

2002.10　〈國權與民權——晚清的「國民」論述，1895-1911〉，《中央研究院歷史語言研究所集刊》第73卷第4期，頁687。

阮斐娜

2007.06　〈目的地臺灣！——日本殖民時期旅行書寫中的臺灣建構〉，《臺灣文學學報》第10期，頁57-76。

林以衡

2009.09 〈「蕩寇」新解：〈新蕩寇志〉對日本「國體」、「神風」思想的闡發及作者謝雪漁的政治理想〉，《嘉大中文學報》第2期，頁169-203。

林玫君

2004.12 〈日治時期臺灣女學生的登山活動——以攀登「新高山」為例〉，《人文社會學報》第3期，頁199-224。

林美容

1987.12 〈由祭祀圈來看草屯鎮的地方組織〉，《中央研究院民族學研究所集刊》第62期，頁53-114。

林淑貞

2009.12 〈地景臨現——六朝志怪「地誌書寫」範式與文化意蘊〉，《政大中文學報》第12期，頁159-194。

林富士

1999.06 〈「潔淨」的歷史〉，《古今論衡》第2期，頁77-88。

林開世

2003.12 〈風景的形成和文明的建立：十九世紀宜蘭的個案〉，《臺灣人類學刊》第1卷第2期，頁1-38。

泓峻

2004.03 〈東方文化視界中的美國與西方文化視界中的中國——胡適遭遇的解釋學困境及其原型意義〉，《河南師範大學學報（哲學社會科學版）》第31卷第2期，頁111-114。

施懿琳、陳曉怡

2010.10 〈日治時期府城士紳王開運的憂世情懷及其化解之道〉，《臺灣學誌》第2期，頁49-77。

柯喬文

2008.12 〈基隆漢詩的在地言說及其相關書寫：《詩報》及其相關書

寫〉，《中正大學中文學術年刊》第2期，頁161-199。
柳書琴
2004.12 〈通俗作為一種位置：《三六九小報》與1930年代臺灣的讀書市場〉，《中外文學》第33卷第7期，頁17。
2007.04 〈《風月報》到底是誰的所有？：書房、漢文讀者階層與女性識字者〉，《東亞現代中文文學國際學報》第3期，頁135-158。
2012.08 〈《臺灣新民報》向右轉：賴慶與新民報日刊初期摩登化的文藝欄〉，《臺灣文學研究集刊》第12期，頁1-40。
洪啟宗
2008.12 〈從家傳文獻看洪以南的交友關係〉，《臺北文獻直字》第166期，頁183-204。
洪傳祥
1996.03 〈巴黎的近代化改造（1853-1870）——從近代城市建設典範初探臺灣城市的形成〉，《建築學報》第16期，頁93-113。
胡家瑜
2004.06 〈博覽會與臺灣原住民：殖民時期的展示政治與「他者」意象〉，《國立臺灣大學考古人類學刊》第62期，頁3-39。
范燕秋
1998.09 〈新醫學在臺灣的實踐——從後藤新平「國家衛生原理」談起〉，《新史學》第9卷第3期，頁49-86。
韋思諦（Stephen Averill），吳哲和、孫慧敏譯、江政寬校譯
2000.09 〈中國與「非西方」世界的歷史研究之若干新趨勢〉，《新史學》第11卷第3期，頁157-194。
唐羽
2005.06 〈從工商社會之家乘探討今譜之體例——以基隆顏家為個案

之研究〉，《臺北文獻》第152期，頁115-170。

夏鑄九、葉庭芬

1981.06　〈臺北地區都市意象之研究〉，《國立臺灣大學建築與城鄉研究學報》第1卷第1期，頁49-102。

皋新、沈新林

1998　〈古代遊記發展初探〉，《蘇州大學學報（哲學社會科學版）》第4期，頁63-64。

康培德

2008　〈東南亞——地名變遷與地理區劃〉，《地理研究》第48期，頁105-123。

張一瑋

2009.11　〈柯布西耶《東方遊記》的跨文化敘述〉，《東方論壇》第6期，頁37-40。

張世龍

2003.10　〈展示中的教化〉，《博物館學季刊》第17卷第4期，頁7-16。

張崑將

2010.12　〈從前近代到近代的武士道與商人道之轉變〉，《臺灣東亞文明研究學刊》第7卷第2期，頁149-188。

張德南

2008.11　〈竹塹八景古今演變初探〉，《竹塹文獻雜誌》第42卷，頁8-28。

許宏彬

2005.09　〈從阿片君子到矯正樣本——阿片吸食者、更生院與杜聰明〉，《科技、醫療與社會》第3期，頁113-174。

許雪姬

1998.06 〈林獻堂著《環球遊記》研究〉，《臺灣文獻》第49卷第2期，頁1-33。

2006.06 〈1937-1947年在上海的臺灣人〉，《臺灣學研究》第13期，頁1-32。

2011.12 〈林獻堂《環球遊記》與顏國年《最近歐美旅行記》的比較〉，《臺灣文獻》第62卷第4期，頁161-219。

陳青松

2008.03 〈全臺第一所私立職業學校——基隆夜學〉，《臺北文獻》第152期，頁239-268。

陳柔縉

2005.09 〈從回憶錄讀日治史——終戰六十年的回顧〉，《財訊》第282期，頁298-299。

陳培豐

2008.12 〈日治時期臺灣漢文脈的漂流與想像：帝國漢文、殖民地漢文、中國白話文、臺灣話文〉，《臺灣史研究》第15卷第4期，頁31-86。

陳凱雯

2007.12 〈日治時期基隆公會堂之研究——兼論基隆地方社會的發展〉，《海洋文化學刊》第3期，頁75-105。

陳喻郁

2007.10 〈景觀之外的解讀——清代彰化八景的另類思考〉，《彰化文獻》第9卷，頁93-124。

陳慈玉

2011.12 〈日治時期顏家的產業與婚姻網絡〉，《臺灣文獻》第62卷第4期，頁1-54。

陳瑋芬

2004.12 〈近代日本漢學的庶民性特徵 ——漢學私塾、漢學社群與民間祭孔活動〉，《成大宗教與文化學報》第4期，頁251-286。

陳燈貴

1975.09 〈談顏國年先生阻止撫順炭進口事件〉，《臺煤》第402期，頁5-9。

曾今可

1970.05 〈楊仲佐先生〉，《臺灣風物》第20卷第2期，頁43-44。

馮品佳

2012.10 〈離散的親密關係——蘇偉貞眷村小說中的感官書寫〉，《臺灣文學研究學報》第15期，頁185-204。

馮祺婷

2009.07 〈取經日本的「東遊記」——《臺灣教育雜誌》（1903~1912）漢文版中的「文明」魅影〉，《臺灣文學評論》第9卷第3期，頁93-96。

黃美娥

2010.06 〈「文體」與「國體」——日本文學在日治時期臺灣漢語文言小說中的跨界行旅、文化翻譯與書寫錯置〉，《漢學研究》第28卷第2期，頁363-396。

2012.06 〈當「舊報紙」遇上「官報紙」：以《臺灣日日新報》李逸濤新聞小說〈蠻花記〉為分析場域〉，《臺灣文學學報》第20期，頁1-45。

黃禮強、張長義

2008.09 〈宗教勝地居民地方感之研究——以苗栗獅頭山為例〉，《都市與計劃》第35卷第3期，頁227-251。

楊娟娟

2009.05 〈弘揚閩南文化・實現資源共享——淺談閩南地方文獻資源

建設與共享〉，《漳州師範學院學報（哲學社會科學版）》第23卷第1期，頁175-177。

楊緒賢

1977.09 〈吳德功與礦溪吳氏家譜〉，《臺灣文獻》第28卷第3期，頁114-126。

葉國良

2010.06 〈中國文學中的臥遊：想像中的山水〉，《政大中文學報》第13期，頁177-193。

葉龍彥

2003.09 〈日治時期臺灣觀光行程之研究〉，《臺北文獻直字》第145期，頁83-110。

廖炳惠

2002.03 〈旅行、記憶與認同〉，《當代》第175期，頁84-105。

臺灣風物編輯部

1968.08 〈楊仲佐先生行述〉，《臺灣風物》第18卷第4期，頁38-39。

趙天儀

2008.10 〈臺灣文學評論的推手——巫永福的生平及文藝生涯〉，《文訊》第276期，頁44-46。

劉士永

2001.10 〈「清潔」、「衛生」與「保健」——日治時期臺灣社會公共衛生觀念之轉變〉，《臺灣史研究》第8卷第1期，頁41-88。

劉麗卿

2001.12 〈清代臺灣八景的命名與景觀類別〉，《中國文化月刊》第261期，頁77-95。

鄭祖安

2003 〈舊上海的白俄、猶太人和吉普賽人〉，《上海檔案》第6期，頁55。

蕭瓊瑞

2004.12 〈從「臺灣八景」到「澎湖八景」〉，《西瀛風物》第9期，頁97-108。

2006.07 〈認同與懷鄉——臺灣方志八景圖中的文人意識（以大八景為例）〉，《臺灣美術》第65卷，頁4-15。

錢佳燮

2003.08 〈日本儒學與日本民族性格〉，《孔孟月刊》第41卷第12期，頁41-47。

駱子珊

1956 〈高山文社〉，《臺北文物》第4卷第4期，頁61。

謝建明

1999.08 〈論儒學在日本的整合：兼論儒學對日本經濟的影響〉，《哲學與文化》第26卷第8期，頁752-759，790。

謝啟文

2004.10 〈大寮拷潭寮張簡忠、張簡獻家族的醫師與溯源〉，《高雄縣醫師會誌》第15期，頁46-48。

鍾怡雯

2008.03 〈旅行中的書寫：一個次文類的成立〉，《臺北大學中文學報》第4卷，頁35-52。

顏杏如

2007.09 〈殖民地時期的臺日人與櫻花——「內地」風景的發現、移植與櫻花論述〉，《臺灣史研究》第14卷第3期，頁97-138。

顏娟英

2000.12 〈境由心造——「臺灣的山水」兩篇〉，《古今論衡》第5期，頁112-122。

顏義芳

2011.06 〈基隆顏家與臺灣礦業發展〉，《臺灣文獻》第62卷第4期，頁105-130。

顏健富

2005.06 〈一個「國民」，各自表述——論晚清小說與魯迅小說的國民想像〉，《漢學研究》第23卷第1期，頁325-358。

魏稽生、嚴治明

2009.03 〈臺灣礦業的一大問題——廢棄礦坑地盤下陷的安全評估〉，《鑛冶》第53卷第1期，頁27-37。

上沼八郎

1978.03 〈日本統治下における臺灣留學生——同化政策と留學生問題の展望〉，《國立教育研究所紀要》第94期，頁133-157。

井材哮全

1936 〈地方志に記載せ山れたる支那癘略考第二篇「ペスト」流行の東漸附日本侵入の經路〉，《中外醫事新報》第1235號，頁459。

藤森智子

2001.03 〈日治初期「芝山巖學堂」（1895-96）的教育——以學校經營、教學實施、學生學習活動之分析為中心〉，《臺灣文獻》第52卷第1期，頁565-580。

李承機

2003.07 〈植民地新聞としての《臺湾日日新報》論——「御用性」と「資本主義性」のはざま〉，《植民地文化研究》第2號，東京都：不二出版，頁169-181。

鈴木哲造

2011.09 〈日治初年臺灣總督府衛生行政制度之形成——與近代日本

衛生行政制度比較考察〉，《師大臺灣史學報》第4期，頁129-160。

Ewick Patricia & Susan S · Silbey

1995 "Subversive Stories and Hegemonic Tales: Toward a Sociology of Narrative", *Law& Society Review* 29 · 2:197-226 ·

2 研討會論文

王璦玲

2009.12 〈「實踐的過去」——論清初劇作中之末世書寫與遺民情節〉，「行旅、離亂、貶謫與明清文學」學術研討會，臺北市：中央研究院中國文哲研究所主辦。

周馥儀

2007.11 〈開展公共領域．裂解殖民現代性：論1920年代臺灣知識分子的啟蒙實踐〉，臺灣社會學年會——臺灣與東亞社會的比較研究。

林芳玫

2013.05 〈謝雪漁通俗書寫的跨文化身分編輯：探討《日華英雄傳》的性別與國族寓言〉，「大眾文學與文化研討會」，臺中市：靜宜大學臺灣文學系主辦。

施懿琳

2001.12 〈臺灣文社初探——以1919-1923的《臺灣文藝叢誌》為對象〉，「櫟社成立一百週年學術研討會」，臺南市：國立臺灣文學館、國立文化資產保存中心籌備處主辦。

柯喬文

2005.12 〈日治前期漢文傳媒與現代性研究——臺灣文社與《臺灣文藝叢誌》〉，臺中市文化局「2005臺中學研討會——文采風流論文集」。

張雅惠

2005 〈「旅人」視線下的外地文學——試論佐藤春夫〈女誡扇綺譚〉帝國主義文本化的過程〉，《2005青年文學會議論文集》，臺南市：國家臺灣文學館。

廖振富

2009 〈中村櫻溪北臺灣山水遊記的心境映現與創作美學〉，《臺灣古典散文學術研討會論文集》，臺中市：東海大學中國文學系。

劉昭銘主編

2001 《旅行與文藝國際會議論文集》，臺北市：書林出版公司。

鄭世楠、葉永田

2006.03 〈梅山地震歷史回顧〉，「梅山地震百週年紀念研討會」論文集，嘉義縣：國立中正大學地震研究所主辦。

謝金蓉

2008 〈林獻堂筆下的法國形象：一個以比較文學形象為方法論的個案研究〉《第五屆全國臺灣文學研究生學術論文研討會論文集》，臺南市：國立臺灣文學館。

蘇碩斌

2006 〈日治時期臺灣文學的讀者想像：印刷資本主義作為空間想像機制的理論初探〉，《跨領域的臺灣文學研究學術研討會論文集》，臺南市：國家臺灣文學館。

（四）學位論文

江昆峰

2003 〈《三六九小報》之研究〉，臺北市：銘傳大學應用中文學系碩士論文。

吳明純

2007 《國策、機關誌與再現書寫——以《臺灣教育會雜誌》、《臺灣愛國婦人》、《新建設》為例》，臺南市：國立成功大學臺灣文學研究所碩士學位論文。

李貞蓉

2007 《劉捷及其作品研究》，桃園縣：國立中央大學中國文學系研究所碩士論文。

林雅慧

2009 《「修」臺灣「學」日本：日治時期臺灣修學旅行之研究》，臺北市：國立政治大學臺灣史研究所碩士學位論文。

室屋麻梨子

2007 《《臺灣教育會雜誌》漢文報（1903-1927）之研究》，臺南市：國立成功大學歷史研究所碩士學位論文。

張靜茹

2003 《以林癡仙、連雅堂、洪棄生、周定山的上海經驗論其身分認同的追尋》，臺北市：國立臺灣師範大學國文所博士論文。

陳凱雯

2004 《帝國玄關——日治時期基隆的都市化與地方社會》，桃園縣：國立中央大學歷史研究所碩士論文。

陳維文

2006 《基隆地區民間文學與礦工生活》，花蓮縣：國立花蓮教育大學民間文學研究所碩士論文。

程玉凰

2011 《洪棄生的旅遊文學——《八州遊記》研究》，臺中市：東海大學中國文學系博士論文。

楊永彬

1996 《臺灣紳商與早期日本殖民政權的關係：1895年-1905年》，臺北市：國立臺灣大學歷史學碩士論文。

趙祐志

2004 《日人在臺企業菁英的社會網絡（1895-1945）》，臺北市：國立臺灣師範大學歷史學系博士論文。

歐陽瑜卿

2006 《準／決戰體制下的女性發聲——《風月報》女性書寫與主體性建立的關係探討》，嘉義縣：南華大學文學系碩士論文。

關口剛司

2002 《三井財閥與日據時期臺灣之關係》，臺南市：國立成功大學歷史學系研究所碩士論文。

文學研究叢書・臺灣文學叢刊 0810002

旅人心境：臺灣日治時期漢文旅遊書寫

作　　者　林淑慧
責任編輯　楊子葳
特約校稿　林秋芬

發 行 人　陳滿銘
總 經 理　梁錦興
總 編 輯　陳滿銘
副總編輯　張晏瑞
編 輯 所　萬卷樓圖書股份有限公司
排　　版　浩瀚電腦排版股份有限公司
印　　刷　晟齊實業有限公司
封面設計　斐類設計工作室

發　　行　萬卷樓圖書股份有限公司
臺北市羅斯福路二段 41 號 6 樓之 3
電話 (02)23216565
傳真 (02)23218698
電郵 SERVICE@WANJUAN.COM.TW
大陸經銷　廈門外圖臺灣書店有限公司
電郵 JKB188@188.COM

ISBN 978-957-739-860-4
2014 年 2 月初版一刷
定價：新臺幣 720 元

如何購買本書：

1. 劃撥購書，請透過以下郵政劃撥帳號：
   帳號：15624015
   戶名：萬卷樓圖書股份有限公司
2. 轉帳購書，請透過以下帳戶
   合作金庫銀行　古亭分行
   戶名：萬卷樓圖書股份有限公司
   帳號：0877717092596
3. 網路購書，請透過萬卷樓網站
   網址　WWW.WANJUAN.COM.TW

大量購書，請直接聯繫我們，將有專人為您服務。客服：(02)23216565　分機 10

如有缺頁、破損或裝訂錯誤，請寄回更換

國家圖書館出版品預行編目資料

旅人心境 ：臺灣日治時期漢文旅遊書寫 / 林淑著.
-- 初版. -- 臺北市 ：萬卷樓, 2014.02
面 ；　公分. -- (文學研究叢書)

ISBN 978-957-739-860-4 (平裝)

1. 臺灣文學 2.旅遊文學 3.文學評論 4.日據時期

863.2　　103002737